飘

上册

[美]玛格丽特·米切尔 著
王梓涵 译

GONE WITH THE WIND

by Margaret Mitchell

图书在版编目（CIP）数据

飘 /(美) 玛格丽特·米切尔著；王梓涵译. —重庆：重庆出版社, 2022.9
ISBN 978-7-229-17012-7

Ⅰ.①飘… Ⅱ.①玛…②王… Ⅲ.①长篇小说—美国—现代 Ⅳ.①I712.45

中国版本图书馆CIP数据核字（2022）第125475号

飘
PIAO

[美]玛格丽特·米切尔 著 王梓涵 译

出 品 人：	华章同人
出版监制：	徐宪江 秦 琥
责任编辑：	王昌凤
特约编辑：	王 靓
营销编辑：	史青苗 刘晓艳
责任印制：	杨 宁 白 珂
书籍设计：	Moeder Lin

重庆出版集团
重庆出版社 出版

（重庆市南岸区南滨路162号1幢）
北京盛通印刷股份有限公司 印刷
重庆出版集团图书发行有限公司 发行
邮购电话：010-85869375
全国新华书店经销

开本：880mm×1230mm 1/32 印张：50.25 字数：1036千
2023年1月第1版 2023年1月第1次印刷
定价：218.00元

如有印装质量问题，请致电023-61520678

版权所有，侵权必究

序言

作为一个土生土长的南方人，我认为《飘》这部小说所描绘的南方比任何其他小说都更为清晰而深刻。从很大程度上来说，在我成长时期，我家里几乎没有什么书，唯一两本摆在陈列架上供客人翻阅的书是《圣经》和《飘》，而且这两本书没有特别的重要和次要之分。我小时候我母亲买过许多小说，大多是用来作为礼物送人或者替换她经常读的小说，所以她手里基本上没有什么经年不换的藏书。即使在今天，南方白人读起《飘》这部小说时，都很难不联想起当年那艰难复杂且饱受煎熬的南方，脑海中无不闪现出那一幕幕千疮百孔、满目疮痍的萧条景象。他们一代又一代人生活在艰苦的岁月中，饱尝着失败和苦涩的滋味长大，仿佛现在，他们的嘴里仍有枪械上金属烤蓝的味道。玛格丽特·米切尔完美地捕捉到了一种无可挽回的失落和无力感，仿佛亚瑟王的卡梅洛特宫殿被入侵者无情践踏和破坏后，到处充满了绝望和窒息，一切皆如死水一般死气沉沉。本书前几章中提到的塔拉，是南方乌托邦的镜像。如果南方的热血青年能够遏止住想要退出联邦的冲动，没有开枪攻击萨姆特堡，也许在十二橡树举办的聚会还会一直继续下去。南方作为一个被占领的邦联，构成了这部小说并不中立的核心。这是一部以南方人的视角和态度而撰写的《伊利亚特》[1]，整部史诗般的小说充满了南方重建的耻辱；这是一首陨落消亡且无力回天的特洛伊之歌，当南方女人的儿子和丈夫们为了他们口中所谓的南方大业奔赴战场，并带着满身的伤痕回来时，当最后的战斗呐喊声响起时，留在家园的南方女人们不得不将支离破碎的社会碎片捡起，艰难拼凑，并低声唱起这首特洛伊之歌；这是一个关于战争的故事，讲述者是那些在家园被占领许久之后，依然坚信她们并没有失去家园，并拒绝承认失败的南方女人们。在玛格丽特·米切尔看来，南北战争摧毁了一片无比宁静舒适的乐土，同时也摧毁了高尚而荣耀的骑士精神和优雅有礼的社会文明。对于像我母亲这样的南方人来说，《飘》不仅仅是一本小说，而是一个答案、一个朝北方人举起的拳头、一首勇于反抗的颂歌。如果南方人无法在战场上击败北方佬，那么在上帝的保佑下，一个南方女人会从耻辱的灰烬中崛起，比敌人以及所有歌颂联邦的历史学家和小说家写出更具震撼力量的伟大作品。《飘》这部小说出版于1936年，至今仍被看作是反联邦的最后一次伟大胜利。对于任何曾经输掉过战争的国家，这本小说将长期成为他们最欣赏和喜爱的杰作。迄今为止，它是我们共和国有史

---

[1] 《伊利亚特》相传是由盲诗人荷马（公元前800—公元前600年）所作的希腊史诗。《伊利亚特》主要内容是叙述希腊人远征特洛伊城的故事。

以来出版过的最成功的小说。

《飘》是一部充满争议性的小说,也是一部华丽宏伟的巨著。即使在出版当年,玛格丽特·米切尔凭借这部小说获得了普利策奖,也引来了不少大名鼎鼎的文学评论家的批评,其中包括马尔科姆·考利和伯纳德·德·沃托。他们强烈抨击这部小说的艺术性和政治性,并且这种批评的声音一直持续到今天。他们批评玛格丽特·米切尔过分偏护南方,从未有人对南方种植园如此毫不妥协地辩护,并维护其冷酷的正义;南方在阿波马托克斯法庭投降后,也从未有人对投降认输的一方予以绝对坚定的信任。在这部小说里,作者在叙事中所表达的道德立场十分坚定而明确,并且打破固有的传统,与南部邦联的信条和理念相一致。这本小说与哈丽特·比彻·斯托的《汤姆叔叔的小屋》形成了强烈的对比和反差。玛格丽特·米切尔曾数次对斯托在其小说中描写的猎犬浮冰上追捕逃跑的奴隶这一场景表示嘲讽。

玛格丽特·米切尔将南部邦联描绘成天堂,是遭受痛苦和流放的夏娃恋恋不舍回望着的被毁的伊甸园,回望一眼便让人内心无比失落,黯然神伤。如果每个国家都在文学的阳光下将自己保护起来,确保自己的安稳,那么玛格丽特·米切尔则承担起代表南方邦联化身复仇天使的任务。关于南北战争的小说有数百部都不止,但《飘》就像一座方尖碑,傲然矗立在美国文学史的正中央,给我们所有人都投下了不安的阴影。整部小说都弥漫着一股芬芳甜美的气息,而浪漫总是会导致羞辱和失败。数以百万计的南方人哀叹南方军队的惨败,但只有一个人有能力和才华将这种哀歌般的陨落和消亡寄托在一个美国南方女人斯嘉丽·奥哈拉白嫩的肩膀上，因为她有着像野草一样顽强的生命力，像蜘蛛一样无论多艰苦的环境都能生存下去，她是沉着坚定、魅力四射且打不垮压不倒的美国女英雄。

《飘》这部小说中，有对战争的描述，有史诗般的浪漫，有社会风俗的幽默，有痛苦的哀叹，有发自内心的痛哭和呐喊，也有对主人公——一位可爱迷人又诡计多端、不择手段的南方女性长久而冷酷的审视。全书共六十三章，叙事结构沉稳、文字优美，故事内容跌宕起伏。玛格丽特·米切尔犹如一位出色的剧作家，小说中所有的对话都精妙绝伦。整本书中数百个人物穿插于各种故事场景之中，多而不乱，且每个人都个性鲜明而独特，令读者读起来丝毫不感到吃力或困惑，足以证明作者的功力匪浅。米切尔笔下的所有主要人物都被勾勒得轮廓清晰，形象鲜明，每个人的性格和形象都能深深印刻在读者的脑海中，永远难忘。她生来就是个杰出的小说家，但像她这样的作家罕见而稀有，因为她就像烟花一样只在美国的大地上绽放过一次，闪耀出璀璨夺目的光芒，却转瞬即逝，只在一部小说的狭小意识缝隙中迸发出作者的声音。

玛格丽特·米切尔演唱了一曲自己创作的赞歌，歌颂了一个充满骄傲又饱受战争蹂躏的南方，她的歌声充满歌剧般的激荡、圣经般的隽永和史诗般的宏伟。她的天赋在于对事件发生地点、事件焦点以及女主人公的选择。她没有把故事放在葛底斯堡、维克斯堡、奔牛河和安提塔姆等大规模战役的战场，而是把南北战争放在了斯嘉丽·奥哈拉的客厅里。当梅兰妮·威尔克斯临产分娩时，北方军队的大炮轰炸声在桃树溪外响起；当斯嘉丽迫不及待地想要回家时，亚特兰大整座城市陷入一片火海，她沿着桃树街一路奔逃，周围熟悉的一切都在大火中化为灰烬。

小说以塔拉庄园开始，又以塔拉庄园结束，而斯嘉丽本人则代表了战争给所有南方人带来的难以想象的变化。战争所引发的深仇大恨在战后重建的几年里才真正深入人心，并体现在所有南方女性的身上。南方女人们成了唯一亲眼目睹战争，且亲身经历过战火，最了解战争残酷真相的美国女性。她们跟那些在弗吉尼亚和田纳西前线作战的士兵一样每天忍饥挨饿。当前线的男人们连续四个作物生长季都没能回家时，女人们就开始挨饿了。而当战争结束时，饥饿早已司空见惯。钱瑟勒斯维尔、富兰克林和怀尔德尼斯等战场的战士们似乎在硝烟弥漫、血流成河的战场上留下了愤怒的痕迹，这些战役的名字也在口口相传的转述中变得神圣起来。但是，被迫忍受战争的践踏，并活在战败屈辱中的南方女人们不得不在自己的心里建造粮仓，以储存战争及战后所累积起来的愤怒毒素。在南方，每个人都深切感受到战争的残酷，而战后和平时期里，南方女人们唯一保留下来的是斯嘉丽·奥哈拉对她们所失去的一切在脑海中的清晰记忆。

通过对斯嘉丽·奥哈拉和瑞特·巴特勒的描写，米切尔成功地创造了继罗密欧和朱丽叶之后，英语文学作品中最著名的一对恋人。斯嘉丽的形象在本书的第一句话里就鲜活地展现了出来，并在之后的一千多页中占据着叙事的中心位置。她是个美妙绝伦、令人着迷且独一无二的小说人物。整部小说里，对于她的描写没有一句是枯燥无味的。她身上最令人着迷的是她总是无法控制地以自我为中心，无时无刻不吸引着人们的目光。人们甚至觉得她比安娜·卡列尼娜、麦克白夫人以及田纳西·威廉姆斯[1]笔下的任何女性角色都更鲜活生动、富有魅力。在第一章中，斯嘉丽浑身都天性使然地散发着青春的气息，漂亮活泼、众星捧月，又带着些轻佻的快乐和雀跃。随着小说情节的发展，她性格中那明亮光彩也逐渐变得黯淡。她是南方的女儿，南方就是她的整个世界，但战争摧毁了她出生长大的这片乐园，逼得她一次次站起来迎接一个又一个挑战。塔拉赋予了她迷人的魅力，但战争让她变成了斯嘉丽·奥哈拉。

瑞特·巴特勒那种愤世嫉俗和玩世不恭的性格着实令人惊叹。全书中他那黑心又无耻的幽默引起了读者的强烈震撼和共鸣。无数人就南方事业和南方的生活方式而高谈阔论，但只有他有一双洞悉一切的清澈眼眸，心中澄明如镜。他是新南方人首位代言人，在旧秩序陨落后留下的混乱中崛起。然而，整部小说里，只有他的性格弧线变化得最为强烈。他从不放过任何机会来嘲讽南方爱国主义者的幼稚和不切实际，但当南方军队败局已定时，他却毅然从军，加入了邦联军队。当南方贸易路线被封锁时，瑞特·巴特勒依靠非法走私物资、囤积倒卖粮食和资助妓女开妓院

---

[1] 田纳西·威廉姆斯，本名托马斯·拉尼尔·威廉姆斯三世，美国剧家，主要作品有戏剧《欲望号街车》《热铁皮屋顶上的猫》《玻璃动物园》等。

而获得巨额利润。实际上，他却是世上最温柔的父亲、最甘于牺牲自我的朋友，也是最热情如火的爱人。整本书中，瑞特表面上散发着霸气硬朗的男子气概，然而暗里却有一颗受伤的心，这恰恰暗示了残酷的战争给南方带来的许多伤害和破坏是无形的。瑞特最大的缺点就是犯了一个可怕且令人兴奋的错误——他爱上了斯嘉丽·奥哈拉。

斯嘉丽和瑞特都是南方人的完美代表，他们在被占领的家园废墟中蓬勃发展。他们都与占领军有过合作，都是秉承着实用主义以及不屑于名声和荣誉而发财致富的。通过瑞特和斯嘉丽你能清楚地知道南方将会变成什么样子。而阿什利·威尔克斯和梅兰妮·汉密尔顿能让你知道南方曾经是什么样子，而曾经的南方已经一去不返了。瑞德和斯嘉丽的实用主义使他们成为亚特兰大的精神支柱。亚特兰大在浴火中重生，是南方第一个爱上喧嚣热闹和繁荣进步的城市。亚特兰大的熊熊大火使这座城市更加缺乏历史的根基，使其不像查尔斯顿，而更像代顿[1]。瑞特和斯嘉丽头脑精明，擅长做生意，精打细算，懂得审时度势，未雨绸缪，并且作出决定后就放手去做，绝不回头。这些都是他们馈赠给这座重生城市的珍贵礼物。

* * *

我非常感谢《飘》这部小说，它对我的影响是无法估量的。我之所以成为一名小说家，就是因为《飘》这本书，或者更确切

---

[1] 代顿是一座位于美国俄亥俄州西南部的城市。

地说，是因为我母亲把我培养成了一名具有鲜明"南方风格"的小说家。之所以强调"南方"这个词，是因为我母亲在亚特兰大出生长大，在她年轻的时候，是《飘》启迪了她的心灵，在她的心里燃起了一把希望之火。而这把火在她伤痕累累、支离破碎的青春岁月中从未熄灭。我至今仍然在想，如果她当初用福克纳、普鲁斯特或者乔伊斯的作品来给我启蒙，我的语言风格跟现在相比会有什么不同。但我的母亲当年是一个初到城市的乡下女孩，自他们这一代人起便不再过着自给自足且辛苦的农耕生活，当《飘》如重炮一般攻进亚特兰大，与历史本身的判断宣战时，她的阅读热情因这本小说而被点燃，她的观念和看法也被这本小说而塑造和影响。

当我母亲讲述《飘》这部小说的出版，在这座城市掀起的反响时，我第一次领悟到文学竟有改变世界的力量。当然，《飘》改变了我的母亲，也永远地改变了她原本的生活。我五岁的时候，她大声地给我读这本小说，这种潜移默化的引导，令我在这部具有影响力的小说中学到了我人生中关于文学的第一课。这部小说里的每一句话我都滚瓜烂熟，因为我母亲每年都会给我重读这本书。小时候我会把《飘》里面的词句做成金箔书签，夹在随身携带的《凯尔经》书页里。时至今日，每次我闭上眼睛，仿佛仍能听到母亲用她读《创世记》时那种虔诚的声音为我朗读这本小说。小时候，她开车送我去圣心学校时，汽车沿桃树街向南行驶，她会指给我看南方军和北方军激烈交战的地方。她还带我去勒夫大剧院外面，告诉我根据《飘》改编的电影《乱世佳人》在亚特兰大首映当晚,她就站在等候在门口的人群中,看到克拉克·盖博、费雯·丽和玛格丽特·米切尔走进大剧院时,人们向他们报以热烈的掌声。虽然当时她买不起电影票,但她认为当晚站在人群中是她对这本书最起码的敬意和支持。我们一起去奥克兰公墓祭拜玛格丽特·米切尔,我母亲会在她的墓碑旁念许多遍《玫瑰经》,然后骄傲地说,这位小说家是虔诚的爱尔兰裔罗马天主教徒。周末,她会开车送我去石头山,参观那块在突起的巨大花岗岩中央只雕刻了一半的南方将军雕像。然后带我去肯尼索山和桃树溪,按照玛格丽特·米切尔在书中的描写,告诉我亚特兰大战役的经过。在这一系列的言传身教和实地探索过程中,我的母亲教育我要对威廉·特库姆塞·谢尔曼恨之入骨,因此我骨子里对此人充满深深的痛恨。他是北方军的将军,也是邪恶的化身,因为他烧毁了我出生的这座美丽城市。1949年,玛格丽特·米切尔被一辆出租车撞倒,我母亲则带我去了她出事故的那个地方,然后指着远处五角场方向的天际线,对我说:"你能想象如果谢尔曼从没来过这世上,亚特兰大会有多美吗?"

但是这部小说里的故事对我母亲的影响远不只在文学上。我认为我的母亲弗朗西斯·多萝西·佩克的一生都是以斯嘉丽·奥哈拉为榜样的。在我看来,这部小说就是个舒适的国度,因为我母亲把这本书当作了一本礼仪手册,将书中的角色套在亲戚和表亲的身上,而不单单将其视为作家笔下虚构的人物。她可以轻而易举地把我们全家人都套在小说里那个虚构的背景下。我的母亲就是斯嘉丽小姐,她活泼任性而又充满感性,聪明漂亮,又透着恰到好处的叛逆和挑逗。我的父亲，是一名海军陆战队战斗机飞行员，他从航空母舰甲板上起起落落，向隔着大半个世界的朝鲜投掷凝固汽油弹，因此扮演招摇又愤世嫉俗的瑞特·巴特勒再合适不过。我妈妈在准备晚餐时告诉我，我的海伦阿姨和梅兰妮·威尔克斯几乎一模一样，而我的伊芙琳阿姨言行举止跟苏埃伦很像。我的叔叔詹姆斯可以扮演查尔斯·汉密尔顿，而我的另一个叔叔罗斯可以充当弗兰克·肯尼迪。我母亲能够将我们的生活与《飘》中虚构的世界精准对应，在她搅拌奶油玉米粥的工夫，脑子里就把一切都构想好了。她读完《飘》这部小说后，小说里的世界就深深地印刻在她心里，犹如一盏永远可以信赖的明灯，为她在黑暗中照亮方向。

即使我是个年轻而瘦弱的小伙子，也能从她对小说的解读中获得不少领悟。她会因为小说而与我父亲产生争论，有一个话题经常被提起——我妈妈经常对我说："不管女孩们怎么说，她们宁愿嫁给像阿什利·威尔克斯这样的男人，也不愿嫁给瑞特·巴特勒。"

"我讨厌阿什利·威尔克斯。"我父亲说。我们家的人并没有多高的文学造诣和水平对文学作品进行评论。至今我仍然不相信我父亲读过这本被我母亲奉为神圣的小说。"如果现实中有这种男人的话，肯定是个娘娘腔。当然，跟我相比，瑞特·巴特勒也够娘的。"

我妈妈总会嗤之以鼻地对我说："你爸爸是芝加哥人，他甚至不知道我们在说什么。"

《飘》让我的母亲和许多像她一样的人对自己有了新的认识。

她盛赞这本小说是有史以来最伟大的文学作品，甚至可以说前无古人后无来者。在经历了残酷得难以想象的战争和屈辱的被占领之后，这本小说使南方重拾了往日的荣誉。我遇到过许多人，他们批评我母亲的小说品味，但无论怎样，这就是我的母亲，而我本人也是这种品味的继承者。我母亲千疮百孔的童年令她的自我意识或多或少受到了一些无法弥补的伤害。我认为正是斯嘉丽·奥哈拉让她重新认识了自己，并获得了自我认同感。我母亲的家庭在大萧条期间遭受了许多的痛苦和磨难，但斯嘉丽告诉我们，一个人也许会挨饿甚至绝望，但绝不会崩溃，也不会无路可走，因为无论怎样，你还有坚强的意志，只要有了它，你就绝对不会不战而降。当斯嘉丽在塔拉荒芜的花园里四处寻找萝卜时，她向上帝发誓，她再也不会挨饿，而此时的她是在为胡佛时代遭受饥饿和恐惧的每一个美国人发声。正是这位斯嘉丽，让像我母亲这样的南方女人对女性自身的潜在魅力和秘密有了新的认识和领悟，而在这个女性进步最慢的地区，这一点并不是显而易见的。《飘》以一位女性的视角详细讲述了一个坍塌陨落的社会的故事。这位女性证明了自己有足够的能力在一个充满战争的世界生存下来，足以对抗一支占领军队，足以配得上每一个被她吸引、拜倒在她裙下的男人。很少有女主人公像斯嘉丽·奥哈拉这样不守礼教和道德规范，行事肆无忌惮、无所顾忌。在这部长篇小说中，斯嘉丽一直站在舞台的中央，她的一言一行皆是全书的焦点。

每当米高梅再次上映电影版的《飘》时，我母亲都会怀着虔诚的期待，带着所有的孩子去当地的影院观看。我记得电影一开始，我母亲就会立刻被充满南方独特魅力的气息所吸引，并沉浸其中，仿佛在参与一场神圣而又神秘的仪式。而当塔拉的主题曲开始响起时，她会跟着一起哼唱，每当有惹人伤心的场景，她都会黯然落泪。我会观察我母亲看着她心中的女主人公斯嘉丽·奥哈拉时的神情。当斯嘉丽对阿什利、对瑞特、对梅兰妮和那个亵渎塔拉圣所的北方佬闯入者说话时，我母亲也会跟着电影里的女主角一起念着同样的台词。我会不由得心想——当然现在也这么想：我母亲和斯嘉丽·奥哈拉一样漂亮，她完全以这本小说虚构的人物为原型塑造自己，并且这完全出于自己的意愿和对女主人公的敬意。我不知道剧院里的其他人是否能看到，但在我看来，是再明显不过了——这部电影是属于我母亲的，是这本小说令她重新发现了自己，并重新唤起了她少女时代失去的最深切的梦想。电影版的《飘》就像这部小说一样，是我母亲退休后的礼拜堂，令她可以一次又一次体验文学艺术对精神的洗涤和升华，令她的内心永远焕发活力和生机。

然而，作为一部艺术作品，《飘》一直以来都受人质疑。从一开始，这部小说就遭到了美国一些优秀评论家的猛烈抨击。这是一部充满狄更斯式力量的小说。在《尤利西斯》[1]所开创的时代开始之后，《飘》也横空出世。这部有力维护南方邦联的小说出版三年之后，德军装甲师的滚滚铁蹄越过了波兰边境。在玛格丽

---

[1] 《尤利西斯》是爱尔兰作家詹姆斯·乔伊斯创作的长篇小说，首次出版于1922年。该小说讲述的是青年诗人斯蒂芬寻找一个精神上象征性的父亲，以及布卢姆寻找一个儿子的故事。《尤利西斯》作为意识流小说的代表作，被誉为二十世纪百大英文小说之首，并被奉为二十世纪最伟大的小说。

特·米切尔建构的完美社会中，奴隶制是萨姆特堡战斗之前，南方社会团结和谐的重要组成部分。没有一个黑人——无论男人还是女人——愿意读这本书，并为这段历史的消亡和远去而感到遗憾。在电影《一个国家的诞生》[1]中，三K党同样被浪漫和理想化，影片中的三K党们仿佛综合了麋鹿俱乐部[2]成员和男子马术协会会员的所有优点。自由派评论家从一开始就厌弃这部小说，然后眼看着它成为美国历史上最畅销的小说。这本书本身的缺陷可能注定了它会受人诟病，但在斯嘉丽和瑞特的号召和带领下，被载入了文学的史册。

  文学往往对失败的事业宽容心软。因为失败会导致悲剧和怀旧感伤，而这些都是胜利者所不屑一顾的。但历史几乎会原谅任何事情，除非恶行被付之于文字，昭告天下。没有人能解释为什么《飘》激励了一代又一代人，引得无数人对其顶礼膜拜，但不可否认的是，没人能忽视人们对这本小说的喜爱和热情。由于读者们对这部小说推崇备至，因此也降低了它作为一部文学艺术作品的声誉。人们崇尚民主，因为民主代表人民的意愿，但当学者们为那些所谓国家文学经典作品大力宣传时，民主反倒起了反作用。不过经过了一代又一代的评论家之后，《飘》依然闻名于世，屹立不倒，并且今后也将流芳百世，冷眼看着未来一批又一批的

---

[1] 《一个国家的诞生》是由D.W.格里菲斯执导，丽莲·吉许、亨利、B.沃斯奥、拉尔夫·李维斯联合主演的历史剧情片。该片于1915年2月8日在美国上映。该片讲述了美国南北方黑人与三K党两个家族在内战前后命运冲突的故事。

[2] 麋鹿俱乐部是上世纪30年代美国的一个上流社会俱乐部。

评论家被埋葬。

《飘》之所以大获成功，是因为它有一种无法言喻的魔力。在这种魔力的作用下，纯粹的讲述故事的艺术超越了故事性本身，成功地向所有人解释了这部小说是如何走进每个读者心里的。从没有一个读者或作家能够知晓为什么真正能印刻在人们心里的小说寥寥无几。这种魔力本身包含了许多玄妙的奥秘，当一个优美而伤感的故事以清晰而独特的语调，发出时代的声音，并迎合了时代精神所需要的渴望和要求时，这种神奇且无与伦比的魔力便会产生作用。我知道没有任何一本长达千页的书能让我读得如此迅速，又倍感酣畅淋漓，心中愉悦。小说中的人物塑造得有血有肉，几乎完美无缺，故事的发展也流畅紧凑，内容跌宕起伏，仿佛每个人的命运都以一股不可阻挡的力量向前推进着。这部小说会让你沉浸在阅读本身的无限愉悦和乐趣之中，所有的感官都被小说中的情节牵引着。也许你对南北战争及战后的情况不够了解，没有任何感觉。但读了《飘》这本小说，无法自拔地迷失在喧嚣而汹涌的故事中时，你会对小说中人物的遭遇和命运产生共鸣，感同身受。这本小说抓住了美国人以及全世界人的心，很少有小说能做到这一点，今后也很难有与其比肩者。它一次又一次证明，没有什么比阅读本身更充实、更有意义、更富有激情的了。阅读书籍仍是开启梦想、体验感官愉悦和感受人生乐趣的最佳方式。

《飘》是一本并不完美的小说，但时至今日，它依然让人割舍不下。这部小说仍在熠熠生辉，散发着充满活力的耀眼光芒。

当美国南北双方战争开始向塔拉逼近时,斯嘉丽·奥哈拉还在为十二橡树举办的聚会忙着试穿衣服,而美国文学则在斯嘉丽的试衣间外紧张而悄悄地徘徊着。

帕特·康罗伊

主要人物

斯嘉丽·奥哈拉 / Scarlett O'Hara / 女主人公

瑞特·巴特勒 / Rhett Butler / 男主人公

（以下按照姓氏英文首字母排列）

威尔·本廷 / Will Benteen / 斯嘉丽的妹夫

邦妮·巴特勒 / Bonnie Butler / 斯嘉丽和瑞特的女儿

迪尔茜 / Dilcey / 波克的妻子

查尔斯·汉密尔顿 / Charles Hamilton / 斯嘉丽的第一任丈夫

亨利·汉密尔顿 / Henry Hamilton / 斯嘉丽的叔叔

梅兰妮·汉密尔顿 / Melanie Hamilton / 斯嘉丽的好友

皮蒂帕特·汉密尔顿 / Pittypat Hamilton / 斯嘉丽的姑妈

韦德·汉密尔顿 / Wade Hamilton / 斯嘉丽和查尔斯的儿子

埃拉·肯尼迪 / Ella Kennedy / 斯嘉丽和弗兰克的女儿

弗兰克·肯尼迪 / Frank Kennedy / 斯嘉丽的第二任丈夫

嬷嬷 / Mammy / 斯嘉丽的嬷嬷

卡琳·奥哈拉 / Carreen O'Hara / 斯嘉丽的妹妹

埃伦·奥哈拉 / Ellen O'Hara / 斯嘉丽的母亲

杰拉尔德·奥哈拉 / Gerald O'Hara / 斯嘉丽的父亲

苏埃伦·奥哈拉 / Suellen O'Hara / 斯嘉丽的妹妹

彼得大叔 / Uncle Peter / 汉密尔顿家的黑奴

波克 / Pork / 塔拉的男管家

普利茜 / Prissy / 波克的女儿

大个子山姆 / Big Sam / 塔拉的黑奴

贝尔·沃特林 / Belle Watling / 妓院老板

乔纳斯·威尔克森 / Jonas Wilkerson / 塔拉的监工

阿什利·威尔克斯 / Ashley Wilkes / 斯嘉丽的爱慕对象

茵迪娅·威尔克斯 / India Wilkes / 阿什利的妹妹

目 录

第一部　　　　　　　　　　　　　　　　1

第 一 章　　　　　　　　　　　2
第 二 章　　　　　　　　　　　32
第 三 章　　　　　　　　　　　60
第 四 章　　　　　　　　　　　93
第 五 章　　　　　　　　　　　112
第 六 章　　　　　　　　　　　141
第 七 章　　　　　　　　　　　195

第二部	209
第 八 章	210
第 九 章	240
第 十 章	296
第 十 一 章	315
第 十 二 章	326
第 十 三 章	355
第 十 四 章	380
第 十 五 章	399
第 十 六 章	421

第三部　　　　437

第十七章	438
第十八章	473
第十九章	497
第二十章	520
第二十一章	533
第二十二章	556
第二十三章	567
第二十四章	596
第二十五章	642
第二十六章	664
第二十七章	698
第二十八章	718
第二十九章	743
第三十章	765

第四部 791

第三十一章	792
第三十二章	819
第三十三章	843
第三十四章	866
第三十五章	899
第三十六章	937
第三十七章	986
第三十八章	1011
第三十九章	1052
第 四 十 章	1077
第四十一章	1105
第四十二章	1141
第四十三章	1166
第四十四章	1189
第四十五章	1208
第四十六章	1240
第四十七章	1254

第五部 1293

第四十八章	1294
第四十九章	1312
第 五 十 章	1342
第五十一章	1359
第五十二章	1368
第五十三章	1395
第五十四章	1420
第五十五章	1441
第五十六章	1455
第五十七章	1474
第五十八章	1494
第五十九章	1504
第 六 十 章	1523
第六十一章	1531
第六十二章	1550
第六十三章	1559

第一部

第一章

斯嘉丽·奥哈拉小姐其实难称沉鱼落雁，但男人们在被她的魅力俘获之后，就很难注意到这一点了，塔尔顿那对双胞胎兄弟就是这样。她的面庞融合了两种特质，既娇柔又粗犷，前者源于她那拥有法兰西海滨贵族血统的母亲，后者则来自红脸的爱尔兰裔父亲。但搭配起来很是迷人，下颌尖尖，颚骨方方。一双淡绿色的眼眸不掺半点杂色。睫毛乌黑浓密，眼角微微上翘。两道粗黑的眉毛向上挑着，在她那木兰花般雪白的肌肤上画出一道靓丽的弧线。而这种肤色是南方的太太小姐们最为珍视的，以至于她们要用帽子、围巾和长手套去呵护它，毕竟佐治亚州的炎炎烈日很是灼人。

一八六一年四月一个阳光明媚的下午，斯嘉丽和塔尔顿家的两兄弟——斯图尔特和布伦特，一起坐在她父亲的塔拉庄园前廊阴凉处，美如画中人。她身穿着一件崭新的绿色花布长裙，裙撑之上，十二码长的布料如波浪般摇曳生姿，与脚上那双她父亲刚从亚特兰大带来的绿色摩洛哥平跟鞋很是相配。长裙完美地勾勒出她那仅有十七英寸的腰身，在附近三个县里这细腰都可谓绝无仅有。合体的紧身胸衣包裹着一对虽然年方十六，但已完美发育的丰满乳房。但无论她那飘曳的长裙多么端庄，挽成发髻的头发多么顺滑，叠放在双膝上的白皙小手多么娴静，都无法掩饰住她的真性情。在那张娇美可人的脸上，绿色的双眸灵动任性，生机勃勃，与优雅的仪态很是不符。这仪态是被强行灌输的，源自她母亲的温和训诫与嬷嬷的严厉管教。只有那双眸子才真正属于她自己。

塔尔顿兄弟一边一个坐在她的两侧，懒洋洋地躺在长椅上。他们大声谈笑着，不时斜眼瞥向从那装点着薄荷叶的玻璃杯里透射出的阳光。他们大大咧咧地翘着修长的腿，穿着长及膝盖的长筒靴，小腿肌肉因长期骑马而颇为发达。两兄弟年方十九，身高一米八七，身材高挑，肌肉精壮，脸庞均被晒得黑黑的，头发也都是一样的赤褐色。他们的眼神愉悦却傲慢，两人身穿同样的蓝色外套和芥末色马裤，就像棉花丛中的两株棉桃似的一般无二。

午后的阳光播撒在屋外的院子里，把山茱萸笼罩在一片忽明忽暗的亮光之中。虽是草色新绿，但这些山茱萸早已开出了一簇簇洁白无瑕的花朵。兄弟俩的马就拴在车道旁，马匹都很高大，红红的毛发很像它们的主人。马的脚下围拢了一群瘦长且神经兮兮的猎犬，斯图尔特和布伦特两兄弟走到哪里，它们都会跟在后面。而在更远的地方，一只长着黑色斑点的随车犬趴在地上，把鼻子放在爪子上，像一名贵族一样超然世外，等待着两兄弟回家吃饭。

猎犬、马儿和双胞胎兄弟不只是常伴左右的伙伴，他们之间存在着一种近乎亲人的深层感情。狗、马和人，都像是同一种年轻、健壮、头脑简单的生物，光鲜阔气、举止优雅且精力旺盛。这两兄弟就和自己的坐骑一样骁勇而危险，但同时，对于那些知道如何掌控他们的人来说，又会表现得无比温存。

　　尽管一辈子都过着安逸的庄园生活，从一出生就被人伺候着长大，但前廊里这三人的脸上却不带一点娇生惯养的懒散模样。相反，他们倒像是那些经年累月在地里劳作、胸无点墨的农民。在北佐治亚州的克莱顿县[1]，一切才刚刚起步，以奥古斯塔县、萨凡纳县和查尔斯顿县的标准来看，称之为原始也不为过。在南方那些更加庄重、开发较早的地区，很多人都对佐治亚州的乡下人很是看不起，但在北佐治亚，如果你能在某些重要的事情上精明强干，那么就算你没受过什么教育，也不会觉得丢人。而诸如种好棉花、骑马骑得漂亮、打枪打得准、舞步轻盈、知道怎么对女士们优雅地献殷勤以及像真绅士那样端酒杯，无疑就是那些重要的事。

　　在这些事情上，塔尔顿兄弟可以说是出类拔萃，但他们在学习书本知识方面的无能也是远近闻名。在这个县，他们家境优渥，有着比任何家族都要多的金钱、马匹和奴隶。可要说肚子里的墨水儿，在附近随便找个穷苦白人都比他们强得多。

---

[1] 克莱顿县是美国佐治亚州西北部的一个县，成立于1858年11月30日，县名是为了纪念联邦众议员奥古斯都·S.克莱顿。

这也是斯图尔特和布伦特兄弟俩能在这个四月的下午，悠闲地躺在塔拉庄园的前廊上的原因——他们刚刚被佐治亚大学开除了。这可是他们两年里第四次被某所大学驱逐出门了。他们的两个哥哥——汤姆和博伊德，也一起回家了，既然佐治亚大学不欢迎他们的这对孪生弟弟，那他们自然也不打算待下去了。斯图尔特和布伦特把这次被开除看成一个很棒的笑话，而斯嘉丽也觉得如此，因为自从自己离开费耶特维尔女子学校后，她也不愿再主动打开任何一本书了。

"我就知道你们两人不会拿开除当回事的，汤姆也是一样，"她说道，"但博伊德呢？他不是一直想要接受良好的教育吗？可你们却接二连三地把他从大学里拉了出来，先是弗吉尼亚大学，然后是阿拉巴马大学，接着是南卡罗来纳大学，现在又是佐治亚大学。照这么下去，他可一辈子都毕不了业了。"

"咳，他可以去帕玛利法官那里学法律呀，就在费耶特维尔，"布伦特满不在乎地反驳道，"再说，这又算什么大事？反正学期结束前我们都得回家来。"

"为什么呢？"

"因为要打仗了啊，傻瓜！我跟你们说，这仗迟早得打起来，我们总不能冒着枪子儿留在学校里吧？你们说呢？"

"你们心里清楚的,根本打不起来，"斯嘉丽有些厌烦地答道，"大家都是动动嘴而已。我告诉你们吧，阿什利·威尔克斯和他父亲上周还跟我老爸说呢，说我们在华盛顿的特派员和林肯将会就邦联事宜达成一份——呃——友好的协议。总之呢，那帮北方佬不敢跟咱们动武的。所以不会打仗的，现在我一听这个词就心烦。"

"原来打不起来呀！"两兄弟装模作样地喊了起来，好像自己一直被人蒙蔽了似的。

"哎呀，我亲爱的，当然会打起来的啊。"斯图尔特话锋一转，"是，也许北方佬怕我们，但前天博雷加德将军用大炮把他们从萨姆特堡[1]赶跑了呀，这么一来他们不打也不行了。否则他们就变成人们眼里的懦夫了，而邦联的话——"

斯嘉丽挤出一个无聊又不耐烦的表情。

"你们要是再提'打仗'这两个字，我就回屋去，然后把门关上。这辈子我还从没像现在这样对'打仗'这个词那么厌恶过，当然'脱离'也好不到哪儿去。老爸也是一天到晚地谈打仗，所有拜访我家的先生嘴里也都是什么萨姆特堡啊、州权啊、亚伯·林肯啊什么的，我真是听腻了，现在一听这些字眼儿我就想大叫几声！结果你们这些男孩子嘴里聊的也都是这些，什么骑兵连之类的。今年春天所有的派对都被你们弄得没劲了，就因为这些破事儿。我现在觉得佐治亚州准备在圣诞节后退出邦联真是件大好事，省得你们把圣诞节也给我毁了。现在你们要是再敢提'打仗'二字，我就马上回屋里去！"

她是认真的，因为她从来就忍受不了不以她为主题的谈话。

---

1 萨姆特堡之战是美国内战的导火线。该堡位于查尔斯顿港，由罗伯特/安德森少校率领76名北方联邦军驻守。1861年4月12日，博雷加德率领南方联盟军包围并不断炮轰该堡。36小时内，南军发射炮弹4000发。安德森少校被迫于4月14日放弃该堡。南北战争就此爆发。

不过她是笑着说这些话的,还刻意让脸上的酒窝显得更深些。同时她还灵动地眨着眼睛,那双浓密的黑色睫毛一张一合,仿佛俏丽的蝴蝶在欢快地扇动着翅膀。两个男孩被她迷得神魂颠倒,正中她的下怀。于是他们忙不迭地向她道歉,说不该让她感到心烦等等。他们非但没有因为她对战争毫无兴趣而看轻她,反而对她更珍视了。毕竟,战争是男人的事,与女人无关。在他们看来,斯嘉丽的这种态度恰恰证明了她女人味十足。

在略施小计把他们从烦人的战争话题引开后,她终于开心地回到现实状况上了。

"你们俩这次又被学校开除了,你们的妈妈怎么说?"

两个男孩顿时回想起三个月前他们被弗吉尼亚大学勒令退学回到家后,他们母亲当时的反应,于是脸上显出很不自在的表情。

"哦,"斯图尔特说,"她还没来得及说什么。因为汤姆和我们趁她还没起床,一大早就从家里溜出来了。汤姆去了方丹家,我们俩就直奔这儿来了。"

"那你们昨晚到家时,她没说什么吗?"

"昨晚我们真是撞了大运。我们快到家的时候,正好赶上妈妈上个月在肯塔基新买下的那匹种马被送来。家里一下子就乱成了一锅粥。不过那真是一匹健壮的好马啊,斯嘉丽,你一定得告诉你爸爸,让他快到我家去看看——那家伙在被送来的路上,竟然把马夫给咬了,咬掉了一大块肉。后来被运到琼斯博罗[1]的

---

[1] 琼斯博罗是美利坚合众国阿肯色州东北部的一座城市,位于小石城东北。

火车站时，它又把我妈妈派去接站的两个黑鬼给踩伤了。我们俩还没到家，它就已经在马厩里闹腾开了，差点儿把马厩给踢翻了，就连我妈之前的那匹老种马——草莓，也被它折腾得半死。等我们到家时，看到我妈正在马厩里拿着一袋糖哄它，让它慢慢安静下来，结果还真管用。可那些黑奴却躲得远远的，眼睛瞪得老大，一个个都吓坏了。再一看我妈却在跟马说话，就像跟人聊天一样，那匹马就乖乖地吃着她手上的糖。要说跟马打交道，谁都没有我妈厉害。她看见我们来了就说：'我的天啊，你们四个怎么又回家来了？你们这几个臭小子，简直比埃及十灾[1]还贻害无穷！'这时那匹马又开始喷着鼻息，嘶叫起来，还前腿腾空，用后腿站立起来。我妈急得对我们说：'快滚开！没看见我的大宝贝被你们弄紧张了吗？我明早再跟你们四个算账！'我们一听，赶紧就跑回屋上床睡觉去了。今天一大早，趁她还没来得及逮我们，我们几个就开溜了，只留下博伊德一个人去应付她。"

"那她会不会打博伊德啊？"像县里其他人一样，斯嘉丽也向来看不惯矮小的塔尔顿太太粗暴地对待她那几个已经长大成人的儿子。她不但时常对他们严厉打骂，而且在势不可遏的时候还会用马鞭抽他们。

比阿特丽丝·塔尔顿可是个大忙人，她经营着一大片棉花种植园，手底下有上百个黑奴以及八个孩子，还拥有全州最大

---

[1] 埃及十灾出自《圣经》中的《出埃及记》，指的是埃及法老王不肯听从摩西和亚伦关于让以色列民离开埃及的屡次请求，神就把十大灾难降临到埃及。埃及十灾分别是血水灾、青蛙灾、虱子灾、苍蝇灾、畜疫灾、疱疮灾、冰雹灾、蝗灾、黑暗之灾和长子灾。

的养马场。她脾气非常暴躁，时常被她那四个到处惹是生非的儿子搞得七窍生烟。她不允许别人鞭打马匹或黑奴，但是对自己的几个儿子，她倒是觉得应该时不时鞭打他们几下，反正这对他们来说也没什么害处。

"她当然不会打博伊德。她从来都不怎么打他，因为他是老大，也是我们几个兄弟中个头最小的一个。"斯图尔特说，言语中显然对自己将近一米九的身高颇为自豪，"所以我们才把他留在家里，跟她作解释。老天爷啊，求您让我妈别再打我们了！我们都十九岁了，汤姆也二十一了，可她还把我们当成六岁小孩似的。"

"那明天威尔克斯家的野餐会，你妈妈会不会骑着那匹新买的马去参加呢？"

"她当然想骑了，可爸爸说那匹马太危险。再说，我们家里那些女眷也不会让她这么做。她们说，至少得让她像个贵妇那样，坐着马车去参加宴会。"

"但愿明天不会下雨，"斯嘉丽说，"这一个星期几乎天天都在下雨。要是把野餐会改成室内餐会，那可就太扫兴了。"

"哦，明天肯定是晴天，而且会像六月天一样炎热。"斯图尔特说，"你瞧那落日，从来没见过比这更红的了。看落日就能判断出明天的天气，准没错的。"

他们望着远方，越过杰拉尔德·奥哈拉家那片绵延不绝、新犁过的棉花地，一直望向被落日映红的天边。太阳正缓缓落入弗林特河对岸的山峦后面，将那里晕染成一片深红。四月里的暖意也渐渐消退，隐隐透出一丝惬意的凉爽。

今年的春天来得很早。几场温暖而急骤的春雨之后，粉红色的桃花和有如繁星一般白亮的山茱萸竞相开放，将幽暗的河边湿地和远处的山峦装点一新。春耕已经临近尾声，佐治亚州的红土上被犁出一道道垄沟，在血红色的夕阳映照下显得更加绚丽猩红。湿润的土地正如饥似渴地等待着人们将它翻开，撒上棉花籽。一道道犁沟的顶部呈现出浅浅的粉红色，而沟壑两旁凹处则显出朱红、猩红和赭红色。庄园里那座白色的砖房看上去犹如伫立在茫茫红色海洋上的一座岛屿。海面上波涛汹涌，海浪翻腾，新月形的巨浪拍打着岸堤，瞬间凝滞，粉红色的浪尖随即碎成点点浪花。这里见不到像佐治亚州中部平坦的黄土地和沿海种植园里肥沃的黑土地上，那种笔直而绵长的犁沟。佐治亚州北部是连绵起伏的山麓丘陵，因此这里的田地被犁成无数条弯弯曲曲的垄沟，以防肥沃的土壤被雨水冲刷到低处的河床里去。

这是一片粗犷的红土地，大雨过后如血一般猩红，而干旱期间则像红砖的粉屑一般。这里是世界上最优良的棉花产地。在这片人间乐土上，有一座座洁白的房屋，有一片片宁静安详的耕田，还有一条条缓缓流淌的黄色河流。但这里也是一个对比鲜明的地方，既有最明媚灿烂的阳光，也有最浓密幽深的荫翳。种植园里的开阔地和绵延数英里的棉花田迎着和煦的阳光展露笑颜，看上去是那样的平和而满足。而在这些地方的边缘则是一片未开垦的林地，即使在最酷热的午时，也依然幽暗清凉，充满神秘，又带着一丝邪气。一棵棵古松簌簌作响，仿若耄耋老人在耐心地等待，轻声叹息着提醒人们："当心！当心啊！你们曾是属于我们的,我们一定能再次将你们夺回来。"

坐在前廊里的三个人听到了马蹄声、马具上铃铛的响声以及黑人们爽朗的谈笑声,看来是田地里干活的人牵着骡马收工回来了。屋里传来斯嘉丽的母亲埃伦·奥哈拉轻柔的声音,她在召唤那个给她提着钥匙篮的黑人小女孩。小女孩则用尖声的童音回答道:"来了,夫人。"接着,便听到那脚步声渐渐远去,似乎是朝后面的熏肉房走去,埃伦要到那儿去给这些收工回来的人分发食物。随即又是一阵瓷器和银质餐具叮叮当当的响声,那是塔拉的男管家波克在摆放晚餐用的餐具了。

听到这些声音,这对孪生兄弟意识到他们该起身回家了。但他们不想回去面对自己的母亲,于是一直在塔拉的前廊逗留,有那么一瞬间产生了斯嘉丽会邀请他们留下来吃晚饭的期望。

"对了,斯嘉丽,咱们说说明天的事吧,"布伦特说,"不能因为我们之前不在这儿,不知道野餐会和舞会的事,明儿晚上你就不跟我们跳个痛快啊。你还没有答应别人吧?"

"哦,我答应了!我怎么知道你们俩都会回来呢?我才不想就为了等你们俩,让自己成了舞会上受冷落的可怜虫。"

"你会成为受冷落的可怜虫?"两个男孩乐得前仰后合,"这样吧,亲爱的。你第一支华尔兹跟我跳,最后一支跟斯图跳,所有华尔兹就只跟我们俩跳。跳完了跟我们一起去吃晚饭。然后我们就像上次的舞会那样,坐在楼梯的台阶上,让金西嬷嬷再给咱们算一次命。"

"我可不喜欢让金西嬷嬷算命。你们知道的,上次她说我会嫁给一个一头黑发、一脸黑长胡子的男人。而我讨厌黑头发的男人。"

"你喜欢红头发的,对不对,亲爱的?"布伦特咧嘴一笑,"好了,快答应我们吧,答应所有的华尔兹舞就只跟我们俩跳,然后还得和我们一起吃晚饭。"

"你要是肯答应,我们就告诉你一个秘密。"斯图尔特说。

"什么秘密?"斯嘉丽一听到"秘密"这个词,就像个小孩一样兴奋起来,"是不是我们昨天在亚特兰大听到的那个消息,斯图?如果是的话,你知道我们答应过不说出去的。"

"这个嘛,是皮蒂小姐告诉我们的。"

"哪位小姐?"

"你知道的,就是阿什利·威尔克斯的远房表亲,住在亚特兰大的那位皮蒂帕特·汉密尔顿小姐——也就是查尔斯和梅兰妮·汉密尔顿的姑妈。"

"哦,我知道,就是那个傻乎乎的老太婆,我这辈子还没见过比她更傻的人呢。"

"呃,我们昨天在亚特兰大等回家的火车时,她的马车正巧经过车站,她就停下来跟我们聊了几句。她告诉我们,明天晚上在威尔克斯家的舞会上,要宣布某个人订婚的消息。"

"哦,这个我知道,"斯嘉丽有些失望地说,"是他的傻侄子查尔斯·汉密尔顿和哈妮·威尔克斯的婚事。他们迟早会结婚的,这事都传了好几年了,人人都知道,只不过查尔斯本人却好像对这事不冷不热的。"

"你觉得他傻吗？"布伦特问道，"去年圣诞节的时候，你可是尽让他围着你转呢。"

"他非要围着我转，我有什么办法。"斯嘉丽不屑地耸了耸肩，说道，"我觉得他那个人太娘娘腔了。"

"不过，明晚要宣布订婚的不是他，"斯图尔特得意扬扬地说，"而是阿什利和查尔斯的妹妹梅兰妮小姐！"

斯嘉丽虽然脸上不动声色，但嘴唇唰的一下变白了——就像冷不防被人猛击了一拳似的。她太过震惊，一时间呆住了，还没反应过来究竟发生了什么。她盯着斯图尔特，脸上依旧十分平静，但从来都是一根筋的斯图尔特理所当然地以为她只是感到很惊讶，对这事很感兴趣罢了。

"皮蒂小姐说，由于梅兰妮小姐身体一直不太好，他们本来打算明年再宣布婚事的。但是现在到处都在谈论打仗的事，他们两家人都认为还是尽早结婚的好。所以他们决定在明晚的晚宴上宣布这件事。好了，斯嘉丽，你看我们已经把秘密告诉你了，所以你也得答应跟我们一起吃晚饭哟。"

"我当然答应。"斯嘉丽机械地说。

"还有只跟我们俩跳华尔兹舞哦？"

"行。"

"你真是太好了！我敢打赌，其他的小伙子一定会气疯的。"

"让他们气死好了，"布伦特说，"咱们俩足以对付那些家伙。对了，斯嘉丽，那早上烧烤会的时候，你也跟我们坐一块儿吧。"

"什么？"

斯图尔特重复了一遍他的请求。

"当然。"

这对孪生兄弟你看看我，我看看你，高兴得不得了，可又觉得有点惊讶。虽然他们自认为是斯嘉丽中意的追求者，可他们从来没有像今天这样轻而易举地就得到了她的青睐和厚爱。通常，她总是对他们的请求一再搪塞，既不说行，也不说不行，逼得他们苦苦恳求。要是他们求而不得，生闷气了，她就会开怀大笑。一旦他们生气了，她就会故意冷落他们。而现在，她却欣然答应了明天一整天都跟他们待在一起——烧烤会时坐在一起，所有的华尔兹舞都和他们一起跳（他们下定决心务必要让明天所有的舞曲都是华尔兹），甚至晚宴时也跟他们在一起。这样的话，即使被大学开除也值了。

突如其来的成功令他们喜出望外，心潮澎湃。他们继续逗留不走，谈论着烧烤会、舞会以及阿什利和梅兰妮，还不时打断对方的话，互相揶揄贬损，说笑逗乐。同时他们也多番暗示，希望斯嘉丽邀请他们留下来吃晚饭。过了好一会儿，他们才察觉到斯嘉丽一直没怎么说话。于是不知怎的，气氛突然就变了。至于究竟是怎么回事，这对孪生兄弟也搞不清楚，他们只是觉得整个下午的愉快时光似乎悄然而逝，一去不回。尽管聊天的时候，斯嘉丽能得体地给出适当的反应和回答，但这两兄弟所说的话，她好像根本没听进去。他们觉察到了某种令他们无法理解的东西，并对此感到十分困惑和不安。他们又恋恋不舍地赖了好一会儿，最后才看了看表，不情愿地站起身来。

最后一抹残阳斜照过新犁的田地,即将西沉。河对岸一片高大挺拔的树木在渐渐幽暗的暮色中变得斑驳。家燕轻快地从庭院上空掠过,一群群鸡、鸭和火鸡摇摇晃晃、趾高气扬地从田地里走了回来。

斯图尔特大喊了一声:"吉姆斯!"不一会儿,一个和他年纪相仿、身材高大的黑人小伙子气喘吁吁地绕过房子,朝道边拴着的马匹跑去。吉姆斯是汤姆的贴身仆人,就像他们的狗一样,终日伴随他们,不离左右。他曾是他们儿时的玩伴,在他们十岁那年,被送给了两兄弟,归他们所有。塔尔顿家的猎狗一看到他,便立刻从红土地上站起来,一脸期待地等候着主人的到来。兄弟俩鞠躬行礼,和斯嘉丽握手告别,并告诉她,明天一大早便会赶到威尔克斯家,恭候她的到来。之后他们便匆匆忙忙走过人行道,纵身上马,沿着两旁栽满雪松的大道飞驰而去,边骑着马边回过头来,摘下帽子朝斯嘉丽挥舞着,向她道别。吉姆斯则紧跟在他们后面。

他们在尘土飞扬的大道上拐了个弯,塔拉便从他们的视野里消失不见了。在一丛山茱萸树下,布伦特勒住马缰停了下来。斯图尔特也跟着停下。黑人男孩在他们身后几步远处也停了下来。缰绳一松,那几匹马便趁机低下头,伸长脖子去啃春天嫩绿的青草。几只耐心十足的猎狗也再次趴在柔软的红土地上,抬头仰望着渐渐幽暗的暮色中盘旋在天空的燕子,眼神中充满渴望。布伦特那张天真单纯的宽阔脸庞上写满了困惑,甚至带着一丝愤愤不平。

"我说,"他说,"你不觉得她可能会留我们吃晚饭吗?"

"我本来觉得她会的,"斯图尔特说,"所以一直在等她开口,可她却一点儿表示都没有。你说这是怎么回事?"

"我也不知道是怎么回事。我只是觉得她应该留我们吃饭的。毕竟这是我们回家后的第一天,而且她也好一阵子没见咱们了。更何况我们还有一大堆事要告诉她呢。"

"我看咱们刚来的时候,她还是挺高兴看见咱俩的。"

"我也这么觉得。"

"可后来,估摸也就半个小时前吧,她就不怎么说话了,好像忽然心烦了。"

"我也发现了,但我当时没在意。你觉得她是不是哪里不舒服了?"

"不知道。你说,会不会是咱们说了什么惹她生气了?"

两人都琢磨了一会儿。

"我什么也想不出来。再说,斯嘉丽要是生气的话,人人都能看出来。她可不像有些女孩那样,把什么都藏在心里。"

"是啊,这正是我喜欢她的地方。她生气的时候,不会对你冷冰冰的,一副可恶的样子——她会直接告诉你。但看样子的确是咱们说了什么或者做了什么,让她像病了一样不说话了。我敢发誓,咱们刚来的时候,她真的很高兴看到我们,而且应该是想要留咱们吃晚饭的。"

"你不觉得是因为咱俩被学校开除了,她才生气的吗?"

"什么呀,不可能的!别犯傻。咱们告诉她这事时,她还笑得前仰后合呢。再说了,斯嘉丽也不比咱们更爱读书。"

布伦特在马鞍上转过身,召唤他的黑人男仆。

"吉姆斯!"

"是,少爷,什么事?"

"你刚才听到我们和斯嘉丽小姐的谈话了吗?"

"没啊,布伦特少爷!俺们哪敢偷听白人老爷的谈话呢?"

"偷听,我的天哪!还有你们这些黑鬼不知道的事?分明是在撒谎。我亲眼看见你在前廊拐角那儿鬼鬼祟祟的,然后又蹲到了墙边的茉莉花丛底下。说吧,你听到我们说什么了让斯嘉丽小姐不高兴——或者让她伤心了?"

听他这么一说,吉姆斯便打消了原先的念头,不再谎称刚才没偷听了。他皱起黑黑的眉毛,说道:"没啥啊,少爷。俺真没听到您二位说过啥气她的话。俺看她挺高兴见到您二位的,而且吧,她一直乐得就像小鸟一样,叽叽喳喳的呢。可是吧,后来一提到阿什利先生和梅丽·汉密尔顿小姐要成亲的事,她就像小鸟见了老鹰似的,立马蔫了。"

兄弟俩对视了一眼,点了点头,可还是百思不得其解。

"吉姆斯说的没错。可我还是不明白到底是为什么,"斯图尔特说,"上帝啊!阿什利对她来说只是个朋友罢了,没什么的。她又不喜欢他,她喜欢的是咱们。"

布伦特一个劲儿地点头,表示同意。

"不过,你有没有想过,"他说,"是不是因为阿什利没有把他明晚要宣布订婚的事先告诉她这位老朋友,而是先告诉了别

17

人,所以她才生气的呢?毕竟女孩子对这种事总是很在乎的。"

"哦,也许吧。可是,就算他没告诉她明天要宣布这事,那又怎么样呢?本来就是要保密,好给大家一个惊喜的嘛。况且男人有权对自己订婚的事保密,不是吗?要不是梅丽的姑妈把这件事泄露给我们,我们也不会知道啊。可斯嘉丽肯定也不是现在才知道阿什利要和梅丽小姐结婚的呀。你想,就连咱俩也都是好几年前就知道这事了。毕竟威尔克斯家和汉密尔顿家向来都是在自己的表亲之间通婚。所以人人都知道他俩十有八九是要结婚的,你看哈妮·威尔克斯不是也要和梅丽小姐的哥哥查尔斯结婚了吗?"

"好吧,算了,反正我怎么想也想不通。但她没有留我们吃晚饭这一点的确让我感到很遗憾。老实说,我真不想回家去听咱妈叨叨咱们哥儿几个被学校开除的事。毕竟这可不是第一次了。"

"也许博伊德这时候已经把她安抚好了呢。你也知道,那家伙别看个子矮,嘴倒是能说会道的,几句话就能把老妈劝消气,每次都能把她哄好。"

"没错,博伊德倒是有这本事,但也得费些功夫了。他得云山雾罩地跟老妈绕圈子,直到把她绕糊涂了,她才不得不缴械投降,还告诉他少说话保护好嗓子,留着这副好口才当律师去。可眼下他可能还没时间准备好开场白呢。跟你说,我敢打赌咱妈现在还在一心想着那匹新买来的好马,说不定得到今天晚上,她坐下来吃晚饭看见博伊德时才会想起来咱们又回家了。而且吃晚饭时,她的火气会越来越大,估计得等吃完饭才会好点儿。所以晚上十点之后,博伊德才能抓着机会跟她解释,说既然校长以那种态度跟咱俩谈话，那么不管是谁继续留在学校里都挺没面子的。跟老妈这一谈时间可就长了，估计得谈到半夜，他才能设法把老妈对咱的怒气转移到校长身上，然后她就会怒气冲冲地对博伊德说为什么没把那家伙一枪给毙了。所以现在不行，咱们得过了半夜才能回家。"

兄弟俩你看着我，我瞧着你，闷闷不乐。无论是野性难驯的烈马，还是打架斗殴，或是邻居对他们的愤怒和不满，他们都毫不畏惧。唯一害怕的是他们那位红发的母亲，害怕她劈头盖脸的数落和狠狠抽打在他们屁股上的马鞭。

"唉，我说，"布伦特说，"要不干脆咱们到威尔克斯家去算了。阿什利和姑娘们一定会乐意留咱们吃晚饭的。"

斯图尔特看上去有些不安。

"不行，咱们还是别去了。他们肯定正忙活着准备明天的烧烤会呢，再说——"

"哎呀，我把这事给忘了，"布伦特连忙说，"那咱们就别去了。"

他们冲着自己的马喝了两声，然后一言不发地往前骑了一阵。斯图尔特褐色的脸颊上泛起了一片尴尬的红晕。直到去年夏天之前，斯图尔特都一直在追求威尔克斯家的茵迪娅，并得到了双方家人以及全县人的认可。县里的人都认为，没准儿一向冷静克制的茵迪娅·威尔克斯能够让他消停些。无论如何，他们都热切地期盼这一天的到来。也许斯图尔特确实找对了对象，但布伦特对此并不满意。虽然他挺喜欢茵迪娅，但他觉得这姑娘太普通,而且太温顺了,要是他的话,绝对不会像斯图尔特一样爱上她。这对孪生兄弟第一次在兴趣上产生了分歧。看到自己的兄弟竟然看上这么一个毫不出众的女孩,布伦特觉得有些气恼。

后来,去年夏天的时候,在琼斯博罗橡树林里的一次政治演讲会上,他们俩都一下子注意到了斯嘉丽·奥哈拉。其实他们认识她已经很多年了,而且从小就很喜欢跟她玩儿。因为她不仅会骑马,还会爬树,样样都不比男孩逊色。但现在他们惊讶地发现,斯嘉丽已经出落成了一个妙龄少女,而且可以称得上艳压群芳,在众人之中最为迷人。

他们第一次注意到,她那绿色的双眸飞波流转,顾盼生辉,一笑起来,就会显出两个深深的小酒窝。她的手如柔荑,玉足纤纤,盈盈一握的腰肢更是绰约多姿。他们的妙语隽言令她喜笑颜开,不时发出一串串银铃般的笑声。一想到在她心里他们俩是多么出类拔萃,他们就备感振奋,更加卖力地表现自己。

那是兄弟俩一生都难以忘怀的日子。自那之后,每当谈起这事来,他们俩都感到很纳闷,怎么之前从来没有注意到斯嘉丽这么迷人呢?其实,他们永远也找不到确切的答案,因为那天斯嘉丽是有意要引起他们注意的。她无法容忍有人不爱她而爱别人,这是她的本性使然。因此,那天在演讲会上,当她看到茵迪娅·威尔克斯和斯图尔特在一起时,心中便激起了征服的本能。然而,她并不满足于只占有斯图尔特一人,还要把布伦特也引诱过来。最后她果真把这两兄弟的心统统俘获了。

现在他们两个人都深深爱上了她。布伦特曾经半心半意地追求过来自洛夫乔伊的莱蒂·门罗，但如今无论是茵迪娅·威尔克斯还是莱蒂·门罗，都被这两兄弟远远地抛在脑后。如果斯嘉丽选择了他们当中的一个，被拒绝的那个又该怎么办呢？这对孪生兄弟好像从来没想过这个问题。反正到时候再说。眼下，兄弟俩爱上了同一个女孩，他们对此感到十分满意，因为他们之间不存在一丝嫉妒之心。这种情形让他们家的邻居们颇感新奇，也让他们的母亲十分苦恼，因为她一点儿也不喜欢斯嘉丽。

"如果那个小妖精真的选了你们中的一个，那你们就自认倒霉吧，"她抱怨道，"没准你们两个她都要了，那你们就搬到犹他州去做摩门教徒[1]好了——不过我估计人家还不一定要你们呢……可最让我担心的是，总有一天你们俩会为了那个两面三刀的绿眼小狐狸而争风吃醋，喝得烂醉，甚至会掏出枪来自相残杀。不过嘛，如果真走到了那一步也不是什么坏事。"

自从那次演讲会之后，斯图尔特在茵迪娅面前就变得不自在了。茵迪娅从没有因他突然移情别恋而对他严加指责，更没有旁敲侧击和明里暗里地表示出她已经知道了这件事。因为她是个正派而有教养的大家闺秀，不屑于此。但斯图尔特却觉得对她有愧，因此当他跟她在一起时，总会觉得良心不安。他知道他已经让茵迪娅爱上自己了，也知道现在她依然还爱着他，所以他深感自责，觉得自己有失绅士风度。不过，他仍然很喜欢她，敬重

---

[1] 耶稣基督后期圣徒教会（早期中文译为耶稣基督末世圣徒教会）不属于基督信仰各宗派运动的任何一个分支，自成一派，其在信仰内容上与基督教有别，而坊间一般更常用摩门教这个非正式的名称。摩门教会支持"多重婚姻"，也就是一种形式上的一夫多妻制度。

她的文静贤淑、博学多才，以及一切高洁的品性。但可惜的是，跟活泼靓丽、千娇百媚的斯嘉丽比起来，茵迪娅还是太过苍白而无趣，总是一成不变。与茵迪娅在一起时，他始终清醒冷静，可一到斯嘉丽面前，他便意乱情迷、不知所措起来。光这一点就足以使一个男人心猿意马，纵使被迷住心窍，也会觉得别有一番滋味。

"唉，那咱就上凯德·卡尔弗特家去吃晚饭得了。斯嘉丽说凯思琳已经从查尔斯顿回来了。说不定她会带来一些关于萨姆特堡的最新消息。"

"凯思琳可不会。我敢跟你打赌，她甚至连萨姆特堡就在港口边上都不知道，更不晓得那里曾经挤满了北方佬，后来被咱们全给轰跑了。她脑子里只有舞会，还有到处招蜂引蝶。"

"那去听她叨叨些小道消息也挺有意思的嘛。再说咱总得找个地方待着啊，得等老妈上床睡觉之后才能回家呢。"

"哎呀，真见鬼！不过我倒是挺喜欢凯思琳，她这个人蛮有趣的。另外我也想打听一下卡萝·瑞特和其他查尔斯顿人的消息，可要我跟她的那个北方佬继母坐在一起吃饭，那还不如杀了我呢。"

"别对人家那么刻薄，斯图尔特。她人挺好的。"

"我不是对她刻薄。我只是挺可怜她的。但我不喜欢让我觉得可怜的人。而且她总是在你周围转来转去瞎忙活，想尽力招待你，让你觉得舒服自在，但结果适得其反，倒把你弄得很烦！对了，她还说咱们南方人都很野蛮，甚至跟咱妈也这么说。其实她很怕咱们南方人,每回看到咱们她都吓得要死,那样子就像一只蹲在椅子上瘦小枯干的老母鸡似的,瞪着两只怯生生的眼睛,目光呆滞,一有动静就立刻扑棱起翅膀来,咯咯大叫。"

"这也不能怪她,谁让你一枪把凯德的腿给打伤了呢。"

"咳,我那是喝醉了,不然也不会干出这种事来。"斯图尔特说,"再说,凯德从来没因此记恨过我。凯思琳、雷福德和卡尔弗特先生也没有怪我。只有那个北方佬后娘,哭哭啼啼,哇哇乱叫,骂我野蛮,还说他们这种体面人跟我们这些粗鄙的南方人在一起,简直有生命危险。"

"行了,你也别怪她。她是个北方佬,不是太懂礼数。毕竟你打伤了凯德,而凯德是她的继子。"

"切,少来了!那她也不能骂我啊!你还是老妈的亲儿子呢,上次托尼·方丹开枪打你腿时,老妈发火了吗?没有。她只是派人请来了老方丹大夫给你包扎伤口,还问大夫托尼一向枪法很准,这次怎么打偏了,是不是酒喝太多,找不着准星了。托尼听了这话,简直快气疯了,你还记得吗?"

两兄弟不禁放声大笑起来。

"咱妈可真是绝了!"布伦特由衷地钦佩道,"她总是能不负你的期望,每件事都办得漂亮利索,绝不会让你在人前难堪。"

"没错,不过今晚回家以后,她很有可能会当着老爸和女孩们的面数落咱俩,让咱俩难堪。"斯图尔特愁眉苦脸地说,"唉,布伦特,我想咱们恐怕是去不成欧洲了。你也知道,老妈说过如果咱俩再被学校开除的话,她就不带咱去欧洲观光旅行了。"

"去它的什么破旅行！我们才不在乎呢，对吧？欧洲有什么好看的？我敢打赌，欧洲有的，咱佐治亚州都有，我就不信那些外国佬能拿出什么稀罕东西来。我敢说，他们的马绝对没咱的马跑得快，他们那儿的姑娘也没咱这儿的漂亮。而且他们那儿的任何一款黑麦威士忌酒都没有咱爸的酒够味儿。"

"可阿什利·威尔克斯说欧洲那儿有很多景色优美的地方，还有优雅动听的音乐。阿什利可喜欢欧洲了，老是听他提起那里。"

"这个嘛——你也知道威尔克斯家的人。他们就喜欢音乐、书籍和风景什么的。老妈说这是因为他们的祖父是从弗吉尼亚来的。她说弗吉尼亚人都崇尚这些东西。"

"让他们喜欢去吧。我呢，只要有好马骑，有好酒喝，有好姑娘让我追，再有个坏小妞供我取乐就够了。谁乐意去欧洲谁去……有什么了不起的！要是咱们去了欧洲，这里打起仗来怎么办？赶回家都来不及。我宁愿参军去打仗，也不去欧洲。"

"我也是，只要开战，我就……有了，布伦特！我知道咱们去哪儿吃晚饭了。咱们骑马穿过沼泽地到埃布尔·温德那儿去吧，告诉他咱兄弟四个又都回家了，愿意随时去参加军训操练。"

"这主意好！"布伦特兴奋地叫起来，"咱们还能打听打听骑兵连里的消息，弄清楚他们到底用哪种颜色来做军服。"

"如果是阿拉伯式的制服[1]，那打死我也不参军。穿着那种像口袋似的红裤子，感觉太娘娘腔了，看着就跟女人穿的红法兰绒

---

1 阿拉伯式制服也称法国轻步兵军服。

衬裤一样。"

"二位少爷是要去温德先生家吗？要是去的话，怕是没什么好饭可吃啊，"吉姆斯插嘴道，"因为他们家的厨子死啦，还没买到新的。他们找了个干农活的女奴做饭，他家的奴隶告诉我，她是全州做饭最难吃的厨子了。"

"我的天啊！他们怎么不再买个厨子呢？"

"那些穷白佬哪买得起啊！他们家的奴隶从来没超过四个。"

吉姆斯毫不掩饰自己轻蔑的语气，因为塔尔顿家有一百个黑奴，所以吉姆斯的社会地位很稳固，像所有大种植园主手下的那些黑奴一样，他很看不起只拥有寥寥几个黑奴的小农场主。

"竟敢这么说话，非得用鞭子抽掉你一层皮不可。"斯图尔特厉声喝道，"不准叫埃布尔·温德先生穷白佬，他是不富裕，但也不是穷鬼。我决不允许任何人说他的坏话，不管黑人还是白人。整个县里没有比他更好的人了，要不骑兵连怎么会选他当少尉呢？"

"俺也一直想不通呢，少爷。"吉姆斯面对主人的斥责依然面不改色，"俺觉得吧，这营队的长官应该从有钱的白人老爷里选，不该在没出息的穷白佬里边挑。"

"他不是穷白佬！别拿他跟斯莱特利家那种真正的穷白佬比。埃布尔只是不太富而已。毕竟他只是个小农场主，没有大种植园。小伙子们都认为他够资格，选他当少尉了，哪容得你们这些黑鬼在这儿乱嚼舌根，说三道四的。骑兵连选了他，自有他们的道理。"

这支骑兵连是三个月前组建的,正好是佐治亚州退出邦联的当天。从那时起,刚入伍的士兵们就一直蓄势待发,时刻准备参战。骑兵连的名字还没定下来,不过提议的人倒不少。人人都给出主意,而且还都各持己见,就连在军服的颜色和样式等问题上也都看法不一。起什么名字的都有,比如"克莱顿野猫""噬火英雄""北佐治亚轻骑兵""义勇军""内陆步枪队"(但是骑兵连的武器装备只有手枪、军刀和猎刀,没有步枪),此外,还有什么"克莱顿灰衣连""铁血雷霆""勇猛豪侠"等等,五花八门,各有各的拥趸。所以,在名称还没有敲定之前,人们都把这支队伍称为"骑兵连"。尽管后来这支队伍最终有了一个响亮的名号,但大家还是习惯管它叫"骑兵连"。

这支骑兵连里的军官是由众人选举出来的,因为整个县里除了几个参加过墨西哥战争[1]和塞米诺尔战争[2]的退伍老兵以外,没有一个人打过仗。而且即使是老兵,如果他不能得到众人的喜爱和信服的话,就算当了头儿也会被人轻视。虽然大家都很喜欢塔尔顿家的四兄弟和方丹家的三个小伙子,但是很遗憾,大伙儿都不愿选他们当头儿。因为塔尔顿家的几个男孩好酒贪杯,喜欢玩玩闹闹。而方丹家的孩子又脾气暴躁。所以最后阿什利·威尔克斯被选为了这支骑兵连的上尉,因为他是全县最出色的骑手,

---

[1] 美墨战争(墨西哥-美利坚战争),是美国与墨西哥在1846年至1848年爆发的一场关于领土控制权的战争。

[2] 塞米诺尔战争是美国同美洲原住民塞米诺尔人之间发生的战争,共有三次。其中第二次塞米诺尔战争又称佛罗里达战争,是美国所打过的最为昂贵的印第安战争。

而且他头脑冷静,有助于维持军纪。雷福德·卡尔弗特成了这支队伍的中尉,因为人人都喜欢他。而沼泽地猎人的儿子、身为小农场主的埃布尔·温德则被推选为少尉。

埃布尔人高马大,精明沉稳,虽大字不识,但心肠很好。他比其他的小伙子年长,在女士面前有礼有节,不比别的小伙子逊色,甚至还略胜一筹。骑兵连里的人并不势利,因为他们当中许多人的父辈或祖辈也都是从小农场主起步,一点点发达起来的。更何况埃布尔是骑兵连里枪法第一的高手,能在七十五码开外射中一只松鼠的眼睛。另外他还熟悉如何在野外生存,像雨天生火、追踪猎物、寻找水源等诸如此类的事情,他都很在行。骑兵连的人佩服他的真本事,也喜欢他的为人,所以就选他当了军官。他十分认真严肃地对待这份殊荣,从不骄傲自大,始终恪尽职守。虽然种植园主们不在乎他卑微的出身,种植园主家的太太小姐和黑奴们却很介意。

起初,骑兵连只招募种植园主的儿子,组成一支乡绅队伍。骑兵连里的马匹、武器、装备、制服还有贴身男仆都个人自备。但是在克莱顿这个开发历史不长的县里,有钱的种植园主并不多,所以为了组建一支强有力的武装队伍,他们必须在小农场主、荒林沼地的猎户以及乡下的白人中招募士兵,不得已的话,甚至连穷白佬也得算上,只要他们的家境能略高于其阶层的平均水平就行。

如果战争来临,后一部分的这些年轻人也会跟他们富有的白人邻居一样,急于跟北方佬干上一仗;可是一个敏感的问题便随之而来——钱。小农场主里没几个人有马，因为干农活都是用骡子。而即使是骡子也没多少富余的，最多不超过四头。就算骑兵连同意接收骡子，他们也舍不得把骡子拉出去打仗，更何况骑兵连压根也不要骡子。至于那些穷白佬，他们能有头骡子就觉得很不错了。而荒林沼泽的猎户呢，则既没有马也没有骡子。因为他们完全是靠林地里的产出和沼泽里的猎物过活，他们的买卖也基本上是以物换物，一年也难得见到五块钱，至于马匹和制服那就更是可望而不可即了。别看这些人穷，志却不短。有钱的种植园主为自己的财富而自豪，而他们则为自己的贫穷而骄傲，绝不接受富裕邻居任何带有施舍味道的东西。所以为了照顾所有人的情绪，并且把骑兵连建成一支实力强大的武装队伍，斯嘉丽的父亲和约翰·威尔克斯、巴克·门罗、吉姆·塔尔顿、休·卡尔弗特等人，也就是除了安古斯·麦金托什以外的所有大种植园主都纷纷解囊，把骑兵连装备起来，包括人员和马匹。最后的结果就是，全体种植园主一致同意出钱给自己的儿子和一定数量的其他人员购买装备。这样一来，那些家境不宽裕的骑兵连成员便可以坦然接受捐助的马匹和制服，自尊心也不会受到伤害了。

骑兵连在琼斯博罗每两周集训一次，企盼着仗能快点儿打起来。虽然马匹尚未添置齐备，但是有马的人已经在县政府后面的空地上操练起他们自以为的骑兵演练来，马蹄扬起漫天灰尘，骑手们挥舞着战刀喊得声嘶力竭。那战刀是从家中客厅的墙上取下来的，曾在革命战争时期用过。而那些还没有马的人，只能坐在布拉德小铺子前面的街沿上，一边看着战友演练，一边嚼着烟草闲聊天，有的则干脆去比试枪法。打枪倒是不用教，因为大多数南方人打一出生就枪不离手，而且他们生性爱好打猎，所以个个都是神枪手。

骑兵连的武器各式各样，都是从种植园主的家里和沼泽地小木屋里拿出来，汇拢在一起的。这其中有打松鼠用的长杆枪，当年第一批移民越过阿利根尼山脉来到此地时，这枪还是新的呢。还有老式的前膛枪，是在美英战争、塞米诺尔战争和墨西哥战争时用过的。另外还有决斗时用的镶银手枪、大口径短筒小手枪、双筒猎枪和崭新的英式步枪，枪托木料上乘，枪身闪闪发光。

训练最后总是会在琼斯博罗的酒馆里结束。还没到天黑，大伙儿就开始喝酒闹事、打架斗殴，事故频发。长官们不得不赶快干预，不然还没等北方佬打过来，他们就已经伤员满营了。就是在这样的一次斗殴中，斯图尔特·塔尔顿开枪打伤了凯德·卡尔弗特的腿，而布伦特也挨了托尼·方丹一枪。当时这对双胞胎兄弟刚被弗吉尼亚大学开除回家，正好赶上骑兵连刚刚组建，于是他们就兴致勃勃地加入了。那次枪击事件之后，也就是两个月前，他们的母亲又给他们收拾行装，把他俩打发到了州立大学，责令他们在那儿老实待着。然而他们却根本无心学习，一心想念着热闹的军事训练，他们觉得只要能和朋友们在一起骑马打枪，嘶声呐喊，就算荒废了学业也值得。

"那咱们就抄近道去埃布尔家吧，"布伦特提议说，"咱可以蹚过奥哈拉先生家的那段河床，从方丹家的牧场穿过去，眨眼就到。"

"他家可啥都没有，俺们就只能吃蔬菜和负鼠肉了。"吉姆斯争辩道。

"你什么也吃不着，"斯图尔特咧嘴一笑，说道，"因为你得回家去告诉我妈，我们俩不回家吃晚饭了。"

"不，俺可不去！"吉姆斯惊慌地叫起来，"不行，俺不回去！比阿特丽丝小姐会气得把俺打个半死，这可不是闹着玩的。太太肯定得先问俺你咋又被学校开除了，接着，她就会骂俺今晚为啥不把你俩带回家，好让她揍你们一顿。然后，太太就会像鸭子见了食儿似的朝俺扑过来。俺就知道，反正她会把气都撒在俺身上，让俺替你俩背黑锅。您二位要是不带俺去温德先生家，那俺就到林子里待一夜，说不定还会被巡逻队抓了去。可俺宁可被巡逻队抓走，也比挨太太的骂强。"

兄弟俩看着这个一脸倔强的黑奴，既气恼又不解。

"这个傻瓜，竟然宁愿被巡逻队抓去。真要是这样的话，老妈又得唠唠叨叨好几个星期了。说真的，这些黑鬼真是越来越麻烦了。有时候吧，我还真觉得废奴兴许是对的。"

"不过，咱自己不愿做的事，却让吉姆斯去替咱兜着，这也不妥。咱们还是带上他吧。但是听着，你这狗仗人势的蠢黑鬼，如果你胆敢在温德先生家的黑奴面前端架子，或者炫耀说咱家顿顿吃炸鸡和火腿，而他们什么都没有，只能吃兔子和负鼠肉，那我——我就跟我妈告状去，而且也不让你跟我们去打仗了。"

"端架子？俺怎么会在那些便宜买来的黑小子面前端架子呢？不会的，少爷，俺懂礼貌。太太把教你们的那些礼节也都教给俺了呢。"

"可惜咱们仨她都没教好啊，"斯图尔特说，"好了，咱们走吧。"

他拽着自己的那匹大红马后退了几步，然后双腿一夹马肚子，马儿一跃而起，轻松跳过杰拉尔德·奥哈拉种植园的围栏，踏进他们家松软的田地里。布伦特也骑马跃了过去，吉姆斯也拉着马鞍和马鬃，紧随其后。他虽然不喜欢骑马跳过围栏，但为了跟上两位主人，比这更高的围栏他也得拼命跃过去。

暮色渐浓，三人在垄垄红土犁沟里择路而行，沿着山坡奔向河床。布伦特朝他的兄弟喊道："哎，斯图！你不觉得斯嘉丽本来是想留我们吃饭的吗？"

"我也一直觉得她是这么想的，"斯图尔特也大声喊道，"那你说她为什么……"

第二章

兄弟俩告辞离去时，斯嘉丽仍站在塔拉的前廊上。等飞驰而去的马蹄声渐渐消失后，她才梦游似的回到椅子上坐下。她面容紧绷，难掩心痛，嘴唇也僵得发酸，因为她不愿让那兄弟俩看出她的心事，所以一直在强颜欢笑。她疲惫地坐下来，一条腿盘起，心中泛起一丝苦痛。这苦痛愈发强烈，仿佛胸口都快要裂开了。现在，斯嘉丽的心怦怦乱跳着，双手冰凉，整个人好似大难临头一般。她的脸上充满了痛苦和惶惑，这个被娇生惯养的孩子，从来都是要什么有什么，如今却第一次尝到了苦涩的滋味。

阿什利要和梅兰妮·汉密尔顿结婚了！

噢，这不可能是真的！兄弟俩肯定是弄错了，要不就是又跟我开玩笑呢。不可能，阿什利是绝不可能爱上她的。那个女的长得跟耗子似的，又瘦又小，谁会爱上她呢。斯嘉丽带着鄙夷的心情，回想起梅兰妮那副像孩子一样瘦弱的身材，还有她那张桃心形的小脸，总是一脸严肃，长得普通至极，简直到了难看的地步。而且阿什利已经有好几个月没见过她了。自从去年在十二橡树举办宴会之后，阿什利顶多去过两次亚特兰大。不，阿什利不可能爱上梅兰妮，因为——噢，她绝不会弄错的！她，斯嘉丽，才是他心中所爱的人——她心里很清楚！

斯嘉丽听到嬷嬷笨重的脚步声，把过道的地板震得直颤，于是赶紧把盘着的那条腿放下来，重新调整表情，尽量显得若无其事。如果让嬷嬷发现有什么异样，那可就不得了了。嬷嬷觉得自己掌管着整个奥哈拉家，全家人无论是身体还是灵魂，她都有责任照顾周全。他们的秘密就是她的秘密，哪怕觉察到一丝可疑之处，她都会像猎犬一样闻风而动，一路追查到底。按照以往的经验，斯嘉丽知道，如果嬷嬷的好奇心没有立刻得到满足，就会把事情捅到埃伦那里，然后斯嘉丽就不得不向自己的妈妈全盘交代，要么就只能编造谎言搪塞过去。

嬷嬷从过道出来了。她是个壮实的老妇人，有着一双像大象一样精明的小眼睛。她的皮肤黑得发亮，拥有纯正的非洲血统，誓为奥哈拉家尽忠职守，流尽最后一滴血。她是埃伦的左右手，却令埃伦的三个女儿极为头疼，家里的其他仆人也都对她十分惧怕。她虽是黑人，但为人行事的准则很高，自尊心也极强，不亚于她的主人们，甚至比主人更甚。她从小便在埃伦·奥哈拉的母亲索朗热·罗比拉德的卧室伺候。罗比拉德太太是位举止优雅、鼻子高挺的法国女人，冷静严肃，十分讲究礼仪，无论是她的子女还是仆人，只要礼仪不周，就会受到相应的惩罚。嬷嬷原是埃伦的保姆，埃伦出嫁后她跟着从萨凡纳来到这偏远的内地。嬷嬷爱谁，就会对谁严格管教。她对斯嘉丽格外宠爱，也最为骄傲，所以对斯嘉丽看管得也就最紧，没有一丝懈怠。

"那两位少爷都走啦？为啥没留他们在这儿吃晚饭呢，斯嘉丽小姐？俺还特意嘱咐波克多摆两副刀叉了呢。你的礼仪都哪儿去了？"

"哦，他们一个劲儿地谈打仗的事，我都烦死了。要是晚饭时还这么没完没了的，再加上爸爸又掺和进来，嘴里林肯长林肯短的，那这顿饭我还吃得下吗？"

"俺和埃伦小姐在你身上费了多少心血啊，可你咋比干农活的人还不懂礼貌，真是白教你了。哎呀，怎么不裹上披肩呢，晚上风凉！早就跟你说过了，晚上不裹披肩容易受风着凉，会发烧的。快进屋去，斯嘉丽小姐。"

斯嘉丽故意无动于衷地转过身，不理会嬷嬷。幸好嬷嬷只顾着披肩，没注意到斯嘉丽的脸。

"不，我要坐在这儿看日落。夕阳多美啊。去把我的披肩拿来好吗，嬷嬷？我要坐在这儿等爸爸回来。"

"听你这声音像是着凉了。"嬷嬷疑虑地说。

"哎呀，哪有，"斯嘉丽不耐烦地说，"快去帮我拿披肩吧。"

嬷嬷拖着庞大的身躯，一摇一晃地走进门厅。随后斯嘉丽便听到嬷嬷站在楼梯口轻声呼唤楼上女仆的声音。

"喂，罗莎！把斯嘉丽小姐的披肩扔给我。"接着她又提高了嗓门喊道，"你真是个不中用的黑鬼！啥忙也帮不上。唉，还是得俺自己上楼去拿。"

斯嘉丽听到楼梯被嬷嬷踩得嘎吱作响，就像它疼得发出呻吟声一般。于是她趁机轻轻站了起来。等嬷嬷回来以后肯定又得继续叨叨，数落斯嘉丽待客不周，不懂礼数什么的。斯嘉丽觉得她现在心里已经够难受的了，要是再加上嬷嬷的唠叨，她就更受不了了。她站起身来，犹豫了一下，不知道该去哪儿躲躲，好让心头的痛楚稍稍缓解一些。忽然，一个念头从她脑海中闪过，心中不禁燃起一线生机和希望。她的父亲下午骑马到十二橡树——也就是威尔克斯家的庄园去了。他要去那儿把女黑奴迪尔茜买来。迪尔茜是奥哈拉先生的贴身男仆波克的老婆，但同时也是十二橡树的女仆总管和接生婆，归威尔克斯家所有。自从六个月前两人结婚后，波克就成天到晚地央求着主人把迪尔茜买过来，好让他们两口子团聚。杰拉尔德·奥哈拉先生被波克缠得没办法，只好答应，于是这天下午便去十二棵橡树谈这笔交易去了。

斯嘉丽寻思着，阿什利结婚这个可怕的消息到底是真是假，爸爸肯定知道。就算今天下午他没听说什么，也肯定能察觉到什么不寻常的地方，或者感觉到威尔克斯家的异常喜悦。如果我能在晚饭前单独见到爸爸，也许就能弄清真相——发现这只是那对孪生兄弟故意捉弄她的恶作剧罢了。

这个时候，杰拉尔德应该快回来了，如果斯嘉丽想单独见到他的话，只能去大路口的车道上迎他。于是斯嘉丽悄悄地走下前廊的台阶，边走边小心翼翼地回头张望，看嬷嬷有没有从楼上的窗户盯着她。还好，从那飘动的窗帘缝隙里，她并没有看到嬷嬷那张宽阔的黑脸和雪白的头巾，也没看到她眼带责备地隔着窗帘偷偷窥探。斯嘉丽这才壮起胆子，提起绿色花裙的裙摆，踩着小巧的缎带花边鞋，沿着小路朝车道飞奔而去。

砾石铺就的车道两边，墨黑的雪松枝条层层叠叠，在头顶上方相互交错，形成一个拱形，将长长的车道变成一条光影斑驳的隧道。斯嘉丽一跑到枝条交错的雪松下面，便放下心来，因为她知道这下就不会被房子里的人看见了。于是她便放慢了脚步。此时的她气喘吁吁，原来是她的紧身胸衣勒得太紧，跑几步就喘不上气来。但她还是尽可能快地往前走。很快她就走到了车道的尽头，走上大路。但她并没有停下脚步，而是拐了一个弯，来到树林，让一大片树林挡住她的身影，不让房子里的人看见她。

斯嘉丽脸蛋通红，喘着粗气，坐在一根树桩上等她父亲。以往这个时候，父亲早就回家了，不过她很高兴今天父亲回来晚了。她正好趁这工夫喘口气，平复一下情绪，免得让他起疑心。她急切地期盼着能快点儿听到父亲骑马时嗒嗒的马蹄声，看见他像平时那样玩命似的疾速冲上山坡。但时间一分一秒地过去，仍不见父亲的身影。她望向大路的远处，痛楚又重新涌上心头。

"噢，这不可能是真的！"她心中暗想，"爸爸怎么还不回来呢？"

她顺着蜿蜒的大路望去，早上下了一阵雨，此时的大地呈现出一片血红。她的思绪早已沿着山路飘下山坡，穿过缓缓流淌的弗林特河，掠过杂草灌木丛生的泥泞河床，越过另一座山坡，最后来到了十二橡树，也就是阿什利所住的地方。而今这条路对她来说唯一的意义就是——它通向阿什利和他的那座漂亮的白色房子。那房子耸立在山顶之上，其中有一根根精美的白色石柱，犹如希腊神庙般瑰丽华美。

"噢，阿什利！阿什利！"她心里想着，心跳也加快了。

从与塔尔顿家的孪生兄弟闲聊中得知了这个消息之后，斯嘉丽就一直惶然无措，怅然若失，心里冷冰冰、沉甸甸的。而现在，这种感觉被抛到了脑后，取而代之的是两年来一直在她心中燃烧的爱恋之火。

现在想来还真是有些奇怪，从小到大，她似乎从来没有对阿什利动过情。小的时候，她看着他在自己眼前来来去去，也从来没有过什么想法。但自从两年前阿什利从欧洲游学三年归来，到她家登门拜访之后，她便立刻爱上了他，就是这么简单。

那一天，她站在前廊下，看着他骑着马沿着长长的车道缓缓而来。他穿着灰色的绒面呢上衣，一条黑色的宽边领带搭配上褶领衬衫简直完美无瑕。即使现在，她依然能回想起那天他衣着上的每个细节，一双皮靴锃光闪亮，领带夹上有个精美的美杜莎头像浮雕，头上戴着一顶巴拿马帽，一见到她，他就立刻把那顶帽子摘下来拿在手里。他翻身下马，把马缰扔给了一个黑人小孩，然后停下脚步，抬头凝望着她，一双朦胧的灰色眼睛里带着盈盈笑意，灿烂的阳光照耀着他的一头金发，就像给他戴上了一顶银光闪闪的帽子。只听他开口说道："你长成大姑娘了，斯嘉丽。"说完他便轻快地走上台阶，轻吻了她的手。哦，还有他的声音！她永远也忘不了，听到他声音的那一刻，她的心头忽然被撩起的那份悸动，仿佛人生中第一次听到这么美妙的声音——如此慷懒魅惑，如此浑厚磁性，又如此悦耳动听。

从那一刻起，她便要定了他，就如同她需要饭吃、需要马骑、需要柔软舒服的床睡一样，就是这么简单，不需要什么理由。

两年来，阿什利一直陪着斯嘉丽在县里各处走动，参加各种舞会、炸鱼宴、野餐，甚至旁听法庭审判。虽然他不像塔尔顿家的双胞胎兄弟或者凯德·卡尔弗特来得那么频繁，也不像方丹家的几个小伙子那样殷勤，但是他几乎每周都会来塔拉拜访，从未间断过。

的确，他是从来没向她表白过心迹，那双清澈的灰色眼睛也从来没有像别的男人那样，对斯嘉丽显露过热情似火的光芒。然而——然而——她知道他爱她。这一点她绝不会弄错。因为直觉比理智更可信，而从经验而来的认知也告诉她，阿什利是爱她的。她经常会出其不意地发现，他的那双眼睛看着她的时候，目光既不迷离也不遥远，而是带着一种渴望和一丝忧伤，这令她十分困惑不解。她知道他是爱她的，但为什么他不向她表明呢？她实在是不明白。但在他身上，她不明白的事情还多着呢。

比如他这个人，始终彬彬有礼，却又深不可测、遥不可及。谁也猜不透他的心思，斯嘉丽就更不用说了。在这个人人都想到什么就说什么的地方，他的这种深沉含蓄实在令人颇为恼火。本地人平常的消遣活动，比如打猎、赌博、跳舞、谈论政治等等，他样样在行，跟其他年轻人相比毫不逊色，而且他还是全县最出色的骑手。但他又和其他所有的人都不一样，因为他并不把这些娱乐活动当作生活的全部和人生的目标。他爱好书籍和音乐，还喜欢写诗，在这一点上他从来都是孤独的，没有一个知音。

哦，他为何这般英俊，那一头金发为何这般迷人？他是多么温文尔雅，可为什么又那么难以亲近？他总爱滔滔不绝地谈论欧洲、书籍、音乐和诗歌等一些她毫不感兴趣的东西，她明明烦得要命，可与此同时为什么又对他如此痴迷呢？每当斯嘉丽和他在暮色下的前廊里闲坐谈天之后，她夜晚躺在床上总是会辗转反侧，久久难以入眠。她每每都会用同一句话安慰自己：下次他来的时候，肯定会求婚的。但每每下次来了之后，他便又走了，没有任何结果——什么也没有，这反而使她心中的爱火愈加炽烈，愈加炙热。

她爱他，她要他，但看不懂他。她性格直率而单纯，就像吹过塔拉庄园的清风，犹如环绕塔拉庄园的黄色河流。她一辈子也弄不懂复杂的事情。而如今她却平生头一次遇到了一个性格复杂、高深莫测的人。

阿什利是个把闲暇时间都用来思考，而不是做事的人，这源于他们家族的传统，世代皆是如此。他喜欢沉醉于编织五彩斑斓的美梦，完全脱离现实。他自我陶醉在一个比佐治亚州更加美妙的内心世界，极不情愿回到现实生活中来。他冷眼旁观众人，既不喜欢，也不厌恶。他漠然对待生活，既不热忱，也不伤悲。他听凭天命，坦然接受一切，无论命运好坏，他都耸耸肩毫不在乎，转而沉浸到他喜爱的音乐和书籍，以及他自己编织的更美好的世界里去了。

他的心对斯嘉丽来说是完全陌生的，可为什么却能俘获她的芳心呢？她自己也不明白。他谜一般的品性就如同一扇既无锁也没钥匙的门，激起了她的好奇心。他身上种种令她困惑不解的谜团只会使她爱得更深。而他那奇怪而克制的追求方式只会使她更加坚定要拥有他的决心。总有一天他会向她求婚的，她对此一直深信不疑，因为她太年轻，太过娇惯，从来没尝过失败的滋味。如今却传来了这个可怕的消息，简直如同晴天霹雳一般。阿什利要和梅兰妮结婚了！这不是真的！绝不可能！

更何况，就在上个星期，他们俩在暮色时分一起从丽山庄园骑马回家时，他还对她说："斯嘉丽，我有件重要的事情要告诉你，可又不知道该怎么开口。"

斯嘉丽羞涩地垂下眼帘，内心却是一阵狂喜，心想幸福的时刻终于来临了。可接着他又说："现在先不告诉你！因为我们快到家了，时间来不及。哦，斯嘉丽，我真是个胆小鬼！"说完，他用靴刺踢了一下马，便跟斯嘉丽一起策马奔上山坡，送她回到了塔拉。

斯嘉丽坐在树桩上，回想着那几句曾使她感到无比幸福的话语，突然间悟到话里的另外一层意思，一层可怕的意思。没准儿他要说的就是他快要订婚的事儿！

哎，老爸怎么还没回家！她的一颗心就一直这么悬着，简直太难受了。她再次急不可耐地望向大路的远处，然后再次大失所望。

夕阳西沉，天边的那一抹红霞已经渐渐淡为粉红。天空由原先的湛蓝渐变成知更鸟蛋一样淡雅的青绿色。夜幕悄然降临，暮色中的乡间超然宁静。薄暮笼盖四野，也笼罩在斯嘉丽周围。红色的犁沟和有如伤口一般开裂的路面已经不再显出神秘的猩红色，而是变成了普通的褐黄色。大路对面的牧场里，牛、马和骡子安静地站着，纷纷把头伸出围栏，等待着被主人赶回牲口棚去饲喂。它们很不喜欢牧场小溪边灌木丛投下的黑影，于是一个劲儿地朝斯嘉丽抽动着耳朵，似乎在感激有人陪伴。

河边沼地旁一棵棵高大的松树，白天在阳光的照耀下苍翠欲滴，洋溢着一股暖意，而此时，在这半明半暗的暮色之中却变得黑漆漆的。在昏暗天空的映衬下，那一排耸立的松树就好似一堵由许多黑色巨人组成的高墙，难以逾越，同时也遮挡住了脚下那条缓缓流淌的浑黄河水。河对面的山坡上，威尔克斯家高耸的白色烟囱渐渐隐没在周围浓密的橡树林里，与林中的阴影融为一体，只有远处点点的晚餐灯光，还能依稀照出那座房子些许的轮廓。春日里温和而湿润的气息阵阵袭来，带着新犁土地的温润和满目新绿的芬芳。

落日、春意还有满目新绿，这些对斯嘉丽来说都不是什么奇观异景。这些美景对她来说再平常不过，就像她呼吸的空气以及喝的水一样。除了女人的脸蛋、马匹、丝绸衣服之类看得见、摸得着的东西以外，她从来没有在别的事物上发现过美的存在。然而在朦胧的暮色中，塔拉庄园精心耕耘的田地上这一派静谧安详的景象，却给她纷乱不安的心带来了一丝宁静。她深爱着这片土地，就像爱她母亲在灯下祈祷时的面容，可她却从未意识到心中的这份深情。

然而，蜿蜒而寂静的大路上依然没有杰拉尔德的身影。要是她再等下去的话，嬷嬷一定会来找她，把她强拉回去。但正当她望眼欲穿时，牧场的山脚下突然传来了一阵马蹄声，惊得牛群和马匹四散开来。杰拉尔德·奥哈拉正纵马穿过田野飞驰而来。

他骑着那匹膘肥体壮、腿部修长的猎马冲上山坡，远远望去，就像一个小男孩骑在一匹高头大马之上。他那头长长的白发在脑后随风飘扬，他一面扬鞭，一面大声喝马疾行。

尽管斯嘉丽心中充满焦急与不安，但此时她望着父亲策马前行的身影，仍由衷地为他骄傲和自豪。因为杰拉尔德的骑术的确精湛。

"我真不明白，为什么他一喝了点儿酒就爱骑马跳围栏，"她心想，"别忘了去年秋天他就是在这儿摔折了膝盖骨的。本以为他接受教训学乖了呢。而且他还跟妈妈发过誓，保证以后再也不跳了呢，结果还是这样。"

斯嘉丽一点儿也不怕她的父亲，甚至觉得他比她那两个姐妹更像是她的同龄人，因为他经常瞒着妻子偷偷跳跃围栏，就像小孩子做错了事没有被发现似的，让他心里感觉既罪恶又得意。而这与斯嘉丽和嬷嬷智斗得胜后的喜悦如出一辙。于是她立刻站起身来，准备欣赏爸爸纵马跳跃围栏的英姿。

只见高大健硕的骏马跑到围栏边，蓄势而起，毫不费力地跃过了栏边，如一只小鸟轻盈地掠了过去。马背上的骑手大声欢呼，在空中甩起长鞭，鬈曲的白发在脑后飘扬。杰拉尔德并没有看见站在斑驳树影中的女儿。到了大路之后，勒住马缰，拍了拍马儿的脖子，以示夸奖。

"县里哪匹马都比不上你，就连整个州里都没有比你再好的了。"他自豪地对着自己的坐骑说，虽然他已在美国生活了三十九年，但说话仍带着浓浓的爱尔兰米斯郡[1]口音。然后他赶紧捋了捋头发，弄平皱了的衬衫，整理好已经歪到耳后的领结。斯嘉丽知道他这么急急忙忙地整理衣装和仪容，是为了在妻子面前装出一副斯文得体的绅士模样，好让她相信他拜访完邻居之后，是稳稳当当地骑马回来的。同时斯嘉丽也知道，这是个好机会，既能趁机上前跟他搭话，又不用暴露自己真实的目的。

于是她故意放声大笑起来。果然不出所料，杰拉尔德被这笑声吓了一大跳。等认出她来之后，他那张红润的脸上便立刻显出局促不安的神色，同时还带着一丝桀骜。他下马有些吃力，因为他的膝盖有些僵硬了。他把马缰搭在手臂上，向斯嘉丽迈步走去。

"嘿，丫头，"他捏了捏斯嘉丽的小脸蛋，说道，"你一直在监视我呢，是吧？上星期是你妹妹苏埃伦，现在又轮到了你。要跟你妈妈告我的状，对吗？"

他沙哑、低沉的声音里带着一丝愤愤不平，也带着几分讨好

---

[1] 米斯郡为爱尔兰共和国东部伦斯特省一郡，位于爱尔兰岛东部，俗称"皇家郡"，这里曾在爱尔兰的历史上扮演过重要的角色。当地的一些巨石古墓建造于公元前3500年，比埃及金字塔还要古老。米斯郡是爱尔兰最重要的马铃薯（或所谓的"地苹果"）产地。马铃薯在17世纪由南美洲引进欧洲后，很快成为爱尔兰人的主食。1845年爆发的马铃薯晚疫病所导致的大饥荒，造成1846年至1851年间多达150万爱尔兰人死亡，以及同一时期上百万人的移民潮。

的口吻。斯嘉丽顽皮地喷喷几声，同时伸手去拉正爸爸的领结。他呼出的气息吹到她的脸上，她闻到了波旁威士忌的味道，还夹杂着淡淡的薄荷香味。再加上他身上散发出的烟草味、上了油的皮革味和马儿的气味，这些各种各样的味道混合在一起，便是父亲的味道。所以她会本能地喜欢上身上带有这种混合气味的男人。

"怎么会呢，爸爸，我可不像苏埃伦那样有事没事总爱告状。"斯嘉丽向他保证道，同时退后一步，像个行家似的打量着他重新整理好的衣装。

杰拉尔德个子不高，身高也就一米五多一点儿，但是健壮敦实，膀阔腰圆，脖子短粗，当他坐着的时候，生人乍一看还以为他人高马大的呢。他那两条粗壮的短腿支撑着笨重而厚实的身躯，脚上总是穿着能买到的最好最贵的皮靴，而且站着的时候两腿总是喜欢分开，就像个神气十足的小男孩。大多数威风得意的小个子都会显得有些滑稽可笑，可在打谷场上，矮小好斗的公鸡却是鸡群中最受尊重的。杰拉尔德就属于后者。从来没人胆敢把杰拉尔德·奥哈拉看成是可笑的小矮子。

杰拉尔德年届六十，一头鬈曲的头发已是一片花白。可他那张精明干练的脸上却一道皱纹都没有。一双目光锐利的蓝眼睛虽小，却炯炯有神，充满活力。他就像个年轻的小伙子一样活力四射且无忧无虑，从来没什么操心的事，唯一能让他费神的只有打牌时得算着该抓几张牌。他有着一张典型的爱尔兰人脸庞——圆脸盘、面色红润、鼻子短小、嘴巴宽大，还有一副桀骜不驯、生性好斗的神情。在他的家乡，像他这种长相的人随处可见。

杰拉尔德·奥哈拉虽然外表上看起来暴躁易怒，其实心地十分善良。看到黑奴挨骂噘着嘴，他都会于心不忍，就算是黑奴咎由自取，他也看不下去。要是听见小奶猫喵喵叫或者婴儿啼哭，他也会很心疼。但他生怕别人发现自己是个容易心软的人。其实不管是谁，只要跟他相处不到五分钟，就会发现他有一颗慈悲善良之心，可他自己却毫不知情。要是他知道了，自尊心一定会大为受挫，心里很难过。因为他喜欢大声发号施令，并自以为人人听到他的大嗓门，都会胆战心惊，唯命是从。但他从来都不曾发觉，庄园里上上下下只有一个声音令众人服从，不敢违背——那就是他妻子埃伦的轻声细语。这是一个他永远也不会知道的秘密，因为庄园里的每个人——上至埃伦，下到干农活的蠢笨黑奴对此都心照不宣，出于善意互相通好了气，让他相信他说的话就是法律。

斯嘉丽对他的火爆脾气和高声大叫更是毫不在乎。她是长女，而且如今杰拉尔德也清楚，在他的三个儿子相继死去之后，他这辈子不可能再有儿子了。所以他便不知不觉中把斯嘉丽当成了男孩来对待，这也让斯嘉丽觉得很开心，因为她比两个妹妹更像父亲。小妹妹卡琳，本名卡洛琳·艾琳，生性娇弱，成天爱做白日梦。她的大妹妹苏埃伦，教名苏珊·埃莉诺，最自命不凡，觉得自己特优雅，特有淑女风范。

再说，斯嘉丽和她父亲之间还有一项相互制约的同盟协议。

如果杰拉尔德发现她不愿多走半英里路到大门口，而是直接翻围栏过去，或者跟小伙子在前廊的台阶上一起坐到很晚，他便会私下里严厉地训斥她一番，但绝不会把这事告诉埃伦或嬷嬷。而如果斯嘉丽看见爸爸违背了对妻子的誓言，依然偷偷纵马跳跃围栏，或者发现他打牌输了多少钱（她总能从县里人的闲聊中听到这事），她就会替爸爸保密，不会像苏埃伦那样傻乎乎的，在晚饭时把这事说出去。斯嘉丽和父亲两个人心照不宣，都知道如果这些事情传到埃伦的耳朵里，她只会伤心难过，而他们无论如何也不愿伤害她那颗温柔的心。

斯嘉丽在渐渐黯淡的微光中看着自己的父亲，不知为何，一见到他自己心中便感到了一丝安慰。父亲身上那种粗枝大叶的活力和朴实粗犷的气息深深吸引着她。她是个最不擅分析的人，所以她并没有意识到自己也或多或少拥有同样的品性，尽管埃伦和嬷嬷十六年来费尽心血想去掉她身上的这些特质，但结果还是白费力气。

"您这样就好多了，"她说，"我看没人会疑心您又偷着跳围栏了，除非您自己忍不住跟人瞎吹。可我觉得，去年您就跳这道围栏摔伤了膝盖，现在又跳同一个围栏——"

"哎呀，什么地方能跳、什么地方不能跳还得听自己女儿教训，那还得了？"他大声嚷嚷着，又捏了一下她的小脸蛋，"命是我自己的，不用你们管。咦，丫头，你跑这儿来干吗？披肩怎么没围上？"

看到父亲又用这种惯用的伎俩转移话题，避重就轻，斯嘉丽便一只手挽住他的胳膊，说道："我在等您呢。没想到您这么晚才回来。我就是想知道您把迪尔茜买来了没。"

"买是买来了，可价钱真是差点儿要了我的命啊。不光买下了迪尔茜，还买下了她的小女儿普利茜。约翰·威尔克斯几乎要把这两人白送给咱们，但我杰拉尔德·奥哈拉决不能让别人戳我脊梁骨，说我靠交情占人便宜。所以最后我死活让他收下了三千块钱，买下了那母女俩。"

"我的天啊，爸爸，三千块哪！而且您也没必要把普利茜也买来啊！"

"怎么？如今我得听自己女儿对我说长道短了吗？"杰拉尔德大声反问道，"普利茜这小姑娘挺讨人喜欢的，所以——"

"我见过她，是个又滑头又蠢笨的小家伙。"斯嘉丽不理会父亲的大吼大叫，冷静地说，"我看，恐怕是因为迪尔茜一个劲儿地央求，你才买下她的吧？"

杰拉尔德败下阵来，十分尴尬，他每当因为心软做了善事被人发现时就总是如此。斯嘉丽看着他被人一眼看穿的窘相，不禁开怀大笑起来。

"呃，是又怎么样？要是只买迪尔茜，她一天到晚老惦记着孩子，那买了她又有什么用呢？哎呀，反正我再也不许咱家的黑小子跟别处的女人结婚了，这也太贵了。好了，丫头，咱们回去吃晚饭吧。"

夜色渐浓，天空中最后一抹淡绿也已经褪去，春日的暖意渐消，取而代之的是丝丝的凉意。而此时斯嘉丽还在踌躇，不知怎

47

样才能提起阿什利这个话题且不让爸爸怀疑她的动机。这可就难了，因为斯嘉丽骨子里就直来直去，没有弯弯绕的这根筋。在这方面，杰拉尔德倒是跟她很像，一眼就能看穿自己女儿蹩脚的小花招，就像她也总能轻易就看穿他一样。而且他会直接拆穿，从不拐弯抹角。

"十二橡树那边的人都还好吧？"

"还是老样子。凯德·卡尔弗特也在那儿。谈妥了迪尔茜的事之后，我们大家就坐在前廊喝了几杯托迪酒[1]。凯德刚从亚特兰大回来，说那里闹翻了天，全都在说打仗的事——"

斯嘉丽忍不住直叹气。只要一沾战争和脱盟的话题，杰拉尔德叨叨好几个小时也停不下来。所以她赶紧说点儿别的把话题岔开。

"那他们有没有谈起明天的烧烤会？"

"我记得好像提起过。哦，想起来了，那个小姐——她叫什么来着——就是去年到这儿来过的那个可爱的小姑娘，你也认识，她是阿什利的表妹——哦，对了，梅兰妮·汉密尔顿小姐——她和她的兄弟查尔斯从亚特兰大来了，而且——"

"哦，这么说她真来了？"

"是啊，她是个文静可爱的姑娘，从不多嘴多舌，很有大家闺秀的样子。走吧，闺女，别磨蹭了。你妈妈会到处找咱们的。"

听到这个消息，斯嘉丽的心直往下沉。她还一直盼着梅兰妮·汉密尔顿被什么事绊住留在亚特兰大来不了呢。梅兰妮那

---

[1] 托迪酒是一种用白兰地或威士忌加入糖和香料并用热水冲饮的酒，也叫热甜酒或棕榈酒。

安静沉稳、甜美可人的性格与自己截然不同,就连父亲都对她连连称赞,逼得斯嘉丽不得不把话挑明。

"那阿什利也在吗?"

"对,他也在。"杰拉尔德放开女儿的手臂,转过身用锐利的目光看着她的脸,"你来这儿等我就是为这个吧?绕这么大一个圈子,干吗不直说呢?"

斯嘉丽不知该说什么,只觉得心里一阵烦躁,脸都涨红了。

"行了,说吧。"

她还是一声不吭,真恨不得能摇摇父亲,叫他闭嘴。

"他也在,还亲切地向你问好,也问你妹妹们好,说希望你们明天一定要参加烧烤会,别被什么事耽搁了。我跟他们保证你们一定会去的,"他别有所指地说,"好了,闺女,你和阿什利之间到底是怎么回事?"

"没什么,"她简短地回答道,然后拉了拉父亲的胳膊,"咱们回去吧,爸爸。"

"这下你倒急着回家了,"他说道,"可我偏就不走了,非得把这事弄清楚了不可。我就说嘛,看你最近有点儿不对劲儿。怎么着,他勾搭你了?向你求婚了?"

"没有。"她简单干脆地说。

"他以后也不会的。"杰拉尔德说。

斯嘉丽立刻火冒三丈,但杰拉尔德挥了挥手,让她冷静。

"别说了,孩子!今天下午我从约翰·威尔克斯那儿听说了一件事,阿什利要和梅兰妮结婚了。他让我别说出去,因为订

49

婚的事明天才会宣布。"

斯嘉丽的手顿时从他的胳膊上滑落下来。原来这是真的！

她的心立刻涌起一阵痛楚，就像在被一头野兽的利齿无情地撕咬着。她忍受着内心的痛苦，感觉父亲正凝视着她，目光中充满怜爱，也带着几分气恼。因为他正面对着一个自己无法回答的问题。他爱斯嘉丽，但她总是问一些孩子气的问题，非逼着他说出答案不可，令他十分为难。埃伦什么都知道，斯嘉丽应该把心事跟她说才是。

"你这不是给自己丢脸——也让全家人难堪吗？"他大吼起来，嗓门也提高了，他一激动就会这样，"你干吗非要追一个不爱你的男人呢？县里小伙子多的是，不是随便你挑吗？"

愤怒和受伤的自尊心反而令她心中的痛苦多少抵消了一些。

"我才没追他呢。我——我只是有点儿惊讶罢了。"

"骗谁呢！"杰拉尔德说。然后，他凝视着斯嘉丽那张备受打击的脸庞，又充满慈爱地安慰道："对不起，我的女儿，但毕竟你还小，再说好小伙儿多的是。"

"妈妈嫁给您时才十五岁，我都已经十六了。"斯嘉丽说着，声音哽咽起来。

"你妈妈跟你不一样，"杰拉尔德说，"她可从来不像你这么浮躁。好了，丫头，振作起来，下星期我带你去查尔斯顿[1]看望你

---

[1] 查尔斯顿市位于美国南卡罗来纳州查尔斯顿县，为查尔斯顿县的县治，科佩尔河与阿什利河汇合处，在查尔斯顿湾的顶端，濒临大西洋的西侧，是南卡罗来纳州的主要港口。

的尤拉莉姨妈，听听那边各种关于萨姆特堡的消息，我敢保证，不出一个星期你准能把阿什利忘了。"

"爸爸总拿我当小孩儿看，"斯嘉丽心想，她又伤心又气恼，话都说不出来了，"他以为只要拿件新玩具哄一哄，我就能把伤痛忘掉。"

"好了，别对我甩脸子，"杰拉尔德警告道，"你但凡有点儿脑子，早该嫁给斯图尔特·塔尔顿或者布伦特·塔尔顿了。好好想想吧，丫头。嫁给双胞胎中的哪个都行，这样一来，咱们两家的庄园就能连在一起了。我和吉姆·塔尔顿会给你们盖一座漂亮的房子，就在那片松树林，也就是两家庄园交界的地方，另外——"

"别再把我当小孩儿看了行不行！"斯嘉丽大声喊道，"我不想去查尔斯顿，也不要什么房子，更不想嫁给那对双胞胎里的任何一个。我只想要——"她连忙收住，可惜已经来不及了。

杰拉尔德的声音出奇地平静，语速也慢了下来，仿佛从来没有这么斟字酌句过。

"你只要阿什利，对吧？可惜你永远也不会得到他。就算他想娶你，我也不见得会答应，虽说我跟约翰·威尔克斯的交情挺深。"他看着斯嘉丽惊愕的表情，继续说道，"因为我希望我的女儿幸福，可你跟他结婚是不会幸福的。"

"噢，我会的！我会幸福的！"

"你不会的，丫头。只有性格相近的人在一起才会幸福。"

斯嘉丽心头突然闪过一丝叛逆，她很想大声喊出来："可你不是一直很幸福吗？你和妈妈的性格根本就不一样啊！"但她还是忍住了，因为害怕自己的无礼顶撞会气得老爸打她一巴掌。

"威尔克斯家的人跟咱不一样，"他继续慢慢吞吞、字斟句酌地说，"他们跟咱周围的人也不一样——甚至跟我认识的所有家庭都不一样。这家人太古怪，所以他们最好还是在表亲之间通婚，好让他们这种古怪的性格在自己的家族里代代延续下去，别传给外人。"

"什么呀，老爸，阿什利一点儿也不——"

"别插嘴，丫头！我不是说他不好，其实我挺喜欢他的。我说他古怪，不是说他神经兮兮、疯疯癫癫的。我的意思是他跟别人不一样。他不像卡尔弗特家的人那样，为了赌一匹马可以把所有家当都押上，也不像塔尔顿家的小子，沾酒就来劲儿，回回喝得烂醉，更不像方丹家的那几个儿子，个个脾气火暴，性子莽撞，要是觉得谁小瞧了他们，立马就动手把那人宰了。这些人的古怪容易理解，看得清、摸得透。要不是上帝保佑，我杰拉尔德·奥哈拉也会染上这些坏脾气的！我也不是说如果你成了阿什利的妻子之后，他会跟别的女人私奔，或者会动手打你。要真是那样的话，兴许你还会想开些，因为至少你能明白是怎么回事。可他古怪的地方跟别人都不一样，而且实在让人没法理解。我喜欢他，但他说的那些话十句里有九句我都听不懂。好了，丫头，跟我说实话，他要是絮絮叨叨地聊起什么书本啊、音乐啊，还有诗歌、油画之类的蠢东西，你能听得懂吗？"

"噢，爸爸，"斯嘉丽不耐烦地叫道，"要是我跟他结了婚，我会把他变过来的！"

"噢，是吗，你现在就能把他变过来吗？"杰拉尔德又气又恼地瞪了她一眼，"你对男人了解得还太少，更不用说阿什利了。没有一个妻子能改变自己的丈夫，连一丁点儿都改变不了，这点一定要记住。至于说要改变威尔克斯家的人——丫头，你连想都别想！他们全家人都这样，一直都是这样，而且很可能以后也这样。我跟你说，他们家的人天生就这么古怪。瞧瞧他们那样儿，一会儿风风火火地奔到纽约，一会儿又跑到波士顿，就为了去听歌剧、看油画。而且他们还从北方佬那里成箱成箱地订法文和德文书！他们成天坐在那儿捧着书看，天知道他们在做什么白日梦。有这闲工夫不如像正常人一样打打猎、玩玩牌，岂不是更好？"

"可要论骑马的话，县里没人能比得过阿什利。"斯嘉丽说，听到父亲把阿什利形容得这么无能，她感到很愤怒，"或许他父亲除外。说到打牌，上星期在琼斯博罗，您不还输给了阿什利二百块钱吗？"

"卡尔弗特家的小子又到处瞎传闲话，"杰拉尔德无奈地说，"要不然你怎么会知道我输了多少钱。阿什利可以和骑术最好的人骑马，也能跟牌技最好的人打牌——而那个人就是我，丫头！而且我并不否认，要真喝起酒来，他甚至能把塔尔顿家的几个小子都给喝趴下了。这些事他样样都行，可就是样样都不上心，所以我说他古怪。"

斯嘉丽把嘴闭上了，心却不住地往下沉。父亲最后说的这一点，她实在无法反驳，因为她知道杰拉尔德说得没错。对于这些消遣娱乐，阿什利样样在行，但一点儿没放在心上。在这些大伙儿都喜欢做的事情上，阿什利只是出于礼貌才略显出一丝兴趣来。

杰拉尔德立刻看出了她沉默的原因，于是拍了拍她的胳膊，得意地说："看吧，你也承认我说得没错吧，斯嘉丽！嫁给像阿什利这样的丈夫有什么好的呢？古里古怪的，威尔克斯家的人都这样。"然后，他又哄劝道："刚才我提到了塔尔顿家的两个儿子，我可没有强迫你的意思。他们俩都挺不错的，但是如果你看中了凯德·卡尔弗特的话，我也赞成。卡尔弗特家的人也都不错，都是好人，虽然他们家的老头儿娶了个北方佬。将来等我不在了——别插话，亲爱的，听我把话说完！我要把塔拉留给你和凯德——"

"你就是把凯德放在银盘子上端给我，我也不要，"斯嘉丽恼羞成怒地大喊，"你别再把他硬塞给我了！我不想要塔拉，也不要什么破种植园。种植园一分钱都不值，要是——"

她刚想说"要是得不到想要的男人"这句话，但发现杰拉尔德已经被她轻慢的态度激怒了，因为他要送给自己女儿的是一份珍贵的礼物，是除了自己的妻子埃伦以外，他最珍爱的东西，他气得咆哮起来。

"斯嘉丽·奥哈拉，你竟然站在这儿跟我说塔拉庄园——这片土地——一分钱都不值是吗？"

斯嘉丽倔强地点了点头。她伤心欲绝，已经顾不上会不会惹父亲生气了。

"土地是这个世界上唯一重要的东西,"杰拉尔德大声喊道,两条短粗的胳膊伸展开来,振臂挥舞,气愤至极,"因为天底下唯有它是永恒不变的,你一定要记住!唯有它值得我们流血、流汗,为之斗争——为之牺牲!"

"哦,爸爸,"斯嘉丽厌恶地说,"你说这话真像个十足的爱尔兰人!"

"爱尔兰人怎么了,难道应该感到羞耻吗?不,我为自己是个爱尔兰人而感到骄傲。别忘了,你也是半个爱尔兰人,小姐!不管是谁,哪怕身上只有一滴爱尔兰人的血,都会把他们赖以生存的这片土地看作自己的母亲。此时此刻,我真为你感到羞愧。我把世界上——除了家乡的米斯郡以外——最美的土地送给你,可你呢?你竟然看不上!"

杰拉尔德越说越气,越气越骂,正想痛快地大骂一顿时,却发现斯嘉丽那张愁眉不展的脸上忧伤的神情,于是便止住不骂了。

"当然了,你现在还小,但是总有一天你会爱上这片土地的。只要你是爱尔兰人,就无法摆脱对土地的热爱。你现在还只是个孩子,只会为心上人而烦恼。等你长大了就会明白——好啦,快拿定主意吧,你是选凯德呢,还是选那对双胞胎兄弟中的一个?另外埃文·门罗家的小子也不错。到时候看我怎么风风光光地把你嫁出去!"

"哎呀,爸爸!"

话已至此,杰拉尔德觉得实在没什么好谈的了,这种难题居然落在他的肩上，让他烦透了。再说，他把县里最出色的男孩给她列了个遍，让斯嘉丽随便挑，还要把塔拉也送给她，可她还是一脸苦相，这让杰拉尔德觉得很委屈。他本以为自己的女儿会欣然收下这份厚礼，拍着小手，雀跃不已，然后开心地亲他几下呢。

"好了，别再噘着嘴一脸不高兴了，小姐。你嫁给谁都行，只要他跟你情投意合，是个上等人，是个体面的南方人就成。女人都是先结婚之后才产生爱情的。"

"噢，爸爸，您这爱尔兰人的观念都老掉牙了！"

"老观念才有道理呢！瞧瞧那些口口声声要为爱结婚的美国人，尽瞎忙活，就像那些下人和北方佬一样！父母给定下的姻缘才是最幸福美满的。像你这样的傻孩子哪分得清好人和无赖呢？你看看威尔克斯家的人，为什么他们家世代都这么兴旺发达呢？还不是因为他们向来听从长辈安排，只跟门当户对、性格相仿的表亲结婚。"

"噢。"斯嘉丽失声喊道，杰拉尔德的话一针见血，使她彻底明白了这个可怕的事实终究会发生，无法挽回，于是旧痛未消，又添新愁。杰拉尔德看着女儿低头不语，黯然神伤，双脚不安地蹭着地。

"你不是在哭吧？"他笨拙地摸着女儿的下巴，想托起她的脸蛋，自己也愁眉紧锁，脸上写满了心疼和怜爱。

"没有。"她猛地把脸一扭，愤然说道。

"撒谎。不过我很为你骄傲，也很高兴，丫头，因为你身上还有这股傲气。希望在明天的烧烤会上也能看到你这股傲气。我可不想让全县的人在背后议论你，笑话你成天痴心想着一个只拿你当朋友，从没动过其他念头的男人。"

"他当然对我有这念头，"斯嘉丽心想，内心痛苦不已，"噢，他对我有感情！我知道他喜欢我，我能感觉到。要是再给我多点儿时间，我相信我一定能让他对我说出来——噢，要是威尔克斯家的人别老认为他们必须得跟表亲结婚就好了！"

杰拉尔德拉起她的胳膊，挽在自己的手臂上："咱们该回去吃晚饭了，这些事只有你知我知，我不想让你妈妈为这事操心——你也别跟她说。擤擤鼻子吧，闺女。"

斯嘉丽用她那块破手帕擤了擤鼻子，然后父女俩手挽着手迈步走向昏暗的车道，马儿在后面慢慢地跟着。快到家门口时，斯嘉丽正想开口再说什么，却发现妈妈正站在前廊下的阴影中。她戴着帽子、围着披肩、戴着连指手套。嬷嬷站在她身后，面色阴沉，就像雷雨前乌云压顶一般，手里拿着一个黑皮包，里面装着埃伦给黑奴看病时用的绷带和药品。嬷嬷那又大又厚的嘴唇向下耷拉着，生气的时候，下嘴唇能拉得比平时长一倍。现在嬷嬷的下嘴唇嬔得老长，斯嘉丽知道她肯定是碰上什么不顺心的事，心里正窝着火呢。

"奥哈拉先生，"埃伦看到父女俩从车道走过来，便唤道——埃伦属于非常正统的那代人，即使在结婚十七年、生了六个孩子之后，也还是这么循规蹈矩，讲究礼节——"奥哈拉先生，斯莱特利家有人病了。艾米的孩子生下来了，可是已经奄奄一息，所以必须得给那孩子受洗。我正要跟嬷嬷赶到那儿去，看看有什么能帮忙的。"

她的声音带着明显的询问语气,似乎是在征求杰拉尔德先生的同意,其实这不过是一种礼节,却让杰拉尔德心里很受用。

"上帝啊!"杰拉尔德怒气冲冲地说,"那些穷白佬怎么偏偏在吃晚饭的时候把你叫去。我还要跟你说说亚特兰大那边关于打仗的传闻呢!去吧,奥哈拉太太。要是谁家有了什么事而你没去帮忙的话,那你是连觉也睡不安稳的。"

"她夜里净忙着去照顾那些黑鬼和穷白佬,从来就没睡安稳过。"嬷嬷一边嘟嘟囔囔,一边走下台阶,朝等在道边的马车走去。

"吃晚饭时替我照看一下吧,亲爱的。"埃伦一边说着,一边用戴着连指手套的手轻轻拍了拍斯嘉丽的脸颊。

虽然斯嘉丽在强忍泪水,但是妈妈的爱抚总是带着神奇的魔力,再加上从她丝绸衣裙的香袋里散发出的淡淡柠檬马鞭草香味,斯嘉丽不禁感到激动不已。对她来说,埃伦·奥哈拉身上有种惊人的魅力,是永驻家中的奇迹,既令她敬畏,又让她着迷,并给她安慰。

杰拉尔德扶妻子上了马车,嘱咐车夫驾车小心点。托比给杰拉尔德赶车已经二十年了,听到主人教他怎么做分内的事,不由得噘着嘴生起闷气来,一脸不高兴。他赶车上路,嬷嬷坐在他旁边,两人都噘着嘴,一声不吭,非洲人生闷气时都是这个样子。

"要是我没给斯莱特利那个穷白佬家帮这么多忙,他们就得花钱上别处想办法,"杰拉尔德气呼呼地说,"到时他们也许就会愿意把他们那可怜的几英亩沼泽洼地卖给我了，到时县里也能摆脱这家穷白佬。"接着，他灵光一闪，想到了一个绝妙的恶作剧，又高兴起来："来，闺女，咱们去告诉波克，就说我没有把迪尔茜买回来，反而把他卖给威尔克斯家了。"

他把马缰扔给了站在近处的一个黑人小孩，然后走上台阶。他早把斯嘉丽的伤心欲绝忘到脑后了，一门心思想着怎么去捉弄他的贴身仆人。斯嘉丽跟在他身后，慢慢走上台阶，两条腿就像灌了铅一样沉重。她寻思着，其实她要是和阿什利结为夫妻，也未必比她父母这对更不般配。她平时也常常纳闷，为什么她那整天吵吵嚷嚷、性子迟钝的父亲会娶她妈妈这样的女人呢，因为无论是出身、教养还是性格，他们两人都相差甚远，简直是一天一地。

第三章

埃伦·奥哈拉三十二岁，按照当时的标准已是一位中年妇人了，她这辈子生过六个孩子，其中有三个夭折。她身材高挑，比她那位脾气火暴的矮个丈夫高上足有一头，但她走路时步履优雅、裙摆轻盈摇曳，所以相较来说身高反而就不那么显眼了。她穿着黑色的塔夫绸[1]紧身上衣，露出圆润秀颀的脖颈，肤如凝脂。她的一头秀发盘在脑后，用发网绾成一个发髻，所以她的脖颈总是微微后仰，似乎不胜如云鬟发的重压。她的母亲是法国人，外祖父母是在一七九一年大革命[2]时从海地逃离出来的。埃伦继承了她母亲眼梢上翘的黑眼睛、浓黑的长睫毛以及一头乌黑的秀发。她的父亲曾是拿破仑手下的一名士兵，她那长而直挺的鼻子和方正的下颌便遗传自他。不过她的面颊线条比较

---

1 塔夫绸指的是用优质桑蚕丝经过脱胶的熟丝以平纹组织织成的绢类丝织物。其名称来源于英文 taffeta 一词，含有平纹丝织物之意。

2 一七九一年大革命指的是法国大革命，又称法国资产阶级革命，是1789年7月14日在法国爆发的革命，统治法国多个世纪的波旁王朝及其统治下的君主制在三年内土崩瓦解。

柔和，所以不会使她棱角分明的下巴显得太过生硬。然而埃伦的脸上还显出一种庄严肃穆的神情，庄重而不傲慢，除此之外还有一种宽厚、慈悲、不苟言笑的特质，这一切唯有经过生活的历练才能获得。

倘若她的眼中再焕发出一些光彩，她的笑容里再多一丝温暖，或者在与家人和奴仆的轻声细语中再多几分随性自然，那她应该称得上是位绝色美人。她说话带有佐治亚州沿海地区特有的口音，轻柔而模糊，元音清脆，辅音柔和，略带法语腔调。她差遣下人或责备孩子时从来不提高嗓门，但是塔拉上上下下的人无不对她言听计从，而对她丈夫的大呼小叫却总是默不作声，不理不睬。

从斯嘉丽记事起，妈妈便一直是这个样子，无论是夸奖还是训斥，她的声音总是那么温柔悦耳。尽管家里人多事杂，每天麻烦事不断，但妈妈总是有条不紊，应对自如。她总是那么镇定自若，昂首挺胸，甚至三个幼子夭折时也是如此。斯嘉丽从没见过妈妈坐在椅子上时后背靠在椅背上，也从没见过她不做针线活而是闲坐着——吃饭、照顾病人或整理种植园账目时除外。有客人在的时候，她就做精致的刺绣，没客人时，她就缝制杰拉尔德的褶领衬衫、女儿们的衣裙或者给黑奴们做衣服。斯嘉丽无法想象妈妈的手上没戴金顶针，或者绸裙窸窣的身影旁没有一个黑人小女孩跟着会是什么样子。妈妈每天在房子里四处忙活，指挥下人做饭、打扫，以及为庄园里的奴隶们成批地做衣服。而那黑人小女孩唯一的职责就是摘摘线头，或者拿着妈妈的那个黄檀木针线盒从这屋走到那屋。

斯嘉丽从未见过妈妈稳重、平静的心境受到过一丝搅扰。无论在白天还是晚上，妈妈总是全身上下衣装整齐。每逢她去参加舞会或者会客，甚至是去琼斯博罗旁听审判，都得花上两个钟头穿衣打扮，由两名女仆和嬷嬷伺候，直到让她满意为止。但如果碰到了急事，她梳妆打扮起来也能快得惊人。

斯嘉丽的房间就在妈妈的房间对面，中间隔着一条过道。从还是婴儿时起，她就熟悉了天刚蒙蒙亮时黑奴赤脚在硬木地板上一溜小跑的脚步声和妈妈房门上急切的敲门声。之后惊恐的黑奴压低嗓门轻声禀报道那一长排白色的棚屋里谁又生病了，谁又生孩子了或者谁家死人了。小的时候，斯嘉丽经常悄悄溜到门口，从门缝往外偷看，看见埃伦从昏暗的房间里出来，而杰拉尔德却还在鼾声大作，睡得正香。黑奴高举着蜡烛，摇曳的烛光下，妈妈夹着药箱，头发绾成发髻，一丝不乱，衣服也穿得整整齐齐，上衣纽扣全都扣得严严实实。

埃伦轻手轻脚走过门厅，说话的声音总是那么坚定而慈悲："嘘，轻点儿。别把奥哈拉先生吵醒了。他们病得不重，不会有事的。"妈妈轻柔的低语，总是能抚慰人心。

是啊，她知道妈妈晚上又去出诊了，而且一切都会平安无事，她觉得很安心，于是又爬回床上继续睡觉了。

埃伦经常通宵达旦接生婴儿或救人性命，有时候碰上老方丹和小方丹医生出诊在外，帮不了忙时，她就得独自应付，更是辛苦。然而到了第二天早上，她仍像往常一样，坐在餐桌旁照料全家人吃早饭，虽然黑色的眼睛充满倦意，但言谈举止之间却显露不出一丝疲惫。在她那端庄而温柔的外表下，有一种钢铁般的意志，使庄园上下的人无不深感敬畏，她的女儿们也不例外，当然也包括杰拉尔德，不过他是死也不会承认的。

晚上有的时候，斯嘉丽会蹑手蹑脚地走到妈妈身边，踮起脚尖去亲吻妈妈的脸庞。她抬头仰望着妈妈那薄薄的上唇，如此柔嫩，仿佛很容易受到世间的伤害，她不禁暗想，不知道妈妈是否也曾有过小女孩天真无邪的傻笑，是否也曾在漫漫长夜里向闺中密友吐露心中秘密。哦，不，这是不可能的。妈妈向来就是如此，她是力量的支柱，是智慧的源泉。妈妈无所不知，无所不晓，任何问题都难不倒她。

但斯嘉丽错了。因为多年以前，在那个景色迷人的海滨城市萨凡纳[1]，年方十五的埃伦·罗比拉德也像其他的小姑娘一样天真傻笑过，也会和好友彻夜长谈，互诉衷肠，倾吐秘密。但只有一个秘密除外，那就是在这一年，比埃伦年长二十八岁的杰拉尔德·奥哈拉闯入了她的生活。同样是在这一年，她年轻的、有着一双黑眼睛的表哥菲利普·罗比拉德从她的生活里消失了。菲利普的一双眼睛闪亮迷人、勾人魂魄，但此人生性风流、放荡不羁，他永远地离开了萨凡纳，也带走了埃伦心中所有的激情和爱恋，留给那个罗圈腿小个子爱尔兰人的，是一位仅剩下

---

[1] 萨凡纳是美国佐治亚州大西洋岸港口及旅游城市。位于佐治亚州东南部，萨凡纳河口。萨凡纳是该州历史最悠久的城市，自19世纪早期以来成为美国的一个主要港口。

一副温柔躯壳的新娘。

但是对杰拉尔德来说,这就已经足够了。能娶到埃伦对他来说简直是天降大运,让他喜出望外,难以相信。即使她身上失去了什么,他也不觉遗憾。因为他是个精明人,知道像他这样既无门第又无钱财的爱尔兰人,能够娶到沿海最富有、最显赫家族的千金为妻,已然是个奇迹。因为杰拉尔德走到今天全凭自己,完全是白手起家。

杰拉尔德二十一岁那年从爱尔兰来到了美国。当时来到美国的爱尔兰人,无论有钱没钱,也无论先来后到,基本上都是匆匆而来,杰拉尔德也是如此。他来的时候,只背了个破包,里面有几件换洗的衣服,买了船票之后,身上就只剩下两先令,外加悬赏要他脑袋的赏格。但他认为他犯的罪根本不值这么多钱。在爱尔兰这座人间地狱里,对英国政府或者魔鬼本人来说,一个奥兰治党[1]的脑袋根本不值一百英镑。但是如果一个遥领地主[2]的收租人被杀了,那么政府必然会被激怒,而一百英镑的赏金也就不足为奇了。所以杰拉尔德觉得还是走为上策,而且越快越好。的确,他曾经管那个代收租金的家伙叫"奥兰治党的狗杂种"。

1　奥兰治党主义反对爱尔兰民族主义和天主教,企图使新教占统治地位。

2　遥领地主指的是不在当地的地主。

但在杰拉尔德看来，那家伙活该，谁让他用口哨吹出《博因河[1]》这首曲子的头几句来侮辱他。

博因河战役已过去一百多年，但对奥哈拉一家和乡亲们来说则恍如昨日。这场战争不仅夺走了他们的土地和财产，也让他们的梦想和希望化为烟尘，消失无踪。随着这滚滚烟尘而去的还有惊慌而逃的斯图亚特王朝王子，留下奥兰治的威廉及其手下那些戴着橘色帽章的可恶军队，将拥护斯图亚特王朝的爱尔兰人残忍杀害，屠戮殆尽。

因此，出于种种原因，家人们认为杰拉尔德这次吵架并不算闯了大祸，但也察觉到其带来的后果可能会十分严重。多年来，在英国警方的眼中，奥哈拉一家的名声一直不好，他们怀疑奥哈拉一家涉嫌参与反政府的秘密活动。杰拉尔德并不是奥哈拉家第一个连夜逃跑并离开爱尔兰的人。他有两个哥哥——詹姆斯和安德鲁，不过他对这两个哥哥已经没什么印象了，只依稀记得他们俩都很沉默寡言，半夜三更经常神出鬼没，似乎在执行什么秘密任务，有时一连好几个星期都不见踪影，令他们的母亲揪心不已。多年前，英国警方发现在奥哈拉家的猪圈里埋藏了好几把步枪，这个小型的武器库被搜出之后，兄弟二人便来到了美国。如今，他们已成为萨凡纳成功的富商，不过他们的母亲一提到这

---

[1] 博因河位于爱尔兰基尔代尔郡，源出艾伦沼泽，向东北流110公里后注入爱尔兰海。曾发生过著名的博因河战役，即1690年的詹姆斯党人叛乱期间在爱尔兰进行的一次大规模战斗。在1688年"光荣革命"中被迫逊位的詹姆斯二世在英格兰、苏格兰、爱尔兰和法国詹姆斯党人支持下，企图夺回英格兰王位。

两个儿子就会说:"天知道他们在哪儿。"而暗地里却让小儿子杰拉尔德去投奔他们。

离别时,母亲匆匆吻了一下他的脸颊,并以一名虔诚的天主教徒的身份在他耳边殷切祷告,祝福他。他的父亲则在临别前对他谆谆告诫:"记住你是个爱尔兰人,谁贬低你都别搭理他。"他那五个身材高大的哥哥也都微笑着跟他一一道别,这笑容既含着羡慕,也带有一丝得意,因为一家人个个人高马大、身强力壮,只有年纪最小的杰拉尔德个头最小,像个孩子。

他的五个哥哥和他父亲身高都超过了一米八,身材魁梧,体格健壮。而年已二十一岁却仍身材矮小的杰拉尔德知道,上帝再厉害,顶多也就能让他长到一米六几。但杰拉尔德就是这性格,他从来不因为自己个子矮而无谓地长吁短叹,也从没觉得个子矮会阻碍他得到自己想要的东西。相反,正是他的矮小身材造就了如今的杰拉尔德,因为他很早就明白了小个子要想在众多大个子中生存下来,就必须得能吃苦。而杰拉尔德就是个很能吃苦的人。

他那几个身材高大的兄长严肃而冷峻,少言寡语,从他们身上再也找不到家族往昔的荣耀。他们把仇恨压抑在内心深处,怎么也说不出来,久而久之便变成了尖刻而苦涩的幽默。杰拉尔德若是高大健壮,也会跟奥哈拉家的其他人一样秘密参加反政府的活动。但杰拉尔德这个人"大嘴巴,性子比牛还犟"(这是他妈妈的原话),脾气火暴,动不动就挥拳打人,身上就像装着导火索一样,一点就爆,沾火就着,一看就知道不好惹。他在高大的奥哈拉一家人中昂首阔步，看上去就像在谷场上一群大公鸡里出现了一只神气活现的矮脚鸡。哥哥们都很爱他，总是善意地逗他生气，好听他哇哇大叫，然后用他们的大拳头吓唬他，叫小弟弟听话安分些。

杰拉尔德来到美国前书念得很少，可他自己并不知道。就算有人告诉他这一点，他也不会在意。他的母亲教过他读书识字。他字写得倒还工整，算术也不错，可书本知识也就到这儿了。他唯一认识的几个拉丁文，是望弥撒[1]时吟唱的祈祷文。唯一了解的历史知识是爱尔兰所受的种种屈辱和压迫。除了穆尔[2]的诗歌外，他对其他诗歌一无所知。唯一知道的音乐就是世代相传的爱尔兰歌谣。他十分敬重比他有学问的人，但从来没觉得自己在这方面有何欠缺。在这块新大陆上，连大字不识的爱尔兰乡巴佬都能发财，只要身强体壮、不怕吃苦，就能混得很好，要那些学问干嘛！

詹姆斯和安德鲁并不嫌弃自己的弟弟文化低，让他留在了萨凡纳的店里。他写字工整，账目算得也清楚，做生意也精明，很得哥哥们的器重。倘若年轻的杰拉尔德通晓文学、了解音乐的话，反倒会让哥哥们嗤之以鼻。十九世纪初的美国对爱尔兰人还是很友善的。詹姆斯和安德鲁初来美国时，靠赶大篷车把货物从萨凡纳拉到佐治亚州的内陆城镇贩卖过活，后来慢慢发达，有了

---

[1] 望弥撒是一个宗教活动名称，意思为参与弥撒，常指宗教人员参与纪念耶稣降生的活动。
[2] 托马斯·穆尔（1779—1852）是爱尔兰文学史上杰出的爱国主义诗人，在有生之年备受爱尔兰人的尊重。

自己的店铺。杰拉尔德跟着他们干，也渐渐富裕起来。

他很喜欢南方，而且很快就觉得自己是个南方人了。对于南方以及南方人，其实有很多东西他都不了解，也永远不会了解。但是他天性诚恳，凡事都全心投入，所以便按照自己的理解，全盘接受了当地的观念和风俗习惯，并把它们转变为自己的东西。像什么打牌、骑马、谈论时政、决斗规则、州权、痛骂北方佬、蓄奴制、棉花大王、看不起穷白佬以及对女士献殷勤等等，他都学会了。他甚至还学会了嚼烟草。至于喝威士忌酒，他压根就不用学，因为他天生就能喝。

可杰拉尔德还是那个杰拉尔德。虽然他的生活习惯和观念改变了，但行为举止一点儿没变，即使他能够改变，也不想去变。他欣赏那些富有的稻米和棉花种植园主，羡慕他们慢条斯理的优雅和高贵，他们骑着纯种良马从长满青苔的古老种植园来到萨凡纳，身后跟着坐在四轮马车里同样举止优雅的太太小姐们，再后面是一大车的黑奴。但杰拉尔德这辈子注定跟优雅沾不上边。人家说话时那种慵懒、含糊的语调听起来很入耳，可从他嘴里说出来的话永远带着土味儿的爱尔兰腔。他喜欢南方人处理重要事务时的那份随性和潇洒，他们敢把钱财、种植园或者黑奴作为赌注，押在一张牌上，翻牌的一瞬间便决定了它们的去留，即使输了也不当回事，谈笑自若地签字画押，愿赌服输，就当撒了一把零钱赏给黑奴。但杰拉尔德尝过受穷的滋味，所以要让他输了钱还乐乐呵呵、大大方方，他永远也做不到。这些沿海的佐治亚人天性乐观豁达，说话轻柔悦耳，但性子火暴得很，这种自相矛盾的个性很吸引人，所以杰拉尔德很喜欢他们。但这个年轻的爱尔兰人身上有种蓬勃的朝气和躁动的活力。这种朝气和活力来自他的故乡，那里的风寒冷而潮湿，到处是雾蒙蒙的沼泽，没有一丝热气。而这里地处亚热带，气候炎热，沼泽地瘴气弥漫。所以这里的上流人士大多慵懒成性，而杰拉尔德在这一点上则与他们完全不同。

他从这些人身上学习一切他认为有用的东西，没用的则一概不予考虑。他发现在所有南方习俗中最有用的就是打牌，其次是喝威士忌酒。而他既会打牌又有酒量。正是他在这两方面的天赋为他赢得了人生三件宝中的两件——他的贴身男仆和种植园。另一件宝是他的妻子，能够娶到她，完全是上帝的恩赐。

他的贴身男仆名叫波克，皮肤黑得发亮，此人相貌周正，尤擅裁缝，手艺精湛。他是杰拉尔德跟来自圣西蒙斯岛的一个种植园主打了一通宵的牌赢回来的。那人吹起牛来跟杰拉尔德不相上下，可是酒量却比杰拉尔德差远了，喝新奥尔良朗姆酒喝不过他。虽然事后波克的前主人要以双倍价钱把他赎回去，但被杰拉尔德断然拒绝，因为这是他拥有的第一个奴隶，而且这黑奴还是"沿海最棒的男仆"呢。杰拉尔德一心要成为一个拥有众多黑奴的奴隶主，以及一个拥有自己土地的上等人，所以这是他实现自己宏愿的第一步。

他打定主意，决不像他的两个哥哥詹姆斯和安德鲁那样，白天与顾客斤斤计较，讨价还价，晚上在烛光下对着账本上密密麻麻的数字核算账目。他深切地感受到"买卖人"在社会上的名声并不好，但他的哥哥们一点儿也没意识到。杰拉尔德决心要做个种植园主。他在老家当过佃农，在那片爱尔兰同胞曾经拥有并追寻过的土地上耕作，所以在内心深处，他一直对土地有着深深的热爱和渴望。他想亲眼看见一片郁郁葱葱、一望无际的田地在他眼前铺展而开，那是属于他的土地。这便是他不顾一切要追求的目标——拥有自己的房子、种植园、马匹和黑奴。如果他仍在家乡，购置土地会面临两重风险：一是苛捐重税，卖粮食的钱还不够交税的，跟颗粒无收也没什么两样；二是土地随时都有可能会被没收。而在这个新兴的国度就没有这些风险。但随着时间的推移，他发现心怀抱负与实现抱负是两回事。佐治亚沿海被牢牢掌握在根深蒂固的贵族阶层手中，要想赢得自己的一席之地，希望十分渺茫。

后来，好运气再加上打牌的好手气，把一座种植园送到了他面前。他将其命名为塔拉，并随即从沿海迁到了佐治亚北部的高地。

那是春天里一个炎热的夜晚，杰拉尔德泡在萨凡纳一个酒馆里，偶然听到了旁边一个陌生人的谈话，不由得侧耳细听。那家伙是萨凡纳本地人，在内陆待了十二年刚刚回来。杰拉尔德来美国的前一年，印第安人把佐治亚中部的一大片土地都割让给了美国，于是州政府发行土地彩票，中彩票的人可分得其中的一块土地。而此人恰好中了彩票。于是他便到那里建了个种植园，但如今房子被火烧毁，他对那个"倒霉的地方"也已厌倦，巴不得赶紧脱手。

杰拉尔德从来没停止过想要拥有一座种植园的念头。于是他托人介绍，与此人洽谈。听这人说佐治亚北部挤满了从卡罗来纳和弗吉尼亚来的人，杰拉尔德不由得兴趣大增。他在萨凡纳住久了，深知沿海人的观念——认为州里其他地方都是穷乡僻壤，野地荒林，林子里到处潜伏着印第安人。在为奥哈拉兄弟商店打理生意时，他曾去过萨凡纳河上游一百英里外的奥古斯塔，也深入内陆，到过萨凡纳以西的一些老城镇。他知道那个地区跟沿海一样有很多人定居。而据这个陌生人所说，他的种植园位于萨凡纳西北二百五十英里的内陆，距查塔胡奇河以南不远。杰拉尔德知道那条河以北的土地仍然在彻罗基人[1]手里，因此当听到陌生人嘲笑那些所谓该地有印第安人骚扰的传言，并大谈那里的城镇多么欣欣向荣、那里的种植园前景多么广阔时，杰拉尔德大为惊讶。

一个小时后，两人谈得差不多了，杰拉尔德提议打牌，他那双明亮湛蓝的大眼睛透着坦率与无邪，暗地里却别有用心。夜色渐深，酒过数巡，其他人都已歇手不打，最后只剩下杰拉尔德和那个陌生人对局。陌生人押上了他所有的筹码，外加他的种植园地契。杰拉尔德也推出了所有的筹码，接着把他的钱包也放在了筹码上面。就算钱包里的钱是属于奥哈拉兄弟商店的，杰拉尔德也不会良心不安，更不会第二天一早在望弥撒之前向上帝忏悔

---

[1] 彻罗基人属于易洛魁族系的北美印第安民族。居住在田纳西州东部、北卡罗来纳州及南卡罗来纳州的西部。原住于大湖区周围，被德拉瓦人和易洛魁人击败后，迁移南方。

认罪。他知道自己想要什么，而当他想要什么的时候，就会用最直接的办法去得到它。再者，他坚信运气和自己手里四张两点的牌，从来也没想过万一对手比他厉害，那他输掉的钱该怎么还。

"你也未必捡到什么便宜，不过我倒是很高兴不用再为这块地上税了。"那人叹了口气，因为手里拿着的牌全是一点，说完他叫人拿来了笔和墨水，"那幢大房子一年前就被烧了，地里也长满了灌木丛和矮松树。不过它现在归你了。"

当天晚上波克伺候他上床睡觉时，他一本正经地对波克说道："千万别一边打牌一边喝酒，除非你是像我一样从小喝着爱尔兰卜丁酒长大的。"波克对新主人佩服得五体投地，连说话也尽力带着爱尔兰米斯郡腔，与原有的吉奇口音混合在一起，就更让人听得一头雾水了，除了他们两个人以外，别人谁也听不懂。

浑浊的弗林特河静静地流淌，两岸是如高墙一般的松林和藤蔓缠绕的水栎。河水犹如一条弯曲的臂膀，从两侧环绕着杰拉尔德新得到的土地。杰拉尔德站在房子旧址所在的小山包上看着这片土地，觉得这道高高的绿色屏障就仿佛是他亲手筑起的篱墙，标示着他的主权。他站在被烧毁的房子那焦黑的基石上，俯瞰着那条通向大路的长长的林荫大道，踌躇满志，那般欣喜若狂连向上帝祈祷以表示感激都难以表达。河两岸这两排幽暗的树木，这片荒废已久的草地，还有那罩在开着白花的小木兰树下的齐腰的荒草，都是他的。未开垦的田地上长满了小松树和矮树丛，远望四野，红色的土地绵延起伏，一眼望不到边。这一切都属于他杰拉尔德·奥哈拉——靠的是他身为爱尔兰人清醒不醉的头脑和打牌时孤注一掷的勇气。

杰拉尔德闭上眼睛，沉浸在这片荒野的寂静之中，终于有了回家的感觉。脚下要盖起一幢白砖砌的大房子，大路对面要竖起一圈崭新的围栏，里面养上肥硕的牛群和纯种的好马。从山坡向下一直延伸到河床的这片红土地上，都要种上棉花，绵延数英亩的棉花——在阳光下就像鸭绒一般白得耀眼，一望无际！奥哈拉家就要东山再起了！

杰拉尔德自己有一点儿赌本，还从他那两个并不热衷于此的哥哥那里借了些钱，又以这片土地作为抵押贷了一笔款，他用这些钱买来了第一批干农活的奴隶。之后他便搬到了塔拉，住在一个只有四个房间的监工房里，过着寂寞的单身生活，直到塔拉庄园的白房子盖好为止。

他把田地清理干净，种上棉花，然后又从两个哥哥那里借了些钱，买来一批黑奴。奥哈拉家的人很抱团，同甘苦共患难，始终亲密无间，互相支持。这并不是出于所谓血浓于水的亲情，而是艰难的岁月使他们认识到，要想在这世上生存下去，就得团结一心，一致对外。他们借给杰拉尔德钱，几年以后就连本带利收了回来。杰拉尔德又相继买下邻近的一些土地，种植园逐步扩大，最后白色的房子终于建成，他的梦想变为了现实。

房子是由黑奴建造的，外形粗笨，结构凌乱，耸立于山顶之上，俯瞰着一直延伸到河边牧场的绿色山坡。杰拉尔德十分满意，因为房子虽新，看起来却像是多年的古宅。古老的橡树郁郁葱葱，将房子紧紧环抱，繁茂的枝叶遮挡住屋顶，投下浓密的树荫，粗壮的枝丫下，曾走过无数的印第安人。地上的杂草已被清除，取而代之的是密实的苜蓿和狗牙草，杰拉尔德叮嘱下人务必要照料好草地。从两旁长满雪松的林荫道，到奴隶们居住的那排白色小屋，整个塔拉庄园看上去气派十足，显得坚实稳固，经久长存。每当杰拉尔德策马绕过大路口的拐弯处，看到掩映在绿荫中的自家屋顶，他心中的自豪感便油然而生，每一眼都仿若初见。

这一切都是杰拉尔德——这个精明务实、性如烈火的矮个子一手造就的。杰拉尔德跟县里的所有街坊四邻都相处融洽，只有麦金托什一家和斯莱特利一家例外。前者的土地和杰拉尔德的左侧接壤，后者的那区区三英亩薄地紧挨着他的右侧，位于河道与约翰·威尔克斯庄园中间的沼泽洼地上。

麦金托什家原是有苏格兰血统的爱尔兰人，而且还是奥兰治党人。在杰拉尔德看来，即使他们拥有作为天主教徒的所有高洁品德，就凭这血统他们死后也会下地狱，永世不得超生。虽然他们家已经在佐治亚住了七十年，上一辈人还在卡罗来纳生活过，但这个家族中第一批来到美国落脚的人都来自阿尔斯特[1]，仅这一点就足以让杰拉尔德无法释怀。

这家人个个沉默寡言，而且脾气倔强，很少跟别人来往，只跟卡罗来纳的亲戚通婚。不光杰拉尔德讨厌他们，就连一向

---

[1] 阿尔斯特省是爱尔兰古代四个省份之一，传统上共包括九个郡，包括今爱尔兰共和国阿尔斯特省的三个郡和英国北爱尔兰的六个郡。

待人友善、喜好社交的乡里乡亲也都受不了这极不合群的一家人。有传闻说他们家还赞成废奴，这就使他们更不得人心了。虽然老安古斯·麦金托什一个黑奴也没释放过，也从没把黑奴卖给过途经此地去路易斯安那甘蔗地的奴隶贩子，但流言还是久传不散。

"他绝对是个废奴主义者，错不了，"杰拉尔德对约翰·威尔克斯说，"不过奥兰治党人的原则一碰上苏格兰人的倔脾气，就都不管用了。"

斯莱特利一家则是另一码事。要说安古斯·麦金托什一家虽然脾气倔，但还算坚强独立，勉强还赢得了乡亲们的些许尊重。可斯莱特利一家，因为是穷白佬，所以连这点儿尊重都得不到。老斯莱特利既懒惰无能，又满腹牢骚。杰拉尔德和约翰·威尔克斯多番提出要购买他家的地，可他就是死守着那几英亩破地不放。他的老婆整天蓬头垢面，总是一脸病容，面无血色。他们生了一大堆孩子，一个个愁眉苦脸，怯生生地像兔子似的，而且一年添一个，年年不落。汤姆·斯莱特利没有奴隶，所以他就跟大儿子和二儿子时断时续地照料那几英亩棉花地，三天打鱼两天晒网。他的老婆和其余的孩子则负责照看那个所谓的菜园子。但不知为什么，棉花总是歉收，而菜园子呢，由于斯莱特利太太总是不断地怀孩子、生孩子，所以种的那点儿菜总是不够那几个孩子吃的。

人们总是看见汤姆·斯莱特利在邻居家的前廊徘徊，赖着不走，讨要棉花种子好去种地，或者讨一块腌肉好"救救急"。斯莱特利自己没本事，却对邻居们痛恨不已，因为他察觉到这些人虽然表面上客客气气，但骨子里十分瞧不起他。他尤其痛恨那些"富人家里狐假虎威、狗眼看人低的黑奴"，因为县里大户家的黑奴们自认为比穷白佬高一等，所以毫不掩饰对他的蔑视，这深深地刺痛了他的心。而那些有富豪主子养活的黑奴们生活比他更稳定，更是激起了他的嫉妒之心。他的日子过得苦不堪言，而那些黑鬼却吃得饱、穿得好，生老病死都有人管，他们以主人的声望为荣，更为自己是属于上等人的奴隶而感到骄傲。可他呢，却被所有的人瞧不起。

汤姆·斯莱特利本可以把自己的农场以高于市价三倍的价钱卖给县里任何一个种植园主。富有的种植园主会很愿意高价购买，权当花钱为县里除去了一颗眼中钉。可他却宁愿留在这里，靠每年只有一包棉花的收入和邻里的施舍艰难度日，苦也乐意。

除了这两家人以外，杰拉尔德跟县里其他的邻里乡亲关系十分和睦，有的甚至亲密无间，比如威尔克斯家、卡尔弗特家、塔尔顿家以及方丹家。每当看到这个小个子骑着匹大白马，朝他们家的车道飞驰而来时，他们个个笑脸相迎，并立刻招呼下人拿高脚杯来，在杯底放上一茶匙糖，还有一小片碾碎的薄荷叶，再倒上一点波旁威士忌酒，请杰拉尔德喝。杰拉尔德人缘很好，无论是小孩、黑奴还是狗都能一眼瞧出，别看这人嗓门大、脾气暴，骨子里却很善良，心肠好又耳根软，乐意敞开腰包随时帮助别人。久而久之，乡亲们也全都知道了。

他每到一家，都会引来猎狗们兴奋的吠叫。黑人小孩一边欢叫着一边跑过去迎接他，争先恐后地要为他牵马，即使被他毫无恶意地斥责几句也一点儿不在意，反而羞赧地咧嘴傻笑。白人孩子们则吵吵嚷嚷地争着要坐在他的腿上玩骑马，而他则一边哄孩子们玩儿，一边跟孩子的大人们谈话，痛斥北方佬政客的丑行。他朋友的女儿们都把他当成知己，向他诉说自己恋爱的事情。邻家的小伙子们欠了赌债，怕说出来挨父亲的骂，也把他当成了救星，找他帮忙。

"这么说，这笔赌债你已经欠了一个月了，你个小坏蛋！"他总是会这么哇哇吼道，"我的天，你干吗不早点跟我说呢？"

大家伙儿都知道他说话虽粗，但绝对没恶意，所以谁也不会生他的气。小伙子只会忸怩地咧嘴一笑，说："这个嘛，我其实不敢麻烦您，可是我爹——"

"你爹绝对是个好人，就是严厉了点儿。给，把这钱拿去，这事就甭再提了。"

种植园主的太太们是最难被收服的，威尔克斯太太就是其中之一。杰拉尔德曾经形容她是位"了不起的夫人，最大的天赋就是沉默"。然而一天晚上，当她听到杰拉尔德策马而去的马蹄声渐渐远去时，她对自己的丈夫说："这个人虽然言语粗鲁，倒是个正派人。"至此，杰拉尔德才算最终得到了上流社会的认可。

而他自己并不知道，他竟然花费了将近十年的时间才得到这种认可，因为他从来没发觉街坊四邻起初并没拿正眼瞧他。他自己却始终深信，自从他来到塔拉的那一刻起，他便已经属于这里，并融入这里的生活了。

转眼间,杰拉尔德已经四十三岁,体格结实,面色红润,看上去活像狩猎图里一个打猎的乡绅。这时,他才想到塔拉固然是他的宝,县里的乡亲们也对他好,但他觉得还不够,他想要个老婆。

塔拉急需一位女主人。胖厨娘原本是在场院里干活的黑奴,实在没办法才提拔到厨房做饭,但饭从来没准点开过。还有打扫房间的女仆,原先是干地里活的,什么家务活也干不好,家具上落满了灰尘,而且家里从来没有现成的干净被单和桌布,结果一来客人就手忙脚乱。波克是唯一受过训练的家奴,因此被任命为奴隶总管,但几年来,一直跟着主人过着逍遥自在、无忧无虑的生活,所以如今就连他也变得越来越粗心,越来越懒散了。作为贴身男仆,他一直把杰拉尔德的卧室收拾得干干净净、整整齐齐。作为管家,他把一日三餐安排得体体面面、规规矩矩。可在其他事情上,他就成了甩手掌柜,顺其自然了。

凭着非洲人一向精准的断人眼光,黑奴们早就发现杰拉尔德是刀子嘴豆腐心,于是便厚颜无耻地占他便宜。杰拉尔德总是大声嚷嚷,威胁说要把黑奴卖到南方去,还说要狠狠地拿鞭子抽他们,但塔拉从来没卖掉过一个黑奴,抽鞭子的事也只有一回,那是因为杰拉尔德出门打猎一整天,回来后却没人给他心爱的马儿刷毛。

杰拉尔德那双蓝色的眼睛十分锐利,他当然注意到了邻居们的房子打理得多么井井有条。房子的女主人头发梳得一丝不乱,走起路来衣裙沙沙作响,调理下人们得心应手。他哪里知道,这些女主人们从早忙到晚,有多少事得操心,监督做饭、看孩子、洗衣、缝补,忙得不可开交。他只是看见了表面的结果,而且对这结果印象深刻。

一天早上,杰拉尔德正在换衣服准备骑马去镇里旁听庭审。波克拿来了他最喜爱的那件褶领衬衫,但是女仆缝补得太糟糕,根本穿不出去,他只好赏给了贴身男仆波克。这时,他才明白自己急需一位太太。

"杰拉尔德先生,"波克见他发火,一边满怀感激地收起衬衫,一边劝道,"您需要一位太太,一位能带来一群干屋里活儿的黑奴做陪嫁的太太。"

杰拉尔德嘴上骂波克放肆,心里却知道波克说得对。他想要个老婆,也想要孩子,他得尽快娶妻生子,不然就太迟了。但他不能随随便便就找个人结婚,不能像卡尔弗特先生那样,把给他那几个没娘的孩子上课的北方佬女教师娶来做续妻。他的妻子必须是个大家闺秀,名门淑女,要跟威尔克斯太太一样气质高贵,举止优雅,并且跟威尔克斯太太一样善于持家,能把塔拉庄园管理好。

但是要娶到县里的千金小姐,有两个困难之处:一是处在适婚年龄的年轻女子不多;第二就更难了,因为尽管杰拉尔德已在此地居住近十年,但仍是个"新来的",而且还是个外国人。没人知道他的家庭背景。佐治亚内陆的上流社会虽不像沿海地区的贵族阶层那么壁垒森严,但也没人会愿意把自己的女儿嫁给一个祖上背景不明的人。

杰拉尔德知道本地的绅士们很喜欢他，大家一起打猎、喝酒、谈论政治，意气相投，但即便如此，他们也不会把自己的女儿嫁给他。况且他可不想成为别人餐桌上的笑料和谈资，说某某的父亲又委婉地拒绝了杰拉尔德·奥哈拉向他女儿的求婚。虽然杰拉尔德深知这一点，但并没有觉得自己低人一等。无论如何，他都不会觉得自己不如别人。毕竟这怪不得谁，只能说这是当地的一种古怪风俗——县里人只会让自家的女儿嫁给在南方住了二十二年以上、拥有土地和奴隶的人家，而且对方还必须是对当地时髦的不良习气上瘾的男人。

"收拾一下，咱们去一趟萨凡纳，"他对波克说，"别再让我听到什么'嘘'啊、'呸'啊的，不然我就把你给卖了。这种话我可不常说。"

在结婚的问题上，没准詹姆斯和安德鲁能给他一些建议，或许他们一些老朋友的千金既符合他的要求，又愿意嫁给他。詹姆斯和安德鲁耐心地听完他的话，却没怎么表示鼓励。他们在萨凡纳举目无亲，没人能帮忙，因为他们来美国前就已经成家。而且他们老友的女儿也都早已嫁人生儿育女了。

"你一没多少钱，二又不是什么大户人家出身。"詹姆斯评价道。

"我已经赚到钱了，也有能力成为大户人家。我可不想随便找个人结婚。"

"你的眼光未免也太高了。"安德鲁十分冷淡地说。

但他们还是尽自己最大努力帮助自己的弟弟。詹姆斯和安德鲁都是老头儿了,在萨凡纳颇有名望,朋友也不少。于是,整整一个月里,他们带着杰拉尔德挨家做客,参加各种宴会、舞会和野餐会。

"只有一个让我看上了眼,"杰拉尔德最后说道,"我来这儿落脚的时候,她还没出生呢。"

"你看上谁了?"

"埃伦·罗比拉德小姐。"杰拉尔德装作漫不经心的样子说道,其实埃伦·罗比拉德那双眼梢上翘的黑眼睛早已令他心醉神迷了。尽管她年方十五,但举止之间却有种莫名的冷淡和落寞,虽有些令人不解,但还是把他给迷住了。另外,她的眼神里还透着一种令人难忘的绝望和哀愁,不禁触动他的心弦,使他不由得对她格外温柔,这世上唯有此女子能令他如此对待。

"可你这年纪都能做她爹了!"

"我可是正当壮年呢!"杰拉尔德的心被刺痛,不禁大声喊道。

詹姆斯说话则更心平气和。

"小杰拉尔德,你要娶萨凡纳的哪个姑娘都有可能成,唯独她是没半点儿机会的。她的父亲是罗比拉德家族的,那些法国佬向来目中无人。还有她的母亲——愿主保佑她灵魂安息——也是出身名门。"

"我不管,"杰拉尔德激动地说,"再说她母亲已经死了,而老罗比拉德先生也挺喜欢我的。"

"他喜欢你这个人,但不见得喜欢让你做他的女婿。"

"而且那姑娘也不会接受你的，"安德鲁插话道，"她一直爱着她的表哥，行为放荡的花花公子菲利普·罗比拉德，而且已经一年了。她家人整天劝她别跟那家伙来往，可她就是不听。"

"那小子这个月已经去路易斯安那了。"杰拉尔德说。

"你怎么知道？"

"我就是知道。"杰拉尔德回答说。他不想透露这个宝贵消息是波克告诉他的，也不愿意说出菲利普是被家里人逼着去西部的。"我觉得她还没有爱他爱到忘不了的地步。毕竟才十五岁，哪懂得什么爱情。"

"跟你相比，只怕人家家里宁愿把她嫁给那个不靠谱的表哥。"

所以，当消息传出，说皮埃尔·罗比拉德的千金将要嫁给从内地来的一个小个子爱尔兰人时，詹姆斯和安德鲁跟所有人一样都大吃一惊。萨凡纳家家户户都在背地里议论，猜测去了西部的菲利普·罗比拉德出了什么事，但闲言碎语传来传去，也没传出什么结果来。为什么罗比拉德竟然同意把最心爱的女儿嫁给一个大嗓门、红脸庞、站着刚能够得着她耳际的小个子男人呢？对所有人来说这都是一个谜。

就连杰拉尔德自己也不明白是怎么回事。他只知道是天降奇迹。所以当看到脸色苍白但十分镇定的埃伦，一只手挽住他的胳膊，对他说"我愿意嫁给你，奥哈拉先生"时，他平生头一次感到自惭形秽，觉得自己配不上她。

罗比拉德一家也像挨了当头一棒似的震惊不已，不过多多少少算知道些内情。但完全清楚此事来龙去脉的只有埃伦自己和她的黑人嬷嬷。那天晚上，埃伦像个伤心欲绝的孩子似的一直哭到天亮。第二天早晨起来，她便下定了决心，仿佛一夜之间就由懵懂的女孩变成了清醒的女人。

头一天嬷嬷给她的小姐拿来了一个包裹，当时便有种不祥的预感。那个包裹很小，上面的字迹很陌生，是从新奥尔良寄来的。包裹里有一张埃伦小姐的袖珍画像，埃伦突然痛哭失声，当即把那张画像扔到了地上，同时散落在地的还有四封她写给菲利普·罗比拉德的亲笔信，和新奥尔良一位牧师写的一封短信，信上说她的表哥在一次酒吧斗殴中不幸丧命。

"是他们把他赶走的，是爸爸、宝琳和尤拉莉，就是他们把他赶走的。我恨他们，我恨他们所有的人。我永远不想再见到他们了。我要离开这里，去一个再也见不到他们的地方，我不想再见到这座城市，不想再见到任何让我想起——想起他的人。"

嬷嬷陪着她的小姐哭了一整夜。天快亮的时候，她劝诫道："可是亲爱的，你不能这么做啊！"

"我就是要这么做。他是个好人。要么我嫁给他，要么我就到查尔斯顿的女修道院去。"

她的父亲皮埃尔·罗比拉德对于女儿的决定感到既困惑又心痛，但一听到她威胁说要去修道院，便只好答应了这门亲事。他出生于一个天主教家庭，但他本人是个虔诚的基督新教长老会教徒。与其让女儿去当修女，倒不如让她嫁给杰拉尔德·奥哈拉。毕竟这人除了门第够不上，别的没什么不好。

于是就这样，埃伦从罗比拉德家嫁了出去，离开了萨凡纳，从此与这里永别。她跟随着人已中年的丈夫，带着自己的嬷嬷和二十个"干屋里活儿的黑奴"，启程来到了塔拉。

第二年，他们的大女儿出生，他们以杰拉尔德母亲的名字给她起名叫凯蒂·斯嘉丽。杰拉尔德有些失望，因为他想要一个儿子。但看着一头黑发的小女儿，他心里还是挺高兴的，为此还宴请塔拉的所有黑奴痛快畅饮，自己也纵情狂欢，喝得酩酊大醉。

不知埃伦是否曾为自己仓促下嫁杰拉尔德而感到后悔，不过即使后悔也没人知道，杰拉尔德更不会知道。每次看着自己的妻子，他心中都不禁涌起一股自豪感。埃伦一离开萨凡纳那座优雅风尚的海滨城市，便将那里的一切都抛诸脑后。从她来到佐治亚北部这个县的那一刻起，这里便是她的家了。

她永远地离开了自己的娘家，离开了那座线条优美流畅宛如女性的身体、恰似张满风帆的大船的宅邸。那座房子是粉红色的法国殖民地风格建筑，巍然高耸，结构精致，有盘旋而上的楼梯，还有精雕细刻的锻铁栏杆。整座建筑富丽堂皇却色调暗淡，高洁雅致却孤傲冷漠。

她不仅离开了那座高雅的大宅，也告别了与之相连的所有文明。她发现自己来到了一个完全陌生的世界，一切都迥然不同，但又仿佛是一片新的大陆。

佐治亚北部这个地方山势崎岖，人们吃苦耐劳。站在蓝岭山脉[1]脚下的高原上举目四望，她发现所见之处皆是绵延起伏的红色山丘，巨大的花岗岩拱出地面，枯松参天，黯然耸立。由于从小生活在沿海地区，她看惯了海岛上静美的丛林、遍地的青苔和枝蔓缠绕的绿植，看惯了茫茫一片的白色沙滩在亚热带炙热的阳光下热浪蒸腾，也看惯了一望无际的平坦沙地上点缀着各式各样的棕榈树。而眼前的一切却显得如此荒凉，充满粗犷的野性。

这里冬季寒冷彻骨，夏日酷热似火，但这里的人生龙活虎，干劲十足，令她感到颇为奇怪。他们亲切友好，彬彬有礼，慷慨大方，本性善良。但同时他们也坚毅彪悍，急躁易怒。沿海人对所有事都漫不经心，甚至连决斗和世仇都满不在乎，并引以为傲。而佐治亚北部的这些人们却有些粗暴。在沿海地区，生活宁静安详，怡然自得，而在这里，一切都充满生机和新意，处处洋溢着活力。

在萨凡纳，埃伦认识的所有人几乎都是从一个模子里刻出来的，人们的观点和传统都极为相似。但这里的人则形形色色，性格各异。佐治亚北部的居民来自各个不同地区，有的来自佐治亚州其他地区，有的来自卡罗来纳和弗吉尼亚，有的来自欧洲和北方。有些人像杰拉尔德一样刚来不久，来此地寻找发财致富的机会。有些人则像埃伦一样，出身于名门世家，因无法忍受原先

---

[1] 蓝岭山脉是美国阿巴拉契亚山系的东部山脉，是阿巴拉契亚山系最高峻的部分，从宾夕法尼亚州南部向南延伸到佐治亚州北部。

的生活，而来到这边远地区寻找安乐之所。还有许多人迁居至此没有任何理由，只因他们的血管里流淌着承自先祖的躁动血液和开拓精神。

这些来自不同地方、有着不同背景的人们，给县里注入了一种不拘一格的气息，在埃伦看来十分新奇，也令她一直都难以习惯。无论何种情况，她都能本能地知道沿海人是如何行事的，可这些佐治亚北部的人会怎么做，她却实在拿不准。

当时，整个南方的经济都蓬勃发展，欣欣向荣，犹如一股浪潮，势不可挡。全世界都急需棉花，而县里新开垦的土地十分肥沃，因此棉花产量很高。棉花是本地的经济命脉，种植和采摘棉花是这片红土地上最重要的两件大事，就好比脉搏的舒张和收缩。蜿蜒曲折的垄沟产出了滚滚财富，人们有了钱，腰杆硬了，神气也足了——这神气来自绿油油的棉花田，来自洁白如雪的棉花。如果棉花能使他们这一代人钱袋鼓起来，那么到了下一代还不定多么富得流油呢！

他们相信未来会更加美好，因此对生活充满了热情。县里的人们都在尽情享受人生乐趣，但这种热情埃伦永远也无法理解。他们有的是钱，也有的是黑奴，所以他们有大把的时间享乐，而他们也喜欢享乐。即使再忙，他们也会放下工作，不错过每次的炸鱼宴、打猎和赛马，几乎每个星期都要举办野餐会和舞会。

埃伦不愿也无法成为他们中的一员——因为她把对生活所有的热情都留在了萨凡纳——但她尊重他们，也渐渐学会去欣赏这些人的坦诚和直率，他们心里有什么说什么，直来直去，而且看人从来不看外表，只看本质，这些都很令她感到钦佩。

埃伦成了县里最受敬爱的邻居，因为她勤劳节俭、宅心仁厚，是位贤妻良母。她本想把满心悲痛化为自我牺牲，将自己的全部身心奉献给教会，如今却把一切都奉献给了孩子和家务，也献给了那个把她带离萨凡纳，帮她抹去对那里的所有记忆，且从不向她刨根问底的男人。

斯嘉丽一岁的时候，十分健康活泼，用嬷嬷的话说，简直不像是个小女孩。这一年，埃伦生下了第二个女儿，起名叫苏珊·埃莉诺，不过大家都叫她苏埃伦。又过了一年，三女儿卡琳出生，家谱上列的大名叫卡洛琳·艾琳。接着，她又连生了三个儿子，可惜都未及学步便先后夭折，被安葬在距离宅子一百码远的墓地里，在枝叶缠绕的雪松下面，立着三块墓碑，上面都写着同样的名字：小杰拉尔德·奥哈拉。

从埃伦来到塔拉的第一天起，这里就发生了变化。虽然她当时只有十五岁，但已经准备好担起庄园女主人的重任。出嫁前，女孩子最重要的就是要温柔、可爱、漂亮和美观。而结婚后，她们就得负责管理一个大家庭，白人、黑人加在一起足有上百人。所以女孩们都在娘家照这个标准接受训练。

埃伦也跟所有家教良好的年轻小姐一样，出嫁前作过这样的准备。而且她还有嬷嬷这个好帮手，她有办法能让最懒的黑奴鼓起干劲来。果然她很快便把杰拉尔德的家打理得井井有条，既尊贵体面，又优雅闲适，给塔拉平添了一种从未有过的美感。

这座房子当初建造时就没有什么设计和规划，觉得哪儿合适、哪儿方便就随意在哪儿加盖房间。但埃伦的一番精心料理，竟令它焕发出一种前所未有的魅力，从而弥补了设计上的缺陷和不足。房子外面修起了一条林荫大道直通大路，大道两旁各栽种着一排雪松——佐治亚的种植园里都得有这条雪松林荫道，没有的话就不算完美——高大的树木投下阴凉幽暗的树荫，映衬出周围树木更为明快的青翠之色。阳台上悬挂着紫藤，在粉白墙砖的衬托下显得更加鲜艳。枝蔓缠绕的紫藤与门边粉红色的长春花交会在一起，再加上院子里盛开着的白色木兰花，总算将房子难看的线条遮住了一些。

在春夏两季，草坪上的苜蓿和狗牙草一片翠绿，绿得诱人，把本在屋后空地上转悠的火鸡和鹅群都吸引了来。一些养久了的家禽见这碧绿的青草、芬芳的栀子花蕾和百日草花圃，也禁不住诱惑，不时带头偷偷溜到前院来。为了防止草坪受到这些家禽的踩躏，主人特意安排了一个黑人小孩在前廊放哨。只见那小孩手里拿着块破毛巾坐在台阶上，也算是塔拉的一景了。可惜小哨兵却不大开心，因为主人不许他用石块砸家禽，所以只能挥挥毛巾或者嘘几声把它们赶跑。

埃伦派了很多黑人小孩干这差事，这是塔拉庄园男性黑奴必须履行的第一项重任。等他们十岁以后，就会被送到庄园里的鞋匠老爹那里学手艺，或者跟着修车工兼木匠的阿莫斯、照管牛群的菲利普、看骡子的卡菲学本事。如果这些行当他们都学不来，那就只好下地干活去。而在黑奴看来，他们也就此完全失去了地位。

埃伦的生活并不轻松，也谈不上幸福。不过她也从来没指望日子过得安逸。即使不幸福，那也是女人的命。毕竟这个世界是男人的，她早已认命。男人拥有财产，而女人只是负责管理。如果管理好了，功劳全都归给男人，女人还得夸他聪明能干。男人手指头上扎了根刺，就跟头牛一样大吼大叫，而女人生孩子疼得要死，还得尽量压低嗓门呻吟，唯恐搅扰了男人。男人说话粗鲁，还经常喝得烂醉，女人不仅不计较男人言语上的过失，还得毫无怨言地把醉鬼扶到床上去。男人粗暴无礼、口无遮拦，但女人永远得温顺善良、宽宏大量。

她从小是按大家闺秀的规矩长大的，因此早已学会如何担起主妇的重任，同时又保持自身的魅力。她打算把自己的三个女儿也调教成名门淑女。在两个小女儿身上，她的教育颇为成功，因为苏埃伦一心想要讨人喜欢，让人为她的魅力所倾倒，所以对妈妈的话言听计从。而卡琳则生性羞涩，所以容易管教。可斯嘉丽脾气秉性像极了她的父亲杰拉尔德，觉得通往大家闺秀的这条路上简直荆棘密布，难走极了。

让嬷嬷极为气恼的是，斯嘉丽喜欢的玩伴不是她那两个端庄娴静的妹妹，也不是家教极好的威尔克斯姐妹，而是庄园里的黑人小孩和邻家的小男孩。她喜欢爬树、扔石子，这些本事一点儿也不输男孩。嬷嬷极为不安，埃伦的女儿怎么能这副样子，因此她经常要求斯嘉丽"举止要像个小姐"。但在这件事上，埃伦更为宽容，也看得更长远。她知道青梅竹马的玩伴日后很有可能会变成情侣，而女孩子的头等大事就是嫁个如意郎君。所以她暗暗思量，这孩子只是生性活泼、精力旺盛罢了，以后还有的是时间教她如何以优雅的仪态和精妙的技巧来吸引男人。

为达到这个目标，埃伦和嬷嬷倾尽全力。斯嘉丽渐渐长大，在这方面学有所成，出类拔萃，可惜在其他方面却长进不大。尽管家庭教师请了一个又一个，她还被送到附近的费耶特维尔女子学校念了两年书，但她的文化知识还是少得可怜。不过要说到跳舞，她的舞姿最为优美，县里哪个女孩也比不上她。她知道如何微笑能让自己脸上的两个小酒窝更迷人，脚尖如何朝里走路才能让宽大的裙子款款摆动起来，显得更摇曳动人。她也知道如何抬头仰望男人一眼，然后垂下眼帘，闪动睫毛，显出怦然心动的神情。最重要的是，她知道如何在男人面前展露出她那张如婴儿一般天真可爱的脸庞，完全掩盖住骨子里的聪明与狡黠。

埃伦常对她轻声告诫，而嬷嬷则喋喋不休，没完没了地对她唠叨，两个人使尽浑身解数，拼命向她灌输做一个真正令人满意的妻子所应有的品德。

"亲爱的，你要更温柔些，更文静些，"埃伦对她的女儿说，"男士们说话的时候，不要插嘴，即使你的确比他们更高明，也不能这么做。因为男人不喜欢锋芒毕露的女孩。"

"成天皱着眉、苦着脸，嘴里总是说'我偏要''我就不'的小姐是绝对找不着好婆家的。"嬷嬷绷着脸警告说，"小姐应该低眉顺目，说'噢，是的，先生'，或者'您说得对，先生'。"

二人煞费苦心，教她作为一个大家闺秀应有的种种品德和本领，可她只学会了表面上的优雅仪态，内在的温柔娴雅一点儿没领会。她从来不愿意学,也觉得没必要学。有外表就足够了,因为仅凭着淑女的外表,她就已经大受欢迎了,而这就是她想要的。杰拉尔德夸口说,她是方圆五个县里最漂亮的姑娘。他所言非虚,因为街坊四邻里所有年轻的小伙子几乎都向她求过婚,还有好多人特意大老远地从亚特兰大和萨凡纳赶来,上门求亲。

斯嘉丽已经十六岁了,出落得亭亭玉立,娇媚动人,总算没有枉费嬷嬷和埃伦的一番苦心。但实际上,骨子里的她却固执任性、爱慕虚荣、脾气倔强。她继承了父亲容易激动的性情,而母亲那无私而宽容的品德却只继承了一点儿皮毛。埃伦从来没意识到,斯嘉丽表现出的一切都是装出来的,因为她在妈妈面前总是把最完美的一面展现出来,尽力克制住自己的脾气,表现得温柔乖巧,以掩盖住私底下的任性妄为。不然的话,妈妈只要用责备的目光看她一眼,她就会羞愧得直掉眼泪。

但是嬷嬷可不会轻易被瞒住,总是时刻戒备,随时揭穿她的鬼把戏。嬷嬷的那双眼睛可比埃伦厉害多了。从小到大斯嘉丽没有一件事能瞒骗过嬷嬷。

斯嘉丽活泼可爱、娇媚动人,在这一点上,她的两位良师倒是不为她发愁,因为这些都是南方的小姐们引以为傲的优点。她们担心的是她身上遗传自父亲的任性固执和冲动鲁莽。有时她们甚至害怕斯嘉丽还没来得及找到如意郎君,就把这些坏品性暴露了出来。但斯嘉丽打定了主意要结婚——而且一心要嫁给阿什利——为此,她情愿装出一副端庄温顺、毫无主见的样子,只要能吸引到这个男人,要她怎样都行。但她不知道男人为什么喜欢女人这样，只知道这种方法管用。她根本没兴趣去弄清其中原因，因为她对任何人的内心想法都一无所知，就连她自己的心理也搞不清楚。她只知道如果她按照这种方法去做或者去说，男人们便一准儿会迎合上来。这就像个数学公式一样，一点儿也不难，因为上学的时候，斯嘉丽最拿手的一门科目就是数学。

男人的心她弄不懂，女人的心她就更不了解了，因为她对女人更没兴趣。她从来没有任何女性朋友，也从不觉得需要女性朋友。对她来说，所有的女人，包括她的两个妹妹在内，都是她的天敌，因为她们都追逐同一种猎物——男人。

所有的女人都是敌人，只有她的妈妈例外。

埃伦·奥哈拉不一样，斯嘉丽把她看成神圣之人，与那些凡夫俗子截然不同。斯嘉丽小的时候就把她妈妈和圣母玛利亚混为一体了。现在，斯嘉丽长大了，这种想法依然没有改变，也觉得没理由改变。对她来说，埃伦就代表着绝对的安全感，而这种安全感只有上帝和妈妈才能够给予。她知道她的妈妈是正义、真理、慈爱和智慧的化身——是位了不起的女性。

斯嘉丽很想成为妈妈那样的女人。但唯一的困难是，要想做到公正、真诚、仁爱和无私，就得失去生活中的大半乐趣，当然也包括很多追求者。但人生本就苦短，怎能错过这些乐趣呢。也许有一天，等她跟阿什利结了婚，等她老了，有时间了，她会想要成为埃伦那样的女人的，不过，还是到那时再说吧……

第四章

当晚，吃饭的时候，由于妈妈不在，斯嘉丽便代替妈妈照料晚饭事宜。但她心不在焉，因为阿什利和梅兰妮结婚的消息搅得她心神不宁。她焦急地盼着妈妈能赶快从斯莱特利家回来，要是没有妈妈在身边，她就觉得心里空落落的，孤独无助。斯莱特利那家人没完没了地生病，他们有什么权利把妈妈从家里叫走？此时此刻的她，正需要妈妈在身边呢。

这顿饭吃得索然无味。餐桌上气氛沉闷，只有杰拉尔德声如洪钟的大嗓门在她耳边喋喋不休，让她实在是受不了。杰拉尔德把傍晚跟她的谈话忘得一干二净，一个人滔滔不绝地讲着从萨姆特堡传来的最新消息，说到起劲儿时，还不时用拳头砸桌子，或者挥舞手臂。杰拉尔德有个习惯，喜欢在吃饭的时候高谈阔论，平日里斯嘉丽只想着自己的心事，很少把他的话听进去。但是今晚，无论她怎么留神听着妈妈回来的车轮声，杰拉尔德的说话声还是一个劲儿地灌进她的耳朵里。

当然，她并不打算把满腹心事告诉妈妈，因为如果埃伦知道自己的女儿居然看中了一个已经跟别人订婚的男人，一定会大吃一惊并伤心不已的。但这是她人生中第一次坠入痛苦的深渊，所以她需要妈妈陪在她身边给她安慰。只要埃伦在她身边，她就觉得安心踏实，只要有妈妈在，再糟糕的事也能好起来。

忽然车道上传来了嘎吱的车轮声，斯嘉丽立马站起身来，然后又突然坐下了。因为车轮声绕过房子，直奔后院而去，这不可能是埃伦，她总是在前门的台阶那里下车。接着黑漆漆的后院里传来黑人聒噪的说话声和尖声大笑。斯嘉丽从窗户向外望去，看见方才离开屋子的波克手里举着一支松明火把，照着从马车上下来的模糊身影。夜色之中，欢声笑语此起彼伏，有的声音低沉柔和，有的声音高昂悦耳，听上去十分愉悦亲切。随后便听到一阵脚步声，这些人踏上后廊的台阶，走进了通往住宅的过道，最后停在餐厅外的大厅里。一阵低语之后，波克走了进来，平日里的沉着冷静不见了，眼珠直转，咧着嘴露出一口白得发亮的牙齿。

"杰拉尔德先生，"他激动地说，只见他满面春风，就像新郎官一样喜气洋洋，"您新买的女奴到了。"

"新买的女奴？我没买什么女奴呀。"杰拉尔德瞪着眼睛佯装不知。

"没错，是您买的，杰拉尔德先生！哦，她现在正等在外面候着，想和您说句话呢。"波克回答。他一边咯咯笑着，一边激动地搓着手。

"那就把你的新娘子带进来吧。"杰拉尔德说。波克转过身去，朝站在大厅的妻子招招手，于是刚从威尔克斯家的庄园被转卖到塔拉的黑人女奴走了进来，后面跟着她十二岁的女儿，怯生生地缩在她妈妈的腿边，几乎被她妈妈宽大的大花布裙子给完全挡住了。

女奴迪尔茜身材高大，腰板挺直，面色呆板。古铜色的脸上没有皱纹，年龄看不出来，三十到六十皆有可能。从相貌上看，她有着明显的印第安人血统，黑人的特征倒不那么鲜明。她的皮肤红彤彤，前额又高又窄，颧骨突出，鹰钩鼻，鼻尖扁平，鼻子下面是一张黑人特有的厚嘴唇，每个细节都显示出她是融合了两个种族的混血儿。这个黑人女奴沉着冷静，走起路来比嬷嬷还神气。嬷嬷的神气是后天学来的，而她的神气是骨子里的。

她说话的时候，不像大多数黑人那样口齿不清，而是措辞严谨，字斟句酌。

"晚上好，小姐们。对不起，杰拉尔德先生，打扰您了。但我还是要到这儿来再次感谢您买下了我和我的孩子。要买我的老爷有很多，但他们都不愿意把我的普利茜一起买下，真的很感谢您，让我不用忍受与孩子分离的痛苦。我一定会为您好好干活，不忘您的大恩大德。"

"嗯——哦。"杰拉尔德窘得清了清嗓子。做了好事被人说破，令他不由得有些难为情。

迪尔茜转身面对斯嘉丽，眼角堆起几分笑意："斯嘉丽小姐，波克跟我说是您叫杰拉尔德先生把我买下来的，所以我想把我的普利茜给您做个贴身女仆。"

她手伸向后面,把那个小女孩拉到斯嘉丽面前。只见这小不点儿褐色皮肤,两条腿瘦得皮包骨,就像鸟腿似的。她的头上编了无数的小辫子,用细线扎起来,一根根直挺挺地翘在脑后,一双眼睛透着聪明伶俐,样样看在眼里,脸上却装作一副傻呆呆的样子。

"谢谢你,迪尔茜,"斯嘉丽回应道,"但恐怕嬷嬷会有意见的,因为自我出生起,她就一直是我的贴身女仆。"

"嬷嬷年纪大了,"迪尔茜说,那副气定神闲的样子,要是嬷嬷看见了,一定会气不打一处来,"她是个好嬷嬷,但如今您是位大小姐了,需要有个好女仆,我的普利茜伺候茵迪娅小姐有一年了。她会做针线活、会梳头,干得不比大人差。"

她捅了捅普利茜,后者立刻行了个屈膝礼,对斯嘉丽咧嘴一笑,斯嘉丽也不由得朝她笑了笑。

"好机灵的小丫头。"她心想,于是便大声说道,"谢谢你,迪尔茜,这件事等妈妈回来之后再定吧。"

"谢谢小姐,晚安。"迪尔茜说完,便转身带着孩子离开餐厅,波克颠颠儿地跟在后面。

饭后餐桌都收拾干净了,杰拉尔德又开始滔滔不绝起来,但连他自己都觉得越说越没劲,因为听的人毫无兴致。他大声嚷嚷着,说什么就要打仗了,还翻来覆去地问她们:"咱们南方能任由北方佬欺负吗?"女儿们只好强忍内心的厌烦应和着"不,爸爸"或者"是的,爸爸"。卡琳坐在大灯下的一块跪垫上全神贯注地看着一本爱情小说,书里讲述了女主人公在心上人死后做了修女的故事。卡琳沉浸在悲伤的故事里,边看边默默流泪,幻想着自己戴着白色修女帽的样子。苏埃伦则埋头做着刺绣,她曾经笑称这些绣品是她的"嫁妆",她一边刺绣,一边寻思着明天的烧烤会上该怎么做才能把斯图尔特·塔尔顿从她姐姐身边引开,她要用她那甜美可爱的女性魅力把他迷住,因为这种魅力唯独她有,而姐姐没有。至于斯嘉丽,此刻正在为阿什利而心烦意乱。

爸爸怎么能这样呢?明知道她难过得心都碎了,可嘴里还是没完没了地谈什么萨姆特堡和北方佬。毕竟她还小,少不更事,年轻人大多如此。她奇怪为什么她都这么痛苦了,地球怎么还是照样转?自己心都碎了,可大伙儿怎么还是该干什么干什么,无动于衷呢?

她心里翻江倒海,但餐厅里居然平静如水,跟平时没什么两样。沉重的红木桌子和餐边柜、实心的银器、光亮的地板上鲜艳的碎毡地毯,所有的东西都没变样,全在老地方,就像什么也没发生过一样。这个餐厅温馨又舒服,晚饭后全家人都聚在这里,度过宁静安逸的一段时间,斯嘉丽很喜欢这样。但今晚同样是在这里,她却如坐针毡,心神不安。要不是害怕父亲大声责问,她早就开溜了,沿着黑乎乎的过道溜进埃伦的小账房,扑倒在那张旧沙发上放声大哭一场。

偌大的房子里斯嘉丽最喜欢那个房间。每天早上,埃伦都会在那个房间里,坐在高高的写字台前,一边整理账目,一边听着监工乔纳斯·威尔克森汇报种植园的情况。全家人也爱待在那里消磨时光。埃伦拿着鹅毛笔在账本上沙沙地记着账,杰拉尔德躺在老摇椅上，姑娘们则坐在旧沙发上。那张沙发太过破旧，坐垫都凹陷下去了，所以不能摆在前厅，只好被挪到了那里。此时此刻，斯嘉丽真想到那儿去，单独跟妈妈在一起，头靠在妈妈的膝上，安心地痛哭一场。可妈妈怎么还不回来呢？

正在这时，砾石车道上传来车轮碾过路面的刺耳声音，埃伦打发走车夫的柔声低语飘入房间里。全家人都抬起头来热切期盼，只见埃伦匆匆走进屋里。她的裙裾款款摆动，脸色疲惫，难掩悲伤。一股柠檬马鞭草的淡淡馨香阵阵扑鼻，这香气从埃伦衣裙的褶裥中飘散出来，斯嘉丽一闻到这熟悉的馨香便会自然而然地想到她的妈妈。嬷嬷跟在埃伦身后，手里拎着妈妈的那只皮包，下唇噘着，眉头紧锁。嬷嬷一面摇摇摆摆地走着，一面嘴里嘟嘟囔囔，故意压低声音，不让人听清楚她在说什么，但又分明让人听得出她有一肚子的不满。

"很抱歉，我这么晚才回来。"埃伦一边说着，一边从低垂的肩头解下方格披肩，然后把披肩拉下来递给斯嘉丽，并轻轻拍了拍她的脸蛋。

杰拉尔德一看见埃伦回来，顿时容光焕发，就像变了个人似的。

"那小杂种受洗了吗？"他问道。

"受洗了，可惜还是死了，可怜的孩子。"埃伦说，"我原本担心艾米也活不成，好在她挺过来了。"

姑娘们都看着妈妈，一脸吃惊和诧异。只有杰拉尔德达观地摇摇头。

"哎，那孩子死了也好，毕竟连爹是谁都不……"

"时候不早了，咱们做晚祷吧。"埃伦不露痕迹地打断了杰拉尔德的话。要不是斯嘉丽深知妈妈的性情，她还真看不出她是有意打断爸爸的。

斯嘉丽很好奇，想知道艾米·斯莱特利的孩子父亲是谁，但她知道从妈妈嘴里甭想问出答案。她怀疑那孩子的爹是乔纳斯·威尔克森，因为她经常看见他和艾米天快黑时在大路上散步。乔纳斯是个北方佬，又是光棍儿，再加上他只是个监工，这几点加在一起就注定了他被县里的社交圈子排斥在外，只要有点儿社会地位的家庭，都不愿意把女儿嫁给他，除了像斯莱特利家那样低贱不堪的人，没人会跟他来往。而他肚子里的墨水比斯莱特利家多了不只一点儿，所以他自然不乐意娶艾米为妻，虽说他常常陪人家在黄昏散步，但结婚是不可能的。

斯嘉丽叹了口气，因为她好奇心实在很强。许多事情都是在妈妈眼皮底下发生的，可她却毫不在意，就当什么事都没有似的。埃伦对一切她认为有失体面和分寸的事情都不予理会。她也教导斯嘉丽这样做，但收效甚微。

埃伦走到壁炉架旁，从一个雕花小首饰盒里取出念珠。这时嬷嬷口气坚定地说："埃伦小姐，您得先吃些晚饭再祷告。"

"谢谢你，嬷嬷，可我不饿。"

"俺这就亲自去给您做晚饭，您必须得先把饭吃了。"说完嬷嬷就皱着眉头，气呼呼地直奔厨房去了。

"波克！"她大声叫道，"告诉厨娘把火生旺点儿，埃伦小姐

99

回来了。"

地板被她肥胖的身子压得呼呼直颤,她在前厅自言自语的声音也越来越响,餐厅里所有的人都能听得清清楚楚。

"俺说过多少回了,那些穷白佬理都不要理,帮那种下等人没半点好处。全都是些忘恩负义、自私自利的东西。埃伦小姐犯不着累死累活地去照顾他们,他们不配。他们要是有本事就该自己去弄几个黑鬼来伺候他们。俺早就说过——"

嬷嬷沿着长长的带顶棚的露天过道走去,声音也渐行渐远。那条露天过道直通向厨房。她有自己的一套办法,能让主人知道她在每件事情上的看法。她知道黑人自言自语发牢骚时,上等的白人是不会偷听的,因为这样有失体面。所以白人为了维护面子,哪怕她在隔壁房间大喊大叫,他们也会装作没听见。这样一来,她既不会受到责骂,又可以让大家知道她的想法。

波克走进餐厅,手里端着托盘、银制餐具及餐巾。他后面紧跟着一个年仅十岁的黑人男孩,名叫杰克。杰克一只手在匆忙地扣着白麻布上衣的扣子,另一手拿着一根拂尘。这拂尘是把报纸剪成的细纸条绑在一根比他人还高的芦苇秆上制成的。埃伦原来有一根用漂亮的孔雀毛制成的拂尘,但只在特殊场合才用。每次用那根孔雀毛拂尘都得引起一番争执,因为波克、厨子和嬷嬷都很迷信,认为孔雀毛不吉利。

杰拉尔德为埃伦拉开椅子,埃伦一坐下来,四个人的声音同时朝她涌来。

"妈妈,我那条舞会上穿的新裙子花边松了。可明晚在十二橡树的舞会上我还要穿呢。您能给我缝一下吗？"

"妈妈，斯嘉丽的新裙子比我的漂亮。我穿粉红色难看死了。干吗不让她穿我这件粉色的，让我穿她那件绿色的呢？她穿粉色的也挺好。"

"妈妈，明晚我能留下来参加舞会吗？我都已经十三岁了——"

"奥哈拉太太，你能相信吗——嘘，丫头们，别吵，当心我拿鞭子抽你们！凯德·卡尔弗特今早去了亚特兰大，他说——你们能不能安静点儿，我都听不见自己的声音了——他说那里简直乱翻了天，所有人成天都在谈打仗、民兵训练和组建骑兵。还说查尔斯顿也传来了消息，说是他们对北方佬已经忍无可忍了。"

面对几个人的叽叽喳喳，埃伦疲倦地笑了笑。她首先尽妻子的本分，对自己的丈夫说话。

"要是查尔斯顿的绅士们都这么认为的话，我相信咱们这儿的人很快也会有同样的想法。"她说。因为在她心里有个根深蒂固的观念，那就是除了萨凡纳以外，全美洲的名门望族多半都出自查尔斯顿那个海港小城。这也是查尔斯顿人的普遍共识。

"不行，卡琳，等明年再参加吧，亲爱的。到时你就能跳上一整晚，还能穿大人的裙子，我的小宝贝儿到时肯定能开开心心地玩个够！别把嘴噘得这么高，孩子，你可以参加烧烤会，记住，你可以待到晚餐结束，但要等十四岁以后才能参加舞会。"

"把你的裙子给我，斯嘉丽。做完晚祷后我帮你缝花边好了。"

"苏埃伦，我不喜欢你说话的口气。宝贝儿，你穿粉色的衣服很漂亮，跟你的肤色很配。斯嘉丽穿她那件也很合适。不过，明晚你可以戴我的那条石榴石项链。"

苏埃伦站在妈妈身后，得意地朝斯嘉丽皱了皱鼻子，因为斯嘉丽也想找妈妈借那条项链。于是斯嘉丽朝她吐了吐舌头。苏埃伦是个成天发牢骚，又自私自利、令人讨厌的妹妹，要不是有埃伦管着，斯嘉丽肯定会时不时地扇她耳光。

"对了，奥哈拉先生，查尔斯顿那边还有什么消息吗，卡尔弗特先生还说什么了？"埃伦问道。

斯嘉丽知道她的妈妈对打仗、对政治一点儿也不感兴趣，认为这些都是男人的事，而且妇道人家也听不懂。但只要让杰拉尔德发表自己的观点，他就会很高兴。而埃伦向来考虑周到，总是能照顾丈夫的情绪，令他开心。

于是杰拉尔德继续高谈阔论，说起最近的新闻。嬷嬷把一道道饭菜摆在女主人面前：色泽金黄的松饼、油炸鸡脯肉，还有一盘黄澄澄的红薯，已经从中间切开，热气腾腾，上面淌着融化了的黄油。嬷嬷拧了小杰克一下，后者立刻履行自己的职责，站在埃伦背后，举着那根纸条做的拂尘慢慢挥动。嬷嬷站在餐桌旁，盯着埃伦一口一口地吃东西，仿佛只要稍有懈怠，就会把食物硬塞进埃伦嘴里，强迫她吃。埃伦努力地吃着，但斯嘉丽看得出，妈妈太累了，根本就食不知味。只是因为嬷嬷不肯让步，她才勉强把食物吃下去。

盘子里的食物总算吃完了。此时，杰拉尔德说得起劲儿，正在指责北方佬的卑鄙行径，说他们想要解放黑奴，却又不肯花钱为黑奴买回自由。他正说到半截儿，埃伦站了起来。

"要祷告了吗？"他有些不情愿地问道。"是啊，已经这么晚了——咦，正好十点。"时钟恰好在此时报时，咚咚地敲了十下，"卡琳早就该睡觉了。波克，掌灯。嬷嬷，把我的祈祷书拿来。"

嬷嬷声音沙哑地轻声吩咐了几句，杰克立刻把拂尘放在角落里，收拾好桌上的盘子。嬷嬷则在餐边柜的抽屉里找出埃伦那本用旧了的祈祷书。波克踮起脚尖，抓住灯上的链环，把吊灯慢慢降下来，直到整个桌子上方都笼罩在明亮的灯光下，而天花板则隐没在一片黑暗中。埃伦整了整衣裙，然后跪在地板上，把祈祷书打开放在面前的桌子上，接着十指交叉搁在书上。杰拉尔德跪在她身旁，斯嘉丽和苏埃伦跪在桌子两侧的老地方，把宽大的裙摆叠起来垫在膝下，这样跪在硬地板上就不会硌得疼了。卡琳年纪太小，跪在桌边不舒服，于是就对着一把椅子跪下来，胳膊肘搭在椅子上。她喜欢这个姿势，因为一祈祷她就打瞌睡，而这个姿势可以躲过妈妈的眼睛，不被发现。

家奴们脚步匆匆地赶来，衣裙沙沙作响，然后齐齐跪在门口。嬷嬷一边跪下，嘴里一边大声嘟囔着，波克则跪得很直，像根棍子。侍女罗莎和蒂娜优雅地展开鲜艳的花布裙子，姿态优美。库琪头上包着块雪白的头巾，但脸色蜡黄，显得很憔悴。杰克昏昏欲睡，尽量躲得远远的，怕嬷嬷用手拧他。奴隶们黑黑的眼睛里闪烁着期待的目光，因为和白人主子一起祷告是一天中的一件大事。启应经文¹中那古老而生动的语句,以及带着东方色彩的比喻,他们一点儿也听不懂,但这使他们的心灵得到了某种满足,所以他们总是会摇头晃脑地吟诵着应答祷文,嘴里念叨着:"主啊,请怜悯我们。""上帝啊,请怜悯我们。"

埃伦闭上眼睛开始祷告,声音抑扬顿挫,使人宁静而安心。埃伦感谢上帝赐给她的家庭、她的家人和黑奴喜乐安康,在昏黄的灯光下,大家都虔诚地低着头。

她为塔拉庄园里的每个人、她的父亲、母亲、姐妹以及三个夭折的孩子和"所有在炼狱²中的可怜灵魂"祷告,然后用纤长的手指捻着白色的念珠,开始念《玫瑰经》³。黑人和白人都开始齐声应答,如同一阵和风轻拂。

"天主圣母玛利亚,求您现在及我们临终时,为我等罪人祈求天主。"

斯嘉丽虽满心痛苦,强忍泪水,但内心仍深深感到一种宁静与平和,就像往日此时一样。今日的失望和明日的忧虑全都消失,只留下希望。这种心灵上的慰藉并非来自对上帝的虔诚敬奉,因为对她来说,信仰从来都只是挂在嘴边上的东西。她的慰

---

1 念诵启应经文是一种先由带领者念诵一段经文,然后会众再以一段经文作答的祈祷形式。

2 炼狱purgatory一词来自拉丁文动词purgare,有洗涤之意。在天主教会的传统中,炼狱是指人死后炼净的过程,是将人身上的罪污加以净化,是一种人经过死亡而达到圆满的境界(天堂)的过程中被炼净的体验。

3 《玫瑰经》(正式名称为《圣母圣咏》),于15世纪由圣座正式颁布,是天主教会用于敬礼圣母玛利亚的祷文。

藉来自她的妈妈，因为她看到妈妈正抬着头，一脸敬虔地仰望上帝以及列位圣徒和天使的宝座，祈求赐福给她所爱的人。斯嘉丽深信，每当埃伦求告上帝时，她的话神必会聆听。

埃伦祷告完之后，轮到杰拉尔德，可他回回祷告都找不到念珠，所以只好偷偷数着手指头计数。他嘴里念诵着祷文，声音沉闷，索然无味，斯嘉丽不由得开始走神，尽管她知道她应该好好自省。埃伦教导过她，每天晚上都应该深刻反省自己，承认并忏悔自己的种种过错，祈求上帝宽恕，并求上帝赐予力量，让这些过错永不再犯。但斯嘉丽省察的却是自己的感情。

她低下头，额头抵在十指交叉的双手上，不让妈妈看到自己的脸。满心伤感的思绪又回到了阿什利身上。他真正爱的人是她斯嘉丽，可怎么却要娶梅兰妮为妻呢？明知道她爱他有多深，可为什么偏要故意伤她的心呢？

突然，一个念头一闪而过，犹如一道闪亮耀眼的彗星掠过脑海。

"啊，原来阿什利根本就不知道我爱他！"

这个突如其来的醒悟令她大吃一惊，差点儿失声惊呼。她思绪凝滞，就像脑子麻痹了一样，半天没喘过气来。等她缓过神来之后，思绪又开始奔涌起来。

"他怎么能知道呢？我在他面前向来都装得那么拘谨，一副摸不得碰不得的矜持淑女样子。他很可能会认为我对他没感觉，只把他当朋友。没错，所以他才从来没跟我表白过！他以为他对我的爱会毫无结果，难怪他神情总是那么——"

她的思绪又飘到了过去的时光,她总是不经意地发现他用奇怪的神情望着她。平日里,他那双灰色的眼睛总是不露声色,就像拉上了一面窗帘,掩藏住自己的心思。而看着她的时候,那双大眼睛中流露出的感情却一览无余,饱含着痛苦和绝望。

"他一定是伤透了心,因为他以为我爱的是布伦特或者是斯图尔特,又或者是凯德。也许他认为既然得不到我,不如就顺了家里人的意思,和梅兰妮结婚,至少能让他们高兴。但如果他知道我爱他的话——"

她那变化无常的情绪一下子从绝望的深渊蹿升到激动雀跃的顶峰。原来这就是阿什利沉默不语、行为古怪的原因。因为他根本就不知道嘛!强烈的虚荣心更促使她一厢情愿地相信自己的推测,并且把相信变成了确信。如果他知道她爱他,他一定会飞奔到她身边来的。她只要——

"噢!"她不由得欣喜若狂,用手指戳着她低垂的额头,"我真是笨啊,怎么现在才想到这个!一定得想办法让他知道。如果他知道我爱他的话,就不会娶梅兰妮了!他怎么还会娶她呢?"

这时,她忽然一惊,发现杰拉尔德已经做完了祷告,妈妈正在看着她呢。于是她连忙机械地捡着念珠,开始吟诵起《圣母经》来,但是声音很激动。嬷嬷诧异地睁开眼睛,探究似的瞥了她一眼。她祷告完后,轮到苏埃伦,接着是卡琳。而斯嘉丽的思绪还沉浸在刚才的念头中纵情驰骋。

就算现在说也不晚!本来已经订了婚却与第三者私奔结婚的大有人在,县里就有不少。更何况阿什利订婚的消息还没有宣布呢！对，我还有的是时间！

如果阿什利和梅兰妮之间没有爱，只有很久以前的一个约定，那么他违背约定，转而跟她斯嘉丽结婚，又有何不可呢？是的，假如阿什利知道她爱他的话，他一定会这么做的。所以她一定得想个法子让他知道。会有办法的！到那时——

斯嘉丽突然从美梦中惊醒，回到现实中来，因为她忘了应答祷文，妈妈正用责备的目光看着她。于是她连忙接着祈祷，并偷偷睁开眼睛飞快地扫视了一眼房间。跪着的人们、柔和的灯光、黑奴们摇头晃脑的昏暗阴影，这熟悉的一切，一个小时前还令她生厌，现在转眼间在她眼里又染上了另一种感情色彩，变得可爱起来。此时此景，令她永远难以忘怀！

"至诚的圣母玛利亚。"妈妈吟诵道。《圣母德叙祷文》开始了，埃伦用柔和的低音赞颂圣母的美德，斯嘉丽乖乖地应答道："请为我们祷告。"

斯嘉丽从小就觉得，每天的此时此刻，她敬拜的不是圣母，而是自己的母亲埃伦。这念头也许有些亵渎神明，但每当斯嘉丽闭着双眼，跟随大家重复那古老而深奥的祷文时，心头浮现的永远都是埃伦那张仰望上帝的慈祥面孔，而不是圣母玛利亚。"病人之痊""上智之座""罪人之托""玄义玫瑰"——这些词语[1]无比美妙动人，因为句句都是在形容埃伦的美德。可是今晚，由于斯嘉丽情绪异常激昂，所以在整个祷告仪式中，在轻柔的念诵声

---

1 以上均是《圣母德叙祷文》中圣母玛利亚的称号（共有49个）。

和喃喃的应答声中，感受到了一种从未体验过的美妙。她虔诚地敬拜上帝，发自内心地感恩，感谢上帝为她指出了一条道路——使她走出忧伤，直奔阿什利的怀抱。

最后一声"阿门"念罢，众人起身，身子多少有些僵硬了。蒂娜和罗莎合力才把嬷嬷搀扶起来。波克从壁炉架上取下一根长长的点火纸捻，在灯火上点燃，然后走进过道。在螺旋而上的楼梯对面有个胡桃木的餐边柜，因为太大没有放在餐厅，只好摆在了这里。宽大的柜顶上放着好几盏灯和一排插满蜡烛的烛台。波克点亮了其中一盏灯和三根蜡烛，俨然一副为国王和王后照明引路的皇家寝宫内侍的气派，把灯高举过头顶，领着他们上楼，带他们进入寝室就寝。埃伦挽着杰拉尔德的胳膊，跟在波克身后，三位小姐则每人拿着一支蜡烛，紧随其后。

斯嘉丽走进自己的卧室，把蜡烛放在高高的五斗柜上，在漆黑的衣橱里寻找那条要缝的舞裙。她把裙子搭在手臂上，悄悄穿过走廊。父母卧室的门微微开启着，还没等她敲门，就听到了埃伦低沉而坚决的声音。

"奥哈拉先生，您必须解雇乔纳斯·威尔克森。"

杰拉尔德大声嚷嚷着："那你叫我上哪儿再去找个像他那样不跟我耍花招的监工？"

"您必须立刻开除他，明天一早就让他走人。大个子山姆是个好工头，可以暂时让他接管，等您找到新的监工再说。"

"啊，哈！"杰拉尔德的大嗓门再次响起，"这下我明白了！原来乔纳斯这小子就是那孩子的——"

"必须得辞了他。"

"这么说,他就是艾米·斯莱特利孩子的爹,"斯嘉丽寻思着,"啊,可不是嘛,一个北方佬跟一个穷白佬的女儿能做出什么好事来?"

接着,她特意等了一会儿,让他父亲唾沫横飞地把话说完,这才敲门进屋,把裙子递给妈妈。

等到斯嘉丽宽衣上床,吹熄蜡烛时,明天的计划她都已经详详细细地安排好了。她的计划很简单,因为她跟父亲一样,都是一门心思直奔目标的人,她会两眼紧盯着目标,用最直接的办法去得到它。

首先,她要按照杰拉尔德的嘱咐,表现得"傲气十足"。从她到达十二橡树那一刻起,她就要显出活力四射、神采飞扬的样子,不让任何人怀疑她因阿什利和梅兰妮订婚的事而难过沮丧。她还要跟在场的所有男士打情骂俏,暧昧调情。这样虽说对阿什利很残忍,但更会激起他对她的渴慕之情。她不会漏掉任何一个已到适婚年龄的男人,从老得一脸姜黄胡子的老弗兰克·肯尼迪——也就是苏埃伦的男友,到小得内向腼腆,动不动就脸红的查尔斯·汉密尔顿——梅兰妮的哥哥,她都不会放过。她要让男人们像蜜蜂看到花儿一样围着她转,阿什利肯定也会被她吸引,撇开梅兰妮,加入到这些追求者中来,拜倒在她的裙下。然后,她就会设法摆脱众人,单独和他待上几分钟。她希望一切都按计划顺利进行,不然的话就难办了。但如果阿什利不先采取行动,那她就只好自己主动了。

最后等他们终于单独在一起时，阿什利的脑子里肯定还在回想着刚才那些男人们围着她转的情景，重新意识到人人都想得到她，于是他的眼睛里又会流露出伤心而绝望的神情。接着，她就会让他知道，尽管人人都追求她，但天底下的男人里唯有他是她的心上人，他听了之后就会转忧为喜的。承认对阿什利的这份爱意时，她要温柔端庄，这样一来她在他心里的地位就会比原先高出千倍，令他更为看重。当然，她要显出大家闺秀的样子，绝不能鲁莽地向他表达爱意——这可绝对不行。至于怎么告诉他，根本无须费心，也完全不用担心，因为这种事她以前处理过好几回了，再来一回便是。

她躺在床上，任由朦胧的月光洒在她身上，脑子里想象着计划中的整个情景，仿佛看到他明白她心意之后，脸上展露出的那种又惊又喜的神情，同时也听到了他向她求婚的深情话语。

到那时，她自然会说，她怎么能嫁给一个已经跟别人订了婚的男人呢。但他会一再坚持、苦苦哀求，直到最后被他的诚意打动。然后，他们就会决定当天下午就偷偷跑到琼斯博罗去，之后嘛——

噢，到了明天晚上的这个时候，她没准就已经成为阿什利·威尔克斯太太了！

她腾的一下从床上坐起来，双手抱着膝盖，陶醉在成为阿什利·威尔克斯太太——阿什利的新娘的幸福之中，久久无法自拔。可紧接着一丝凉意便掠过了她的心扉。要是结果并非如此呢？假如阿什利并没有求她跟他一起私奔呢？不过她断然地甩开了这些念头。

"现在不想这个,"她果断地告诉自己,"现在一想心就全乱了。事情没有理由不按照我的心意走——如果他真爱我的话。而我知道他是爱我的!"

她扬起下巴,黑色的睫毛下,一双淡绿色的眼睛在月光下闪闪发亮。埃伦从没告诉过她,愿望和实现愿望是两回事。生活也没教过她捷足未必先登这个道理。她躺在银色的月光中,信心满满地盘算着自己的计划,编织着一个十六岁少女的美梦。生活如此美好,怎会有失败。一条漂亮的裙子和一副秀丽的面容,便足以征服命运。

第五章

上午十点。春深四月,天气温暖。金色的阳光透过宽大窗户上蓝色的窗帘,洒入斯嘉丽的房间,照得房间里分外明亮。奶油色的墙壁金光灿灿,红木家具也闪着如葡萄酒一般深红色的光芒。地板如玻璃一般光滑闪亮,只有铺着碎毡地毯的地方显出斑驳而鲜艳的色彩。

空气中已隐隐透着夏日的气息,这是佐治亚夏日来临的第一个迹象。炎炎酷热来势汹汹,逼得盎然春意不得不快快离去。一股温煦怡人的气息漫入房间里,空气中洋溢着种种馨香柔美的味道——有百花的馥郁,有新绿的草木香气,还有初耕红土的湿润之气。透过窗户,斯嘉丽能看到砾石车道两旁的黄水仙正绚丽怒放,金黄的茉莉花开遍地,娇羞可人,犹如女孩摇曳的裙裾。嘲鸟[1]和松鸦[2]这对世仇冤家叽叽喳喳,吵闹不休,争夺窗下

---

1 嘲鸟又名模仿鸟、仿声鸟、嘲鸫,有雀类语言家之称。它叫声动听多样,可以模仿多达30种以上的物种声音,它们甚至能模仿机械的声音,并且又能加上自己独特的变调。
2 松鸦颜色以浅黄褐色为主,两翼上有黑、白、蓝色。嘴脚黑色,体部呈赤褐带灰色。长约七寸。常见于山林、平野,以果实种子等为食。

那棵木兰树的所有权。松鸦的声音尖厉刺耳，而嘲鸟的鸣声则甜美哀怨。

在如此阳光灿烂的早晨，斯嘉丽总会不由得走到窗前，两手撑着宽大的窗台，陶醉在塔拉芬芳的气息和各种美妙声音之中。然而今天她无心去欣赏这阳光和蓝天，心头只匆匆闪过一个念头："感谢上帝，还好没下雨。"床上放着那件镶着淡褐色花边的苹果绿水波绸舞会长裙，叠得整整齐齐放在一个大纸盒里，准备要带到十二橡树去，在舞会开始前再换上。可斯嘉丽看见这裙子却耸了耸肩。如果她的计划成功的话，那么今晚就用不着穿它了。因为舞会还没开始，她就已经和阿什利偷偷跑掉，直奔琼斯博罗结婚去了。不过令她伤脑筋的是——她该穿什么衣服去参加烧烤会呢？

什么衣服最能显出她的娇媚，让阿什利一看见就被迷住，无可抵挡呢？从八点开始，她就在一件件地试衣服，可没一件令她满意的。此刻，她只穿着镶花边的内衬长裤、亚麻紧身胸衣和有三层波浪形花边的亚麻衬裙，愁眉苦脸、烦躁不安地站在房间里。衣服扔得到处都是，地上、床上，还有椅子上，散落着一堆堆五颜六色的衣服和凌乱的缎带。

那件玫瑰色的蝉翼纱裙子配上长长的粉红腰带挺不错，但去年梅兰妮到十二橡树来做客时她已经穿过了，人家肯定会记得的，没准儿还会不怀好意地提起这事来。那条黑色的毛葛细斜纹裙，袖口蓬松，配着公主花边领，倒是能极好地衬出她那雪白的肌肤，但看上去又稍显老气。斯嘉丽着急地照着镜子，仔细端详着自己这张正当二八年华的青春面孔,似乎在查找自己的脸上是否有皱纹,下巴上是否有赘肉。在青春娇美的梅兰妮面前,自己绝不能显得过于严肃、老气。这条淡紫色条纹细布的裙子,镶着宽大的花边和网眼,好看倒是好看,但跟她的气质不符,更适合卡琳这样身材小巧、一脸懵懂无知的小女孩。要是自己穿上准会像个上学的小女生。梅兰妮生性沉稳娴静,所以在她面前绝不能显得太小女孩气。这件绿色方格塔夫绸的,有荷叶边,荷叶边上还镶着绿色的天鹅绒绲边,应该是再合适不过的了,而且也是她最喜欢的一件。因为穿上这件衣服会使她的眼睛显得颜色更深,绿如翡翠。但可惜衣服前襟有一块显眼的油污。当然,她可以别上一枚胸针把污渍遮住,可是万一梅兰妮眼尖发现了呢?剩下的就只有这几条五颜六色的棉布裙了,斯嘉丽觉得不够档次,配不上这种场合。再有就是几条舞裙和昨天穿的那件绿色枝叶花纹薄纱裙。可这条薄纱裙是下午穿的裙子,不适合参加烧烤会时穿,因为蓬松的袖子太短,而且领口开得也很低,甚至可以当舞裙穿了。但除此之外也没有别的选择,只能穿这件了。虽说大白天就穿得袒胸露臂,光着脖子,有失雅观,但她没觉得有什么可难为情的。

她站在镜子前,扭来扭去看自己的侧身,觉得自己的身材绝对是无可挑剔。她的脖颈虽短,但浑圆柔润,手臂也丰盈迷人。双乳被紧身胸衣托得高高隆起,线条优美。她从来不像大多数十六岁女孩那样在胸衣衬垫里缝上一行行细细的丝绸褶边,好显得身材更加丰满,凹凸有致,因为她根本不需要。她很高兴继承了埃伦纤长白皙的双手和一双娇小的玉足，要是能有妈妈那样的身高就更好了，不过她对自己的身高也挺满意。可惜女孩子的腿不能露出来，她一边寻思着，一边拉起衬裙，遗憾地打量着长衬裤下那双丰润而匀称的双腿，真好看啊，就连费耶特维尔女子学校的姑娘们都一致承认。至于腰身嘛——她敢说无论在费耶特维尔还是琼斯博罗，乃至周围的三个县里，哪个女孩都没有她这么纤细的腰身。

一想到腰身，她的思绪又回到了现实问题上来。绿色的薄纱裙子腰围是十七英寸，可嬷嬷给她束的是十八英寸的腰，为的是让她能穿上那件黑色的毛葛裙，所以得让嬷嬷给她再束紧些才行。于是她推开门，听到嬷嬷在楼下过道里沉重的脚步声，便急不可待地大声喊起来。她知道埃伦正在熏肉房里给库琪分派当天的食物呢，所以她可以放心大胆地扯开嗓子喊。

"有人真当俺会飞呢。"嬷嬷嘟囔着步履蹒跚地爬上楼梯，然后气喘吁吁地走进房间，一副想跟人打架并且乐意奉陪到底的神情。她用那双黑色的大手端着一个托盘，上面有两大块抹着黄油的红薯、一摞淌着糖浆的荞麦饼，还有一大块浸在肉酱汁里的火腿。一看见嬷嬷手里拿的东西，斯嘉丽的脸由原先的急躁变成了好斗的倔强。她刚才忙着一件件地试衣服，正在兴头上，一时竟忘了嬷嬷有一条铁一般的硬性规定，那就是奥哈拉家的姑娘们无论去参加什么宴会，赴宴之前必须在家填饱肚子，这样一来，她们在宴会上就吃不下什么了。

"你端来也没用。我不吃。你把它端回厨房吧。"

嬷嬷把托盘放在桌子上，两手叉腰，摆好架势。

"不行，你必须吃！这回可不像上回了。上回烧烤会时俺刚好病了，没顾得上让你们临走前先吃东西。这回你必须把这些全都给俺吃光。"

"我偏不！快过来，帮我把腰再束紧点儿，已经迟到了。我听见马车都已经到门外了。"

嬷嬷换上了一副哄孩子的口吻。

"听话，斯嘉丽小姐，乖乖吃一点儿吧。卡琳小姐和苏埃伦小姐都已经把她们那份吃完了。"

"就知道她们会吃完的，"斯嘉丽不屑地说，"她们的胆子比兔子还小。我才不吃呢！一看见托盘我就倒胃口。我可还记得呢，上回我去卡尔弗特家之前，吃了一大盘东西才走，结果人家特意大老远地从萨凡纳运来了冰做冰淇淋，可我只吃了一小勺就再也吃不下去了。今天我可要玩个痛快，想吃多少就吃多少。"

听到这番离经叛道的歪理，嬷嬷气得皱起了眉头。年轻小姐该做什么，不能做什么，在嬷嬷心里有明显的界定，黑白分明，绝没有折中的余地。苏埃伦和卡琳就像她手心里的两块泥巴，任她揉捏，她们对嬷嬷的管教无不恭恭敬敬地言听计从。但管教斯嘉丽则是难上加难，这孩子天性冲动浮躁，没点儿大家闺秀的样子。嬷嬷费尽心思才能勉强治服她，而且还得要一些白人不知道的花招才行。

"你不在乎别人怎么议论咱家，俺可在乎，"她嘟嘟囔囔地说，"俺可不想听到宴会上的人都在背后说你没规矩，缺教养。

俺跟你说过不知多少回了,女人吃东西要像小鸟一样,这才是名门小姐该有的样子。俺可不能让你在威尔克斯先生家吃得狼吞虎咽,跟下地干活的黑奴似的。"

"妈妈是位淑女,但她不也照样在宴会上吃东西嘛。"斯嘉丽反驳道。

"等你结婚以后,你也可以吃,"嬷嬷驳斥道,"而且埃伦小姐像你这么大的时候,出门赴宴从来不吃东西。你姨妈宝琳和尤拉莉也一样。但她们结婚后就可以吃了。年轻小姐要是玩命贪吃,是绝对找不到好人家嫁出去的。"

"我才不信呢。上次你生病那回,我事先没吃东西就去烧烤会。阿什利·威尔克斯还跟我说,他就喜欢看女孩子有好胃口呢。"

嬷嬷摇了摇头,似乎有种不祥的预感。

"男人们嘴上说的和心里想的是两回事。再说俺可没看出阿什利先生有跟你求婚的意思。"

斯嘉丽立刻沉下脸来,想要反驳却又忍住了。嬷嬷一针见血,直中要害,她实在无可辩驳。看到斯嘉丽一脸倔强,嬷嬷端起托盘,改变了策略,使出黑人特有的那种不动声色的伎俩。她边走向门口边叹气。

"哎,那好吧,不吃就算了。刚才库琪往托盘里摆食物时,俺还跟她说:'判断一个姑娘是不是大家闺秀,看她吃东西时的样子就能知道。'俺还跟厨娘说:'俺还从没见过有哪家的小姐比梅丽·汉密尔顿小姐吃得更少。'俺说的是上回她去看阿什利先生——呃,去看茵迪娅小姐那次。"

斯嘉丽满脸狐疑地瞥了她一眼，但嬷嬷宽宽的脸上一副老实相，还有一种遗憾的表情，似乎正为斯嘉丽比不上梅兰妮·汉密尔顿而感到惋惜似的。

"把托盘放下吧，先过来把我的腰再束紧点儿。"斯嘉丽烦躁地说，"束好之后我再吃点。要是我现在就吃，腰就束不紧了。"

嬷嬷暗暗高兴，掩饰着胜利的得意之色，放下了手里的托盘。

"俺的乖宝贝儿要穿哪件裙子啊？"

"那件。"斯嘉丽指了指那条蓬松的绿花薄纱裙。嬷嬷立刻坚决反对。

"不行，那件不行，上午不能穿。下午三点以前不能穿露胸的衣服。再说，那条裙子既没领又没袖，皮肤会被晒出斑来的。去年你去萨凡纳，就在海滩晒了一身斑回来，俺用酪乳给你搽了一个冬天才好。你要是不听话，俺就告诉你妈妈去。"

"你要是在我穿好衣服之前，去跟妈妈说一个字，我就一口东西也不吃了。"斯嘉丽冷冷地说，"等我穿好了衣服，妈妈想叫我回来换掉也来不及了。"

嬷嬷看到自己这招不灵，只好无奈地叹了口气。她权衡了一下，与其让她在烧烤会上像头猪似的狼吞虎咽，还不如让她在上午穿上那件下午才能穿的裙子。

"抓住什么东西，然后深吸一口气。"嬷嬷命令道。

斯嘉丽照她的吩咐，紧紧抓住一根床柱。嬷嬷用力向后拉紧腰带，眼看着斯嘉丽被鲸骨腰带束起来的腰身愈发纤细了，嬷嬷眼里露出了骄傲又欢喜的神情。

"谁都没有俺宝贝儿这么细的腰,"嬷嬷夸赞道,"每次俺给苏埃伦小姐束腰时,收到二十英寸她就快要晕过去了。"

"切!"斯嘉丽喘着大气,说话也有些费劲了,"我可从来没晕倒过。"

"哎呀,你要是晕过去一两回也没坏处,"嬷嬷劝说道,"你有时也太粗鲁了,斯嘉丽小姐。俺一再告诉你,看见蛇呀、老鼠呀什么的,你要是不晕过去那场面真是不好看。俺不是说在家里,而是出门做客的时候。俺跟你说过——"

"哎呀,快点儿吧!别啰唆了。我会嫁出去的。就算我不尖叫,不晕倒,我也照样能嫁出去。天哪,我的束身衣够紧了!帮我把裙子穿上吧。"

嬷嬷小心翼翼地把那件下摆足有十二码宽的绿色枝叶花纹薄纱裙套在斯嘉丽身上那件像座大山一样的衬裙上,然后把低胸的紧身胸衣背钩钩上。

"在太阳底下记着一定得围上披肩,热了也别摘帽子。"嬷嬷嘱咐道,"不然的话,你回来的时候就变得跟斯莱特利家的老婆子一样黑了。好了,快过来吃东西吧,宝贝儿,但是别吃太快了,否则再重新束腰也不管用了。"

斯嘉丽听话地坐在托盘前,心想不知道把这些东西都塞进肚子里之后,自己还能不能呼吸。嬷嬷从洗脸架上拉下一块大毛巾,细心地围在斯嘉丽的脖子上,然后抖开毛巾的下摆铺在她的腿上。斯嘉丽先吃火腿,她就爱吃这个,于是便费力地一口一口往下咽。

"我真恨不得自己现在已经结婚了。"她一边不情不愿地吃着红薯,一边愤愤不平地说,"老是得装淑女,从来都不能做我想做的事,真是烦死了。吃饭得装得像小鸟一样只能吃一小口,明明想跑却只能慢慢走,跳完一支华尔兹舞就得说自己感觉快要晕倒了,其实我就是跳上两天两夜也一点儿都不累。有的蠢男人见识还不及我一半,我却得对他说'你真了不起',明明我什么都明白,却得装作什么都不懂,好让男人来告诉我,让他们得意扬扬……我实在是一口也吃不下去了。"

"尝尝热饼。"嬷嬷仍不肯罢休。

"为什么女孩子非得要装傻才嫁得出去呢?"

"俺觉得是因为男人们不知道他们想要的是什么,他们只是以为自己知道。所以女孩子把男人自以为想要的东西给他们就是了,这样省去了很多麻烦和痛苦,自己也不至于沦落成嫁不出去的老姑娘。男人自以为他们想要的是胆子小得像耗子、胃口小得像小鸟、脑袋笨得像木头的姑娘。如果男人疑心某个女孩比自己聪明、见识多,他是不会娶她的。"

"那要是结婚后男人发现自己的妻子比他有见识,不会感到吃惊吗?"

"生米已经煮成熟饭,就算知道也晚了。再说,男人们也希望自己的妻子有见识。"

"总有一天,我要做自己想做的事,说自己想说的话,我才不管别人喜不喜欢呢。"

"不,那可不行,"嬷嬷板着脸说,"只要俺还有一口气,就决不准你这么做。吃饼吧，宝贝儿，蘸点儿肉汁。"

"我看那些北方佬的姑娘就用不着装傻。去年在萨拉托加的时候，我就发现那儿的很多女孩都很有见识，在男人面前也一样。"

嬷嬷不屑地哼了一声。

"北方佬的姑娘！是啊，她们是想什么就说什么，可俺在萨拉托加也没看见有哪个男人向她们求婚了。"

"可北方佬也得结婚啊，"斯嘉丽争辩道，"她们长大了也得嫁人生孩子啊。而且，她们人数可不少呢。"

"男人跟她们结婚就是图她们的钱。"嬷嬷语气肯定地说。

斯嘉丽把荞麦饼蘸了点儿肉汁，然后放进嘴里。嬷嬷说的话也许有道理，肯定是有道理的，因为妈妈也说过同样的话，只不过用词不同，说得更委婉些。实际上，她所有女伴的妈妈都一再告诫自己的女儿，必须要装出一副弱不禁风、小鸟依人、天真无邪的样子。说真的，要养成并保持这种装模作样的姿态，也需要不少智慧和见识呢。也许她过去真是性子太鲁莽了。有时她甚至会跟阿什利争辩，直言不讳地说出自己的想法。或许就是因为这个，再加上她喜欢有益健康的活动，比如散步、骑马什么的，才让阿什利把心思转移到那个柔弱温顺、楚楚可怜的梅兰妮那儿去了。也许如果她改变一下策略的话——可她觉得要是阿什利真中了女人预先下好的套，她也就不会再像现在这样尊重他了。如果一个男人蠢到只需女人的一声惺惺作态的媚笑、一次假意的晕倒、一句"哦，你真了不起"就被勾住魂儿，那这个男人也就不值得要了。可惜似乎所有的男人都吃这一套。

如果说她过去对阿什利用错了策略——那也已经过去了，到此为止了。今天她要换个策略，一个正确的策略。她要得到他，而且只有几个小时的时间把他夺过来。假如晕倒或者假装晕倒能奏效的话，她会二话不说使出这招的。如果惺惺媚笑、忸怩作态或者装傻充愣能迷住他的话，那么她情愿卖弄风情，甚至装得比凯思琳·卡尔弗特还傻。如果还有更大胆的手段，她也会尽力一试。总之，成败与否就在今天！

没有人告诉斯嘉丽，她活力四射的个性虽然有些惊人，但比她可能采用的任何伪装都更迷人。如果有人告诉她这些的话，她一定会很高兴，却又不敢相信。而且她所身处的那种社会文化也不会相信。因为当时的社会十分贬低女人的天性，而且对其轻视的程度可谓前无古人后无来者。

马车载着斯嘉丽沿着红土大路朝威尔克斯家的庄园驶去。她不由得感到一种负疚的喜悦，因为母亲和嬷嬷都没有随行赴宴。这样一来，这次烧烤会上便不会有人再对她挑剔地皱起眉头或噘起嘴唇干涉她的行动、影响她的计划了。当然，苏埃伦明天肯定会搬弄是非，告她的状。不过如果一切都遂了自己心愿、顺利实现的话，那么她和阿什利订婚或者私奔的事，必定会令全家人分外激动，而这种兴奋和喜悦足以抵消他们心中的不快。是啊，幸好妈妈这次因为有事不得不留在家里，斯嘉丽心里很高兴。

杰拉尔德今早灌了好几杯白兰地，借着酒劲儿把乔纳斯·威尔克森给解雇了。埃伦得留在塔拉，在那家伙走之前把种植园的账目整理清楚。斯嘉丽到那间小账房去跟妈妈吻别时，看见妈妈正坐在宽大的写字台前，桌面上摆着塞满了各种票据和账单的分类文件架。乔纳斯·威尔克森手里拿着帽子，站在她旁边，面色灰黄，一脸紧绷，按捺不住满腔怒火。主人毫不客气地辞退了他，县里最好的一份监工的差事就这么没了，而且就为了区区一桩风流韵事。他跟杰拉尔德解释了一遍又一遍，说艾米·斯莱特利跟十来个男人有染，哪一个都有可能是那个孩子的爹，干吗非揪住他不放——这话杰拉尔德觉得也在理，但埃伦态度坚决，他也无能为力。乔纳斯痛恨所有的南方人，既恨他们那冷冰冰的礼仪，也恨他们轻视自己低微的地位，还用假惺惺的客套来掩饰。他尤其痛恨埃伦·奥哈拉，因为南方人所有的可恨之处都在她身上集中体现出来了。

嬷嬷是庄园的女仆总管，所以也留下来协助埃伦。于是迪尔茜被派去随行，此刻正坐在马车夫托比的身旁，腿上搁着一个长盒子，里面装着小姐们要在舞会上穿的裙子。杰拉尔德骑着他那匹高大的猎马伴着马车前行。他酒意正浓，满心欢喜，没想到这么快就把威尔克森那档子麻烦事儿给解决了。他把所有的责任都推给了埃伦，也没想过自己的妻子会不会因为无法参加宴会、不能与朋友相聚而感到失望。春风和煦，天清气爽，他的田地里一派迷人风光，处处鸟语花香。他只感觉自己意气风发，充满年轻的活力，根本顾不上去想别人。他时不时还哼唱起《低靠背马车上的佩吉》之类的爱尔兰小调，或者悼念罗伯特·埃米特[1]的忧伤歌曲《她远离了那年轻英雄的长眠之地》。

杰拉尔德很高兴,一想到今天一天都可以大谈特谈北方佬和打仗的事,就兴奋不已。他也为自己的三个漂亮女儿感到骄傲,看到她们穿着艳丽而飘曳的长裙,打着可笑的花边阳伞,一个个花枝招展的样子,就忍不住得意扬扬。他没去想前一天跟斯嘉丽的谈话,因为他早就忘得一干二净了。他只想到今天的斯嘉丽美艳动人,为他这个当爹的增光不少。他只想到斯嘉丽的那双眼睛绿得好似家乡爱尔兰的青山。想到这里,他不禁自我陶醉起来,因为他觉得这个比喻还挺有诗意。于是他又为三个女儿高唱了一曲有些跑调的《身穿绿衣》。

斯嘉丽看着自己的父亲,带着充满爱意的轻蔑,就像母亲瞧着得意臭美的儿子一样。她知道太阳下山时,他准会喝得酩酊大醉。而在夜晚回家的路上,他又会像往常一样,纵马跃过从十二橡树到塔拉庄园之间的每一道围栏。但愿上帝仁慈,让那匹马眼明腿快,别叫老爹摔断了脖子。他肯定会有桥不过,而是骑马游过河,然后进门时大呼小叫的,让波克扶他到账房的沙发上躺下。通常这个时候,波克总是会掌着灯在前廊的过道里等他。

他会把自己身上那套新的灰色绒面呢衣服弄得一团糟,转天早晨又破口大骂,并信誓旦旦地告诉埃伦,天太黑,他的马

---

[1] 罗伯特·埃米特(1778—1803)是爱尔兰的爱国志士,民族主义领袖。早年参加爱尔兰人联合会。1800—1802年与该联合会领导人一起流亡欧洲大陆,谋求拿破仑政府支援,进而举行反英武装起义。

是如何从桥上摔下去，掉到河里的——这种鬼话一眼就能被看穿，谁也骗不了，但大伙儿都装得信以为真，让他不禁觉得自己很聪明。

"爸爸真是个可爱、自私、什么事都不在乎的大活宝。"斯嘉丽暗想，心里涌起了对父亲的一股爱意。今天早上，她感觉既兴奋又开心，觉得整个世界，包括她爸爸在内，都是那么可爱。她知道自己很漂亮，天黑之前她肯定能把阿什利抢到手。阳光温暖宜人，佐治亚春日的美景尽收眼底。路边的黑莓丛丛，掩映在点点新绿之中。冬雨冲刷出一道道鲜红的泥沟，从红土中拱出来的光秃秃的花岗岩上，覆盖着星星点点的金樱子，周围点缀着淡紫色的野生紫罗兰。河边的小山上，树木葱郁，洁白耀眼的山茱萸竞相开放，宛如流连在万绿丛中的朵朵白雪。海棠树上花团锦簇，有含苞待放的白色，也有绚丽绽放的深粉色。阳光透过松针洒下点点斑驳，树下的野生忍冬花开遍地，犹如铺上了一条杂糅了猩红、橘黄和玫瑰红的地毯，五彩斑斓。微风轻拂，带着从灌木丛里传来的淡淡野花香，整个世界都弥漫着甜甜的馨香之气，让人恨不得尝上一口。

"我到死也不会忘记今天有多么美好。"斯嘉丽心想着，"没准儿今天就是我大喜的日子呢！"

她不禁心潮澎湃，想着就在今天下午或者今晚月色当空时，自己就可以和阿什利一起骑着马儿穿过这片群花争艳、绿意盎然的田野，奔向琼斯博罗去找牧师。当然，日后她可能还得找个亚特兰大的律师，再重新给他们主持一次结婚仪式，不过那是父母要操心的事了。如果妈妈听到自己的女儿居然跟别人的未婚夫私奔，一定会羞愧得脸色煞白。想到这一点，斯嘉丽心里不由得感到有些心虚，但她知道当妈妈看到她这么幸福快乐时，一定会原谅她的。爸爸知道了则肯定会破口大骂，嚷嚷起来没完，因为昨天他还说不希望她嫁给阿什利。不过真见到自己的女儿跟威尔克斯家结了亲，他还是会高兴得说不出话的。

"不过这些事情还是等我结婚以后再考虑吧。"她甩了甩头，把所有烦恼都抛到脑后。

太阳如此温暖，春光如此明媚。十二橡树的烟囱隐隐约约从河对面的小山上冒出头来，遥遥相望。此时此刻，她内心悸动，小鹿乱撞，除了满心欢喜，再无其他感受。

"我要一辈子都住在那里，我会看到五十个像这样的春天，也许更多。我要告诉我的儿女和孙辈，这个春天有多美，比他们将要看到的任何一个春天都更令人心醉。"想到这里，她不由得心花怒放，情不自禁地跟着爸爸合唱起《身穿绿衣》的最后一段，博得了杰拉尔德的大声喝彩。

"真不明白你今天怎么这么高兴。"苏埃伦不悦地说，因为她心里还在别扭，想着她如果穿上斯嘉丽的那件绿色丝绸舞裙，一定会比姐姐漂亮得多。为什么斯嘉丽总是那么小气，不肯把自己的衣服和帽子借给她呢？为什么妈妈总是向着斯嘉丽，说什么绿色不适合她苏埃伦？"你我都清楚，阿什利订婚的事今晚就要宣布了，爸爸今早说的。而且我还知道你对他动心好几个月了。"

"你也就知道这些罢了。"斯嘉丽朝妹妹吐了吐舌头，不让她的话搅扰了自己的好心情。到了明早这个时候,你苏大小姐还不一定得有多吃惊呢!

"苏茜,你别瞎说,不是像你说的这样。"卡琳吃了一惊,忍不住反驳道,"斯嘉丽中意的人是布伦特。"

斯嘉丽转过头,绿色的眼眸笑意盈盈地看着自己的小妹妹,真奇怪,为什么每个人都这么可爱!全家人都知道,十三岁的卡琳一颗芳心早已暗许给了布伦特·塔尔顿,可布伦特只把她当作斯嘉丽的小妹妹,从来没有动过别的念头。妈妈不在跟前时,全家人总爱拿布伦特来跟她开玩笑,甚至把她气哭。

"亲爱的,我一点儿也不喜欢布伦特,"斯嘉丽说,心情好时,人也大度起来,"而他也不喜欢我。因为他在等你长大呢!"

卡琳圆圆的小脸泛起红晕,心里既高兴又不太敢相信。

"噢,斯嘉丽,是真的吗?"

"斯嘉丽,你明知道妈妈说过,卡琳还太小,不该想着恋爱,可你还给她灌输这种事,害她胡思乱想。"

"行,那你去告状好了,看我在不在乎。"斯嘉丽回答说,"你呀,是想压住小妹,因为你知道再过一两年,她就出落得比你漂亮了。"

"你们几个今天说话可得给我小心点儿,不然我就拿鞭子抽你们一顿。"杰拉尔德警告说,"嘘!别出声!像是车轮声,不是塔尔顿家就是方丹家的。"

马车驶进一条岔路,这条路沿着一座林木茂密的小山顺坡而下,一路通往合欢庄园和丽山庄园方向。只听得马蹄声和车轮声渐渐清晰,绿树掩映之中,还能听到女人们嬉笑的吵闹声。杰拉尔德骑马走在前面,在两条路的交叉处勒住马,示意托比停下马车。

"原来是塔尔顿家的太太小姐们。"他对他的女儿们说,红润的脸上神采飞扬。因为除了埃伦以外,县里的太太中他最喜欢的就是红头发的塔尔顿太太了。"这次又是她亲自赶车。噢,她真是个驯马的高手!一双手驯起马来游刃有余,轻抚时如羽毛,发起力来又像牛皮鞭,漂亮得让人想吻一下。可惜的是,你们几个没一个能比得上人家。"他带着慈爱而责备的眼神看了女儿们一眼,继续说道,"卡琳一见牲口就吓得要命,苏呢,握着马缰的手就像熨斗一样硬邦邦的,而你呢,丫头——"

"得了吧,至少我没有从马上摔下来过,"斯嘉丽愤愤不平地说道,"塔尔顿太太哪次打猎没从马上摔下来?"

"而且还跟男人一样把锁骨给摔断了,"杰拉尔德说,"既没昏倒,也没大惊小怪。好了,别说了,她来了。"

看到塔尔顿家的马车驶来,杰拉尔德站在马镫上,立刻欠身,并且脱帽致意。只见马车上坐满了姑娘,一个个衣着艳丽,打着阳伞,面纱飘曳。正如杰拉尔德说的那样,赶车的果然是塔尔顿太太。她的四个女儿还有嬷嬷都坐在车里,再加上好几个装着舞会晚礼裙的长纸盒,把马车塞得满满当当,根本没有车夫坐的地方。再说,比阿特丽丝·塔尔顿只要胳膊没受伤悬着吊带,是绝不肯把缰绳让给别人的,不管是白人还是黑人。她看似柔弱,骨架娇小,皮肤白得就像所有的血色都被火红的头发吸走了似的，也许就是因为这样她的头发才会这么浓密而有光泽。不过其实她的身体不但很健康，而且精力充沛。她生了八个孩子，个个都像她一样一头红发，生龙活虎。县里的人都说她教子有方，因为她教育孩子就像驯马一样，既有慈爱的纵容，也有严格的管教。塔尔顿太太的座右铭是："既要管束，又不能挫伤了他们的锐气。"

塔尔顿太太很爱马，张口闭口总离不开马。她比县里任何男人都更了解马的脾气秉性，驭马的本事也是无人能及。她那凌乱的宅子里挤不下她的八个孩子，于是她就把他们放到山上散养；她家的马厩里挤不下这么多的马匹，于是她也像养她家的孩子一样，把它们放养在房前的草坪上。在她家的庄园里，无论她走到哪儿，屁股后面都有一群马驹、儿女以及猎狗紧跟着。她深信她的马是通人性的，尤其是她那匹红色的母马内利。有时家里的事太忙，顾不上骑着它出去溜达时，她就会把一只盛着糖的碗塞到某个黑人小男孩的手里，对他说："给内利喂一把糖，告诉她我待会儿就来。"

除了极少数的某些场合以外，她总是穿着骑马装，因为不管有没有骑马，她总是时刻准备着，只要有机会就想骑一骑，所以一起床就穿上骑马装。每天早晨，不管晴天还是下雨，内利总是会被套上马鞍，在家门前溜达，等着塔尔顿太太能从繁忙的家事中抽出身，骑上它出去遛一个小时。但丽山庄园可不是那么容易打理的，她忙得根本抽不出空来，所以大部分时候，内利都自己遛来遛去，转悠好几个钟头。比阿特丽丝·塔尔顿就这样整天穿着骑马装在庄园里忙碌，随手把裙子的下摆撩起，搭在手臂上，露出六英寸高的锃亮马靴。

今天，她穿了一条深黑色的丝绸长裙，套在老式的窄裙箍上，看上去好像仍穿着骑马装似的，因为这条裙子就是严格按照骑马装的式样裁剪的。她头上斜戴着一顶小黑帽，上面插着一根长长的黑翎，半遮住那热情洋溢、明亮闪烁的棕色眼睛。而这顶帽子看上去跟她打猎时戴的那顶破旧帽子一模一样。

她看到杰拉尔德，立刻挥了挥鞭子，勒住了那两匹飞奔的红马。车上的四个姑娘探出身子来，叽叽喳喳大声地打着招呼，惊得那两匹马都腾起了前蹄。过路的旁人不知道的还以为这两家人多年没见了呢，其实才两天而已。塔尔顿家的人热情好客爱交际，与邻居关系很好，尤其喜欢奥哈拉家的姑娘们。确切地说，是喜欢苏埃伦和卡琳。整个县里，除了傻头傻脑的凯思琳·卡尔弗特以外，大概没有一个姑娘喜欢斯嘉丽。

一到夏天，县里几乎每个星期都会举办烧烤会或者舞会。不过红头发的塔尔顿一家最爱纵情享乐，每次烧烤会和舞会都能令他们兴奋不已，回回都像头一次参加一样。他们家的四姐妹个个漂亮，身材丰满，挤在马车里，裙箍与裙裾交叠着，阳伞与阳伞磕碰着。阳伞下是阔边遮阳帽，上面围着一圈玫瑰花，黑丝绒帽带随风飘动。帽子下面露出清一色红色的头发，不过深浅不一：海蒂的头发是纯红色，卡米拉的是草莓红，兰达的是铜红色，而小贝琪的是胡萝卜红。

"您的这群女儿们真漂亮啊，太太。"杰拉尔德献殷勤道，同时策马与塔尔顿家的马车并肩前行,"不过要赶上她们的母亲还差得远嘞。"

塔尔顿太太那双红棕色的眼珠一转,下嘴唇一抿,扮了个鬼脸,表示赞赏。姑娘们大声叫道:"妈妈,别再抛媚眼了,不然我们就去跟爸爸告状了。""我敢发誓,奥哈拉先生,有您这么英俊的美男子在身边,妈妈根本不给我们露脸的机会!"

一番俏皮话逗得大家哈哈大笑,斯嘉丽也乐了,不过心里却很吃惊,塔尔顿家的姑娘们怎么对她们的妈妈说话这么随便,肆无忌惮的,就好像她们的妈妈跟她们是同辈,今年才十六岁。对斯嘉丽来说,这么跟妈妈说话的情景,她连想都不敢想,光是这个念头就让她觉得自己大逆不道了。然而——然而——塔尔顿家的姑娘们和她们妈妈之间的关系是那么愉快而亲密,尽管她们对妈妈品头论足、挖苦取笑,但心里由衷地敬爱她。不,斯嘉丽连忙告诫自己,她并不是觉得塔尔顿太太那样的妈妈比自己的妈妈好,但是如果能和妈妈开开玩笑也挺有意思的。她知道连有这样的念头都是对妈妈的不敬,所以心里不由得生出一种愧疚。她也知道坐在车里的那几个红发姑娘绝不会有这些令人烦心的念头。所以每每想到她与邻居的种种不同,她就会心烦意乱,困惑不安。

虽然她脑子转得很快,却不擅分析。但她隐隐感觉到,尽管塔尔顿家的姑娘们像马驹一样难以驯服,像发情的野兔一样野性十足,但她们头脑单纯、无忧无虑,这是从父母那里遗传下来的天性。因为她们的父母都是佐治亚人,确切地说是北佐治亚人，与拓荒的先辈们只有一代之隔。她们对自己以及周围的环境充满信心，生来便目的明确，就跟威尔克斯家一样，只是处事方法大为不同。她们心里没有任何矛盾，不像她常常纠结，这种纠结源于她身上两种血统的冲突——一种是柔声细语、教养良好的沿海贵族血统，另一种是精明朴实的爱尔兰农民血统。斯嘉丽既想把母亲当作偶像一样敬重和膜拜，又想去拨弄她的头发，跟她玩笑嬉戏。她知道，她必须想方设法把这两者统一起来。而同样是由于这种矛盾和冲突，她既想在男孩子面前做个温柔大方、端庄得体的大家闺秀，又想做个娇媚活泼、不在乎被人吻几下的野性女孩。

"今早怎么不见埃伦？"塔尔顿太太问道。

"我家把监工给辞退了，她留在家里跟那小子清查账目呢。塔尔顿先生和小伙子们呢？"

"噢，他们几小时前就骑马到十二橡树去了——准是要去尝尝潘趣酒[1]，看看够不够劲儿。我敢说，他们肯定会从现在一直喝到转天早晨！我得告诉约翰·威尔克斯今晚留他们在他家过夜，哪怕让他们睡马厩也成。五个醉鬼我可应付不了，三个嘛，我还能应付，但是——"

杰拉尔德连忙打断她，换个话题。因为他能感觉到自己的几个女儿正在背后偷笑，她们准是想起了去年秋天威尔克斯家那

---

[1] 潘趣酒是一种果汁鸡尾酒，有的会加碳酸水或苏打水，通常调味后在底部混有葡萄酒或蒸馏酒。大多为苹果潘趣酒。这类酒是含酒精度较低的饮料酒，酒精度为15~20度，和葡萄酒相同。

次烧烤会，父亲喝得烂醉回家时的狼狈样子。

"您今天怎么没骑马呀，塔尔顿太太？不骑着内利，看上去真有点儿不像您了。您简直就是斯坦托[1]啊。"

"斯坦托？你个无知的笨蛋！"塔尔顿太太模仿着他那口爱尔兰土腔，大声说，"你说的是森托吧。斯坦托是个嗓门大得似铜锣的家伙。"

"甭管斯坦托还是森托啦，都无所谓，"杰拉尔德对自己的错误丝毫不当回事，"反正您的嗓门也不小，太太，您冲着猎狗大喊时，嗓门也跟铜锣差不多了。"

"说得还真对，妈妈，"海蒂说，"我早跟你说了，你每次一看见狐狸，就会叫得像个科曼奇人[2]。"

"那也没有你在嬷嬷给你洗耳朵时叫得那么大声，"塔尔顿太太回顶了一句，"再说你都十六了！哦，对了，说到我今天为什么没骑马呀，那是因为我家内利今儿早上下崽了。"

"真的啊！"杰拉尔德兴致十足地喊了起来，眼里闪耀着爱尔兰人对马的热情。斯嘉丽再一次惊讶地感受到妈妈和塔尔顿太太有多么不同。对埃伦来说，母马从来不生小马，母牛也从不会生小牛，就连母鸡也不下蛋。这种事情她绝对不会提的。但塔尔顿太太一点儿也不忌讳。

---

[1] 杰拉尔德误将森托说成了斯坦托，森托是希腊神话中一个人首马身的怪物，而斯坦托则是希腊神话特洛伊战争中的一个传令官，一般用来指代大嗓门的人。
[2] 科曼奇人曾经是美国最强大的印第安民族，也是公认战斗力最强悍的"战斗民族"，最好的骑手部落。他们曾经控制着科罗拉多州、堪萨斯州、俄克拉荷马州、新墨西哥州和得克萨斯州的庞大土地。

"是匹小母马,对吧?"

"不,是匹结实的小公马,腿儿有两码长呢。你可一定得骑马过去看看啊,奥哈拉先生。这可是名副其实的塔尔顿家的马,那毛色红彤彤的,就跟海蒂的鬈发一样红。"

"长得也像海蒂呢。"卡米拉说。但她话音刚落就尖叫一声,掉进一大堆裙子、裤子和乱滚乱晃的帽子中不见人影了。原来是长着一张长脸的海蒂动手拧了她一把。

"我家的这群小母马,今早儿可开心啦。"塔尔顿太太说,"一听到阿什利和他那位亚特兰大的表妹要结婚的喜讯,她们就高兴得又蹦又跳的。那姑娘叫什么来着?梅兰妮?愿上帝保佑,那小姑娘真挺可爱的,可我老记不住她的名字和模样。我们家的厨娘是威尔克斯家管家的老婆,昨儿晚上那管家上我们家来,带来了这个消息。今天一大早,厨娘就告诉我们订婚的事今晚就宣布。姑娘们乐坏了,可我却不明白有什么好乐的。这桩婚事好几年前大伙儿就知道了,不是娶她,就是娶梅肯县波尔家的姑娘,反正都是表亲联姻。哈妮·威尔克斯早晚也会跟梅兰妮的哥哥查尔斯结婚,都是一回事。对了,奥哈拉先生,我想问问您,如果威尔克斯家不跟亲戚家结婚,是不是就不合法呢?因为——"

其余的谈笑声斯嘉丽完全没听进去,但觉刹那间仿佛乌云遮日,天地黯淡,万物皆失去了光彩。之前的草木新绿此刻变得病恹恹的,山茱萸苍白无力,海棠树上刚才还繁花似锦,一片嫣红,现在却黯然凋零。斯嘉丽的手指抠着马车的坐垫,手里的阳伞也微微颤抖起来。知道阿什利订婚本就令她心碎不已,现在又听到了别人漫不经心地说长道短。不过，片刻之后，她的勇气又回来了，阳光再次普照，景色焕发出新的光彩。她知道阿什利爱她，肯定没错。如果今晚没有宣布订婚的消息，同时又出了私奔的事情，塔尔顿太太得多么吃惊啊，一想到这里她就忍不住窃笑。说不定塔尔顿太太还会告诉街坊四邻，斯嘉丽那丫头真鬼，居然不动声色地坐在那儿听自己说梅兰妮的事，其实她和阿什利早就——想到这里，她的笑意更深了，露出两个小酒窝来。海蒂一直在留意她妈妈说话时，斯嘉丽有什么反应，看到斯嘉丽脸上的笑容不由得困惑不解，蹙着眉头，向后靠在座椅背上。

"我不管你怎么看，奥哈拉先生，"塔尔顿太太说，"反正我是觉得老在表亲之间通婚是不好的。阿什利和汉密尔顿家的姑娘结婚就够糟糕的了，更别说哈妮还要嫁给那个脸上没半点儿血色的查尔斯·汉密尔顿——"

"哈妮要是不跟查尔斯结婚，只怕以后更嫁不出去了。"兰达说。她仗着自己受男人喜欢，便底气十足，说话丝毫不留情面，"除了查尔斯，从来没有男人追过她。而且虽说他们俩订了婚，但查尔斯对她也一直不冷不热的。斯嘉丽，你还记得去年圣诞节时他是怎么追求你的吗——"

"嘴上别这么刻薄，小姐，"她母亲说道，"表亲之间不应该通婚，即使是远房表亲也不行。因为这样不利于血脉。人跟马可不一样。你可以让一匹母马跟它兄弟交配，或是让一匹种马跟它的女儿交配，只要你知道它的血统，生出的崽儿就绝对是纯种好马。但人可不行，血统也许纯正，但体质可就弱了。你——"

"打住,太太,这我可得跟您辩一下了。您能跟我说说还有哪家能比威尔克斯家更强呢?他们家从布莱恩·博鲁[1]还是小孩的时候起,就一直是近亲结婚了。"

"那就更应该赶紧停止这么做,因为不好的迹象已经显现出来了。从阿什利身上倒是看不出多大问题,因为他长得帅,虽说他也——但是再看看威尔克斯家的两个姑娘,一脸憔悴,跟霜打了似的,看着怪可怜的!当然,她们都是好姑娘,就是没什么精神。再看看小梅兰妮,瘦得跟杆儿一样,风一吹就倒了似的,一点儿精气神都没有,而且没一点儿自己的主见。成天就会说'不,夫人''是,夫人'。你明白我的意思吗?那家人需要新的血脉,气血旺盛、活力充沛的优良血脉,就像我家的这几个红发的丫头还有你家的斯嘉丽一样。噢,别误会,威尔克斯家有自己的生活方式,而且为人也都不错。你也知道,我挺喜欢他们家人的。但实话实说,他们家亲上加亲的传统也太过了,而且近亲结婚生养的孩子也太多了,不是吗?他们在干燥、平坦的大道上走还成,但是记住我的话,要是换成泥泞的小道,我敢说他们肯定会摔跟头的。依我看,这家子人在近亲繁育的过程中,精力都被耗尽了,一旦碰上紧急情况,遇到逆境,怕是根本应付不了。他们是一群只能在晴天顺风奔跑的马,而我呢,宁可要一匹什么天气都能适应的好马。他们家世代近亲通婚,搞得他们跟咱们这儿

---

[1] 布莱恩·博鲁是一位爱尔兰国王(1002—1014),生于爱尔兰的基拉罗。公元976年在利默里克战役中击败丹麦人后成为南部芒斯特王国国王,统一芒斯特全境。

的人格格不入，成天不是拨弄着钢琴，就是一头埋进书本里。我敢肯定，阿什利宁肯在家看书，也不愿意出去打猎。没错，我就是这么认为的，奥哈拉先生！看看他们家人那身子板，多单薄啊！他们家的确需要身强力壮、精血旺盛的大姑娘和小伙子来配种——"

"啊——哈——呃。"杰拉尔德忽然开口道，觉得有些心虚，他意识到这个话题对他来说很有意思，完全合他的胃口，但是对埃伦来说可就截然不同了。要是埃伦知道他们当着女儿们的面说这种没遮拦的话，心里一定会不舒服的。但照塔尔顿太太的脾气，一谈起她最喜欢的繁育后代的问题，不管指的是人的生育还是马的配种，她就来了兴致，滔滔不绝，别的什么都不顾了。

"我说这话可是有根据的，因为我有几个表亲也是相互近亲结婚的。我跟你说啊，他们生下的孩子个个都像牛蛙似的暴眼鼓睛，看着别提多可怜了。所以当初我家里人让我跟一个远房表兄结婚时，我就跟小马驹似的，奋起反抗。我说：'不行，妈妈，我绝对不嫁。不然的话将来生出的孩子不是患跗节内肿就是患喘病[1]。'我妈一听跗节内肿，一下子就晕了过去。但我坚决不让步，我奶奶也站在我这边。不瞒你说，她对马也很在行，知道很多育马的知识。奶奶说我的话没错，而且我跟塔尔顿先生私奔，她还帮忙了呢。如今，瞧瞧我家这群小崽子！个个人高马大，身子结实，没一点儿毛病，虽然博伊德个头矮了点儿，只有一米七

---

[1] 跗节内肿和喘病都是马才会得的病。

几,可再看看威尔克斯家的——"

"我不是有意要改变话题,太太。"杰拉尔德赶紧打断塔尔顿太太的话,因为他已经注意到卡琳一脸困惑,而苏埃伦则满脸好奇,他害怕回家后她们会问埃伦一些令人尴尬的问题,那可就露馅了,显得他这个当爹的太不称职,没有尽到守护女儿的责任。不过好在斯嘉丽那个鬼丫头倒挺乖的,似乎在想着别的事。

海蒂·塔尔顿这时替他解了围。

"哎呀,妈妈,快赶路吧!"她不耐烦地催促道,"晒死人了,我都能感觉到脖子上晒出斑来了。"

"等等,太太,恕我再打扰一下,"杰拉尔德说,"把马卖给我们骑兵连的事,您考虑得怎么样了,决定了没?眼下这仗随时可能打起来,小伙子们都盼着能把这事尽快定下。这队伍是咱克莱顿县的,所以我们想给孩子们配备咱克莱顿县的马。可您也太固执了,到现在还不肯把好马卖给我们。"

"说不定这仗根本打不起来。"塔尔顿太太敷衍地说。不过她的思绪已经完全抛开了威尔克斯家古怪的通婚习惯,转移到别的事情上了。

"哦,太太,您不能——"

"妈妈,"海蒂又插话道,"你和奥哈拉先生不能到了十二橡树再谈马的事吗,非要在这儿说?"

"说得好,海蒂小姐,"杰拉尔德说,"我只耽搁你一分钟。我们一会儿就能到十二橡树了,那里所有的男人,老老少少都想知道马的事。哎,看到像你妈妈这样出色、漂亮的太太对马的事却这么小气，真让人痛心！塔尔顿太太，您的爱国心哪儿去了？南部邦联[1]对您来说难道一点儿意义也没有吗？"

"妈妈，"小贝琪说，"兰达坐在我的裙子上，把我身上都弄皱了。"

"贝琪，把兰达推开就是了，别吵。听我说，杰拉尔德先生，"她反驳道，双眼冒光，变得咄咄逼人，"别拿南部邦联来压我！我想南部邦联对我和对你意义是一样的。我有四个儿子在骑兵连，而你一个也没有。我的儿子们会自己照顾自己，但我的马不会。要是把我的马给认识的人骑，或是给骑惯了好马的上等人，那我白给也乐意，片刻都不犹豫。但是要把我的宝贝马儿交给只配骑骡子的乡巴佬和穷白佬，让他们去骑，那可没门！绝对不行，先生！一想到我的马被人骑出鞍伤，没人好好喂养，吃不好歇不好，我就会做噩梦。你想我怎么能让那些无知的蠢货骑我娇嫩的宝贝，任由他们把马嘴勒得一道一道的呢？我又怎么能看着我的马被他们不住地抽打，抽到垂头丧气，没有一丝生气呢？哦，光想想我就浑身起鸡皮疙瘩！不行，奥哈拉先生，你想要买我的马，这份好意我心领了，但你还是去亚特兰大买些老马给那些乡巴佬骑吧，反正他们分不出好坏来。"

---

[1] 南部邦联，指的是美利坚联盟国，又称南方邦联，成立于19世纪下半叶，试图脱离美国联邦，最终引发美国历史上最大规模内战，史称南北战争。密西西比州民主党人杰弗逊·汉密尔顿·戴维斯在1861年至1865年的南北战争时期担任邦联"总统"。美利坚联盟国在其短暂的国祚内，一直为着自身存亡与联邦政府军作战，故联盟国政权并无稳定的北部边界。其南部边界与墨西哥北界一致，东边界是墨西哥湾，而其西界是现得克萨斯—新墨西哥州界。

"妈妈，咱们能走了吗？"卡米拉也不耐烦了，"你明知道不管怎么样，到头来还是会把你的宝贝给他们的。等爸爸和我那几个兄弟们跟你磨嘴皮，说南部邦联需要这些马啦什么的，你就会大哭一场，然后乖乖让他们把马牵走。"

塔尔顿太太咧嘴一笑，抖了抖缰绳。

"我才不会那样呢。"说着她轻轻抽了马一鞭，驾着马车飞驰而去。

"真是个了不起的女人。"杰拉尔德说，他戴上帽子，回到自家马车旁边，"走吧，托比。我们会跟她软磨硬泡，直到把马弄到手的。当然，她的话倒也没错，说得有理。不是上等人就不配骑好马，只配当个步兵。但可惜啊，咱们县里庄园主的子弟不够数，凑不成一支骑兵连。你说呢，丫头？"

"爸爸，请您骑在我们后面行吗，或者去前面也行。您的马扬起那么多土，都快把我们呛死了。"斯嘉丽实在不想说话，因为她的心思根本不在这儿。她现在只想着在到达十二橡树前整理好思绪，拿出最迷人的样貌和姿态来。杰拉尔德乖乖地用靴刺踢了一下马，扬尘追赶塔尔顿家的马车，好继续跟塔尔顿太太聊聊马的事情。

第六章

马车越过河，上了山坡。尽管十二橡树还没有映入眼帘，但斯嘉丽已经瞧见了高高的树顶上空一缕缕缭绕的青烟，嗅到了随风飘来的一阵阵烧山核桃木的味道，以及混合着烤猪肉和烤羊肉的诱人香味。

烤肉的火坑从昨晚就生起火来，用小火慢慢将火坑焐着，此时一条条长槽里皆是通红的余烬，犹如玫瑰红般长长的火舌。肉块在上面嗞嗞翻烤着，肉汁滴落到炭火上，发出咝咝的声音。斯嘉丽知道这香味是从宅邸后面高大的橡树林里随风飘过来的。约翰·威尔克斯向来都在那里举办烧烤会。那是一个缓缓的小山坡，通向玫瑰花园，是片舒适惬意的林荫地，比卡尔弗特家烧烤的地方强多了。卡尔弗特太太不喜欢烧烤，说那股烟味儿好几天都萦绕在屋子里散不出去，所以她的客人们只能在离她家四分之一英里的一块没有阴凉的平地上烤肉，热得让人受不了。而约翰·威尔克斯则十分热情好客，全州都有名，对于举办烧烤会，他才是真正的内行。

一张张野餐用的长板桌总是会摆放在最浓密的树荫下，上面铺上威尔克斯家最精致考究的台布，长长的条凳摆在桌子两侧。还有些从屋里搬出的椅子、矮凳和坐垫，散放在周围的空地上，供那些不喜欢坐长凳的人坐。烤肉的长火坑与客人相隔较远，所以烧烤的浓烟飘不过来，避免烟味熏人。烤坑里烤着肉，几只巨大的铁汤锅里散发出烤肉调味汁和布伦瑞克炖菜[1]的香味，香气扑鼻，令人垂涎欲滴。每次烧烤会上威尔克斯先生都会派至少十二名黑奴端着托盘往来穿梭，伺候客人。谷仓后面通常还有另外一个烧烤坑，供客人的仆人、车夫和侍女用餐。他们吃的是玉米饼、红薯和黑人最爱吃的猪内脏。另外还有应季的西瓜供他们一饱口福。

烤猪肉的香气扑鼻而来，斯嘉丽不禁吸着鼻子闻了闻，但愿肉烤好时她还能有胃口。像以往一样，她临出门前吃得太饱，腰又束得这么紧，她真担心自己随时会打饱嗝。那可就糟了，因为只有老头和老太太打嗝才不会担心引起众人的反感。

马车驶到了山坡顶上，一座漂亮的白色房子映入眼帘，展现出优美而匀称的姿态。高大的柱子、宽敞的走廊、平展的屋顶，犹如一位绝代佳人，充满自信，有一种雍容大方之美，宽厚仁慈，气度非凡。斯嘉丽喜欢十二橡树，甚至胜过自己家的塔拉庄园。因为这里的美庄严持重、尊贵高雅，是塔拉庄园所没有的。

---

[1] 布伦瑞克炖菜是一种混合了蔬菜和肉的浓汤。布伦瑞克炖菜中建议的配料通常和食谱的来源一样多种多样。大多数食谱都要求用炖西红柿作为汤底。蔬菜添加物通常包括玉米、秋葵、利马豆或黄油豆。肉类和家禽的配料取决于菜谱的来源，包括普通鸡肉、猪肉和牛肉加上松鼠或兔子的异国情调。

宽阔而弯曲的车道上停满了未卸鞍的马和马车，客人们一边下马或者下车，一边跟友人打着招呼。每逢聚会，黑人们都格外兴奋，咧着嘴乐呵呵地把马儿牵到谷仓场院里，卸下马鞍和车具。一群群的孩子，有白人也有黑人，在新绿葱茏的草坪上嬉戏玩耍，跳房子、捉迷藏，还夸下海口说自己等一会儿要吃多少东西。从房前通到屋后的过道里到处都是人。奥哈拉家的马车停在了房前的台阶旁，斯嘉丽看见姑娘们穿着蓬松飘曳的长裙，一个个打扮得花枝招展，像蝴蝶一样在二楼的楼梯飞上飞下，穿梭不停，她们互相搂着腰肢，倚着精雕细刻的栏杆，笑着跟楼下过道里的小伙子们打招呼。

透过敞开的法式大落地窗，她看到年纪较大的太太们正坐在客厅里，她们穿着黑色肃穆的绸布长裙，一边摇着扇子，一边闲谈，聊着谁家的孩子啦，谁又生病了啊，谁跟谁结婚了，又为什么要结婚，等等。威尔克斯家的管家汤姆手上端着一个银色的托盘，匆匆穿过走道。他面带微笑，躬身有礼地将酒杯一一递给身穿上等亚麻褶领衬衣、浅黄褐色或灰色裤子的年轻小伙子们。

阳光灿烂的屋外前廊上也挤满了客人。是啊，全县的人几乎都来了，斯嘉丽心想。塔尔顿家的四兄弟和他们的父亲靠在高大的廊柱上。孪生兄弟斯图尔特和布伦特依旧形影不离，肩并肩站在一起。博伊德和汤姆则与父亲詹姆斯·塔尔顿站在一起。卡尔弗特先生紧挨在他那位北方佬妻子的身边。卡尔弗特太太虽然在佐治亚已经生活了十五年，但还是融入不进这里。人人都对她客气有礼，亲切友善，因为大家都怜惜她，但又始终忘不了她的原罪,谁让她投错了胎,生来就是个北方人呢。再加上她还当过卡尔弗特家孩子们的家庭教师,这就更加错上加错了。卡尔弗特家的两个儿子雷福德和凯德,正陪着盛装打扮的金发妹妹凯思琳,跟脸色黝黑的乔·方丹以及他那漂亮的未婚妻萨莉·门罗说说笑笑。亚历克斯·方丹和托尼·方丹正凑在迪米蒂·门罗耳边说悄悄话,逗得她咯咯直笑。另外还有不少人来自十英里外的洛夫乔伊,以及费耶特维尔和琼斯博罗,甚至还有的人从亚特兰大和梅肯[1]远道而来。房子里里外外都挤满了人,像是快被撑爆了似的。欢声笑语夹杂着女人们的大呼小叫,此起彼伏,不绝于耳。

约翰·威尔克斯站在前廊的台阶上,满头银发,身板挺直,浑身散发着从容沉稳的魅力和以礼相待的热情,就像佐治亚夏日的阳光一样温暖且永不衰减。他身旁站着哈妮·威尔克斯,人们叫她哈妮,是因为她不管对谁都叫"亲爱的"[2],上至自己的父亲,下到田里干活的黑奴,她都叫得这么亲热。而此时,面对络绎不绝的客人,她却忸怩不安,只会一个劲儿地傻笑。

哈妮紧张兮兮、一心想吸引每个男人的目光的露骨模样,与她父亲镇定自若的神情形成了鲜明的对比。斯嘉丽突然想到,也许塔尔顿太太的那番话也不无道理。当然,威尔克斯家的男人的确继承了具有家族特征的容貌。约翰·威尔克斯和阿什利

---

[1] 梅肯是美国佐治亚州中部的一座城市,跨奥克姆尔吉河两岸,距亚特兰大东南125公里。

[2] "亲爱的"一词在英文中的发音即为哈妮。

都长着浓密的金色睫毛,完美地衬托了他们灰色的眼睛。而到了哈妮和她妹妹茵迪娅这儿,她们的睫毛就变得愈发稀疏且浅淡了。哈妮几乎就没几根睫毛,看上去怪怪的,跟兔子似的,而茵迪娅呢,则更是相貌平平。

此刻,茵迪娅连人影也没见着。斯嘉丽知道,她多半是正在厨房给仆人们作最后的嘱咐呢。"可怜的茵迪娅,"斯嘉丽心想,"自从她妈妈去世后,她就被家务缠身,以致除了斯图尔特·塔尔顿以外,根本没机会去跟别的小伙子交往。可要是斯图尔特认为我比她漂亮,那也怨不得我。"

约翰·威尔克斯走下台阶,伸出手来去扶斯嘉丽。斯嘉丽走下马车,瞥见苏埃伦一脸傻笑,料定妹妹准是在人群中看到弗兰克·肯尼迪了。

"那个男人就是个穿着裤子的老姑娘,有什么可稀罕的,比他强的我一抓就是一大把呢!"斯嘉丽一面鄙夷地暗想,一面下了车,双脚一落地,便微笑着向约翰·威尔克斯道谢。

弗兰克·肯尼迪连忙跑过来扶苏埃伦下车。看到苏埃伦那个得意劲儿,斯嘉丽恨不得甩她个耳光。弗兰克·肯尼迪在县里拥有的土地可能比谁都多,而且看上去心眼也挺好,但可惜他都已经四十多岁了,而且身子单薄,整天紧张兮兮,姜黄色的胡子也稀稀拉拉的,一举一动没点儿男人味,十足像个忸怩的老姑娘,动不动就大惊小怪。然而一想到自己的计划,斯嘉丽还是暂时按捺住轻蔑之心,对他嫣然一笑,跟他打了个招呼,搞得挽着苏埃伦的弗兰克一下子愣了神,呆呆地看着斯嘉丽,露出一副受宠若惊、不知所措的神情。

斯嘉丽秋水顾盼,在人群中寻找着阿什利的身影,就连跟约翰·威尔克斯寒暄时,眼睛也在四处张望,但阿什利并不在走廊里。十几个人齐声跟她打招呼,斯图尔特和布伦特两兄弟也朝她走了过来。门罗家的姑娘们也跑过来,一个劲儿地夸赞她的裙子,斯嘉丽立刻就成了众人簇拥的中心,大家叽叽喳喳,声音越来越大,都想让自己的嗓门盖过周围的声音。可阿什利在哪儿?梅兰妮和查尔斯呢?她佯装随意地打量四周,朝过道里高声谈笑的人群望去。

她一边跟周围的人谈笑,一边扫视屋里院外。突然,她的视线不经意地落在了一个陌生人身上。只见那人独自站在过道里,用一种冷冽傲慢的神情凝视着斯嘉丽,顿时令她心中涌起一股强烈而复杂的感觉:一方面是令男人被自己的女性魅力所吸引而欣喜得意,另一方面是怕自己衣服的领口开得太低而有些尴尬窘迫。此人看上去似乎已经岁数不小了,至少得有三十五岁,身材高大,伟岸魁梧。斯嘉丽心想,自己从没见过哪个男人有这么宽厚的肩膀和这么结实的肌肉,健硕得都不像是个斯文绅士了。当他们目光相对时,那个男人对斯嘉丽微微一笑,精心修剪的黑胡髭下露出像野兽一般的白牙。他的脸庞黝黑,简直黑得像个海盗,一双乌黑的眼睛也如海盗般狂傲不羁,放肆而凶险,仿佛在打量一艘即将被击沉的大帆船,又像是盯准了一个要被掠走的姑娘。他的表情在冷酷中透着一丝不计后果的鲁莽,嘴角还带着一抹玩世不恭的笑意,斯嘉丽不由得倒吸了一口凉气。她觉得面对如此轻慢的目光,她应该感到受到冒犯、恼怒不悦才对,可她偏偏并没有这种感觉,于是她不禁生起自己的气来。她不知道这个家伙是谁,不过那张黝黑的脸却分明显示出他出身名门、血统优良的印记,那丰满红润的嘴唇、瘦削的鹰钩鼻、高高的额头和眼距较宽的眼睛就是最好的证明。

斯嘉丽将目光从那人身上移开,并没有微笑以对。这时,听到有人在喊:"瑞特!瑞特·巴特勒!到这儿来!我要给你引见一下佐治亚心肠最硬的姑娘。"于是那人闻声立刻转过身去。

瑞特·巴特勒?这名字听起来挺耳熟,好像跟什么风流韵事有关系。不过斯嘉丽此时的心思全都在阿什利身上,便丢开了这个念头。

"我得上楼去梳梳头。"她对斯图尔特和布伦特说道。而在她说这话时,这两兄弟正要把她从人群中拉走呢。"你们俩在这儿等着我,不许跟别的姑娘跑了,不然我会生气的。"

她看得出来,今天她如果跟别人打情骂俏的话,斯图尔特会很不好对付。他一直在喝酒,一副想找茬打架的样子,她凭着经验一看就知道,这家伙要生事。她在过道里停留了片刻,跟朋友寒暄了几句,还和刚从屋后面过来的茵迪娅打了个招呼。只见茵迪娅头发蓬乱,额头上冒着汗珠。可怜的茵迪娅!头发浅淡、睫毛稀疏就够糟的了,还长了个地包天的下巴,让人一看就知道是个脾气固执的姑娘,还不到二十岁,就已经像个嫁不出去的老姑娘了。不知道茵迪娅是否因她夺走了斯图尔特而记恨她。因为很多人都说,茵迪娅还在爱着他。不过威尔克斯家的人心思向来让人捉摸不透，即使对自己怀恨在心，也绝对不会表露出来，对待她依然如往常一样，不冷不热，礼貌周到。

斯嘉丽愉快地跟茵迪娅聊了几句，然后踏上宽大的楼梯往楼上走。这时，她听到身后有人在羞答答地叫她。她转过身，发现说话的人是查尔斯·汉密尔顿。他长得倒还算英俊，白皙的前额上覆盖着浓密的淡棕色鬈发。一双深棕色的眼睛，清澈而温和，看上去就像只长毛牧羊犬的眼睛。他衣冠楚楚，芥末色的裤子搭配黑色上衣和褶领衬衫，衬衫上打了一个最宽最时髦的黑领结。斯嘉丽转过身，看到他脸色现出一片淡淡的红晕，因为他见了姑娘就腼腆害羞。像大多数内向羞怯的男孩子一样，他对斯嘉丽这样性格活泼、开朗大方的姑娘情有独钟。过去斯嘉丽对他只是客气地敷衍，而今天她却笑意盈盈地跟他打招呼，还向他伸出双手，他欣喜若狂得简直无法呼吸了。

"哦，查尔斯·汉密尔顿，你这个潇洒的美男子！我敢打赌，你大老远从亚特兰大赶来，就是要来伤我心的吧！"

查尔斯激动得几乎说不出话来，握着她那温暖的小手，深情凝视着她那双秋波荡漾的绿眼睛。姑娘对别的小伙子就是这样说话的，可她们从来没有对他这样说过话。她们总拿他当小弟弟看待，虽然很客气，却从不跟他调情。他一直希望有女孩子和他打情骂俏，就像她们对那些不如他英俊也不及他有钱的男孩一样。可偶尔真碰上这么一回，他又想不出该说些什么，不禁为自己的不善应对而羞愧难当。事后他就会彻夜不眠，辗转反侧，后悔自己没能使上浑身本事献殷勤。不过可惜他几乎很难再有第二次机会,因为姑娘们试过一两次之后,便不再理他了。

就连和哈妮在一起时,他也沉默寡言,虽然他们的亲事早就被默许了,只等明年秋天他继承了财产便会成婚,但他仍是羞怯不语。有时,他甚至会生出一种气量狭小的念头,认为哈妮那种卖弄风情和不可一世的做作姿态并不是因为他才展现出来的,因为她一门心思想着吸引男人,恐怕只要有机会,她对哪个男人都会使出这些勾引人的本事。对于和哈妮即将结婚之事,查尔斯丝毫感觉不到激动和兴奋。酷爱读书的他在书里看到过无数浪漫的爱情故事,深知陷入爱情的人必会有种疯狂的激情,但哈妮无法激起他浪漫而狂热的情感。他一直渴望能得到一位漂亮迷人、活力四射、热情奔放的姑娘垂青,希望有这样的姑娘能够爱上他。

而现在,斯嘉丽·奥哈拉居然跟他逗笑,说他让她伤心了!

他真想说些什么,可怎么也想不出来,只好在心里暗暗感谢她,因为她一直叽叽喳喳说个不停,他就用不着说话了。真想不到世上竟然还有这等好事!

"那你就在这儿等我回来好了,等会儿我想跟你一块儿去吃烤肉。你可别跟别的姑娘套近乎啊,不然我会吃醋的。"瞧她脸上一边一个迷人的小酒窝,两片朱唇轻启,竟吐出如此令人难以相信的话来,说话时,斯嘉丽绿色的眼眸上那对黑色的睫毛还灵动地忽闪着,可爱极了。

"我不会走开的。"他终于缓过神来,做梦也想不到她其实是把他当一只等着屠夫下刀宰割的小牛犊看待呢。

斯嘉丽用折扇轻轻拍了拍他的手臂，然后转过身就要上楼，这时，她的目光又一次落在了那个叫瑞特·巴特勒的男人身上。他正独自一人站在离查尔斯几英尺远的地方，显然听到了他们刚才全部的谈话，因为他正咧着嘴对她邪邪地笑着，就像一只不怀好意的公猫一样，把她全身上下都打量了一通，目光中竟无一丝她在别的男人眼中看到的那种敬意。

"真是活见鬼了！"斯嘉丽气得用父亲的口头禅骂道，"他那眼神就像——就像能穿透衣服看到我光着身子的模样似的。"她立刻甩了甩头，迈步走上楼梯。

在存放衣物配饰的卧室里，她看到凯思琳·卡尔弗特正对镜梳妆，还咬了咬嘴唇，好显得更红润些。凯思琳的肩带上别着新鲜的玫瑰花，和那红扑扑的脸蛋极为相配。矢车菊一般的蓝眼睛秋波荡漾，似乎格外兴奋。

"凯思琳，"斯嘉丽一边打招呼，一边把自己裙子的胸部往上拉一拉，"楼下那个姓巴特勒的讨厌鬼是什么人呀？"

"亲爱的，你不知道吗？"凯思琳激动地低声说道，同时瞥了一眼隔壁房间。因为迪尔茜正和威尔克斯家的嬷嬷聊天呢。"真想象不到威尔克斯先生看见他来这儿，心里作何感想。可那家伙正好在琼斯博罗拜访肯尼迪先生，大概是商谈购买棉花的事情，所以肯尼迪先生只好把他也带来了，毕竟总不能撇下他自己走吧。"

"他到底是怎么回事啊？"

"亲爱的，他一点儿也不受欢迎！"

"真的吗?"

"是真的。"

斯嘉丽暗暗琢磨着这番话,因为她之前从来没有跟一个不受欢迎的人在同一个屋檐下待过,想想就觉得刺激。

"他干了什么事?"

"哦,斯嘉丽,这家伙名声简直坏透了。他名叫瑞特·巴特勒,是从查尔斯顿来的。他家倒是当地的世家名流,但他的家人连话都不跟他说。卡萝·瑞特去年夏天跟我说过他的事,她虽跟那个家伙并不沾亲带故,不过他的事她全知道,其实大伙儿也都知道。他是被西点军校开除的,真难以想象!究其原因嘛,估计是他干的丑事太不堪了,连卡萝也不便知道。而且后来又出了一桩他把一个姑娘甩掉不娶的事。"

"快跟我说说!"

"亲爱的,难道你一点儿都不知道吗?去年夏天卡萝把事情全告诉我了,她妈妈要是知道她知晓这事准得气死。是这样的,这位巴特勒先生带了个查尔斯顿的姑娘坐马车去兜风。我一直不知道这姑娘是谁,但我怀疑她不见得是个上等人,不然的话她怎么可能天快黑了还跟男人出去,而且也不带个监护人陪着。你知道吗,亲爱的,他们俩在外面几乎待了一整夜,最后是走着回家的,说是马跑了,马车也摔坏了,他们在树林里迷了路。你猜后来怎么着——"

"我猜不出,你快告诉我吧。"斯嘉丽兴致勃勃地说,巴不得结果越糟越好。

"转天他就拒绝了跟那姑娘结婚！"

"哦。"斯嘉丽说，心里的期盼落了空。

"他说他并没有——呃——并没有对她做过什么事，所以不明白为什么非得要娶她。当然，她兄弟不干了，把他叫出来要跟他决斗。巴特勒先生说他宁愿被枪打死，也不愿跟一个傻瓜结婚。于是他们就真决斗了。结果巴特勒把她兄弟打死了，最后只能离开查尔斯顿。如今谁都不待见他了。"凯思琳得意地讲完了这件事，刚好迪尔茜回到房间，来查看由她看管的衣服。

"她怀上孩子没有？"斯嘉丽在凯思琳耳边悄声问道。

凯思琳连连摇头。"不过她的名声还是被毁了。"她轻声回答。

"要能让阿什利坏了我的名誉就好了，"斯嘉丽突然想到，"他人品高尚，肯定会答应娶我的。"可不知怎的，她对那个瑞特·巴特勒先生忽生敬意，因为他拒绝跟一个傻姑娘结婚。

斯嘉丽坐在屋后一棵高大橡树的树荫下面，身下是一只花梨木高脚凳，裙子的荷叶边如同荡漾的波浪一般铺展开来，把她包围其中，裙子下面露出一双两英寸高的绿色摩洛哥舞鞋——作为大家闺秀，只能露出这么一点儿，方显身份和教养。她手里拿着个盘子，但里面的食物几乎没动过，身边则围绕着七位骑士。烧烤会已经进入高潮，温暖的空气中充满了欢声笑语，回响着银制刀叉和瓷盘的碰撞声，飘荡着浓郁扑鼻的烤肉和肉汁的香味。偶尔由于风向的改变，烤肉坑里会有阵阵青烟飘向人群，太太小姐们故作惊慌，用力地挥动着棕榈扇。

年轻小姐大多都跟她们的男伴坐在面朝桌子的长凳上，但斯嘉丽觉得如果那样的话，一个姑娘身边只能有两位男士，一左一右分坐两侧。所以她故意坐在远处的凳子上，这样就可以有更多的男士围绕在她身边。

已婚的女士则坐在凉亭里，她们黑色的衣裙在周围色彩艳丽的服装和欢快热闹气氛的衬托下，显得十分端庄稳重。太太们无论年老年少，总是会凑在一起，远离明眸皓齿的姑娘小伙儿，避开周围的谈笑风生，因为在南方，结了婚的女人就算不上是美女了。这些太太们当中，老的有方丹家的老祖母，年纪大到可以毫无顾忌地打饱嗝。小的有年仅十七岁的爱丽丝·门罗，正拼命地忍着第一次怀孕的恶心反应。这群人凑在一起，没完没了地讨论着家族血统和生儿育女之类的事情，这些便是聚会中令人愉悦且有益的话题。

斯嘉丽向她们投去鄙视的目光，觉得她们看上去就像一群肥胖的乌鸦。结过婚的女人真是一点儿乐趣都没有。她一点儿也没意识到，如果她和阿什利结了婚，就会自然而然地被归到已婚妇女的行列，加入到凉亭里、走廊上的那些穿黑绸裙子的女人里面去，和那些端庄稳重的太太们坐在一起，跟她们一样沉闷古板、乏味无聊，从此远离寻欢作乐和嬉闹。就像许多女孩一样，她的想象力只到结婚典礼的圣坛为止，再远的就想不到了。何况眼下她正心烦呢，没心思想那么多。

她垂下眼帘，盯着盘子里的食物，一口一口地吃着饼干，姿态优雅却全无食欲。要是嬷嬷见了，肯定会夸奖她的。尽管追她的人数都数不过来，可她从没有像现在这样难受过。连她自己也不明白昨晚对阿什利的计划怎么竟然失败了。她吸引了几十个追求她的小伙子，可唯独没有阿什利。昨天下午种种忧虑和恐惧又席卷而来，让她的心跳时快时慢，脸也一阵红一阵白的。

阿什利压根就没想加入她身边的这群人之中。实际上，自从她来到这儿之后，就没有单独跟他说过一句话，就只是第一次碰面时打了个招呼而已。她走进后花园时，阿什利走上前来欢迎她，但当时他手臂上还挽着梅兰妮。那个梅兰妮的个头还不及他肩膀高呢。

梅兰妮是个身材娇小、弱不禁风的姑娘，看上去就像个孩子穿上了妈妈的大裙子来参加大人的宴会。再加上她那双棕色的大眼睛里流露出的羞涩、胆怯的神情，看起来更像个孩子了。她一头浓密而鬈曲的黑发，一丝不乱地被罩在发网里，额头上露出一个长长的美人尖，使她的脸看上去就像个大大的桃心。她的颧骨太宽、下巴太尖，这张脸虽娇羞可人，却姿色平庸，而且又没有女孩子那套吸引男人的花招，好让男人被媚人的招数迷住，而忽略了她的相貌平平。她就像——就像泥土一样纯朴，像面包一样平凡，像泉水一样透明。尽管她貌不出众，而且身材矮小，但言行举止尽显端庄稳重，举手投足之间有一种独特的魅力，虽然只有十七岁，看上去却远比实际年龄要成熟得多。

她穿着一件薄如蝉翼的灰色纱裙，腰上系了一条樱桃红色的缎带，波浪似的裙摆和褶边恰到好处地遮掩了她未发育成熟、仍像孩子一样的身材。黄色的帽子上垂下樱桃红色的帽带，把她奶油色的皮肤衬得红润而有光泽。沉甸甸的耳环缀着长长的金流苏，垂在梳得整整齐齐并用发网罩住的云鬓边，贴近那双棕色的眼睛，微微晃动着。那双眼睛犹如冬日林间的池水，波光潋滟，棕色的眼眸便是平静水面上漂浮的落叶，晶莹闪亮。

梅兰妮带着羞涩的笑容跟斯嘉丽打招呼，夸赞斯嘉丽的那件绿色裙子有多漂亮。斯嘉丽好不容易才勉强挤出两句礼貌的回答，因为她急切地要跟阿什利单独说话。从那之后，阿什利就一直坐在梅兰妮脚边的一张凳子上，远离其他客人，静静地跟梅兰妮聊天，露出最令斯嘉丽心动的优雅而浅淡的微笑。更让她受不了的是，望着阿什利那淡淡的笑容，梅兰妮的眼里竟闪烁着别样的光彩。就连斯嘉丽也不得不承认，这一刻的梅兰妮确实挺好看的。而当梅兰妮看着阿什利的时候，那张平淡的脸便容光焕发，艳如桃李，仿佛内心有团热情之火在燃烧。倘若爱意能写在脸上，那么此时梅兰妮·汉密尔顿的心迹已经展露无遗了。

斯嘉丽想把视线从这两人身上移开，却怎么也做不到。每看他们一眼，她就更起劲儿地跟身边围着的小伙子们调情，嬉笑挑逗，打情骂俏，面对众人的恭维和称赞频频摇头，弄得耳环晃动不停。她一个劲儿地说"胡扯"，说他们的恭维没一句是真心的，并发誓说男人说的话她一概不信。可阿什利似乎一点儿也没注意到她。他一直专注地抬头看着梅兰妮说着话，而梅兰妮则低头凝视着他，那神情明确地表露出一个事实：她是属于他的。

斯嘉丽不由得痛苦万分。

在外人看来，她应该是最没有理由痛苦的女孩了。毫无疑问，她是烧烤会上众星捧月般的女王，是引人注目的焦点。她在那些男人心中掀起了狂热和骚动，也点燃了女孩内心的嫉妒和愤怒之火，如果换作别的时候，这样的结果准会令她十分满意，开心不已。

查尔斯·汉密尔顿因为得到了斯嘉丽的注意，胆子也大了起来，牢牢地占据了她右边的位置，塔尔顿家的双胞胎兄弟要合力把他挤开，他却寸步不让。他一手帮斯嘉丽拿着扇子，一手端着他那盘一口都没动过的烤肉，对哈妮连看都不看一眼，气得哈妮都快哭了。凯德优雅而慵懒地斜靠在斯嘉丽的左边，拉着她的裙边想吸引她的注意力，同时两眼冒火地瞪着斯图尔特。他和那对孪生兄弟之间气氛紧张，已经到了几乎要剑拔弩张的地步，彼此间说话也夹枪带棒。弗兰克·肯尼迪忙来忙去的，活像一只照顾鸡崽的老母鸡，在橡树的树荫和桌子之间来回跑，一趟趟地给斯嘉丽拿好吃的，好引起她的关注，就好像那十几个伺候客人的仆人都不存在似的。结果，苏埃伦终于按捺不住心中的怒火，不再顾及淑女的形象，对斯嘉丽怒目而视起来。小卡琳也快要哭了，因为尽管斯嘉丽今早说了一些鼓舞自己的话，但布伦特只对自己说了一句："你好，小妹妹。"并拉了拉自己的发带，然后所有的心思就全放在斯嘉丽身上了。平时他对卡琳特别亲切和善，而且还带着漫不经心的顺从，让卡琳感觉自己已经像个大人了，于是暗暗梦想着有朝一日自己能梳起发髻，穿上长裙，好让他成为自己真正的情郎。而现在似乎斯嘉丽已经完全占据了他的内心。门罗家的姑娘们也拼命忍着怨气,眼看着方丹家两个皮肤黝黑的男孩托尼和亚历克斯变了心。看到他们俩为了抢占一个靠近斯嘉丽的位置而想方设法挤开别人,姑娘们就气不打一处来。

门罗家的两位姑娘朝海蒂·塔尔顿扬了扬眉毛,递了个眼色,表示对斯嘉丽的不满。她们对斯嘉丽的行为只有三个字来形容,那就是"不要脸"。于是三位姑娘同时举起小阳伞,说声"吃饱了,谢谢",然后便轻轻挽起离她们最近的几位男士的胳膊,娇嗔起来,说要去看看玫瑰园、喷泉和凉亭。这种有意撤离的策略虽然不露痕迹,却逃不过在场的女士和男士的目光。

看到三个被她迷住的男人硬生生被人拉走,被迫去观赏女孩子们从小就熟悉的花园亭台,斯嘉丽不禁失声而笑。她迅速地扫了一眼阿什利,看他是否注意到了这一幕。但他正把弄着梅兰妮腰带的末梢,抬着头对梅兰妮微笑呢。斯嘉丽顿时心如刀绞,恨不得一把抓破梅兰妮那象牙色的皮肤,直到抓出血来才能解心头之恨。

她把视线从梅兰妮身上移开,却又一次与瑞特·巴特勒的目光不期而遇。此时,他并没有加入到人群之中,而是站在一旁跟约翰·威尔克斯说话。他一直在看着她,见被她发现,竟露骨一笑。斯嘉丽十分不安,觉得这个遭众人冷眼的男人是在场的人当中唯一一个看出了她在纵情嬉闹背后隐藏着难言的苦楚,并且还对她幸灾乐祸的人。她恨不得把这个家伙也抓出血来。

"只要能熬过烧烤会,挨到下午就行了,"她心想,"那时所有的姑娘都会上楼去睡午觉,为了今晚的舞会而养精蓄锐。我就趁她们睡觉的工夫待在楼下,和阿什利说话。他肯定已经注意到我今天有多吸引人了。"她又抱着另一个希望来安慰自己:"他当然得关照梅兰妮,因为毕竟那是他的表妹,而且又不招男孩喜欢,要是阿什利再不理她的话,那她就真变成受人冷落的可怜虫了。"

想到这里,她又重新振奋精神,可劲儿地引诱查尔斯,他那双棕色的眼睛正热切地望着她呢。对查尔斯来说,今天简直太美妙了,他就像做梦一样,一下子就陷入情网,爱上了斯嘉丽。在这绚丽绽放的爱情面前,哈妮便黯然失色,在他的脑海中如薄雾一般朦胧而模糊。如果哈妮是只叽叽喳喳的麻雀,那斯嘉丽就是艳丽夺目的蜂鸟。斯嘉丽逗弄他,偏爱他,向他提问又自问自答,让他既不用言语又显得很聪明。其他男孩见她明摆着对查尔斯偏爱有加,既困惑不解又十分懊恼。因为他们都知道查尔斯生性腼腆,在女孩面前连句整话都说不出来。他们越想越气,每个人都憋了一肚子火,拼命忍着才没发作。对斯嘉丽来说,她的计划应该算是大获成功了,但可惜在阿什利身上还没奏效。

最后一拨猪肉、鸡肉和羊肉统统被吃完了,斯嘉丽盼着茵迪娅赶紧起身招呼太太小姐们去屋里休息。此时已是下午两点,太阳当头,晒得人浑身暖暖的。可茵迪娅为了准备这次烧烤连着忙活了三天,此时已累得不想动弹,正瘫坐在凉亭下,跟一位从费耶特维尔来的耳背老头儿大声说话呢。

人们都意兴阑珊,昏昏欲睡。黑奴们慵懒地走来走去,收拾摆放食物的长桌。谈笑声渐息,各处的人群渐渐安静下来。大家都在等着女主人宣布午宴结束。棕榈扇越摇越慢,几位男士吃饱喝足,晒得直打瞌睡。野餐会结束,烈阳当头,大家都想睡个午觉，休息休息。

在上午野宴和晚上舞会之间的这段时间，人们似乎都格外安静。只有小伙子依然留有旺盛的精力。他们在人群中穿梭，说话柔声细语，不紧不慢，就像纯种的公马一样，既潇洒俊美又不可招惹。正午时分，大家都有些倦怠，但心里窝着的火气已经忍耐到了极点，一触即发。这些男人和女人，外表都光鲜亮丽，内心也都野性十足，表面上谈笑风生，骨子里却有些性情暴烈，只不过暂时温顺而已。

又过了些时候，阳光越来越烈了，斯嘉丽和其他人都再次看向茵迪娅。说话声已经渐渐停歇，此时，整个树林里大家只听见杰拉尔德扯着嗓门怒吼的声音。他正站在距离烧烤长桌稍远的地方，跟约翰·威尔克斯激烈地争论着。

"见鬼，伙计！向北方佬谋求和平解决吗？在咱们炮轰了萨姆特堡的那些无赖之后，还要讲和？南方必须用武力给他们点儿颜色瞧瞧，让他们知道咱不是好惹的。脱离联邦不是靠他们发善心，而是靠咱自己的实力！"

"噢，我的天啊！"斯嘉丽心想，"真服了爸爸了！这下可好，大伙儿都得在这儿坐到半夜了。"

顷刻间，仿佛空中划过闪电，惊得这群倦怠的人们顿时睡意全消。男士们从长凳和椅子上一跃而起，挥舞手臂，争相叫喊起来，嗓门一个比一个大。由于威尔克斯请求大家不要谈论政治和打仗的事，免得太太小姐们生厌，所以一上午大家都对这种话题绝口不提。但是现在一听杰拉尔德喊出"萨姆特堡"几个字，在场的男士们就立刻把主人的劝告抛到一边了。

"这场仗当然得打——""这些北方佬强盗——""不出一个月就能把他们灭掉——""怕什么,一个南方人能揍扁二十个北方佬——""好好教训教训他们,让他们一辈子忘不了——""讲和?他们才不会让咱们安生呢——""决不跟他们讲和,看看林肯是怎么侮辱咱们的委员的!""没错,他让委员们干等了好几个星期——还发誓说要让萨姆特堡的军队撤离!""他们要打仗,咱们就跟他们打个够——"众人七嘴八舌地叫嚷着,但唯独杰拉尔德嗓门最大。斯嘉丽听见他们一遍又一遍地嚷嚷着"州权,上帝啊"。杰拉尔德可算喊痛快了,可却苦了自己的女儿。

脱离、打仗——这些字眼成天到晚说来说去,斯嘉丽早就听腻了,可这会儿她恨透了听到这些字眼,因为男人们一说起这些来就没完没了,好几个小时都停不下来,这样一来她就没机会跟阿什利单独说话了。当然,仗是不会打起来的,男人们心里清楚。他们就是喜欢纸上谈兵,喜欢发表自己所谓的高见。

查尔斯·汉密尔顿并没有跟其他人一道站起来,结果发现只剩下他自己和斯嘉丽单独在一起了,于是他便朝斯嘉丽靠近了些,借着心中刚刚燃起的爱情之火,壮起胆子,表明心迹。

"奥哈拉小姐——我——我已经决定了,如果真打起仗来,我就到南卡罗来纳去参军。听说韦德·汉普顿[1]先生正在那里组

---

[1] 韦德·汉普顿(1818—1902),美国南北战争时期的南方英雄,在重建时期恢复了白人在南卡罗来纳的统治。曾任南卡罗来纳州州长和国会参议员等重要职务,汉普顿县就是以纪念他而命名的。

建一支骑兵队，所以我想去投奔他。他是个非常了不起的人，也是我父亲的至交好友。"

斯嘉丽心想："叫我怎么办——为他欢呼三声吗？"因为看查尔斯的那副表情，显然是在向她吐露心里的秘密。她实在想不出该说什么，所以只能看着他，心想男人们怎么这么蠢，居然认为女人会对这种事情感兴趣。查尔斯误把斯嘉丽沉默不语的表情当作惊讶和赞许，于是便放胆说下去——

"如果我走了——你——你会不会难过，奥哈拉小姐？"

"我会每晚都哭湿枕头的。"斯嘉丽开玩笑地说。但没想到查尔斯是按字面意思理解的，高兴得脸都红了，随即小心翼翼地伸过手去，握住斯嘉丽藏在裙褶里的小手，为自己的勇敢和斯嘉丽的默许而激动不已。

"你会为我祈祷吗？"

"真是个傻瓜！"斯嘉丽心烦得很，心里愤愤地想。她偷偷扫了一眼周围，希望有个人能过来替她解围。

"你会吗？"

"哦——会的，是真的，汉密尔顿先生。每晚至少为你念上三遍《玫瑰经》！"

查尔斯赶紧瞟了一眼四周，深吸一口气，收紧腹部的肌肉。现在只有他们两个人，机会难得，错过可就没了。即使上帝再给他一次这样的机会，他也未必再有现在这样的勇气。

"奥哈拉小姐——我必须告诉你一件事。我——我爱你！"

"嗯？"斯嘉丽一边心不在焉地说着，一边朝争论不休的人群中张望,看到阿什利仍然坐在梅兰妮脚边跟她说话。

"是的!"查尔斯轻声说。他一向以为女孩子听到这话都会激动得又笑又叫,甚至会晕过去。可斯嘉丽既没笑,也没叫,更没昏倒,不禁令他欣喜若狂。"我爱你!你是最——最——"他有生以来第一次发现自己能说出这么一大段话来,"最漂亮的女孩。是我见过的最温柔、最善良的姑娘,而且最亲切可爱,我真的很爱你。我不敢奢望你会爱上像我这样的人,我亲爱的奥哈拉小姐,只要你给我一点点鼓励,我愿意做任何事来讨你欢心,只要能使你爱上我,我愿意——"

查尔斯停了下来,因为他实在想不出有什么难办的事情能够证明他对斯嘉丽的爱意有多深,于是他就干脆说:"我想跟你结婚。"

听到"结婚"两个字,斯嘉丽这才蓦然回神,回到现实中来。她刚才一直在琢磨着跟阿什利结婚的美事,于是不禁按捺不住心中的怒气,狠狠地瞪着查尔斯。这个像牛犊似的傻小子为什么偏偏要在这个时候跟她表白?不知道她现在心烦得都快要发疯了吗?她望着那双满含恳求的棕色眼睛,却一点儿也看不出一个害羞男孩的初恋之美,也看不出一个痴心小伙儿对心上人的敬慕和渴望,更看不出一个陷入爱情火焰之中的男人那份痴狂的爱意和柔情。斯嘉丽见惯了向她求婚的男人,也见多了比查尔斯·汉密尔顿更有魅力的男人,那些男人比他更有手段和心计,绝不会在这烧烤会上,赶在她心事重重的时候来求婚。在她的眼里,她看到的只是一个二十岁的男孩,脸红得像甜菜根似的,一副傻里傻气的模样。她真想当面直说他有多蠢。可这时妈妈平时教她的几句应急的话自然而然地便溜到嘴边。出于长久以来养成的习惯，她垂下眼帘，轻声呢喃："汉密尔顿先生，承蒙您的厚爱，我不胜荣幸，但这太突然了，我真不知该如何答复。"

这番话说得极妙，既抚慰了男人的虚荣心，又让对方抱有希望。查尔斯果然中计，就好比头一次闻到诱饵香味的鱼儿，立马就上了钩。

"我会一直等下去的！直到你打定主意愿意跟我结婚。奥哈拉小姐，请告诉我我还有希望。"

"嗯。"斯嘉丽说。她眼尖地注意到阿什利并没有加入到对战争的讨论中，而是抬头看着梅兰妮在微笑。真希望这个抓着她手的傻瓜能闭上嘴安静会儿，这样她也许就能听见他们在说什么了。她一定要知道他们在说什么。梅兰妮到底对阿什利说了什么话，让他眼睛里流露出兴致盎然的神情？

她竖起耳朵听着，可查尔斯却在她耳边说个不停，让她怎么也听不清楚。

"哦，别出声！"她嘘了他一下，还拧了拧他的手，连看都不看他一眼。

查尔斯听到她的呵斥不由得吃了一惊，起初感到有些害臊，脸一下子就红了，可随后看到斯嘉丽双眼正盯着他的妹妹，于是又笑了。原来她是担心别人会听见他的话，女孩子嘛，脸皮薄，自然又害羞，又难为情，怕这种话被别人听见。查尔斯心中顿时涌起一股男子气概，因为这是他平生第一次让一个女孩感到难为情，这种激动的心情真令人陶醉。他摆出了一副漫不经心、满不在乎的神情，小心翼翼地回捏了一下斯嘉丽的小手，表明他了然于心，明白她的意思，也接受她的责备。

可斯嘉丽丝毫没感觉到自己的手被捏了一下，因为她清楚地听到了梅兰妮那甜甜的声音，这也是梅兰妮的媚人之处："对萨克雷[1]的作品，我跟你的看法不同。他愤世嫉俗，玩世不恭，似乎不是狄更斯先生那样的正人君子。"

跟男人谈这些，真是傻死了，斯嘉丽心想。她不禁松了一口气，差点儿笑出声来。呵，梅兰妮就是个书呆子罢了，谁都知道男人是怎么看待书呆子的……而要想吸引男人，并让他一直对自己感兴趣，就得跟他们谈男人的事，然后再不着痕迹地把话题引到自己身上来——并且一直谈下去。假如她发现梅兰妮不停地说"你真了不起"或者"你怎么想到这些的？要是让我想，我的小脑袋一定会被胀破的"，那她可就真慌了。可梅兰妮还真是笨，男人就坐在自己脚边，却一脸严肃地跟他说话，就像在教堂里一样，一本正经的。在斯嘉丽看来，似乎形势峰回路转，前途一片光明，她的心情也由阴转晴，于是看向查尔斯的目光也焕发出喜悦的光彩，脸上露出灿烂的笑容。在查尔斯看来，这笑容便是她表示爱意的明证，他顿时心花怒放，抓起她的扇子，殷切热情地为她猛扇起来，把她的头发都扇乱了。

---

1 威廉·梅克比斯·萨克雷（1811—1863），英国作家，代表作品是世界名著《名利场》。与狄更斯齐名，为维多利亚时代的代表小说家。还著有《班迪尼斯》等作品。

"阿什利，你还没发表高见呢。"吉姆·塔尔顿从大喊大嚷的男人堆里转过身来对他说。阿什利对梅兰妮道了声歉，然后站起身来。这些男人里谁都没有阿什利英俊，斯嘉丽心想，瞧他那慵懒的姿态多么优雅，他那头金发和胡子在阳光照耀下多么闪亮夺目。就连那些上年岁的老头子也都停下来听他说话。

"是这样，先生们，如果佐治亚要参战，我当然会义无反顾地上战场，不然干吗加入骑兵连呢？"他说。他那双灰色的眼睛炯炯有神，慵懒的神情顿时不见，斯嘉丽头一次见他目光如此专注。"但是，如我父亲所说，我也希望北方佬能跟咱们和平解决问题，这样就不会有什么战争了——"他微笑着举起手，因为方丹家和塔尔顿家的几兄弟开始七嘴八舌地闹了起来，"是的，是的，我知道咱们受到了侮辱，也遭到了欺骗——但是如果咱们处在北方佬的位置，换成他们想脱离联邦，我们会怎么做呢？想必差不多吧。咱们也会不高兴的。"

"他又来了，"斯嘉丽心想，"他老是站在别人的立场上想。"对她来说，任何争论，必有对有错，只有一方是正确的。有时候，她真摸不透阿什利。

"咱们都别太头脑发热了，也最好别打什么仗。世上多数的苦难都是战争引起的。等战争结束，到头来谁也不明白为什么要打仗。"

斯嘉丽不禁嗤之以鼻。幸亏大家向来认为阿什利很勇敢，而且名声无懈可击，要不然他这番话准会惹来不少麻烦。正暗自思忖的工夫，就听得阿什利周围响起一片反对之声，一个个怒气冲冲，火冒三丈。

凉亭下那位从费耶特维尔来的耳背老头儿捅了捅茵迪娅，问道："怎么啦？他们在说什么？"

"打仗！"茵迪娅双手捧成一个喇叭状，在老头儿耳边大喊道，"他们要跟北方佬打仗！"

"打仗，真的吗？"老头儿大声叫起来，手里摸索着拐杖，猛地从椅子上站起身来，这股力道和劲头儿已经多年没在他身上见到了，"我要去跟他们说说打仗的事，我可是打过仗的人。"原来这位麦克雷先生由于家里的女眷管得严，不准他多嘴，所以他极少有机会谈论打仗的事。

他跟跟跄跄地冲到人群中，一边挥舞着手杖，一边大声叫嚷着。因为他耳背听不见周围的声音，所以很快就占据了主动，得以称霸全场。

"你们这些愣头小子，吃枪药了？都闭上嘴听我说。你们别净想着打仗。我打过仗，知道什么是战争。我参加过塞米诺尔战争，还傻了吧唧地参加了墨西哥战争。你们谁都不知道打仗是什么滋味，你们以为打仗就是骑着高头大马，有女孩子朝你们扔鲜花，最后像个英雄一样胜利归来吗？不，才不是呢，先生们！打仗就是忍饥挨饿，是睡在潮湿的地上，一不小心就会得麻疹和肺炎，即使没得这些病，也免不了会拉肚子。没错，先生们，战争中的拉肚子可不是寻常小毛病——而是痢疾之类会要人命的病——"

太太小姐们羞得脸都红了。麦克雷先生老爱提起早年间的事情，就像方丹家的老太太和她那令人发窘的响嗝一样，人人都想忘掉。

"快去把你外公搀回来。"老头儿的一个女儿对站在附近的一个年轻姑娘悄声吩咐。"我说，"她对周围焦躁不安的太太们低声说道，"老爷子真是一天不如一天了。你们能相信吗，就在今天早上，他还找上玛丽——她才十六岁呢，他竟对她说：'我说，小姐……'"然后声音就越来越小，变成了轻声耳语。那个外孙女趁机悄悄走开，想法哄外公回到树荫下的座位上来。

人们在树荫下走来走去。姑娘们笑得花枝乱颤，男士们聊得热火朝天，只有一个人似乎异常冷静。斯嘉丽不自觉地将视线转向瑞特·巴特勒。他正背靠在一棵树上，双手深深地插在裤子口袋里。自从威尔克斯先生离开之后，他就一个人站在那儿，大伙儿越说越起劲儿，可他始终一言不发。他那黑胡髭修得很短，红润的嘴唇微微噘着，一双黑色的眼睛里流露出讥笑和轻蔑之色，仿佛在听小孩们吹牛皮、说大话。那张笑脸看着真让人讨厌，斯嘉丽心想。他静静地听着别人讲话。这时，一头蓬乱红发、两眼直放光的斯图尔特·塔尔顿一个劲儿地嚷嚷着："哼，不出一个月，咱们就能把他们全都消灭掉！绅士们打起仗来总比下等人更出色。一个月——哼，一场仗就——"

"先生们。"听到这里，瑞特·巴特勒终于开口了。他声音平缓，带着明显的查尔斯顿口音。此时的他依然倚靠着那棵树，双手也依然插在裤兜里："我可以说一句吗？"

他的语气和他的眼神一样，都带着一种轻蔑，但轻蔑之上又披着一层彬彬有礼的外衣,这副神态举止反倒显出对众人滑稽之相的嘲讽。

人们都转过身看向他,以对待外人的惯有态度,对他礼貌有加。

"诸位先生当中可有谁想到过,梅森-迪克西分界线[1]以南连一座大炮工厂都没有啊?南方的铸铁厂有几家?毛纺厂、棉纺厂和制革厂又有多少?你们可曾想到过咱们连一艘战舰都没有,而北方佬的舰队不出一个星期就能封堵住我们的港口,致使咱们的棉花无法运到国外去。不过——当然喽——这些事也许诸位都已经想到了。"

"什么意思,他这不是把那些小伙子全当成傻瓜了嘛!"斯嘉丽愤愤不平地暗想,气得顿时一股热血上涌,脸蛋涨得通红。

显然,她并不是唯一有此想法的人,因为有几个男孩已经高傲地扬起下巴了。约翰·威尔克斯不露痕迹且迅速回到说话之人的身旁,仿佛在告诉这些男士,此人是他的客人,更何况还有这么多女士在场。

"咱们大多数南方人的毛病就是,"瑞特·巴特勒继续说了下去,"要么去的地方不够多,要么就是去过不少地方但从中获益太少。哦,当然了,诸位先生们都是走遍各地、见多识广的人。可你们都看到了什么呢?欧洲、纽约和费城。当然,各位太太

---

[1] 梅森-迪克西线是美国宾夕法尼亚州与马里兰州之间的分界线,于1763年至1767年由英国测量家查理斯·梅森和英国测量家、天文学家杰拉米·迪克西共同勘测后确定。

小姐也都去过萨拉托加[1]。"说着他朝凉亭里的人微微鞠躬行礼。"你们看到了旅馆、博物馆、舞厅和赌场。回到家来就觉得哪儿也比不上咱南方。至于我,虽生在查尔斯顿,但过去几年一直待在北方。"他咧嘴一笑,露出洁白的牙齿,似乎很清楚在场的每个人都知道他为什么不继续留在查尔斯顿,而且他也不在乎别人知道,"我见过许多你们没有见过的东西。成千上万的移民,他们为了能吃上饭,能赚几美金,情愿为北方佬作战。还有许许多多的制造厂、铸铁厂、造船厂、铁矿和煤矿——这些我们都没有。而我们有的只是棉花、黑奴和傲慢。不出一个月,他们就能把我们打垮。"

一时间,气氛格外紧张,大家都沉默不语,全场鸦雀无声。瑞特·巴特勒从上衣口袋里掏出一条上好的亚麻手帕,悠然地用它掸了掸袖子上的灰尘。接着人群中响起一片嗡嗡的嘈杂声,凉亭下也传来嗡嗡声,就像捅了马蜂窝似的。尽管斯嘉丽气得满脸通红,但她的脑子理性而务实,不由得暗自感慨这家伙其实说得没错,的确在理。不错,她是没见过工厂,也不知道有谁见过工厂。但就算他有道理,说得这么直白而不留情面也不是上等人所为——更何况还是在大伙儿都玩得挺高兴的宴会上说。

斯图尔特·塔尔顿双眉紧锁,走上前来,布伦特紧跟在身后。当然,这对孪生兄弟很有教养,即使被气得火大,也不会在烧

---

[1] 萨拉托加郡是美国纽约州中东部的一个郡,属于纽约州府都会区的一部分。北美独立战争时期,曾在这里发生过"萨拉托加大捷"。

烤会上大吵大闹。可是所有的太太小姐又开心又兴奋，因为她们很少有机会能亲眼看见这种吵架斗嘴的场面。通常这种事情都是听别人说的。

"先生，"斯图尔特气哄哄地说，"您这话是什么意思？"

瑞特·巴特勒客气有礼地看着他，但眼神透着讥诮和嘲讽。

"我的意思是，"他回答说，"拿破仑——您大概听说过这个人吧？——他曾经说过：'上帝站在最强大的军队那边。'"说完，他便转过身面对约翰·威尔克斯，真诚而礼貌地问道："您答应过让我参观您的藏书室的，先生。不知现在能否带我去看看？恐怕我下午得早点儿赶回琼斯博罗去，还有些事情要办。"

他转过身来，面对众人，脚后跟咔嚓一下并拢，像个舞蹈大师似的鞠了一躬。虽然他身材高大威猛，但这鞠躬的姿态极为优雅洒脱，还带着一股盛气凌人的气势，就像给了对方一耳光似的。随后，他便和约翰·威尔克斯穿过草坪，昂首阔步，扬长而去，一头黑发随风飘扬，令人不快的笑声飘到在场的每个人耳中。

众人一片惊愕，哑然无声，随后又开始交头接耳，嗡嗡之声又起。凉亭下，茵迪娅疲惫地站起身，走向怒气冲冲的斯图尔特。斯嘉丽听不见对方在说什么，但看到对方抬头凝望斯图尔特阴沉面孔的眼神，却觉得有些内疚。梅兰妮看着阿什利时，也流露出这种爱慕的目光。可惜此时的斯图尔特并没有察觉到。看来茵迪娅的确爱他。斯嘉丽突然想起倘若在一年前的那次政治集会上，她没有跟斯图尔特公然调情，他也许早就把茵迪娅娶进门了。但她转念一想,别的女孩没办法把自己的心上人留住,也不是她的错,于是她心里的那点儿内疚感便顿时消失无踪了。

斯图尔特终于低头对茵迪娅笑了,笑得很勉强,还对她点了点头。估计是刚才茵迪娅一直在恳求他别去追巴特勒先生,不要惹麻烦。客人们纷纷起身,掸掉落在腿上的面包屑,橡树下起了一阵文雅的骚动。太太们招呼嬷嬷和孩子,把儿女聚齐准备一起离开。姑娘们三五成群,有说有笑地走向宅子,上楼到卧室里聊天、睡午觉。

除了塔尔顿太太以外,所有的太太们都离开后院,把树荫和凉亭让给男人。塔尔顿太太之所以没走,是因为杰拉尔德、卡尔弗特先生和其他几个人把她留住了,问她卖马给骑兵连的事,要她给个明确的答复。

阿什利信步走到斯嘉丽和查尔斯坐着的地方,露出若有所思又暗自高兴的笑容。

"真是个狂妄自大的家伙,不是吗?"查尔斯看着巴特勒远去的背影说道,"看上去活像波吉亚家族[1]的人。"

斯嘉丽赶紧转动脑筋,但实在想不出县里、亚特兰大或是萨

---

[1] 波吉亚家族是欧洲显赫的贵族世家,发迹于西班牙的巴伦西亚,在意大利文艺复兴时期开始壮大。先后有两位家族成员登上教宗宝座,即教皇加里斯都三世(1455—1458年在位)和亚历山大六世(1492—1503年在位),另有一位成员成为天主教圣人,数位成为枢机。尤其在亚历山大六世在位期间,波吉亚家族传出了许多谣言,包括:绯闻、谋取圣座控制权、偷窃、强暴、贿赂、乱伦、谋杀和毒杀。他们的专权为周边拥有相当地位的家族如奥尔西尼家族和科隆纳家族所仇视;然而现代历史学家普遍认为其中许多谣言是由该家族的政治对手儒略二世所散布的。波吉亚亦是文艺复兴时期积极赞助文化活动的家族。

凡纳有哪家是姓波吉亚的。

"我不认识这家人。他跟他们是亲戚吗?这个波吉亚家是什么人哪?"

查尔斯脸上露出奇怪的表情,惊讶、羞愧与爱情相互碰撞冲击。但最后还是爱情占了上风,因为他觉得女孩子只要可爱、温柔、漂亮就足够了,书念得少也无所谓,并不会使魅力有所减少。于是他连忙回答说:"波吉亚家族是意大利人。"

"哦,"斯嘉丽兴趣顿减,说道,"原来是外国人。"

她转过头,面对阿什利露出了最甜美迷人的微笑,但不知何故,阿什利并没有看她,而是在看着查尔斯,脸上的神情既有理解,也有一丝怜悯。

斯嘉丽站在楼梯口,透过楼梯扶手小心翼翼地窥视着楼下的大厅。大厅里空无一人。楼上的各间卧室里传来不绝于耳的低语声,声音此起彼伏,夹杂着阵阵笑声,还听见有人说:"是吗,真的!""那他怎么说?"六间大卧室的床上和长沙发上都躺着姑娘,大家正在休息,她们脱下长裙,解开紧身胸衣,头发披散开,垂到腰际。乡村小镇上的人本就有午间小憩的习惯,再赶上像今天这样的全天宴会,从一大早就开始,直到晚上的舞会才达到高潮,所以午休就更有必要了。姑娘们说说笑笑,至少得聊半个钟头,然后仆人们会进来拉上百叶窗,幽暗的房间里暖意融融,朦朦胧胧,不久谈话声就渐渐变成耳语,最后一切都归于宁静,只剩下轻柔而均匀的呼吸声。

斯嘉丽确定梅兰妮已经和哈妮以及海蒂·塔尔顿一起上床躺下了,这才一个人悄悄地溜进过道,迈步下楼。透过楼梯过道上的窗户,她看到一群男人坐在凉亭下,端着高脚杯在喝酒。她知道他们会一直在那里待到黄昏。她在人群中搜寻阿什利的身影,却没有见到他。她侧耳细听,听到了他的声音。如她所愿,阿什利正在门前的车道上跟先行离开的太太和孩子们道别。

她的心跳到了嗓子眼,一阵风似的跑下楼梯。要是碰上了约翰·威尔克斯先生该怎么办?别的姑娘们都在睡美容午觉,可她却一个人在宅子里跑来跑去,她该怎么解释呢?哎,管他呢,就冒一次险吧。

她走下楼梯,听到仆人们在管家的吩咐下正在餐厅里忙来忙去,搬走桌椅,为晚上的舞会作准备。穿过宽敞的大厅就是藏书室,门正开着,她悄无声息地溜了进去。就在这儿等吧,等阿什利送完客人回屋就把他叫住。

藏书室里半明半暗,因为怕太阳光照,百叶窗都放了下来。昏暗的房间里,四周高高的墙上摆满了黑压压的书,让她觉得很压抑沮丧。她才不会选这种地方约会呢,她原本希望这次约会是在别处。她看见一大堆书就烦,看见喜欢读一大堆书的人也觉得烦,不过只有阿什利除外。朦胧的光线中,耸立着很多敦实厚重的家具:深坐垫、宽扶手的高背椅,那是专门为威尔克斯家高个儿的男人们特制的。天鹅绒矮座软椅,配天鹅绒面的脚凳,这是给姑娘们坐的。在长方形房间的另一头,壁炉前面有一张七英尺长的沙发,那是阿什利最喜欢的专座,沙发靠背高高耸起,犹如一头熟睡的巨兽。

她关上门,只留一道门缝,尽力缓一缓如擂鼓一般咚咚的心跳。她拼命回想昨晚盘算好的要跟阿什利说的话,可怎么也想不起来。是她本来想好又忘了,还是只打算让阿什利对她说些什么呢?她一点儿也想不起来了,不由得打了个冷战。如果她的心别再咚咚跳个不停,在她耳边回响,也许她还能想出几句话来。但当她听到阿什利送走最后一批客人,转身步入大厅时,她的心跳得更快了。

她只记得一点,那就是她爱他——爱他的一切,上至他那高昂的头和一头飘逸金发,下到他那双修长的黑色靴子。她爱他的笑声,哪怕他的笑令她捉摸不透。她爱他的沉默,哪怕他的沉默让她百思不解。噢,若他此刻走进来,一把将她抱住该多好。这样,她就什么也不用说了。他一定是爱她的——"也许要是我祈祷一下的话——"于是她紧紧地闭上双眼,开始喃喃自语起来,"万福玛利亚,充满恩典——"

"咦,斯嘉丽!"阿什利的声音传来,划过耳畔,在她耳边回响,弄得她心慌不已。他站在大厅,透过半掩着的门扉望着她,脸上带着疑惑的微笑。

"你在躲谁呀——查尔斯还是塔尔顿家的两兄弟?"

她惊讶地倒吸了一口气。这么说他还是注意到那些男人围着她转了!他站在那儿,目光闪亮,全然不知斯嘉丽内心的激动,样子真是说不出地可爱。她说不出话来,只是伸手把阿什利拉进了屋里。他走进房间,有些困惑不解,但同时也觉得蛮有趣的。斯嘉丽似乎很紧张，眼睛里有种别样的光彩，是他以前从来没见过的。即使光线昏暗，他也依然能看到她的双颊泛着玫瑰色的红晕。他随手关上门，拉起她的手。

"怎么了？"他轻声低语道。

刚一碰到阿什利的手，斯嘉丽便浑身颤抖起来。梦想中的事就要发生了，她不禁百感交集，千言万语涌上心间，却一句话也说不出，只是浑身抖着，抬头凝视着他的脸。他怎么不开口呢？

"怎么了？"阿什利又重复了一遍，"有秘密要告诉我吗？"

突然，斯嘉丽找到了话头。母亲多年的教诲统统忘光，父亲那直来直去的爱尔兰人脾气展露无遗，于是她不假思索地脱口而出："对——是有个秘密。我爱你。"

一时间，四下一片寂静，两个人仿佛都停止了呼吸。紧接着，斯嘉丽突然不再颤抖了，一种幸福和自豪感涌遍全身。为什么她以前没这么做呢？比起平日里学的那些淑女闺秀的花招，这样岂不省事多了？于是她便深深凝视着他的目光。

阿什利的眼神中有惊愕、有怀疑，还有别的——是什么呢？对了，有一次爸爸心爱的猎马摔断了腿，不得不被杀掉时，爸爸的眼中也有同样的神情。她怎么突然想起这个了？真是蠢死了。可为什么阿什利看上去怪怪的，而且一言不发呢？随即他突然换了一副神情，就像戴上了一副训练有素的面具，露出亲和的笑容。

"今天你已经把那些男人的心都俘获了，还觉得不够吗？"他又像平日里那样，用半调侃半奉承的口吻说道，"你是想把所有男人的心全都收服吗?好了,我的心早就被你夺走了,你知道的,哪个男人能不被你的魅力征服呢?"

不对劲儿——全错了!跟她想的完全不一样。她的脑子乱成一团,只有一个念头渐渐清晰。不知为何,阿什利似乎根本没把她的话当真,以为她只是在跟他打情骂俏。但他明明知道她是认真的,她知道他心里明白得很。

"阿什利——阿什利——告诉我——你必须——噢,别跟我开玩笑!你的心被我夺走了吗?噢,亲爱的,我爱——"

他一把捂住了她的嘴,面具顿时被摘掉。

"千万不要说这种话,斯嘉丽!不要说出口。你是开玩笑的。将来你会恨自己说过这些话,也会恨我听到了这些话!"

斯嘉丽猛然扭过头,看向别处。一股热流涌遍全身。

"我绝不会恨你的。我告诉你我爱你,我知道你也一定是爱我的,因为——"她突然顿住不说了,因为她从未见过一个人的脸上有如此痛苦的神情,"阿什利,你在乎——你是在乎我的,对吗?"

"是的,"他木然地说,"我在乎你。"

假如他说他讨厌她,她也一样会惊恐而慌乱的。她拽了拽他的袖子,无语凝噎。

"斯嘉丽,"他说,"咱们还是走吧,忘掉刚才说的那些话,好吗?"

"不,"她低声说道,"我不能。你这是什么意思?你难道不想——不想跟我结婚吗?"

他回答道:"我要跟梅兰妮结婚了。"

不知不觉,她发现自己已经坐在了天鹅绒矮座软椅上,阿什利则坐在她脚边的脚凳上,紧握着她的双手。他在跟她说话——说着一些毫无意义的话。她什么也没听进去,脑子里一片空白,之前涌上心头的千言万语,百般思绪,此刻全都化为乌有。他的话就像打在玻璃窗上的雨滴,没有在她心头留下任何痕迹。那些话隐隐约约萦绕在她耳畔,语速很快,声音温柔,充满怜惜,如同父亲在抚慰伤心的孩子,只是她一句都没听进去。

直到她听到梅兰妮的名字,这才蓦然清醒,回过神来。她凝视着阿什利那双如水晶一般清澈的灰色眼睛,从这双眼睛里看到了始终令自己困惑不解的冷漠神情——还有对他自己的憎恨。

"父亲今晚就要宣布订婚的事了。我们很快就会结婚。我应该早点儿告诉你的,但我以为你已经知道了,事实上,我以为大家都知道——而且多年前就知道了。我做梦也没想到你会——毕竟追你的小伙子那么多,我以为斯图尔特——"

斯嘉丽慢慢开始恢复了生气、活力以及情感和思维能力。

"可你刚才还说你在乎我。"

他那双温暖的手捏得她好疼。

"亲爱的,非要让我说出让你伤心的话来吗?"

她沉默不语,逼得他只好说下去。

"我怎么说才能让你明白呢,亲爱的?你太年轻,又做事冲动,不假思索,你根本不知道婚姻的意义。"

"可我知道我爱你。"

"咱们两个是完全不同的人，要使婚姻美满，光有爱是不够的。你要的是一个男人的全部，斯嘉丽，包括他的身体、他的心灵和他的思想。可如果你得不到这些，就会很痛苦。我无法把自己的全部都给你，也无法把自己的一切给任何人。我也不想要占有你全部的心思和灵魂，那样你就会伤心痛苦，然后转而恨我——刻骨铭心地恨我！你甚至会恨我读的书，恨我喜欢的音乐，恨它们把我从你身边夺走，哪怕夺走片刻也不行。而我——也许我——"

"那你爱她吗？"

"她跟我很像，我们有着相近的血统，而且我们彼此了解。斯嘉丽！斯嘉丽！我说了这么多难道你还不明白吗？只有志趣相同、性格相似的两个人结合在一起，生活才会和美，否则婚姻是无法维系的。"

好像也听别人说过类似的话——"要和志同道合的人结婚，否则婚姻是不会幸福的。"是谁说的呢？这句话似乎已经传了上百万年，可她还是不明白是什么意思。

"可你说过你在乎我。"

"我不该说的。"

她脑子里突然蹿起一股怒火，火苗越燃越旺，把一切都疯狂地尽数吞噬。

"哦，可你明明说了，真是个彻头彻尾的无赖——"

阿什利的脸唰的一下白了。

"我的确是个无赖，因为我要跟梅兰妮结婚了，我对不起你，更对不起梅兰妮。我不该对你说那些话，因为我知道你不会明白的。你对生活充满激情，可我并不如此。你敢爱敢恨，爱得狂热，恨得彻骨，而我却做不到。叫我怎能不喜欢你呢？是的，你就像风、像火，像自然中的一切旺盛而狂野的生命力，可我——"

她想到梅兰妮，仿佛忽然间看到了那双平静如水的棕色眼睛还有那迷离的眼神，看到了那戴着黑色蕾丝手套的纤纤小手，还有那温情脉脉的神情。于是她心中那股无名之火突然爆发了，当初她父亲杰拉尔德也是因为无名火起才杀了人。她的许多爱尔兰先祖也同样是由于无名火起才做了错事，最终掉了脑袋。她母亲的家族世代教养良好，天大的事都能默默忍受，可此时此刻，这种美德在她身上却无半点儿影子。

"那你干吗不直说，你这个胆小鬼！你害怕跟我结婚！你宁愿跟那个小傻瓜一起生活，她除了会说'是'或者'不'之外，别的什么都不说。将来还会生出一窝跟她一样的小鬼，说话拐弯抹角，爱绕圈子！为什么——"

"不许你这么说梅兰妮！"

"不许？见你的鬼去吧！你算老几，敢来教训我？你这个懦夫、混蛋，你——你害得我以为你要娶我——"

"说话得讲公道，"他申辩道，"我几时——"

她才不想讲什么公道，尽管她知道他说得没错。他对她的确从来没有越过朋友的界限，想到此，她不禁又心生怒意，是女孩的自尊心和虚荣心受挫而产生的怒意。她主动追求他，可他却一点儿不稀罕，宁愿选择梅兰妮那个脸色惨白的傻丫头。噢，她真后悔没有听从妈妈和嬷嬷的教诲,不露出半点儿喜欢他的意思——那样就不会像现在这般自取其辱了!

她一跃而起,紧握双拳。阿什利也站起身来,身材比她高出一大截,一脸无言的痛苦。当一个人不得不面对痛苦现实的时候,就是这副神情。

"我到死都会恨你的,你这个混蛋——你卑鄙——无耻——"她还能骂什么来着?她想不出再狠毒的字眼来了。

"斯嘉丽——求你了——"

他向她伸出手来,可就在这时,她用尽全力扇了他一耳光。寂静的房间里突然响起啪的一声,就像鞭子抽了一下似的清脆。突然间,她的怒气顿消,心底只有一片孤寂和凄凉。

阿什利苍白而疲倦的脸上显出了斯嘉丽鲜红的手印。他什么也没说,只是抬起她那软弱无力的手放到唇边吻了吻,然后,没等她开口便黯然离去,随手轻轻地关上了房门。

斯嘉丽颓然坐下,盛怒之下,竟感到双膝发软。他走了,可他那张挨了她一记耳光的脸,却至死都会印刻在她的记忆里,让她愧疚一生。

她听见阿什利轻柔、低沉的脚步声渐行渐远,消失在长长的过道里。直到此时,她才幡然醒悟自己刚才一时恼怒,铸成大错。她永远地失去他了。他从此会恨她,一见她便会想起她多么殷切地向他主动示爱,而他却对她半点儿意思都没有。

"我竟然沦为跟哈妮·威尔克斯一样的贱货了。"她突然想起大家——尤其是她自己,当初是如何轻蔑地嘲笑哈妮行为放浪的。此时，她仿佛看到了哈妮那忸怩作态的丑样，听见她拽着男孩的胳膊不撒手、痴痴傻笑的声音。想到此，她不禁怒火中烧，恨自己、恨阿什利、恨全世界。她恨自己也连带着痛恨所有的人，因为这个十六岁的少女初恋受挫，一片痴情遭到了羞辱，所以恼羞成怒，恨意顿生。其实在这份痴情之中，真正的柔情爱意只占少数，大半是女孩的虚荣心以及对自己魅力的自信和得意。如今她竟一败涂地，而比起失败的耻辱，她更害怕的是自己丢人现眼，被众人耻笑。她比哈妮做得还要露骨吧？大家都在笑话她呢吧？想到这些，她就忍不住浑身颤抖起来。

她一只手垂落到身旁的一张小桌几上，碰到了一个小小的玫瑰瓷钵，上面有两个小天使在咧嘴傻笑。房间里静得出奇，让她忍不住想大声尖叫，打破这令人压抑的寂静。她必须做点儿什么，不然会发疯的。于是她一把抓起那个瓷钵，朝着对面的壁炉狠狠砸去。瓷钵刚好擦过高高的沙发靠背，砰的一声砸在大理石壁炉台上，哗啦一声成了碎片。

突然，沙发深处传来一个声音："这可有点儿过头了吧？"

斯嘉丽从没像现在这样惊慌害怕过，嗓子眼儿发干，话也说不出来了。她一把抓住椅背，两腿直发软。这时，只见有个人从之前躺着的沙发上站起身来，深深向她鞠了一躬，礼貌得有些夸张，原来是瑞特·巴特勒。

"被迫听了这么一大通谈话，害得我午觉都没睡成，这还不算什么，更糟糕的是还有生命危险，小命差点儿没了。"

是个大活人，不是鬼魂。但是，老天爷啊，他什么都听见了！斯嘉丽强打起精神，摆出一副很有气势的架子来。

"先生，你应该言语一声，让人知道你在这儿。"

"是吗？"他露出一口洁白的牙齿，那赤裸裸的眼神里含着对她的嘲笑，"可擅自闯进来的人是你呀。我得等肯尼迪先生，又觉得留在后院会不受人欢迎，所以我这个讨人厌的家伙就知趣地上这儿来了。本以为能安安静静地待会儿，不受人打扰，哪知道结果——哎！"他耸了耸肩，轻声一笑。

一想到这个粗鲁无礼的家伙听到了刚才的那些话——那些她现在宁死也不愿再说的话，她就气不打一处来。

"你这个偷听别人说话的小人——"她怒气冲冲地说。

"偷听的人往往能听到非常有趣而且有启发性的东西。"他咧嘴一笑，"根据我长期偷听的经验，我——"

"先生，"斯嘉丽说，"你真不是个绅士！"

"说得好，"他轻佻地回答，"而您呢，小姐，也不是个淑女。"他似乎觉得她很有趣，又轻声一笑："刚才做了那样的事，说了那样的话，任谁也不会觉得那是淑女所为。不过话说回来，我向来对淑女没什么兴趣。我知道她们在想什么，但她们要么没有勇气，要么太有教养，从不肯把心里话说出来，久而久之就会变成令人厌烦的无趣之人。不过您嘛，亲爱的奥哈拉小姐，的确勇气可嘉，令人钦佩，我都忍不住要向您脱帽致敬了。真不明白那位斯斯文文的威尔克斯先生究竟有什么魅力，竟能吸引住像您这样热情奔放、性子烈的姑娘。他应该双膝跪地感谢上帝赐给他这么一个——他是怎么说的来着——'对生活充满激情'的女孩，但可惜他是个没志气的胆小鬼——"

"你连给他擦靴子都不配!"斯嘉丽愤怒地大叫起来。

"可你不是要恨他一辈子吗!"瑞特坐回到沙发上,斯嘉丽又听到了他在笑。

要是能杀了他的话,她会二话不说就下手的。她尽力摆出有尊严和气势的架子,气呼呼地走出藏书室,砰的一声把厚重的房门关上了。

她飞快地走上楼,来到楼梯过道,感觉自己简直要晕过去了。她停下脚步,抓住楼梯扶手,因为愤怒,又受到羞辱,加上用力过猛,她的心怦怦直跳,感觉心脏都快要冲破紧身胸衣蹦出来了。她想深吸几口气,但嬷嬷把她的腰束得太紧。如果她真晕倒在这楼梯过道里,大伙儿会怎么想?哦,阿什利和那个可恶的瑞特·巴特勒,还有那些妒忌得要死的姑娘们,他们什么都想得出!她这辈子头一回希望自己像其他女孩一样随身带着嗅盐,可她连个嗅盐瓶都没有。她从来没头晕过,所以也就没用过嗅盐,并以此为荣。此时此刻,她绝不能让自己晕倒!

渐渐地,那股难受劲儿慢慢消失了,再过一会儿,应该就没事了。然后她就可以悄悄溜进跟茵迪娅卧室相连的小梳妆室,解开胸衣,悄悄上床,躺在熟睡的姑娘们身旁。她竭力让自己的心平静下来,让自己的表情显得更镇定自若些,因为她知道自己现在看上去肯定像个疯婆子似的。如果有哪个姑娘醒着,一定会看出她的异样,觉得不对劲儿。但是她绝不能让任何人知道刚才发生过什么。

从楼梯过道上宽大的凸窗向外望去,她看到男士们仍在树下和凉亭的阴凉处,懒洋洋地在椅子上歇着,她瞧着真眼红啊!做个男人多好,根本不用经受她刚才经历过的那种痛苦!正当她站在那儿,两眼冒火,头昏脑涨地看着他们时,忽听得房前的车道上传来一阵急促的马蹄声,还有沙砾飞溅的声音。一个人心急火燎地向一个黑奴问话,随即沙砾声又起,那个男人骑马从她眼前飞驰而过,穿过草坪,直奔树下慵懒的人群而去。

是迟到的客人吗?可他为什么骑着马践踏茵迪娅最心爱的草坪呢?她认不出那人是谁,但当他飞身下马,一把抓住约翰·威尔克斯的胳膊时,她可以看出此人万分激动。人们将高脚杯和棕榈扇子往桌上和地上一扔,立刻把他团团围住。尽管离得很远,斯嘉丽还是依稀能听到一片喧闹声,有人在问话,有人在叫喊,感觉这群男人极度兴奋而紧张。紧接着,在一片喧哗声中,只听得斯图尔特·塔尔顿兴高采烈地高喊道:"哟——咦——耶!"就像在猎场打猎似的。这是她第一次听到南方反抗者的呐喊,只是当时她自己并不知道。

她看到塔尔顿家的四兄弟,还有方丹家的男孩相继离开了人群,急急忙忙朝马厩奔去。一边跑,一边喊着:"吉姆斯!喂,吉姆斯!快备马!"

"看来准是谁家房子着火了吧。"斯嘉丽心想。但不管有没有着火,她最要紧的是趁人还没发现,赶快溜回卧室去。

这会儿她的心已经平静些了。她踮起脚尖,轻轻走上楼,来到静悄悄的过道里。房子里有一股融融的暖意和浓浓的睡意，仿佛整幢房子都跟姑娘们一起安睡了。要等到晚上，这里才会点起盏盏烛光，奏起悠扬的音乐，完全焕发出最美丽的光彩。斯嘉丽轻手轻脚地把梳妆室的门推开，溜了进去。她一只手还在背后抓着门把没来得及关门，就听见哈妮的低语声从对面通往卧室的门缝里传来，声音很轻，像是在说悄悄话。

"今天斯嘉丽真是放荡到极点了，一个姑娘家，也不嫌害臊。"

斯嘉丽觉得自己的心又开始狂跳起来，不自觉地捂住胸口，像是要强把那突突直跳的心脏按住，让它安静下来似的。"偷听的人往往能听到非常有趣而且有启发性的东西。"巴特勒对她说的那句话突然从她脑海中冒了出来。她是该再溜出去呢？还是让她们知道她在这里，叫哈妮难堪？但另一个人的声音使她不由得停了下来，那是梅兰妮的声音。这下就是一队骡子也拉不走她了。

"哦，哈妮，别，别这么刻薄！她只是性情活泼，热情奔放罢了。我倒觉得她挺迷人呢。"

"噢，"斯嘉丽心想，指甲都抠进紧身胸衣里去了，"谁稀罕这个说话拐弯抹角的傻丫头为我说好话！"

梅兰妮的这番话比哈妮那种明目张胆的恶毒还可恨。斯嘉丽从不相信任何女人，因为她认为除了她母亲以外，所有女人的言行都动机不纯，别有私心。梅兰妮知道自己已经稳操胜券得到了阿什利，所以才会摆出一副圣母的姿态。斯嘉丽觉得梅兰妮这么做，无非是夸耀自己的胜利，同时又显得宽厚仁慈，温柔和善,博取大家的好感。斯嘉丽和男人谈论别的女孩时也经常用这招,那些蠢男人没有一回不中招的,反倒认为她心地善良,大度无私。

"哎,小姐,"哈妮刻薄地说,声音也提高了,"我看你一定是瞎了眼了。"

"嘘,小点儿声,哈妮,"萨莉·门罗小声说,"全屋子的人都听见了!"

于是哈妮压低了声音,继续说下去。

"哼,你们瞧瞧她那浪荡劲儿,见一个男人就勾搭一个——就连肯尼迪先生也不放过,他可是她亲妹妹的心上人呢。真没见过像她这样的人!而且她肯定还盯上了查尔斯。"哈妮不自然地咯咯笑了起来,"你们知道的,查尔斯和我——"

"真的啊?"几个姑娘兴奋地悄声问道。

"哦,姑娘们,别告诉别人啊——我们……还没呢!"

又是一阵咯咯的笑声,似乎有人揶揄地挤了挤哈妮,弄得床上的弹簧嘎吱直响。梅兰妮也轻声呢喃道,如果哈妮成了她的嫂子,她不知道有多高兴呢。

"哎,要是斯嘉丽成了我的嫂子,我可不高兴。真没见过像她这么放浪的女孩,"说话的是海蒂·塔尔顿,声音听起来很气恼,"可她跟斯图尔特就像已经订婚了似的卿卿我我,布伦特嘴上说斯嘉丽对他没半点儿意思,但其实他心里对她也迷得要死呢。"

"依我看哪,"哈妮神秘兮兮,故弄玄虚地说,"她只对一个人有意思,那就是阿什利!"

众人七嘴八舌,压低声音议论起来,有人好奇询问,有人不断插嘴,好不热闹。斯嘉丽又惊恐害怕又屈辱难当,浑身都发冷。哈妮对付起男人来笨得要死,蠢得要命,但是对女人有一种女性特有的直觉。这一点斯嘉丽倒是低估她了。刚才在藏书室里受到阿什利和瑞特·巴特勒的那番羞辱和贬损跟这比起来,根本不算什么。毕竟男人嘴严,不会乱说,还信得过,就连巴特勒那样的家伙也一样。但哈妮·威尔克斯就好比田地里撒欢的猎狗,到处汪汪乱叫,不到六点钟,全县的人都会知道这件事了。昨晚爸爸还说,他不想让县里的人笑话他的女儿,可现在,她就要沦为全县人的笑柄了!黏糊糊的冷汗开始从她的腋窝渗出来,顺着肋骨往下直流。

梅兰妮的声音稳重而平缓,略带责备的语气,盖过了其他人的声音。

"哈妮,你明知道事实并非如此,你这么说也太不厚道了。"

"真是这样的,梅丽。你啊,总是把人往好处想,可有的人呢偏偏就是一身毛病,没半点儿优点。你就是净看人好处了,所以才没看出来。不过她的确喜欢阿什利,这我才高兴呢,因为她活该。斯嘉丽·奥哈拉一向爱惹是生非,老勾引别人的心上人,搅得大家伙儿不得安宁。你也知道,她从茵迪娅手里抢走了斯图尔特,抢到手了却不想要。今天她又想勾引肯尼迪先生,还有阿什利和查尔斯——"

"我要回家!"斯嘉丽心想,"我要赶快回家去!"

要是有魔法,能立刻把她送回塔拉,回到安全的地方该多好啊。要是能跟妈妈在一起，哪怕只是看着，拉住妈妈的裙子，伏在膝头痛哭一场，把一切痛苦和烦恼都倾诉出来，该有多好。要是再听哈妮说一个字，她就会毫不犹豫地冲进去，把哈妮那乱蓬蓬的浅色头发大把大把地揪下来，还要当面啐梅兰妮一口，叫梅兰妮知道她斯嘉丽一点儿也不稀罕对方的善心。可今天她的言行举止已经够粗俗下贱的了，跟下等的穷白佬没什么两样——这就是麻烦所在。

她两手紧紧地按住裙子，不让它发出窸窣的声音，然后像只小动物似的悄悄退出了屋子。"回家，"她一边飞快地穿过过道，经过一扇扇紧闭着的房门和一间间静悄悄的屋子，一边想着，"我要赶快回家。"

她跑到了房前的门廊上，转念一想，又停下了脚步——她不能回家！不能逃跑！她必须面对这一切，忍受姑娘们的冷言恶语和百般怨恨，忍受自己所有的屈辱与伤心，坚持到底。因为逃跑只会给别人提供更多的攻击口实。

她握紧拳头，狠狠捶向身旁的那根高大的白色柱子，真希望自己是力大无穷的参孙[1]，把十二橡树所有的建筑都推倒，把里头的人统统压死。她要让他们后悔，要给他们点儿颜色瞧瞧。她自己也不清楚该如何下手，但不管怎样她都要反击，不仅要以牙

---

[1] 参孙是《圣经·士师记》中的犹太领袖，生于公元前11世纪的以色列，玛挪亚的儿子，是一位拥有天生神力的战士和军事领袖。参孙以上帝所赐的极大力量而闻名，曾徒手击杀雄狮并只身与以色列外敌腓力斯丁人争战周旋。而根据研究，参孙是一个拥有很大力气的犹太战士，并有可能是世界上第一个贵族共和制国家的创始人。

还牙，还要加倍奉还。

这一刻，心上人阿什利已经不复存在，他已不再是她爱恋的那个散发着慵懒迷人气息的高个青年，而是威尔克斯家、十二橡树以及全县的一部分——她恨他们，恨所有的人，因为他们都取笑她。在一个十六岁少女的心里，虚荣心远远盖过了爱情，在她那颗炙热而滚烫的心里，除了满满的仇恨再无其他。

"我不回家，"她心想，"我要留在这儿，我要让他们后悔。而且我决不告诉妈妈。不，我谁也不告诉。"她重新抖擞精神，鼓起勇气，回到屋里，打算再爬上楼梯，到另外一间卧室去。

她刚一转身，就看到查尔斯从长长的过道另一头走了过来。一看到斯嘉丽，他便快步朝她走来。只见他头发蓬乱，激动得面色通红，都快要发紫了。

"你知道出什么事了吗？"还没走到她身边，查尔斯就大声叫起来，"你听说了吗？保罗·威尔逊刚刚骑马从琼斯博罗带来了消息！"

他走到斯嘉丽面前，停住脚步，气喘吁吁。斯嘉丽一言不发，只是定定地看着他。

"林肯先生已经召集人马了，士兵——我是说志愿兵——已经招募七万五千人了！"

又是林肯！男人们就不会去想想正儿八经的要紧事吗？这个傻瓜还指望她为林肯先生的无理举动而大呼小叫吗？他不知道她现在伤心欲绝，连名声也快完了吗？

查尔斯凝视着她。此时的斯嘉丽面如纸白，细长的绿眼睛像翡翠一样闪闪发亮。他从来没见过哪个女孩脸上这么光彩照人，眼睛这般神采奕奕。

"我真笨，"他说，"应该把话说得委婉些才对，我忘了女士们多么娇柔脆弱。真对不起，让你受到惊吓了，你的头晕不晕，要不要我帮你弄杯水来？"

"不用。"她勉强挤出一丝笑容。

"咱们到长椅上坐坐好吗？"查尔斯挽住她的胳膊，问道。

斯嘉丽点了点头。查尔斯小心翼翼地扶着她走下屋前的台阶，带她穿过草坪，来到前院那棵最大的橡树下铁制的长椅旁。"女人真是脆弱又娇柔啊，"他心想，"只要一提到打仗这类残忍的事情，她们就吓得要晕过去。"想到这里，他立马觉得自己男子汉气概十足，扶她坐下时也就格外温柔。她看起来有些神情古怪，白皙的脸上有种野性的美，令他不由得怦然心动。难道是为他要上前线去打仗而感到心痛吗？不，不可能，他未免太痴心妄想了，连他自己都不相信。可她为什么用那么古怪的眼神看着他呢？抚弄花边手帕的小手为什么不住地颤抖呢？还有她浓密乌黑的睫毛——为何就像爱情小说里的女孩一样，忽闪不停，带着娇羞，含情脉脉？

他一连清了三次喉咙，却欲言又止，于是不由得垂下眼帘，因为她那双绿色的眼眸直视着他时，目光十分犀利，几乎像是要把他整个人都看穿了。

"他很有钱，"斯嘉丽飞快地盘算着，脑子里闪过一个念头、一个计划，"又没有父母来烦我，而且他住在亚特兰大。如果我跟他马上结婚，就会让阿什利看到我一点儿也不在乎他阿什利——不过是调调情罢了，而且还会让哈妮痛不欲生，寻死觅活的。她这辈子休想再找到别的男人了，成为人人耻笑的对象，会让人笑掉大牙。这样也会气死梅兰妮，因为她那么爱她的哥哥。斯图尔特和布伦特两兄弟也会伤心的——"她并不清楚自己为什么要伤这对孪生兄弟的心，大概是他们的妹妹太刁钻刻薄惹人厌了吧。"我会有很多漂亮的衣服，还有自己的房子，等将来我坐着豪华的马车回来做客时，他们个个都会眼红后悔，再也不会嘲笑我了。"

"当然，这也就意味着要打仗了，"几番尴尬的努力尝试之后，查尔斯终于说出话来了，"不过别担心，斯嘉丽小姐，不出一个月仗就能打完了。我们会把北方佬打得落花流水，鬼哭狼嚎。对，没错，鬼哭狼嚎！我一定要去参战，非去不可。恐怕今晚的舞会是开不成了，因为骑兵连要在琼斯博罗集合。塔尔顿家的几个兄弟已经动身去报信了。我知道小姐们一定会很失望的。"

斯嘉丽想不出更好的话来，于是只说了一句："哦。"不过这就足够了。

她开始冷静下来，头脑也渐渐清晰。内心所有的情感仿佛都结上了一层冰霜，只怕这颗心再也热不起来了。干吗不接受眼前这个英俊羞涩的小伙子呢？他也好，或是别人也好，她都无所谓了。是啊，今后她对任何事都无所谓了，就算她活到九十岁，一切也就那么回事了。

"现在我还拿不定主意，是去加入韦德·汉普顿先生的南卡罗来纳军团呢，还是去参加亚特兰大城防队？"

她又说了声："哦。"两人目光相对，那对忽闪的睫毛把他迷得丢了魂。

"你愿意等我吗，斯嘉丽小姐？要是知道你在等着我，即使我在战场上杀敌，也会幸福得像是在天堂！"他屏住呼吸，等待她的回答。看着她那嘴角微微翘起的样子，他头一回发现她的脸颊两侧各有一个小酒窝，真想凑上去吻一吻，不知滋味如何。她的手轻轻伸进他的手里，手心全是黏湿的冷汗。

"我不想等。"她垂下眼帘，睫毛遮住了眼睛。

查尔斯紧握着她的手，嘴巴张得老大。斯嘉丽从眼角眉梢偷瞄他，内心毫无波澜，反倒觉得他看上去就像只被鱼叉叉住的青蛙。他结结巴巴好几回，嘴巴张开又闭上，半天说不出话来，脸又涨得通红发紫。

"你会爱我吗？"

斯嘉丽默默无语，只是低头看着自己的膝盖。查尔斯陷入了一种从未有过的狂喜与窘迫不安之中。也许男人不应该问女孩这样的问题吧。或许要她回答这种问题有失淑女身份吧。他过去从不敢斗胆尝试向女孩求爱，因此也从未遇到过这样的场面，所以一时间不知所措。他想大声喊叫，想放声歌唱，想要吻她，想要在草坪上欢呼跳跃，接着他想要到处奔走相告，无论黑人还是白人，逢人便说斯嘉丽爱上他了。但此时他只是紧紧握着她的手，攥得她手上的戒指都嵌进肉里了。

"你愿意马上跟我结婚吗，斯嘉丽小姐？"

"嗯。"她抚弄着裙子上的褶皱,说道。

"那要不咱们的婚礼就跟梅兰妮的同时——"

"不行。"她连忙说道,并且十分不悦地瞟了查尔斯一眼。查尔斯知道自己又犯了一个错误。女孩子当然都想要单独举行自己的婚礼——不想跟别的女孩共享令众人瞩目的荣耀时刻。她竟如此心肠宽厚,不计较他的种种过失。真盼着天快黑下来吧,这样他就能鼓起勇气在黑暗中吻她的手,向她倾诉埋藏已久的心里话。

"那我什么时候可以去跟你的父亲提亲呢?"

"越快越好。"她说。她真希望他能快点儿松手,捏得她的手被戒指硌得生疼,再不放手她就要开口喊了。

查尔斯立刻开心得跳了起来,一时间,斯嘉丽还以为他会不顾身份地活蹦乱跳、手舞足蹈呢。他欢欣雀跃地低头看着她,一颗纯情的心在眼神中展露无遗。斯嘉丽从来没见过有人用这种眼神看她,估计以后也再不会有哪个男人这么看她了。可她此时却心不在焉,在她那波澜不惊的眼神里,她觉得眼前的男人只是一头幼稚的小牛犊。

"我这就去找你的父亲。"他满脸笑容,"我等不及了。你能等我一下吗——亲爱的?"这亲昵的爱称好不容易才说出口,可一旦出口,便一遍遍地叫个不停了。

"好的,"她说,"我就在这儿等着。这儿很凉快,也挺舒服。"

他穿过草坪,拐过屋角,身影从视线中消失。斯嘉丽则独自一人坐在簌簌作响的橡树下。男人们骑着马从马厩那边鱼贯而出，黑奴们也骑着马紧紧跟在主人身后。门罗家的几位少爷挥舞着帽子飞驰而过，方丹和卡尔弗特家的几个小伙子则叫喊着往大路奔去。塔尔顿家的四兄弟纵马踏过草坪，从斯嘉丽面前经过，布伦特大声喊道："妈妈要把马给我们喽！哟——咦——耶——"马蹄阵阵，踢得草皮飞扬，小伙子们一个个都走了，又独留她一人。

白色大宅前高高的圆柱耸立在她面前，仿佛也要庄严而冷漠地离她而去。这座房子再也不会是她的了。阿什利也永远不会把她当作新娘抱过门槛。噢，阿什利！阿什利！我作了什么孽啊？在她内心深处，在一层层受伤的自尊和冷酷的实用主义之下，似乎有某种东西在隐隐作痛，撕咬着她的心。一种成熟的情感正在萌发，盖过了她的虚荣心和任性自私。她爱阿什利，她知道自己很爱他。当她看到查尔斯的身影拐过弯曲的砾石小路然后消失的那一瞬间，她感到了从未有过的愁肠百结，痛彻心扉。

第七章

不到两个星期,斯嘉丽便嫁为人妻了。又过了不到两个月,她已然成了寡妇。她匆匆忙忙,不假思索地就给自己套上了婚姻的枷锁,很快又从枷锁中解脱了,但她再也无法拥有未婚少女时的那种无忧无虑的自由了。刚结了婚就守寡,但比这更让她欲哭无泪的是,她发现自己怀孕了。

在后来的岁月里,每当斯嘉丽回想起一八六一年四月末的那段日子时,总是想不起详细的情形,时间和事件相互交叠,如同一场噩梦,既虚幻缥缈,又莫名其妙。这段日子在她记忆中到死都将会是一段空白。而从她答应查尔斯的求婚到跟他举行婚礼的那段记忆,尤其模糊。仅仅两个星期!订婚之后这么短的时间就结婚,要搁在太平时期,是绝对不可能的事,因为按规矩,订婚得一年,或者至少半年之后才能结婚。但南方已是烽烟四起,战火一旦点燃便如春风野火,势如燎原,因此就不能再像以前那样慢条斯理了。母亲埃伦搓手顿足,焦急不安,建议把婚期延后,让斯嘉丽再慎重考虑考虑。但不管母亲怎么苦口相劝,斯嘉丽都沉着脸，充耳不闻。她就是要结婚！而且马上就结，两周之内就把婚事办了。

听说阿什利的婚礼已经从秋天提前到了五月一日，好随时听候骑兵连的召唤，随军出战。于是斯嘉丽把自己的婚礼定在了阿什利婚礼的前一天。

埃伦表示反对，但查尔斯近来变得愈发口齿伶俐，能说会道，他一再恳求，说等不及要动身到南卡罗来纳加入韦德·汉普顿的军团，而杰拉尔德也站在这两个年轻人一边，替他们说情。他本就被如火如荼的战事煽得脑子发热，又为自己的女儿找了这么个乘龙佳婿而高兴，所以觉得在这打仗的节骨眼上，做父母的怎么能阻拦孩子的婚事呢？埃伦被搞得心烦意乱，最后也只好点头同意。当时南方各地的母亲们都是如此。她们悠闲从容的生活被战争搅得一团糟，面对席卷一切的万钧之势，她们的苦口婆心、祈祷和劝告根本无济于事。

整个南方都群情激昂，斗志昂扬。人人都认为只要打一场仗就完事了。年轻的小伙子们都争先恐后地报名参军，唯恐战争一结束就赶不上了。同时他们也想在赶往弗吉尼亚奔赴战场、痛击北方佬之前，赶紧跟心爱的姑娘成亲。于是全县一时间结婚的人扎了堆，竟有几十对新人举行了战时婚礼，也没什么工夫伤心告别，因为大家都忙碌，也都激动，顾不上考虑太多，也顾不上抹眼泪。女人们忙着给男人赶制军服、织袜子、卷绷带。男人们忙着操练和射击。每天都有一列列的火车满载着士兵途径琼斯博罗，北上驶向亚特兰大和弗吉尼亚。有些部队的军服色彩鲜艳，士兵们大多穿着猩红、浅蓝或绿色的军服，这些都是严格挑选的精英民兵。另有一些小股部队士兵却穿着土布军装，戴着浣熊皮帽；还有些士兵没军装可穿，只穿着绒面呢和亚麻布做的便服。所有的士兵都没经过全面而严格的训练，而且装备也不齐。但所有人都兴奋得发狂，大喊大叫，就像外出去野餐似的。见此情景，县里的男孩们全都慌了，生怕自己还没来得及赶到弗吉尼亚，还没摸到枪，战争就结束了。因此，骑兵连出发的准备工作也加快了。

在这兵荒马乱之中，斯嘉丽的婚礼也正在紧锣密鼓地准备着。她稀里糊涂地穿上了母亲埃伦当年穿的婚纱，戴上了面纱，挽着父亲的手臂，缓步走下塔拉庄园宽大的楼梯，面对满座宾客。后来，当她回想起这一情景时依然恍如梦境。成百支蜡烛照亮四壁，母亲的脸上洋溢着慈爱，又带着几分惶惑，嘴唇微动，似乎在为女儿的幸福而默默祈祷。杰拉尔德则满面红光，一是喝多了白兰地，二是为女儿嫁给了一个既有钱又有名望的世家子弟而骄傲和自豪——而阿什利则挽着梅兰妮站在楼梯下面。

斯嘉丽看见他脸上的神情，心想："这不是真的，不可能！只是一场噩梦，等我醒来就会发现这只是一场噩梦而已。但眼下我不能这么想，不然我会当着这么多人的面尖叫起来的。我现在不能想，待会儿再想吧，等我挺住了再说——等我看不到他那双眼睛的时候再想。"

一切都犹如在梦中。宾客们夹道祝贺，满脸笑容。这对新婚夫妇缓缓穿过夹道，查尔斯激动得面红耳赤，婚礼宣誓时声音颤抖，结结巴巴。而斯嘉丽却惊人地冷静从容，宣誓时口齿清晰，声音冷淡。婚礼过后，人们纷纷向他们道贺、亲吻、祝酒，之后还有跳舞——一切，一切都像是场梦。就连阿什利在她脸颊上的吻，和梅兰妮的柔声低语"现在我们成真正的姑嫂了"，都不像是真的。甚至连查尔斯那个情感脆弱的胖姑妈皮蒂帕特·汉密尔顿小姐一时激动得昏厥过去，引起一阵骚动，都像是一场噩梦。

但歌舞欢庆和觥筹交错终会结束，天快亮时，来自亚特兰大的客人们都挤进了塔拉庄园和监工的屋子里，有的睡床上，有的睡沙发，有的打地铺。街坊邻居们也各自回家休息去了，准备转天去十二橡树参加另一场婚礼。这时，恍惚迷离的梦境撞上现实，终于像水晶一样被撞得支离破碎。这个现实就是，满脸通红的查尔斯穿着睡衣从她的梳妆室走了出来。他不敢看斯嘉丽将被单高高拉起遮住的脸庞，更不敢瞧她那惊惶不安的眼神。

当然，她知道结了婚就得跟自己的丈夫同床共枕，但她之前从来没有想过这事。父母同床是理所当然的事，但她从来没把这事套用在自己身上。自上次烧烤会开始，直到此时她才突然意识到自己是自讨苦吃。她痛悔自己太过冲动鲁莽，匆匆忙忙就结了婚，痛惜永远地失去了阿什利。此时此刻，她本就心碎欲绝，后悔不迭，而这个她并非真心想嫁的陌生男人竟想要上她的床，她就更受不了了。当查尔斯犹犹豫豫地挨近床边时，斯嘉丽喉咙沙哑地低声喝道："你要是敢过来，我就大声喊了。我要喊了！我要——使劲儿喊了！你给我走开，别碰我！"

于是，查尔斯的新婚之夜就只好在角落里的一张扶手椅上度过了。但他并没有觉得心里太别扭，因为他理解，或者说他自认为理解新娘子那份娇羞和脆弱。他愿意等，等到她的畏惧渐渐消失，只是——只是——他一边在椅子上翻来覆去，想找个舒服点儿的姿势，一边叹了口气，因为他眼看着就得离开家去前线打仗了。

她自己的婚礼犹如一场噩梦一般，而阿什利的婚礼比这更糟。斯嘉丽穿着一身苹果绿的"婚礼第二天"的礼服，站在十二橡树的客厅里，周围数百支点燃的蜡烛，璀璨闪亮。身边挤成一团的那群人还是昨晚婚礼的那些宾客。梅兰妮·汉密尔顿成了威尔克斯太太，原本姿色平庸的脸蛋此时显得容光焕发，光彩照人。现在，阿什利永远地离开了她，她的阿什利。不，他已经不是她的阿什利了。但她又何曾拥有过他呢？一时间，她心乱如麻，又心力交瘁，脑子里一片茫然。他曾说他爱她，可到底是什么把他俩硬生生拆散了呢？可惜她一点儿也想不起来。她嫁给了查尔斯，堵住了县里人的流言蜚语，但又有什么用呢？当初为了不被人嘲笑，赶紧把自己嫁出去似乎很要紧，但现在看来一点儿都不重要。唯一重要的就是阿什利。可现在，他离她而去了，而她却和一个自己非但不爱而且打心眼里瞧不起的人结了婚。

噢，她真是后悔死了。早就听人说过"搬起石头砸自己的脚"这句话，她原先以为这只是一个比喻，现在才终于明白这句话的含义。她疯狂地希望自己能摆脱查尔斯，平安地回到塔拉，重新做回未婚的小姐。然而，她也明白现在所有的这一切都是她咎由自取，自作自受。母亲埃伦曾经百般劝阻过她，可当时的她就是不听。

于是，在阿什利婚礼当晚，斯嘉丽整晚都在恍恍惚惚地跳舞，脸上带着笑容麻木地跟人说话，心里却暗自嗤笑：这些人怎么那么蠢，竟以为她是个幸福快乐的新娘子，难道他们看不出她心都碎了吗？哦，感谢上帝，他们一点儿也看不出来！

当天晚上，嬷嬷帮她卸了妆，然后就离开了。查尔斯害羞地从梳妆室里出来，寻思着自己是否又得在马鬃椅上睡一夜，结果一出来便看到斯嘉丽忽然放声痛哭起来。她哇哇地哭个不停，查尔斯只好爬上床，在她身旁哄她，但斯嘉丽什么也不说，只是一味地哭，哭到眼泪都流干了，最后就靠在查尔斯的肩膀上默默抽泣。

要不是打仗，这两对新婚夫妇就会整整一个星期都在县里四处应酬，乡亲们会举办各种舞会和烧烤会招待这两对新人。然后他们就会动身去萨拉托加或是白硫温泉度蜜月。结果婚礼一周后，查尔斯就启程去投奔韦德·汉普顿上校了。两个星期后，阿什利也跟随骑兵连出发奔赴战场了，留下全县的老幼妇孺黯然神伤。

在那两个星期里，斯嘉丽从来没有单独跟阿什利见过面，也没有私下跟他说过一句话。就连他动身前往火车站，路过塔拉庄园，跟他们伤心告别时，她也没有跟他私下谈过。梅兰妮戴着帽子，围着披肩，浑身散发着新婚少妇的尊贵气派，她挽着阿什利的胳膊，神情庄重。塔拉庄园的所有人，不管是白人还是黑人，都出来给即将上前线的阿什利送行。

梅兰妮说:"你应该吻一吻斯嘉丽,阿什利。她现在是我嫂子了。"于是阿什利弯下腰,用冰冷的嘴唇触碰了一下她的脸颊,一张脸拉得老长,面容紧绷。斯嘉丽丝毫没有从这个吻中体会到丝毫愉悦之感,反而觉得闷闷不乐,因为这一吻并非他自愿,而是梅兰妮的主意。临别时,梅兰妮和她拥抱,抱得那么紧差点儿要把她闷死。

"你会到亚特兰大来看我和皮蒂帕特姑妈的,对吗?噢,亲爱的,我真盼望你来!我们都想跟查尔斯的妻子多亲近亲近。"

又过了五个星期。这期间查尔斯从南卡罗来纳寄来了一封又一封书信,倾诉他对斯嘉丽羞涩而痴狂的爱意,以及打完仗后对未来生活的计划。他说为了斯嘉丽,也为了表达对韦德·汉普顿长官的崇敬,他立志要成为一名战斗英雄。到了第七个星期,寄来的却是一封由汉普顿上校亲自发来的电报,还有一封信,一封口气亲切而庄严的吊唁信。查尔斯死了。上校本来早就打算拍电报的,但查尔斯认为自己只是小毛病,不想让家人担心。这个可怜的小伙儿,不仅在自以为赢得的爱情上受了骗,而且在战场上建功立业的壮志也是一场空。他只是到了南卡罗来纳的军营,先是得了麻疹,后又并发肺炎,连北方佬的影子都没看见,就一命呜呼了。

到了产期,查尔斯的遗腹子出生了。因为当时正时兴以父亲上级指挥官的名字给男孩命名,所以这个孩子就取名为韦德·汉普顿·汉密尔顿。当初斯嘉丽得知自己怀孕了,绝望地大哭了一场，恨不得死了才好。但她怀胎期间倒没有什么身体不适，生孩子时也挺顺利，没受什么罪，而且产后恢复得也挺快。嬷嬷私下里说生儿育女是很正常的——女人本就应该多吃些苦头。她本就不想要这孩子，所以恨这孩子不请自来。现在虽然孩子生出来了，但看上去无论如何都不像是她的，不是她的亲骨肉。

生下韦德后，斯嘉丽的身体恢复得很快，快得都让人觉得有失体面，但她在精神上依然恍恍惚惚，萎靡不振。庄园上上下下都尽力哄她开心，却也无济于事。埃伦整日愁眉不展，忧心忡忡，杰拉尔德比平时更爱骂人了，他从琼斯博罗给女儿捎来的各种礼物也没能令她展露出一丝笑容。就连老方丹医生也束手无策，不知如何是好。他开了用硫黄、糖浆和草药调配而成的补药给斯嘉丽，但也没能奏效。他私下里告诉埃伦，斯嘉丽是因为伤心过度，才会一会儿焦躁不安，一会儿无精打采的。但如果斯嘉丽想开口的话，就会告诉他们，她的毛病远不是他们所想的那样，要复杂得多。她没有告诉他们，她真是厌烦透了，当了母亲让她惶惑不安，尤其是阿什利走了，更让她愁肠寸断，忧伤满怀。

她真是烦死了，这种厌烦无时无刻不在侵扰她，挥之不去。自从骑兵连开赴战场之后，县里任何娱乐和社交活动都没了。凡是有趣的年轻小伙子——塔尔顿家的四兄弟、卡尔弗特家的哥俩儿，还有方丹家和门罗家的男孩，连在琼斯博罗、费耶特维尔和洛夫乔伊等地方，英俊年轻的小伙子也全都走了。只留下老弱妇孺，成天就只忙着为军队干活，不是织织缝缝，做针线活，就是种玉米、棉花，或者养猪、牧牛、喂羊。平时看不到一个真正的男人，只有苏埃伦那个已届中年的情人弗兰克·肯尼迪每个月带领军需队骑马来这里征收补给。军需队的男人也没什么劲，而且一看见弗兰克那副怯生生巴结讨好的模样，斯嘉丽就气不打一处来，没办法给他好脸色看。她巴不得他和苏埃伦赶紧结婚，让她眼不见心不烦。

就算军需队的人有趣，斯嘉丽也高兴不起来。她是个寡妇，心早就死了。至少别人都认为她的心已经死了，并希望她能循规蹈矩，老老实实做个寡妇。这使她觉得很生气，她努力缅怀死去的丈夫查尔斯，但想不起任何有关他的事情，唯一记得的就是自己答应嫁给他时，他脸上那副如快死的小牛犊一样的表情。而即使是这副表情也在她记忆中渐渐模糊，慢慢淡忘。但她已成了寡妇，所以必须注意自己的言行举止，不能再有未婚女孩时的那种活泼快乐劲儿。她必须要举止庄重，神情孤傲冷漠。母亲埃伦有一回看到弗兰克的副官在花园里为斯嘉丽荡秋千，逗得她高声大笑，便对她再三告诫，反复叮嘱，絮絮叨叨地说了一大通。埃伦深感苦恼，对斯嘉丽说，寡妇最容易招人说三道四，所以做寡妇的得比当太太的加倍谨慎检点才行。

斯嘉丽一边乖乖地听着妈妈柔声的教诲，一边心想："只有上帝知道，结婚后的女人本来就一点儿乐趣都没有，当了寡妇更是跟死人没什么两样。"

成了寡妇就必须得穿一身阴森丑陋的黑衣服，上面一点儿镶边也不能有，而且鲜花、缎带、花边，这些装饰的东西也一概不能加上，甚至连首饰也不能戴。要戴也只能戴缟玛瑙的丧服胸针或者用亡夫头发做的项链。帽子上的黑绉绸面纱必须长达膝盖，守寡三年以后，才能缩短到肩部。做寡妇的不得开怀畅谈，也不能高声大笑。即便是笑，也要笑得悲悲切切，惨惨戚戚。最可怕的是，寡妇无论如何不得对男人表露出一丝兴趣，倘若有哪个缺少教养的男士敢对她表示好感，她必须赶紧尊贵体面且恰到好处地提起自己的亡夫，好让那人死心。"哦，是的，"斯嘉丽无比凄凉地想，"有些寡妇最终还是再嫁了，但那时早已人老珠黄，容颜凋零了。天晓得在街坊四邻的众目睽睽之下，他们是怎么搞到一起的。而且即使寡妇再婚，嫁的也是死了太太的糟老头子，有一个大种植园需要打理，还拖着十来个儿女。"

结婚就已经够糟的了，可一旦守了寡——噢，那这辈子就算完了！人们都跟她说，查尔斯走了，小韦德·汉普顿就是她最大的安慰，这话多蠢啊！还说什么有了孩子，她的人生就有了指望，说的这是什么蠢话！人人都说她生下了这个遗腹子，留下了爱人的骨血，真是太好了。她自然不会去纠正他们的想法，但别人的想法跟她自己的内心是南辕北辙，相去甚远。她对小韦德根本没兴趣，有时甚至想不起那孩子是她的亲骨肉。

每天早上醒来，在睡意昏昏中，她觉得自己还是未婚时的那个斯嘉丽·奥哈拉。窗外木兰花间阳光灿烂，嘲鸟在歌唱。煎腌肉的香味扑鼻而来。她感觉自己又变得无忧无虑，青春焕发了。这时，她忽然听到婴儿因肚子饿而哇哇啼哭的声音。每当此时，她总是——总是会大吃一惊，心想："咦，屋里怎么有个婴儿呢！"然后，她才想起来那是她自己的孩子，这太离奇了。

还有阿什利！哦，她心中最重要的阿什利！她这辈子头一次痛恨塔拉，恨那从山坡一直向下通向河边的红土路，恨那片刚刚抽出新绿棉苗的红土地。这里的每一寸土地、每一棵树木、每一道溪流、每一条小路和马道，都让她想起她的阿什利。可他已经属于另一个女人，并且奔赴前线去打仗了。但每当夜幕低垂，他的幽灵仍在路上徘徊，站在前廊的阴影下，一双慵懒的灰色眼睛仍笑意盈盈地看着她。每当听到从十二橡树沿着河边奔驰而来的马蹄声，她都会情不自禁地想起——阿什利！

她曾经深爱着十二橡树，如今她恨透了它，却又总被它吸引了去。因为到那儿能听到约翰·威尔克斯和姑娘们谈起他来——听他们读他从弗吉尼亚寄来的信，这些信虽令她伤心，却忍不住还是想听。她不喜欢倔头犟脑的茵迪娅，也讨厌傻里傻气、唠唠叨叨的哈妮。她知道她们也同样讨厌她，却无法不接近她们。每次她从十二橡树回来后，都会郁郁寡欢地躺在床上，连晚饭也不起来吃。

最让母亲埃伦和嬷嬷着急的就是她不肯吃饭。嬷嬷端来了一盘盘令人垂涎欲滴的饭菜，哄她说做了寡妇便可以想吃多少就吃多少，可斯嘉丽一点儿胃口都没有。

方丹大夫严肃地告诉埃伦，女人伤心往往会导致身体衰弱，甚至一命呜呼。埃伦吓得脸都白了，因为她心里同样有此担心。

"就没有别的办法了吗，大夫？"

"换换环境也许是最好的办法。"医生说。其实他是巴不得赶紧摆脱掉这个难治的病人。

于是斯嘉丽便毫无兴致地带着孩子出发了。先去萨凡纳拜访了奥哈拉家和罗比拉德家的亲戚，然后又去了查尔斯顿看望埃伦的姐姐宝琳和尤拉莉。但她比埃伦预想的提前一个月便回到了塔拉，并且对提前回来的原因只字不提。萨凡纳的亲戚们都对她很好，但詹姆斯和安德鲁伯父以及他们的太太都已上了年纪，成天只是安安静静地坐着，净聊些陈年旧事，斯嘉丽一点儿都不感兴趣。罗比拉德家同样如此，查尔斯顿的两个姨妈家更是让人糟心，斯嘉丽心想。

宝琳姨妈和她的丈夫住在河边一个庄园里，比塔拉庄园要偏僻得多。姨夫是个小老头，虽然有礼有节，但刻板而冷漠，一副因循守旧、老古板的样子。离他们最近的邻居也在二十英里外，出门得走过密林间一条条黑漆漆的路，密林里幽暗寂静，到处是一片片沼泽地，长满了阴森森的橡树和柏树。橡树上覆盖着一块块灰色的苔藓，随风摇摆，令人毛骨悚然，让斯嘉丽不禁想起爸爸讲的那些爱尔兰鬼故事，一个个鬼魂在闪着微光的灰色薄雾中四处游荡。斯嘉丽在宝琳姨妈家里，整天无事可做，白天只能打毛线，晚上则听凯利姨夫大声朗读布尔沃-利顿[1]的警世小说。

---

[1] 布尔沃-利顿，全名爱德华·布尔沃-利顿（1803—1873）。生于伦敦，1826年毕业于剑桥大学后，即在英国及欧洲大陆崭露头角。1831—1841年为英国自由党国会议员，支持1832年的改革法案。1831—1833年任《新月刊》杂志编辑，在担任国会议员期间勤于写作，其中作品《庞贝的末日》最为著名，其余尚有几部广受人民喜爱的通俗剧，诸如《莱昂斯夫人》《利希留》等。1858—1859年担任殖民地事务大臣并于1866年被授予男爵爵位。

尤拉莉姨妈幽居于查尔斯顿炮台地区一座被森严高墙围绕的深宅大院里,日子过得索然无味。斯嘉丽看惯了绵延起伏的红土岗和广阔无垠的红土地,觉得住在这里就像在蹲监狱一样。这里的社交活动倒是比宝琳姨妈那里多了些,但斯嘉丽并不喜欢那些来访的客人,他们一个个摆着臭架子,讲究传统并且重视门第,让斯嘉丽觉得很反感。她很清楚,他们全都认为她父母的婚姻门不当户不对,不明白罗比拉德家的人怎么会嫁给一个初来乍到、刚来美国的爱尔兰人。斯嘉丽觉察到尤拉莉姨妈在背地里替自己感到难为情。这让斯嘉丽极为恼火,因为她和她父亲一样并不在乎家世。她为父亲感到骄傲,因为他所得来的一切家业全都是自己赤手空拳打下来的,全凭着自己爱尔兰人精明的头脑。

另外,查尔斯顿人竟然把萨姆特堡那一仗的功劳全都揽在自己头上!天啊,难道他们不明白吗,就算他们没有傻乎乎地开火,挑起战争,别的傻瓜们也会这么干的。她听惯了佐治亚山地的人们那种嘎嘣脆的说话方式,觉得这里的人说话慢慢吞吞、死气沉沉,听起来矫揉造作,恶心得很。她觉得如果她再听到这里的人把"巴掌"说成"巴儿掌",把"屋子"说成"窝哦子",把"不要"说成"不侬奥",把"爸妈"说成"粑粑和麻麻",她就要抓狂地尖叫起来了。她极为愤怒,所以有一次正式拜访中,她模仿起自己的父亲,说了一口爱尔兰土腔,弄得姨妈十分尴尬。于是之后,她便回到了塔拉。她宁可回来继续忍受对阿什利的思念之苦,也不愿再听到那令她备受折磨的查尔斯顿口音。

母亲埃伦日夜操劳,将塔拉的产量翻了一番,好支援南部邦联作战。看到自己的大女儿从查尔斯顿回来，面容消瘦，脸色也十分苍白，说话也变得尖刻，不由得大惊失色。她亲身经历过这种锥心之痛，所以感同身受。她夜复一夜地躺在鼾声大作的丈夫身边，绞尽脑汁思量着如何才能减轻斯嘉丽的痛苦。查尔斯的姑妈皮蒂帕特·汉密尔顿小姐几次写信给她，催她让斯嘉丽去亚特兰大长住一阵。埃伦这才认真地考虑起这件事来。

皮蒂帕特姑妈和梅兰妮两个人孤零零地住在一幢大宅子里，她在信里写道："如今查尔斯不在了，家里也就没有了男人的保护，虽然我哥哥亨利还在，但他并不跟我们同住，或许斯嘉丽已跟你们说过亨利的情况，所以我在此就不必多写了。如果斯嘉丽能来陪我们的话，梅丽和我就会感觉轻松些，也会觉得安全多了。三个孤单寂寞的女人在一起总比只有两个人强。而且或许亲爱的斯嘉丽可以和梅丽一样，到医院去照料受伤的勇士们，这样也许能稍微减轻一下她的悲伤和痛苦——当然，梅丽和我都非常想看看亲爱的小宝贝……"

于是，斯嘉丽再次收拾行李，把她的丧服塞进行李箱，带着小韦德·汉普顿和保姆普利茜，启程前往亚特兰大。出发前母亲和嬷嬷对她千叮咛万嘱咐，给她灌输了一脑子的行为准则，父亲杰拉尔德还给了她一百块钱的南部邦联钞票。可斯嘉丽并不是很想去亚特兰大，她讨厌皮蒂姑妈，觉得这人又老又蠢，她也讨厌跟阿什利的妻子住在同一个屋檐下，光是想想就令她感到厌恶。但县里能勾起她回忆的东西太多了，她实在无法再待下去，所以觉得换换环境也好。

第二部

第八章

一八六二年五月的一天早晨，斯嘉丽乘列车北上。她心里暗想，亚特兰大也许不会像查尔斯顿和萨凡纳那样乏味无聊吧。所以，尽管她不喜欢皮蒂帕特小姐和梅兰妮，但她仍充满好奇和期待，不知道自从自己在开战前一年的冬天到过亚特兰大之后，这座城市又有了什么新的变化。

跟其他城市相比，斯嘉丽一向对亚特兰大更感兴趣。因为在她小的时候，父亲杰拉尔德就告诉过她，亚特兰大跟她正好同年。等她长大了才发现，杰拉尔德这话其实有些夸张，父亲就是这样，为了让自己讲的故事更生动，总是喜欢随意添油加醋，夸大其词。不过亚特兰大只比她大九岁，与她听说过的其他那些城镇相比，这个地方仍是出奇地年轻。萨凡纳和查尔斯顿这两个城市，因为年代悠久而颇有威名，一个已有二百多年历史，而另一个则即将迈入第三个百年。在她年轻而稚嫩的眼睛里，这两座城市就像年迈的老奶奶，一边晒着太阳，一边摇着扇子，悠然自得。而亚特兰大[1]则跟自己是同一年代的，因而都具有年轻人特有的躁动和狂野，以及率直和任性。

杰拉尔德说她跟亚特兰大是同一年的，并非没有根据。因为在斯嘉丽出生前的九年里，这个城市先是叫特米纳斯，后又称为马萨斯维尔，直到斯嘉丽出生这一年，才最终被改为亚特兰大。

杰拉尔德刚搬到佐治亚北部时，亚特兰大还没有呢，甚至连个小村子都不是，只是一片茫茫荒野。转年，也就是一八三六年，州里批准修建一条贯通西北方向的铁路，穿过彻罗基人刚刚割让出的这块土地。计划中的铁路终点为田纳西州以及西部地区，这一点是确定无疑的，但佐治亚州这边的起点还迟迟未定。直到一年后，一位工程师在红土上立了一根木桩，标出了铁路线的最南端，由此才有了最初的特米纳斯，也就是后来的亚特兰大。

当时佐治亚北部还没有铁路，其他地方也很少。但在杰拉尔德和埃伦结婚前的那几年里，塔拉以北二十五英里远的这块小小的居留地慢慢发展成了一个小村庄，铁路也逐渐向北推进。兴修铁路的火热年代便从此正式开启了。从古城奥古斯塔修起了第二条铁路，向西延伸，横贯全州，与通往田纳西州的新铁路线相连接。从古城萨凡纳，修建了第三条铁路。先是连通了佐治亚

---

[1] 亚特兰大位于美国东部，坐落在海拔350米的阿巴拉契亚山麓的台地上，是美国三大高地城市之一，是富尔顿县的县政府驻地，是美国第9大都市区，亦是美国佐治亚州首府和最大的工商业城市。作为一个铁路枢纽，亚特兰大的发展始于19世纪早期，在南北战争时期被摧毁，但在被选为州府后迅速被重建。最初为两条铁路的交会点，1837年建市。美国内战期间作为重要军事物资集散地，曾发生多次重要战役并毁于战火。战后重建，并于1868年成为佐治亚首府。

的心脏梅肯，然后又向北延伸，经过杰拉尔德所在的县，通往亚特兰大，与另外两条铁路线衔接，为萨凡纳的港口提供了一条通往西部的交通干线。接着，从年轻的亚特兰大这个交通枢纽点，又修建起了第四条铁路，通往西南方向的蒙哥马利和莫比尔。

亚特兰大因铁路而诞生，也随着铁路的发展而渐渐繁荣壮大。四条铁路修好后，亚特兰大便与西部、南部、沿海贯通，又经过奥古斯塔，与东部和北部相连，成了一个通往四面八方的要冲，这个小小的村子一下子便焕发生机，一跃发达起来。

在这段时间里，比芳龄十七的斯嘉丽大不了几岁的亚特兰大，从插在地上的一根木桩，发展成了一个拥有上万人口的繁华小城，成为全州瞩目的中心。那些更为古老、更为宁静的城市用惊讶而异样的目光看着这座热闹而兴旺的新兴城市，感觉就像看到了母鸡孵出了小鸭子似的。这里为什么和佐治亚的其他城镇如此不同？为什么它发展得这么快呢？最后，他们还是一致认为它没什么可称道的——无非就是有几条铁路和一群敢闯敢拼的人罢了。

在这个先后被称为特米纳斯、马萨斯维尔以及亚特兰大的城市里，住着一群干劲十足的居民。他们来自佐治亚州较古老的地区以及更偏远的几个州，个个精力充沛，开拓进取，不甘心安于现状，被这座以铁路枢纽为中心，并向四面八方扩展的城市所吸引。他们抱着满腔热情来到这里，在车站附近五条纵横交错的泥泞红土路周围建起了一家家店铺，然后在怀特霍尔街和华盛顿街上盖起了漂亮的新居，还沿着高岗在经由无数代印第安人穿着鹿皮鞋踏出的一条名为桃树街的小路上，建起了精美的宅邸，在此安家落户。他们为这座城市而感到骄傲，也为它的发展壮大而感到自豪，更为他们亲手促成了它的发展而感到无限荣光。那些老城怎么称呼亚特兰大都行，随便叫好了，亚特兰大才不在乎呢。

斯嘉丽向来对亚特兰大情有独钟。她对它的喜欢之处正是萨凡纳、奥古斯塔和梅肯这些老城市指摘它的地方。这座城市跟斯嘉丽一样，是佐治亚新与旧的混合体。在这个混合体里，新与旧总是相互冲突，而朝气蓬勃、任性倔强的新势力总是占得上风。况且，这座城市跟她同年诞生——至少是同年被命名，跟她多少有些缘分，因此斯嘉丽一想起来，便格外激动。

前一天晚上还狂风大作，暴雨倾盆，但当斯嘉丽到达亚特兰大的时候，竟然是雨过天晴，艳阳高照，就像定要把坑坑洼洼、弯弯曲曲、像红泥浆河的街道给晒干了似的。在车站周围的开阔空地上，车辆川流不息，在软绵绵的路面上碾来轧去，把泥泞的红土路搅成了一个猪打滚似的大泥潭，到处都有车辆深陷于车辙的泥泞里，泥浆都没过了车轴心。还有源源不断的军用马车和救护马车，从火车上装卸物资给养和伤员，费尽艰辛地驶入车站，然后又千辛万苦地挣扎着驶出，结果把道路搅得更加泥泞不堪，惨不忍睹。车夫破口大骂，骡马乱冲乱撞，泥浆四处飞溅，溅出足有好几码远。

斯嘉丽站在火车踏脚底层，黑色的丧服更衬出她那苍白的脸庞和纤瘦的身姿,黑绉面纱几乎长达脚跟,随风飘曳。她犹豫不决起来,不敢迈下台阶,怕把便鞋和裙边弄脏,于是便四处张望,在车水马龙和一片喧嚣混杂中寻找皮蒂帕特小姐的身影。但寻来寻去也没看见那位脸蛋胖乎乎粉嘟嘟的老太太。斯嘉丽正焦急地左顾右盼时,忽然看到一个清瘦的老黑奴正穿过泥泞的道路向她走来,只见他一头乱蓬蓬的花白头发,面容矍铄,威严体面,手里拿着帽子。

"您是斯嘉丽小姐吧?俺叫彼得,是皮蒂小姐的车夫。"看到斯嘉丽拉起裙角就要下车,他连忙厉声喝道,"别踩这泥地。您真是跟皮蒂小姐一样淘,她也像个孩子似的总把脚踩湿,让俺抱您过去吧。"

虽然他看上去年迈而瘦削,但还是毫不费力地把斯嘉丽抱了起来。一看到普利茜抱着婴儿站在火车的踏脚上,他立刻停下了脚步,说道:"那丫头是您的保姆吧?斯嘉丽小姐,她年纪也太小了,怎么照看得了查尔斯少爷的独子呢!不过咱们还是以后再谈这事吧。喂,丫头,跟上俺,可别摔着小娃娃。"

斯嘉丽乖乖地让老黑奴彼得把自己抱上了马车,也由着他对自己和普利茜独断批评。他们穿过泥泞的红土路,普利茜则噘着嘴,踩着泥浆路,深一脚浅一脚地跟在后面。这时,斯嘉丽想起查尔斯曾经跟自己说起过这位彼得大叔。

"他和爸爸一起参加了墨西哥战争,每场战役都一同经历过。爸爸受伤,他便悉心照料——实际上,是他救了爸爸的命。梅兰妮和我其实是由彼得大叔一手抚养长大的,因为爸妈去世时我们都还很小。那时候,皮蒂姑妈和她的哥哥,也就是亨利叔叔大吵了一架,翻了脸,所以就搬来和我们同住,照顾我们。她这个人顶没用了——就像个长不大的老小孩,所以彼得大叔就把她当小孩看待。她什么事都拿不定主意,所以彼得大叔就替她做主。是他在我十五岁时,决定增加我的零用钱。亨利叔叔想让我在州立大学拿个学位就得了,是彼得大叔坚持让我去哈佛大学完成学业。梅丽长到多大可以绾起发髻、参加舞会,也都是他说了算。天冷或者下雨潮湿的时候,他会告诉皮蒂姑妈这种天气不宜出门,另外什么时候该披上披肩等诸多事宜,也都是由彼得大叔来拿主意。他是我见过的最精明、最忠诚的老黑奴。唯一讨厌的就是我们三个人从头到脚、由身到心全归他管,而且他也清楚这一点。"

斯嘉丽发现查尔斯的话果然没错。彼得一爬上赶车座,拿起马鞭,就说道:"皮蒂小姐身体抱恙,所以才没来接您。她怕您见怪,但俺跟她说,她和梅丽小姐如果来接您的话,就会弄得满身是泥,新衣服也糟蹋了,俺会当面跟您解释的。斯嘉丽小姐,您还是自己抱娃吧,那个小黑丫头会把娃娃摔着的。"

斯嘉丽看了一眼普利茜,叹了口气。让那丫头当保姆的确不太合适。不久前,普利茜还骨瘦如柴的,穿着短裙,梳着一头硬邦邦的小辫子,如今换上了印花布长裙,戴上了上过浆的白头巾,职位升了,地位高了,人也神气活现,心里乐开了花。要不是战事紧张,塔拉忙着供应军需,母亲埃伦实在没办法把嬷嬷或者迪尔茜抽出来,甚至连罗莎和蒂娜也忙得分不开身,这丫头哪能这么快就平步青云，一步登天。普利茜从来没走出过十二橡树或者塔拉一英里之外，这回是又坐了火车，又升做了保姆，那黑黑的小脑袋瓜都快乐晕了。从琼斯博罗到亚特兰大这二十英里的旅程里，她兴奋得几近癫狂，害得斯嘉丽不得不一路上自己抱着孩子。此刻下了火车，看到这么多房子和这么多人，普利茜激动得更不像话了，坐在马车上，身子左扭右转，看来看去，还不时指指点点，上蹿下跳，颠得宝宝号啕大哭。

斯嘉丽此刻特别想念嬷嬷，想念她那双宽厚的臂膀，只要她把孩子抱在怀里，他就立刻不哭了。可嬷嬷人在塔拉，斯嘉丽再想念她也没办法。就算自己把小韦德从普利茜怀里抱过来也无济于事，那孩子还是照样哭。而且他还会用力拉扯自己帽子上的缎带，弄皱自己的衣服。所以斯嘉丽装作没听见彼得大叔的建议。

马车摇摇晃晃，颠簸不停，好不容易才驶出那片坑坑洼洼的泥浆路。斯嘉丽烦躁不安地想："也许日后我能学会怎么应付孩子，但我这辈子也不会喜欢哄孩子玩儿。"看韦德哭得脸都发紫了，她才怒气冲冲地喝道："把你口袋里的糖奶嘴给他，普利茜！只要能让他不哭了，怎么都行。我知道他是饿了，但眼下我能怎么办？"

普利茜掏出临走前嬷嬷给的糖奶嘴，孩子的哭声就立刻止住了，这下耳根总算清静下来了。眼前又是一派新的景象，斯嘉丽不由得又来了精神，心情也好多了。彼得大叔最终驾着马车驶出泥泞之地，上了桃树街。数月以来，她头一回心中涌起了些许兴致。这座城市发展得真是太快了！从她上次来这儿到现在还不到一年时间，当时的那个小小的亚特兰大竟然变化那么大，真是不可思议。

过去的一年里，她一直沉浸在自己的悲痛中，一提起打仗的事就心烦，但殊不知，从开战的那一刻起，亚特兰大就变了样。在和平时期，这几条铁路使这座城市变成了商业贸易的中心，而在如今这个战争时期，又是这几条铁路赋予了这座城市极为重要的战略地位。虽然远离前线，但这座城市以及它所拥有的铁路将南部邦联的两支大部队联结了起来，其中一支部队在弗吉尼亚，而另一支则在田纳西和西部地区。与此同时，亚特兰大还把这两支部队与供应南部物资给养的南方腹地连接起来。眼下为了满足战争的需要，亚特兰大已经变成了生产制造业中心、医疗基地以及为前线部队提供给养的物资供给站。

斯嘉丽环顾四周，寻找记忆中小城的样子，但往昔的模样早已无影无踪。如今的这座城市，就好比一个婴儿在一夜之间猛然长成了一个长手长脚、忙忙碌碌的巨人。

亚特兰大熙熙攘攘，喧嚣忙乱，像个蜂巢一样。它深知自己对南部邦联很重要，并为此而感到无比自豪。各项工作都在紧锣密鼓、日夜不停地进行着，势必要把一个农业区转变成一座工业城市。战前，马里兰州以南地区根本没有什么棉纺厂、毛纺厂、兵工厂以及机械厂——事实上，所有的南方人都以此为傲。因为南方向来只出政治家、军人、种植园主，以及医生、律师和诗人，但从来不出工程师和机械师，这些低贱的行当就让北方佬去做好了。但如今，南部邦联的港口都被北方佬的大炮舰船封堵住了，只有零星一些货物能从欧洲突破封锁线偷运进来。因此南方只好拼尽全力加紧生产出自己的军用物资。北方可以向全世界寻求物资和兵力支援，因为北方佬出得起重金，所以成千上万的爱尔兰人和德国人蜂拥而至，受金钱的利诱而加入联邦军队。然而南方只能依靠自己。

在亚特兰大，有几家机械厂正老牛拉破车似的生产着制造军火的机器——说它老牛拉破车，是因为在南方几乎找不到可供仿造的机器，几乎每个齿轮和嵌齿都得按照从英国偷运进来的图纸进行制造。现在，亚特兰大的街上到处都是陌生的面孔。一年前，当地居民哪怕是听到有人操着西部口音，都会警觉地竖起耳朵来。而如今就是听到欧洲人的口音，他们都见怪不怪了。这些欧洲人都是偷越过封锁线到这儿来制造机器，为南部邦联生产军用物资和军火的，个个技术纯熟，经验丰富，如果没有他们，南部邦联就难以制造出手枪、步枪、大炮和弹药。

工厂日夜开工，把军火等军用物资通过铁路干线，源源不断地运送到两条战线上去。隆隆的机器声便是这座城市心跳的脉搏。一趟趟列车轰鸣飞驰，似乎永不停歇。一座座新建的工厂，烟灰飞扬，铺天盖地地撒落在白色的房屋上。夜晚，市民们早已安睡，但工厂的熔炉里火焰仍在熊熊燃烧，铁锤叮当作响。一年前的空地上，如今工厂林立，生产马具的工厂正马不停蹄地赶制马具、马鞍和马蹄铁。军械厂在火速制造步枪和大炮。轧钢厂和铸造厂在生产铁轨和火车车厢，以替换被北方佬炸毁的那些。另外还出现了各种五花八门的工厂，正在加紧制造马刺、马嚼、带扣、帐篷、纽扣等小部件，当然还有手枪和刺刀等等。眼下，铸造厂已经开始感到生铁原料短缺了。因为能越过封锁线偷运进来的原料极少，甚至可以说根本没有。而阿拉巴马州的铁矿几乎全部停工，因为所有的矿工都去前线打仗了。如今亚特兰大所有的草坪上都没有了铁栅栏、铁制凉亭和铁门，甚至连铁制的塑像也消失不见，因为这些早就被扔进了轧钢厂的熔炉里。

沿着桃树街及附近的街道，随处可见各个军事部门的总部，每个部门里都挤满了穿军装的人，这些部门包括军需部、通信部、军邮部、铁路运输部以及宪兵司令部等等。城市郊外设有军马补给站，大畜栏里一大群马匹和骡子在转来转去。街边有大大小小的医院。一路上彼得大叔给她介绍着一家家医院，这里现在有不计其数的综合医院，还有传染病医院和康复医院，斯嘉丽感觉亚特兰大一定早已伤兵满城了。每天都有一趟趟的列车开到五角场以南，卸下越来越多的病人和伤员。

当初的小镇早已不见，取而代之的是一座飞速发展的新城市，充满活力，干劲十足，日夜喧嚣忙碌。从悠闲宁静的乡村初来乍到的斯嘉丽，被这里一派繁忙的景象所震撼，惊讶得几乎透不过气来，但她喜欢这里。这里的气氛令她感到振奋和鼓舞。她可以实实在在地感觉到，这个城市正在稳步加速的心跳，与自己的脉搏极为合拍。

马车缓缓地行进在坑坑洼洼的路面上，穿过城中主街。斯嘉丽饶有兴致地打量着周围的一幢幢建筑和一张张陌生的面孔。人行道上满目皆是穿军装的军人，佩戴着各种军阶和各种服役部门的肩章。窄小的街道车辆拥挤——四轮马车、轻便马车、救护马车，还有部队的带篷军用大车。车夫大声喝骂，骡子沿着车辙奋力挣扎，艰难前行。穿灰色军服的传令兵在街上拼命飞奔，弄得泥浆四溅，急匆匆地在各总部之间传递命令和电讯。正在康复期的士兵拄着拐杖一瘸一拐地走着，通常身旁还会有位满脸关切的女士小心翼翼地搀扶着。练兵场上传来军号声、擂鼓声和口令声，刚入伍的新兵正在那里接受训练。彼得大叔用马鞭指着一队穿着蓝色军服的人，那是被俘的北方军士兵，一个个垂头丧气的，正被一班上了刺刀的南部邦联士兵押送到火车站，准备运到俘虏营去。这是斯嘉丽第一次看到北方佬的军服，所以吓得心都提到了嗓子眼。

"噢！"斯嘉丽不禁心生感慨。自烧烤会那天以来，这还是她第一次感到由衷的喜悦："我会喜欢这里的！这儿真有活力，太让人兴奋了！"

其实这座城市甚至比她想象的还有活力，光是新开张的酒吧就有数十家。一大批妓女也紧随着军队蜂拥而来，妓院里生意兴隆，红男绿女，莺莺燕燕，好不热闹，教徒们见了都不免大惊失色。所有旅馆、客栈和私人住宅都挤满了客人，这些人都是来探望住在亚特兰大几家大医院里的受伤亲属的。另外，城市里每星期都举办宴会、舞会、义卖会以及数不清的战时婚礼。新郎穿着一身帅气的灰色军服，配着金色的穗带，新娘则穿着穿越封锁线偷运进来的华丽礼服，士兵列队两旁，举剑相交，新人携手走过长剑相交而成的通道。婚宴上觥筹交错，祝酒的香槟也是偷运进来的，宴席将散，众人洒泪告别。夜晚，街道两旁树影婆娑，大街上回响着舞步声，大厅里回荡着悠扬的钢琴声，女高音和士兵们齐声高唱着《军号吹响停战曲》和《来信虽到惜已迟》——这些哀婉的歌曲经常会引得那些从来不知愁滋味、从未体会到切肤之痛的人们潸然泪下。

马车颠簸着穿过泥泞的街道，一路前行。斯嘉丽一路上连珠炮似的问了好多问题，彼得大叔一一作答，他用马鞭指指这儿，点点那儿，骄傲地向她展示自己的见多识广，无所不知。

"那是军火库。是的，小姐，枪支和军火都保存在那里。不，小姐，那不是店铺，是港口封锁办事处。您不知道封锁办事处是啥吗，斯嘉丽小姐？那是外国佬的地盘。他们买下咱们南部邦联的棉花，然后装船从查尔斯顿和威尔明顿[1]运出去，再把军火运来给咱们。不，小姐，俺也不清楚这些外国人是打哪儿来的，皮蒂小姐说他们是英国人，但他们说的话没人听得懂。是啊，小姐，浓烟和煤灰真是太大了，把皮蒂小姐的丝绸窗帘都弄脏了，都是从铸造厂和轧钢厂飘过来的。而且噪音很大，晚上吵得人都没法睡觉。不，小姐，俺不能停车带您四处看，因为俺答应过皮蒂小姐要把您直接带回家……斯嘉丽小姐，您回个礼啊，梅里韦瑟小姐和埃尔辛小姐在向您点头致意呢。"

斯嘉丽依稀记得，有两位叫梅里韦瑟和埃尔辛的太太从亚

---

[1] 威尔明顿市是美国特拉华州最大的城市、纽卡斯尔县县治，是特拉华州最大和人口最多的城市。这座城市建在克里斯蒂娜堡的遗址上，这是北美第一个瑞典定居点，位于克里斯蒂娜河和布兰迪万河的交汇处。

特兰大到塔拉来参加她的婚礼,而且好像是皮蒂小姐的好朋友。所以她连忙转身,对着彼得大叔指的方向,朝那两位女士点头回礼。那两位太太正坐在一家绸缎店外的一辆马车里。店主和两个伙计站在街边人行道上,抱着好几匹棉布给她们看。梅里韦瑟太太身材高大壮实,紧身胸衣束得很紧,以致胸脯都从胸衣里涌了出来,就像破水而出的船头一样。她一头铁灰色的头发,额前贴了一排卷曲的假刘海,那棕褐色的刘海神气十足,似乎不屑与那头铁灰色的头发相配。她一张圆脸红光满面,浓妆艳抹,外表温和,但内里城府颇深,精于算计,惯于发号施令,颐指气使。而埃尔辛太太则更为年轻些,身子也比较单薄和瘦弱,当年想必是个美人,如今依然可以称得上风韵犹存,而且还透着一股孤芳自赏的自傲。

　　这两位太太,再加上另一位名叫怀廷的太太,堪称亚特兰大的三大风云人物。她们分别掌管着各自所属的三座教堂,包括牧师、唱诗班和教友都由她们来管理。另外她们还组织义卖会、主持针线小组,还在舞会和野餐会上做未婚姑娘的监护者。她们知道哪对儿姑娘小伙最般配,哪对儿不合适,也知道谁偷着喝酒,或者谁要生孩子了,以及几时生下来。凡是佐治亚、南卡罗来纳和弗吉尼亚这三个州里有头有脸的人家,她们没有不知道的,这些人家的家谱和家族情况,她们都了如指掌。而对于其他州的人,她们则都不屑去费心,因为她们认为,除了这三个州之外,别的地方根本出不了什么有头有脸的大人物。她们知道什么是举止得体,什么是没有教养,有什么意见都不会憋在心里,必会在人前讲出来——梅里韦瑟太太嗓门最大,埃尔辛太太柔声细语,慢吞吞的,越说声音越小,而怀廷太太说话总是有气无力的,还带着闷闷不乐的神情,就好像不怎么乐意说话似的。这三位太太互相反感,互相猜忌,简直就像古罗马的前三头同盟[1]一样,而她们三位组成紧密的联盟大概也是出于同样的原因。

"我跟皮蒂说了,会把你安排到我的医院里来,"梅里韦瑟太太笑着说道,"你可别再答应米德太太和怀廷太太了哟!"

"我不会的。"斯嘉丽回答说,她其实根本不明白梅里韦瑟太太在说什么,但受到别人欢迎、被人需要的感觉让她心头涌起一股暖意,"希望很快能再见到您。"

马车继续向前艰难跋涉,中途停了一会儿,好让两位抱着两筐绷带的太太小心翼翼地踩着踏脚石,穿过泥泞的街道。就在这时,斯嘉丽的目光被人行道上一抹衣着鲜艳的身影吸引住了——那艳丽的色彩在街上尤为惹眼——外面披着一条佩斯利纹细毛披肩[2],长长的流苏一直垂到脚后跟。她扭过头仔细端详,只见那个身材高挑的漂亮女人,高傲冷艳,一头浓密的红发,红得简直不像是真的。这可是斯嘉丽第一次见到"在头发上下了大功夫"的女人,所以看得都傻了眼,着了迷。

---

[1] 古罗马前三头同盟指的是公元前60年,由克拉苏、庞培与恺撒三人所组成的秘密政治同盟,其目的是一起反对元老院,史称"前三头政治"。在克拉苏和庞培的支持下,恺撒在公元前59年成功当选执政官。

[2] 19世纪在苏格兰西部有一个叫佩斯利的小镇,那里运用佩斯利涡纹旋花纹制成的羊绒披肩非常有名,因此这种图案便被命名为"佩斯利花纹"。

"彼得大叔,那人是谁呀?"她小声问道。

"俺不认识。"

"你肯定认识,我能看出来。她是谁?"

"她名叫贝尔·沃特林。"彼得大叔说,下嘴唇耷拉得老长,一脸鄙夷。

斯嘉丽立刻发现他没有在名字后面加上"小姐"或"太太"的称呼。

"她是什么人?"

"斯嘉丽小姐,"彼得阴沉着脸,用鞭子抽了一下受惊的马,"皮蒂小姐可不喜欢您打听不相干的事。那人在这镇上根本不值一提,没必要谈她。"

"噢,天哪!"斯嘉丽被训得哑口无言,心想,"那一定是个坏女人!"

斯嘉丽从来没见过什么坏女人,于是扭过头,又继续盯着那女人的背影,一直看着她消失在了人群之中。

店铺和战时新盖的房子渐渐远去,一块块的空地越来越多。最终,他们驶出了商业区,居住区缓缓映入眼帘。斯嘉丽如逢故友,将那些房子逐一辨认了出来:莱登家的房子庄严气派;邦内尔家的房子则有着白色的小圆柱,还有绿色的百叶窗;麦克卢尔家的房子低调深沉,是典型的佐治亚式红砖房,房前有一排低矮的黄杨树篱作为遮挡。马车渐行渐慢,因为门廊下、花园里以及人行道上,不时有太太小姐朝她打着招呼。有些人她认得,有些人她依稀记得,但大多数人她完全不认识。皮蒂帕特小姐之前肯定把她要来的消息四处跟人说了。斯嘉丽万般无奈，只好一次次地把小韦德抱起来，好让那些不惜踩着淤泥走到自家马车上下台上的女人们看个清楚。大家纷纷邀请她加入她们的编织小组、针线小组和护理会，还叮嘱她不要加入别人家的。斯嘉丽只好一一答应，胡乱搪塞过去。

他们路过了一座结构凌乱，装着绿色护墙板的房子，守在门前台阶上的一个黑人小女孩一见到他们便大喊道："她来了。"于是米德医生和他的太太，以及年仅十三岁的小菲尔立刻从屋里走了出来，大声跟她打招呼。斯嘉丽想起来他们也参加了她的婚礼。米德太太爬上她家的马车上下台，伸长脖子看宝宝，而米德医生则不顾泥泞，踩着淤泥径直走到马车边。他又高又瘦，留着铁灰色的山羊胡，衣服罩在骨瘦如柴的身子外，就像是被一阵飓风给刮到身上似的。亚特兰大人把他视为一切力量和智慧的源泉，他自己也多少有点儿信以为真。虽然他说话总是故作深沉，深奥难懂，态度也稍显傲慢，但总的来说，还算是城里数一数二的好人。

米德医生跟斯嘉丽握了握手，用手指在小韦德肚子上轻轻戳了戳，逗他笑并夸赞了一番，接着便说皮蒂帕特姑妈已经对他发过誓，保证叫斯嘉丽只到米德太太的护理会和卷绷带会去帮忙，别的医院或组织一概不去。

"噢，天啊，可我已经答应了上千位太太的邀请了！"斯嘉丽说道。

"梅里韦瑟太太，一定是她干的！"米德太太愤愤不平地叫了起来,"那个讨厌鬼!我敢肯定每次有火车过来,她都会去接车!"

"我答应她们是因为我完全不知道这究竟是怎么回事。"斯嘉丽承认道,"护理会到底是什么呀?"

医生和他太太都对她的无知感到有些惊讶。

"是啊,你一直深居乡下,自然不知道,"米德太太为她圆场说,"我们这儿的护理会,是在不同的时间给各医院的病人和伤员提供看护服务的组织。我们不光护理伤病员,给医生帮忙,还制作绷带、缝制衣服什么的。等伤病员治愈之后,我们会把他们接到自己家里调养,直到他们能回到部队,重返战场。有些伤病员家境十分穷苦——穷得都快要揭不开锅了,因此我们也会帮忙照顾他们的妻儿老小。米德医生在教会医院工作,我所在的护理会就是为这家医院提供服务的,人人都说他医术高超,而且——"

"行啦,行啦,米德太太,"米德医生温柔怜爱地说,"别在大家伙面前瞎吹我了。你又不让我上前线,我在这里做的这点儿事实在微不足道。"

"是我不让你去吗?"米德太太气得大叫,"哪是我啊,是全城的人都不让你去好吧,你不是也清楚得很吗?你知道吗,斯嘉丽,当大伙儿听说他要去弗吉尼亚当军医时,所有的太太小姐都联名请愿,求他留在这里。城里没有你可怎么行呢?"

"行了,行了,米德太太,"医生说道,但显然这一番吹捧把医生说得心里美滋滋的,"咱们的大儿子不是在前线吗,目前看来应该足够了。"

"我明年也要去！"小菲尔叫道，小家伙兴奋得蹦蹦跳跳，"我要去当军鼓手，我正在学打鼓呢，你们想听听吗？我这就去把我的鼓拿来。"

"别，先别去，"米德太太把小儿子拉到身边，神色突然紧张起来，"明年就算了，宝贝儿，咱后年再说吧。"

"可到那时仗早就打完了啊！"小菲尔使起性子来，从母亲怀里挣脱开去，"你答应过我的！"

夫妇俩对视了一眼，被斯嘉丽敏锐地看到了。很显然，他们因为大儿子达西·米德正在弗吉尼亚打仗，对留在身边的小儿子格外舍不得，不忍放他离开。

彼得大叔清了清嗓子。

"俺临走前皮蒂小姐就有些不大舒服，所以俺得快些回去，怕她会晕过去。"

"那回头见，我下午就过去看你，"米德太太大声说，"请帮我转告皮蒂小姐，如果你不加入我的护理会，她就要更不舒服了。"

马车继续启程，沿着泥泞的道路颠滑而行。斯嘉丽倚着靠垫，莞尔一笑。数月以来，她头一次感觉好多了。亚特兰大，这里熙熙攘攘，人头攒动，蕴藏着无限活力和干劲儿，既令人开心，又令人振奋，远比查尔斯顿郊外寂寞冷清的庄园强多了，那里晚上静得出奇，唯有短吻鳄的叫声能打破暗夜的死寂。这里比查尔斯顿那座城市要有趣得多，那里的人们只会躲在高墙后的花园里做着自己的美梦；而且也比萨凡纳好——那里虽然街道宽敞，两旁棕榈树成荫，但有一条泥浆似的浑浊河流从旁经过。

是的，目前看来，这里甚至比塔拉还好，虽说塔拉挺可爱的，但也比不上这里。

这座城市虽然街道狭窄而泥泞，位于起伏的红色山峦之间，却蕴藏着一股奔放的活力和天然的野性。母亲埃伦和嬷嬷虽把斯嘉丽调教得外表优雅端庄，但骨子里的她也同样活力奔放，野性十足，与这座城市如出一辙。所以她立刻就喜欢上了这里，觉得这才是她的归属地，而非黄泥河畔的那些安详幽静的古城。

路旁建筑之间的距离逐渐拉开。斯嘉丽探出头，看到了皮蒂帕特小姐宅子的红砖墙和石板顶。这几乎是城北最靠后的一幢房子了。再往前，桃树街便愈渐狭窄，蜿蜒向前，直伸入浓密幽深的树林，消失不见。只见皮蒂小姐的那座宅院外围着新刷了遍白漆的整齐的木条栅栏，被栅栏围着的前院里则星星点点地盛开着黄色的花朵，那是当季的最后一批丁香水仙。房前的台阶上站着两位女士，都穿着一袭黑衣，身后还有一个高大的黄皮肤女人，两手揣在围裙下面，咧大嘴笑着，露出一口白牙。胖墩墩的皮蒂帕特小姐激动地不停踮起脚又放下，一只手按住过于丰满的胸部，好让自己那颗扑扑乱跳的心平静下来。斯嘉丽看到梅兰妮站在皮蒂小姐身旁，心里不禁涌起一种厌恶感。她觉得亚特兰大哪都好，唯一煞风景的就是这个穿着一身黑色丧服的小个儿女人。那头蓬乱的鬈发梳得溜光整齐，一副老成持重的主妇模样，一张瓜子脸上堆满开心而可爱的笑容以示欢迎。

南方人若是不惜费神地收拾行装，打点行李，到二十英里外的地方去走亲访友,那么这一去便最少是个把月,甚至更长时间。南方人爱出门做客,也爱做东款待客人,无论做东还是做客都同样热情。亲戚之间相互走动,来过圣诞节,一住就住到来年七月是再平常不过的事,一点儿也不稀奇。新婚夫妇通常都会蜜月旅行,四处探亲,若是跟某家亲戚相处甚欢,甚至会一直待到第二个孩子出生后才离开。上年纪的叔伯婶姨星期天前来赴宴吃饭,很有可能一来就不走了,直到多年后入土为安。客人来访并不会给主人添什么麻烦,毕竟主人家房子宽敞,仆人成群,还有一大片富饶丰产的土地,不过多了几张嘴吃饭而已,小事一桩。无论男女老幼都爱探亲访友,比如度蜜月的新婚夫妇、炫耀新生婴儿的年轻妈妈、大病初愈需要调养的病人、丧了亲的人,还有年轻姑娘们——有的是因为父母担心女儿所择之偶并非良人,所以赶紧把她打发出去避一避;有的则是快成老姑娘了还没说上亲事的,父母把她送到外地,希望亲戚朋友能帮她找个好人家。南方人向来日子过得悠闲自得,而客人的来访给他们带来了新的活力和热情,改变了他们原本慢节奏的生活,所以他们十分高兴,总会盛情欢迎。

因此斯嘉丽这次到亚特兰大来,打算要待多久,自己也不知道。如果这里跟萨凡纳和查尔斯顿一样无聊透顶,那她一个月后就打道回府。如果在这里过得开心,她就一直在这儿住下去了。而她刚一到,皮蒂姑妈和梅兰妮就左右夹击,竭力游说她把这里当作永久的家,跟她们生活在一起。为了说动她,两个人摆出了各种理由,比如她们需要她,因为她们爱她。她们俩寂寞孤独,这么大的房子就她们俩人，晚上总觉得很害怕，而她向来勇敢，可以给她们俩壮胆。还有她非常可爱，可以让她们俩走出悲伤，重新振作起来。如今查尔斯不在了，那么她和她的儿子就该跟他的家人在一起，相互守护。况且根据查尔斯的遗嘱，如今这座房子的一半已经是属于她的了。还有最后一点，那就是南部邦联也正需要人手，帮忙做针线活、编织、卷绷带以及护理伤员等等。

查尔斯的叔叔亨利·汉密尔顿是个单身汉，住在车站附近的亚特兰大旅馆里，他也严肃认真地跟她谈了这件事。亨利叔叔五短身材，大腹便便，是个性情暴躁的老绅士。他面色红润，满头银发又长又蓬乱。他最见不得女人胆小如鼠，动不动就大惊小怪，正因为如此，他跟他的妹妹皮蒂帕特小姐一直不怎么来往，甚至几乎连话都不说。这兄妹俩从小性格就截然相反，而且水火不相容。后来，他十分看不惯他妹妹对查尔斯的教育方式，说她"愣把一个军人的儿子养成了个娘娘腔"。因此两人的关系愈发疏远了。多年以前，他曾对她羞辱了一番，以致现在皮蒂小姐绝口不提他这个哥哥，偶尔提起他时也是十分小心，刻意压低声音，悄声说两句，而且还讳莫如深，欲说还休，不知道的人还以为亨利这个诚实正直的老律师是个杀人犯呢。那次羞辱事件其实是这么回事：有一天，皮蒂小姐想从她的个人财产中取出五百块钱，投资到一座其实并不存在的金矿里去，而亨利则是她财产的托管人，他不允许皮蒂小姐取出这笔钱，还言辞激烈地骂她还不如一只甲虫有脑子，说跟她一起待不到五分钟，就会让他烦躁得受不了。于是从那天起，皮蒂小姐便每个月只跟他哥哥正式会面一次，由彼得大叔赶着马车送她到亨利的办公室去取家用钱。而每次短暂的会面之后，皮蒂小姐总是会掉着眼泪，闻着嗅盐，在床上躺上一整天。梅兰妮和查尔斯却跟他们的叔叔关系一向很好。他们经常提出要替皮蒂姑妈去见亨利叔叔，好让她免受这份折磨，可皮蒂小姐总是孩子似的噘着嘴不答应。亨利是她注定要背负的十字架，她必须得忍着。查尔斯和梅兰妮只能由此推断，她从这种难得的刺激中感受到了莫大的乐趣，这是她安逸无忧的生活中唯一让她激动的事情。

亨利叔叔一见斯嘉丽就喜欢得不得了。他说因为他看得出来，尽管斯嘉丽表面上装作糊里糊涂的样子，但其实还是有点儿见识和头脑的。他不但是皮蒂小姐和梅兰妮的财产托管人，而且查尔斯留给斯嘉丽的遗产也由他来管理。斯嘉丽惊喜地得知自己如今已是个腰缠万贯的富婆了，不禁喜出望外。查尔斯不但把皮蒂姑妈房子的一半产权留给了她，还有田产和城里的地产也都归她所有。另外，车站附近铁路沿线的几家店铺和仓库也是她所继承的遗产的一部分，自开战以来，其价值已经涨了三倍。亨利叔叔向她报告她的财产账目明细时，也顺势提出要她长居亚特兰大。

"等韦德·汉普顿长大成人，他就会成为一个阔少爷，"他说，"按照亚特兰大目前发展的势头，估计二十年后，他的财产会增值十倍以上，所以让孩子在他的财产所在地长大才是正确之举。因为这样他就能够学会如何管理自己的财产——是的，还有皮蒂和梅兰妮的财产也将由他来管理。不久之后，他就将成为汉密尔顿家唯一的男人,毕竟我不可能永远陪着他。"

至于彼得大叔,他认为斯嘉丽留下来长住是理所当然的。在他看来,查尔斯的独生子绝不可能会在没有他照料的地方被别人抚养长大。面对所有人的种种说法和理由,斯嘉丽都一概笑而不答。在没弄清楚自己对亚特兰大有多喜欢,与夫家的亲人是否相处得来之前,她不愿轻易表态。她也知道,是否要留下来必须先征询她父母的意见。更何况离开塔拉之后,她才发现自己想家想得厉害,她想念那片红色的土地,想念春天抽出绿芽的棉花苗,想念暮色中甜美的宁静。父亲杰拉尔德曾说她"骨子里有着对土地的热爱",她现在才第一次隐约意识到这句话的含义。

因此,在她会在亚特兰大住多久这个问题上,她总是巧妙地避开,暂且不给出确切的答复,而是轻松而自然地融入僻静的桃树街尽头这座红砖大宅的生活中。

跟查尔斯的至亲住在一起,看着他出生和长大的地方,斯嘉丽这才对她的亡夫——这个仿佛在一瞬间就把她变成了妻子、寡妇和母亲的小伙子——多了一些了解。为什么他那么腼腆害羞,那么青涩单纯,那么理想主义,如今她终于明白了。查尔斯从小就在女人温柔的呵护中长大,所以即使他继承了他父亲作为军人的那份凛然无畏的气概和火暴的脾气,这样的特质也在多年的耳濡目染中被冲淡,甚至荡然无存了。他对孩子气的皮蒂姑妈由衷地敬爱,和梅兰妮的感情也超过一般的兄妹,而偏巧他身边的这两个女人是天下少有的温柔娇弱,不谙世事。

六十年前,皮蒂帕特姑妈受洗时被取名为萨拉·简·汉密尔顿。不过很早以前，十分宠爱她的父亲看见她那双小脚丫总是片刻不宁，跑起来脚步轻快，噼嘚啪嗒，所以就给她取了皮蒂帕特这个小名。从此这个小名就被叫开，再也没人叫她的大名了。自打第二次取名之后，多年以来她身上发生了许多变化，而这个爱称也明显变得不太合适了。当年那个蹦蹦跳跳、步履轻快的小姑娘，如今只有一双小脚依然如故，但与体重已极不相称，而且变得越来越爱唠叨，东拉西扯的，不着边际。她身材矮胖，面色红润，满头银发，花边胸衣勒得太紧，因此老是有点儿上气不接下气。她那一双小脚本来就不大，却偏要把它们塞进一双更小的鞋里，所以连一个街区都走不了。碰到点儿芝麻绿豆大的事，她就激动不已，一颗心怦怦乱跳，娇娇气气，动不动就晕倒。其实谁都知道，她晕过去多半是小姐似的矫揉作态，但大伙儿都喜欢她，所以不忍说穿。人人都很爱她，把她像孩子一样地宠着惯着，不跟她较真——只有她的哥哥亨利除外。

在这世上，她最喜欢的事莫过于说长道短，甚至超过了对餐桌上美食的喜爱。她聊起别人的事来没完没了，好几个小时都停不下来，不过她对别人并无坏心，也从不恶言中伤，只是她总也记不住人名、日期或地点，而且常常把城里上演的一出戏里的演员跟另一出戏里的演员搞混。不过大家都没当回事，因为谁也不会蠢到把她说的话全都当真。另外谁也不会跟她说真正骇人听闻或丑恶不堪之事，因为她虽然年已花甲，但那老姑娘的纯洁之心还是理应受到保护的。于是朋友们都出于好心不谋而合，始终把她当作一个老小孩来疼爱和呵护。

梅兰妮有好多地方都像她的姑妈，同样那么羞答答的，容易脸红，也同样那么谦逊端庄。但不同的是，她倒是的确"有些见识，这点我得承认"，斯嘉丽心里有些不大情愿地想。跟皮蒂姑妈一样，梅兰妮长了一张让人忍不住想保护的娃娃脸，只知道单纯、善良、真诚和爱，从不去看残酷或邪恶，即使看到了也辨认不出来。因为她向来都快快乐乐，也希望身边的每个人都快快乐乐，至少希望他们能自得其乐。为此她总是看到别人的优点和长处，并且亲切而由衷地夸赞别人的好处。在她眼里，即使再笨的仆人也有可取之处，比如为人忠诚、老实厚道；即使再丑陋、再令人讨厌的姑娘也会有闪光点，比如举止优雅、气质高贵；而即使再没用、再乏味的男人，也有将来会变好的潜力和可能。

正因为她的这些美德都发自真心，真情流露，所以大家都喜欢围在她身边。如果一个人总能在别人身上发现令人钦佩的优点，而这些优点连当事人自己都没想到，又有谁能抵挡这般的魅力呢？因此全城就数她朋友最多，男女都有。但追她的人很少，因为她缺少俘获男人心所需要的那种任性和自私。

其实梅兰妮所做的这些，不过是遵循了所有南方姑娘从小就接受的闺训罢了——也就是要让身边的人感到舒服和满意。而正是这种针对女性幸福的阳谋，使得南方整个社会都和谐融洽，其乐融融。女人们明白，只有让男人称心满意，不受触犯，既不伤面子，又保住虚荣心，那么女人的日子才能过得舒心自在。为此，女人从出生到入土，终其一生都在竭力讨好男人，而男人一旦心满意足了，便会对女人殷勤备至，爱慕有加，以此作为对女人的回报。其实世上的一切,男人都愿意给女人,唯独容不得女人太过聪明。事实上,斯嘉丽所施展的魅力和梅兰妮并无二致,只不过她的手段更高超,技巧更纯熟。她们两人的不同之处在于,梅兰妮的客气和讨好是为了让男人高兴,哪怕只有片刻也好,而斯嘉丽取悦男人从来都是为了达到自己的目的。

查尔斯从他最爱的两个人身上并没有受到过一丝使他变得刚毅坚强的熏陶和影响,对于残酷和现实没有半点儿了解。他出生长大的家就如鸟巢一般温暖,和塔拉相比,这是一个宁静、安详而老派的家庭。在斯嘉丽看来,这座宅子里缺少了充斥着白兰地、烟草和马卡发油的男人气息,还缺少了粗哑的嗓音和粗暴的骂声,以及枪支、络腮胡子、马鞍、马缰和趴在脚边的猎狗。她极其想念塔拉庄园里几乎随时都能听到的吵架声。只要母亲埃伦转身一走,吵架的声音就会立刻响起来——嬷嬷和波克争吵、罗莎和蒂娜拌嘴、她跟苏埃伦斗气,还有父亲杰拉尔德的叫骂恫吓。查尔斯出身于这样的一个家庭,怪不得这么娘娘腔。在这里从来没有什么激动的事,也从来没人提高嗓门大声嚷嚷,人人都温顺地听从别人的意见,最后竟让厨房里那个灰白头发的黑人老头儿成了霸王,独断专行,随心所欲地控制一切。斯嘉丽原指望逃离了嬷嬷的管束之后,可以轻松一些,少受一些约束,但结果伤心地发现彼得大叔对女士的言行举止管得比嬷嬷还要严格,尤其对查尔斯遗孀的监管更是严上加严。

在这样的一个家庭中,斯嘉丽终于日渐康复,不知不觉间精神便恢复了正常,连她自己都没有意识到。她才十七岁,体格健康，精力充沛，而且查尔斯的家人都竭尽全力让她开心。不过，即便在这一点上他们没有成功，那也不是他们的错，因为每当有人提起阿什利，斯嘉丽的心就会悸动难安，痛苦不已，而这种痛苦谁也无法替她消除。可梅兰妮却偏偏总是提起他！其实她和皮蒂姑妈一直在煞费苦心、想方设法安慰她，以为她在为查尔斯的离去而伤心难过。她们把自己的忧愁和烦恼藏在心里，一心想让她忘掉痛苦，开心起来。她们费尽心思安排她的饮食起居，吃什么饭菜、午睡多久、什么时候坐马车出去兜风，诸般事宜都一一关照。她们还对她的勇敢，还有她苗条的身段、纤巧的手足以及白皙的皮肤大加赞赏，而且经常赞不绝口。不但嘴上夸奖，还又拍又抱、又亲又吻，倍加显示她们的亲热和爱意。

斯嘉丽并不稀罕什么拥抱和爱抚，但那些恭维之辞倒是让她听着挺舒服。在塔拉可没人这么猛夸她。实际上，嬷嬷还总是泼她冷水，打压她自负的气焰。小韦德也不再磨人、惹她心烦了，因为全家人，不管是黑人还是白人，还有街坊四邻，都争着抢着要抱他，对这个小家伙喜欢得不得了。梅兰妮尤其宠爱他，哪怕他号啕大哭也会觉得可爱，而且还总不忘说一句："噢，我的心肝宝贝，你要是我的孩子该多好！"

有时候，斯嘉丽发现自己很难掩饰自己的情绪，因为她还是认为皮蒂姑妈又老又蠢，整天糊里糊涂，啰里啰唆的，真让她受不了。她也不喜欢梅兰妮，既讨厌又嫉妒，而且厌恶与日俱增，有时甚至会二话不说，断然走开，因为她看不惯梅兰妮说到阿什利或者读他寄来的信时，那副眉飞色舞、得意扬扬的样子。但总的来说，日子过得还算愉快。亚特兰大比萨凡纳或者查尔斯顿，甚至塔拉都要有趣多了。更何况还有这么多新奇的战时工作，所以她根本无暇去琢磨心事或者黯然神伤。但有时，当她吹熄蜡烛，把头埋进枕头里时，也会喟然叹息，心想："要是阿什利还没结婚该多好！要是我不用去那该死的医院当护士该多好！唉，要是还有男人对我献殷勤该多好啊！"

她很快就厌烦了做护理工作，可又逃脱不掉，因为她同时参加了米德太太和梅里韦瑟太太的护理会。这就意味着她一个星期竟有四天得待在那闷热难耐、臭气熏天的医院里，头发束起来，用一块毛巾裹住，再用一条热乎乎的围裙从脖子围到脚后跟。亚特兰大全城的所有已婚妇女，无论老少都在做看护，而且干得热火朝天，在斯嘉丽看来，简直有些狂热。她们想当然地以为她也跟大家伙儿一样，充满一腔爱国热情。要是知道她对打仗一点儿兴趣都没有的话，她们一定会大吃一惊。除了时刻担心阿什利会命丧战场之外，她觉得战争与她毫不相干。至于做看护，也是因为实在推脱不了才硬着头皮干的。

的确，护理伤员一点儿也不浪漫。对她来说，无非就是跟痛苦的呻吟、神志不清的胡话、死亡和难闻的气味打交道。医院里塞满了伤员，那些男人一个个胡子拉碴，浑身虱子，脏得要命。他们身上散发着难闻的臭气，身上的伤也触目惊心，再文明的人见了也忍不住恶心想吐。各个医院里都充斥着坏疽的恶臭，臭气扑鼻，隔着老远都能闻到，一种难闻而又带点儿甜丝丝的气味沾在她手上、头发上，甚至在梦里都带着这股味道。苍蝇、蚊虫成群结队地在病房里盘旋,嗡嗡嘤嘤地叫个没完,把病人折磨得够呛,有力气的谩骂不止,没力气的呜咽呻吟。斯嘉丽一边挠着被蚊虫叮咬的痒处,一边给伤员摇着扇子,直摇得肩膀酸疼,真恨不得这些伤员都赶紧死光了才好。

然而,梅兰妮似乎对那难闻的臭气、骇人的伤口和赤身裸体的男人毫不在意。这让斯嘉丽不免对这个最胆小、最羞怯的女人大为惊讶。有时候,当米德医生给伤员切除长了坏疽的腐肉时,梅兰妮就端着脸盆和手术器械站在旁边,脸色煞白。有一次,做完腐肉切除手术之后,斯嘉丽在放床单的小隔间里看到了梅兰妮,发现她正悄悄地往一块毛巾里呕吐。但是只要她出现在伤员面前,总是十分温柔,充满怜爱,面带笑容。医院里的伤员们都管她叫仁爱天使。斯嘉丽也想要博得这个称号,不过这就意味着必须得去触碰浑身爬满虱子的伤员;把手指伸进昏迷病人的嘴里,探摸一下是否被吞下的烟草块堵住了喉咙;另外,还得给伤员包扎残肢或者从溃烂的伤口里把蛆虫拣出来。不,她真的讨厌这护理的活儿!

如果允许她对那些正在康复的伤员抛媚眼、施展魅力的话,那也许她还能忍受。因为这些伤员中有不少招人喜欢,出身又好的男人。可惜她是个寡妇,不能这么做。而且这些正在康复的伤员都由城里的年轻姑娘们负责照顾,因为未婚的小姐们是不允许做护理工作的,生怕她们会看到少女不宜且不堪入目的东西。她们既未婚嫁,又未守寡,不受约束,于是便对康复期的伤员们发起猛烈的攻势,就连最其貌不扬的姑娘,也能不费吹灰之力就找到了如意郎君,跟别人订了婚。斯嘉丽看着心里别提多沮丧了。

除了跟病危和重伤的男人接触之外,如今斯嘉丽的世界里全是女人,让她烦躁到了极点,因为对于同性,她既不喜欢,也不信任。更糟的是,跟她们在一起简直无聊至极。可每个星期有三个下午她都得去参加梅兰妮朋友们的针线小组和卷绷带小组。在这些小组里,凡是认识查尔斯的姑娘都对斯嘉丽很是亲切友好,关怀备至,尤其是范妮·埃尔辛和梅贝尔·梅里韦瑟,她们分别是城里两位富孀的千金。但她们对斯嘉丽毕恭毕敬,仿佛她已是人老珠黄,这辈子已经完了似的。这两个姑娘老滔滔不绝地谈论舞会呀、追求她们的小伙子呀什么的,让斯嘉丽又妒又恨,嫉妒她们未婚的快乐,恨自己已成寡妇,不能再跟这些快乐的事情沾边。噢,老天真是不公平,她可比范妮和梅贝尔漂亮三倍都不止呢!人人都以为她芳心已死,可事实上她的心根本没死,还在热情地跳动着!她的一颗心现在全在弗吉尼亚的阿什利身上呢!

不过,虽有一些烦恼,亚特兰大还是令她十分快乐。不知不觉,一个星期又一个星期地过去,她留在这里的时间也越来越长了。

第九章

仲夏的一个清晨,斯嘉丽坐在卧室的窗边,郁郁寡欢地看着从窗前经过的一队大车和马车。车上满载着姑娘、士兵和做伴的年长妇人,一行人兴高采烈地沿着桃树街向郊外驶去。原来当天晚上将要举办一场为医院募捐的义卖会,他们要去林子里采摘花草,用来装点会场。阳光透过树荫洒下斑驳的树影,红土路上光影交错,马蹄阵阵,扬起片片红尘。走在最前头的一辆大车上坐着四个身强力壮的黑人大汉,他们带着斧头要去砍冬青树和常青藤。车尾高高地堆满了盖着餐巾的大篮子和橡木柳条筐,里面装着午餐和十几个大西瓜。有两个黑人还带着班卓琴[1]和口琴,正合奏着一曲欢快活泼的小调——《想要快活,就去当骑兵》。大车后面跟着浩浩荡荡的一队人马,个个欢天喜地,笑逐颜开:姑娘们穿着凉爽的花布裙,披着漂亮的薄披肩,戴着帽子

---

[1] 班卓琴是一种上部的形状像吉他、下部的形状像铃鼓的乐器,有四根弦或者五根弦,用手指或拨子弹奏。历史相传,班卓琴起源于西非,在17世纪奴隶买卖盛行的时代,黑奴把它引进新大陆。后来,班卓琴从南方的种植园渐渐传至美国北方各州,在拓殖者中流行起来。

和手套以保护皮肤，头顶还打着小阳伞。沿路一片欢声笑语，马车之间人们相互打趣叫喊，好不热闹。年长的妇人则心平气和地笑看年轻人嬉戏说笑。正在康复期的伤员被夹在矮胖的妇人和苗条的姑娘们中间，任由女士们手忙脚乱地照料他。骑着马的军官们则不紧不慢地伴着马车随行——车轮吱吱，马蹄嗒嗒，金色的穗带熠熠生辉，精致的小阳伞摇来晃去，扇子沙沙作响，黑人在纵情歌唱。人人都坐着马车驶出桃树街去采青枝绿叶，去野餐、吃西瓜。"人人都去了，"斯嘉丽闷闷不乐地心想，"只有我除外。"

车队从斯嘉丽的窗下经过，大家都朝她挥手致意。她也想优雅地回礼，却难以做到。一丝锥心般的痛楚从心中涌起，一直涌到嗓子眼，如鲠在喉，几乎马上就会化作泪水，奔涌而出了。人人都去郊游野餐，除了她，当然还有皮蒂帕特姑妈和梅丽，以及城里其他那些正在不幸守丧的人。而梅丽和皮蒂帕特似乎并不在乎。她们甚至连想都没想过要去。可斯嘉丽想去啊，她真的想去，特别想去。

这真是太不公平了。这些日子里，为了准备义卖会，她比城里哪个姑娘都更加卖力。她织了一双又一双袜子、一顶又一顶婴儿帽、一条又一条披肩和围巾，还钩织了好多花边，又在好几个瓷制毛发盘和胡须杯[1]上画了画。另外，她还在半打的沙发枕套

---

[1] 维多利亚时代的男人多留有髭须，而这给男茶客带来了不少麻烦。因为当时男士经常使用蜡以保持八字胡的形状，喝茶时，髭须上的蜡会被茶的热气熔化，并掉进杯子里。如此一来，胡子不但变形了，还会被茶汤染色。于是1860年英国陶艺家哈维·亚当斯发明了一种胡须杯。这种男性专用的茶杯与普通茶杯相似，只是在上面加了一个八字胡形的"桥"，以免胡须掉进杯子里。

上绣了南部邦联的旗帜（上面的星星绣得有点儿歪歪扭扭，大小不一，有的星星几乎绣成了圆的，另外还有几个绣成了六个角，甚至还有七个角的，不过总体效果还不错）。昨天，她还在一个民兵训练营里累得半死，说是训练营，其实是一个满是灰尘的旧谷仓，沿墙摆设了一圈义卖会的货摊，她给这些货摊挂上黄、粉、绿三色粗纱彩旗。受苦受累不说，还得受妇女护理会几位管事太太的监督，真是既辛苦又无趣。她就像个黑奴似的，被梅里韦瑟太太、埃尔辛太太和怀廷太太使唤来使唤去，忙得团团转，真让人窝火。而且干着活，还得听着她们几个人吹嘘各自的女儿有多招人喜欢。最倒霉的是，她在帮皮蒂帕特和厨娘做义卖会抽奖赠送的多层蛋糕时，手指还被烫了两个水泡。

而现在，她像个黑奴一样下地干完活后，好不容易有好玩儿的事了，她还得按规矩避开，在家老实待着。噢，老天真是太不公平，她就活该死了丈夫，年纪轻轻就守寡，活该拖着个在隔壁哇哇哭的娃娃，活该享受不到任何快乐吗？一年多以前，她还打扮得花枝招展，跟小伙子打情骂俏，至少有三个小伙子要跟她私订终身，还在舞会上纵情跳舞。再看现在，她整天只能穿着黑漆漆的丧服，毫无乐趣可言。她才十七岁啊，还有好多场舞等着她去跳呢。噢，这太不公平了！真正的生活从她眼前擦身而过，顺着炎炎夏日里的林荫路弃她而去，伴随着灰色的军服和嗒嗒的马蹄声，跟随着花布衣裙和班卓琴声渐行渐远。面对那些她在医院里看护过且早已熟识的男人，她尽力不报以微笑，不热情地招手，但是太难了，脸上的两个小酒窝不听使唤地露了出来，明明心没死，却硬要摆出一副心如死灰的样子，实在是太过强人所难。

她正对着窗外的人点头招手，突然停了下来，原来皮蒂帕特破门而入，冲进房间，因为爬楼梯而累得气喘吁吁。她二话不说一把将斯嘉丽从窗边拉开了。

"你疯了吗，孩子，居然在你的卧室窗口对着外面的男人招手？我说，斯嘉丽，你太让我吃惊了！你妈妈会怎么说？"

"没事，他们不知道这是我的卧室。"

"可人家会这么猜的，那不一样糟嘛。亲爱的，你不能做这种事，会惹人说闲话的，说你放荡——哎呀，总之，梅里韦瑟太太就知道这里是你的卧室。"

"我看她恨不得把这事告诉所有的小伙子，这个老刁婆。"

"宝贝儿，别这么说！多莉·梅里韦瑟是我最好的朋友。"

"哼，那她也是老刁婆——哦，对不起，姑妈，你别哭啊！都怪我，一时忘了这是我卧室的窗户了。我不会再这么做了——我——我只是想看着他们从这儿经过，其实我也想去。"

"宝贝儿！"

"没错，我真的想去。坐在家里简直快闷死了。"

"斯嘉丽，答应我，以后别再说这种话，人家会说闲话的。他们会说你对可怜的查理连起码的尊重都没有——"

"噢，姑妈，你别哭了！"

"哎呀，瞧我，把你也惹哭了。"皮蒂帕特啜泣着，不过看到斯嘉丽哭了反倒挺满意，还一边哭着，一边在裙子口袋里掏手绢。

那锥心的痛楚终于冲出了斯嘉丽的嗓子眼,让她放声大哭起来。不过跟皮蒂所想的不同,她哭的并不是可怜的查理,而是街上那渐渐远去的车轮声和欢笑声。梅兰妮也从她的房间匆匆赶来,眉头紧锁,一脸担忧,她手里还拿着把梳子,平时梳得整整齐齐的一头黑发因为摘了发网,蓬松鬈曲的秀发如波浪一般披散在脸颊旁。

"亲爱的!出什么事了?"

"查理!"皮蒂帕特呜咽着说,把头埋在梅丽肩头,任由自己沉浸在悲痛之中。

"噢,"梅丽说,一听到她哥哥的名字,嘴唇微微颤抖,"坚强些,亲爱的。别哭了。哦,斯嘉丽!"

斯嘉丽扑倒在床上失声痛哭,哭她逝去的青春,哭她无缘再享受青春的快乐,哭得像个愤怒而绝望的孩子,从前她想要什么,只要一哭就能得到,而现在,她知道哭得再凶也无济于事。她把头埋在枕头里,边哭边用脚蹬踢镶着流苏的床罩。

"我还不如死了的好!"她伤心欲绝地哭诉道。见斯嘉丽哭得这般撕心裂肺、痛不欲生的样子,皮蒂帕特那说来就来的眼泪反倒一下子止住了。梅丽立刻飞奔到床边安慰自己的嫂子。

"亲爱的,别哭了!想想查理有多么爱你,你心里就会好过些了!想想你那亲爱的宝贝儿。"

斯嘉丽看到自己被人误会就气不打一处来,再加上生活中的一切乐趣都被剥夺了,再也没自己的份儿了,因此倍感凄凉,一时气得说不出话来。不过幸亏如此,因为如果她能说出话来,她就会像她父亲杰拉尔德一样直截了当,反倒一股脑把真话吐出来了。梅兰妮轻轻拍着她的肩膀,皮蒂帕特则费力地踮起脚尖,走到窗边,拉下百叶窗。

"别拉!"斯嘉丽突然从枕头上抬起头来,一张脸涨得通红,大声喊道,"我还没断气呢,用不着拉窗帘——我要是死了倒好了。噢,请你们都出去吧,我想一个人待着!"

她重新把头埋进枕头里,站在她身旁的两个人轻声耳语了一阵,然后轻悄悄走出了房间。她听到两个人走下楼时,梅兰妮轻声对皮蒂帕特说道:"皮蒂姑妈,您以后不要再跟她提查理了。您知道的,一提就免不了惹她伤心。可怜的斯嘉丽,她脸色不对劲,我知道她是在强忍着不哭出来。我们不能再给她增添痛苦了。"

斯嘉丽心里有气无处发泄,只能一个劲儿地踢床罩,想骂几句难听的话出出气。

"见鬼去吧!"斯嘉丽终于忍不住大吼了一声,这才感觉心里畅快了些。梅兰妮怎么就这么甘心守在家里,为自己的哥哥披黑纱守丧,忍受毫无乐趣的生活呢?她才不到十八岁啊。多彩的人生正随着马蹄声而渐渐远去,可梅兰妮怎么毫不知情,也毫不在乎呢?

"她就是个榆木脑袋,"斯嘉丽捶着枕头,心想,"从来都不像我这么招人喜欢,所以她并不留恋我所留恋的东西。而且——再说她还得到了阿什利,而我——我却谁也没得到!"想到这里,她旧愁未去又添新愁,不禁悲从中来,又开始号啕大哭。

她郁郁寡欢地待在房间里，一直待到中午。此时，去郊外野餐的队伍满载而归，她看到一辆辆的马车上堆满了松枝、青藤和蕨类，大家虽一脸倦容，却难掩心中喜悦，笑意盈盈，但这并没有使斯嘉丽快活起来。众人再次向她挥手致意，而她却愁容惨淡、无精打采地点头回礼。生活已然毫无希望，活着还有什么意思呢？

没想到峰回路转，有救星从天而降。午睡时，梅里韦瑟太太和埃尔辛太太忽然登门拜访。这个时候竟然有客人前来，不禁令梅兰妮、斯嘉丽和皮蒂帕特姑妈大为惊讶，于是几个人赶紧起床，匆匆束好胸衣，梳理好头发，然后下楼来到客厅。

"邦内尔太太家的孩子们突然出了麻疹。"梅里韦瑟太太一出口就语气犀利，显然是在埋怨邦内尔太太竟然让这种事情发生，实在难辞其咎。

"而麦克卢尔家的姑娘们又都被叫到弗吉尼亚去了。"埃尔辛太太一边慵懒地摇着扇子，一边轻声细语、慢条斯理地说，好像天下的事都没什么大不了的，这件事也不例外，"达拉斯·麦克卢尔受伤了。"

"太可怕了！"三位女主人异口同声地惊诧道，"可怜的达拉斯他——"

"没事。只是肩膀被子弹穿了个洞。"梅里韦瑟太太简单明了地说，"可偏偏这时候出了事，真是麻烦。姑娘们还得去北方把他接回家来。天啊，可急死我了，没工夫坐在这儿聊了，咱们得赶紧回到民兵训练营去，把摊子都布置好。皮蒂，我们今晚需要你和梅丽来接手邦内尔太太和麦克卢尔家姑娘们的活儿。"

"哎呀,多莉,可我们不能去呀。"

"别跟我说'不能'两个字,皮蒂帕特·汉密尔顿。"梅里韦瑟太太厉声说道,"你得帮我们去盯着那几个负责茶点的黑人。那原本是邦内尔太太的活儿。而你呢,梅丽,你得替麦克卢尔家的姑娘们照看货摊。"

"噢,我们真不能去——可怜的查理才死了——"

"这我知道,我能理解,可为了咱们的邦联,再大的牺牲也不算什么。"埃尔辛太太说话软绵绵的,却斩钉截铁,让人无法反驳。

"噢,我们很愿意帮忙,可是——你们怎么不去找几个漂亮姑娘照看货摊呢?"

梅里韦瑟太太不悦地哼了一声,声音大得像在吹号一样。

"真不知道这年头年轻姑娘们都在想什么,一点儿责任心都没有。一听说要她们去照看货摊,都摆出一大堆理由和借口来拒绝。哼,可她们骗不了我!她们无非就是不想让这差事阻碍她们跟那些年轻军官亲近,并且担心货摊会把她们的新衣服给挡住,没人看得见。但愿那个能穿过封锁线的人——他叫什么名字来着?"

"巴特勒船长。"埃尔辛太太提醒道。

"对,但愿他能多弄些医疗用品过来,少弄进些有裙箍的裙子和花边。要是我今天看见一件他弄进来的裙子,那就说明他至少运进来了二十件。巴特勒船长——这名字我已经听烦了。好了，皮蒂，我没时间跟你争论了，今晚的义卖会你一定得来，大家都会理解的。再说你待在后屋，也没人看得见你。梅丽也不会惹眼的，可怜的麦克卢尔家那几个姑娘的货摊摆在最尽头，而且拾掇得也不怎么漂亮，所以没人会注意到你的。"

"我想我们应该去，"斯嘉丽说道，她尽力掩饰着自己迫切的心情，装作一副既诚挚又单纯的样子，"多少也算为医院出一份力，尽一份心。"

两位太太自打进屋来之后，一直也没提起她，听她这么一说，立刻齐转过身，目光锐利地看着她。就算她们再缺人手，也从没有考虑过让一个守丧还不到一年的寡妇到社交场合抛头露面。斯嘉丽睁着一双大眼睛，带着像孩子一样天真无邪的神情，迎视着她们的目光。

"我想我们应该去帮忙，把这次义卖会办好，我们几个人都去。我想我应该跟梅丽一起照看货摊，因为——呃，我觉得两个人照看总比一个人好些。你觉得呢，梅丽？"

"这……"梅兰妮一时不知如何是好。还在守丧期间的寡妇在公开场合抛头露面，这种事情闻所未闻，让她有些不知所措。

"斯嘉丽说得对，"梅里韦瑟太太察觉到梅兰妮有些被说动了，于是趁热打铁，她站起身来，拉正裙环说道，"你们俩——你们三个都得去。好了，皮蒂，别再跟我找借口了。想想看，医院要添置新病床，购买药品得需要多少钱啊。我相信查理也希望你们能为邦联出一份力，因为毕竟他是为了邦联而牺牲的。"

"那好吧，"皮蒂帕特说，在一个比她更强势的人面前，她向来毫无招架之力,"只要你觉得大家真的能理解就行。"

斯嘉丽故作矜持地悄悄溜进原本该由麦克卢尔家的千金看管的货摊,上面挂着粉色和黄色彩旗,她内心无比雀跃,心里暗自欢唱着:"天下竟有这等好事!天下竟有这等好事!"实际上,她就等于是在参加晚会了。与世隔绝了一年,成天披着黑纱,连说话也不敢大声,几乎无聊得快要发疯,而现在她终于参加了一场晚会,而且是亚特兰大最盛况空前的晚会。她终于可以看到璀璨的灯光、悦耳的音乐和热闹的人群,还能亲眼见识到那个大名鼎鼎的巴特勒船长刚刚越过封锁线弄进来的漂亮的花边、褶领和衣裙。

货摊后面有几张小凳,她坐在小凳上,放眼打量长长的大厅。直到今天下午以前,这里还是空空荡荡、丑陋不堪的训练场,不知那些太太小姐们费了多大心思和精力,才把这里布置成现在这样漂亮。真好看!今晚,亚特兰大的每根蜡烛、每个烛台几乎都被集中到这儿了吧,斯嘉丽暗想。这些烛台当中,有银制的,可以插十二支蜡烛;有陶瓷的,底座上围着一圈精致可爱的小雕像;还有老式的铜制烛台,看上去威严而挺立。各式烛台上全都插满了大大小小、形色各异的蜡烛,散发着月桂果的芳香。长长的大厅里,沿墙的枪架上、摆放着鲜花的长桌上、货摊的柜台上,甚至开着窗户的窗台上,都摆着蜡烛。夏日一阵阵温热的微风吹过,将烛光吹得更加摇曳闪烁。

在大厅的中央,天花板上的吊灯原先是由几根锈迹斑斑的铁链倒挂下来的，又大又难看，如今已经被一根根常春藤和葡萄藤蔓缠绕着，竟然完全变了个模样。由于太热，这些藤蔓已有些发蔫，显得无精打采。沿墙立着一排排松枝，散发着阵阵清香，把大厅的角落变成了别具一格的凉亭，供陪伴姑娘们的年长妇人和老太太们闲坐休息。四周到处都挂满了常春藤、葡萄藤和菝葜藤相互缠绕而成的装饰花环，有的挂在墙上，有的吊在窗户上，有的呈扇形缠绕在五彩缤纷的货摊上。一片青枝绿叶中，四处都挂着南部邦联的旗帜，红蓝的底色上，有无数星星在闪耀。

为乐队搭建的乐台高出地面，造型格外别致，完全被四周的青枝绿叶和点缀着星星的旗子遮住。斯嘉丽知道全城的盆栽都被搬到这里来了，这其中有锦紫苏、天竺葵、绣球花、夹竹桃和秋海棠——就连埃尔辛太太家四盆珍贵的橡胶树也被分别摆在了乐台四角最显眼的位置，尽显尊贵。

乐台对面的大厅尽头，布置得更加庄严气派，连太太小姐都显得黯然失色。墙上挂着戴维斯总统[1]和南部邦联的副总统斯蒂芬斯[2]的巨幅画像，佐治亚人喜欢亲切地称呼斯蒂芬斯为我们的"小亚力克"。画像的上方是一面巨大的旗帜，下方摆着一张张长

1　杰弗逊·汉密尔顿·戴维斯（1808—1889），美国密西西比州民主党人。19世纪下半叶，美国南方蓄奴州成立美利坚联盟国（简称邦联），试图脱离联邦，引发美国历史上最大规模内战，史称南北战争。戴维斯在1861年至1865年的南北战争时期担任邦联"总统"。

2　亚历山大·汉密尔顿·斯蒂芬斯是美国南北战争期间美利坚联盟国副总统。1843年至1859年为佐治亚州选出的国会议员。主张扩大蓄奴范围，在南方维持立宪政治。1865年南方联盟崩溃后曾被监禁数月。1882年至1883年任佐治亚州州长。著有《南北战争的宪法观》。

桌，桌上摆着"薅"遍全城的花园采集来的鲜花，包括凤尾草，还有一束束的玫瑰，红的、黄的、白的，颜色各异；另外还有金剑兰，叶片如鞘，卓尔不群；旱金莲，花团锦簇，色彩缤纷；蜀葵，高大挺直，深红和奶黄色的花冠威仪挺立，傲视群芳。花丛中摆放着一支支蜡烛，犹如圣坛之火，静静地燃烧。画像上的两张面孔俯视着眼前的一切。这两位在动荡不安、战火连天之时执掌大权的人物，相貌竟截然不同：戴维斯面颊扁平，目光冷峻，薄唇紧闭，威严高傲；斯蒂芬斯则有着一双黑色的眼睛，眼窝深陷，目光深邃，仿佛洞悉人间所有的疾苦，并以自己的幽默和热情战胜这疾苦——然而，这两位都同样深受人民的爱戴。

负责整个义卖会的几位年长太太，威风凛凛、派头十足地走进会场，长裙窸窣，好似鼓满风帆的船。她们催促着那些迟到的年轻太太和笑得花枝乱颤的姑娘们，让她们赶紧进入各自的货摊里，然后便一阵风似的走进摆着茶点的后屋去了。皮蒂姑妈气喘吁吁地跟在她们后面。

乐手们登上乐台，都是清一色的黑人，一个个咧着嘴笑，胖乎乎的脸上已经开始闪着汗珠了。他们调试琴音，煞有介事地拨弄着琴弦。梅里韦瑟太太的马车夫老利瓦伊早在亚特兰大还叫马萨斯维尔的时候，就担任每场义卖会、舞会和婚礼的乐队指挥。此时，他敲了敲琴弓，示意乐手们都看向他。现在这个时候，除了负责义卖会的太太们以外，到场的客人还不太多，不过在场的人都不约而同将目光投向了他。这时，小提琴、低音大提琴、手风琴、班卓琴齐奏，配合打响指的节拍，演奏起一支舒缓的乐曲《洛蕾娜》。这曲子节奏太慢，不适合跳舞。舞会要等货摊上的东西都卖完后才会开始。当婉转悠扬，令人感伤的华尔兹舞曲飘入斯嘉丽耳中时，她不禁怦然心动。

岁月静静流逝，无声无息，洛蕾娜！
草地上又落满皑皑白雪，
日斜西沉，夕阳已远落天际，洛蕾娜……

一——二——三，一——二——三，欠身——摇摆——三，转身——二——三。多美的华尔兹啊！她微微伸出双手，闭上眼睛，随着那伤感而动人的节奏摆动起来。忧伤的旋律和洛蕾娜逝去的爱情，与她自己的情绪交织融汇在一起，令她不由得喉咙哽咽，心中备感凄凉。

这时，仿佛被这华尔兹舞曲唤醒一般，月光斑驳的街道上飘来了各种声音：阵阵的马蹄声，滚滚的车轮声，温暖而馨香的夜空中荡漾着的欢快的笑声，以及黑奴争夺拴马之处的吵闹声。门口的台阶上热闹非凡，一片欢声笑语，姑娘们声音清脆甜美，护花的男士们嗓音低沉浑厚。姑娘们一看到好友便兴高采烈地叫喊着打招呼，就像多年未见一样，分外亲热，其实她们下午才刚刚分开。

大厅转眼间便一片欢腾，满眼皆是青春靓丽的姑娘——一个个打扮得花枝招展，像蝴蝶一样鲜艳夺目。裙摆撑得大大的，摇曳生姿，镶着花边的长裤在裙子底下若隐若现；浑圆白皙的小香肩一览无余；荷叶花边之上，隐隐露出一抹娇美的乳房；镂空的披肩随意地顺着手臂垂下来；姑娘们手里拿着各式各样精致的扇子，用细细的丝绒缎带系在腕间，有亮金扇、彩绘扇、鹅毛扇、孔雀扇等等；黑发的姑娘们把一头秀发平滑地梳向脑后，绾成沉甸甸的发髻，坠得脑袋都不得不微微向后仰，显得俏皮又得意；金发姑娘则随意将一头浓密的鬈发披散在脖颈边，金色的流苏耳坠随着飘逸的金发而不停摆动；这些花边、丝绸、穗带和缎带全都是越过封锁线偷运进来的，因此显得愈加珍贵，姑娘们穿在身上越显得意和神气。她们分外自豪地炫耀华美的衣饰，以显示对北方佬的格外蔑视。

其实全城的鲜花并不是全都被摆在南部邦联的两位领袖画像前，那些最小最香的花都被当作饰物戴在姑娘们的身上了。香水月季被别在耳后，栀子花和玫瑰花苞被串成花环，绕在如瀑布般从一侧肩膀垂下的长发上，还有些人把鲜花别在腰间的缎带上，尽显优雅。然而过不了多久，夜幕未散，这些鲜花便会被当作珍贵的纪念品，插进小伙子灰色军装胸前的口袋里。

放眼望去，人群中尽是些身穿军服的人——这些人斯嘉丽几乎都认识。医院的病床、大街、训练场，无非就这么几个地方，所以总能遇见他们。这军服多么华丽帅气，光彩照人啊，闪亮的纽扣、袖口和领口上夺目的金色穗带，军裤上按照不同军种分别镶有红、黄、蓝三色的饰带，把灰色的军服衬托得完美无瑕，好看极了。深红和金色的绶带晃来晃去；军刀闪亮，时不时碰上锃亮的长靴，乒乓作响，而靴子上的靴刺也同样总是响个不停。

这些男人真帅气啊，斯嘉丽心中暗想。看到他们相互问候，向朋友招手致意，弯腰亲吻年老妇人的手，斯嘉丽心里不禁油然升起一股骄傲自豪之情。他们一个个那么年轻，尽管有的人留着两撇黄色的胡子；有的人留着一脸黑色或棕褐色的连鬓胡子，有的人手臂上悬着吊腕带；有的人头上缠着绷带，配上晒得黝黑的脸，显得那绷带白得刺眼而吓人；还有的人拄着拐杖，姑娘们都体贴地放慢步子，配合着这些护花使者一瘸一拐的蹒跚脚步，脸上充满自豪。但不管怎样，这些小伙子们看上去依然英俊威武。这些军人中有一位衣着格外鲜艳夺目，像一只色彩斑斓的热带鸟，把姑娘们艳丽的衣裙压得黯然失色——原来那人是一个路易斯安那的祖阿夫义勇兵[1]。他穿着宽大的蓝白条纹裤，米黄色的绑腿高靴，红色紧身短上衣，一只胳膊上悬着黑丝吊腕带，肤色黝黑，满脸笑容，看上去像个小猴子。他就是梅贝尔·梅里韦瑟的心上人，名叫勒内·皮卡德。全医院的

---

[1] "祖阿夫"兵最早出现在法国，是一群为法国效力的外籍兵团（主要为柏柏尔人），最早在路易·菲利普当政的七月王朝时代建立，到阿尔及利亚独立为止（1831—1962）。他们统称为"祖阿夫"兵，"军团就是祖国"成为外籍兵团的格言，外籍军团作战英勇，几乎出现在日后法国的每场军事行动中，他们是19世纪最为杰出的轻步兵部队。在1853年的克里米亚战争中，"祖阿夫"兵团给了美军观察员深刻的印象，于是美国也开始模仿"祖阿夫"兵的建制组建自己的"祖阿夫"兵团，当然，这些人还是美国人。在美国南北战争中，整个北军中前前后后组建了70多个士兵身着特色服饰的"祖阿夫"兵团，而南军也组建了25个。邦联南军的祖阿夫军团与北军不同，他们的编制充其量只能算一个人员扩充的连。其中比较有名的是"路易斯安那老虎"，但这个名字很容易被混淆，它经常被当作许多祖阿夫军团的统称（因为大多数邦联军的祖阿夫军团都来自曾为法国殖民地的路易斯安那州）。在战争结束前，大部分邦联的祖阿夫军团都已经解散。

人几乎都出动了,至少能走的人全都来了。另外从这儿到梅肯之间所有铁路、邮政、医疗和军需等系统和部门的人也都来了。太太小姐们简直高兴坏了!今晚医院肯定能筹到一大笔钱了。

街上传来一阵轻轻的鼓乐声、沉重的脚步声还有马车夫的喝彩声。军号吹过,一个低沉浑厚的口令声响起,喝令队列解散。随即,穿着鲜艳制服的自卫队和民兵团士兵一拥而上,涌进大厅,把狭窄的楼梯踩得直晃悠。他们一进来就忙着点头、鞠躬、敬礼、握手,跟人打招呼。自卫队的小伙子们意气风发,为自己能在战争中一显身手而骄傲得意,并暗下决心,如果这场仗打到明年这个时候的话,他们就去弗吉尼亚参战。花白胡子的老人,一身戎装,满面春风,希望自己能再年轻些,为自己的儿子在前线作战而自豪,也为自己身在民兵的队伍中而感到无限光荣。在这些民兵中,有许多中年人和上年纪的人,但零星也有些适龄参军的人,但他们就没有年长的或岁数小的人那么神气得意了,因为已经有不少人在背后议论,问他们为什么没跟随李将军[1]一起上战场。

这么多的人,竟然全都进到了大厅里!几分钟以前,这里还空空荡荡的,眨眼工夫就已经摩肩接踵,人头攒动了。夏日的

---

[1] 罗伯特·爱德华·李(1807—1870),美国军事家,出生于弗吉尼亚。他在美墨战争中表现卓越,并在1859年镇压了约翰·布朗的武装起义。在美国南北战争中,他是美国南方联盟的总司令。内战中,他在奔牛河战役、腓特烈斯堡战役及钱瑟勒斯维尔战役中大获全胜。1865年,他在联盟军弹尽粮绝的情况下向尤里西斯·辛普森·格兰特将军投降,从而结束了内战。战后,他积极从事教育事业,任华盛顿大学(现名华盛顿与李大学)的校长。1870年病逝,葬在弗吉尼亚列克星敦。

夜晚暖暖的，空气中散发着香袋、古龙香水和发油的香味，弥漫着蜡烛的月桂香气和阵阵花香，飘扬着无数双脚踩踏在老旧的地板上而扬起的粒粒尘埃。大厅里嘈杂喧闹，让人几乎什么也听不清。老利瓦伊似乎也被这种欢乐热闹的气氛所感染，《洛蕾娜》演奏到一半，他突然叫停，然后敲了几下琴弓，卖力地拉动琴弦，乐队齐声奏起了《美丽的蓝旗》。

上百个声音随着乐曲齐声合唱，纵情高歌，如同齐声欢呼一般。自卫队的号手爬上乐台，吹响军号，恰好在大家齐声合唱之时赶上节拍。号声嘹亮激昂，荡气回肠，盖过了众人的合唱，令人激动得浑身直起鸡皮疙瘩，后背也感到阵阵彻骨的战栗：

万岁！万岁！
属于南方的力量，万岁！
美丽的蓝旗[1]*万岁！*

众人又齐声唱起了第二段。斯嘉丽正跟着大家合唱，突然听到身后响起了梅兰妮甜美高亢的女高音，音色清亮，情绪激昂，跟军号声一样动人心弦。斯嘉丽转过身，看到梅兰妮十指交叉贴在胸前，双眼紧闭，眼角淌着泪珠。一曲终了，她朝斯嘉丽羞赧一笑，一面用手帕轻拭泪水，一边微微噘着嘴表示歉意。

"我太高兴了，"她低声轻喃，"太为这些士兵感到骄傲了，

---

[1] 美丽蓝旗曾是西佛罗里达共和国国旗，后成为南方的代表旗帜之一。

所以就忍不住哭了。"

她眼里流露出一种强烈而几乎狂热的神采和光芒，这光芒照得她那张平庸的小脸熠熠生辉，容光焕发，一时间竟显得格外美丽动人。

合唱结束后，每个女人脸上的神情都跟梅兰妮一样，无论是年轻姑娘粉嫩的脸蛋，还是年长妇人布满皱纹的面庞，眼里都闪着骄傲的泪花，散发出深邃而炽热的光芒，嘴角都挂着笑意。她们转身面向自己深爱的男人，姑娘凝望着情郎，母亲凝视着儿子，妻子看着自己的丈夫，每个女人都光彩夺目，美丽动人。当女人受到全然的保护，被男人全心全意地爱着，并且以千百倍的热情回报这份爱意时，即使最平庸的脸也会变得美若天仙。

她们深爱自己的男人，信任他们，依赖他们，至死不渝。有这样一支坚如磐石的灰色大军，组成一道坚不可摧的防线，为她们挡住北方佬的军队，灾难怎会降临到她们头上呢？自开天辟地以来，可曾有过像他们这样英勇无畏、温柔多情的男人呢？他们为之奋斗的事业如此崇高而正义，除了一往无前的胜利之外，怎可能还有别的结局呢？她们热爱这一事业，如同爱自己的男人。她们为这一事业全心全意地奉献，用自己的双手，更用自己的一颗赤诚之心。她们谈的是这一事业，想的是这一事业，梦的也是这一事业——如果需要的话，她们甚至愿意为了这一事业牺牲自己深爱的男人，并且像男人扛起战旗一样，骄傲地去承受失去挚爱之痛。

这是她们内心深处忠诚的信仰和自豪的高潮，也是南部邦联事业的高潮，因为最后的胜利已经近在眼前。石墙杰克逊[1]在谢纳杜谷捷报频传，并且在里士满[2]一带的"七天战役"[3]中让北方佬吃了败仗，所以局势如何已经很清楚了。有像李将军和杰克逊这样的统帅，邦联怎能不稳操胜券呢？再打一场胜仗，北方佬就得下跪求饶了，她们深爱的男人们就可以骑着马胜利归来，人们就可以纵情亲吻、欢庆胜利了。再打一场胜仗，战争就会彻底结束了！

当然，肯定有些家庭会失去亲人，家里留下空空的椅子没有人坐；孩子再也见不到自己的父亲；寂寞的弗吉尼亚溪水边、寂静的田纳西山冈上，会多出许多没有墓碑的无名坟冢，但为了这个伟大的事业，这样的代价算大吗？眼下茶、糖和太太小姐们要的丝绸等物品很难弄到，但这些不过是小事，人们只是一笑而过。再说那些敢于偷越封锁线的人十分厉害，源源不断地把货物从北方佬的眼皮底下运进来，太太小姐们拿到这些东西都格外激动。过不了多久，拉斐尔·塞姆斯[4]和南部邦联的海军就会收拾北方佬的战船，开放港口。英国也会来协助南部邦联，因为英国的棉纺厂已经停工，急需从南方运进棉花。而英

---

[1] 托马斯·乔纳森·杰克逊（1824—1863），美国内战期间著名的南军将领，绰号石墙杰克逊。有部分历史学家认为，如果以战绩作比较，托马斯·杰克逊是美国内战中唯一的英雄。

[2] 里士满，美国弗吉尼亚州首府。在美国内战期间，里士满是当时美利坚联盟国的首都。

[3] 七天战役（1862年6月25日—1862年7月1日）是美国南北战争时期的一次战役，南军在罗伯特·李指挥下击退了乔治·B.麦克莱伦率领的北军。

[4] 拉斐尔·塞姆斯（1809—1877）是美国南方联盟海军的一名军官。他指挥"阿拉巴马号"战舰进行的果敢进攻在美国南北战争中期曾使联邦的商船运输陷入停顿达两年之久。

国的贵族自然也是同情南部邦联的,毕竟贵族与贵族都惺惺相惜,一脉相通,他们也讨厌那些贪财的北方佬。

女人们衣裙窸窣作响,自豪地望着自己的男人,心花怒放,喜上眉梢。她们知道从危险和死亡手中夺来的爱情倍加甜蜜,因为这甜蜜中还带着奇特的刺激。

一开始,斯嘉丽因为许久未参加盛会,面对这么多人还有些不大习惯,一颗心怦怦乱跳。但是当她看到周围那些女人脸上激动雀跃的神情,似乎有所顿悟,心中的一团欢喜尽数消散。在场的每个女人都像有种炽热的激情在熊熊燃烧,而她却丝毫没有这种体会和感觉,不由得感到困惑和沮丧。不知为何,她觉得大厅似乎没那么华丽了,姑娘们的衣着打扮也没那么漂亮了,但每个人脸上仍洋溢着对事业的狂热和为事业而献身的热情——哦,看上去真是太荒唐可笑了!

她恍然大悟,一下子惊得目瞪口呆——她发现自己并没有同那些女人一样,怀有无上的自豪感,也没有甘愿为南方邦联大业牺牲自己、牺牲一切的决心和意愿。不等恐惧涌上心头,警告她:"不——不!不能这样想!这么想是错的,简直是罪过。"她便已然看清了自己,她知道这所谓的事业对她来说毫无意义,她看腻了别人眼中对事业的狂热,听腻了人们对事业谈论不休。在她看来,这事业没那么神圣,而战争则不但不神圣,还令人厌恶至极,因为打仗不但滥杀无辜,劳民伤财,还使物品短缺,好东西很难弄到。她讨厌整天没完没了地编织、卷绷带、扯纱布,磨得她手指甲都起茧子了。噢,医院她也厌烦透了。长满坏疽的伤口令人恶心，臭味难闻；伤员一个个呻吟不停，哀号不止，简直让她忍无可忍。另外，那些垂死的病人凹陷的面庞和阴郁的神情也令她十分害怕。

她抬眼偷偷望了一眼四周，生怕她脑子里掠过的这些大逆不道、亵渎神圣的念头清清楚楚写在脸上，被人一眼瞧出来。噢，为什么她就没有别的女人那样的感觉呢！她们为了南方的大业真是全心全意、至诚至真，一言一行皆发自真心。假如有人怀疑她——不，决不能让别人知道！哪怕对事业毫无兴趣和热情，也必须得装出激动而自豪的样子，扮好一个南方邦联军官遗孀的角色——毅然承受丧夫之痛，心如死水，毫无波澜，为了事业的胜利，即使失去了丈夫也无怨无悔。

噢，为什么她和这些充满爱心、忠诚不渝的女人这么迥然不同，相差甚远呢？无论对人还是对事，她从来都无法像那些女人一样无私地献出自己的爱。这种感觉好孤单，而以前她从来没感觉这么孤单过，无论是精神还是肉体上。起先，她竭力想把这种念头压下去，但骨子里那种直率的天性让她无法做到自欺欺人。所以在义卖会上，她一边和梅兰妮一起应付光顾货摊的客人，一边绞尽脑汁为自己找借口辩解——她向来擅于给自己找借口，所以这点事丝毫难不倒她。

女人们一个劲儿地谈论着爱国和事业，真是头脑发热，胡言乱语，可笑至极。而男人们也好不到哪去，满口生死存亡和州权什么的。只有她，斯嘉丽·奥哈拉·汉密尔顿，具有爱尔兰人特有的冷静和理智。她并不想像个傻子似的谈论事业，也不想袒露自己真实的想法，被人当成傻子，沦为他人的笑柄。因为她头脑清醒，所以讲求实际，对形势有客观冷静的分析和判断，谁也无法猜透她的心思。如果参加义卖会的这些人知道了她的真实想法，会多么吃惊啊！如果她突然爬上乐台，宣称这场仗不该再打下去，这样大家就都可以回家去种棉花、开舞会、谈情说爱、添置各种花花绿绿的衣裙，人们该有多么震惊啊！

一时间，她的这种自我辩解令她精神振奋了些，但还是对这个会场感到讨厌。正如梅里韦瑟太太所说，麦克卢尔家姑娘们的货摊果然一点儿也不显眼，好长时间都没人来这个不起眼的角落光顾。于是，斯嘉丽无事可做，只能满心嫉妒地看着那些开心快活的人群。梅兰妮察觉到她闷闷不乐，却以为她是在想念查理，所以并没有跟她搭话，只是埋头忙着整理货摊上的物品，把东西摆放得更吸引人。斯嘉丽无聊地枯坐着，百无聊赖地环顾大厅，看什么都不顺眼，就连戴维斯先生和斯蒂芬斯先生画像下面摆着的一堆堆鲜花也看着不顺眼。

"就跟个祭坛似的，"她嗤之以鼻地说，"瞧大伙儿对那两个人的狂热劲儿，都快把他们俩当圣父和圣子来敬拜了！"突然她转念一想，不禁有些发慌，感觉这种想法似乎有些对神不敬，于是连忙画十字以表忏悔，幸好这些话没有说出口。

"可这么想也没错啊，"她跟自己的良心争辩道，"人人都把他们俩奉若神明，其实他们只是凡夫俗子，而且长得还不是一般不好看。"

"当然喽，斯蒂芬斯先生长成这样也没办法，谁叫他是个残废呢，可戴维斯先生——"她抬头看着那张浮雕一般光洁而冷傲的脸庞，觉得那撮山羊胡子最让她受不了。在她看来，男人要么把胡子剃得干干净净，要么就留两撇胡子，或者索性留一脸络腮胡。

"看起来他最多也就只能留一小撮山羊胡子了。"斯嘉丽心想。但她只看到了他脸上的胡子，却没有看到他用以担负一个新生国家的冷峻和智慧。

不，此时此刻，她一点儿也不开心。之前她还为能够置身于人群之中而欢呼雀跃，而现在看来，光是在场还不够。她虽然身在义卖会场，却被冷落一旁。没人注意她，在场的所有单身年轻女人中，她是唯一一个没有男伴的。曾经的她向来都是舞台上的焦点，众人瞩目的中心。这太不公平了！她才十七岁，并且此时她的双脚还在情不自禁地随音乐踩着节拍，她多想到舞台上去翩翩起舞啊。她才十七岁，却已经有了一位丈夫已然长眠于奥克兰公墓，还有一个襁褓中的孩子，正躺在皮蒂姑妈家的摇篮里。人人都认为她应该认命和知足。跟在场的所有姑娘相比，她的酥胸更白皙，腰肢更纤细，玉足也更小巧，但这些又有什么用，她还不如索性躺到查尔斯身旁安息，再竖一块刻着"查尔斯爱妻"的墓碑算了。

她既不算是姑娘，可以跟男人跳跳舞，调调情；也不算是太太，能跟别的太太们坐在一起，对跳舞调情的姑娘们评头论足，指指点点。她是寡妇，但又太年轻，寡妇应该是上了岁数的老婆子才对——老得不行了，跳不动舞，也无心再调情，更不需要别人的羡慕和称赞。哦，真是太不公平了，她才十七岁，就得老老实实地坐着，安分守己，恪守寡妇之道。每当有男人，相貌英俊的男人来到她们的货摊前时，她必须低眉顺眼，低声下气，真是太不公平了！

亚特兰大的每个姑娘都被男人里三层外三层地围着，连最丑的姑娘都跟大美人似的有人追——噢，最可恨的是，她们的衣服都那么漂亮！

而她只能在这儿干坐着，活像一只乌鸦，一身黑漆漆的塔夫绸长裙，闷得要死，袖子长到手腕，纽扣系到下巴，一点儿花边或镶边都没有，除了母亲埃伦给的缟玛瑙丧服胸针，什么首饰也不能戴。她只能眼巴巴地看着那些俗里俗气的姑娘挽着英俊小伙子的手臂，搭着他们的肩膀。都怪查尔斯，偏偏得了倒霉的麻疹而死，连战死沙场、光荣牺牲的英名都沾不上，让她连吹牛的资格都没有。

她赌气似的把胳膊肘往柜台上一撑，看着热闹的人群，丝毫不顾嬷嬷的再三嘱咐和告诫，说撑胳膊肘会让皮肤起皱变丑。变丑了又怎样？反正也再没机会展露出来了。她看着那些翩然飘过的衣裙，露出如饥似渴的眼神：乳黄色的波纹绸，上面装饰着玫瑰花环；粉色的绸缎，上面镶着十八片荷叶边，边上还缀着小巧的黑丝绒缎带；淡蓝色的塔夫绸，裙摆足有十码宽，波浪一般的花边如水花飞溅；酥胸若隐若现，鲜花诱人勾魂。梅贝尔·梅里韦瑟挽着那位祖阿夫义勇兵的胳膊，朝隔壁的货摊走来。她身穿苹果绿色的薄纱裙，裙摆宽大，衬得她的腰肢格外纤细，细得都快没了。裙子上缀满了乳黄色的尚蒂伊蕾丝花边[1],是新近从查尔斯顿偷越封锁线运进来的。梅贝尔神气地卖弄这身服饰,就好像偷越封锁线的人是她,而不是那位大名鼎鼎的巴特勒船长。

"要是我穿上那身裙子,该有多么漂亮啊!"斯嘉丽暗想,心里妒忌得要命,"瞧她那腰,粗得跟头牛似的。那绿色配我才最合适,能让我的眼睛看起来——金发的人干吗要穿这种颜色呢?显得她那皮肤像块发霉的奶酪一样绿。可惜我再也穿不了绿色的衣服了,即使出了守丧期也不行,纵使设法再嫁人了也穿不成,因为从此只能穿老气横秋、俗不可耐的深灰、褐黄和淡紫色的衣服了。"

一时间,所有的不公一齐涌上心头。寻欢作乐、穿衣打扮、跳舞调情,她这辈子快活的时间真是太短暂了!只有短短的几年,才几年而已!然后就嫁为人妇,换上灰暗的衣裙,生儿育女,弄得腰身变粗,人老珠黄。之后,每逢舞会你就只能坐在角落里,跟那些一本正经的太太们在一起,即使是跳舞也只能和你的丈夫或者老是踩你脚的老头子跳。如果你不守为人妇的规矩,人家就会对你说三道四,指指点点,坏了你的名誉,也让家人颜面无光。当姑娘的时候,整天学习如何施展魅力,如何抓住男人的心,可这套本事顶多用一两年就完事了,真是白白地浪费。她想起埃伦和嬷嬷对自己的训练和管教,她知道她们所教的那一套的确完美无缺,因为每次都行之有效。所以这里头的确有一套

---

[1] 尚蒂伊蕾丝花边是以法国城市尚蒂伊命名的手工制作蕾丝,17世纪开始生产。

规矩，如果你乖乖地依照规矩而行，必能毫不费力地就达到目标，无往而不利。

对付老太太，你得温顺老实，尽量表现得天真无邪没脑子，因为老太太们个个挑剔尖刻，像老猫似的盯着小姑娘不放，妒意十足。只要你言语或眼神稍有不慎，她们就会立刻朝你扑过来。而对付老头子，你就得表现得顽皮活泼，甚至带着几分轻佻，但又不能做得过火，好让那些老糊涂们满足虚荣心，逗得他们开心，觉得自己依旧像年轻人一样，精力充沛，劲头十足。他们高兴了，便会拧你的小脸蛋，说你是个迷人的小鬼丫头。当然了，这时你就得羞得脸颊泛红，不然的话，他们就会得寸进尺，拧得更放肆，然后回去就跟他们的儿子说你行为放荡。

对年轻姑娘或者已婚少妇，你就得甜言蜜语，回回见面都得亲吻，哪怕一天亲个十次八次的也不为过。你还要搂着她们的腰，让她们也搂着你，不管心里多厌恶也得忍住。她们的衣裙服饰，她们的孩子，不管喜不喜欢，你都得夸赞一番，而且是大夸特夸。对她们的情人，你要开开玩笑；对她们的丈夫，你要恭维称赞。另外还要故作谦虚地咯咯傻笑，说跟她们相比，你一点儿魅力都没有。最重要的是，无论什么事都不能说出自己真实的想法，迎合着她们的话说，切不可吐露真实的心意。

对别的女人的丈夫，你要敬而远之，即使是你曾经抛弃的旧情人，或者即使对方英俊潇洒、魅力难挡，你也绝不能靠近。如果你对人家的年轻丈夫太好，他们的太太就会骂你行为放荡，从此沾上坏名声，你也就甭想再找到情人了。

不过对年轻的单身汉嘛——啊，那可就大不一样了！你可以对他温柔一笑，他会立刻追上前来，问你为什么笑。这时你先不要回答，并且反而要笑得更厉害，吊着他的胃口，让他始终围着你，想方设法去猜。你要对他暗送秋波，用眼神给出无言的许诺，让他愈发想要跟你单独在一起。一旦单独相处，对方想要吻你时，你要装作非常非常委屈、非常非常生气的样子，让他为自己的无礼冒犯而深感抱歉，然后你要言语温柔地表示原谅。这样对方就会紧追不舍，再次想要吻你。偶尔你也要准许对方亲你一回，但不能经常这样。（妈妈和嬷嬷并没有教她这招，是她无师自通的，不过屡试不爽。）亲完你就哭，声称自己也不知道是怎么了，说担心他以后再也不会尊重你了。这时他会心慌意乱，手足无措，一个劲儿地替你擦去脸上的泪水，甚至很有可能会向你求婚，以示他对你有多么尊重。接着呢——噢，对付单身汉的办法太多了，她悉数知晓：什么眉目传情啊，用扇子掩面而笑啊，扭动腰肢摇曳生姿啊，还有怎么哭、怎么笑、怎么恭维、怎么表达同情等等，她样样在行。噢，所有的招数她都运用自如，百战百胜——唯独对阿什利不管用。

只可惜，这些花招虽然学会了，却只用了一时，之后就永远地抛开不用了，实在不公平。要是永远不嫁人，永远穿着那件淡绿色的裙子靓丽活泼下去，永远有英俊的男人追求，那该多好啊！但如果是那样的话，时间一久，你就会像茵迪娅·威尔克斯一样成老姑娘了，然后人们便全都假仁假义、口是心非地可怜你。不，即使从此再无乐趣，也还是结婚嫁人的好，至少还能保住自尊。

噢，人生真是一团糟！这么多小伙子，她怎么就这么傻，偏偏嫁给了查尔斯，以致在十六岁花季般的年纪，就断送了自己的一生？

她正愤然绝望地想着心事，突然思绪被打断，因为她看到人群忽然纷纷后退，往墙边靠去。女士们小心翼翼地提起裙箍，以防被别人不经意地碰到，翻起裙摆，露出衬裤，有失体面。斯嘉丽踮起脚尖，掠过众人头顶望去，看到民兵队长登上乐台，一声令下，半数的民兵队员立刻列队整齐，生龙活虎地表演操练演习，练得人人都额头冒汗。观众热烈鼓掌，喝彩呐喊。斯嘉丽也乖乖地跟着众人一起鼓了几下掌。操练完毕，队伍解散之后，士兵们纷纷涌向卖潘趣酒和柠檬汽水的货摊。斯嘉丽转头看向梅兰妮，觉得自己最好还是赶紧装出为南方大业尽职尽责、充满热情的样子来。

"他们看上去真神气，不是吗？"她开口问道。

梅兰妮正整理着货摊上的针织品。

"这其中的大多数人要是能穿着灰色的军装，奔赴弗吉尼亚前线的话，他们看上去会更神气。"梅兰妮随口应和，一时忘了压低嗓门。

几位民兵队员的母亲正站在附近，满心自豪，却无意中听到了这句话。吉南太太脸色唰的一下变了，一阵红一阵白，因为她年方二十五的儿子威利就在民兵队。

没想到这话竟然出自梅兰妮之口，斯嘉丽感到十分诧异。

"噢,梅丽!"

"你知道我说的是实话,斯嘉丽。我指的并不是小孩和老人。但民兵队里的确有许多人是扛得动枪、打得了仗的,此时此刻他们本该在前线作战。"

"可是——可是——"斯嘉丽从来没想过这个问题,"总得有人留在家乡啊——"威利·吉南上回是怎么解释他为什么留在亚特兰大来着?"总得有人留在家乡保卫本州不受侵略。"

"没人侵略咱们,也没人打算要侵略,"梅丽冷眼瞧着一队民兵,语气冷冽地说道,"防止入侵的最好办法就是到弗吉尼亚去,上前线去打北方佬。至于说民兵队留下来是为了防止黑奴造反——哼,这种蠢话我还是头一次听说。自己人造什么反呢?无非就是胆小鬼的借口罢了。我敢打赌,如果各州所有的民兵都奔赴弗吉尼亚的话,不出一个月咱们就能把北方佬打败,绝对是这样!"

"噢,梅丽!"斯嘉丽又目瞪口呆地惊叫道。

梅丽那双温柔的黑眼睛里闪烁着怒火:"我的丈夫可不害怕上战场,你的丈夫也没有害怕。我宁愿他们俩都在前线牺牲,也不希望他们留在家里——哦,亲爱的,真对不起,我说这话太欠考虑,对你太残忍了!"

她满怀歉意地抚摩着斯嘉丽的胳膊,而斯嘉丽则愣愣地盯着她。但她心里想的并不是死去的查尔斯,而是阿什利。要是阿什利也死了怎么办?这时,米德医生朝她们的货摊走来,她立刻转过身,勉强挤出一丝笑容。

"哦，姑娘们，"他向她俩打招呼说，"你们能来真是太好了。我知道你们今晚出来是作出了多大的牺牲。但这都是为了邦联的事业。我要告诉你们一个秘密，今天晚上为了能给医院多筹些款，我想到了一个出人意料的主意。不过恐怕有些太太小姐会吓一跳。"

他突然停住不说了，捋着灰白的山羊胡子咯咯直笑。

"噢，什么主意？快告诉我们！"

"不过转念一想，我还是不说了，让你们自己去猜吧。不过如果教会因为这个要把我赶出城的话，你们可得站出来替我说情。不管怎样，我这也是为了医院。等会儿你们就知道了。这种事可是前所未有呢，从来没人这么做过。"

说完，他便自鸣得意地朝角落里的一群年长妇人走去。斯嘉丽和梅兰妮刚转过身，想猜猜那个秘密到底是什么，却见两位老先生走了过来，弯着腰看货摊上的东西，大声嚷嚷要买十英里长的梭织花边。行啊，有老先生来总比一位先生都没有强，斯嘉丽心想。她一边量着花边，一边忍受着被人摸下巴，还得故作端庄，默不吭声。两个老色鬼买完花边便朝卖柠檬汽水的摊子走去，这俩人走了，又有别的客人来光顾。她们俩的货摊不如别人家的顾客多，瞧瞧梅贝尔·梅里韦瑟嘻嘻哈哈，范妮·埃尔辛咯咯傻笑，还有怀廷家的姑娘们嘴甜会说话，招人喜欢。再看梅兰妮则像个闷葫芦似的，不声不响，尽职地履行店主职责，把毫无用处的东西卖给买回去也用不着的男人，斯嘉丽只好也照梅兰妮的样子行事。

别的货摊前都热热闹闹地围满了人，女孩子叽叽喳喳，男人们买这买那，但她们的货摊冷冷清清的。只有三三两两的几个人到她们这儿来，有的是阿什利的大学同窗，夸赞他是个出色的战士，有的则用敬重的语气谈起查尔斯，说他的死是亚特兰大的一大损失。

这时，乐队突然奏起了欢快的舞曲《约翰尼·布克，帮帮这个黑鬼！》，斯嘉丽兴奋得快要尖叫起来了。她想跳舞，真的很想跳舞。她眼睛瞧着舞池，合着音乐脚踩步点。一双绿色的眼眸满含渴望，闪着热切的火光。这时，大厅的另一头有个人刚刚走进来，站在门口。那人看到这双绿眸，一眼就认出了她，于是便目不转睛地注视着那张倔强而郁闷的小脸上的那双丹凤媚眼。他看出那双眼睛里流露出了所有男人一看就懂的挑逗和撩拨时，不禁咧嘴轻笑。

此人身穿黑色绒面呢套装，身材高大，比站在他身边的军官们足足高出一截。他肩膀宽阔，从肩部到腰间身形越来越窄，腰挺细，脚更是小得可笑，靴子擦得锃亮。他那身肃穆的黑色西装，配上精致的褶领衬衫和扎在高帮靴里的潇洒长裤，与他的身材和相貌极不相称。因为别看他衣着奢华，穿得像个花花公子，身材却高大魁梧，慵懒而优雅的外表下，潜藏着深不可测的危险。他的头发乌黑发亮，上髭修剪得又短又齐，跟旁边那几个留着时髦胡须的骑兵相比，简直就像外国人。他看上去像是个纵情声色、厚颜无耻之人，而实际上也的确如此，一副狂妄自大、傲慢无礼的样子令人十分不快。他肆无忌惮地盯着斯嘉丽瞧，眼神里透着不怀好意。最后，斯嘉丽终于感觉到有人在盯着她，于是目光也朝他看来。

她觉得这个男人似曾相识，好像很面熟，但又想不起来这人是谁。不过他倒是几个月以来第一个对她感兴趣的男人，于是她对这个男人嫣然一笑。对方鞠躬致意，斯嘉丽微微屈膝回礼。然后对方挺直身子，径直朝她走来，步伐轻快，就像印第安人一样。突然，斯嘉丽大吃一惊，连忙用手捂住嘴，因为她知道来者是谁了。

她就像被雷击中一般，僵直地站在原地，动弹不得。而那个男人正穿过人群朝她走来。她慌忙转过身，弯着腰想偷偷逃到茶点室，但裙子却被货摊上的一根钉子给勾住了。她使劲儿拉扯，可转眼间，那人已经来到她身边了。

"请允许我为您效劳，"说着，那人弯下腰，解开了裙子的荷叶边，"我没敢奢望您还能记得我，奥哈拉小姐。"

他的声音出奇地悦耳，像上等人那样抑扬顿挫，既浑厚磁性，又有查尔斯顿人特有的慵懒和慢条斯理。

斯嘉丽抬起头，用恳求的目光望着他，想起上次见面时的情景，不由羞得小脸通红。她迎上了一双从未见过的黑色眼睛，黑得那么深邃，还带着一丝幸灾乐祸。真是冤家路窄，竟然在这儿碰上了他！就是这个可怕的家伙，亲眼看见了她和阿什利的那一幕，至今回想起来还犹如噩梦一般。就是这个可恶的坏蛋，败坏姑娘的名声，体面人都不愿搭理他。就是这个卑鄙小人，振振有词地说她不是个淑女。

一听到此人的声音，梅兰妮突然转过身来。幸好有她在，斯嘉丽平生头一回真诚地感谢上帝赐给她这个小姑子。

"啊——您是——是瑞特·巴特勒先生吧？"梅兰妮微微一笑，伸出手来，"我见过您——"

"在宣布您订婚的大喜之日。"说完，他弯下腰亲吻梅兰妮的手，"谢谢您还记得我。"

"您从查尔斯顿远道而来是有什么事吗，巴特勒先生？"

"一些生意上的烦心事，威尔克斯太太。从现在起，我要经常在贵地出出进进了。因为我发现我不仅要把货弄进来，还得设法把货卖掉。"

"弄进来——"梅丽皱着眉头，话刚出口就笑了起来，"哎呀，您——您就是那位大名鼎鼎的巴特勒船长吧，经常听人提起您——勇闯封锁线的英雄。您看，这里所有的姑娘都穿着您运进来的衣服呢。斯嘉丽，你听了不感到激动吗——怎么啦，亲爱的？头晕吗？快坐下。"

斯嘉丽一屁股跌坐在凳子上，呼吸急促，憋得难受，真怕紧身胸衣的带子会绷断了。噢，怎么这么倒霉啊！万万没想到会再次碰到这个人。巴特勒先生从货摊的柜台上抓起斯嘉丽那把黑色的扇子，关切地替她扇起来。那表情十分严肃，关切得过分，可眼睛里依然透着幸灾乐祸。

"这儿太热了，"他说，"难怪奥哈拉小姐会头晕。我陪您到窗边去透透气好吗？"

"不用了。"斯嘉丽说，语气粗鲁，让梅兰妮吓了一跳。

"她不再是奥哈拉小姐了,"梅丽说,"她如今是汉密尔顿太太,是我的嫂子。"说完,梅丽还爱怜地看了看她。斯嘉丽看到巴特勒船长海盗般黝黑的脸上浮现出的那副表情,真想一把掐死他。

"我敢肯定,两位迷人的太太做了姑嫂,一定相处甚欢,获益良多吧。"他说,然后微微鞠了一躬。男人们都会说这种客套话,可话从他嘴里说出来,却怎么听怎么像反话。

"二位太太的丈夫今晚也在这儿吧?这么热闹的盛会,我相信他们肯定在场。和相识的熟人见面叙叙旧,无疑是一大快事。"

"我的丈夫在弗吉尼亚,"梅丽说着自豪地昂起了头,"但是查尔斯——"她声音哽咽,说不下去了。

"他死在军营里了。"斯嘉丽冷然道,几乎说得咬牙切齿。这家伙就不走了吗?梅丽吃惊地看着斯嘉丽,巴特勒船长则做出自责的样子。

"尊敬的两位太太——我真是太不应该了!请务必原谅我。不过请允许我这个陌生人由衷地说一句,为国捐躯者,虽死犹生。"

梅兰妮朝巴特勒船长含泪而笑,眼中泪花闪烁。而斯嘉丽却怒火中烧,满腔恨意涌动难消,无情地啃噬着她的五脏六腑。他居然又说场面话,上等的体面人碰到这种情况都会说这样的客套话,可话出自他的口,非但听不出真心,反倒充满讽刺和挖苦。他知道她根本不爱查尔斯,可梅丽这个傻瓜却一点儿也听不出他话里的意思。噢,上帝啊,可千万别让别人看破他的本意,她越想越害怕。他会把知道的事说出去吗?当然会的,他又不是什么正人君子。既然不是正派人,谁知道他会做出什么事来?这种人向来提摸不透,无法用任何标准来衡量和评判。斯嘉丽抬眼瞧他,发现他嘴角向下撇,一副虚情假意的样子,就连替她扇扇子也假惺惺的。一看他那副道貌岸然的表情,斯嘉丽就气不打一处来,满心的厌恶反而激起了她的劲头儿,她猛地一下从他手里夺过了扇子。

"我好得很,"她尖刻地说,"用不着替我扇扇子,把我的头发搞得乱七八糟的。"

"噢,斯嘉丽,亲爱的!巴特勒船长,请您多多包涵。她——她一听到别人提起可怜的查理就难受——看来也许今晚我们不该到这儿来。您也看到了,我们还戴着孝呢——可怜的孩子,这种欢快的场面和热闹的音乐,她怎么受得了呢。"

"我十分能够理解,"巴特勒船长故作庄重地说,但转头看向梅兰妮,看到她一汪清水般的眼睛里满是忧虑和担心时,那张黝黑的脸上突然换了一副神情,变得温和许多,还有一丝敬意,"我认为您真是一位勇敢可敬的年轻女性,威尔克斯太太。"

"一个字都没提到我!"斯嘉丽愤愤不平地想。梅丽羞赧而不安地笑道:"哪儿的话,巴特勒船长!医院护理会实在没办法了,才让我们来照看这个货摊的,因为眼看义卖会要开始了——要一个枕套吗?这个挺漂亮的,上头还绣着面旗子。"

梅兰妮转身去接待出现在柜台前的三位骑兵,心想巴特勒船长真是个大好人。接着她注意到放在摊子前面的痰盂和自己的裙子之间只隔了一层薄薄的布帘,心想要是布帘再厚实点儿就好了，因为那些满嘴琥珀色烟草汁的骑兵们吐痰没准头，可不像他们打枪时那么百发百中。随着顾客越来越多，她就把巴特勒船长、斯嘉丽和痰盂的事都统统忘到了脑后。

斯嘉丽一言不发地坐在凳子上扇扇子，连头都不敢抬，恨不得巴特勒船长赶紧回到自己的船上去。

"您丈夫去世很久了吗？"

"噢，是的，很久了，快一年了。"

"那可真是千古了。"

斯嘉丽不明白"千古"是什么意思，但听他的语气肯定有嘲笑讽刺的意味，所以没有吭声。

"你们结婚很久了吗？请原谅我的冒昧，因为我离开此地很长时间了。"

"才两个月。"斯嘉丽不情不愿地回答说。

"真是不幸啊。"他的语气依旧轻松。

"噢，该死的家伙。"斯嘉丽心里暗骂，"要换成别人我早就冷着脸叫他滚蛋了。可他知道阿什利的事，也知道我并不爱查理。这就难办了。"她仍旧一声不吭，低头看着手里的扇子。

"这是您头一回在社交场合露面吗？"

"我知道这有些不合礼数，"她连忙解释道，"但本来应该负责照看这个货摊的麦克卢尔家的几个姑娘突然有事被叫走了，又找不到人顶替，所以梅兰妮和我就——"

"为了事业，再大的牺牲也不算什么。"

咦，怎么跟埃尔辛太太说的一模一样，可她说这话的时候，可不是这种语气。气愤的话刚到嘴边，正要脱口而出，突然又强行咽了回去。毕竟她来这儿又不是为了什么事业，只是因为在家待腻了而已。

"我一向认为，"他若有所思地说，"叫丧偶的女人下半辈子一直穿黑纱，而且不准参加正常的娱乐活动，这种守丧的规矩跟印度的殉夫一样野蛮。"

"沙发[1]？"

巴特勒船长不禁哈哈大笑起来，斯嘉丽则为自己的无知而羞得面红耳赤。她最恨别人说话净用些她不懂的词。

"在印度，男人死后会进行火葬，而不用土葬。而死者的妻子则要爬上火葬用的柴堆，随丈夫的尸体一同被焚。"

"太可怕了！他们干吗要这么做呢？警察不管吗？"

"当然不会管的。寡妇如果不自焚随丈夫而去，就会遭到世人的唾弃，所有体面的印度妇人都会戳她的脊梁骨，指摘她没有教养——如果你今晚穿了一身红裙，在舞池里跳弗吉尼亚舞的话，坐在角落里的那些太太也会对你指指点点的。不过我个人认为，随夫自焚可比咱们南方这种活埋寡妇的风俗要仁慈多了！"

"你竟敢说我被活埋了！"

"你没看到女人把捆绑住自己的锁链抓得有多紧吗？你一定觉得印度的习俗堪称野蛮——可你回头想想，如果不是因为邦联需要你的话，你今晚敢在这儿露面吗？"

---

[1] 这是斯嘉丽误将瑞特说的殉夫（Suttee）听成了沙发（Settee）。

这种讨论总是会把斯嘉丽搞糊涂,而巴特勒船长的话无疑让她更糊涂了,因为她隐约觉得这话似乎挺有道理。但此时此刻不管那家伙说什么,她都要坚决驳倒才是。

"我当然不会来,不然的话我就是——呃,就是不尊重——就好像我并不爱——"

他等着她把话说完,眼神中满含揶揄和嘲讽,最后让她怎么也说不下去了。他很清楚她并不爱查理,也绝不会由着她假装一本正经,口是心非。太可怕了,跟这么个不正派的小人打交道太难了。若是正人君子,即使明知女士在撒谎,也会装作相信,这才是南方人的骑士风度。绅士总是会循规蹈矩,说话得体,让女士感到轻松自在。但这个家伙完全不在乎什么规矩,老是哪壶不开提哪壶。

"我正洗耳恭听呢。"

"你这人太可恶了。"斯嘉丽垂下眼帘,无助地说。

他倚着柜台,倾身向前,凑到她耳边,像雅典娜大剧院舞台上的反派角色一样,邪邪地对她耳语道:"别怕,美人!对于您那些难以启齿的秘密,我绝对守口如瓶,不会泄露出去的!"

"噢,"她气急败坏地低声说道,"你怎么能说这种话!"

"我只是想让您宽心。那您要我怎么说呢?说'跟了我吧,美人,不然我就把你的丑事全都抖出来'?"

斯嘉丽无可奈何地看了他一眼,竟发现那双眼睛里闪烁着像孩子一样淘气的目光,不由得失声大笑,现在这场景实在太可笑了。巴特勒船长也笑了,而且笑得很大声,引得角落里几位年长的妇女都朝这边看来。看到查尔斯·汉密尔顿的遗孀竟跟一个陌生人笑得这么欢,她们便交头接耳,窃窃私语起来。

一阵鼓声响起,接着是一片"嘘"声。米德医生登上乐台,双臂一挥,示意大家安静下来。

"让我们对在场这些迷人的太太小姐们表示衷心的感谢。她们凭着一腔爱国之情和奉献精神,不仅使这次义卖会大获成功,还把这座原本简陋的会场布置得焕然一新,变成了一个花团锦簇的园亭,一座为我们身边这些玫瑰般娇媚动人的姑娘们准备的花园。"

众人齐齐鼓掌,表示赞同。

"女士们都尽心尽力,不但付出了宝贵的时间,还用自己的双手贡献了许许多多劳动的成果。货摊上这些琳琅满目的物品,都是由我们南方妇女的一双双巧手制作出来的。"

众人大声喝彩。瑞特·巴特勒一直慵懒地靠在斯嘉丽身边的柜台上,这时他小声对她说:"你看他,像不像只装模作样的山羊?"

斯嘉丽大吃一惊,甚至有些震惊,他怎敢对亚特兰大最受爱戴的人如此不敬!于是狠狠地瞪了他一眼。可再一看,医生下巴上那撮灰白的小胡子正摇来晃去,看上去的确像只山羊。她拼命忍着才没笑出声来。

"但仅有这些还不够。护理会的太太们都宅心仁厚,她们用自己温柔的双手抚慰了许多备受痛苦折磨的心灵,从死神手里夺回了无数勇士的生命,这些勇士是为咱们伟大的事业而光荣负伤的。这些善良的太太们最知道我们的需要,在此我就不一一列举了。我们需要更多的钱从英国购买医药用品。今晚,我们还特别荣幸地请到了那位英勇无畏的船长,一年来,他无数次成功地闯过封锁线,为我们运来所需的药品,而且今后还将继续如此。他就是瑞特·巴特勒船长!"

虽然突然被夸奖有些出乎意料,但这个闯封锁线的人还是优雅地鞠了一躬——优雅得不得了,斯嘉丽心里暗暗揣度他的用意。他的举动恭敬得过头,分明是对在场所有人的蔑视。他毕恭毕敬地鞠了一躬,全场顿时掌声雷动,欢呼四起,角落里的那帮太太们都抻长了脖子瞧,原来就是跟查尔斯·汉密尔顿的遗孀勾勾搭搭的那个家伙啊!可怜的查尔斯死了还不到一年呢!

"我们需要更多的黄金,所以在此向大家讨要,"医生继续说道,"我恳请各位作出奉献,不过跟我们那些穿灰色军服的勇士们所作的奉献相比,这小小的奉献简直微不足道。女士们,我需要你们身上戴的珠宝首饰。是我需要你们的珠宝吗?不,是南部邦联需要。邦联急需这个,我知道没有人会退缩的。娇嫩的手腕上戴的闪亮的宝石手镯多漂亮啊!我们这些爱国女士们胸前别着的金胸针多么夺目啊!但是我们所作的奉献比全天下所有黄金和珠宝都更加可贵。所有捐献来的黄金都将被熔化,宝石会被出售,所得的钱将用来购买药品和其他医疗用品。女士们,待会儿会有两位受伤的勇士拎着篮子从你们身边走过,请——"可余下的话都被一阵暴风雨般的掌声和欢呼声淹没了。

斯嘉丽的第一个反应就是暗自庆幸,幸好自己正在服丧期间,不能戴上外祖母罗比拉德家祖传的珍贵耳环和沉甸甸的金项链,也不能佩戴黑珐琅的金手镯和石榴石胸针。她看见了那个小个子祖阿夫士兵,没受伤的那只胳膊上挎着一个橡木条编织的篮子,正在会场靠她这一侧的人群中转悠,挨个索要募捐。女士们无论老少,笑呵呵又急匆匆地取下手镯,摘下耳环,边摘边装作疼得哇哇叫。她们互相帮忙,解开项链的钩扣,除下胸前的胸针,其间不断传来金属相互碰撞的丁零当啷声,还有人喊着:"等等!——等等!我这就解开了。给!"梅贝尔·梅里韦瑟正使劲儿褪下戴在肘弯上的一对漂亮手镯。范妮·埃尔辛则嚷嚷着:"妈妈,可以吗?"一边喊,一边从鬈发上摘下她家世代相传、镶着米粒珍珠的足金发钗。每件捐献的首饰被放入篮子里时,人群中都会响起掌声和喝彩声。

满脸笑容的小个子正朝她们的货摊走来,胳膊上挎着的篮子已经沉甸甸的了。当他走到瑞特·巴特勒身边时,只见一个漂亮的金烟盒被随意地扔进了篮子。接着他又走到斯嘉丽面前,把篮子往货摊柜台上一放。斯嘉丽双手一摊,摇了摇头,表示没什么可捐献的。全场就她一个人没东西可给,真是难为情。这时,她忽然看到自己手上的那只大大的婚戒金光闪闪。

恍惚之间,她试着回忆查尔斯的面容——回想他把这枚戒指戴在她手上时的神情。但记忆格外模糊,每次想起他,心里都会不自觉地冒起无名火,然后脑子里一片模糊。查尔斯——就是他断送了她的一生,让她变成了老太婆。

她突然抓住自己的戒指使劲儿往外拽,却怎么也摘不下来。

那个祖阿夫义勇兵移步朝梅兰妮走去。

"等等!"斯嘉丽叫道,"我有东西给你!"戒指终于被摘下来了。那个篮子里现在已经装满了项链、手表、戒指、胸针和手镯。当她正要把那枚戒指扔进篮子里时,突然瞥到瑞特·巴特勒的目光。他抿着嘴,露出一丝淡淡的笑意。斯嘉丽示威似的把那枚戒指扔到了首饰堆的最上面。

"噢,我亲爱的!"梅丽一把抓住斯嘉丽的胳膊,眼里闪耀着爱和骄傲的光芒,"你真了不起,太了不起了!等等——请等一下,皮卡德中尉!我也有东西要给你!"

她立刻开始褪自己手上的婚戒。斯嘉丽知道,这戒指自从阿什利给她戴上之后就一直没摘下来过。别人不知道,但斯嘉丽很清楚这枚戒指对梅丽来说有多重要。梅丽好不容易才把戒指褪了下来,然后在手里紧紧地攥了好一会儿,最后才轻轻地把它放到篮子里的首饰堆上。两个姑娘站在原地,目送着祖阿夫义勇兵朝角落里一群年老的妇人走去。斯嘉丽一脸桀骜不驯,梅兰妮的表情则比哭出声来还要可怜。两个人的神情全都被站在旁边的男人看在眼里。

"要不是你的话,我绝没有勇气那么做的。"梅丽伸手搂住斯嘉丽的腰,轻轻地抱了一下。斯嘉丽真恨不得一把将她的手甩掉,就像父亲杰拉尔德生气发火时那样,声嘶力竭地大喊一声:"给我滚开!"但她恰好迎上了瑞特·巴特勒的目光,只好挤出一丝苦笑。真气人,梅丽总是曲解她的用意——但会错意总比起疑心强。

"多么高尚无私啊,"瑞特·巴特勒柔声说道,"正是你们勇于奉献的精神在鼓舞和激励着我们那些穿灰色军装的勇士。"

斯嘉丽真想破口大骂,但话到嘴边还是给硬吞了回去。他不管说什么都夹枪带棒的。瞧他靠在货摊柜台上那副懒洋洋的德行,她打心眼里讨厌。但这家伙身上有股撩人的劲儿,热烈又充满活力,动人心魄。她身上的爱尔兰血液突然沸腾起来,毫不畏惧地迎上他那双黑色的眼睛。她决心要把这家伙的嚣张气焰打下几分。他知道她的秘密,所以占得先机,让她不得不处于下风,真是气人,她得想办法扭转局势,让他败下阵来才行。本来她一时冲动想照实说出对他的看法,但还是强忍着把话咽回去了。嬷嬷常说,糖总是比醋更能招苍蝇,所以她决心要抓住这只苍蝇,把他治服,让他休想再随意摆布她。

"谢谢,"她故意装作没听出他话里的嘲讽,柔声说道,"承蒙大名鼎鼎的巴特勒船长对我的夸奖,实在感激不尽。"

巴特勒船长仰头大笑——斯嘉丽听着感觉就像他在号叫一样,气得又一次涨红了脸。

"您为什么不有话直说呢?"他压低了声音问道,所以在募捐的嘈杂声中只有斯嘉丽一人能听见他说的话,"您怎么不说我是个该死的无赖、小人,快滚开,不然就要喊来个穿灰军装的小伙子把我赶出去呢?"

斯嘉丽想反唇相讥,可话到嘴边还是忍了回去,改口说道:"哎呀,巴特勒船长!瞧您说的!就好像大伙儿都不知道您有多么出名,多么勇敢,多么——多么——"

"我对您很失望。"他说。

"失望?"

"是的。我们头回见面时,我还心想这下终于碰到了一个不但漂亮,而且有胆量的姑娘。可现在看来,您不过空有美貌而已。"

"您骂我是个胆小鬼吗?"她顿时被他气得火冒三丈。

"没错。您不敢有话直说。当我初次见您时,我心想:这姑娘真是万里挑一,与众不同。她不像别的那些小姑娘傻傻乎乎的,妈妈说什么都信,让做什么就乖乖做什么,没一点儿自己的想法。还用一大堆花言巧语掩饰自己的真情实感,把所有的感受、愿望和小小的伤心事都隐藏起来。我心想:奥哈拉小姐真是不可多得的姑娘。她知道自己想要什么,也敢于说出心里话——甚至敢摔花瓶。"

"噢,"斯嘉丽恼羞成怒,"那我现在就说心里话。你这个家伙要是还有点儿教养的话,就不该到这儿来跟我说话,就该知道我根本不愿再见到你!可你不是正人君子!你就是个无耻的混蛋!你以为有几条小破船能逃过北方佬的防线,你就有权到这儿来嘲笑那些勇敢的男人,以及那些为南方大业而牺牲一切的女人吗——"

"等一下,等一下——"他咧嘴一笑,央求道,"您开头说得很好,而且说出了您真实的想法,但千万别跟我谈什么南方大业。我早就听腻了,而且我敢打赌您也一样——"

"咦,您怎么——"她刚要脱口而出,突然慌了神,立刻打住，心里直冒火，气自己中了他的圈套。

"您还没看见我，我其实就已经站在门口注意您了，"巴特勒船长说，"我也留意看了看其他姑娘。她们的脸看上去就像一个模子里印出来的一样。可您的脸却不同，让人一眼就能看透。您心不在焉，我敢打赌，您并没有把心思放在什么南方大业或者医院的事情上。您的脸上写满了渴望，明摆着想要跳舞，想玩儿个痛快，可又办不到，所以气得要命。说实话，我说得没错吧？"

"我跟你没什么好说的，巴特勒船长，"她尽量体面而不失风度地回答，竭力维持自己碎得七零八落的自尊，"别仗着自己是'闯过封锁线的英雄'就自以为了不起，就以为自己有权侮辱一位女士了。"

"'闯过封锁线的英雄'！真会开玩笑。请再让我耽误您一点儿宝贵的时间再赶我走吧，我可不想让这么迷人的爱国姑娘误会我，以为我是为邦联的事业而作贡献。"

"我可不想听你吹牛。"

"偷越封锁线对我来说就是门生意，我靠这个赚钱。一旦干这行赚不到钱的话，我就不干了。您对此怎么看？"

"我认为你是个唯利是图的小人——就跟那些北方佬一样。"

"说得太对了，"他咧嘴一笑，"北方佬也帮我赚钱呢。这不，上个月我的船还开进纽约港，装了满满一船货物。"

"什么！"斯嘉丽兴奋不已，激动得失声叫了起来，"他们没拿大炮轰你吗？"

"天真的小傻瓜！当然没有。很多坚定拥护北方联邦的北佬爱国者并不反对向南部邦联出售货物以赚取利润。我把船开进纽约港，从北方佬的公司购买货物，当然是暗中交易，交易完就走。如果纽约港有些危险，我就去拿骚[1]，北佬中的爱国者早已运来了火药、炮弹和带环箍的长裙在那儿等我，比去英国弄货方便多了。有时要把货运到查尔斯顿或威尔明顿去会遇到点儿麻烦——不过一点儿黄金就能摆平，您要是知道金子有多大神通的话，一定会大吃一惊的。"

"噢，我只知道北方佬很坏，但没想到——"

"北方佬卖点儿联邦的东西，正正当当地做买卖赚些小钱，有什么可指摘的呢？哪怕再过一百年这也是很正当的，反正结果都一样。他们知道南方邦联终究会被打败的，所以何不趁机赚点儿钱呢？"

"被打败——我们？"

"当然。"

"请你离开——是你自己走，还是我把马车叫来送我回家，好甩掉你呢？"

"真是个性子火暴的南方小姐。"他又突然咧嘴笑了起来，然后鞠了个躬，潇洒地走开了，撇下她呆在原地，满腔愤怒无处发泄，气得胸口剧烈地起伏。她满心失望，却弄不清是怎么回事，感觉就像小孩子眼看幻想破灭时的那种失望和落寞。他竟敢

---

[1] 拿骚是巴哈马首都，位于新普罗维登斯岛北岸，距美国的迈阿密市只有290公里。拿骚在17世纪30年代是英国人的一个居民点，1660年发展成为较大的城镇，当时称"查尔斯敦"。1690年以英国亲王拿骚的名字命名。1729年正式建立城市，沿用"拿骚"名至今。

把闯封锁线的人说得那么冠冕堂皇！还竟敢说南方邦联会被打败！这家伙真该挨枪子儿——当卖国贼被枪毙。斯嘉丽环顾整个大厅，看着一张张熟悉的面孔，每个人都对胜利信心百倍，豪情万丈，而且对邦联无比忠诚。不知怎的，她突然感到心头掠过一丝寒意。被打败？这些人——噢，肯定不会！万万不可有这个念头，简直太大逆不道了。

"你们俩刚才在嘀咕什么呢？"顾客渐渐散去，梅兰妮转身面向斯嘉丽问道，"我忍不住看了梅里韦瑟太太一眼，发现她一直都在盯着你们。亲爱的，你也知道她那张嘴有多厉害。"

"噢，那家伙真可恨——就个没教养的粗人，"斯嘉丽说，"至于梅里韦瑟那个老太婆，她爱说什么就说什么好了。为了她，我已经当够了傻瓜，厌烦透了。"

"哎呀，斯嘉丽！"梅兰妮惊诧地叫道。

"嘘——嘘，"斯嘉丽说，"米德大夫又有事情要宣布了。"

医生提高了嗓门，人群又一次安静下来。医生先是对女士们自愿献出自己的珠宝首饰而表示感谢。

"好了，女士们，先生们，我有一个大胆的提议——可能这个提议会让一些人感到震惊，但我恳请诸位记住，我们在这里所做的一切都是为了医院以及躺在医院病床上的伤员。"

众人满怀期待地向前挤，不知道向来严肃沉稳的医生会有什么惊人的提议。

"舞会马上就要开始了。第一支舞曲当然是弗吉尼亚舞[1]，接着是华尔兹，后面还有波尔卡[2]、苏格兰舞和玛祖卡舞[3]，前面都有一小段弗吉尼亚舞作为开头。我知道对于领跳弗吉尼亚舞的人选，总会有一番小小的竞争，所以——"医生擦了擦额头上的汗水，神情古怪地朝角落瞥了一眼，他的太太就坐在那群年长的妇人当中，"先生们，如果想跟自己中意的女士领跳的话，得竞价才行。我来担任拍卖人，所有竞价所得都归医院。"

话音刚落，摇着扇子的人扇到半截突然停了下来，大厅里响起一阵嗡嗡声，人们激动地低声议论起来。角落里的老太太们一片哗然，米德太太处境尴尬，表面上热情地支持丈夫的举动，但心里极为不赞成。埃尔辛太太、梅里韦瑟太太和怀廷太太气得满脸通红。可自卫队却欢呼起来，随后其他穿军装的也纷纷响应。年轻的姑娘们兴奋得拍手跳脚，高兴坏了。

"你不觉得这——这有点儿——有点儿像拍卖黑奴吗？"梅兰妮小声问道，狐疑地看着跃跃欲试的医生。在她眼里，这位老大夫可是个完美无缺的大好人。

斯嘉丽没说话，但两眼发亮，心里隐隐作痛。她要不是个寡妇该多好。她要还是从前的那个斯嘉丽·奥哈拉该多好。那样她

---

[1] 弗吉尼亚舞也称弗吉尼亚里尔舞，是在美国东南部十分流行的一种集体舞蹈。

[2] 波尔卡是一种捷克民间舞蹈。舞曲大致分为急速、徐缓和玛祖卡节奏三种类型，一般为二拍子三部曲式，节奏活泼跳跃，在第二拍的后半拍上常作稍微停顿的装饰性处理。

[3] 玛祖卡舞是波兰的一种民间舞蹈，18世纪流行于欧洲各国。其动作有滑步、成对旋转和女人围绕男子轻快跑步等。

就可以穿着苹果绿的舞裙，深绿色的天鹅绒缎带飘曳在胸前，乌黑的秀发上插着晚香玉，站在舞池里亭亭玉立——领跳弗吉尼亚舞的人非她莫属。是的，绝对会那样！肯定有十几个小伙子争着要她，抢着捐钱给医生。哎，可惜如今她只能干坐在一旁，无奈地当一个旁观者，眼巴巴地看着范妮和梅贝尔被拥戴成亚特兰大的头号美人，领跳第一支弗吉尼亚舞！

一片嘈杂声中突然冒出一个声音，是小个子祖阿夫义勇兵，他的克里奥尔口音十分明显："我可不可以——出二十美元，请梅贝尔·梅里韦瑟小姐与我跳舞？"

梅贝尔羞红了脸，躲在范妮的肩头后面，两个姑娘把脸埋在对方的颈弯里，咯咯地笑。随即又陆陆续续有人报上了中意的舞伴名字，以及各自的出价。米德医生笑得合不拢嘴，完全没有理会角落里护理会那群太太们愤慨的低声抗议。

起初，梅里韦瑟太太冷然地大声宣布她家的梅贝尔绝不参加这种活动，但随着梅贝尔的名字被叫得次数越来越多，竞价也一路飙涨到了七十五美元，她这个做母亲的抗议声也渐渐低了下来。斯嘉丽双肘撑在柜台上，看着兴奋的人群在乐台前争先恐后地挤来挤去，个个手里攥着大把大把的南部邦联纸币，气得两眼直冒火。

这下她们都能跳舞了——只有她和那些老太太们除外。这下人人都能玩得尽兴了——只有她除外。她看见瑞特·巴特勒正好站在医生下面，还没来得及调整自己的表情，就被那家伙发现了。他嘴角一撇，微微扬起眉毛。她下巴一扬，扭过脸去。

突然她听到有人在叫她的名字——叫她的人一口纯正的查尔斯顿口音，声音洪亮，盖过了其他所有人。

"查尔斯·汉密尔顿太太——一百五十块——金币。"

一听到这名字和这价钱，人群中顿时鸦雀无声。斯嘉丽也惊呆了，一动不动地坐在那儿，双手托着下巴，目瞪口呆。所有人都转头看向她。她看见医生站在乐台上，俯下身对瑞特·巴特勒低声耳语了几句。大概是告诉他说她还在服丧，不宜出场。她看到巴特勒慵懒地耸了耸肩。

"要不您再另选一位姑娘吧？"医生建议道。

"不行，"瑞特清清楚楚地说，目光漫不经心地扫过众人，"就选汉密尔顿太太。"

"我跟您说了不行，"医生也有些恼火，"汉密尔顿太太不会愿意——"

斯嘉丽耳边突然响起一个声音，一开始她还没听出来那其实是她自己的声音。

"不，我愿意！"

她腾地站起来，心怦怦直跳，跳得连她自己都害怕会受不了。她的心狂跳不止，一来是因为自己又成了众人瞩目的中心，二来是这下她成了全场最受追捧的姑娘，噢，最棒的是她眼看又可以跳舞了。

"噢，我才不在乎呢！我不在乎别人说什么！"她喃喃自语，一股狂喜涌遍全身。她把头一扬，快步走出货摊，鞋跟敲得地板咚咚响，像拍响板[1]似的，然后唰的一下打开黑色的绸扇。就在那一瞬间，她看到了梅兰妮脸上难以置信的表情，看到了那些年老的妇人们阴沉着的面孔，还有气鼓鼓的姑娘们，以及热烈赞成的士兵们。

转眼间，她便来到了舞池，瑞特·巴特勒穿过人群向她走来，脸上依然带着令人讨厌的讥笑。不过她并不在乎——就算是亚伯·林肯本人来了，她也不在乎！她又要跳舞了，要领跳弗吉尼亚舞啦。她朝他行了个屈膝礼，然后对他嫣然一笑。他一手捂住胸口的衬衫褶边，鞠了一躬。利瓦伊吓了一跳，不过立刻反应了过来，大叫一声："快选好舞伴，跳弗吉尼亚里尔舞吧！"

乐队立刻奏起了堪称最为美妙的弗吉尼亚舞曲《迪克西》。

"你竟敢让我在人前这么招摇，巴特勒船长！"

"可是，我亲爱的汉密尔顿太太，是您明摆着想出风头，不是吗？"

"你怎么能当着这么多人叫我的名字？"

"您可以拒绝的呀。"

"可是——我这是为了事业——我——我看你出了这么多金币，就顾不得考虑自己了。别笑，大家都在看着我们呢。"

"反正不管怎样他们都会看咱们的。别拿为了事业那套鬼话来唬我。是你想跳舞，所以我给了你这个机会。这段进行曲是弗

---

[1] 响板是西班牙人跳舞时常用的一种伴奏乐器。

吉尼亚舞的最后一段了吧？"

"是的——没错，我该停下来到一边坐着去了。"

"为什么？我踩到您脚了吗？"

"没有——可人家会议论我的。"

"你真的在乎吗——打心眼里在乎？"

"这个嘛——"

"您又没犯什么罪，不是吗？干吗不跟我跳华尔兹呢？"

"可是，妈妈要是知道——"

"还像孩子似的什么都要妈妈管着哪？"

"哦，你这人说话怎么这么让人讨厌，明明是美德，从你嘴里说出来怎么就成了愚蠢。"

"美德就是愚蠢。你怕别人说闲话吗？"

"不——可是——哎，算了，咱们还是别谈这个了。谢天谢地，华尔兹开始了。弗吉尼亚舞总是让我跳得喘不过气来。"

"别回避我的问题。别的女人说你闲话，你会在意吗？"

"噢，非逼我说啊——不，不会在意！但姑娘家还是应该避讳点儿的。不过今晚我豁出去了，什么都不在乎。"

"好极了！你终于开始自己拿主意，而不是让别人替你拿主意了。这是变聪明的开始。"

"噢，可是——"

"如果你也像我一样经常被人嚼舌根，指指点点，你就会明白这种事压根就无所谓。你想想，在查尔斯顿没有一户人家欢迎我，即使我对咱们正义而又神圣的事业作出那么大的贡献，对我的议论也一丝没有减少。"

"太可怕了！"

"哦，一点儿也不。失去了名声你才会发现，所谓的名声是个多大的负担，没有了名声，你才会明白什么是真正的自由。"

"你说这话可真难听！"

"是难听，但是真话。只要你一直有足够的勇气——或者有钱——那么没有名声也不打紧。"

"不是什么都能拿钱买的。"

"这话肯定是别人告诉你的。这种陈词滥调，你自己绝想不出来。那你说钱买不来什么呢？"

"呃，这个嘛，我也说不上来——反正，幸福和爱情是买不来的。"

"一般来说还是买得来的。就算买不到，也可以花钱买最好的替代品。"

"您有那么多钱吗，巴特勒船长？"

"这话问得太无礼了吧，汉密尔顿太太。真令我吃惊。不过，是的，我的确很有钱。作为一个年纪轻轻就被剥夺了继承权，身无分文的人来说，我混得相当不错。而且我敢说靠闯封锁线做生意，赚一百万是没问题的。"

"噢，不可能！"

"哦，没错！大多数人好像都不明白，建设文明能赚钱，破坏文明也同样能发财。"

"您这话是什么意思？"

"您的家庭和我的家庭,以及今晚在场的所有人,他们赚钱全都靠的是开拓荒野,把不毛之地建设成一个文明世界。这叫作建设帝国。在帝国的建设中能发大财。但是破坏帝国能赚得更多。"

"您说的是什么意思啊,什么帝国?"

"就是咱们生活的这个帝国啊——南方——南部邦联——棉花王国——这个帝国正在我们的脚下分崩瓦解。可惜大多数人都是傻瓜,看不到帝国正在崩塌,也不会利用帝国四分五裂的时候捞点儿好处。而我就是靠这崩塌和破坏而发财的。"

"这么说,您真的认为我们会被打败?"

"是的,何必要当鸵鸟呢?"

"噢,天啊,总聊这种事情都让人听烦了。您就不能说点儿好听的话吗,巴特勒船长?"

"如果我说您的一双眼睛就像两只盈满了水的金鱼缸,那水无比清澈碧绿,当那对鱼儿浮到水面时,简直美得令人心醉,就像现在这样,您听了开心吗?"

"噢,我不喜欢这样……你听这音乐多美啊,不是吗?噢,这华尔兹舞我真想永远这么跳下去!没想到我原来这么想跳舞!"

"我这辈子从来没搂过像您这么漂亮的舞伴。"

"巴特勒船长,您别搂得这么紧,大家都看着呢。"

"要是没人看着,您会在意吗?"

"巴特勒船长,您昏了头了吧?"

"一点儿也没。搂着您我怎么会呢?……这是什么曲子?是新的吧?"

"是的。多好听啊,是吧?是咱们从北方佬那儿学来的。"

"这支曲子叫什么?"

"《无情战火结束后》。"

"歌词是什么?唱给我听听。"

亲爱的,可曾记得,

上次我们相会时,

你跪在我脚边,对我情意绵绵诉衷肠。

哦,你身穿灰军装,站我面前神采奕奕,

你立下誓言,对我对国矢志不渝。

寂寞伤感独悲泣,

枉落泪珠空叹息!

无情战火结束后,

唯愿你我再相会!

"当然,原来的歌词是'蓝军装',我们给改成'灰军装'了……哦,巴特勒船长,您华尔兹跳得可真好。不瞒您说,大多数人高马大的男人都跳不好这种舞。不知道还得再过多少年才能再次跳舞。"

"几分钟之后就可以。我会再次出价请您跳下一支弗吉尼亚舞——还有下一支、再下一支。"

"噢,不行,我不能再跳了!千万别这样!不然我的名声就要完了。"

"反正已经完了,再跳一曲又何妨?也许等我跳了五六支舞之后,会给别的小伙子一个机会,不过最后一支舞您得跟我跳。"

"哦,好吧。我知道我是疯了,可我不在乎。我也不在乎别人怎么说,我在家里都待腻了。我要跳舞,要跳个够——"

"不穿黑色丧服了?我讨厌黑丧服。"

"噢,我不能脱下丧服——巴特勒船长,您别搂得这么紧,再这样的话,我可就生气了。"

"您生气时真是美极了。我要再次搂紧你——瞧——就是要看看你是真生气还是假生气。那天在十二橡树你发火摔东西时,你不知道那模样有多迷人。"

"噢,求你别说了——就不能把那事忘掉吗?"

"不能,这可是我最宝贵的记忆——一个娇滴滴的南方小美人,有着爱尔兰人的火暴脾气——说实话,你真是个十足的爱尔兰人。"

"噢,天啊,音乐结束了,皮蒂帕特姑妈从里屋出来了。我就知道梅里韦瑟太太肯定告诉她了。哦,看在上帝的分上,咱们还是赶快走过去,看看窗外吧。我可不想现在被她逮住。她那双眼睛瞪得跟铜铃一样大呢。"

第十章

第二天早上吃华夫饼时,皮蒂帕特眼泪汪汪的,梅兰妮也沉默不语,而斯嘉丽则一脸的不服气。

"我才不管别人议论什么呢。我敢打赌,我替医院筹到的钱比在场的任何姑娘都多——也比咱们卖出的那些破玩意儿赚的钱多多了。"

"哎呀,孩子,钱算什么呀?"皮蒂帕特一边绞着手一边哭着说,"我简直不敢相信自己的眼睛,可怜的查理过世不到一年……可恶的巴特勒船长,竟让你在大庭广众之下这么抛头露脸,真是可恨,这人坏透了。斯嘉丽你知道吗,怀廷太太的表妹科尔曼太太,她的丈夫是查尔斯顿人,把这个家伙的事全都告诉我了。说他倒是出身名门,可惜却是个败家子——唉,巴特勒家怎么会生出这么个败类呢?他在查尔斯顿名声很臭,放浪形骸,没人喜欢他,还跟一个姑娘不清不白的——事情极为不堪,就连科尔曼太太都不清楚——"

"哦,我不信他有那么坏,"梅丽柔声说道,"他看起来是个非常好的绅士，想想他一直在不断地穿越封锁线，多么勇敢啊——"

"他才不是勇敢呢，"斯嘉丽倔强地反驳，把半罐糖浆都倒在了华夫饼上，"他只是为了赚钱才这么做的，是他自己亲口跟我说的。他才不管什么邦联呢，还说咱们肯定会被打败。不过他舞倒是跳得不错。"

听闻此话，皮蒂姑妈和梅兰妮都震惊得说不出话来。

"我在家里待腻了，实在不想再这样下去了。要是大伙儿因为昨晚的事说我闲话，那就让他们爱说什么说什么吧，反正我的名声也完了。"

她完全没有意识到这原本就是瑞特·巴特勒的主张，而且竟然与自己心里所想的不谋而合。

"噢，你妈妈要是听到你说这种话会怎么说？会怎么看我呢？"

母亲埃伦要是知道自己的女儿行为举止这么丢人现眼，肯定会大惊失色。想到这一点，斯嘉丽心中顿生寒意，内疚不安。可又一想亚特兰大和塔拉之间相隔二十五英里之远，便又打起了精神。因为皮蒂小姐肯定不会把这事告诉埃伦的，那样只会对她这位年长的陪伴人不利。只要皮蒂不乱讲，她斯嘉丽就太平无事。

"我看——"皮蒂说，"对，我看我还是给亨利写封信告诉他这事吧——虽然我很不愿意这么做——但他是我们家唯一的男性，让他去找那个巴特勒船长问罪——噢，亲爱的，要是查理还活着该多好——斯嘉丽，你可千万千万别再理那个家伙了。"

梅兰妮一直默默地坐着，双手放在膝上，盘子里的华夫饼也凉了。她站起身，走到斯嘉丽身后，双臂搂住她的脖子。

"亲爱的，"她对斯嘉丽说道，"别心烦了，我能理解。你昨晚很勇敢，为医院帮了大忙。要是有人敢对你指指点点，说三道四，我一定会替你出头的……皮蒂姑妈，你也别哭了。斯嘉丽哪都不能去，已经够难受的了，毕竟她还是个小姑娘呢。"她的手指抚弄着斯嘉丽乌黑的头发，继续说道："咱们要是偶尔出去参加些聚会，或许还能好受些。我们整天待在家里只顾着自己伤心，也许太自私了。因为战时不比平时。想想城里的那些士兵，他们远离家乡，无亲无故，夜晚孤独寂寞，无人陪伴——还有医院里的那些伤员，有些已经身体好转，能下床了，可还没有恢复到能重返部队——哦，我们真是太自私了，应该像别人一样，接三个正在康复的伤员来家里进行调养，每周日请几位士兵来家里吃顿饭。好了，斯嘉丽，别发愁了。等大伙儿都理解之后，就不会说闲话了。我们知道你是爱查理的。"

斯嘉丽其实根本没因为那些闲言碎语而发愁，倒是梅兰妮轻柔的手拨弄着她的头发，弄得她心烦。她真想把头扭开，说声："噢，别瞎扯了！"因为昨晚无论是自卫队员、民兵还是医院的伤员都争先恐后地请她跳舞，那热火朝天的场面至今还令她记忆犹新。天底下这么多人，怎么也轮不着梅丽来为她说话。谢了，她自己又不是没有嘴，要是那帮像老猫似的老妖婆瞎嚷嚷的话，她一个人就能对付——哼，没有那些老婆子，她照样能过得好好的。世上帅气的军官多得是，她才不在乎那些老太婆在背后叨叨呢。

在梅兰妮的一番劝慰下，皮蒂帕特轻拭泪痕。这时，普利茜走了进来，手里拿着厚厚的一封信。

"您的信，梅丽小姐。刚才一个黑人小孩送来的。"

"给我的？"梅丽满心疑惑地撕开信封。

斯嘉丽埋头吃着华夫饼，丝毫没有在意，直到听见梅丽的哭声，才惊讶地抬起头，然后便看到皮蒂帕特姑妈又手捂胸口了。

"是阿什利死了！"皮蒂帕特尖叫一声，头往后一仰，两只胳膊随即耷拉下来。

"啊，我的天哪！"斯嘉丽也惊叫起来，浑身的血液顿时冰凉。

"不是！不是的！"梅兰妮叫道，"快！快把她的嗅盐拿来，斯嘉丽！好了，好了，亲爱的，感觉好点儿了吗？深呼吸。不，不是阿什利。很抱歉，吓着您了。我哭是因为太高兴了。"她突然张开紧握的手掌，用力吻着手心里的东西："我真是太高兴了。"然后又哭了起来。

斯嘉丽眼尖，一眼瞥见她手里拿着的是一只宽边金戒指。

"你看，"梅丽指着地上的信，说道，"噢，他真是个心地善良的大好人！"

斯嘉丽被她弄糊涂了，茫然地捡起那封只有一页的信，上面黑色的字迹墨色粗重、刚劲有力："南部邦联也许需要男人抛头颅洒热血，但没有要求女人献出自己的心头血。亲爱的太太，请收下这枚戒指，谨以此表达鄙人对您勇敢之举的敬佩。请切莫以为您的奉献徒劳无功，因为这枚戒指是以十倍的价钱赎回来的。瑞特·巴特勒船长。"

梅兰妮把那枚戒指戴在手上，满怀深情地凝视着。

"跟您说了他是位绅士，对吧？"她转身对皮蒂帕特说，泪珠点点的脸上绽放出灿烂的笑容，"只有高尚而体贴的绅士才会想到当时我有多伤心——那我就把我的金项链捐出去好了。皮蒂帕特姑妈，您一定得给他写封信，请他周日来咱家吃饭，好让我当面跟他道谢。"

姑侄二人激动不已，不过似乎谁也没有想到，巴特勒船长并没有把斯嘉丽的戒指也一并赎回来。但斯嘉丽想到了，而且心里十分恼火。她知道巴特勒船长这么慷慨解囊，仗义疏财，并不是因为他品德高尚，而是因为他费尽了心思想要被请进皮蒂帕特家来，并且拿准了这么做肯定会受到人家的邀请。

"听闻你最近的行为，令我深感不安。"埃伦在信中写道。斯嘉丽坐在桌旁看着信，眉头紧锁。好事不出门，坏事传千里，这话果然不假。在查尔斯顿和萨凡纳时，她就常听人说放眼整个南方，就数亚特兰大人最爱说闲话，爱管闲事，现在她终于相信了。义卖会是星期一晚上举办的，今天才星期四，也不知道是哪个老妖婆竟然擅自给母亲写信告状。一开始，她怀疑是皮蒂帕特干的，但这个猜测很快就被她否定了，因为可怜的皮蒂帕特小姐这几天一直战战兢兢，那双穿着三号鞋的脚吓得瑟瑟发抖，唯恐因为斯嘉丽的放荡行为而受责备,她害怕还来不及,怎么会写信给母亲埃伦自责没尽到监护人的责任呢!所以很有可能是梅里韦瑟太太写的。

"真让我难以相信,你竟然不顾自己的身份和教养,在服丧期间到公共场合抛头露面,虽有失礼数,不合时宜,不过考虑到你是出于帮助医院的一片热忱,所以情有可原。可你居然还跳舞,而且是跟巴特勒船长那种人!他的事我早有耳闻。(谁不知道呢?)宝琳上星期还写信跟我说此人声名狼藉,连他自己在查尔斯顿的家人都不愿见他,当然,他那伤心的母亲除外。他是个彻头彻尾的坏人,利用你的年轻无知而让你在人前招摇,在大庭广众之下出丑,让你和你的家人颜面无光。皮蒂帕特小姐怎能如此失职,对你这么不负责任呢?"

斯嘉丽看了一眼坐在桌对面的姑妈。老太太认出了那是埃伦的笔迹,胖嘟嘟的小嘴吓得紧闭着,就像个害怕受到责骂的小孩,想要用眼泪来逃避责罚。

"一想到你这么快就忘了自己的身份和教养,真叫我心碎。我本想立刻召你回家,但此事还是交由你父亲亲自定夺吧。他星期五就会赶到亚特兰大,与巴特勒船长面谈,然后护送你回家。虽然我再三请求,但我担心他还是会严厉地斥责你。但愿你只是太年轻、太欠考虑才会做出如此放浪行径。没有人比我更愿为事业尽力,所以我希望我的女儿也能跟我一样,但要出丑——"

后面的话都大同小异,斯嘉丽没有把信看完。她第一次着实感到害怕了,不再任性鲁莽,也不再目中无人。她觉得自己太幼稚，也非常愧疚，就像十岁那年吃饭时她把一块沾了黄油的饼干扔到苏埃伦身上一样。一向性情温和的妈妈这么严厉地斥责她，而且爸爸还要来亚特兰大跟巴特勒船长谈话，她越想就越觉得事情严重了。连父亲杰拉尔德也严厉起来，看来她是休想凭借坐在爸爸腿上撒娇装可爱来蒙混过关了。

"没——没什么坏消息吧？"皮蒂帕特颤巍巍地问道。

"爸爸明天要来了，要像饿虎扑羊一样把我痛骂一顿。"斯嘉丽郁郁难安地说，"普利茜，把我的嗅盐拿来。"皮蒂帕特也坐立不安起来，饭刚吃了一半就把椅子往后一推，声音颤抖地说："我——我要晕过去了。"

"在您裙子的口袋里呢。"普利茜说道。这丫头一直在斯嘉丽身后转来转去看热闹。杰拉尔德先生一发火就会有好戏看，只要这火不是冲她这个鬈毛头撒就行。皮蒂摸索着裙子上的口袋，掏出了嗅盐瓶凑到鼻子边。

"你们俩都得站在我这边，千万别让我跟他单独在一起，哪怕一分钟也不行，"斯嘉丽大叫着，"他很喜欢你们俩，只要你们和我在一起，他就不会对我大动肝火。"

"我不行，"皮蒂帕特站了起来，有气无力地说，"我——我不舒服，得去躺着。明天我一整天都得躺着。你们替我跟他说声抱歉吧。"

"胆小鬼！"斯嘉丽心中暗想，怒气冲冲地瞪着她。

虽然一想到要面对脾气火暴的奥哈拉先生，梅丽就吓得脸色煞白，但她还是挺身而出保护斯嘉丽："我——我会帮你说话的，你是为了医院才这么做的，他肯定会理解。"

"不，他不会的，"斯嘉丽说，"噢，要是像妈妈在信里扬言那样，硬是要我蒙冤受辱地回到塔拉，我宁愿死了算了。"

"噢，你可不能回去，"皮蒂帕特大哭起来，"你要是走了，那我就只能——对，我就只能把亨利叫来跟我们一起住了。可你知道，我跟他合不来，住不到一块儿。城里涌进来这么多陌生的外乡人，晚上却只有梅丽跟我在一起，我害怕死了。你胆子大，所以家里即使没有男人我也不会担心！"

"噢，他不能把你带回塔拉去！"梅丽说，眼看着也要哭了，"现在这里就是你的家。没有了你，我们日子该怎么过呢？"

"你要是知道了我心里是怎么想的，你就会巴不得我赶紧走呢。"斯嘉丽没好气地心想，真希望帮她平息父亲怒火的是别人，而不是梅兰妮。让一个令你讨厌至极的人来替你说情，想想就让人烦心。

"也许咱们应该取消对巴特勒船长的邀请——"皮蒂帕特开口说道。

"噢，那可不行！太没礼貌了！"梅丽苦恼不已地说。

"快扶我到床上去，我要病倒了，"皮蒂帕特呻吟道，"噢，斯嘉丽，你怎么让我受这份罪呢？"

转天下午，杰拉尔德来了，皮蒂帕特果然称病卧床。她闭门不出，频频让人带话，表示歉意，让两个吓得战战兢兢的姑娘代替她招待杰拉尔德吃晚饭。

虽然杰拉尔德亲了亲斯嘉丽，还赞许地捏了捏梅兰妮的脸颊,叫她"亲爱的小梅丽",但一晚上他都沉默不语,有种山雨欲来的不祥之感。斯嘉丽倒宁愿被他破口大骂数落一通,也总比这样提心吊胆强。梅兰妮果然信守承诺,像个影子似的紧守在斯嘉丽身边,寸步不离。杰拉尔德好歹也是个绅士,不会当着她的面斥责自己的女儿。斯嘉丽不得不承认,梅兰妮应付得很好,装作若无其事的样子,而且吃晚饭时,她还跟杰拉尔德聊了起来。

"我很想知道县里的事,"她笑意盈盈地对他说,"茵迪娅和哈妮都太懒了,不怎么给我写信。我知道,县里的事您是最清楚不过的了。所以请跟我们说说乔·方丹家婚礼的事吧。"

一番恭维奉承的话,让杰拉尔德听着心里很舒坦,他说方丹家的婚礼很低调,是悄悄举行的,"不像你们俩的婚礼那么热闹"。因为乔只有几天的假。门罗家的那个小丫头萨莉长得很漂亮。不,他不记得她穿的什么衣服了,只听说她连结婚第二天穿的礼服都没准备。

"真的吗!"两个姑娘大吃一惊,异口同声地叫了起来。

"当然,因为她根本没有过上'结婚第二天'。"杰拉尔德解释道,然后哈哈大笑,一时忘了这种话不宜对女士讲。斯嘉丽见他笑了,紧张的情绪缓解了不少,心情大好,不由得暗暗感激梅兰妮的机智高明。

"第二天乔就回弗吉尼亚去了,"杰拉尔德随即补充道,"婚礼后他们也没走亲访友,更没有舞会。塔尔顿家的那对双胞胎也回家了。"

"我们听说了。他们身体康复了吗?"

"他们伤得倒不重。斯图尔特膝盖受了伤，布伦特的肩膀被子弹穿了个洞。不过他们都因为英勇作战在战讯通报上受到了表彰，这事你们也听说了吧？"

"没有！快跟我们说说！"

"这俩小子真是太莽撞了。我敢说他俩身上准有爱尔兰血统，"杰拉尔德颇为自豪地说，"我忘了他俩是怎么立功的，不过布伦特现在已经升成中尉了。"

听到两兄弟英勇作战立了功，斯嘉丽无比高兴，就像自己也立功了一样。哪个小伙子追过她，她就会深信他是永远属于自己的，他所取得的一切功绩都给她增光添彩了。

"我还有个消息你们俩准会感兴趣，"杰拉尔德说，"听说斯图又到十二橡树去求婚了。"

"是哈妮还是茵迪娅？"梅丽兴奋地问道，而斯嘉丽则气得直瞪眼。

"噢，当然是茵迪娅小姐啦。要不是我家这个骚丫头之前总跟他眉来眼去，茵迪娅早把那小子牢牢抓住了。"

"哦。"梅丽随口应了一声。杰拉尔德说话也太直接了，倒弄得她有些不好意思。

"还有呢。布伦特这小子如今也频频来塔拉，总赖着不走了。"

斯嘉丽连话都说不出来了。曾经追过她的小伙子负心于她，转而追求别人，对她来说简直是一种侮辱。尤其是想起当初，她告诉这两兄弟说要跟查尔斯结婚时，兄弟俩暴跳如雷，斯图尔特甚至扬言说要开枪打死查尔斯，不然就打死斯嘉丽或是他自己，或者干脆三个人同归于尽。那场面别提多令人激动了。

"是追苏埃伦吗?"梅丽高兴地问道,"可我以为追她的是肯尼迪先生——"

"哦,他呀?"杰拉尔德说,"弗兰克·肯尼迪还磨磨蹭蹭地没表态呢,胆儿比耗子还小。他要是再不表态,我就直接去问他了。不,布伦特追的不是她,是我家的小丫头。"

"卡琳?"

"她还是个孩子呢!"斯嘉丽尖刻地说,她总算说得出话了。

"小姐,她只比你结婚时小一岁出头罢了,"杰拉尔德反驳说,"你是嫉妒原来的老情人转头追你妹妹了吧?"

梅丽不习惯这种直言不讳的说话方式,一张小脸涨得通红,于是赶紧示意彼得把红薯派端上来。同时她飞快地转动脑筋,琢磨着找个别的话题,既不那么私人,又能让奥哈拉先生忘记此行的目的,可惜想了半天也想不出来。而杰拉尔德一旦打开了话匣子,就自顾自地说个没完,别人插不上嘴,只有听着的份儿。他滔滔不绝地谈起军需部贪污腐败,征收的供给月月增加,还谈到杰弗逊·戴维斯卑鄙昏庸,爱尔兰人也一样下流无耻,为了点儿赏金就加入了北方佬的军队,替他们卖命。

等酒被端上来时,两位姑娘起身准备离开,杰拉尔德眉头一皱,厉色瞪了女儿一眼,示意她单独留下来。斯嘉丽绝望地瞥了一眼梅丽,梅丽无助地绞着手帕,无计可施,只好走了出去,然后轻轻地把门拉上。

"好啊,丫头!"杰拉尔德给自己倒了一杯葡萄酒,然后大吼道,"瞧瞧你干的好事!才守了几天寡就想再找个男人嫁了吗?"

"别那么大声,爸爸,仆人们——"

"他们早就知道了,还用说吗?谁不知道咱家人的脸都被你给丢光了。你可怜的母亲气得都病了,一直卧床不起。我也在人前抬不起头来。太丢人现眼了。不行,丫头,这次你休想用眼泪让我心软,别以为哭哭鼻子就混过去了。"他话说得很快,看到斯嘉丽开始眨巴眼皮,嘴也噘了起来,于是心里有点儿慌乱,声音也显得有些慌张,"你这丫头,我还不知道嘛,即使在替自己丈夫守灵时,也跟别的男人一直眉来眼去的。别哭了。行了,今晚我也不多说了,因为我还得去见那个可恶的巴特勒船长,那小子竟然敢拿我女儿的名节当儿戏。不过,明天一早——哎呀,行了,别哭了,哭也没用。我决心已定,明天就带你回塔拉,免得你又给我们全家丢脸。别哭了,宝贝儿。看我给你带什么来了!这礼物漂亮吧?来,快瞧瞧!你呀,怎么净给我添乱?你知道我有多忙吗?还得大老远地跑到这儿来。别哭了!"

梅兰妮和皮蒂帕特几小时前就已经睡着了,温暖的暗夜中,斯嘉丽却难以入眠,心事重重又惶恐不安。在亚特兰大的新生活才刚刚开始,却要被迫离开,回家面对母亲埃伦!她宁愿死也不愿面对她妈妈。此时此刻,她巴不得自己死了才好,那样人们就会后悔不该对她这么厌恶和恶毒了。她在闷热的枕头上翻来覆去,忽然听见寂静的街道尽头传来一阵模糊而又熟悉的声音。她悄悄溜下床，走到窗边。只见天上星光点点，夜色朦胧，绿树成荫的街道一片幽暗。那声音渐渐近了，车轮滚滚，马蹄阵阵，还夹杂着说话声。她粲然一笑，听出了那是有人用浓浓的爱尔兰口音，带着几分喝了威士忌的酒意，高唱着她熟悉的歌曲《低靠背马车上的佩吉》。今天不是琼斯博罗法院的开庭日，但杰拉尔德听审回来时也是这副醉醺醺的样子。

她看到一辆轻便马车的黑影停在了门前，有人从马车上下来，但是人影模糊看不清。还有一个人陪他一起来。两个人站在门口等了一会儿，然后她听到门闩咔嗒一响，随即传来杰拉尔德清晰的声音。

"我这就给你唱《罗伯特·埃米特哀歌》，你该学学这歌，老弟，我来教你。"

"我很愿意学，"陪他来的人回答说，声音慢条斯理，四平八稳，还带着一丝强忍的笑意，"可现在不行，奥哈拉先生。"

"噢，我的天哪，是巴特勒那个可恶的家伙！"斯嘉丽先是一阵不安，随即又放下心来，因为至少他们没有互相动起手来。俩人这个时候、这副模样一同回来，看来关系处得不错。

"我要唱，你得听着，不然我就一枪崩了你这个奥兰治党分子。"

"我不是奥兰治党人——我是查尔斯顿人。"

"那也好不到哪儿去，甚至更糟。我两个小姨子都住在查尔斯顿，我知道。"

"爸这是想让街坊四邻都听到吗？"斯嘉丽心里一阵惊慌，

连忙伸手去拿晨衣。可她又能怎样呢？总不能半夜三更地下楼去，把爸爸从街上硬拉进屋里来吧？

杰拉尔德倚着门边，二话不说就突然头往后一仰，敞开嗓门用浑厚的男低音吼起了那支哀歌。斯嘉丽双肘撑着窗台听着，不由得笑了起来。这首歌本来挺好听，可惜爸爸唱得都跑调了。这原是她最喜欢的一首歌，于是也忍不住随着那优美的旋律和伤感的歌词哼唱了起来：

她远离她那年轻的勇士长眠之地，爱她的人们围在她身边哀伤叹息。

歌声久久不息，她听到了皮蒂帕特和梅丽的房间里都有了动静。这两个可怜的人啊，肯定被吵得心烦意乱，她们没怎么见过像杰拉尔德这种血气方刚的男人，所以很不习惯。歌唱完后，只见两个人影凑到了一块儿，合二为一，一齐走过小径，步上台阶。随即传来几下轻轻的敲门声。

"看来我必须得下去看看了，"斯嘉丽心想，"毕竟那是我父亲，而可怜的皮蒂姑妈是宁死也不会去开门的。"再说，她也不想让仆人们看到父亲杰拉尔德这副样子。要是彼得伺候他上床，他肯定会一个劲儿地折腾，由着性子撒欢。只有波克知道怎么应付他。

她把晨衣的领口扣好，系到脖子，然后点燃了床头的蜡烛，快步走下黑漆漆的楼梯，来到前厅。她把蜡烛插到烛台上，然后打开门。借着摇曳的烛光，她一眼就看到了瑞特·巴特勒，只见他泰然自若，衣服的褶领纹丝不乱，正搀扶着她那矮胖敦实的父亲。唱完那支哀歌，杰拉尔德就再也没出声了，仿佛那哀歌成了他的绝唱。此时，他整个身子都瘫在了同伴的肩膀上，帽子不见了，鬈曲的花白头发乱糟糟的，领结歪到了耳朵边，衬衫的前襟还沾着斑斑的酒渍。

"我想，这位就是令尊吧？"巴特勒船长说，黝黑的脸上一双黑色的眼睛里闪烁着戏谑的神色。他只轻轻一瞥就将她单薄的衣衫尽收眼底，那目光仿佛能穿透她的晨衣一般。

"扶他进来吧。"她没好气地说，为自己的衣冠不整而狼狈，也因为父亲杰拉尔德的这副样子使自己受到嘲弄而气愤。

瑞特搀着杰拉尔德向前走去，同时说道："要不要我帮您把他扶上楼，他身子很沉，您弄不动他。"

他竟然如此厚颜无耻，提出这样的主意，吓得斯嘉丽目瞪口呆。要是让巴特勒船长上楼去，那皮蒂帕特和梅丽还不得吓得缩进床角里？她们还不定会怎么想呢！

"天啊，那可不行！就在这客厅里吧，把他放到沙发上就行了。"

"您是说殉夫吗？"

"您说话礼貌些行吗，谢谢您了！就在这儿，扶他躺下吧。"

"需要我帮他把靴子脱下来吗？"

"不用了。以前他也穿着靴子睡过。"

话一出口她就后悔不迭，恨不得把自己的舌头咬掉。因为巴特勒船长把杰拉尔德的两腿放好时，轻声笑了起来。

"好了,请您走吧。"

他走出客厅,来到昏暗的过道,捡起掉在门槛边的帽子。

"周日晚饭时再见喽。"他说完便走了出去,随手轻轻关上了门。

斯嘉丽清晨五点半就起来了,趁后院的仆人们还没开始做早饭,便悄悄走下了楼。杰拉尔德已经醒了,正坐在沙发上,双手揪着自己圆圆的脑袋瓜,仿佛要把它揉碎了似的。女儿走进来时,他抬头偷偷看了一眼,眼睛一动,就疼得难受,忍不住呻吟了一声。

"哎哟哟!"

"瞧您干的好事,爸爸,"她气冲冲地低声责备道,"深更半夜才回家,还大声唱歌,把周围邻居都吵醒了。"

"我唱歌了?"

"唱啦!扯着嗓门唱《哀歌》,声音震天响。"

"我完全不记得了!"

"可邻居们记得清清楚楚,到死也忘不了。皮蒂帕特小姐和梅兰妮也不会忘记的。"

"我的天哪,"杰拉尔德呻吟了一声,伸出舌苔厚厚的舌头舔了舔干燥的嘴唇,"我就记得牌局开了,后面的事我就记不清了。"

"牌局?"

"那个花花公子巴特勒吹牛皮,说他打牌厉害,从没遇到过对手——"

"您输了多少钱?"

"哪儿的话,我当然是赢了。喝上一两杯酒,牌运自然来。"

"看看您的钱包。"

杰拉尔德从上衣口袋里掏出钱包,打开来看,每动一下,都疼得龇牙咧嘴。结果钱包里空空如也,他一下子傻了眼,脑子一片空白。

"五百块钱呢?"他说,"那是为奥哈拉太太买从封锁线偷运进来的物资的。这下我连回塔拉的路费都没有了。"

斯嘉丽气呼呼地盯着空瘪的钱包,心中顿生一计。

"这可叫我怎么在城里抬起头来啊?"她开口说道,"您把咱全家人的脸都丢尽了。"

"住嘴,丫头。你没瞧见我脑袋都疼得快炸了吗?"

"喝得醉醺醺的,跟巴特勒船长那号人一块儿回家来,还扯着嗓门唱歌,吵得人人都听见了,不仅如此,还把钱都输光了。"

"那家伙打牌太精了,狡猾得很,真不是个绅士。他——"

"要是妈妈知道了会怎么说?"

杰拉尔德突然抬起头来,一脸痛苦:"你千万别跟你妈妈说,一个字也别提,别让她难过,好吗?"

斯嘉丽没有说话,紧闭着嘴唇。

"想想看,你妈妈要是知道了该多伤心,她心肠那么软,那么脆弱。"

"爸,可您昨晚还骂我给全家人丢脸了呢!其实我只不过是为给医院筹款,为了替士兵们捐钱,跳了场舞而已。噢,想起来我就委屈得要哭。"

"哎呀，别这样，"杰拉尔德央求道，"我这脑袋本来就疼得难受，你要再哭我就更受不了了，脑袋非炸了不可。"

"可您还骂我——"

"好啦，好啦，丫头，不管你可怜的老爹说过什么，你都别往心里去，我是有口无心的！你当然是个好姑娘，我相信你这么做是出于一片好心。"

"可你还要带我回家去丢人现眼。"

"哎呀，亲爱的，不会的。我那是跟你开玩笑呢。千万别跟你妈妈提起输钱的事，好吗？你妈妈为了家里的开销已经愁得焦头烂额了。"

"好吧，"斯嘉丽爽快地说，"我不会说的，不过你得让我继续待在这儿，还要告诉妈妈我没惹事，都是那帮老太婆说三道四、搬弄是非。"

杰拉尔德沮丧地看着自己的女儿。

"你这简直就是敲诈嘛。"

"你昨晚闹的那出也简直是丢人现眼。"

"好啦，"他开始连哄带骗，"那咱就把这些全都忘了吧。你觉得像皮蒂帕特小姐这么体面的女士，家里会有白兰地吗？这解酒还是得靠酒嘛——"

斯嘉丽转过身，蹑手蹑脚地穿过静静的过道，走进餐厅，拿了一瓶白兰地酒。她和梅丽私下里管这瓶酒叫作"头昏酒"，因为皮蒂帕特一激动就头晕，或者看起来要晕，每当这时就会拿出这瓶酒来抿一小口。此时,斯嘉丽的脸上露出了得意的笑容,没有一丝对父亲不孝的愧疚。这下即使再有爱管闲事的人给母亲写信告状,母亲也不会相信了。这样一来,她就可以继续待在亚特兰大了。皮蒂帕特是个没主心骨的人,斯嘉丽可以随心所欲,想干什么就干什么,没人管得了她。她打开酒柜,拿出酒杯和酒瓶,按在胸口,站立片刻。

她眼前浮现出一幅幅美妙的画面:水波荡漾的桃树溪边的野餐,石山上的烧烤野宴,还有各种酒会和舞会,午后的小型舞会,乘着轻便马车出去兜风,以及星期天晚上的自助餐晚宴。她样样都要参加,成为全场最受瞩目的中心,让男人们都围着她转。在医院时,你哪怕只是为男人们做了点不起眼的小事,他们也会一下子坠入情网,对你心生爱慕。她现在已经不怎么厌恶在医院做看护了,因为男人们生病的时候,是最容易动情的。他们就好比塔拉庄园桃树上熟透了的桃子,只要轻轻晃动桃树,那些熟桃子就会掉下来,落入聪明姑娘的手里。

她拿着那瓶恢复元气的酒转身朝父亲走去,心中暗暗感谢上帝,昨晚让他大醉了一场,到现在奥哈拉先生那"聪明"的脑袋还没清醒过来呢。突然间,她疑心暗起,不知这件事是不是瑞特·巴特勒故意为之的。

第十一章

接下来那个星期的一天下午,斯嘉丽从医院回到家,又累又气。累是因为在医院里站了一上午;气是因为她坐在一个伤员的病床边给他包扎胳膊上的伤口时,被梅里韦瑟太太严厉地训了一顿。皮蒂姑妈和梅兰妮早已穿戴整齐,戴上最漂亮的帽子,带着韦德和普利茜站在前廊,准备动身进行一周一次例行的走亲访友。斯嘉丽向她们道了声歉,说无法陪她们同行,然后便径自上楼进了自己的房间。

等到马车远去,车轮声渐渐消失,一切恢复宁静之后,她知道全家人都已经走远了,于是悄悄来到梅兰妮的房间门口,转动钥匙打开门锁,溜了进去。梅兰妮的小屋干净整洁,一尘不染,下午四点的阳光斜照进来,屋里充满温馨和恬静。地板光亮如新,只铺了几块色彩明快的小地毯。洁白的墙壁上没有任何装饰,只有一个角落被梅兰妮布置了一下,看起来像个圣坛。

在这个角落的上方挂着一面南部邦联的旗帜,旗帜下面摆着一把金柄马刀,那是梅兰妮的父亲参加墨西哥战争时用过的刀，查尔斯参军出征时也带着这把刀。另外，查尔斯的绶带和手枪腰带也挂在那里，枪套里还插着他的那把左轮手枪。在马刀与手枪的中间，摆着查尔斯本人的一张达盖尔银版[1]照片。照片里的他穿着灰色军装，俊逸挺拔，神气十足，褐色的大眼睛炯炯放光，那光芒仿佛能穿透相框似的，嘴角还挂着羞涩的微笑。

斯嘉丽对那张照片连看都不看一眼，穿过房间直奔窄床边桌子上放着的一个方形黄檀木信盒而去。她从信盒里拿出了一沓用蓝丝带捆着的信件，都是阿什利寄给梅兰妮的亲笔信。最上面的一封信是今天早上刚刚收到的，她毫不犹豫地打开看了起来。

斯嘉丽第一次偷看梅兰妮的信时还感到心虚不安，又害怕被人发现，吓得手直哆嗦，连信都差点儿打不开。而现在，由于多次偷看，再加上她本来就不怎么在乎道德规范和名誉，因此连仅剩不多的廉耻之心也变得麻木了，甚至不惧怕被人发现。偶尔她也受到良心上的谴责，自问："如果妈妈知道了会怎样？"她知道母亲埃伦宁愿看女儿死，也不愿看到她做出这种见不得人的事来。一开始斯嘉丽也心有忌惮，因为她还是想处处以母亲为榜样的。但那些信的诱惑太大了，她只好把母亲抛到脑后。时至今日，她已经习惯了把不痛快的事撇到一边，学会了对自己说："现在先不想这些烦人的事了，明天再说吧。"可明天一到，那些

---

[1] 达盖尔银版法，又称银板照相法，公认是照相的起源。由达盖尔发明于1839年，是在研磨过的银版表面形成碘化银的感光膜，于30分钟曝光之后，靠汞升华显影而呈阳图。

烦人的事要么被她忘得一干二净，要么因为耽搁了一天，所以觉得已经没那么让她伤脑筋了。所以偷看阿什利的信，并没有让她良心上感到太大的不安。

梅兰妮对于阿什利的来信向来不藏着掖着，总会大方示人，经常把信中的内容抽出几段念给皮蒂姑妈和斯嘉丽听。但没念的那些内容令斯嘉丽惴惴不安，耿耿于怀，所以她非得偷偷看一看小姑子的信，弄个明白不可。她必须要知道，阿什利在结婚后是真的爱上了自己的妻子，还是假装在爱着。他有没有在信里对妻子蜜语甜言，表露爱意？他在字里行间到底表露出了怎样的温存和情意？

她小心翼翼地展开信纸。

阿什利细小工整的笔迹跃入眼帘："我亲爱的妻子。"读到这里，她立刻松了口气，因为他并没有管梅兰妮叫"宝贝儿"或"心肝儿"什么的。

我亲爱的妻子，你来信说你心中不安，担心我会对你隐瞒心里真实的想法，并问我近来在想些什么——

"我的天啊！"斯嘉丽突然心虚不已，慌乱不安，"'隐瞒心里真实的想法'，难道梅丽看出他的心思了？还是看出我的心思了？她是不是怀疑他和我——"

她吓得两手直哆嗦，于是把信拿近些看，但当看到下一段时，又放下心来。

亲爱的妻，如果我对你有所隐瞒，也是因为我不想再给你增添压力和负担，不希望你既为我的安全而担心，又要为我的心绪不宁而烦忧。但我是什么都瞒不过你的，因为你太了解我了。别担心，我没有受伤，也没生病，饭能吃饱，偶尔还有床可睡。作为一个士兵来说，能这样已经别无他求了。但是，梅兰妮，我还是满心愁苦，所以还是把心里话向你倾诉一番吧。

入夏以来，每到夜晚，兵营里的人都早已入睡，而我却辗转难眠。我抬头仰望星空，一遍又一遍地问自己："你为何而来，阿什利·威尔克斯？你又为何而战？"

当然不是为了名誉和荣耀。因为战争是肮脏的，而我厌恶肮脏。我不是个职业军人，无心在炮火中赢得虚无的名誉。然而，我还是置身于战场之中——我，其实骨子里不过就是个爱念书的乡绅罢了。梅兰妮，战斗的号角无法使我热血沸腾，激昂的战鼓也无法驱使我奋勇向前。我看得很清楚，我们都被骗了，上了咱们目空一切的南方人自己的当，以为咱们一个人就能干掉十几个北方佬，以为只当棉花大王就能统治整个世界。我们也被那些高高在上，受咱们崇拜和敬仰的家伙骗了，他们高喊蛊惑人心的口号，满口充满偏见和仇恨的鬼话与谎言，一个劲儿地说什么"棉花大王""奴隶制""州权"和"该死的北方佬"等等。

所以，我躺在垫子上，抬头仰望繁星，扪心自问："你究竟为何而战？"我想到了州权、棉花、黑奴，还有我们从小就被灌输要去痛恨的北方佬。可我知道，这些没有一样是我打仗的理由。我反而想起了十二橡树，仿佛看到了月光斜照在白色的石柱上，木兰花在月下绽放，超然脱俗，仿若仙境；门廊边上爬满了蔷薇，即使在最炎热的中午也能投下一片荫凉。我还看到了母亲，正在那儿做针线，就像我小时候看到的景象一样。我听到劳作一天的黑奴黄昏时分穿过田埂回家的脚步,他们一路唱着歌,准备回去吃晚饭。我还听到水桶被放到清凉的井里打水,井上的辘轳转动,声声萦绕耳际。顺着大路望去,穿过一望无际的棉田,一直望到河边,放眼所及一片悠然美景。暮色中还能看到河边洼地上雾霭腾腾。这些才是我这个不想死、不愿受苦、不慕虚名,也不痛恨仇视别人的人来此打仗的原因。爱乡情深,故土难舍,也许这就是所谓的爱国之心吧。可是,梅兰妮,这其中还有更深刻的含义。因为,梅兰妮,我刚才所说的这些,只是我冒着生命危险去战斗所保卫的东西的象征,是我所热爱的那种生活的象征。因为其实我是在为旧的时代而战,在为我恋恋不舍的旧的生活方式而战,但不管战争的结局如何,恐怕这种生活方式都将一去不返了。因为无论胜败,我们的希望都将落空。

即使我们打赢了这张仗,建立了梦寐以求的棉花王国,我们的希望也照样会落空,因为到那时咱们就会变成另一种人,往日的宁静生活终将逝去。到那时,全世界都会找上门来吵着要买棉花,我们可以随心所欲地要价。恐怕,到时候我们就会变得跟北方佬一样,唯利是图、贪得无厌,成为眼里只认钱、满身铜臭气的商人,也是我们现在最为鄙视和嘲笑的那种人。可假如这场仗我们输了呢,梅兰妮,如果我们被打败了呢!

我并不惧怕危险,也不怕被捕或者受伤,倘若在劫难逃的话,就连死我也不怕。但真正令我害怕的是,一旦战争结束,我们就再也无法回到过去的美好时光了。而我是属于旧日时光的人,不属于如今这个野蛮杀戮的疯狂时代。我担心即使我再怎么努力也无法适应未来。你也一样不会适应的,亲爱的,因为你和我血脉相通。我不知道未来会怎样,但肯定不会像过去那样美好而舒心。

我躺在这儿,看着在我身边熟睡的这些兄弟,心中不禁暗想:不知那对孪生兄弟还有亚历克斯和凯德会不会跟我有同样的想法。不知他们是否明白,他们为之奋战的事业其实从打响第一枪起,就已注定失败。因为我们的事业实际上就是我们的生活方式,而这种生活方式早已逝去。但我认为他们不会想到这些,所以他们是幸运的。

我向你求婚时并没有想到我俩今后会面对这样的未来。我以为我们会在十二橡树继续过着宁静安详、轻松惬意的生活,而且这样的生活会一直持续下去。你我二人十分相像,梅兰妮,咱们都喜欢安静。我原以为咱俩今后将会携手度过漫长的安宁岁月,一起读书、听音乐、憧憬美好。可惜事与愿违,世事难料!谁能想到厄运竟落到咱们每个人头上:旧日美好生活即将毁于一旦,如今人人都置身于这杀戮和仇恨之中!梅兰妮,这一切都太不值得,什么州权、黑奴、棉花——都犯不上我们作出如此大的牺牲,也不值得我们正在承受并且将要遭受的这么多苦难。一旦北方佬打败了咱们,那么将来咱们的处境将会惨得难以想象。可是,亲爱的,他们终将会打败咱们的。

我不该写这些的,我甚至连想都不该想。但你问我有何心事,所以我跟你说我最担心的就是战败。你还记得吗?在宣布我们订婚的那次烤肉宴上,有个叫巴特勒的人,听口音像是查尔斯顿人,他因为批评了几句南方人的无知,差点儿引起了一场争斗。你还记得吗,因为他说咱们南方没什么铸造厂、制造厂、纺织厂、兵工厂和机械厂,还缺少船只,塔尔顿家的孪生兄弟竟然气得要开枪打死他?你还记不记得,他说北方佬的舰队可以把我们牢牢封锁住,让我们无法把棉花运出去?他说得没错。咱们是在用独立战争时老掉牙的滑膛枪抵抗北方佬的新式步枪。封锁线很快就会围得更紧,连医疗用品都运不进来了。咱们其实应该多听听巴特勒的话,他虽然玩世不恭,但对形势很了解。咱们反而不该听信那些政治家的,他们只会夸夸其谈,信口开河。实际上,巴特勒的意思是,除了棉花和狂妄自大,南方根本没有打仗的本钱。而现在我们的棉花已经一文不值,唯一剩下的只有狂妄自大了。不过我认为不该称之为狂妄自大，而应该说是无可匹敌的勇气，如果——

但斯嘉丽还没有看完就把信折了起来，塞进信封。她觉得没意思，实在读不下去了。再说，这信也写得太丧气，总说打败仗一类的浑话，让她心里隐隐不快。毕竟，她偷看梅兰妮的信不是为了要了解阿什利那令人难懂又乏味的想法，以前他坐在塔拉的门廊上，总是跟她讲这些，她早就听腻了。

她只想知道阿什利给他的妻子写信时，其字里行间是否是情意绵绵的。但至今为止，那样的信他还没有写过。因为信盒里的每一封信，斯嘉丽都偷看过了，封封都像是兄长写给妹妹的口吻。信里透着关爱，满含幽默，东拉西扯，什么都谈，可就是不像情书。斯嘉丽收到过无数情感炽热滚烫的情书，信里透着怎样的浓情蜜意她一看便知。可阿什利的信里却缺少爱的激情，每回偷看完那些信，斯嘉丽都会暗自得意，因为她断定阿什利心里还爱着她。而且她还暗暗嘲笑梅兰妮竟没有发觉阿什利只把自己当朋友，没有察觉到自己丈夫写来的信里没有显露出半点情爱之意。不过这也难怪，毕竟梅兰妮从来没收到过别的男人给的情书，所以拿着阿什利的信也无从比较。

"瞧瞧阿什利写的这都是什么蠢话，"斯嘉丽心想，"要是我的丈夫给我写这种废话连篇的信，我肯定会痛骂他一顿！真是的，就连查理写的信都比这强。"

她捏着信封的边缘，把那些旧信往回翻了一遍，看着上面的日期，回想那些信里的内容。他写的信既不像达西·米德写给父母的信，也不像可怜的达拉斯·麦克卢尔给自己那两位已成老姑娘的姐姐费思小姐和霍普小姐的信，因为他们都绘声绘色地描写了军营生活和战场上冲锋陷阵的场面，而阿什利对这些却只字未提。米德家和麦克卢尔家的人总是得意扬扬地把收到的信念给街坊四邻听，弄得斯嘉丽经常暗暗替梅兰妮感到羞愧，因为梅兰妮没有从阿什利那里收到过这样的信，也就没办法在针线小组里拿出这样的信来念给别人听。

似乎阿什利写给梅兰妮的每一封信里都刻意回避战争，仿佛只想在他们两人周围画上一个永恒的魔法圈，把萨姆特堡事件以来所有发生的事情都挡在圈外。他似乎一直在自我催眠，说服自己根本没有什么战争，世上一切太平。他在信里只提他和梅兰妮一起看过的书、一起唱过的歌、彼此都认识的老朋友，以及他环游欧洲时去过的地方，字里行间流露出对回到十二橡树的热切渴望。他写了一页又一页，尽是对过去生活的回忆。他提到了打猎，还有霜冻的深秋之夜，在星空下骑着马穿过幽静的林间小路，还提到了烧烤会和炸鱼宴，以及宁静的月夜和安适怡然的家乡老宅。

她突然想起刚刚看过的那封信里写的几句话："可惜事与愿违，世事难料！"这话似乎是一个备受折磨的灵魂，对着无法面对却又不得不去面对的现实所发出的呐喊。她大为不解，因为他说他既不怕受伤，也不怕死，那他到底害怕什么呢？本就不擅分析的她，面对这个难题苦苦思索着。

"战争搅乱了他的心，而他——他最不喜欢那些搅扰他心境的事情……就比如我……他爱我,但他害怕跟我结婚,因为——因为怕我搅乱他的想法和生活方式。不,他并不是真的害怕。阿什利并不是个胆小鬼,不然战报上也不会表扬他,斯隆上校也不会亲自写信给梅丽,夸他冲锋陷阵时总是身先士卒,作战英勇。一旦他下定决心,就会比任何人都勇敢,比任何人都坚定不移,但是——他这个人只生活在自己的世界里,不入世俗,也讨厌进入世俗——哦,我真是搞不懂了!要是几年前我能懂他几分,他肯定就会跟我结婚了。"

她把信紧贴在胸前,痴痴地想念着阿什利,久久站立不动。自从她爱上阿什利那天起,她对他的爱就从来没有变过。十四岁时的一天,她站在塔拉的前廊上,看到阿什利迎着晨曦,满含笑容策马而来,头发在阳光下银光闪闪。当时,她便怦然心动,爱意如潮水般涌上心头,竟令她激动得说不出话来。而如今她对他的感情始终如一,依旧还是年轻姑娘对一个她尚无法理解的男人的敬慕之情。这个男人拥有一切她虽不具备却仰慕至极的品质。时至今日,他依旧是令她魂牵梦萦的白马王子。她梦想中的要求并不高,只要他能向她表露爱意,给她一个吻,便足矣,别无他求。

读完这些信后,她断定虽然阿什利已经与梅兰妮结了婚,但他仍是爱着她斯嘉丽的。她心里认准了这一点,感到心满意足。她仍是那个年轻貌美、完璧无瑕的小姑娘。假若查尔斯那笨拙的温存和尴尬的亲密曾经触动过她心底的欲望和激情,那么她对阿什利的渴望就不是单纯的一个吻就能满足的了。然而与查尔斯厮守只有短短的几个月夜,并未撩拨起她的感情,也并没有使她成为真正成熟的女人。查尔斯并没有使她懂得什么是激情,什么是温存,什么是灵魂与肉体的真正结合。

对她来说,所谓激情不过是屈从于那令人莫名其妙的男性疯狂——跟女性截然无关的一种疯狂,是一种痛苦而又尴尬得难以启齿的过程,而且不可避免地带来另一件更痛苦的事——生孩子。嫁人就是这么回事,她丝毫不觉得意外,因为在结婚之前,母亲埃伦就暗示过她:结了婚,女人就必须带着尊严和毅力去忍耐与承受今后的婚姻生活。守寡之后,其他太太们的窃窃私语也证实了母亲的这一说法。如今激情结束了,婚姻也结束了,斯嘉丽反倒觉得很高兴,终于松了口气。

她的婚姻结束了,但爱没有终结,因为她对阿什利的爱是另一回事。这种爱与激情和婚姻无关,而是一种神圣之爱,美得令人窒息。这份爱一直埋藏在她心底,日久情浓,在不时的回味和盼望中日渐加深。

她叹了口气,小心翼翼地用丝带把那沓信捆好,心里不下千次地问自己,阿什利身上到底有什么奥妙,竟让她如此百思不解。她想好好琢磨这事,找出一个满意的答案,但可惜,她的脑袋瓜太过简单,想来想去也想不出个所以然来。于是她便把那些信放回信盒,盖上盖子。这时她突然眉头紧蹙,因为想起了刚才看的那封信里最后一段提到了巴特勒船长。真奇怪,阿什利竟然还记得那个无赖一年前说过的话。无可否认,巴特勒船长舞跳得真是出神入化,但论人品的确是个无赖。因为只有无赖才会在义卖会上那样诋毁南部邦联。

她穿过房间,走到镜子前,得意地撩拨了几下自己柔顺的秀发。每当看到自己白皙的肌肤和那双眼尾上翘的绿眸子时,她总是会心情大好。她嫣然一笑,露出两个小酒窝来,想着阿什利最喜欢她这两个小酒窝,于是打量着镜中的自己,飘飘然起来,把巴特勒船长忘到了脑后。爱别人的丈夫,偷看人家的信,她丝毫不觉有愧。她尽情地欣赏着自己的年轻美貌和迷人风采,重拾自信,确信阿什利的确仍爱着自己。

她打开门,飘飘欲仙地走下昏暗而盘旋的楼梯,刚下到一半,突然情不自禁地唱起了《无情战火结束后》这首歌来。

第十二章

战争仍在继续。虽捷报频传，但人们已经不再说"只要再打场胜仗，战争就会结束"这样的话了，另外他们也不再骂北方佬没胆量了。显然，如今大家都明白了，北方佬绝不是什么胆小鬼，一场胜仗是征服不了他们的。然而在田纳西州，摩根将军和福利斯特将军率领的南部邦联军队屡屡获胜，第二次奔牛河战役[1]的胜利更是令人欢欣鼓舞，就像把北方佬的脑袋割下来高高挂起，示威炫耀一样。然而，他们虽狠狠地痛击了北方佬，但付出的代价十分惨重。亚特兰大的各个医院和居民家里人满为患，穿着黑色丧服的妇女也日渐增多。奥克兰公墓里一排排尽是一模一样的阵亡士兵坟墓，而且一天比一天多，每天都在不断向外延伸。

---

1 第二次奔牛河战役即第二次马纳萨斯战役，是美国南北战争期间南方联盟军在马纳萨斯取得第二次胜利的战斗。1862年8月30日，约翰·波普将军率领北方联邦军向"石墙"杰克逊所率南方联盟军在奔牛河岸边的阵地发动进攻。南军一直坚守到晚上，罗伯特·李率领援军赶到，大举出击，把北军赶出战场，打死打伤多人，俘虏7000余人。

南部邦联的货币急剧贬值，食品和服装的价格也因此而猛涨。军需部大量征收粮食，以致亚特兰大居民的一日三餐也受到影响。白面稀缺且价格贵得吓人。玉米面包取代了饼干、面包卷和华夫饼，成为日常主食。肉店里几乎很难见到牛肉，羊肉也少得可怜，而且价格昂贵，只有富人才买得起。不过猪肉倒是有不少，另外鸡肉和蔬菜供应量也很充足。

北方佬对南部邦联的港口封锁得越来越严密，像茶叶、咖啡、丝绸、鲸骨裙撑、香水、时装杂志和书籍之类的奢侈品极为稀少且极为昂贵。就连最便宜的棉制品价格也直线上涨，女士们万般无奈，只能把旧衣服拿出来凑合着穿，勉强再对付一季。积了多年灰尘的织布机也从阁楼上被搬了下来，几乎家家户户的客厅里都能看到主妇们在忙着织布。所有人，无论是士兵、平民、妇女、儿童还是黑人，都穿起了家纺的布衣。邦联的灰色军服几乎已经绝迹，取而代之的是家纺的灰胡桃色土布衣裳。

医院早已出现药品短缺，奎宁、甘汞、鸦片、氯仿和碘酒都所剩无几。绷带也成了稀缺物资，无论是亚麻绷带还是棉纱绷带，用过之后都舍不得扔掉。在医院做护理的每位女士都把一筐筐带着血渍的绷带抱回家里，清洗熨烫之后再带回医院给其他伤员使用。

但对刚刚从守寡的桎梏里解脱出来的斯嘉丽来说，战争只会令她快乐和兴奋，就算面对食品和衣物紧缺，她也丝毫不发愁。因为能重新出来抛头露面，她就已经开心得不得了了。

回想过去的一年，斯嘉丽日子过得乏味无聊，每天都重复着同样的生活，而如今她觉得生活的节奏猛然加快，快得令人难以置信。每天清晨醒来，她都会迎来新的冒险，遇到新的男人。这些男人会要求登门拜访她，夸她漂亮迷人，发誓说要为她而战，甘愿为她而死，仿佛为她而战，甚至为她而死是一种荣幸。她依然深深地爱着阿什利，至死不渝，但这并不妨碍她招引别的男人向她求婚。

战火连天，使得人们在社交上也日渐不拘小节了。老人们看到大伙儿都乱了规矩，不讲礼节，都惊恐万状。做母亲的发现有陌生男人登门拜访自己的女儿，连个介绍信都没有就擅自来访，身世底细更是无从了解。更令当妈的感到震惊的是，自己的女儿竟然跟这男人手拉手。梅里韦瑟太太本人结婚前从未吻过自己的丈夫，而如今却发现自己的女儿梅贝尔在跟小个子祖阿夫义勇兵勒内·皮卡德接吻，她简直不敢相信自己的眼睛。更令她大惊失色的是，她的女儿竟不以为耻。虽然勒内立马向梅贝尔求了婚，但也无法令梅里韦瑟太太对其有所改观。梅里韦瑟太太认为照这样下去，整个南方就彻底道德败坏了，这话她时常挂在嘴边。其他的母亲们也都深有同感，一致认为这全都是战争造的孽。

通常小伙子们要等上一年，才能向姑娘请求只叫她的芳名，当然后面还得加上"小姐"二字，这是绝不能少的。可如今这些小伙子们深知自己很快就要上前线，没准过不了一周或一个月就会战死沙场，所以怎肯等上一年之久。他们无法遵从战前那套正规而漫长的求婚礼数，所以一般三四个月后就向姑娘求婚了。而姑娘们虽然很清楚作为大家闺秀必须照例对男人的头三次求婚表示拒绝，但如今只要男方一开口，女孩就迫不及待地答应了。

这种不拘礼节让斯嘉丽即使在战争中也感受到了许多乐趣。她觉得这仗要是一直打下去倒也无所谓，只是做看护要干很多脏活儿累活儿，还得干卷绷带这种烦人的事，让她很受不了。实际上，她已经不那么厌烦在医院里做看护了，因为这里是猎取男人的好猎场。那些无助的伤员们怎能抵挡住她的魅力，无不欣然拜倒在她的裙下。她帮他们换绷带，给他们洗脸，拍拍枕头、扇几下扇子，他们就陷入了她的情网。噢，凄苦了一年，如今她终于苦尽甘来，如进天堂了！

斯嘉丽又回到了她嫁给查尔斯之前的样子，仿佛从来没跟查尔斯结过婚，从来没经受过丧夫打击，也从来没生过小韦德似的。战争、婚姻、生育，这些就像一阵风从她身边刮过，却没有触动过她的半根心弦。她依然丝毫未变。她是有个孩子，却一直是由红砖宅子里的人悉心照料着，她甚至都忘了那孩子的存在。她心里和脑子里想的全是她自己，觉得她又成了原来的斯嘉丽·奥哈拉，那个全县最美的姑娘。她的所做所想都和过去并无二致，只不过她的活动范围比之前大多了。她毫不在乎皮蒂姑妈的那些朋友们在背后怎样议论她，依然我行我素，行为举止与婚前一般无二——参加各种宴会、舞会，跟士兵们出去骑马兜风、打情骂俏，还是姑娘时所做的事，现在也样样都做，只不过依旧穿着丧服而已。她知道，这将是压倒皮蒂帕特和梅兰妮耐性与容忍的最后一根稻草。她即使做了寡妇也和当姑娘时一样魅力四射，只要能随心所欲，她就会满面春风；只要不遇到烦心事，她就会热情似火，活力十足。如今的她自视容貌出众，招人喜爱，所以得意得很。

几周前她还满心愁苦，而现在却心花怒放，因为终于又有男人追她，被她的魅力所迷倒，甜言蜜语，殷勤恭维。阿什利跟梅兰妮结了婚，如今生死难料，所以此刻她能得到的快乐，也最多如此了。不过，想到阿什利虽已属于别人，却远在他乡，不知怎的，她心里反倒觉得不那么难受了。亚特兰大和弗吉尼亚相距数百英里，有时候她觉得阿什利既属于梅兰妮，也属于她自己，其实都差不多。

一八六二年的秋天就这样飞逝而去。斯嘉丽整日里做看护、跳舞、骑马兜风、卷绷带，日子忙忙碌碌，只回塔拉小住过几次。但这几次回娘家小住都令她很失望。身在亚特兰大时，她一直盼着能与母亲安安静静地促膝长谈，可回到塔拉却难有这样的机会。根本没有时间坐在母亲埃伦身边，看着她做针线活，听她衣裙沙沙的响声，闻着她身上柠檬马鞭草香袋里散发出的淡淡馨香，感受母亲柔软的双手轻抚她的脸颊。

埃伦如今愈发消瘦，整日心事重重，从早到晚忙个不停，直到整个庄园的人都熟睡了，才能坐下来歇歇脚。南部邦联军需部征收钱粮的数量日益增多，埃伦身上的担子也越来越重，不得不加紧让塔拉产出更多棉花来。就连杰拉尔德也多年来头一次忙了起来，因为找不到顶替乔纳斯·威尔克森的监工，他只得亲自出马去地里巡察。埃伦则忙得只有在晚上临睡前才得空来看看斯嘉丽,亲她一下,道声晚安。杰拉尔德整天都在田地里,斯嘉丽觉得在塔拉待得好无聊。就连她的两个妹妹也都各怀心事。苏埃伦如今已经跟弗兰克·肯尼迪"心照不宣",唱起《无情战火结束后》来都别有意味,让斯嘉丽听着简直受不了。卡琳则成天沉迷于对布伦特·塔尔顿的痴恋和梦想中,斯嘉丽觉得跟她做伴也很没劲。

尽管斯嘉丽每次都满心欢喜地回到塔拉,但皮蒂和梅兰妮一来信求她回亚特兰大,她便欣然应允,一点儿也不觉得难舍难离。倒是母亲埃伦每次看到女儿要走,都喟然叹息,想到自己的大女儿和唯一的外孙又要离开她了,不免心中难过。

"但我不能这么自私,强把你留在这儿。因为亚特兰大还有许多伤员需要你去照顾,"她说,"只是——只是,亲爱的,可惜我还没得出空来跟你说说话,好好疼疼我的宝贝闺女,你就又离我而去了。"

"我永远都是你的宝贝闺女。"斯嘉丽边说边依偎在母亲怀里,顿觉心中有愧,良心不安。她没敢告诉母亲,驱使她回到亚特兰大的原因,并不是为南部邦联效力,而是那里有舞会和追她的男人。这些日子以来,她有很多事情都瞒着妈妈,有一件事她更是绝口不提,那就是:最近瑞特·巴特勒三天两头地到皮蒂帕特姑妈家来拜访。

义卖会后接连好几个月,瑞特每次一来城里,就会到皮蒂姑妈家看望斯嘉丽，带她乘坐自己的马车出去兜风，陪她参加舞会和义卖会，守在医院外面等她，驾车接她回家。如今斯嘉丽已不再担心他会泄露她的秘密，但内心深处仍隐隐感到不安，因为他见过自己出丑丢人的样子，也知道她对阿什利的感情。正因为如此，每次瑞特惹她生气，她都敢怒不敢言，而瑞特总是惹她生气。

瑞特已三十五岁左右，比斯嘉丽众多的追求者年纪都大。对付年纪相仿的小伙子，斯嘉丽可以驾驭自如，游刃有余。但在瑞特面前，她却像个孩子一样无助，拿他没辙。他总是那么气定神闲、处变不惊，看见什么都觉得有趣，特别喜欢把她气得说不出话来，仿佛看着她被气得哑口无言，便是天下最让他开心的事。他挑逗撩拨的手段一流，常把斯嘉丽气得火冒三丈，因为她虽然容貌像母亲般温柔可人，脾气却像父亲，有爱尔兰人特有的烈性子。因此，她一向我行我素，从来不会在人前控制自己的脾气，只有在母亲埃伦面前除外。可如今，她不愿瞧他那副揶揄嘲笑的嘴脸，所以只能忍着火气，实在痛苦。他要是也发发脾气就好了，那样她就不至于像现在这样忍气吞声，憋得难受了。

他们两人也时常斗嘴，但斯嘉丽每次都斗不过他。几番较量之后，斯嘉丽认定他是个缺少教养、没规没矩的讨厌鬼，不是正人君子，并发誓今后再也不跟他来往了。但没过多久他便又回到亚特兰大，找上门来，表面上是拜访皮蒂姑妈，实则是向斯嘉丽大献殷勤，送给她从拿骚带来的一盒夹心糖果；或是在音乐会上抢占她身旁的座位；或是在舞会上牢牢守着她不放。斯嘉丽常常被他的死皮赖脸且不害臊而逗笑，便又一次原谅了他以往的无礼，直到下回再被他惹生气。

尽管他总是惹人生气，但渐渐地，斯嘉丽却盼着他上门了。他身上有种令人兴奋的东西，与她认识的其他男人都截然不同。她也说不上这东西究竟是什么。他那高大魁梧的体魄透着一种威仪和潇洒，令人喘不过气来，一进门就给人一种无形而猛烈的感官冲击，那双黑色的眼睛里透着傲慢无礼和冷漠的嘲讽，激起了她的兴趣和想要征服他的欲望。

"我简直就像是爱上他了！"她心下纳闷，"可明明不是啊，怎么回事，真搞不懂呢。"

可这兴奋的感觉却挥之不去。每次他一上门，就带来一股十足的阳刚之气，皮蒂姑妈的这座充满淑女气质、温馨雅致的房子便一下子显得狭小而又黯淡，古板而又守旧，老得都快发霉了似的。见瑞特登门造访，不光斯嘉丽举止有失常态，浑身不自在，就连皮蒂姑妈也情绪激动，坐立不安。

皮蒂知道，埃伦绝对会反对瑞特这种人接近自己的女儿，也知道查尔斯顿的上流社会都将此人拒之门外，对此她不能坐视不管。但她抵挡不住瑞特的巧言恭维和亲切十足的吻手礼，就像苍蝇无法抵住蜜罐的诱惑一样。再说他经常会从拿骚带些小礼物给她，并再三强调这些是特意给她买的，冒着生命危险闯过封锁线给她带来。这些礼物大多都是些别针、缝衣针、扣子、丝线和发夹之类的东西，如今市面上几乎买不到了。眼下太太小姐们头上戴的都是手工削成的木发夹，扣子也是用布包着橡果冒充的。皮蒂实在没那么坚强的意志拒绝这些小礼物。更何况她还像小孩子似的就爱拆礼品袋的包装，抵御不住打开礼物见到惊喜的诱惑。所以礼物一打开，她就更没法拒绝了。收了人家的礼物，她还哪好意思跟人家说："先生，以您如此这般的名声，不宜前来看望三位无男性保护的女士。"只要瑞特·巴特勒一来，皮蒂姑妈就总是觉得自己需要一位男性保护人。

"我也搞不懂他到底是什么样的人，"她总是会无奈地叹着气说，"看上去他倒像是个为人和善、讨人喜欢的男人，可是——唉，我实在说不准他是不是打心眼里尊重女士。"

自从梅兰妮的戒指被赎回来寄到她手里之后，她就认定瑞特是一位难得的绅士，既温文尔雅，又细心体贴。所以听了皮蒂的话，她不由得吃了一惊。巴特勒先生一直对她恭谦有礼，但她总有些羞怯，主要是因为她跟他并不是自幼相识，面对这样的男人她总是会怕生。其实她心里一直替他感到惋惜和难过，不过他当然不知道，如果他知道了的话，一定会觉得很好笑。她敢肯定瑞特曾经在爱情上遭遇过挫折，情场失意，所以才变得像现在这样，既冷酷无情又愤世嫉俗。她觉得他需要一个好女人来爱他。她从小到大都备受呵护，所以从没见过邪恶，也就几乎不相信邪恶的存在。因此当听到有人说瑞特和那个查尔斯顿的姑娘有越矩之事时，她大为震惊，根本不相信。她不但没有因此而对他心生反感，反而在羞怯之余待他更为亲切友善。因为她觉得人们对他存有偏见，冤枉好人，所以替他打抱不平。

斯嘉丽心里却跟皮蒂姑妈的看法一致。她也觉得瑞特对女士缺乏尊重，也许只有梅兰妮是个例外。每次看他一双眼睛盯着自己上下打量时，她都感觉自己就像没穿衣服、一丝不挂似的。倒不是他说了什么难听的话，要是说了，她一定会狠狠骂他一通回敬他的。可恶的是他那黝黑的脸上无耻而又露骨的目光，透着不可一世的傲慢之气，让人看着心里冒火，仿佛所有的女人都是他的所有物，供他随心所欲地享用。只有对梅兰妮，他不会摆出那副惹人厌的嘴脸，眼神也不再冷漠犀利、带着嘲弄和讥讽。另外，跟梅兰妮说话时的语气也跟别人不同：彬彬有礼，恭恭敬敬，愿意随时为其效劳。

一天下午，梅兰妮和皮蒂都回房睡午觉了，只剩斯嘉丽和瑞特两个人，斯嘉丽突然愤愤不平地问道："我真不明白，为什么你对她比对我好那么多？"

刚才梅兰妮在绕线团准备编织毛衣，而瑞特一直在为她架着毛线圈，斯嘉丽冷眼旁观，看了足有一个钟头。她还注意到梅兰妮得意自豪且滔滔不绝地谈起阿什利的晋升时，瑞特的脸上始终挂着一副高深莫测的漠然表情。斯嘉丽知道瑞特并不怎么欣赏阿什利，也丝毫不把阿什利擢升为上校的事情放在眼里。尽管如此，他依然温文尔雅地随声附和，还轻声恭维了几句阿什利，称赞他作战勇敢。

"可我要是一提起阿什利的名字，"她心里窝火地想，"他就会立刻眉毛一挑，心照不宣地一笑，那副表情别提多讨厌了！"

"我比她漂亮多了，"她继续对瑞特说道，"所以我真不明白你为什么对她的态度反倒比对我好得多！"

"难不成你这是嫉妒了？"

"呸，别胡说！"

"看来我的希望再次破灭了。如果说我对威尔克斯太太'青睐有加'，那也是理所应当的。像她这么真诚善良且没有一点儿私心的人，少之又少，真是难得。不过这些好品德你也大概是注意不到的。而且她虽说年轻，却是我认识的为数不多的几位高贵的淑女之一。"

"那你的意思是说，在你眼里我不是个高贵的淑女？"

"我想，我们第一次见面时就已经有这个共识了——你绝对不是位淑女。"

"噢，你这个可恶的家伙，太放肆了，竟敢又提那件事！我那只不过是发小孩子脾气，你干吗非得揪着不放？都是八百年前的事了，而且我现在也已经老成多了，要不是你明里暗里地总提起，我早就把那事忘了。"

"我可不认为你那是发小孩脾气，也不相信你已经长进了。即使到了现在，要是不顺你心的话，你照样还是会像当年一样抄起花瓶就砸。不过现在你事事称心如意，没必要再去摔那些小摆件了。"

"哼，你这个——我要是男人，非跟你决斗不可——"

"决斗的话，白白送命的反而是你。我可是五十码开外能一枪把一枚一角的硬币给穿个窟窿的人。你还是用你自己的武器吧，比如小酒窝啦、花瓶啊什么的。"

"你简直就是个无赖。"

"你以为骂我一句无赖我就会发火吗?很抱歉,只能让你失望了。你骂得对,我干吗还要发火呢?我的确是个无赖,这又有何不可呢?这是个自由的国家,谁想当无赖就尽管当好了。亲爱的夫人,只有像您这样的伪君子,明明内心黑暗,却总想遮遮掩掩,一旦被人骂到了痛处,就会恼羞成怒,暴跳如雷。"

面对他依然从容自若的笑容和慢条斯理的腔调,斯嘉丽实在无计可施,因为她从来没遇到过像他这么软硬不吃的人。嘲讽、冷漠、谩骂,各种招儿她都使了,却都碰了软钉子,她话说得再狠再难听,那家伙都脸不红气不喘。根据她多年来的经验,她深知说谎的人最忌讳别人说他不诚实,胆小的人最怕别人说他没胆量,粗鄙的人最讨厌别人说他没教养,而无赖则最恨别人说他不体面。但瑞特这家伙不然,骂他什么他都承认,不但不生气,还哈哈大笑,边笑边催促她继续说下去。

这几个月以来,他来了又走,走了又来,来前不报信,走时也不告别。斯嘉丽始终摸不透他到亚特兰大来有什么事,因为其他闯封锁线的商人都很少千里迢迢地从海港跑到内地,他们通常只要把货卸在威尔明顿或查尔斯顿,就会有成群的商人和投机贩子从南方各地蜂拥而来,聚集在拍卖场上疯狂抢购偷运进来的货物。如果他大老远一趟趟来是专程看她的,那她倒可以欣喜得意一番,但即使是虚荣心比别人都强的她,也觉得这是不可能的。假如他向她求爱告白,对她身边的男人表示嫉妒,或是想握住她的手,求她送他一张照片或手帕作纪念,她肯定会得意扬扬,认为他被她的魅力俘获了。然而可恼的是,他始终不露声色，没有表露出一丝对她有情的迹象来。最可气的是，她用尽了一切手段想让他拜倒在自己的裙下，却都被他一一识破了。

瑞特每次来亚特兰大，都会在太太小姐们当中引起一阵骚动，弄得沸沸扬扬。因为他头上不仅顶着"勇闯封锁线之人"的浪漫光环，身上还背着"邪恶且不得靠近"的恶名。他的名声真是坏透了！亚特兰大的那些年长妇人经常聚在一起嚼舌根，她们每聚一次，瑞特的名声就更坏一分，然而越是这样，年轻的姑娘们反倒越觉得他魅力无穷。因为大多数的姑娘天真无邪，只听说他"常跟女人厮混"，但男人跟女人怎样才叫"厮混"，她们就不清楚了。她们还听别人小声议论，说姑娘家跟他在一起会很危险。虽然他的名声如此不堪，但奇怪的是，自从他在亚特兰大露面以来，连一位姑娘的手都没亲吻过。这使他显得更加神秘，更令姑娘们兴奋了。

除了前线作战的英雄，亚特兰大人议论最多的就数瑞特了。他因为醉酒加上"男女关系问题"而被逐出西点军校的事可谓尽人皆知。另外，他坏了一个查尔斯顿姑娘的名声，还把那姑娘的兄弟给打死的骇人丑事也是众所周知。有人写信给查尔斯顿的朋友，于是又打听出一些消息：原来瑞特的父亲是位受人尊敬的老绅士，性格刚强，一身傲骨。瑞特二十岁那年就被父亲赶出了家门，不但一分钱不给，还把他的名字从族谱中画掉。从那以后瑞特便四处漂泊，随着一八四九年的淘金热去了加利福尼亚，然后又去了南美和古巴，据传闻说，他在那些地方也没干什么体面的事：与女人纠缠不清，数次持枪伤人，还走私军火给中美洲的反叛党，最糟糕的是，他还曾靠赌博为生。

在佐治亚州，赌博之习盛行，几乎家家都有男人或亲戚好赌，有输钱的，有输掉房子的，还有输掉土地和黑奴的。虽然都是赌博，但性质有所不同。以赌博为嗜好的男人即使输得倾家荡产，也仍旧不失绅士地位。但以赌博为营生的男人，则只会被看作是下等人，遭世人唾弃。

要不是在这战乱时期，要不是瑞特·巴特勒对南部邦联有用，他做梦也别想被亚特兰大的上流社会所接受。但现如今就连最古板矜持的人也觉得应以国家大业为上，宽大为怀。而心肠软的人则认为巴特勒家的逆子已经幡然悔过，正在竭力赎罪，将功补过。所以女士们觉得自己有责任作出让步，特别是对这样一位冒着生命危险勇闯封锁线的英雄，她们更应宽容以待。眼下人人都明白，南部邦联的存亡不仅依靠前线战士的浴血奋战，也仰仗那些能够顺利闯过封锁线，避开北方佬舰船的船队。

据传闻说，巴特勒船长是南方最有本事的掌舵者。此人风里来雨里去，天不怕地不怕。他从小在查尔斯顿长大，对卡罗来纳沿海一带十分熟悉。他不但对查尔斯顿港口附近的每一条水湾小港、每一片暗礁浅滩都了如指掌，对威尔明顿一带的海域也一清二楚。他从未损失过一条船，也从来没有被迫丢弃过一批货物。战火初燃之时他还默默无闻，手里的本钱只够买一条小快船，然而时至今日，只要偷越封锁线成功，一船货物便可获利二十倍，而今他已经拥有了四条船。他花大钱雇用最好的舵手，趁漆黑的夜色驾船悄悄驶出查尔斯顿和威尔明顿，把棉花运往拿骚、英国和加拿大。英国的棉纺厂正在停工待料，工人们也快没饭吃了。所以只要有本事能偷闯过封锁线，在北方佬舰队的眼皮底下溜走，到了利物浦后船主就可以随心所欲地要价。瑞特的船队一方面为邦联运出棉花，一方面为南方运进急需的军用物资，每次都很顺利，运气好得出奇。所以女士们认为对于这样一位甘愿为南方出生入死的勇士，即使他之前干过再多的丑事，名声再坏，也可以放过不提了。

他成了亚特兰大的风云人物，走到哪里都引人注目。他出手阔绰，骑着黑色高头烈马，衣着时髦，做工考究。光这身打扮就已经十分惹眼了，因为士兵们的军装早已又脏又破，至于普通百姓，即使穿着最好的衣服上街，也能被人看出精心修补过的痕迹。斯嘉丽觉得他的裤子特别精美别致，让她大开眼界：颜色是浅褐色的，苏格兰呢面料，上面还有格子花纹。他穿的马甲也件件气派，特别是那件白色波纹绸马甲，上面还绣着一朵朵粉红色的玫瑰花蕾，别提多漂亮了。他衣冠楚楚，举手投足愈发显得气质优雅，不经意间透出潇洒迷人的风度。

他若对女人施展魅力的话，几乎没人能抵挡得住。最后就连梅里韦瑟太太也屈尊邀请他星期天到家里吃晚饭。

原来梅贝尔·梅里韦瑟就要跟她的那位小个子祖阿夫义勇兵结婚了，等他下次休假回来时就举办婚礼。可她一想到自己的婚礼就想哭，因为她非要在婚礼上穿白色的缎面婚纱不可。但现在跑遍南方都别奢望能找到一块白色的缎子，连借都没处借，因为这几年缎面的结婚礼服都捐给南部邦联做战旗了。爱国的梅里韦瑟太太责备自己的女儿，说做邦联旗帜下的新娘子，要穿家纺土布做的礼服才最合适。但说了也没用。梅贝尔就是要缎面礼服，说为了邦联事业，结婚时没有发夹、扣子、漂亮的鞋，没有糖果和茶，这些都能将就，她没有任何怨言，甚至甘愿作出牺牲，但缎面婚纱她非要不可。

瑞特从梅兰妮口中得知此事之后，特意从英国带来好几码闪亮的白缎子，外加蕾丝面纱，并作为结婚礼物送给了梅贝尔小姐。他送礼也送得巧妙，让对方都不好意思提付钱的事。梅贝尔高兴坏了，激动得差点儿凑上去亲他一口。梅里韦瑟太太知道这份礼物太过贵重——更何况还是送给姑娘做衣服的——要收下实在不合适。但是她又无法拒绝，因为瑞特能言善道，理由说得冠冕堂皇，说新郎是咱们邦联的勇士，作为勇士的新娘，自然要打扮得漂漂亮亮，穿再好的礼服也不为过。于是梅里韦瑟太太便邀请他来吃晚饭，觉得给他这个面子比还他礼物或是金钱的价值更高。

瑞特不仅给梅贝尔送来了缎子，还对婚纱的款式给出了些极好的建议。时下巴黎流行的式样是：裙箍更宽大，裙摆更短，另外裙子也不打褶边，而是在裙边上打上一圈扇形的小花边，露出里面衬裙的镶边来。他还说，现在巴黎街头已经看不到女人裙子下面露出长衬裤的了，所以他觉得这种穿着想必是"不时兴"了。后来，梅里韦瑟太太跟埃尔辛太太说，她当时立刻把这话题打断了，要是再任由他继续说下去的话，恐怕他连巴黎女人穿什么内裤都要说出来了。

幸亏他阳刚气十足，要不然人家听他这么如数家珍地谈论女人的衣服、帽子和发式，准会说他是令人恶心的娘娘腔。女士们围着他打听有关流行时尚的消息时总觉得有些难为情，但又忍不住去问。她们已经与时尚隔绝，就像船只失事后被困孤岛上的水手一样，因为很少有时尚杂志和书籍通过偷越封锁线被带进来。谁知道现在法国的女人们是不是时兴剃光了头戴浣熊皮帽子呢。所以瑞特凭记忆所描述的裙子褶边样式，对她们来说足以替代《歌迪女士》[1]杂志了。他能留意到女士们最为关注的细节，因此每次从海外归来，他都会被女士们团团围住，他会告诉她们最新的流行趋势，比如今年时兴小帽子，但帽顶更高，罩住大半个脑袋，帽子上不插鲜花，改为羽毛了；法兰西皇后的晚装已经不绾脑后的发髻，而是把头发斜盘在头顶，把耳朵露出来；还有晚礼服的领口开得更低了，而且低得吓人，等等。

这几个月以来，他成了亚特兰大最炙手可热的传奇人物，尽管他过去名声不好，而且现如今又有传闻，说他不但做封锁物资买卖，还搞粮食投机生意。不喜欢他的人说他来一次亚特兰大，粮食的价格就会上涨五块钱。但即使人们私下里对他议论纷纷，流言蜚语满处传，他若是觉得自己如日中天的人气值得继续保持的话，也完全不是难事。可他却偏偏反其道而行。当他跟当地

---

[1] 《歌迪女士》杂志是美国19世纪最受欢迎的女性月刊杂志之一，以文学、艺术、诗歌、最新时尚和音乐为特色。

这帮古板而爱国的公民打了一阵交道，并赢得了他们的尊重和吝啬的好感之后，他的怪脾气又上来了，竟公然冒犯他们，让他们故意看到自己之前的温言善行只不过是一种伪装，而现在他觉得装下去没意思，不想再装了。

他似乎对南方的所有人和所有事都看不惯、瞧不起，不过绝非出于个人恩怨。他尤其看不上南部邦联，而且丝毫不加以掩饰。他对邦联的非议之辞先是令亚特兰大人困惑不解，而后冷眼相看，最后怒不可遏。一八六二年还没过完，男人们向他鞠躬致意时就已经故意表现出冷漠的态度，太太们也开始疏离他，在社交场合上一见他出现，便把自己的女儿赶紧拉到身边。

他不但冒犯亚特兰大人的满腔爱国热忱和赤胆忠心，以此为乐，还故意贬低自己。人家好心好意夸他偷越封锁线胆识过人，他却淡然地回答说，遇到危险时他也怕得要死，跟前线英勇作战的士兵没什么两样。南部邦联的士兵没有一个是胆小鬼，这谁不知道，所以人家听到他说这种话，自然觉得十分恼火。他总是把前线的战士称作"咱们的勇士"或者"穿灰军装的英雄"，但说这话时，阴阳怪气，怎么听怎么像是一种侮辱。一些年轻大胆的姑娘有意跟他调情，恭维他是为她们出生入死的英雄，并向他致谢。他听罢便鞠上一躬，说此言差矣，只要能赚同样数目的钱，他也会为北佬女人出生入死的。

自从义卖会那晚斯嘉丽第一次遇到他之后，他就一直以这种冷嘲热讽的语气跟她说话。不过现在不只是对斯嘉丽，他对谁说话都夹枪带棒，毫不掩饰了。人家夸他为南部邦联立了大功，他却说偷越封锁线是他的买卖，他就是干这个的，要是他能够揽到政府的订单合同，赚到同样多的钱，那他当然不会冒着危险去偷闯什么封锁线了，卖些劣质布料、掺沙的糖、变质的面粉和烂皮革什么的给政府，轻轻松松钱就到手了，何乐而不为呢？他一边说着，还一边用眼睛瞟着那些手里握着政府合同的承包商。

他的话多半都令人无言以对，所以更遭人痛恨。公众对那些专揽政府生意的承包商早就颇有微词。前线作战的士兵写信来，抱怨不断：鞋子不到一个星期就破了，火药点不着，马缰一拉就断，另外吃的肉是臭的，面粉里面都是虫子。亚特兰大人总以为把这些劣质东西卖给政府的肯定是来自阿拉巴马、弗吉尼亚或者田纳西州的商人，绝不是他们佐治亚人。因为你看，佐治亚的政府承包商里有许多不是出自名门望族吗？他们不是带头出来为医院捐款，为烈士遗孤提供资助吗？他们不是最先起来为"迪克西"[1]而欢呼，口口声声叫嚷着要讨伐北方佬，要让他们血债血偿吗？然而此时，社会上还没有掀起声讨政府承包商，谴责他们从政府订单中牟取暴利的愤怒浪潮，所以瑞特的话只是被人们当成他缺乏教养的证据罢了。

他不但含沙射影地批评政府高官贪污受贿，诽谤前线战士贪生怕死，因此得罪了全城百姓，而且还故意戏弄尊贵体面的普

---

[1] 迪克西指的是美国南部各州及该地区的人民，与指美国北部人的洋基意义相对。其起源有三种说法：从前在路易斯安那州的法国殖民地发行的十元纸币上的"dix"（法语：十）字样；在纽约州的一种奴隶——迪克西先生；划定马里兰州、弗吉尼亚州、宾夕法尼亚州等州之间界线"梅森-迪克西线"的天文学家杰拉米·迪克西。其中第三种说法最为普遍。

通市民，令他们陷入尴尬，颜面无光，而他则从中取乐。面对那些自负、虚伪、满口爱国主义的假仁假义之人，他总是毫不留情地予以戳穿，就像小孩子看见气球就忍不住要用针去刺破一样。对那些傲慢自负且道貌岸然者，他灭其威风；对愚昧无知、冥顽不灵者，他则使其原形毕露，而且他手段高明，不露痕迹。他表面上彬彬有礼，貌似对人家的话题感兴趣，诱使对方侃侃而谈，不知不觉间便不小心把实话吐出来，等话从口出才发觉自己上了当，于是傻了眼，呆立不动。但他们那目空一切、夸夸其谈的滑稽丑态早已暴露无遗。

几个月前亚特兰大人还把瑞特捧为上宾，但斯嘉丽早在那时候就已经对他不存一丝幻想了。她很清楚，他的百般殷勤和花言巧语全都是虚情假意，没半点是真的。她也知道，他扮演这么一个勇闯封锁线的爱国志士，纯粹是为了寻开心。有时她觉得瑞特就好像县里那些跟她一起长大的野小子，他就像塔尔顿家的那对孪生兄弟一样狂野不羁，爱搞恶作剧；又像方丹家的那几个小子，一肚子鬼主意，爱戏弄人；也像卡尔弗特家的小伙子们，一宿不睡觉琢磨着怎么整人，怎么设下圈套让人上钩。但瑞特跟他们又不太一样，因为别看瑞特表面上谈笑风生，骨子里却阴险恶毒，明里温文尔雅，暗里包藏祸心。

虽然斯嘉丽看透瑞特的虚情假意，却还是宁愿他扮演勇闯封锁线爱国船长的浪漫角色。因为单凭这个身份，就能让她跟他来往时减少许多麻烦。所以当瑞特撕下伪装，公然跟原本对他怀有好意的亚特兰大人闹翻时，斯嘉丽感到十分气恼。一方面是气瑞特这么做太愚蠢，另一方面是因为别人对他的严厉指责有一部分却落到了她的头上。

就在埃尔辛太太为康复伤员举办的银币募捐音乐会上，瑞特终于与大伙儿彻底决裂，遭到众人排斥。那天下午，埃尔辛家宾朋满座，有休假回来的士兵、医院里的伤病员、自卫队和民兵团的队员，还有太太小姐和烈士遗孀。屋里座无虚席，就连长长的旋转楼梯上都挤满了客人。埃尔辛家的管家在门口恭候客人，手里捧着一个雕花的大玻璃缸，接受来宾捐献的银币，缸满一次就倒空一次，此时已经被倒空两次了。足见今晚的音乐会十分成功，筹募到了不少钱，因为现如今一块银币可是相当于六十块南部邦联纸币呢。

每个自以为有点儿才艺的姑娘都上台表演，有的唱歌，有的弹钢琴，演造型剧[1]的也博得了热烈的掌声。斯嘉丽扬扬自得，因为她不但跟梅兰妮一起演唱了一首动人的二重唱《带露珠的花朵》，还在观众的要求下又唱了一首更为轻快的歌曲《噢，女士们，别理斯蒂芬！》，并且她还被选中在最后一场造型剧中扮演"邦联之魂"。

她在造型剧里的扮相十分迷人，穿着一件线条简约的白粗布希腊式长袍，腰上系着红蓝相间的腰带，一手高举着南部邦联旗，一手伸向跪在面前的来自阿拉巴马州的凯利·阿什伯恩上尉，将

---

[1] 造型剧是一种由人体姿态和服装表现特定场景的造型艺术，一般没有台词和动作，类似静物画，又称"活画"。

查尔斯父子两代人都用过的那把金柄马刀授给了他。

造型剧演完之后，斯嘉丽情不自禁地搜寻瑞特的目光，想看看他是否欣赏自己在剧中的迷人形象。可这一看却让她火冒三丈，因为她看见他正在跟什么人争论不休，估计压根就没注意到她。斯嘉丽从他周围人的脸色就能看出，他肯定是说了什么话，把大伙儿给惹恼了。

她朝那群人走去，正好这时全场偶然间安静了片刻，她听到民兵团的威利·吉南不客气地说："先生，那您的意思是说，我们的英雄们舍生忘死所捍卫的事业并不神圣？"

"假如你被火车轧死了，铁路公司会因为你的死就变得神圣了吗？"瑞特问道，声音听起来很谦虚，就像是虚心地在讨教问题似的。

"先生，"威利气得声音都发抖了，"要不是此刻我们正在别人家里做客——"

"是啊，不然真不敢想会发生什么事呢，"瑞特说，"毕竟您的勇敢无人不知，无人不晓啊。"

威利脸涨得通红，所有的谈话戛然而止。大家都很尴尬。威利身材健壮，身体健康，已到了参军年龄，可他并没有上前线。毕竟他的母亲就他这么一个儿子。而且，也确实得有人留在民兵队伍里保卫家园。但当瑞特提到"勇敢"一词时，几个正在养伤的傲慢的军官却都不客气地窃笑起来。

"噢，这家伙真是嘴欠得很呢！"斯嘉丽气呼呼地心想，"好好的一场晚会被他给搅乱了！"

米德医生也眉头紧皱着,脸色阴沉得吓人。

"年轻人,在你眼里也许世上没有什么东西算得上是神圣的,"他用平时演讲时惯用的那副腔调说道,"但对南方爱国的男男女女来说,有很多东西都是神圣的。比如捍卫我们的土地不受侵犯,再比如我们的州权,还有——"

瑞特却一副懒洋洋的样子,声音也慵慵懒懒,仿佛感到无聊透顶且厌恶至极。

"战争没有不神圣的,"他说,"对那些不得不去参战的人来说,战争当然是神圣的。如果发动战争的人不把战争说得神圣,那谁还会傻乎乎地去打仗呢?但是,不管那些演说家们如何大喊口号煽动傻瓜们去打仗,也不管他们给战争冠上多么崇高的名号,归根结底,战争的动机从来都只有一个——那就是钱。所有的战争其实都是为了抢钱。可惜自古以来明白这个道理的人太少了。人们的耳边充斥着震天响的战鼓号角声,还有稳坐后方的演说家们满口的花言巧语,夸夸其谈。战斗的口号也一时一变。时而是'从异教徒手中夺回基督的坟墓',时而又是'打倒教皇制度',一会儿是'为了自由',一会儿又变成了'棉花、蓄奴制和州权'。"

"这关教皇什么事呢?"斯嘉丽心想,"又跟基督的坟墓有什么关系啊?"

然而,当她急急忙忙地朝怒气冲天的人群赶去时,却看到瑞特潇洒地行了个礼,穿过人群朝门口而去了。她想追上去,却被埃尔辛太太拉住了裙角,把她拦住了。

"让他走吧,"她说,埃尔辛太太清晰的声音响彻这肃静中暗含着紧张气氛的大厅,"让他走好了,他就是个卖国贼,投机分子!是我们捂在怀里养出的一条毒蛇!"

瑞特站在过道里,手里拿着帽子,还没走出门。他知道这几句话是存心说给他听的,于是转过身,把满屋子的人细细打量了一遍,然后目光锐利地盯着埃尔辛太太扁平的胸脯,突然咧嘴一笑,鞠了个躬,然后走了出去。

梅里韦瑟太太搭皮蒂姑妈的马车回家,还没等四位女士坐稳,她就忍不住勃然大怒了。

"这下好了,皮蒂帕特·汉密尔顿!这回你该满意了吧?"

"满意什么?"皮蒂不安地叫喊道。

"那个可恶的巴特勒啊,你不是一直包庇那家伙吗?"

皮蒂帕特如坐针毡,被突如其来的一通指责搅得心慌意乱,一时没想起来其实梅里韦瑟太太也请瑞特·巴特勒到她家做过好几次客。斯嘉丽和梅兰妮虽然想到了这一点,但是出于自身教养和对长辈的礼数,她们不敢作声,只能闭口不提,埋头一个劲儿地看着自己戴着手套的手。

"他不仅羞辱了我们大家,还侮辱了邦联,"梅里韦瑟太太恼羞成怒,肥硕的胸脯气得一鼓一鼓的,华丽衣服上镶着的金边也随之一闪一闪,"说什么咱们是为钱打仗!还说咱们的领袖骗了咱们!这种人就该被扔进监狱里去。没错,绝对不能饶了他。我得跟米德医生好好谈谈这事。要是梅里韦瑟先生还健在的话,是绝不会放过他的！我说，皮蒂·汉密尔顿，你就听我句劝吧，千万别再让那个恶棍进你家的门了！"

"哦。"皮蒂小声嘟囔着，看样子十分无助，恨不得立马死了的好。她用恳求的目光看向那两个姑娘，可两人低眉顺目，不敢抬眼。她又满怀期待地看向彼得大叔挺直的背影，知道他句句都听见了，盼着他能跟平时一样，转过身来替她说句话，巴望着他能对梅里韦瑟太太说一句："好了，多莉小姐，别难为皮蒂小姐了。"可彼得也没动静。因为他也打心眼里不喜欢瑞特·巴特勒，可怜的皮蒂当然清楚。她无奈地叹了口气，说道："好吧，多莉，你要是真的认为——"

"当然是真的，"梅里韦瑟太太斩钉截铁地说，"我真不明白，你当初怎么会鬼迷心窍让他进门了呢？我敢说，打今天下午以后，城里再也没有哪户体面的人家会跟他来往了。所以呢，你得拿出点儿气势来，不许他再登你家的门。"

她又目光凌厉地盯住了两个姑娘，说道："希望你们俩也听好了，因为这其中也有你们俩的过错，不该对他笑脸相迎。你们要客气但又坚决地告诉他，你们家不欢迎像他这样的人，也不愿意听他那套大逆不道的话。"

此时斯嘉丽早已气得七窍生烟了，就好比一匹马被生手粗暴地勒了一下缰绳，顿时就要立起前腿发威。但她敢怒不敢言。因为她害怕梅里韦瑟太太又会写信给妈妈告状，所以她不敢冒险顶撞。

"你这头老肥母牛！"她强压怒火憋得脸色通红，心里暗骂道,"真恨不得能痛痛快快大骂你一顿,让你休想再这么专横霸道!什么东西!"

"真没想到我活到这个岁数,竟然听到有人对我们的事业说出如此大逆不道的话来,"梅里韦瑟太太义愤填膺,越说越来气,"敢说咱们的事业不神圣、不正义,说这话的人都该被绞死!你们两个以后要是再搭理他,我可不答应——哦,我的天啊,梅丽,你怎么啦?"

梅兰妮脸色煞白,眼睛瞪得老大。

"我还是会再跟他说话的,"她轻声说道,"我不会对他无礼,也不会禁止他登门。"

梅里韦瑟太太仿佛挨了一闷棍似的,"啊"了一声就没动静了。皮蒂姑妈肥嘟嘟的嘴巴张得老大,说不出话来。彼得大叔转过身来,也目瞪口呆。

"哎呀,我怎么就没胆量说出这话来呢?"斯嘉丽心里既嫉妒又钦佩,"那个比兔子胆儿还小的人哪儿来这么大的勇气,居然真敢顶撞梅里韦瑟那个老妖婆?"

梅兰妮两手直发抖,但还是急忙接着往下说,仿佛生怕一停下来就没勇气说了。

"我不会因为他说了那些话就对他无礼,因为——虽然他当众说出那些话来是有些失礼——而且太冒失了——但阿什利和他想的一样。也就是说他跟我丈夫的看法是一致的,所以我没有理由不许他登门。这样太不公道。"

梅里韦瑟太太终于缓过气来,又继续加以指责。

"梅丽·汉密尔顿,我这辈子从来没听过这样的谎话!威尔克斯家可从来没出过胆小之人——"

"我从没说过阿什利是胆小之人,"梅兰妮眼睛里渐渐显出怒火,"我说的是他跟巴特勒船长看法一致,只不过表达的方式不同而已。而且他也不会在音乐会上把自己的想法到处去说,但愿是这样吧。不过他的确在信上跟我说过类似的话。"

一提到阿什利的信,斯嘉丽就立刻感到良心不安。她竭力回想着:阿什利在信里写什么了,竟让梅兰妮说出这样的话来?可她每次一偷看完那些信转头就忘,大部分内容都不记得了。她觉得梅兰妮准是失去理智,昏了头。

"阿什利写信跟我说,咱们不该跟北方佬打仗,咱们上了那些政客和演说家的当,被他们满口带有偏见和煽动蛊惑性的话给骗了,"梅丽语速飞快地说道,"他说,这场战争只会给我们带来无法弥补的损失和难以承受的痛苦,根本不值得。他还说,这场仗根本没什么光荣的——只有苦难和屈辱。"

"噢!是那封信,"斯嘉丽心想,"原来是这个意思吗?"

"我不相信,"梅里韦瑟太太依然态度强硬,"你肯定是误解他的意思了。"

"我绝不会误解阿什利,"梅兰妮虽然语气平静,但嘴唇在颤抖,"我非常了解他。他的意思的的确确跟巴特勒船长所说的一样,只不过他说得不像巴特勒船长那么直白、不留情面而已。"

"你竟然拿阿什利·威尔克斯这样的上等人跟巴特勒船长那号恶棍相比,真不害臊!我看你也认为咱们的事业不值一提吧!"

"我——我也不知道自己是怎么想的，"梅兰妮的口气有些犹豫，心里的怒火消失，取而代之的是因自己的直言不讳而带来的恐慌，"我——我愿意为事业而死，就像阿什利一样。但是——我的意思是——我觉得，这种事情还是让男人去想吧，他们比我们女人要聪明多了。"

"什么奇谈怪论，真是听都没听过！"梅里韦瑟太太不屑地哼了一声，然后说道，"快停车，彼得大叔，我家门口都过了！"

彼得大叔光顾着听背后的谈话，一时走了神，把车赶过了梅里韦瑟家门前的下车台，于是赶紧把马车倒了回去。梅里韦瑟太太下了车，气得帽子上的丝带都在乱抖，就像暴风雨中的船帆一样。

"你会后悔的。"她说道。

彼得大叔挥动马鞭，马车又跑了起来。

"两位小姐也真是的，你们瞧，皮蒂小姐又要晕过去了。"他责备道。

"我才没要晕过去，"皮蒂回答说，自己也不由得吃了一惊，因为比这小得多的刺激都能令她晕过去，这一次她反倒没事，"梅丽，亲爱的，我知道你这么做全是为了我。说真的，能有人站出来压压多莉的气焰，杀杀她的威风，我别提多高兴了。她也太霸道了，也不知道哪儿来的这么大胆子？不过——阿什利的那些话，真的该说吗？"

"可那些话都是真的，"梅兰妮说着便轻声哭了起来，"他有那样的想法，我一点儿都不感到羞耻。他虽然认为打这场仗是大错特错，但他还是心甘情愿地上战场，甘愿为之牺牲，这比为正义而战需要更大的勇气。"

"我的天，梅丽小姐，可别在这桃树街上哭，"彼得大叔一边催马快跑，一边咕哝道，"让别人听见了会说闲话的。等到了家再哭吧。"

斯嘉丽一言不发。梅兰妮把手伸到她的手心里，想寻求安慰，可她连握都没握一下。她偷看阿什利的信只有一个目的——证明阿什利依然爱着她。而现在梅兰妮给那些信赋予了一层新的含义，而她斯嘉丽却一点儿也没有看出来。她感到十分震惊，突然意识到原来像阿什利这么完美无缺的人，居然也会跟瑞特·巴特勒那样的恶棍无赖有同样的看法。"他们两人都看清了战争的真相，但不同的是，阿什利愿意投身战场，为之而死，而瑞特却不去，足见瑞特理性而明智。"想到这里，她突然停了下来，惊觉万万不该有这样的想法，自己怎么能这么想阿什利呢，"他们俩都看到了可恶的真相，但瑞特敢于直面正视，说出真相，即使惹了众怒也不怕——而阿什利却无法忍受直接面对这残酷的真相。"

真让人搞不懂啊。

第十三章

在梅里韦瑟太太的唆使下,米德医生采取了行动:他给报社写了封信,信上虽然没有直接点瑞特的名,但意思不言自明。编辑预感到这封信必会引起强烈的社会轰动,于是便把它登在了报纸的第二版上。这一安排本身就是个破天荒的惊人之举,因为通常报纸的前两版一向是刊登各种广告的,比如买卖黑奴、骡子、农具、棺材、房屋出售或租赁,甚至还有推销专治"隐晦之疾"的药,像堕胎药、壮阳药等等。

医生的信可谓一石激起千层浪,一人疾呼,万人响应。很快愤怒的谴责声便响彻整个南方。投机商、发国难财的,还有牟取暴利的政府合同承包商们,都成了众矢之的。此时,查尔斯顿港已被北方佬的舰队重重封锁,完全无隙可乘。因此偷越封锁线的船只便集中到了威尔明顿港。那里一下子成了乌烟瘴气之地,投机商如潮水般涌入。他们带足了现金,一见来货就整船地买下,然后囤积起来,坐等涨价。而价格上涨是必然的,因为生活必需品日渐短缺,所以物价逐月飞涨。老百姓要么压根不买,要买就只能按照投机商定的高价购买。所以贫困和中等家境人家的日子愈发艰难。随着物价暴涨，南部邦联的货币也相应大幅贬值，而货币一贬值，大家便疯狂抢购奢侈品。偷越封锁线的商人本来主要被授权运进生活必需品，只允许附带做些零星的奢侈品生意。但如今他们的船上载满了价格高昂的奢侈品，反而把南部邦联急需的物资给排除在外了。人们疯狂地抢购奢侈品，唯恐明天的价格会更高，手里的邦联钞票会更不值钱。

更糟糕的是，从威尔明顿到里士满只有一条铁路，由于缺乏运输工具，数千桶面粉、数千箱腌肉都堆在火车站旁的路边仓库里慢慢腐烂变质。而投机商们运销他们的葡萄酒、塔夫绸和咖啡却似乎总是很有办法，那些货物从威尔明顿一上岸，两天之内就能运到里士满。

原先暗地里四处传播的一则小道消息如今已经成为人们公开议论的话题，说是瑞特·巴特勒不但用自己的四条船贩运货物，并以空前高价将货物卖出，而且还收购别人船上的货物，囤积起来，待价而沽。据说他还是个大财团的头儿，该集团资产达百万以上，总部设在威尔明顿，专门收购闯过封锁线上岸的物资。据传闻说，他们在威尔明顿和里士满有十几个货仓，货仓里堆满了食品和衣物，等价高了再出手。现在无论士兵还是老百姓都感受到了生活拮据、日子艰难，所以对瑞特以及他的同行——那些投机商们怨声载道。

米德医生在信的末了写道：

偷越封锁线的船队是南部邦联海上力量的一个组成部分，其中不乏英勇的爱国志士。这些人大公无私，甘愿冒着生命危险，勇闯封锁线，为邦联的生存不惜豁出身家性命。所有忠诚的南方人都会将他们铭记在心。他们冒着如此大的风险而获得一些微薄的金钱作为回报，这无可厚非，谁也不会为此而心怀嫉妒。他们是无私的君子，值得我们尊敬。不过我要说的并不是这些人。

在这些偷越封锁线的商人中，还有一群无耻之徒，他们名义上偷闯封锁线为邦联运送物资，实则中饱私囊，牟取暴利。因此我呼吁所有为最正义的事业而战斗的人们，对那些似饿虎饥鹰一般唯利是图的恶棍予以愤怒的谴责和严惩。我们的士兵奄奄一息，急需奎宁救命，而他们运来的却尽是绸缎和衣饰花边；我们的英雄因缺少吗啡而疼得求生不得求死不能，可他们却一船船装满了茶叶和葡萄酒。这些人简直就是吸血鬼，他们吸的是罗伯特·李将军麾下忠诚将士的鲜血。我诅咒他们，诅咒这些贪婪奸诈的商人践踏了闯越封锁线勇士之名，使这一美名变成了令所有爱国之人觉得臭不可闻的污秽。我们的战士光着脚板艰难跋涉，冲锋陷阵，而这些敲骨吸髓之人却穿着光鲜锃亮的靴子神气活现，叫我们怎能容忍？我们的士兵们凑在营火边冻得瑟瑟发抖，啃着发霉的腌肉，而这些无耻的家伙却喝着香槟，吃着法国鹅肝酱馅饼，叫我们如何能忍受？我在此呼吁所有忠诚的邦联志士同仇敌忾，把这些吸血鬼赶出去。

亚特兰大人读了米德医生的这封信，仿若得到了神谕，于是作为忠诚的邦联志士，他们立刻将瑞特逐出了自家大门，弃而远之。

一八六二年秋天时还有好多户人家接待他，可到了一八六三年只剩下皮蒂帕特姑妈家的大门还向他敞着了。而且要不是梅兰妮，只怕连这仅剩的一家也会让他吃闭门羹。每当瑞特来城里，皮蒂姑妈都会坐立不安。她明知道允许这个家伙登门拜访会引来朋友的闲言碎语，但她还是没有勇气当面对他下逐客令，拒绝让他进门。每次瑞特一来亚特兰大，皮蒂姑妈就噘起胖嘟嘟嘴巴对姑娘们说，她要到门口去挡驾，不让他进来。但每次他登门的时候，都会带小礼物，再巧言令色吹捧她的花容月貌一番，她就又强硬不起来了。

"我真是不知道该怎么办了，"她总是这样叫苦连天，"他只要一看着我——我——我就怕得要死，怕对他下了逐客令之后，他会干出什么事来。可他名声太坏了。你们说他会不会对我动手啊——或是——或是——噢，天啊，要是查理还活着该多好！斯嘉丽，你一定得跟他说别再来了——好好跟他说说。哦，没错！我看一定是你在背后鼓动他的，这下可好，全城人都在说闲话呢。要是你妈妈知道了，还不定得怎么怪我呢。梅丽，你也是的，不能对他这么好。对他冷淡疏远些，他自然就会明白了。噢，梅丽，你说我是不是应该给亨利写封短信，让他去跟巴特勒船长谈谈？"

"不，我看不必，"梅兰妮说，"而且我也不会对他冷漠无礼的。我觉得在巴特勒船长的事上，大家都跟没头苍蝇似的，听风就是雨。我相信他绝不像米德医生和梅里韦瑟太太说的那么坏，也不会囤积粮食让大家挨饿。对了，他还给了我一百块钱捐给孤儿呢。我确信他跟咱们一样忠心爱国，只不过他太骄傲，不肯为自己辩解罢了。您也知道，男人要是在气头上，性子会有多么固执。"

皮蒂姑妈对男人毫不了解,不管他们发火也好,不发火也好,都一无所知,所以只好无奈地摇了摇那双胖嘟嘟的小手。而斯嘉丽则早就摸透了梅兰妮的性子,知道她看人一向只看优点,已经无可救药。梅兰妮就是个傻瓜,可谁都拿她没办法。

斯嘉丽心里十分清楚瑞特一点儿也没有爱国之心,其实爱不爱国她毫不在乎,不过她死也不会承认这一点。在她心里,他从拿骚给她带来的小礼物,那些作为体面的妇人即使收下也无伤大雅的小玩意儿,才是最为重要的。眼下物价高得吓人,要是不准他登门的话,叫她上哪儿去弄这些针线、糖果和发夹啊什么的?对,还是把责任推到皮蒂姑妈身上好了,毕竟姑妈是一家之长,在旁人看来,应该负有监护的责任,也有评判是非的能力。斯嘉丽知道全城的人都在背后议论瑞特频频造访她们家的事,也在对她本人说长道短。不过她也知道,在人们眼中,梅兰妮·威尔克斯是绝不会做错事的,要是有梅兰妮护着,那么瑞特的造访就仍算是不失体统。

然而,要是瑞特肯收回他那套离经叛道的异端邪说,那斯嘉丽的日子就会好过得多。她和瑞特走在桃树街上时,也就不用忍受别人的白眼,连累她也跟着一起受窘了。

"就算你心里是那么想的,也不用非得说出来吧?"她责备道,"你心里随便怎么想都行,只要你不说出来,麻烦就会少很多。"

"那是你的办法,对吗?绿眼睛的小伪君子?斯嘉丽啊,斯嘉丽！胆子再大些好吗。我本以为爱尔兰人向来心直口快，有什么就说什么，不计后果呢。跟我说实话，你是不是也有心里有话憋得难受，真想脱口而出的时候？"

"哦——是吧，"斯嘉丽有些不情愿地承认道，"大伙儿一天到晚谈什么邦联事业，听得我都烦透了。但是，哎呀，瑞特·巴特勒，要是我说出实话来，那谁也不会理我了，那帮小伙子也不会来跟我跳舞了！"

"啊，是啊，舞伴可是无论如何都不能少的。好吧，我佩服你能沉得住气，不过我就没这个能耐了，而且我也不会作假，给自己披上英雄和爱国志士的外衣，虽说作起假来也容易得很。再说，爱国的蠢货已经够多的了，他们不惜血本，豁出全部家当去冒险闯封锁线，等战争结束，他们就会赔个底儿掉，穷得叮当响。所以他们也不需要我去凑数，爱国功劳簿上不用我去锦上添花，穷叫花子的名册上也无须我去添砖加瓦。光环就加在他们头上吧。而且他们也配得上光环和荣耀加身——我说这话可是诚心诚意的——再说，不消一年半载，他们也只剩下头上的光环，别的什么都没有了。"

"你真是说话不留口德，而且危言耸听，你明知道英国和法国很快就会来支援咱们，帮咱们一块儿打了，而且——"

"咦，斯嘉丽！你一定是看报纸了吧！真没想到你还会看报呢。我劝你还是别再看报纸了，那玩意儿只会把女人的脑子搞糊涂。跟你说吧，不到一个月前我还在英国呢，让我来告诉你实情：英国断然不会为南部邦联提供帮助，也绝不会把赌注押在必输无疑的落水狗身上，不然它也就不是英国了。再说，如今坐在王位上的那个德国胖女人[1]对上帝极为虔诚，所以打心眼里不赞成蓄奴制。她宁愿让英国买不到棉花，让英国棉纺厂的工人饿死，也绝不会为保护蓄奴制而出战。至于法国，那个一心效仿拿破仑的庸君[2]正忙着入侵墨西哥，建立法国的傀儡政权，哪儿还顾得上咱们？实际上他巴不得咱们跟北方佬打得不可开交呢，因为咱们打起仗来就没工夫去墨西哥把他的法国军队赶走了……不，斯嘉丽，所谓国外援助只不过是报社为了提涨南方人的士气而瞎编的。邦联注定会一败涂地。现在的邦联就好比一只骆驼，断了食粮，眼下只靠驼峰里的营养维持着，但再大的驼峰也有能量耗尽的时候。我打算最多再做六个月的闯封锁线生意，然后就洗手不干了。因为再干下去就太冒险了。到时候我就找个愚蠢的英国佬，把船卖给他。自以为有本事能顺利闯过封锁线的傻瓜有的是。反正我也赚够了钱，都换成金条存在英国的银行里了。对我来说，那些钞票都是不值钱的废纸，我才不要呢。"

他说话总是听起来言之有理。别人听他说这番话也许会骂他是卖国贼，但在斯嘉丽看来，他说的话总是字字珠玑，句句箴

---

[1] 此处的胖女人指维多利亚女王，大不列颠及爱尔兰联合王国女王（1837—1901年在位），印度女皇（1876—1901年在位）。维多利亚女王是肯特公爵之女，其祖先来自德国汉诺威王室，因此拥有德国血统。原文为"dutch"，也就是英语中的荷兰，因为拼写接近，美国人常用此词代替"Deutsch"，也就是德国。

[2] 效仿拿破仑的庸君指的是拿破仑三世，即路易-拿破仑·波拿巴，1852—1870年的法兰西第二帝国唯一一位皇帝。

言。而她也明白这么想是错的，她本该感到震惊和气愤，但实际上既不震惊，也不气愤。不过她可以装装样子，让自己显得更尊贵得体，更像体面的妇人。

"巴特勒船长，我认为米德大夫信上说的那些话没错。你唯一能将功赎罪、改过自新的办法就是把船卖了，然后去参军。毕竟你是西点军校出身，而且——"

"你这话听起来就像个浸礼会的牧师在做劝人入会的演讲。要是我不想改过自新呢？既然这个制度已经把我'视如草芥，弃如敝屣'了，我何必还要为它而战呢？相反，我看着它被毁得稀巴烂，才高兴呢。"

"什么制度不制度的，我从来没听说过。"她气呼呼地说。

"没听说过？可你跟我之前一样，也是其中的一分子呢。我敢打赌，对这个制度，你跟我一样反感。知道吗，我为什么成了巴特勒家的不肖子孙？原因就在于此——我没有顺从查尔斯顿的那套规矩，也做不到。而查尔斯顿就代表着南方，是南方的一个缩影。不知道你是否也深有体会，觉得那套规矩多么无聊？有许多事情，就因为约定俗成，大伙儿都这么做，所以就必须得这么做。还有许多事情，其实本没什么害处，就因为大伙儿都不做，所以被视为禁忌，谁都不能做。许多事情其实毫无意义，让我厌烦透顶。我没有娶那个年轻姑娘——这事你大概已经听说了——不过是让我与这个制度彻底决裂的导火索罢了。我凭什么要跟一个无趣的傻瓜结婚呢？就因为出了点儿意外，没能赶在天黑前把她送回家，就得娶她吗？我的枪法明明就比那姑娘的兄弟强,凭什么任由那个急红了眼的家伙开枪把我打死?当然了,我要是个绅士的话,就会乖乖地让他把我打死,这样我们巴特勒家名誉上的污点也就洗清了。可是——我想活着啊。所以我就活下来了,而且还活得挺不错……有时我也会想起我兄弟,想起他生活在查尔斯顿的那群'圣人'中间,把他们奉若圣贤,毕恭毕敬;想起他那个庸俗乏味的老婆,想起要等到圣塞西莉亚节[1]他才能举办个舞会,还有他那片永远一成不变的稻田——想到这些我就明白了与那套制度决裂并非得不偿失,所谓塞翁失马,焉知非福。斯嘉丽,咱们南方人的生活方式就跟中世纪的封建制度一样陈旧过时。但令人费解的是,这套生活方式居然到现在还一直延续着!这套东西该消亡了,如今也的确在消亡。可你却还要我去听信像米德医生那种空谈家的话,说什么咱们的事业是正义而神圣的?让我一听到战鼓号角声,就热血沸腾,抓上把枪就冲到弗吉尼亚去为罗伯特老爷[2]抛头颅洒热血?你当我是傻瓜吗,被棍子打了一顿还抱着棍子亲?我可不是这种人。如今南方和我已经互不相干,谁也不欠谁的了。以前南方把我赶走,想要把我活活饿死。可我没饿死,反而从南方的垂死挣扎中捞了一大笔,足以补偿我本应该继承的那份家族财产了。"

"你这人真是财迷心窍,卑鄙无耻。"斯嘉丽嘴上虽然这么说着,但心里并不是这么想的。瑞特刚才说了半天,大部分她都

---

[1] 圣塞西莉亚是音乐家和教堂音乐的守护圣人。16世纪以后,欧洲大陆习惯于在11月22日纪念圣塞西莉亚。

[2] 罗伯特老爷指的是罗伯特·李将军。

听得一知半解。如果谈的不是涉及个人的话，她大多都听不进去。但他说的有些话还是蛮有道理的。在上等人的生活中，荒谬可笑的事情多了去了。明明她心还没死，却整天得装作心如枯井的样子。她在义卖会上不过跳了几支舞，就引得众人大惊小怪。不管她说什么或者做什么，只要跟别的年轻女人有一丁丁点儿不同，别人就会怒目而视，横挑鼻子竖挑眼。可话说回来，虽然她对这套规矩也十分反感，但听到瑞特的抨击之辞还是觉得有些刺耳。毕竟她在那些讲究繁文缛节、善于掩饰的人中间生活得太久了，所以听到自己的内心想法被人一语道破，不免有些慌乱不安。

"财迷心窍？不，我只是有远见而已。虽说这跟财迷心窍的意思差不多吧，至少，那些不像我这么有远见的人确实会管这叫财迷心窍。在一八六一年，但凡是忠于邦联的人，只要手里有一千块钱，其实都能像我赚得那么多。可惜财迷心窍的人太少了，放着大好的赚钱机会不去利用！比方说，在萨姆特堡刚刚沦陷，封锁线还没设的时候，我就用极低的价格买了几千包棉花，便宜得就跟白给的一样，然后我把棉花运到了英国。到现在那些棉花还堆在利物浦的仓库里呢，一直没卖，我要等到英国的棉纺厂都几乎停工待料、非买不可的时候再把这批棉花出手，到那时价钱就由我说了算，想卖多少钱就卖多少钱，就算一磅卖一块钱，也没什么奇怪的。"

"一磅棉花你竟然卖一块钱！除非太阳打西边出来！"

"我相信能卖得出这价。现在棉花就已经七十二美分一磅了。等仗打完,我就发大财了。你知道吗,斯嘉丽,这正是因为我有远见——哦,对不起,应该说是财迷心窍。我曾经跟你说过,赚大钱要抓住两个时机:一是国家初建之时,二是国家衰亡之际。初建之时,钱来得慢,而衰亡时钱赚得更快。记住我的话,没准今后会对你有用。"

"多谢你的金玉良言了,"斯嘉丽极尽挖苦地说,"可惜你的建议我用不着。你当我爸是穷光蛋吗?他有的是钱,我想怎么花怎么花。再说我还有查尔斯留下来的遗产呢。"

"依我看哪,当初法国的那些贵族在还没被押上囚车送上断头台前,心里想的恐怕跟你也差不多。"

瑞特经常说斯嘉丽总是穿着一身黑丧服参加一切社交活动,看着实在太别扭。他喜欢鲜艳明快的颜色,所以看着斯嘉丽那一身黑丧服配上从头到脚的黑面纱,让他觉得既好笑又难受。但她死活都不肯脱下这身黑乎乎的丧服和面纱,她知道这身丧服还得再穿几年,如果现在就换上光鲜亮丽的衣服,城里那些本就对她指指点点的人们,更得说三道四了。再说,她又该怎么向她母亲交代呢?

瑞特还毫不客气地说,她戴着那黑面纱看上去活像只乌鸦,那身黑丧服让她显得整整老了十岁。一听他这直白而无礼的话,斯嘉丽连忙飞奔到镜子前,看看自己的模样是不是真的不像十八岁,而像二十八岁。

"我觉得你总不至于那么没志气,甘愿打扮得跟梅里韦瑟太太一个样吧，"他奚落道，"而且也不至于那么庸俗，戴着黑纱来到处显示自己的悲伤。更何况，我敢肯定其实你心里压根就不悲伤。咱们打个赌吧，我保证不出两个月，我就能让你把你头上那顶黑帽子和黑面纱摘下，换上巴黎最时尚的新款。"

"得了吧。咱们别再讨论这个了。"斯嘉丽因为听到他提起查尔斯而感到心烦。瑞特就要去威尔明顿准备再次出海到国外去，于是咧嘴一笑，起身告辞了。

几周后，一个阳光灿烂的夏日早晨，瑞特登门拜访了，手里托着一个包装精美亮丽的帽盒。看到只有斯嘉丽一个人在家，他便把帽盒打开，剥开一层层的绵纸，赫然露出一顶款式新颖的帽子，令斯嘉丽不由得惊喜大叫："噢，太漂亮了！"说着便兴奋地朝那顶帽子扑过去，她真是好久没见到新装了，更别提亲手摸一摸了，她觉得这辈子都没见过这么漂亮的帽子。墨绿色的塔夫绸面料，淡翡翠色的波纹绸衬里，系在下巴上的帽带也是淡翡翠色的，跟她的手掌一样宽，帽檐上还插着一支绿色的鸵鸟羽毛，弯弯的，显得神气活现，漂亮极了。

"戴上吧。"瑞特笑着说。

她立刻飞奔到对面的镜子前，把帽子戴在头上，把两鬓的头发向后掠，好露出耳环来，然后把帽带系在下巴底下。

"怎么样，好看吗？"她一边嚷嚷，一边踮起脚转了一圈给瑞特看，还把头一仰，让帽子上的羽毛飞舞起来。其实不用看瑞特目光里的赞许，她心里早就知道自己戴这顶帽子好看了。她看上去既俏皮又妩媚，绿色的衬里映得她那双眼眸宛如深绿色的翡翠,流光溢彩,灿若星辉。

"噢,瑞特,这帽子是谁的啊?卖给我吧,就是倾家荡产我也要把它买下来。"

"这帽子本来就是你的啊,"他说,"除了你还有谁配得上这翡翠一样的绿色?你眼睛的颜色我记得很清楚吧?"

"真的是特意为我定做的吗?"

"当然了,盒子上还印着'和平街'[1]的法文字样呢,这你总不会不信了吧。"

她其实根本不在乎,只顾对着镜子欣赏自己的迷人风采,开心得合不拢嘴。此时此刻,什么都不重要了,只有眼中的这顶帽子才是她的唯一,这是她两年来头一回戴上这么漂亮的帽子,看上去真是美极了。有了这顶帽子,还有谁能抵挡住她的魅力,不被她的美所倾倒!可接着她的笑容却消失了。

"你不喜欢吗?"

"噢,真像做梦一样,可是——唉,这么漂亮的绿色却必须得用黑纱遮住,还得把羽毛染黑,真是太可惜了。"

他快步走到她身边,用灵巧的手指把她下巴底下用帽带系成的大蝴蝶结解开。眨眼间帽子又被放回了帽盒里。

"你干吗呀?你刚刚还说这帽子是我的。"

"但不是让你把它改成丧帽的。我另外再找个绿眼睛的漂亮姑娘去,总会有人欣赏我的品味的。"

---

[1] 和平街位于法国巴黎第二区,该地是最时尚的世界级购物街之一,各种著名奢华时尚品牌林立。

"噢,你不许去!你不给我,我就去死!噢,求你了,瑞特,别这么小气嘛!给我吧。"

"给了你转眼就把它改得面目全非,跟你之前的那几顶帽子一样丑得要命吗?那可不行。"

她紧紧抓住帽盒不放。这么可爱的帽子让她戴起来显得既年轻又迷人,他竟然要送给别的姑娘?休想!可突然间她又想起了皮蒂姑妈和梅兰妮,仿佛看到了她们惊恐的眼神,然后又想起了母亲埃伦,还不定得怎么数落自己呢,想到这些她又不寒而栗起来。但最终,虚荣心还是压倒了一切,占据上风。

"我不改就是了,我向你保证还不行嘛,好了,给我吧。"

他略带讥讽微微一笑,把帽盒给了她,看着她重新戴上帽子,顾影弄姿,自我陶醉起来。

"帽子多少钱?"她突然脸色一沉,问道,"我只有五十美元,不过下个月——"

见她一下子愁眉不展起来,瑞特咧嘴一笑,说道:"换算成邦联货币的话,大概得两千块钱。"

"噢,天哪——那要不我现在先给你五十,然后等我有了——"

"我一分钱也不要,"他说,"这是送给你的礼物。"

斯嘉丽惊讶得目瞪口呆。在接受男人送礼物的这个问题上,界限是极为严格的,需要格外谨慎。

母亲埃伦再三告诫她:"宝贝儿啊,高贵的小姐接受男士送的礼物要慎重,只能限于糖果啊、鲜花啊,或者诗集、相册、一小瓶花露水之类的。贵重的礼物可万万不能收下，即使是未婚夫送的也不行。更不能收珠宝首饰或者衣服之类的礼物，连手套或者手帕也不行。你要是收下这种礼物，男人就会看轻你，认为你并不是什么正派淑女，就会对你动手动脚，行为放肆。"

"哦，天啊，"斯嘉丽先照了照镜子，又看了看瑞特脸上那令人捉摸不透的神情，心中暗想，"我实在开不了口跟他说我不能接受这件礼物，那顶帽子太漂亮了。我——我宁愿让他占我一回便宜，只要不太过分就行。"想到这里她自己也吃了一惊，小脸唰的一下就红了。

"我——我那五十块钱一定要给你——"

"你给我的话，我就立刻把钱扔到臭水沟里去。或者还有一个更好的办法，用这钱为你的灵魂做几回弥撒。真的，你是该做几回弥撒为你的灵魂赎赎罪了。"

她牵强地笑了笑，看到镜中的自己绿色帽檐下那嫣然的笑容，心中立即作出了决定。

"你想对我怎样？"

"我想拿精美的礼物来勾引你，直到把你脑子里那些所谓的淑女规矩消磨殆尽，然后让你乖乖落入我的手掌心里，任凭我摆布。"然后他模仿着当妈的口吻说道，"宝贝儿啊，收男人送的礼物要慎重，记住啊，只能收糖果和鲜花。"逗得斯嘉丽扑哧笑了出来。

"瑞特·巴特勒，你真是个既狡猾又黑心的坏蛋。你明知道这么漂亮的帽子我舍不得不要。"

他目不转睛地看着她,眼神里既有一丝嘲弄,又含着对她美貌的赞赏。

"当然,你可以告诉皮蒂小姐,说这帽子的塔夫绸和波纹绸布料是你给的,帽子的式样也是你画给我的,为定做这帽子我还敲走了你五十块钱。"

"不,我要说是一百块钱,好让她到处跟人去说,让这城里的人个个都妒忌得眼红,说我出手阔气,有的是钱挥霍。不过瑞特,以后你别再送我这么贵重的礼物了,你的好意我心领,可我真的不能再收了。"

"真的吗?嗯,可我偏要给你带礼物来,只要我高兴,而且只要我带来的东西能让你更加迷人,我就要给你送来。我还要给你带块墨绿色的波纹绸做条裙子,好配你这顶帽子。不过我要提醒你一句,我可并没有你说的那么好心。我会用帽子啊、手镯啊一类的东西来引诱你,让你落入我的圈套。记住我的话:我做事向来都是有目的的,也从来不会白送人东西而不求回报。赔本的事我可不干。"

他那双乌黑的眼睛细细打量着她的脸,最后目光落在她的嘴唇上。斯嘉丽垂下眼帘,满心紧张和慌乱。正如妈妈所预料的那样,他要对她动手动脚,要上来亲她了,至少心里有这企图了。她心慌意乱,不知道该如何是好。要是拒绝的话,他没准会一把扯下她的帽子转头送给别的姑娘;要是依从了他吧,允许他在自己脸上规规矩矩地轻啄一下,那他就会再给她带别的可心礼物来,以期能再次一亲芳泽。男人总是把亲吻看得很重,也不知道是为什么，只有天晓得。多少男人只要吻了一下姑娘，就一下子坠入情网，爱得死去活来。要是姑娘机灵，被吻了一次之后就不让男人再亲，男人就会心痒难忍，为再次博得一吻而出尽洋相，可笑至极。瑞特·巴特勒真要是爱上了她，并向她表白，乞求一吻或求得一笑，那可太有意思了。那好，就让他吻一次吧。

但瑞特并没有作势要吻她。斯嘉丽眉眼低垂，偷偷瞟了他一眼，轻声挑逗道："这么说你从没有白忙活过？那你想要我如何回报你呢？"

"那还得等等再看。"

"是吗？你要是以为我会为了一顶帽子就以身相许，那你的算盘可就打错了。"她直白而大胆地说，同时还把头俏皮地一扬，极富挑逗的意味，帽子上的羽毛也雀跃着跳动起来。

瑞特微微一笑，那撮小胡子下雪白的牙齿闪露了一下。

"太太，别自作多情了。我可不想跟您结婚，也不想跟任何女人结婚。我是个无意成家的人。"

"真的啊？！"她吃了一惊，心里终于打定主意，非得让他占回便宜不可，于是故意提高嗓门说，"我连亲都不愿亲你呢。"

"那你的嘴干吗噘成那样啊？可笑死了。"

"噢！"她连忙瞥了一眼镜子，发现镜中的自己那两片红唇果真是噘了起来，一副索吻的样子。"噢！"她又惊叫了一声，不禁恼羞成怒，气得直跺脚，"我从来没见过像你这么可恶透顶的家伙！我再也不想见到你了！"

"你要真是这么想的话，那你就应该把帽子也踩扁了。哎哟，瞧你火气这么大，拿帽子撒撒气正合适，你也是这么想的吧？来吧来吧，斯嘉丽，把帽子踩了，使劲儿踩，好让我明白，我和我的礼物在你眼里根本一文不值。"

"不许碰我的帽子。"她忙抓住帽子下面的蝴蝶结向后退。瑞特轻笑一声，跟了上去，握住了她的手。

"哎，斯嘉丽，你这么年轻，真叫人心疼啊，"他说，"既然你想要我亲你，那我就亲你一下好了。"说着他便漫不经心地俯下身子，脸上的胡子在她的面颊上轻轻擦过。"好了，现在你是不是想给我一个耳光，好维护你的尊贵和体面呢？"

她噘着嘴，她抬起头凝视着他，看到他那双深邃的黑眼睛里透着促狭而玩味的神色，不由得被逗笑了。这家伙就爱捉弄人，真拿他没辙！可他既不想娶她，也不想亲她，那他到底想要什么呢？要是他没爱上她，那他干吗老来登门拜访，还频频送她礼物呢？

"这样就好多了，"他说，"斯嘉丽，小心哦，跟着我会学坏的。你要是聪明的话，就该让我滚蛋——只要你有本事撵我走就行。我这人可不容易打发，不过跟我在一起对你没好处。"

"是吗？"

"还没看出来吗？自从我在义卖会上遇见你之后，你的言行举止就开始变得让人吃惊，引得人家在背后议论纷纷，这多半该怪我。是谁怂恿你去跳舞的？是谁逼得你承认咱们的事业既不光荣也不神圣的？又是谁激得你承认那些为了冠冕堂皇的大道理和口号而甘愿牺牲的男人其实都是傻瓜的？是谁害得你被一群老太婆指指点点、说长道短的？是谁诱使你提前好几年脱掉丧服的？最后，又是谁引诱你接受一件体面女人一旦收下就会有失身份的礼物的？"

"你自视过高了吧，巴特勒船长。我的所作所为还不至于那么不堪，而且你说的那些事，没你我也照样干得出来。"

"我看未必，"他脸上的神情突然变得平静而阴郁，"要是没有我，只怕你到现在还是查尔斯·汉密尔顿的伤心小寡妇，而且因为护理伤兵有功还博得了些好名声。可惜到头来——"

但她并没有在听，只顾着喜滋滋地对镜自赏了，心里盘算着下午就戴上这顶帽子去医院，给正在康复的军官送花去。

她并没有想到瑞特最后说的那些话其实很有道理，她也没有意识到，是瑞特替她撬开了寡妇的牢笼，还了她自由之身，在她少女的花季本该早已凋谢枯萎的时候，竟再次焕发生机，让她能在未婚姑娘中间艳冠群芳，成为女王。她也同样没有意识到，在瑞特的影响下，她早已远远背离了母亲的教导。这种变化是潜移默化的，今天对一个小小的规矩鄙夷不屑，明天对另一个小小的规矩嗤之以鼻，虽然这些彼此之间没有什么联系，而且跟瑞特也毫不相干，但日积月累，积微成著。她并没察觉到，在瑞特的鼓动下，她已经逾越了母亲让她谨守的一些礼仪禁令，把大家闺秀应该恪守的种种严苛戒律都抛诸脑后，忘得精光了。

她眼里只有这顶帽子，觉得唯有这顶帽子最称她的心，而且还没花她半分钱。可见瑞特肯定是爱上她了，不管他承不承认。她一定要想个办法让他亲口承认。

373

第二天，斯嘉丽站在镜子前，手里拿着把梳子，嘴里衔着好几个发夹，想换个新式发型。梅贝尔刚从里士满探望丈夫回来，学来了风靡邦联首都的新发型。她说这种发型叫作"猫咪、大鼠和小鼠"，而且梳起来挺费劲。得先把头发从中间分开，然后在两边各自由大到小分别卷成三个发卷，离中间最近的发卷最大，就是"猫咪"。"猫咪"和"大鼠"倒容易弄，但"小鼠"就难办了，发夹老是夹不住，真气人。然而，她下决心一定要梳成这个新发型，因为瑞特今晚要来吃晚饭，他对女士衣着或发型上的新花样总是格外留意，所以一定会对她的新发型评价一番的。

她费力地弄着头发，可那两绺浓密的头发就是不听话，急得她额头上直冒汗。这时，她听到楼下大厅里传来轻步小跑的声音，知道是梅兰妮从医院回来了。只听她三步并作两步地飞奔上楼，脚步匆匆。斯嘉丽不禁一愣，下意识地停下了手头的事，发夹举在半空，心想一定是出什么事了，因为梅兰妮向来稳重，走起路来就像上年纪的贵妇人一样仪态端庄，从容大方。她走到门口，一把拉开房门，梅兰妮急匆匆地冲了进来，脸颊绯红，神色惊慌，看上去就像个闯了祸的孩子。

她脸上还挂着泪珠，帽子也跑到了脖子后面，帽带挂在脖子上，裙环摇晃得厉害。她手里紧攥着件东西，还带进来一股浓烈的廉价香水的味道。

"噢，斯嘉丽！"她把房门一关，一屁股坐在床上，就开始嚷嚷起来，"姑妈回家了没？还没有吧？噢，谢天谢地！斯嘉丽，我简直没脸见人了,差点儿晕过去,斯嘉丽,你知道吗,彼得大叔直嚷嚷着要跟皮蒂姑妈告我的状呢!"

"告什么状啊?"

"告我刚才跟那个人说话——那个小姐——哦不,太太——"梅兰妮用手帕当扇子一个劲儿地扇,好给自己滚烫的脸颊降降温,"哎呀,我也不知道该怎么叫,就是红头发的那个女人,叫贝尔·沃特林的那个!"

"哎呀,梅丽!"斯嘉丽大叫道,惊得目瞪口呆。

贝尔·沃特林就是斯嘉丽来亚特兰大的第一天在街上见到的那个红发女人,毫无疑问,她也是如今城里名声最臭的女人。自从亚特兰大来了许多当兵的之后,大批妓女也跟着蜂拥而来,而其中最为惹眼的就是个叫贝尔的女人,因为一来她有一头火红的头发,二来她总是穿得花里胡哨,艳俗无比。她很少在桃树街及其周围的上等街区露面,但偶尔出现一回,规矩人家的妇女便会赶紧穿过马路,忙不迭地远远躲开。可梅兰妮竟然跟她说起话来了。难怪彼得大叔发那么大的火,气得不行。

"要是皮蒂姑妈知道了,我就只有一死了之了!你也知道,她准会又哭又闹,弄得全城皆知,我还怎么有脸见人啊。"梅兰妮啜泣着说,"可这也不是我的错。我——我怎么能躲开她呢,那也太无礼了。斯嘉丽,我——我真的很可怜她。你说我可怜她难道不对吗?"

可斯嘉丽根本不关心道德上的事。跟大多数天真单纯、家教良好的年轻姑娘一样,她对妓女有着强烈的好奇心。

"她想干吗?她说话什么样子的?"

"哦,她说话文法不通,不过看得出来,她想尽量学着文雅些,可怜的人啊。我从医院出来,可没见着彼得大叔赶车来接我,所以我就想走回家。刚走到爱默森家前院门口,就发现她竟然躲在篱笆后面!哎呀,幸亏爱默森一家人都到梅肯去了!她对我说:'求您了,威尔克斯太太,能听我说几句话吗?'也不晓得她是怎么知道我名字的。我明白我应该拔腿就跑,跑得越快越好,可是——哦,斯嘉丽,她看起来那么可怜——而且,又那么低声下气地求我。她穿着一身黑裙,戴着黑色帽子,也没涂脂抹粉,除了那头红发之外,样子看上去很得体。还没等我回答,她就接着说:'我知道我不该跟您说话,我本来想找埃尔辛太太谈谈,可不等我把话说完,那只老不死的雌孔雀就把我从医院给赶出来了。'"

"她真管那个老刁婆叫雌孔雀吗?"斯嘉丽开心地大笑,兴致勃勃地问道。

"哎呀,你别笑。这又不是什么好笑的事。看来这位小姐——哦不,这个女人也想为医院出一份力——想不到吧?她说她想每天上午来医院看护伤员,埃尔辛太太一听肯定吓得要死,于是连忙把她从医院赶出去了。她对我说:'我也想帮点儿忙,毕竟我跟您一样,也是邦联的一员,不是吗?'斯嘉丽,你知道吗,我一听她也想为邦联尽一份心,心里特别感动。你想,既然她愿意为我们的事业出力,说明她也不是个十足的坏人。你说我这么想是不是很坏?"

"我的老天爷啊,梅丽,谁在乎你坏不坏?她还说什么了?"

"她说她一直在这儿留心观察着从这里经过进出医院的太太们,觉得我——我看起来比较面善,所以才把我叫住。她有些钱,想让我拿去给医院用,而且不要跟任何人说这钱是从哪儿来的。她说要是埃尔辛太太知道了这是什么钱,肯定不会让用的。是什么钱啊!我转念一想,差点儿没晕过去。我心里慌乱极了,急着脱身,于是只好对她说'哦,好的,真的,您真是太好了'之类的蠢话,她笑了笑,说:'您才是真正虔诚心善的好教徒。'说完就把这块脏兮兮的手帕塞到了我手里。喏,你闻到这股香水味了吗?"

梅兰妮伸出手来,手心里握着一块男人用的手帕,脏兮兮的,还带着一股刺鼻的香水味。手帕四角打结系在一起,里面包着些硬币。

"她对我连声道谢,说每星期都会给我送些钱来,正说着,彼得大叔就赶着马车过来,看见了我!"梅丽越说越激动,一头栽倒在枕头上大哭起来,"他一见我身边站着那女人,他——斯嘉丽呀,他一下子就冲我吼了起来!我这辈子可从来没被人吼过呢。他说:'你立刻给我上车!'我当然得听他的呀,一路上他就一直数落我,根本不容我辩解,还说要到皮蒂姑妈那儿去告状。斯嘉丽,请你下楼帮我跟他求个情好吗?让他别告诉皮蒂姑妈,你的话他没准儿会听的。哪怕我正眼瞧了那个女人一眼,皮蒂姑妈知道了都会被活活气死的。求你帮我去说说情,好吗?"

"好吧,我去。不过咱们还是先看看这里面有多少钱吧。感觉分量还不轻呢。"

斯嘉丽解开手帕,一把金币滚落出来,掉在床上。

"斯嘉丽,有五十块钱呢!而且是金币!"梅兰妮数了数明晃晃的金币,惊叫道,"你说——这钱——呃,这种来路的钱——用在伤员身上,行不行啊?上帝应该会理解她是出于一片好心,就算这种钱来得不干净也不会怪罪吧?我一想到医院里这么缺医少药——"

然而斯嘉丽并没有在听。她正盯着那块脏兮兮的手帕,满心羞辱和愤怒。手帕的一角绣着主人的姓名首字母"R. K. B."。而她自己的抽屉里也有一块跟它一模一样的手帕,是昨天瑞特·巴特勒借给她的,他们在野外采花时,瑞特把自己的手帕借给她,用来包野花的花茎。她本打算今晚他来吃晚饭时,就把手帕还给他的。

这么说瑞特竟然跟沃特林那种贱女人厮混,而且还给她钱花。敢情她给医院捐的钱就是从这儿来的,是偷闯封锁线得来的。瑞特这家伙真是够厚颜无耻的,跟那种货色的女人鬼混之后,居然还有脸正眼瞧正派体面的女人!而自己居然还以为他爱上自己了!这条手帕就足以证明,他是绝不会爱上自己的。

在斯嘉丽看来,坏女人以及凡是跟坏女人有关的一切,都既神秘又令人恶心。她知道男人光顾这种女人的目的,体面女人是不该提的——即使提起,也得含蓄隐晦、拐弯抹角地悄悄说。她一向以为只有粗鄙的男人才会去找这种女人。在这之前,她从来没想过上等男人——也就是她在体面人家里见过,并且和她跳过舞的男人——居然也会干这种事。这倒是让她茅塞顿开，同时也令她胆战心惊。大概天下所有的男人都这么干！他们逼着自己的妻子做这种难以启齿的事还嫌不够，竟然还去找这种下流女人，而且还花钱去干这种事！噢，天底下的男人没一个好东西，而瑞特·巴特勒是其中最无耻下流的一个！

她要把这块手帕直接摔到他脸上，然后指着大门叫他滚蛋，今后再也不理他了。可是转念一想，不行，这事绝对不能干。她绝对不能让他知道她明白这世上还有这种坏女人存在，更不能提她知道他跟这种坏女人厮混。大家闺秀可不能干这种事。

"哼，"她怒气冲冲地想，"要不是顾及我这身份，我早就把那个衣冠禽兽骂得狗血喷头了。"

于是她把那条手帕揉成一团，攥在手里，然后走下楼到厨房去找彼得大叔。从炉旁经过时，她把手帕往火里一丢，看着它被火点着熊熊燃烧，表情既无奈又愤怒。

第十四章

转眼到了一八六三年夏天,南方人又个个满怀希望了。尽管缺衣少粮、备尝生活艰辛,尽管粮食投机商之类的奸诈之徒趁火打劫、为害百姓,尽管几乎家家都经受着死亡、伤病或苦难的痛楚和折磨,但南方人又开始说:"只要再打一次胜仗,战争就能结束了。"而且说这话的口气比去年夏天更乐观、更有信心。看来北方佬果然是块硬骨头,不过即使骨头再硬,最终也快被啃下来了。

一八六二年的圣诞节,对亚特兰大乃至整个南方来说,都是个欢乐喜庆的节日。南部邦联在弗雷德里克斯堡[1]打了场漂亮的胜仗,北方佬死伤数以千计。因此今年的圣诞节,南方各地无不欢欣鼓舞,到处喜气洋洋,战局终于扭转,南方终于迎来了柳暗花明。身穿灰胡桃色土布军装的南军战士经过炮火的洗礼,早已

---

[1] 弗雷德里克斯堡是位于美国弗吉尼亚州东北部的独立城市。弗雷德里克斯堡是殖民者的前沿开发殖民地,一部分城市建于1671年。美国南北战争爆发后,弗雷德里克斯堡在联邦与联盟之间几度易手。1862年12月11日至15日,该城被联邦军炮兵持续破坏和轰炸。

久经沙场，他们的将军也骁勇善战。人人都相信等来年开春战事再起时，北方佬就会被打得一败涂地，再难翻身。

春天来了，战火重燃。转眼到了五月，南部邦联在钱瑟勒斯维尔[1]又取得大捷。整个南方都雀跃欢腾。

在大后方，前不久一支北佬的骑兵队偷袭佐治亚，结果被邦联军队打得落花流水，惨败而去。南方人至今谈起此事来还拍手称快，大笑不止："没错，伙计！被老内森·贝德福德·福雷斯特[2]盯上，他们插翅也难逃！"事情发生在四月底，北军的斯特赖特上校率领一千八百名骑兵突袭佐治亚，目标直指距离亚特兰大以北六十多英里的罗马县。他们的胃口还不小呢，竟企图切断亚特兰大和田纳西之间的铁路命脉，然后一举挥军南下，攻入亚特兰大，摧毁集中于这个邦联重镇里的所有工厂和军需物资。

多亏了福雷斯特，否则北佬这次大胆突袭之举必会给南方带来重创。福雷斯特麾下的人马只有对方的三分之一，但个个骁勇善战，能骑善射。他们以一敌十，对北佬军队一路紧追不放，没等北佬兵临罗马，便将其围追堵截，日夜袭扰，最终把北佬军队全数俘获！

---

1 钱瑟勒斯维尔战役是美国南北战争期间主要战役之一，发生于1863年4月30日至5月6日。钱瑟勒斯维尔是弗吉尼亚州一村庄。石墙杰克逊死于这场战役之中，他的死亡鼓舞了南方军队，最终导致罗伯特·李将军挥师北上，最终与北方军在一座名为葛底斯堡的小城相遇。
2 内森·贝德福德·福雷斯特（1821—1877）是美国田纳西州的一名牛仔、奴隶主，美国内战爆发后，这个没进过西点军校、没读过一本军事书的人拉起了一支骑兵队伍为南方而战，成为南部邦联知名将领，战后成为三K党的首任全国领袖。《阿甘正传》的主人公就是为了纪念他而被命名为福雷斯特的。

这个胜利的消息几乎和钱瑟勒斯维尔战役的捷报同时传到亚特兰大。一时间全城沸腾，欢声雷动，笑语喧天。钱瑟勒斯维尔战役的胜利似乎更为重要，但斯特赖特上校的人马全数被俘让北方佬颜面扫地，沦为笑柄。

"是啊，伙计，咱们的老福雷斯特可不是好惹的。"亚特兰大人反反复复地谈论胜利，每次都欢欣雀跃。

南部邦联时来运转，势头正旺，百姓也个个为之欢欣鼓舞。诚然，自五月中旬以来，格兰特[1]率领的北军就一直将维克斯堡[2]团团围住；没错，南军在钱瑟勒斯维尔战役中损失惨重，石墙将军杰克逊负伤阵亡；是的，佐治亚痛失了一位英勇无畏、战功卓绝的爱子——柯布将军在弗雷德里克斯堡不幸战死。但是，北方佬也再经受不起弗雷德里克斯堡和钱瑟勒斯维尔战役这样的惨败了。再吃一场败仗，他们就会彻底认输，这场残酷的战争就可以结束了。

七月初，先是听到了传闻，说李将军正向宾夕法尼亚进军，继而这则消息在战报上得到了证实。李将军已向北方佬的地盘挺进！李将军要与北佬决战了！这将是最后一战了！

亚特兰大群情沸腾，欣喜若狂，喜悦之余，还有一种渴望报

---

1 尤里西斯·辛普森·格兰特（1822—1885），北军将领，时任田纳西战场的指挥官，在美国南北战争后期任北方联邦军总司令，屡建奇功。战后于1869年当选为美国第18任总统，1877年卸任。

2 维克斯堡战役是一场于1862年11月至1863年7月发生于密西西比河畔小城维克斯堡的战役，历时9个月，当时格兰特将军以深入敌后迂回包围的战术包围并攻克了南军在密西西比河上唯一的据点，迫降敌军3万，将南部联盟拦腰切为两段，打开了向南军后方进攻的大门，成为南北战争的转折点。

仇雪恨的迫切之情。这下北方佬终于要尝到战火烧到自家门口的滋味了,这下他们该知道良田变荒野、马匹和牛羊牲口遭劫、家园被烧毁、老的少的被拉去坐牢、女人和孩子忍饥挨饿,这些苦难是多么悲惨了。

北方佬在密苏里、肯塔基、田纳西和弗吉尼亚等地犯下了累累恶行,尽人皆知。他们所到之处无恶不作,就连小孩子都能一一述说,讲起来又恨又怕。亚特兰大挤满了从田纳西东部逃来的难民,他们跟当地人痛诉自己亲身经历的恐怖和灾难。在他们那片地区,同情和拥护南部邦联的人只占少数,他们受战争的摧残也最为惨烈,大凡诸州边界皆是同样的命运。邻里之间相互告密揭发,骨肉兄弟自相残杀。这些难民们恨不得亲眼看见宾夕法尼亚战火燎原,化作一片火海,连心肠最慈悲的老太太都面露残忍的冷笑。

然而消息渐渐传来,说李将军下了命令,南军所到之处严禁侵占宾夕法尼亚的私人财产,抢劫财物者一律处死。征用百姓的任何物品一概按价付款——这下将军要保住南方百姓对他的爱戴和拥护,就全凭其素日的威望了。宾州富得流油,却一点儿油水都不让人沾?李将军到底怎么想的啊?难道看不到我们的士兵们都饥肠辘辘,穿的是破衣烂鞋,连马都没得骑了吗?

达西·米德匆匆写了封短信寄给米德医生,这是亚特兰大七月份以来首次收到的第一手消息,全城的人争相传阅,一个个心里愤怒至极。

爸爸，您能想办法给我弄双靴子寄来吗？我赤着脚打仗两周了，看来想再领双靴子已经是无望的。本来我也可以像其他战友一样，从打死的北方佬脚上脱下一双鞋来穿，可惜我的脚太大了，至今没碰到过脚跟我一般大的。如果您帮我搞到了靴子，请千万别邮寄过来，因为半路上会被人偷走的，不过我也不怪人家。叫菲尔坐火车把靴子给我送来吧。等我们赶到新地方驻扎了，我再给您写信吧。眼下我们一直行军北上，但具体去哪儿还不知道。现在我们在马里兰州，大伙儿都说要去宾夕法尼亚……

爸爸，我本以为会对北方佬以牙还牙，可将军不准。其实我恨不得一把火把北方佬的房子都给烧了，哪怕被枪毙我也乐意。爸爸，今天我们行军路上经过了一大片玉米地，咱们家乡从来没有这么大、长得这么茂盛的玉米地。不瞒您说，我们都饿得不行了，于是悄悄到玉米地里偷了些玉米吃。反正将军也不知道，不会惹他发火。但那些玉米还没成熟，生绿生绿的，吃到肚子里反倒坏了事。本来小伙子就已经得了痢疾，结果吃了生玉米拉得更厉害了，拉得都没力气行军走路了，比腿上带伤还难受。爸爸，请一定想办法给我弄双靴子来。我现在当上尉了，当了上尉没新军服和肩章也就算了，可脚上不能没鞋穿啊。

然而，军队已经开进了宾夕法尼亚——这才是最最要紧的事。再打一场胜仗，战争就会结束了，到时候达西·米德想要多少靴子都成，随便他挑。我们的小伙子们就会凯旋，家家户户就又能阖家团圆，幸福美满了。米德太太想到当兵的儿子总算快要平安回家，守在她身边，眼睛都湿润了。

七月三日，北边的电报突然中断，一片死寂。直到四日中午，亚特兰大的司令部才断断续续收到些只言片语。似乎在宾夕法尼亚一个叫作葛底斯堡的小镇附近爆发了一场激战，李将军动用了全部兵力与北方佬打了场硬仗。消息语焉不详且来得迟缓，因为这场仗是在敌人的地盘上打的。这则战报先是送到马里兰，再传到里士满，最后才转到亚特兰大。

人们忧心忡忡，焦虑不安，恐惧蔓延全城。没有什么比战况不明更令人揪心的了。有儿子在前线打仗的人家拼命地祷告，但愿他们的孩子此刻并不在宾夕法尼亚的战场上，但知道自己的亲属与达西·米德同在一个团的人则只得嚼碎了牙往肚里咽，嘴上却说自己的亲人能参加这场大战，为彻底打垮北方佬而出一份力，是他们无上的光荣。

在皮蒂姑妈家里，三个女人面面相觑，脸上难掩忧虑之色。阿什利就在达西所在的团里。

七月五日，噩耗传来，但不是来自北边，而是来自西面。维克斯堡沦陷了，在敌人持久而激烈的围攻之下终于陷落。这样一来，从圣路易斯到新奥尔良，差不多整个密西西比河流域都落到了北方佬的手里。南部邦联被截为两半。要是在以往，这种灾难性的消息肯定会使亚特兰大人感到万分恐惧和悲痛。但现在，人们对维克斯堡已经无心过问了，满心记挂着李将军正在宾夕法尼亚与北方佬的决战。如果李将军在东边取胜，那么维克斯堡的陷落就算不得什么大灾难了。东部有费城、纽约和华盛顿，若李将军能把这些地方攻占下来，那整个北方就会陷于瘫痪，不仅能够抵消密西西比战场的失利，而且还获利更多。

时间慢慢流逝，一分一秒都是煎熬，灾难的阴影笼罩着整

385

个亚特兰大城，连烈日骄阳都被这阴影遮得黯淡无光。人们抬头仰望天空才惊讶地发现，原来天上晴空万里，并没有阴云密布。妇女们三五成群聚在一起，屋前的门廊下、人行道上甚至大街中央，围成一团的人群随处可见，相互庆幸说没有消息就是好消息，彼此安慰，并故作坚强。然而可怕的传闻就像丑陋的蝙蝠一样，在寂静的城市里到处乱飞，说什么李将军阵亡了，仗打输了，南军死伤无数了，大批伤亡人员名单很快就会陆续发过来什么的。尽管人们尽量不去相信这些传闻，但整座城的百姓都人心惶惶，于是纷纷涌向市中心、报馆和司令部，请求他们快快告知大家消息，什么消息都成，哪怕是坏消息。

火车站人头攒动，人们盼着进站的火车能带来些消息。电报局外、不堪其扰的司令部门前、铁门紧锁的报社门口都挤满了人。聚集的人越来越多，但大家安静得出奇，谁也不说话。时而会有一位老人用高亢的声音询问有消息了没有，而得到的总是同样的回复："北边战场还没有新的消息，只知道战斗仍在进行。"大家听了不但没有叽叽喳喳地议论，反而更沉默了。外围的女士们也越来越多，有的站着，有的坐在马车上。人群拥挤，摩肩接踵，人人身上都汗气腾腾，双脚不安地蹭着地，扬起阵阵尘土，令人透不过气来。女士们都静默不语，但一张张苍白而紧绷的脸上写满无声的祈求，比失声痛哭更令人心碎。

全城几乎每家每户都有亲人此时身在战场，或是儿子、兄弟、父亲，或是情人、丈夫。人们都等着听到亲人牺牲的消息。他们等待的是死讯，而不是败讯，因为"失败"二字他们绝不考虑。也许此时此刻他们的亲人正躺在宾夕法尼亚日晒草枯的山冈上奄奄一息,也许邦联的战士们正像冰雹侵袭下的庄稼一样成排地倒下,但他们为之浴血牺牲的事业是永远屹立不倒的。也许成千上万的士兵战死沙场,但他们的牺牲也种下了龙的牙齿[1],而后又会有无数身穿灰色军服的勇士从土里生出来,高喊着为邦联而战的口号,前赴后继冲向战场。但现实中这些勇士从哪儿来,没人知道。他们只知道李将军能够创造奇迹,弗吉尼亚的军队所向披靡。他们对此深信不疑,如同坚信天堂里有公正而忌邪的上帝一样。

斯嘉丽、梅兰妮和皮蒂小姐等候在《观察家日报》的报馆前。她们坐在高背马车上,车篷推向后面,各自打着阳伞。斯嘉丽紧张得双手直发抖,头顶上的阳伞也直晃悠。皮蒂姑妈同样焦急万分,滚圆的脸上鼻子一动一动,像只兔子似的。而梅兰妮却僵如石雕,随着时间一分一秒地过去,她那双黑色眼睛也睁得越来越大。两个小时里,她只说过一句话,是在她从自己的手提包里掏出嗅盐给她姑妈的时候,她平时跟姑妈说话都轻声细语,温柔至极,平生中唯有这一次一反常态。

"拿着吧,姑妈,你要是觉得要晕过去了,就自己闻闻吧。不过提前说好了,要是您晕过去了,那也就只好由着您晕了,到时就让彼得大叔把您送回家去。反正听不到消息我是不会回去

---

[1] 龙的牙齿源自希腊神话《卡德摩斯》,卡德摩斯杀死恶龙,女神雅典娜命他把龙牙播种在土里,之后便有许多武士长出来,相互厮杀。

的——决不回去。我也不想让斯嘉丽走。"

斯嘉丽本来也不想走,她要最早得知有关阿什利的消息,所以她就在这儿等,哪儿也不去。她不会走的,就算皮蒂小姐死了,她也不离开这儿。阿什利正在前线某个地方打仗,说不定已经战死了呢,而报社是她能得知确切消息的唯一地方。

她环顾人群,认出了许多朋友和邻居:米德太太歪戴着帽子,紧紧挽着十五岁的小儿子菲尔的胳膊;麦克卢家的两姐妹紧张得牙齿打战,拼命压住上嘴唇想盖住露出的龅牙;埃尔辛太太坐得挺直,像个斯巴达式的母亲[1]一样,只是发髻上垂下的几绺散乱的白发,暴露了她内心的焦虑不安,她的女儿范妮·埃尔辛脸色惨白得跟鬼一样吓人。(肯定不是因为担心自己的兄弟休才急成这样的,难道战场上有她的意中人,而且大家都还不知道?)梅里韦瑟太太坐在马车里,轻拍着梅贝尔的手。梅贝尔看上去肚子已经很大了,虽然围着件大披肩,小心地遮住了身子,可都这个样子了还跑出来抛头露面,未免有失体面。她怎么也这么担心呢?没听说路易斯安那的部队开往宾夕法尼亚了呀。她那个野人似的小个子义勇兵现在应该待在里士满,安全着呢。

人群外围忽起骚动,站着的人纷纷让路,原来是瑞特·巴特勒骑着马小心翼翼地穿过人群,朝皮蒂姑妈的马车走来。斯嘉丽心想:"这家伙胆子也太大了,这个时候他竟然敢来——年

---

[1] 斯巴达的教育以培养凶悍的军士著称,斯巴达人认为只有身体强健的母亲,才能生下刚强的战士。因此斯巴达的妇女都十分坚忍,不怕看到儿子浴血沙场。

轻力壮却没有去参军打仗，也不怕群情激怒，把他撕成碎片。"等他到了跟前，斯嘉丽一看，恨不得自己先扑上去撕他。他竟然如此肆无忌惮，怎敢骑着这么漂亮的好马，脚上蹬着这么锃亮的靴子，还穿着这么干净、帅气的亚麻套装，整个人红光满面、气宇轩昂，嘴里还叼着根昂贵的雪茄。而阿什利他们此刻却正光着脚板，顶着烈日，饿着肚子，一边忍受着痢疾的折磨，一边跟北方佬浴血奋战呢！

瑞特缓缓从人群中穿过，周围的人纷纷向他投去愤恨的目光，老头儿们抖着花白胡子扯脖子骂，而天不怕地不怕的梅里韦瑟太太则在马车上微微欠起身子，朗声怒斥："投机商！"听这口气似乎把这个词变成了世间最难听、最恶毒的字眼。瑞特丝毫不理睬众人，只对梅丽和皮蒂姑妈举帽致意，然后来到斯嘉丽身旁，俯下身来悄声道："米德大夫平时不是动不动就发表演说吗？说什么胜利之神犹如鸣唳的雄鹰栖息在咱们南方邦联的旗帜上。你不觉得此时来上一段正合适吗？"

斯嘉丽现在正心急如焚，浑身的神经紧绷着，都快要绷断了。她立刻愤然转身怒视着他，像只被激怒的小猫一样，本想开口骂他，但话到嘴边，被他一摆手给拦住了。

"我是特地来告诉你们几位女士，"他大声说道，"我刚才去过司令部，第一批伤亡名单马上就到。"

短短一句话，却掀起了一阵波澜。附近能听见他说话的人纷纷议论起来，紧接着人群哗然骚动，大伙儿连忙转身涌向怀特霍尔街，打算冲到司令部去。

"别去,"瑞特在马鞍上站起来,举起双手,大声喊道,"名单已经送到两家报馆了,正在赶印,大家在原地等着就好了!"

"噢,巴特勒船长,"梅丽泪眼汪汪地看着瑞特,啜泣道,"您真是太好了,还特地赶来告诉我们!名单什么时候公布出来?"

"马上就会出来了,太太。战报送来已经半个小时了。负责此事的少校要等到名单全部印完了再公布,因为担心大家太着急,把报馆给挤破了。啊!快看!"

只见报馆的一扇侧窗开了,从里面伸出一只手来,手里拿着一沓细长的校样,上面墨迹未干,密密麻麻印满了人名。人们推推搡搡,你争我夺,结果混乱之中,校样被撕成两半。拿到手的人拼命往后退,想挤出人群把名单看个究竟。而后面的人则拼命向前挤,大声嚷嚷着:"让我过去!"

瑞特立刻翻身下马,把缰绳扔给彼得大叔,简短地交代了一声:"把马看好。"便冲进人群,只见那宽厚的肩膀高高地凌驾于众人之上,使出蛮力一路推搡着向前。不一会儿,他就拿了好几份名单回来。他扔了一份给梅兰妮,将其余的分发给了周围几辆马车里的女士,有麦克卢尔家的两姐妹、米德太太、梅里韦瑟太太和埃尔辛太太。

"快点儿,梅丽。"斯嘉丽叫道,心都跳到了嗓子眼。眼看梅丽两手拿着名单抖得厉害,根本念不了,斯嘉丽心里别提多窝火了。

"你来看吧。"梅丽小声说。斯嘉丽一把将名单夺过来。找W开头的姓氏。W开头的在哪儿呢?噢,在最底下,哎呀,字都模糊了。"怀特,"她边看边念,声音都颤抖了,"威尔金斯……温……泽布伦……噢,梅丽,他不在名单上!没他的名字!噢,谢天谢地!哎呀,姑妈,您怎么了!梅丽,快拿嗅盐来!把她扶起来,梅丽。"

梅丽喜极而泣,一手扶住皮蒂小姐歪歪倒倒的脑袋,一手拿着嗅盐瓶凑到她鼻子底下。斯嘉丽从另一边撑住这位胖老太太,心里乐开了花。阿什利还活着,连伤都没伤着。感谢仁慈的上帝,保佑他平安无事!感谢——

这时,她突然听到有人轻轻呻吟了一声,扭头一看,只见范妮·埃尔辛一头倒在了妈妈怀里,伤亡人员名单也飘落到车座底下。埃尔辛太太搂住自己的女儿,薄薄的嘴唇止不住地颤抖,小声吩咐车夫:"回家,赶快!"斯嘉丽连忙扫了一眼名单,发现休·埃尔辛并不在名单上。看来范妮准是有个心上人,如今战死了。人们满怀同情,默默地给她们的马车让出道来。跟在埃尔辛家后面的是麦克卢尔家的柳编轻型小马车。费思小姐赶着车,面容僵硬,如石刻一般,头一回没露出龅牙来。霍普小姐面如死灰,僵直地坐在旁边,紧紧抓着她姐姐的裙子。两姐妹仿佛一下子就变得苍老憔悴,如年迈的老妪。她们的小弟弟达拉斯是她俩的心头肉,也是这对未婚女士在世上唯一的亲人。可达拉斯却再也回不来了。

"梅丽!梅丽!"梅贝尔兴高采烈地叫着,"勒内没事!阿什利也没事!噢,感谢上帝!"披巾从她肩上滑落下来,她那大大的肚子显露无遗。可她和梅里韦瑟太太竟破天荒地毫不在意。

"噢，米德太太！勒内——"她突然声音变了，"梅丽，快看！米德太太！达西他——"

米德太太低垂着头，死死盯着自己的衣裙，别人叫她也毫无反应。但坐在她身边的小菲尔脸上则毫无掩饰，让人一看就明白了。

"好了，别这样，妈妈。"他急得束手无策。米德太太抬起头，与梅兰妮的目光相遇。

"他再也不需要靴子了。"她说道。

"噢，亲爱的！"梅丽惊叫道，突然忍不住哭了起来。她推开皮蒂姑妈，让斯嘉丽一个人扶着，然后爬下马车，朝米德医生的太太走去。

"妈妈，您还有我呢。"菲尔明知无望，却仍尽力劝慰脸色惨白的母亲，"只要您允许，我这就上前线，把北方佬统统杀光——"

米德太太一把紧紧抓住他的胳膊，仿佛永远也不撒手似的，终于艰难而哽咽地说了一句："不行！"那声音就像被人掐住了喉咙，快要窒息了一样。

"菲尔·米德，快别说了！"梅兰妮一边叮嘱菲尔，一边爬上马车，坐在米德太太身边，把她搂在怀里，"你以为你上前线杀敌也被打死，就能让你妈妈高兴了吗？这种蠢话亏你说得出来。送我们回家吧，快点儿！"

菲尔抓起缰绳，梅兰妮扭头对斯嘉丽说："把姑妈送回家后，就赶紧到米德太太家来。巴特勒船长，请您给米德医生送个信儿好吗?他在医院里。"

马车穿过渐渐散去的人群。人群里有的女人喜极而泣,但大多数人都目光凝滞,呆若木鸡,仿佛被人当头打了一闷棍,还没清醒过来。斯嘉丽低头看着手上那份字迹模糊不清的名单,找找上面有没有认识的人。既然阿什利安然无恙,她就有心思想想别人了。哎,这名单可真长啊!可想而知,这一场仗下来,亚特兰大乃至整个弗吉尼亚损失有多惨重,付出的代价有多大。

天哪!"卡尔弗特——雷福德,中尉。"雷福[1]!她突然想起很久很久以前的那一天,她跟雷福德两个人一块儿离家出走,可黄昏时又改主意回家了,因为他们俩都饿得不行,而且害怕天黑。

"方丹——约瑟夫·凯,列兵。"那个暴脾气的坏小子乔[2]!萨莉刚生下他的娃娃,还没坐满月子呢!

"门罗——拉斐特,上尉。"拉夫[3]跟凯思琳·卡尔弗特刚刚订婚。可怜的凯思琳!一下子失去了两位亲人,一个是哥哥,一个是未婚夫。可萨莉受到的打击更大——失去了哥哥,又失去了丈夫。

噢,这太可怕了。她简直不敢再看下去了。皮蒂姑妈靠在她的肩膀上,喘着粗气又长吁短叹。斯嘉丽不客气地把她推到车厢的一角,继续往下看。

---

1 雷福是雷福德的简称。

2 乔是约瑟夫的简称。

3 拉夫是拉斐特的简称。

不可能——不可能——名单上怎么会有三个姓"塔尔顿"的人。说不定——说不定是排字工匆忙间排错了吧。可是不对啊，虽然姓一样，可名字都没有重复。"塔尔顿——布伦特，中尉。""塔尔顿——斯图尔特，下士。""塔尔顿——托马斯，列兵。"还有博伊德，早在开战头一年就死了，究竟被埋在弗吉尼亚的什么地方，谁也不知道。塔尔顿家的四兄弟全战死了。汤姆[1]和那对爱偷懒的长腿双胞胎最爱闲聊，没事就东拉西扯，还总爱搞荒唐可笑的恶作剧。博伊德舞技超赞，跳起舞来风度翩翩，可一张嘴却伶牙俐齿，骂起人来舌头像黄蜂一样刻毒。

她再也看不下去了，不知道那些跟她一起长大，一块儿跳过舞、调过情，甚至跟她接过吻的小伙子还有谁会被列在这名单上。她真想放声大哭，可喉咙疼得难受，就像有铁爪在喉咙深处拼命地挖挠一样。

"很抱歉，斯嘉丽。"瑞特说道。她抬起头望着他，竟一时忘了他还没走。"名单上有很多是你的朋友吧？"

斯嘉丽点点头，费了好大劲儿才开口："县里几乎家家都有——还有——塔尔顿家的三兄弟也都在上头。"

瑞特脸色平静，甚至有些阴沉，眼神中也没有了平日的嘲弄和讥讽。

"还没完呢，"他说，"这只是第一批名单，不是全部。明天的名单会更长。"他压低了声音，免得被周围马车里的人听见："斯

---

[1] 汤姆是托马斯的简称。

嘉丽，李将军肯定是吃了败仗。我在司令部里听说他已经撤回到马里兰了。"

斯嘉丽抬起头，一脸惊恐地看着他，不过令她恐惧的并不是李将军打了败仗，而是明天还会有更长的名单！明天！她刚才看到名单里没有阿什利的名字，还高兴坏了呢，可没想到还有明天！明天！哎呀，说不定他已经死了，可得等到明天才能知道，甚至没准儿要等上一个星期才能得到消息。

"噢，瑞特，干吗要打仗呢？让北方佬出钱把黑奴买走不就得了？或者我们干脆把黑奴白送给他们也行啊，那也比打仗强多了呀。"

"问题不在黑奴，斯嘉丽。这只是个借口而已。仗总会打起来的，因为男人天生就爱打仗。女人不喜欢，可男人喜欢——是的，在男人看来，打仗比女人的爱意更重要。"

他嘴角一撇，露出了像平时一样邪魅的笑容，严肃的神情一扫而光。他举了举头上的阔边巴拿马草帽。

"再见啦，我要去找米德医生了。他儿子的死讯偏偏是由我来告诉他，真是莫大的讽刺，不过眼下他想不到这一点。让一个投机商来通知英雄的死讯，日后他想起来肯定会恨得要死。"

斯嘉丽给皮蒂姑妈喝了杯托迪酒，然后扶她上床躺下，叫来普利茜和厨娘照看她，自己则下楼步行来到同在一条街上的米德医生家。米德太太由菲尔陪着待在楼上，等待丈夫回来。梅兰妮坐在客厅，和一群前来慰问的邻居轻声交谈。她手里拿着针线和剪刀忙活着，准备将埃尔辛太太借给米德太太的丧服给改改。屋里飘满了自制黑色染料的刺鼻味道，厨娘正在厨房里一边掉眼泪，一边在一口大锅里不停搅动米德太太要穿的所有衣服。

"她怎么样了？"斯嘉丽轻声问道。

"一滴眼泪也没流，"梅兰妮说，"女人要是到了欲哭无泪的程度，可太难受了。真不知道这么伤心的事男人不哭怎么能承受得住。也许是因为男人比女人更坚强、更勇敢吧。她说要亲自去宾夕法尼亚，把儿子的遗体运回来。米德大夫在医院里脱不开身。"

"她自己去怎么能行！干吗不让菲尔去？"

"她担心菲尔一离开自己身边就会去参军。你也知道，他个头显得比同龄人高大，人家会以为他已经十六岁，到了参军年龄了。"

邻居们一个个悄悄地走了，不忍心目睹医生回家后那令人痛心难过的场面。只剩下斯嘉丽和梅兰妮留在客厅里做针线活。梅兰妮看上去很伤心，不过倒还平静，但眼泪流个不停，泪水一滴滴地落在手里拿着的布料上。显然还没意识到仗还在继续打着，而且说不定阿什利已经牺牲了。斯嘉丽心里一片慌乱，不知道该不该把瑞特的话告诉梅兰妮，让她忧虑难过，也让自己得到些安慰。想来想去，最后她还是决定闭口不提，因为她不想让梅兰妮起疑，觉得她对阿什利有些太过操心了。今天上午真是万幸，人人心事重重，忧虑担心，梅兰妮和皮蒂姑妈也是一样，所以谁也没注意她的一举一动。

她们默默不语地做了会儿针线，听到外面有了动静，透过窗帘，看到米德医生正翻身下马。他肩也垮了，头也耷拉着，花白的胡子像扇子似的挂在胸前。他步伐缓慢地走进屋子，放下帽子和皮包，一言不发，一一亲吻了两位姑娘，然后又一言不发地拖着疲惫的脚步走上楼。不一会儿，菲尔下来了，修长的四肢看起来很无力，没精打采，而且不知所措。两位姑娘看着他，示意请他来坐坐，但他径直走到前廊，坐在最上面一层台阶上，两手抱着脑袋，一声不吭。

梅丽叹了口气。

"他正在气头上呢，因为他们不让他去前线打北方佬。他才十五岁！噢，斯嘉丽，我要是有这么个儿子该多好啊！"

"好让他去送死啊？"斯嘉丽想到了达西，于是没好气地说。

"有个儿子，即使死在战场也总比没儿子强。"梅兰妮哽咽道，"你不会理解的，斯嘉丽，因为你已经有了小韦德，可我——噢，斯嘉丽，我真想要个孩子！我知道，你心里会想，这种话也能说得出口，可我说的是真的，哪个女人不想要孩子呢。"

斯嘉丽强忍住没对她嗤之以鼻。

"上帝如果让他——让他被俘，我想我还承受得住，可要是他死了，我也不想活了。不过上帝会给我力量让我撑住的。但要是他撇下我走了，却没有留下——留下个孩子给我，让我有个安慰，那我就实在受不了了。唉，斯嘉丽，你太幸运了！虽说查理不在了，不过你还有他的儿子。可阿什利要是死了，我就什么也没有了。斯嘉丽，原谅我，可有时我还真挺嫉妒你呢——"

"嫉妒——我？"斯嘉丽被愧疚感击中，心虚地叫了起来。

"因为你有儿子，而我没有。有时我甚至把韦德当作是我儿子，因为没有孩子真是太难受了。"

"瞎说！"斯嘉丽这才放下心来。她瞟了一眼正在低头做针线活的梅兰妮——绯红的脸蛋，纤弱的身子。尽管梅兰妮想要个孩子，可凭她这身子骨，要生孩子恐怕够呛。瞧她的个头还没一个十二岁的孩子高呢，臀部也窄小得像小孩，胸部也平平的。一想到梅兰妮生孩子，斯嘉丽就觉得恶心，并且勾起了许多令她无法忍受的联想。要是梅兰妮给阿什利生了孩子，那就如同挖了斯嘉丽身上的一块肉一样。

"请原谅我刚才说韦德的那些话，你也知道，我太爱他了。你不会生我的气吧？"

"别傻了，"斯嘉丽说，"去前廊看看菲尔吧，他在哭呢。"

第十五章

自从葛底斯堡大败[1]之后,南方军就一蹶不振,元气大伤,被敌军一路逼回到了弗吉尼亚,在拉皮丹河畔扎营过冬。转眼圣诞节将至,阿什利休假回家。斯嘉丽跟他一别两年有余,如今乍一相见,心里的那股激情如烈焰燃烧一般火热,连她自己都大吃一惊。当年她站在十二橡树的前廊上,看着他娶了梅兰妮为妻,她觉得那一刻心如刀绞,一颗芳心终被伤透,以为从此再也不会像这样如此强烈而心碎地爱着他了。可如今,她才终于明白当年的那种感觉,只不过是像被宠坏的孩子没得到想要的玩具罢了。积年累月的暗暗相思、魂牵梦萦,令她对阿什利的感情愈发炽烈;多年来将对他的爱意深藏心底,令她更加迫不及待地想要对

---

1 葛底斯堡战役是1863年7月1日至7月3日所发生的一场决定性战役,属于葛底斯堡会战的最后阶段,于宾夕法尼亚葛底斯堡及其附近地区进行,是美国内战中最著名的战斗,经常被引以为美国内战的转折点。美利坚联盟国的罗伯特·李将军所率领的北弗吉尼亚军团于钱瑟勒斯维尔战役获胜后,北上进攻弗吉尼亚、马里兰,以及宾夕法尼亚诸州。联邦军方面,林肯替换了约瑟夫·胡克少将,代之以乔治·戈登·米德少将率领波托马克军团,虽然赢得了这场决定性战役,终结了李将军第二次,也是最后一次入侵北方各州,但未能阻止李将军逃回弗吉尼亚。

他一吐相思之苦。

眼前的阿什利·威尔克斯一身军服已经褪色，补丁累累，一头金发已被骄阳烈日晒成了亚麻色，跟战前那个优雅从容、眼神慵懒迷离、令她爱得如醉如痴的小伙子简直判若两人，但如今的他更有魅力，更令人心动了。过去的他皮肤白净，身材颀长，而现在的他，皮肤晒成了古铜色，身形消瘦，唇上蓄着两撇金色的骑兵式胡子，更显得英气逼人，浑身散发着器宇轩昂的军人气质。

他虽穿着一身破旧军装，但站姿笔挺，手枪套在磨破的枪套里，刮痕累累的刀鞘时不时碰着脚上那双长筒军靴，神气极了，锈迹斑斑的马刺还隐约闪着黯淡的微光——这就是南部邦联军官阿什利·威尔克斯少校。他发号施令已成习惯，眉宇间透着威严与自信，嘴角也开始出现冷硬的线条。肩膀依旧方正挺直，眼睛依旧明亮清冷，然而看上去似乎又多了一份异样和陌生。从前的他慵懒而闲散，现在则机敏警觉，犹如一只潜行的猫，时刻戒备，神经绷得像琴弦一样紧。他眼里透着疲惫与愁闷，面部轮廓依旧优美，只不过皮肤被晒得黝黑而紧绷——他依然是她心中英俊无比的阿什利，却又与从前大不相同。

斯嘉丽原本打算回塔拉过圣诞节，但阿什利的电报一到，她就吃了秤砣铁了心，说什么也不走了，即使失望的母亲直接命令她回去也不管用。要是阿什利打算回十二橡树过圣诞节，她会立马赶回塔拉的，好离他近些。但他已写信叫他的家人来亚特兰大和他团聚，威尔克斯先生和哈妮以及茵迪娅都已早早来到城里。

她苦等了两年之久，如今却要她回塔拉，错过与他相见？错过他那令她怦然心动的声音？错过他对她余情未了、念念不忘的眼神？不，绝对不行！就算全天下的母亲都命令她回家也不行。

阿什利是在圣诞节的前四天到家的，同行的还有一群同样回来休假的同县小伙子。葛底斯堡战役后，县里幸存下来的年轻人已经少得可怜。凯德·卡尔弗特回来了，瘦得皮包骨，面容憔悴，一直咳个不停；门罗家的两兄弟，自一八六一年以来头一次休假回家，激动得话说个没完；还有方丹家的亚历克斯和托尼，喝得醉醺醺，吵吵嚷嚷，打闹不休。除了阿什利，剩下几个人都是到这儿转车的，还得再等两个小时。没喝醉的几个疲于应付，以免方丹家的两兄弟互相打起来，或是在车站里跟陌生人寻衅滋事。于是阿什利便把他们都带到皮蒂姑妈家来了。

两个醉汉一看见皮蒂姑妈，便争着上前去亲她，谁也不让谁，就像两只竖起毛来的斗鸡一样，弄得皮蒂姑妈既慌乱不安又受宠若惊。凯德站在一旁愤愤地说："你以为这俩活宝在弗吉尼亚总该打够了吧？哼，才没有呢！这两个家伙自打到了里士满就喝得烂醉，一路上打架闹事，惹是生非。在里士满还让宪兵给抓起来了，要不是阿什利能言善道，把宪兵劝走，这俩人就得在监狱里过圣诞节了。"

然而，这些话斯嘉丽一个字也没听进去。终于又见到阿什利了，而且就在眼前，她简直欣喜若狂。这两年，她怎么会见了别的男人竟也觉得他们英俊潇洒，令人动心？阿什利还在呢，她怎么能容忍别的男人向她献殷勤？如今阿什利又回来了，就坐在客厅里，两人之间只隔着一小块地毯。每看他一眼，幸福的泪水就禁不住要夺眶而出，她强行忍住才没让眼泪流下来。他坐在沙发上，身旁一边坐着梅丽，一边是茵迪娅，哈妮站在他身后，搂着他的肩膀。要是她能坐在他的身边，手挽着他的胳膊该多好，可惜她却没这个名分和权利！哪怕能让她时不时碰碰他的衣袖也好啊，证明她不是在做梦，他真的回来了。多希望他能握住她的手，用他的手帕亲手为她拭去喜极而泣的泪水。因为她看见梅兰妮就在这样做，一点儿也不觉得害臊。梅兰妮高兴坏了，哪里还顾得上矜持和害羞，她一直紧紧搂着自己丈夫的胳膊，那眼神、那微笑还有那泪水都毫不掩饰地流露出她对阿什利的无限爱意。而斯嘉丽也因为太高兴了，看到此情此景，竟也顾不上嫉妒和愤怒了。不管怎样，阿什利终于回来了！

她不时抬起手，轻轻抚摸刚才被他吻过的面颊，回味着他的唇吻在她脸上时激起的悸动和战栗，并对他面露微笑。当然，他头一个吻的人并不是她。梅丽一下子就扑到他怀里，泣不成声，紧紧抱住他，仿佛今生再也不撒手似的。之后，茵迪娅和哈妮也走上前来拥抱他，姐妹俩简直是把阿什利从梅兰妮的怀里给抢过来的。然后他亲了亲自己的父亲，两人亲切而庄重地相互拥抱，无言之中尽显父子情深。接着是皮蒂姑妈，一双不胜重负的小脚激动得蹦来跳去。最后他才转身面向斯嘉丽，此时的她正被那几个小伙子围着，争相要吻她。阿什利说了一句："噢，斯嘉丽！我漂亮的小姑娘！"说完便在她脸上吻了一下。

这突如其来的一吻，让她把原本准备要说的欢迎词都忘到九霄云外去了。好几个小时之后,她才想起他亲吻的是自己的脸,而不是嘴唇。接着,她就痴痴地想,要是他俩独处,他会不会吻她?他会不会俯下那颀长的身躯,把她轻轻抱起,让她踮起脚尖,亲热地拥吻,然后把她揽入自己怀里久久不放呢?这么一想,她心里美滋滋的,开心不已,所以便认定他会这么做的。还有整整一个星期呢,有的是时间!她只要想想办法,肯定能找到机会跟他独处,到时就可以对他说:"还记得咱们秘密的林中小道吗?咱们俩经常沿着那条小道骑马?""你还记得那个迷人的月夜吗?我们俩坐在塔拉门前的台阶上,你为我在月下吟诗?"(噢,天啊!那首诗叫什么来着?)"还记得那天下午,我扭伤了脚,你抱着我在暮色中送我回家吗?"

哦,有那么多事情可以用"你还记得"来开头,可以引出许许多多的话,可以唤起无数的珍贵回忆,把他们带回那段两小无猜的美好时光,重温那温馨快乐的往昔。那时的他们就像无忧无虑的孩子,在县里到处游逛。有那么多事情都可以勾起他的回忆,让他想起梅兰妮·汉密尔顿横插进来之前的那些只属于他们两人的历历往事。然后谈着谈着,或许从他的眼神里就能看出他心里又泛起了情感的波澜,也许就能寻到丝丝迹象,证明他对梅兰妮虽有夫妻之情,但内心深处还深藏着对她斯嘉丽的缱绻眷恋,一如烧烤会那天,他对她真情流露,说他喜欢她,那份情依然未变。她从没想过要是阿什利向她明确表白爱意,之后该怎么办。只要知道阿什利的确爱她,她就心满意足了……是的,她可以等,不必着急。这会儿就由着梅兰妮紧抱着阿什

403

利的胳膊哭哭啼啼好了。她的机会会来的。哼，像梅兰妮这样的丫头，哪里懂得什么叫爱情？

归家之后乍一见面的激动过后，梅兰妮说道："亲爱的，你这副模样就像个叫花子似的，这军装是谁给你补的，怎么打蓝色的补丁呢？"

"我还以为看着挺帅的呢，"阿什利瞧了瞧自己身上，说道，"你要是看到前线的那些破衣烂衫的叫花子兵，比一比就知道我这样已经够不错的了。军服是莫斯给补的，我觉得他手艺还行，要知道他在战前连针都没拿过呢。至于蓝色的补丁嘛，也没别的选择，要么任由裤子上千疮百孔，要么就弄件北方佬的衣服来，剪几块布凑合补补。至于说看上去像叫花子，你丈夫没光着脚底板回来就谢天谢地了。上星期，我的那双旧靴子破了个底儿掉，差点儿得拿破麻袋片绑脚上回家。算我们运气好，碰巧打死了两个北佬的侦察兵，其中一个穿的靴子正好跟我一个尺码，穿着正合适。"

他伸出修长的双腿来给大伙儿看，长筒靴上满是累累划痕。

"另一个侦察兵的靴子我穿着不合脚，"凯德说，"小了两号，挤得我脚疼得要命。可再疼也得穿着，回趟家总得像个样子才行。"

"这家伙简直就是个自私自利的蠢猪，宁愿挤得脚疼，也不肯把靴子让给我们两兄弟穿，"托尼说，"我们方丹家的人这贵气的小脚，穿上这靴子正合适。见鬼！瞧我脚上这双粗笨的大鞋，怎么有脸去见我妈妈啊。要是在战前，这样的鞋子就连家里的黑奴她都不让穿。"

"别担心,"亚历克斯盯着凯德的靴子,说道,"等咱们上了火车,把他脚上那双靴子给扒下来不就得了?我倒不怕没脸见妈妈,可他娘的——呃,我是说,我这脚趾头都露在外面呢,让迪米蒂·门罗看见了多没面子。"

"哎,这可是我的靴子,我先要的。"托尼朝他兄弟直瞪眼。梅兰妮吓了一跳,素闻方丹家出名地爱打架,于是她赶紧出来调停,息事宁人。

"我本来还留了大胡子,想给你们几个姑娘看看呢。"阿什利遗憾地摸了摸自己的脸,上面还有剃刀划破的口子,没完全愈合。"我自己都觉得留着胡子挺帅的,比杰布·斯图尔特[1]和内森·贝德福德·福雷斯特的胡子都好看。可惜到了里士满,这两个混蛋,"他指着方丹家的两兄弟说,"他们自己想刮胡子也就算了,还非得让我也刮。然后愣是把我按倒,强行把我胡子给剃了。没把我这颗脑袋也剃下来算是万幸。要不是埃文和凯德出面干预,我这两撇小胡子也保不住了。"

"别听他胡说,威尔克斯太太!您还得感谢我们俩呢,要不然你见了他保准认不出来,甚至会把他拒之门外,"亚历克斯说,"我们这也是为了表达谢意,多谢他说服了宪兵队,没抓我们进

---

[1] 杰布·斯图尔特是南军最优秀的骑兵将领,作战时他喜欢头插翎羽,身披斗篷,冲锋在前,所向无敌。格兰特曾说:"斯图尔特是李将军的眼睛和耳朵,李之所以屡败北军,和斯图尔特骑兵的出色侦察有很大关系。"而李将军则称斯图尔特为"我的儿子"。1864年,31岁的斯图尔特在冲锋时腹部中弹,当晚不治身亡,实现了他自己愿战死在率领骑兵冲锋之时的梦想。

监狱。只要你一句话，我们俩这就替你把他的小胡子也刮了。"

"哎呀，不用，谢谢你们了！"梅兰妮连忙道，吓得紧紧抓住阿什利，因为这两个晒得跟黑炭似的小子什么事都干得出来，"我觉得这样挺好看的了。"

阿什利顶着寒风坐上皮蒂姑妈的马车到车站给几个小伙子送行去了。梅兰妮抓住斯嘉丽的胳膊。

"他那身军服真是破得吓人，是吧？你说他要是看到我给他新做的军服上衣，会不会很惊喜啊？哎，可惜我的布料不够了，要是能再给他做条新军裤就好了。"

那件新军服上衣让斯嘉丽一想起来就愤愤难平，如果送这件圣诞礼物的人是她而不是梅兰妮该多好。现如今做军服的灰色毛料简直比红宝石还珍贵，甚至可以说是价值连城。阿什利身上穿的也只是普通的土布。眼下就连灰胡桃色的土布也不多了，许多士兵穿的都是被俘的北佬的军服，只不过用胡桃壳做的染料染成了深褐色。

而梅兰妮真是交了好运，居然弄到一块上好的灰色毛料，足够做一件军服上衣——虽说有点儿短，可勉强也算够了。原来，她在医院里护理了一个来自查尔斯顿的伤兵，后来这个伤兵死了，她就剪下了死者的一绺头发，连同他口袋里的几件遗物，一道寄给了他的母亲，另外还附上了一封信，讲了讲他临终前的一些情况，但只字未提他临死前有多么痛苦。于是她便和这位伤员的母亲开始了通信往来，对方听说她的丈夫在前线打仗，就给她寄来了这块灰色的布料和一套铜纽扣，这本是那位母亲为自己儿子准备的。这块布料极好，又厚实又暖和，还隐约闪着淡淡的光泽。不用说，这肯定是从封锁线偷运进来的，而且价格不菲。现在料子正在裁缝手里，梅兰妮一直催他，务必要赶在圣诞节当天上午之前做好。斯嘉丽真希望能送她一条跟这件上衣匹配的军裤，可就算找遍整个亚特兰大也买不到一块这样的布料。

她也有件圣诞礼物要送给阿什利，可惜与梅兰妮送他的那件军服上衣一比，就相形见绌了。她送的礼物是一个小小的法兰绒针线包，里面有一整包宝贵的缝衣针，是瑞特从拿骚买来送她的。另外还有三条亚麻手帕，也是瑞特送给她的。还有两团线和一把小剪刀。其实她本心是想送些贴身物品的，类似于妻子送给丈夫的东西，比如衬衫、手套或者帽子什么的。啊，对了，最好是送顶帽子。阿什利头上那顶小小的平顶军帽难看死了，她一直就不喜欢这种帽子。可石墙杰克逊放着软边呢帽不戴，偏偏就喜欢戴这种平顶帽，那有什么办法？即使是将军戴着，也是小里小气，没能让这种帽子看起来显得更尊贵气派些。可在亚特兰大，能买到的也只有粗劣的羊毛帽了，比丑陋的平顶帽还俗气。

一提帽子，她突然想到了瑞特·巴特勒。他有好多好多顶帽子，夏天戴宽边的巴拿马帽，正式的场合戴大礼帽，打猎有打猎帽，还有褐、黑、蓝等各色软边呢帽。他要这么多帽子干吗？可再看她心爱的阿什利，戴着那样的破帽子冒雨骑马征战沙场，雨水顺着帽檐直往脖子里灌。

"我一定要想办法让瑞特把他那顶新的黑毡帽给我，"她打定了主意，"我还要在那顶毡帽边上镶一圈灰色缎带，把阿什利纹章上的花环也绣上去，肯定漂亮极了。"

她迟疑了一下，心想要是找不出合理的理由，恐怕那帽子很难弄到手。她绝不能跟瑞特说帽子是要送给阿什利的，不然他肯定会一脸厌恶地皱起眉毛，平时她只要一提起阿什利的名字，他就拉下脸来，满脸不高兴，所以帽子十有八九是不会给的。对，那就编个令人怜悯的故事好了，就说是医院里有个伤兵想要这么一顶帽子，反正瑞特也不会去查的。

整整一下午，斯嘉丽都想方设法地找机会跟阿什利独处，哪怕就几分钟也好。可梅兰妮总是寸步不离地黏着他，还有茵迪娅和哈妮也是。姐妹俩那睫毛稀疏、目光惨淡的眼睛里竟破天荒地有了神采。就连为儿子感到无比自豪的约翰·威尔克斯，也捞不着机会跟儿子好好聊聊。

晚饭时也一样，大伙儿都围着他问打仗的事。又是打仗！谁关心这个啊？斯嘉丽感觉阿什利好像也不怎么想说这个话题。他滔滔不绝地讲着，时不时大笑几声，斯嘉丽从没见过他这么谈笑风生，口若悬河。但他说的内容少之又少，只聊了聊战友间的小趣闻、小玩笑，介绍了些如何凑合度日的小办法，把忍饥挨饿和冒雨行军当笑话讲，仿佛这些事情都不足挂齿，没什么大不了的。他还详细描述了一下李将军，说部队从葛底斯堡撤退时，李将军骑马经过行军队伍，问道："先生们，你们是佐治亚的军队吗？啊，要是没有佐治亚人，咱们这仗就没法打下去啦！"

斯嘉丽隐约感到，他讲得这么起劲儿，是不想让他们提起他不愿回答的问题。在他父亲疑惑的目光的久久凝视之下，他垂下了眼帘，目光躲闪。斯嘉丽看在眼里，心中既忧虑又困惑，阿什利心里到底藏着什么隐情？不过这担心和疑虑转瞬即逝，因为她满心欢喜雀跃，一心盼着能单独和他在一起，别的什么也顾不上了。

然而这种喜悦之情没过多久就到了尽头。围坐在炉火旁的一家人个个都打起哈欠来了。威尔克斯先生带着两个女儿起身告辞，回旅馆休息。随后阿什利、梅兰妮、皮蒂帕特和斯嘉丽也在彼得大叔的举灯引领下，鱼贯上楼。最后大家到了楼上，在楼梯过道站定。斯嘉丽突然感到心中掠过一丝寒意。整整一下午，她都没能单独跟阿什利说上一句话，但她心里始终认为阿什利是属于她的，只属于她一个人。而现在，当她跟他互道晚安，却看见梅兰妮脸上泛起红晕，浑身颤抖，低头看着地毯，半羞半喜，激动得几乎难以自持。阿什利推开门，梅兰妮连头都没抬，就飞也似的进了屋。阿什利匆匆道了一声晚安，看也没看斯嘉丽一眼。

门关上了，只留下斯嘉丽愣在门外发呆，备感孤独凄凉。阿什利不再属于她，而是梅兰妮的了。只要梅兰妮还活着，就可以和阿什利出双入对，走进房间，关上房门——把世间的一切一律关在门外。

一转眼，阿什利又要走了，又要回到弗吉尼亚，回到雨雪交加的野外长途行军，回到冰天雪地的兵营忍饥受冻，备尝艰辛和困苦去了。这个一头亮泽金发，身材精瘦颀长，气宇轩昂的男人，又要冒着生命危险投入到枪林弹雨之中，也许刹那间就会血染黄沙，如蝼蚁一般在不经意间被人踩死。过去的一周如梦境般迷幻，如烟花般绚烂，仿佛世间所有的快乐和美好都集中在这段时间里，让人应接不暇。只可惜幸福转瞬即逝。

一个星期就这样飞驰而过，如同做了一场梦，一场弥漫着松枝和圣诞树芬芳的美梦，梦里有闪烁的烛光，还有闪亮的金箔[1]，梦里的每一分每一秒都像心跳一样飞快。这一个星期忙得简直让人透不过气来，斯嘉丽心里痛苦与快乐交织，时时刻刻都在为阿什利而忙前忙后，这样等阿什利走后，她便能有许多事情可以追想，在今后漫长的岁月中便有许多东西可以令她慢慢回味，从中汲取点滴的安慰——于是她跳舞、唱歌、开心地笑，替阿什利来回拿取东西，细心揣摩他的所想所需。见他兴高采烈，她也跟着笑起来；见他侃侃而谈，她就静静地听着；她的目光始终追随着他的一举一动，将他笔挺身躯的每个线条、眉峰的每次起伏、嘴角的一撇一动都深深印刻在脑海里——因为一个星期匆匆而逝，但战争无休无止。

阿什利正在楼上跟梅兰妮告别，斯嘉丽坐在客厅的沙发上，手里捧着要送给他的临别赠礼，心中默默祈祷，但愿上帝能赐给他们一点儿单独相处的时间，待会儿让他一个人下楼来。她竖起耳朵仔细听着楼上的动静，但屋里静得出奇，连自己的呼吸声都能听得一清二楚。皮蒂帕特姑妈在自己屋里抱枕痛哭，阿什利半

---

1 金箔指的是圣诞节时装饰用的亮金属片。

小时前就已经跟她告过别了。梅兰妮的卧室房门紧闭，既听不到说话声，也没传来哭声。斯嘉丽觉得阿什利已经在那儿待了好几个钟头了。在她看来，他跟妻子告别的每一分钟都让她愤恨至极，因为时间正一分一秒地飞逝，再过不久他就要走了。

她想起了一个星期以来本想对他说的那些话，可惜这一切只能一直搁在心里。她找不到机会向他倾诉，现在看来恐怕是永远没机会说了。

有些是没什么用的傻话，比如："阿什利，你一定要保重，好吗？""别把脚弄湿了，会感冒的。""别忘了在衬衫里面胸口前垫张报纸，好挡挡风。"等等。但还有些话很重要，她有要紧的话跟他说，也想从他嘴里听到要紧的话，即使他没有说出来，她也希望能从他眼神里看出来。

有这么多话要说，可现在时间却来不及了！要是梅兰妮一直送他到门口，看他上马车，那就连最后的几分钟也没她的份儿，都被梅兰妮抢走了。怎么整整一个星期她都找不着机会呢？都怪梅兰妮一直寸步不离，老守在他身边，那双眼睛总是含情脉脉地看着他，恋恋不舍。还有亲戚朋友、街坊邻里也都络绎不绝地来访，从早到晚围在阿什利身边的人就没断过，几乎没有一个人待着的时候。到了晚上，卧室的门一关，又跟梅兰妮耳鬓厮磨去了。这些日子以来，他从来没向斯嘉丽递过一个别有意味的眼神，也从来没对她说过一句别有深意的话，对她只表现出兄妹般的情谊和挚友间的感情。她不能让他就这么走了，也许这一走就是永别，所以她一定要弄明白他到底是不是还爱着她。那样的话,即使他一去不回,从此二人天人永隔,她也可以从这份隐秘的爱情中得到暖心的慰藉,并凭着这份慰藉度过余生,直到生命的最后一刻。

她等得望眼欲穿,仿佛等了一个世纪那么久,终于听到楼上卧室里传来了他的靴子声。房门打开,又关上了。她听到他下楼的脚步声。只有他一个人!谢天谢地,真是太好了!梅兰妮肯定是因为夫妻分别伤心欲绝,在卧室里痛哭流涕呢。这下她终于能有几分钟宝贵的时间和他在一起了。

他缓缓下楼,靴子上的马刺铿锵有声,隐约还能听到刀鞘擦过军靴的当当声。他来到客厅,目光中充满忧郁。他强作笑颜,但脸色却苍白憔悴,仿佛受了内伤,身体里在出血一样。见他进了客厅,斯嘉丽立刻站起身来,心里由衷地感到自豪和得意,觉得他是那么英俊帅气,器宇不凡,谁都比不上他,仿佛这么出众的男人只归她所有似的。他那长长的枪套和皮带闪闪发亮,银色的马刺和刀鞘也明光锃亮,都是彼得大叔费了好大功夫才给擦亮的。新做的军服上衣并不是太合身,因为裁缝赶得太急,针脚也有些粗糙。崭新的灰色毛料上衣光彩照人,可惜下面的土布裤子却破旧不堪,满是补丁,靴子也刮痕累累,跟新上衣极不搭调。但在斯嘉丽看来,此刻的他英姿勃发,即使没有一身银色的盔甲,也依然是英武帅气的骑士。

"阿什利,"她突然央求道,"我能送你上火车吗?"

"请别送了。有我父亲和妹妹送我呢。再说,我宁愿跟你在这里告别,也不愿看到你在车站瑟瑟发抖。忘不了的事情已经太多了。"

于是她立刻打消了这个念头。因为本来茵迪娅和哈妮对她就没什么好感，要是她们俩也在场的话，她就更没机会跟阿什利单独说话了。

"那我就不去了。"她说，"你瞧，阿什利！我还有件礼物要给你。"

终于等到能亲手把礼物送给阿什利时，她反倒害羞了。她打开一个小包，露出一条黄色的长腰带，是用厚厚的中国丝绸做的，上面还镶着密密的流苏。几个月前，瑞特·巴特勒从哈瓦那给她带来了一件黄色的披肩，上面绣着绛红色和蓝色的花鸟，十分华丽。于是在过去的这一个星期里，她极为耐心地把披肩上面绣的所有花鸟都拆掉，然后把这块方形披肩剪开，拼成了一条长腰带。

"斯嘉丽，这太漂亮了！是你亲手做的吗？那我更要格外珍惜了。给我系上好吗，亲爱的。弟兄们见了我的新上衣和新腰带，肯定会嫉妒得要命。"

她把明艳夺目的腰带围在他细细的腰际，罩在皮带外面，然后打了一个情人结。梅兰妮是送了他一件新上衣，但这条腰带是她斯嘉丽送的，表明了她的一番心意，她要让阿什利围着它上战场，好睹物思人。她向后退了一步，得意地将他上下打量一番，心想，她的心上人真是太帅了，就算杰布·斯图尔特将军围着炫目的腰带，戴着神气的羽饰，也没有她的骑士英俊潇洒。

"这太漂亮了，"阿什利抚摸着腰带上的流苏，又一次赞叹道,"可我看得出来,这是你剪了自己的衣服或披肩改做而成的,你不该这样的,斯嘉丽,这么漂亮的衣服现在很难买到呢。"

"噢,阿什利,我——"

她本想说:"我甚至愿意把我的心剪下来给你,只要你肯要。"可话到嘴边又改口了:"为了你,我什么都愿意!"

"真的吗?"他问道,脸上的黯然神情顿时消散了许多,"那么请你为我做件事好吗,斯嘉丽,如果你能答应的话,我在前方就会安心多了。"

"什么事?"她高兴地问,再难的事她也心甘情愿地答应他。

"斯嘉丽,请你替我多照顾照顾梅兰妮好吗?"

"照顾梅丽?"

她大失所望,一颗心沉入谷底。还以为他会对她山盟海誓,许下深情隽永、至死不渝的诺言!谁承想他对她最后的请求竟是这个!她不禁怒火中烧。此时此刻,只有她和阿什利两人,唯有此刻,阿什利只属于她一个人。然而,即使梅兰妮不在,那淡然的身影依然横在他俩中间。在他们二人彼此话别之时,他怎能提起那个女人的名字?怎能对她提出这样的要求呢?

阿什利并没有察觉到斯嘉丽的一脸失望。和从前一样,他的目光就像从她身上透过去,看向别的什么东西,仿佛眼睛里根本不存在她这个人。

"是啊,请你对她多加照看,多多关心。她太柔弱了,可她自己根本没意识到。她又要做看护,又要做针线活,会把自己累垮的。她性情温和又胆小,除了皮蒂姑妈、亨利叔叔和你之外,就再没有别的至亲了。虽然在梅肯还有伯尔一家，但那也是隔了三代的远亲了。皮蒂姑妈——你也知道，就像个孩子。亨利叔叔又年事已高。梅兰妮跟你很亲，不仅因为你是查理的妻子，是她嫂子，还因为——嗯，因为你就是你。她爱你就像爱自己的妹妹一样。斯嘉丽，万一我死在战场上，她孤苦伶仃，没人可以依靠，叫她怎么办呢？一想起这个我就心里不安，噩梦不断。请你答应我好吗？"

斯嘉丽听到阿什利说"万一我死在战场上"这几个不吉利的字时都吓呆了，所以他最后的那句恳求，她根本没听见。

阿什利没休假回来前，她每天都在看伤亡人员名单，每次看时心都提到了嗓子眼，觉得万一他有个三长两短，世界末日也就到了。但她心里总是深信，就算南部邦联全军覆没，阿什利也能绝处逢生，平安无事。可现在他却说出这种让人心惊肉跳的话来，吓得她浑身直起鸡皮疙瘩，内心倍感恐惧。这种由迷信引起的恐惧，是无法用理智去抗衡和压倒的。她那爱尔兰人的脑筋对预感和兆头深信不疑，特别是在有关生死的大事上。从他那双睁得大大的灰色眼睛里，她看到了深深的忧伤和凄惶。在她看来，这忧伤和凄惶意味着这个男人已经感觉到死神冰冷的手指触碰到了他的肩膀，听到了报丧女妖[1]凄厉的哀号。

"这种话可万万不能说！连想都不要想。别提'死'字，多不

---

[1] 报丧女妖是爱尔兰传说中预报死亡的女妖，会以恐怖的哭声告诉人类死亡的来临。也有传说说她在谁家哀号，谁家就会死人。

吉利！哎呀，快点儿祷告，快呀！"

"你为我祷告吧，再点上些蜡烛。"见她吓得这么惊慌失措，他倒忍不住笑了。

可斯嘉丽没接话，脑子里浮现出一幕幕可怕的景象，惊得失了神。她仿佛看见阿什利横尸在弗吉尼亚的冰天雪地里，离她万里之遥。此时，阿什利继续往下说，声音里透着伤感和消极，一种听天由命的无奈和屈从。这使得斯嘉丽更加恐慌，之前的愤怒和失望一下子全都被抛到了脑后。

"斯嘉丽，我就是为了这个缘故才来请求你的。我这一走吉凶未卜，未来我们的命运会怎样，谁也不知道。等一切终了之时，即使我还活着，也远在他乡，所以不管我是死是活，都无法照顾梅兰妮。"

"终——终了？"

"就是战争结束——也是世界的末日。"

"可阿什利，你不会真的认为北方佬会打败咱们吧？这一个星期你不是都夸李将军有多厉害吗——"

"这一个星期我都在说谎，所有休假回来的人都对家人说谎。没到最后，能瞒就瞒着吧，何必让梅兰妮和皮蒂姑妈担惊受怕呢？是的，斯嘉丽，我认为北方佬最终会打败咱们的。葛底斯堡这一仗就是我们走向末日的开始。只不过后方的人们还不知道罢了。他们哪里会知道咱们的处境有多惨呢。可是——斯嘉丽，你知道吗，现在我手下的许多弟兄都没有鞋穿了，光着脚走在弗吉尼亚的冰天雪地里。我亲眼看到他们被冻伤的双脚只能拿旧麻袋片和破布包着，看到雪地里留下他们带血的脚印，可我自己脚上的靴子还好好的——哦，我真觉得应该把自己的靴子脱掉，也光着脚才对。"

"噢，阿什利，答应我，你可千万别这么做！"

"看看咱们这惨状，再看看北方佬那边——这一对比，就能知道一切都完了。斯嘉丽，你知道吗，北方佬从欧洲招兵买马，花钱雇了成千上万的士兵！我们最近抓的那些俘虏，大多数连英语都不会说，都是些德国人、波兰人，还有满口盖尔语的爱尔兰土著。可我们呢，却是死一个少一个，没人顶上。鞋子也是破一双少一双，没有替换的。我们已经被逼入绝境了，斯嘉丽，全世界都来打我们，怎么抵得住呢。"

斯嘉丽心乱如麻："邦联要完蛋就完蛋吧，世界末日要来就来吧，但你绝不能死！你要是死了我也活不下去了！"

"我刚才对你说的这些话，希望你不要告诉别人，斯嘉丽。我不想吓坏他们。哦，亲爱的，要不是我想求你照顾梅兰妮，这些话我也不会跟你说的，不想搅得你不安。斯嘉丽，梅兰妮身子单薄，性格也柔弱，不像你那么坚强。万一我有什么不测，但只要知道你们俩在一起互相照应，我走得也安心了。你会答应我的，对吗？"

"噢，是的，当然！"此时此刻，一想到阿什利即将远赴战场，生死难料，她就什么都肯答应了，"阿什利，阿什利！我不能让你走！我并没有那么坚强，实在没有勇气承受这一切！"

"你必须鼓起勇气来，"他的声音突然起了一丝变化，更深沉、更响亮,而且语速越来越快,仿佛内心十分急迫,"你必须坚强,不然我怎么承受得了?"

她的目光仔细打量着阿什利的脸,满怀欣喜,心中暗想:他这话的意思会不会是舍不得离开她,自己也跟她一样难舍难离,心如刀割?他的脸依旧阴郁愁苦,与刚才跟梅兰妮告别后下楼时一模一样。但从他的眼神里看不出什么特别。他弯下腰,捧住她的脸,轻吻了一下她的额头。

"斯嘉丽!斯嘉丽!你是既坚强又善良的好姑娘,而且你很美,不单是脸漂亮迷人,亲爱的,你的一切都很美,包括你的身、你的心和你的灵魂。"

"噢,阿什利,"她幸福地低喃,他的话语和他印在她脸上的吻,都令她激动不已,"只有你才——"

"我觉得也许我比别人更了解你,能从你身上看到深藏的美好,而别人则太粗心或太过草率,没有注意到。"

他的话打住了,捧着她脸的手也放了下来,但双眼仍注视着她。她等了片刻,屏息静气等他继续说下去,踮着脚尖期盼他说出那动人心弦的三个字。可惜等了半天也没有听到。她的目光在他脸上拼命巡睃,嘴唇颤抖不已,因为她终于看出,他的话已经说完了。

希望再次破灭,她的心再也无法承受,于是像孩子赌气似的"噢"了一声,然后跌坐下去,泪水夺眶而出,刺得眼睛生疼。这时,她听见窗外的车道上响起了不祥的声音。她闻声心惊,眼看阿什利就要离她而去,愈发感到痛彻心扉。她心中无限悲凉,仿佛古希腊人听到了冥河水拍打着卡戎[1]渡船的声音。彼得大叔裹着条被子,把马车赶了出来,准备送阿什利去火车站。

阿什利轻声说了句"再见",便从桌上拿起那顶她从瑞特手里骗来的阔边呢帽,走进幽暗的前厅。他手握门把,又转过头看她,凝视许久,眼神中透着绝望,仿佛要把她的容貌身材每个细节都看在眼里、印在心里。斯嘉丽泪眼模糊,看不清他的脸;纵有千言万语,却如鲠在喉,心知他就要一别远去,离开这安全的港湾,离开她的身边,也许这一去便是永别。时间如流水般匆匆逝去,现在一切都已太迟。她跌跌撞撞跑过客厅,冲进过道,一把抓住他腰带的末梢。

"吻我!"她轻声哀求,"给我临别一吻吧。"

阿什利温柔地抱住她,低下头凑近她的脸,嘴唇刚触到她的唇,她便紧紧搂住他的脖颈,搂得他透不过气来。他用力抱着她,让她与自己的身体紧紧相贴,但只有短短的一刹那,转瞬即逝。突然,她感觉到他浑身肌肉一紧,然后迅速把帽子扔到地上,伸手将她的胳膊从他脖子上拉开。

"别这样,斯嘉丽,别这样。"他抓住她的手腕,压低声音说。斯嘉丽交叠着的双腕被他紧紧握在手里,捏得好痛。

"我爱你,"她声音哽咽,"一直都在爱着你,从来没有爱过别人。我和查理结婚也只是——只是为了气你。噢,阿什利,我太爱你了,情愿一步一步跟着你去弗吉尼亚,只要能待在你身

---

[1] 卡戎是古希腊神话中的冥河渡神,是冥河中的摆渡人,负责把亡魂渡到冥河另一端的冥府。

边！我可以为你做饭，给你擦鞋，替你喂马——阿什利，说你爱我！只要有你这句话，我后半辈子就能靠着它活下去！"

他突然弯下腰，拾起帽子，她一眼瞟到了他的脸，从未见过他这么痛苦，那原本的孤傲冷漠荡然无存，脸上显出对她满满的爱意，以及因为她的爱而感到的欢欣喜悦。然而，这其中还夹杂着由此而产生的羞愧和绝望，在心里激烈地抗争。

"再见。"他哑声说道。

咔嗒一声，门开了。一阵寒风灌进屋子，掀起窗帘。斯嘉丽打了个寒战，目送阿什利快步跑向道边的马车，只见他的军刀在冬日淡淡的阳光下闪着微光，腰带上的流苏在迎风飘舞。

第十六章

一八六四年一月和二月过去了,这两个月来一直是凄风冷雨,全城阴云笼罩,一片萧瑟。南部邦联不仅在葛底斯堡和维克斯堡两战皆败,中部战线也尽数沦陷。几番艰苦鏖战之后,几乎整个田纳西如今都已被北方联邦的军队占领。但即使邦联军队接连失利,损失惨重,南方人的精神依旧坚定。诚然,如今已无人空喊口号唱高调,取而代之的是南方人誓死抗争的决心,人们依然能从滚滚乌云的缝隙中,看到一丝太阳的光亮。比如去年九月时,北方佬在田纳西取得胜利后,想要乘胜追击,攻入佐治亚,结果被南军坚决击退,大败而归。

这场仗是在佐治亚西北角的奇克莫加打响的,是开战以来在佐治亚境内进行的第一次激战。北方佬攻下了查塔努加,继而穿越山口侵入佐治亚,却遭到了迎头痛击,伤亡惨重,只好仓皇撤退。

南军在奇克莫加取得大捷,亚特兰大及其四通八达的铁路起到了至关重要的作用。正是通过铁路,朗斯特里特将军[1]麾下的部队才能够火速参战,从弗吉尼亚乘火车,经亚特兰大中转,然后一路向北直奔田纳西战场。全程数百英里的铁路线,所有客货列车一律让路,东南一带所有的列车全部被征集调用,投入到这次大规模运兵行动中来。

亚特兰大人亲眼看到一列又一列的火车从城中疾驰而过,接连不断。客车、篷车、平板车上载满了振臂高呼的战士。他们一路上没吃没睡,没有马匹,没有救护人员和物资给养,然而一到目的地,他们顾不上休息,跳下火车就直奔战场,一鼓作气将北方佬赶出了佐治亚,退回田纳西。

这是两军交战以来,南军取得的最大的一次胜利。一想到本城的铁路为这场胜利立了大功,亚特兰大人就满心欢喜,自豪不已。

而南方正需要奇克莫加大捷的喜讯来鼓舞士气,好度过眼前的寒冬。如今再没有人能否认这样一个事实:北方佬的确很能打仗,而且他们终于有了会打仗的将军。格兰特就像个屠夫,杀人不眨眼,只要能获胜,死多少人都在所不惜。谢里登[2]的大名更是令南方人闻风丧胆。另外还有个叫谢尔曼[3]的人,在田纳西

---

[1] 詹姆斯·朗斯特里特(1821—1904),是罗伯特·李将军在南北战争时期的主要属下,也是他最初麾下将军之一,李将军称他为他的"老战马"。

[2] 菲利普·亨利·谢里登(1831—1888),联邦军骁将,著名骑兵将领,在战争后期发挥了重大作用。战后为四星上将,并为美军的现代化作出了卓越贡献。

[3] 威廉·特库赛·谢尔曼(1820—1891),北军中地位仅次于格兰特将军的将领,1869年接替格兰特任陆军总司令,晋升为陆军上将。

和西部的一系列战役中声名鹊起，据说此人心狠手辣，打起仗来绝不手软，威望与日俱增。

当然，他们谁也比不上南部邦联的李将军。南方人对李将军和他率领的军队依然深信不疑，对夺取最后胜利的信心也从未动摇过。可战争实在拖得太久了，无数人牺牲，无数人受伤致残，无数妇女成了寡妇，无数孩子成了孤儿。可艰苦的战争依然继续，结束之日依旧遥遥无期，这就意味着还有更多人会战死沙场，还有更多人会成为孤儿寡妇。

更糟糕的是，老百姓渐渐开始对身居高位的人心生质疑。许多报纸已公开谴责戴维斯总统指挥失误，邦联内阁成员之间也产生了分歧，并对戴维斯总统和他手下的将军心生不满，纷争不断。另外货币严重贬值，军靴军服大量短缺，军械和药品更是难以为继。火车车厢亟待更新，被北佬炸毁的铁轨也急需修复或更换。前线指挥作战的将领们疾呼派兵增援，可后备的新兵越来越少。最糟糕的是，一些州的州长，包括佐治亚州的布朗州长在内，拒绝将本州的民兵部队等地方武装派到州外。地方武装中身强力壮的士兵成千上万，正是前线部队所急需的，可尽管政府一再呼吁，各州就是不肯派出一兵一卒。

随着货币再次贬值，物价再次飞涨。牛排、猪肉和黄油涨到了三十五块钱一磅，面粉一千四百块钱一桶，苏打一百块一磅，茶叶五百块一磅。御寒衣物紧缺，即使市场有货，价格也贵得令人望而却步。亚特兰大的女士们只能用破布做衣服的衬里，再填上些报纸用以挡风。鞋子的价格每双从二百到八百块钱不等，要看鞋子是"纸板"做的还是真皮做的。如今太太小姐们都自己做高帮鞋,用旧羊毛围巾或者把地毯裁开做鞋面,用木头做鞋跟。

事实上,北军已经把南方团团围困,但很多人还没有意识到。北方佬的舰船收紧了对港口的封锁,如今能闯过封锁线的船只已经寥寥无几。

南方向来靠卖棉花换取自己不能生产的东西,可如今棉花卖不出去,所需的东西也买不进来。杰拉尔德·奥哈拉三年来收摘的棉花都堆在了塔拉庄园轧棉房旁边的库房里,那些棉花在他手里如同废品,毫无用处。要是运到利物浦的话,这些棉花可以卖十五万块钱,可惜现在根本没办法把棉花运出去。一向财大气粗的杰拉尔德,这下可发了愁,这一大家子人还有黑奴靠吃什么过冬啊。

放眼整个南方,大多数棉花种植园主都陷入了同样的困境。海上封锁越来越紧,已经无法把棉花销往英国,也没有办法像往年那样把棉花换成钱购回生活必需品。以农业为主的南方跟工业化的北方对战,才发现自己缺少的东西实在太多了。而这些东西,要是不打仗,谁能想过要多买些备着?

这种情形倒是给了投机商们牟取暴利的天赐良机,这些人都趁机冒了出来,大发国难财。食品、衣物日益短缺,物价飞涨,民众谴责奸商的呼声也越来越高,越来越激烈。一八六四年年初的时候,无论打开哪份报纸,都能看到言辞激烈的社论和报道,严厉谴责和揭发投机商们的奸诈恶行,痛骂他们是黑心的吸血鬼,呼吁政府对他们严惩不贷。政府也尽了全力,可还是无济于事，因为政府也已经内忧外困，自顾不暇了。

瑞特·巴特勒成了大伙儿最痛恨的对象，所有人都对他恨之入骨。偷越封锁线风险太大，他便果断卖掉了自己的船只，如今公然地做起了粮食投机生意。有关他的消息从里士满和威尔明顿传到了亚特兰大，过去曾经招待过他的人家都羞愧得无地自容。

尽管生活艰辛，如此多灾多难，亚特兰大原有的一万人口却在战争期间翻了一番。北方佬的海上封锁反而抬高了亚特兰大的身价和声望。沿海城市自古以来就控制着南方，无论在商业还是在其他方面，南方对其都极为依赖。但如今港口都被封锁，许多港口城市或被占领或遭围困，南方只能自己救自己。南方要想打赢这场仗，关键在内地，所以亚特兰大便成了重中之重。全城居民和南部邦联其他各地百姓一样，正经历着前所未有的苦难和艰辛，生活困苦，缺衣少粮，病的病，死的死。但由于战争，亚特兰大这座城市虽有损失，得到的却远比失去的多。亚特兰大这颗南部邦联的心脏，至今依然跳动有力，那四通八达的铁路就犹如畅通无阻的动脉，将士兵、军火和给养源源不断地输送到各地。

换作以往，看着自己这一身破破烂烂的衣服和打着补丁的鞋子，斯嘉丽肯定会怨气冲天，可现在她一点儿也不在乎了，反正她在乎的人远在天边看不到她。这两个月以来，她的心情好极了，比以往任何时候都开心幸福。紧搂着阿什利的脖颈时，她不是感觉到他的心陡然狂跳了吗？他脸上那绝望的神情，不是比山盟海誓更明明白白地显出他的真心了吗？他爱她，对此她深信不疑，如今她终于可以把心放肚子里了。心里踏实了，人也就开心了，对待梅兰妮也更友好和善了。现在她倒可怜起梅兰妮了，还带着一丝鄙夷，觉得她又瞎又蠢。

"先等仗打完了！"她心想，"等仗一打完——到时候……"

有时她心头也会闪过一丝忧虑和不安："等仗打完了又怎样呢?"但这念头瞬间就被强压下去了。不管怎样，等打完了仗，一切就会安定下来的。如果阿什利爱她，他自然就不能跟梅兰妮继续生活下去了。

可是那接下来呢，离婚是想都不要想的，因为她父母都是虔诚的天主教徒，所以绝不会允许她和一个离过婚的男人结婚的，不然就会被赶出教会！斯嘉丽思来想去，最后作出了决定，要是在教会和阿什利之间必须做个选择的话，那她肯定选择阿什利。但是，噢，这会招来多少是非和闲话啊！离了婚的人不但被教会所不容，而且在社会上也会受到排斥，遭人白眼，为大众所不容。然而，为了阿什利，即使这样她也不怕。为了阿什利，她可以牺牲一切。

反正不管怎样，等战争结束后，一切都会好起来的。如果阿什利爱她至深，他会找到办法解决的。她会让他想办法的。于是随着日子一天天过去，她越来越确信阿什利是爱她的，对他的信心与日俱增，而且相信等北方佬最终被打败后，他会把一切都安排妥当的。不错，他之前的确说北方佬会打败他们，但斯嘉丽觉得那肯定是阿什利犯糊涂了,那时候他身心俱疲,难免会说胡话、昏话、丧气话。可她才不在乎这场仗谁赢谁输呢,只盼着战争赶快结束,阿什利早日回家。

转眼到了三月,雨雪连绵,人人都不得不待在家里,这时天大的打击却从天而降。一天,梅兰妮高兴得两眼放光,得意而害羞地低着头,告诉斯嘉丽她怀孕了。

"米德医生说预产期在八月底或九月初,"她说,"我原本还不敢确定——不过直到今天我这颗悬着的心才终于落了地。噢,斯嘉丽,这真是太好了,对吗?我一直羡慕你有小韦德,盼着自己也能有个孩子。我原本还总担心自己怀不上孩子呢,亲爱的,我真恨不得生他十个八个的才好呢!"

斯嘉丽正梳着头,准备睡觉,听了梅兰妮这话,不由惊呆了,梳子举在半空,一动不动。

"我的天啊!"一时间斯嘉丽脑子里一片空白,缓不过神来,接着突然想起几个月前梅兰妮紧闭的房门,顿时心如刀割,痛之入骨,倒好像阿什利是自己的丈夫,却干了对不起她的事似的。孩子,是阿什利的孩子。噢,他怎么能这样?他爱的是她斯嘉丽,不是梅兰妮啊!

"我就知道你一定会大吃一惊的,"梅兰妮激动地说个不停,"真是个天大的好消息,不是吗?噢,斯嘉丽,我真不知道该怎么告诉阿什利!这信该怎么写才好呢?要是明明白白地告诉他,不会难为情吧?还是——还是什么也不说,让他自己慢慢发现好了,你知道——"

"我的天哪！"斯嘉丽差点儿失声痛哭，她怕自己要倒下，赶紧扔了梳子，用手撑住大理石梳妆台面，好站稳些。

"亲爱的，别这样！你也知道生孩子没什么大不了的。你自己也是这么说的。看到你这么关心我，我真开心，不过不用为我担心。当然，米德大夫说我——我，"梅兰妮羞得脸红了，"骨盆太窄，不过也许问题不大，对了——斯嘉丽，你发现怀了韦德的时候，有没有写信告诉查理，还是你妈妈或者奥哈拉先生写信告诉他的？噢，亲爱的，要是我有个母亲能代我写就好了！我真不知道该怎么——"

"别说了！"斯嘉丽大喝一声，"别说了！"

"噢，斯嘉丽，我真是太蠢了！真对不起，这人一高兴就只顾自己了，我一时竟把查理的事给忘了，真不应该——"

"别说了！"斯嘉丽又喊了一声，极力克制自己，按捺住激动的情绪，尽力让自己不露出异样的神色，暴露隐藏的心事。决不能，决不能让梅兰妮看出破绽，让她起疑心。

梅兰妮是个识大体又善解人意的女人，见自己的言行触痛了别人心里的伤疤，自己也难过得满含泪水。韦德是查理去世数月之后才出生的，她怎么能在斯嘉丽面前提起这种令人伤心的事呢？她怎么能这么粗心大意不考虑别人呢？

"我来帮你宽衣吧，亲爱的，"她卑微地说，"我来给你揉揉脑袋好吗？"

"你不用管我。"斯嘉丽脸板得像块石头。梅兰妮自责不已，哭着跑出了房间。斯嘉丽一个人躺在床上，欲哭无泪，骄傲的自尊受到打击，幻梦破灭满心失望，人家床笫有伴，而她夜夜孤枕而眠，着实令人妒忌。

她心想，她再也不能和一个怀着阿什利孩子的女人住在同一个屋檐下了。她得回塔拉，回到属于她的家里。她不知道该如何面对梅兰妮，不知道该如何在梅兰妮面前隐藏自己的秘密。于是第二天早上起床时，她便打定了主意，吃过早饭后立刻收拾行李回家去。三个女人坐在餐桌旁，斯嘉丽沉默不语，脸色阴郁，梅兰妮愁容满面，弄得皮蒂姑妈一脸茫然。恰在这时，忽然来了一封电报。

电报是阿什利的贴身侍卫莫斯发给梅兰妮的。

"已找遍各处，仍不见少校踪迹，是否要我归家？"

三个女人吓得目瞪口呆，面面相觑，都不明白电报上的意思。斯嘉丽把回家的事忘得一干二净。三个人早饭也顾不得吃了，匆匆坐上马车到城里的电报局去给阿什利的团长发电报，但刚一进电报局，团长的电报倒先来了。

"威尔克斯少校于三天前执行侦察任务时失踪，特此告知，深表遗憾，请候消息。"

回家路上一片愁云惨淡：皮蒂姑妈捧着手帕掩面而泣；梅兰妮坐得僵直，脸色惨白；斯嘉丽黯然神伤，缩在角落。一进家门，斯嘉丽就跌跌撞撞地走上楼，直奔卧室，一把抓起桌上的念珠，扑通跪地，想要祷告。祷词就在嘴边，却一句也说不出来，只觉有种如坠入深渊的恐惧感压在心头，她隐约意识到天主因她罪孽深重而不再护佑她。她爱上有妇之夫，还想把他夺过来据为己有,所以天主就杀了他,作为对她的惩罚。她很想祷告,却不敢抬起头仰望天主;她很想哭,却一滴泪也流不出。滚烫的泪水盈满胸膛,灼烧着她的胸口,却怎么也无法奔涌而出。

房门开了,梅兰妮走了进来,一张小脸看上去就像白纸剪成的一颗心,边沿衬着黑色的头发。两只眼睛睁得大大的,就像迷失在黑暗中的孩子,惊恐万状。

"斯嘉丽,"她伸出双手说道,"请你一定要原谅我昨天说的话,因为你——你是我唯一可以依靠的人了。噢,斯嘉丽,我想我心爱的丈夫怕是已经死了!"

不知不觉间,她扑倒在斯嘉丽怀里不住抽泣,小小的胸脯一起一伏;不知不觉间,两人都倒在了床上,紧紧抱在一起。斯嘉丽也哭了,两人脸贴着脸,眼泪浸湿了对方的脸颊,哭得肝肠寸断,不过总比哭不出来要好受多了。"阿什利死了——他死了,"斯嘉丽心想,"我爱他反倒是害了他!"于是又悲从中来,泪如泉涌。梅兰妮从斯嘉丽的眼泪中得到了安慰,双臂将她的脖子搂得更紧了。

"至少,"她轻声哽咽,"至少——我怀了他的孩子。"

"可我呢,"斯嘉丽心想,此时她满腹心酸苦楚,无心使小性子吃醋了,"我却什么都没有——他什么也没给我留下——什么也没有,只有跟我分别时脸上的那副神情。"

最初的报告上一直称阿什利"失踪——据信已遇难",所以他的名字也被列在了伤亡人员名单上。梅兰妮给斯隆上校发了十几封电报，最后终于收到了回信。信里充满了同情，并对阿什利的情况作了详细说明，说他带领一个骑兵班出去执行侦察任务，但至今未归。另有消息说在北军的防线内曾出现过小规模的冲突。莫斯悲痛欲绝，冒死前去寻找阿什利的遗体，但一无所获。梅兰妮此时却平静得出奇，电汇了一笔钱给莫斯，叫他回家来。

后来伤亡名单上阿什利的那一条改成了"失踪——据信被俘"，满面愁苦的一家人终于看到了一线希望，重焕一丝生机。梅兰妮几乎天天去电报局等消息，拉都拉不走。她还去火车站，趟趟火车都接，只盼能有信来。她眼下身子虚弱，孕期反应也很厉害，被折腾得够呛。米德医生吩咐她卧床休息，可她就是不听。她心中焦急，躁动难安，怎么也静不下来。到了晚上，斯嘉丽都上床多时了，还能听见她在隔壁房间里踱来踱去。

一天下午，梅兰妮从城里回来，赶车送她回家的彼得大叔惊恐万状，因为扶着她下车的竟是瑞特·巴特勒。原来她在电报局里晕倒了，瑞特正好从旁经过，看到路人围观，周围一阵骚动，于是便护送她回家来。他把梅兰妮抱上楼，送进卧室。全家人惊慌失色，急急忙忙地去找热砖[1]、毯子和威士忌。瑞特把梅兰妮放到床上，拿了几个枕头给她靠着。

"威尔克斯太太，"他突然问道，"您怀孕了，对吗？"

梅兰妮要不是这么头晕难受，虚弱无力，这么满心愁苦，听

---

[1] 热砖是当时的一种取暖工具。

到他这么一问，肯定会吓坏了的。就连平日里小姐太太们提起她怀孕的事，她都觉得难为情。每次去米德医生那里做检查，也都令她十分窘迫难堪。而一个男人，特别是瑞特·巴特勒，居然问起这种事来，真让人难以置信。但梅兰妮此时有气无力、可怜兮兮地躺在床上，只好点了点头。不过她点过头之后，似乎觉得没什么可害怕的，因为看起来他只是出于关心，完全是好意。

"那您可得好好照顾自己，成天这么到处乱跑，忧虑担心，对您和孩子都没好处。如果您允许的话，威尔克斯太太，我可以动用在华盛顿的人脉和关系，帮您打听威尔克斯先生的下落。假如他被俘，那么他的名字就会出现在北部联邦的名单上。要是没有被俘——那么，查出个结果也总比不知详情、提心吊胆强。但您必须先向我保证，好好照顾自己，不然的话，我对上帝起誓，决不再插手此事。"

"噢，您真是太好了，"梅兰妮哭了起来，"这么好的人，别人怎么能把您说得那么不堪呢？"随即她立刻意识到自己说这话太不得体，然后想到自己竟然跟一个男人谈论自己怀孕的事，不免心中既惶恐又不安，于是再一次啜泣起来。这时，斯嘉丽拿着一块用法兰绒包着的热砖飞奔上楼，一进门正看见瑞特在轻拍梅兰妮的手。

瑞特果然说到做到。大家始终不知道他背后走了什么门路，动用了什么关系。她们也不敢问，怕一问就等于迫使他承认与北方佬有十分密切的关系。不出一个月，瑞特就打听到了消息，乍一听到消息，她们都高兴坏了，但过后又忧心忡忡起来。

阿什利没有死！只是受了伤，当了俘虏。案卷上说，目前他被关在伊利诺伊州罗克艾兰的一个战俘营里。起先一听到阿什利还活着，一家人喜出望外，可是等到心情慢慢平静下来之后，大家面面相觑，异口同声地吐出一句："罗克艾兰！"那口气就像说"进了地狱！"一样。因为罗克艾兰在南方臭名昭著，就像安德森维尔[1]在北方声名狼藉一样。所以在南方一听说有亲人被关在罗克艾兰，谁都会胆战心惊。

林肯拒绝交换战俘，认为养活和看守俘虏可以加重南部邦联的负担，从而加速战争的结束。当时佐治亚的安德森维尔关押着数千名北军战俘，南军本来就配给不足，连自己的伤病员都断了药品和绷带，哪里还顾得上这些俘虏。他们给北军战俘吃前线战士们吃的东西，无非就是肥猪肉和干豆子之类的，结果北方佬吃了这样的东西如同苍蝇一样大批死亡，有时一天就死上百人。北方佬得知情况后勃然大怒，对待南军战俘便倍加残酷严苛，而其中条件最差的就是罗克艾兰。战俘们食不果腹，一条毯子竟三个人合用，另外还有天花、肺炎、伤寒等疾病肆虐，整个战俘营几乎就是一个瘟疫场。四分之三的人活着被关进去，却再没能活着出来。

阿什利现在就被关在这样一个可怕的地方！阿什利还活着，可受了伤，被关进了罗克艾兰。他被押送到那里时，伊利诺伊正

---

[1] 安德森维尔是位于佐治亚西南部的一个村庄，南部邦联政府在此处设战俘营，关押被俘北军。南北战争期间，前后共有4万名北方联邦的战俘关押在此，其中有1.3万名死于饥饿、疾病、虐待和被看守用钝器击伤。战后该战俘营的指挥官——亨利·沃兹因战争罪而被绞死。

是冰天雪地。瑞特打听到他的消息之后，他会不会因伤势过重而死了呢？会不会染上了天花？会不会得了肺炎，烧得说胡话，却连条毯子也没得盖？

"噢，巴特勒船长，有没有什么办法——能不能动用您的人脉关系，把他给换回来？"梅兰妮央求道。

"林肯先生心慈人善，公正不阿，为比克斯比太太阵亡的五个儿子洒下大把的热泪，但对关在安德森维尔数千名奄奄一息的北方佬无动于衷，一滴眼泪都没有。"瑞特说着，撇了撇嘴，"即使那些战俘全死了，他也毫不在乎。命令已经下了，决不交换战俘。我——我之前没告诉您，威尔克斯太太，您丈夫本来有机会可以出来的，可他拒绝了。"

"噢，不！"梅兰妮难以置信地惊叫道。

"是的，确有其事。北方佬正招募士兵，扩充边防部队去打印第安人，于是就从南部邦联的俘房中征兵。凡是被俘的南军只要肯宣誓效忠，参军服役两年，去打印第安人，就可以立即获释并遣往西部。威尔克斯先生拒绝了。"

"噢，他怎么能拒绝呢？"斯嘉丽叫了起来，"他干吗不发个誓，然后一出战俘营就想办法逃回家来？"

梅兰妮一听大怒，气冲冲地瞪着她。

"亏你想得出来，叫他去干那种事？先可耻地宣誓，背叛自己的邦联，然后再背叛对北方佬的诺言！我宁愿他死在罗克艾兰，也不愿听人说他宣了那个誓。他要是死在战俘营里，我会为他骄傲。可他要是干出那种可耻的事来，我会发誓再也不见他！"

一辈子不见！他当然得拒绝，而且这么做是完全正确的。"

斯嘉丽送瑞特出门时，气呼呼地对他道："换作是你的话，会不会加入北方佬的部队先保住命，然后再想法逃走？"

"那还用说嘛。"瑞特回答，嘴一咧，露出小胡子底下的白牙。

"那阿什利为什么不这么做呢？"

"他是个绅士嘛。"瑞特回答道。但斯嘉丽不明白的是，挺好的一个词，怎么从他嘴里说出来，总是会带着一股玩世不恭、讽刺挖苦的味道呢？

第三部

第十七章

一八六四年的五月来临了——炎热、干燥，枝头的花蕾尚未开放便已枯萎——谢尔曼将军率领的北军再次侵入佐治亚，直冲亚特兰大西北一百英里处的道尔顿。有传闻说，两军将会在佐治亚和田纳西的交界处附近展开一场恶战。北方佬正在调集兵马，准备对西部至亚特兰大的铁路发起进攻，而这条铁路线是连接亚特兰大和田纳西以及西部的干线。去年秋天，邦联军队就是依靠这条铁路将大批援军运往前线，才取得了奇克莫加战役的胜利。

然而，总的来说，虽然道尔顿附近即将开战，亚特兰大人却并没有感到太大不安。北方佬集结兵力的地方就在奇克莫加战场东南部几英里外。之前北军企图冲破那一带的山口打进来，结果被南军击退，所以这次他们还是会被赶跑的。

亚特兰大以及整个佐治亚州都知道，本州对南部邦联来说至关重要，所以乔·约翰斯顿将军[1]绝不会任由北军在州界内逗留太久。老乔将军和他的部队也绝不会放任何一个北方佬踏进道尔顿以南一步。因为南部邦联实在很依赖佐治亚，所以必须要保证其正常运转，不能受到丝毫干扰。尚未遭受战火蹂躏和践踏的佐治亚，是南部邦联的大粮仓、机械厂和物资中心。部队所需的大部分弹药和武器以及大半棉毛制品都是这里生产的。亚特兰大和道尔顿之间有好几个重要的生产基地：罗马城有铸炮厂和其他工业；埃托瓦和阿拉图纳拥有里士满以南最大的钢铁厂。而亚特兰大不仅有制造手枪、马鞍、帐篷和弹药的各种工厂，还拥有南方规模最大的轧钢厂，主要铁路干线的维修厂和许多医院。而且亚特兰大还是南部邦联四条铁路命脉的交会点和枢纽站。

所以谁也没有特别为此担忧。毕竟道尔顿离亚特兰大还很远，都快到田纳西战线了。田纳西那边已经打了三年，人们早已习惯，总觉得那是个十分遥远的战场，几乎跟弗吉尼亚或密西西比河一样远。更何况，北军和亚特兰大之间还有老乔将军和他的部队在挡着。而且人人知道，自从石墙将军杰克逊不幸牺牲后，除了李将军外，就数约翰斯顿将军最有名望了。

五月里一个暖意融融的夜晚，在皮蒂姑妈家的阳台上，米德医生大谈当前的形势，说出了老百姓对这一问题的普遍看法。他

---

[1] 美国南北战争时期南军将领。毕业于西点军校。成功地指挥了第一次马纳萨斯战役（1861）。在半岛战役中任南军司令，负伤离职。伤愈后在西线维克斯堡战役和亚特兰大战役中为避免失败而采取战略撤退，结果无法遏制北军的推进和胜利，被解除司令职务（1864）。数月后复职。1865年向谢尔曼将军投降。

说亚特兰大人用不着害怕，因为约翰斯顿将军凭山而据，他的防线犹如铜墙铁壁一般坚不可摧。但听他高谈阔论的人们各怀心事，心情各不相同。静谧的夜色中，人们安坐在摇椅上，悠然地摇晃着，看着初生的萤火虫在暮霭沉沉中忽明忽暗，若隐若现，心事重重。米德太太挽着菲尔的胳膊，真希望自己丈夫的话所言非虚。她清楚一旦战火烧近到自家门口，那么菲尔就不得不去参战了。他已经年满十六，已经进了自卫队；自从葛底斯堡战役后，范妮·埃尔辛就一直脸色苍白，眼窝深陷。几个月以来，那令人肝肠寸断的一幕时常浮现在她的脑海里，在她那早已疲惫不堪的心上一遍遍刻上深深的伤痕——部队冒着雨长途跋涉，狼狈不堪地退往马里兰，队伍里一辆牛车颠簸摇晃，车上躺着达拉斯·麦克卢尔少尉，已奄奄一息。而此刻的范妮正极力压抑住自己的思绪，不去回想这痛苦的画面。

凯利·阿什伯恩上尉那条残废的胳膊又疼了起来，一想到自己追了斯嘉丽这么久还毫无进展，他就变得更加沮丧万分。自从阿什利·威尔克斯被俘的消息传来后，他和斯嘉丽的关系就开始停步不前，但他并没有想到这两者之间有什么关系。斯嘉丽和梅兰妮都在思念阿什利，她们俩只要没什么要紧事办，或者不必跟人说话应酬时，心里就会总惦记着他。斯嘉丽内心凄苦哀伤，心想："阿什利肯定是已经死了，不然怎么会这么久都没消息呢？"梅兰妮则拼命压住心中的恐惧，不断安慰自己："他不会死的，他要是死了我定会知道的——我会感觉到的。"瑞特·巴特勒则慵懒地斜靠在暗处的沙发上，长长的双腿随意交叠着,脚上的靴子做工精致考究,黝黑的脸庞面无表情,高深莫测,谁也看不出他在想什么。小韦德在他怀里睡得正甜,小手里抓着一根剔得十分干净的如愿骨[1]。只要瑞特来访,斯嘉丽就会允许小韦德晚些睡觉,因为那个害羞腼腆的孩子很喜欢他。奇怪的是,瑞特似乎也很喜欢这个小家伙。平时斯嘉丽总是嫌这孩子吵,可一到瑞特怀里,那小家伙就特别乖巧听话。至于皮蒂姑妈,正心神不宁,止不住地打嗝,因为晚饭时吃的那只公鸡太老了,肉硬得很。

皮蒂姑妈家里原先养着一窝鸡,一只公鸡和好几只母鸡。那几只母鸡早就给吃光了,只剩下那只公的。这几天,那只公鸡总是耷拉着脑袋,无精打采,连打鸣的精神都没了。眼看这只公鸡越来越老了,而且孤苦伶仃地在空荡荡的鸡窝旁乱转,皮蒂姑妈那天早上终于心有不忍地作出了一个决定:与其看着它老死,或是备受相思折磨而死,不如赶紧宰了吃吧。等彼得大叔拧断了鸡的脖子,皮蒂姑妈又良心不安起来,好多朋友都许久没尝过鸡肉的滋味了,怎好意思关起门来自家人独享?于是就提议请客吃饭。梅兰妮此时已有五个月的身孕,好几个星期没有出门露面,谢绝见客,一听皮蒂姑妈要宴客,简直吓坏了。可皮蒂姑妈这一回非常坚决,认为自己关起门来吃鸡太自私。再说,如果梅兰妮把裙箍往上提一些,谁也不会看出来的,反正她的胸脯原本就是

---

[1] 如愿骨指的是鸟禽胸部的叉骨,源自西方习俗,二人执叉骨拉扯,扯得较长一段者,可以如愿以偿,将如愿骨带在身上,可给自己带来好运。

平平的。

"噢，可是姑妈，我哪有心思会客啊，阿什利他还——"

"阿什利又不是——又不是不在了，"皮蒂姑妈声音有些发颤地说道，因为在她心里早就认定阿什利其实已经死了，"他肯定跟你一样还活得好好的呢，而且有人做伴跟你说说话，对你也有好处。我要把范妮·埃尔辛也请来，她妈妈求我想想办法，帮那孩子振作起来，让她也会会客人——"

"哎呀，姑妈，这么逼她也太残忍了，可怜的达拉斯死了才——"

"好了，梅丽，再跟我争辩可要把我气哭了。我是你姑妈，该怎么做我心里清楚。这个客我请定了。"

于是皮蒂姑妈就把客人们都给请来了。快要开饭时，却来了一位不速之客，也是她不愿见到的一位客人。正当烤鸡的味道香飘满屋的时候，刚刚结束了一次神秘旅行归来的瑞特·巴特勒敲开了皮蒂姑妈家的大门，腋下还夹着一大盒捆着花边、包装精美的夹心糖，外加满口对女主人语带双关的恭维话。皮蒂姑妈知道米德医生和他太太对他十分反感，也知道范妮对没参军打仗的人多么恨之入骨，但她也没有办法，只好邀他入席。要是在街上碰到巴特勒，米德一家和埃尔辛一家绝对会对他不理不睬，但今天是在朋友家里，他们还是得对他客气些。再说，别看梅兰妮这么柔弱，她如今对巴特勒的庇护却比以往更加坚决。自从他帮她打听到阿什利的消息后，她就公开表示：不管别人如何议论，只要巴特勒还活着，她家的大门就会永远对他敞开。

皮蒂姑妈见瑞特言行举止颇为得体，心里的石头这才落了地。瑞特真诚地问候范妮，既带着同情又满怀敬意，竟令范妮对他露出了笑容，所以席上氛围还算融洽。这顿晚餐真可以称得上是盛宴了。凯利·阿什伯恩带来了些茶叶，是他押解一个被俘的北方佬去安德森维尔的途中，从那人的烟袋里搜出来的。每个人都喝上了一杯茶，不过茶中略带了些烟草的味道。另外每个人还分到了一小块又老又硬的鸡肉，配上用玉米粉做的酱汁和洋葱做的调味料，还有一碗干豌豆，米饭和肉汤也管够，只是肉汤有些稀，因为没有面粉，所以没办法把汤汁弄稠。餐后甜点是红薯派，再加上瑞特带来的夹心糖。男人们喝着黑莓酒时，瑞特拿出了地道的哈瓦那雪茄给诸位男士享用。参加宴会的宾客们无不交口称赞，说这真是一次奢华盛宴。

女士们在前廊聊天，男士们一过来加入，话题便自然而然转到了打仗上。如今人们一凑到一起，话题总离不开打仗。所有的谈话都从打仗开始，最后以打仗结束，有时令人难过，不过多数时候还是令人开心的，但一切都围绕着战争。比如战时爱情故事和战时的婚礼佳话；谁在医院里去世，谁在前线战死；宿营、作战和行军中的种种轶事；谁勇敢无畏，谁胆小怯懦，等等。人们有时言谈诙谐，有时难掩悲伤，有的诉说丧亲之痛，有的畅谈希望。是的，说什么也少不了希望。尽管去年夏天南军接二连三地失利，但人们依旧对胜利充满信心，对未来满怀希望。

阿什伯恩上尉宣布，他已经申请从亚特兰大调到道尔顿的部队去，并已获得批准。女士们纷纷用怜爱的目光看着他那条动不了的胳膊，心里为他的勇敢而骄傲，但嘴上说他不能走，他走了，谁来关照她们呢？

年轻的凯利听到这些话，既惶惑又开心。说这些话的人中，有米德太太、梅兰妮、皮蒂姑妈和范妮等等，全都是有身份、有地位的太太小姐，不过他更希望斯嘉丽说这话不是随声附和，而是出自真心。

"嘿，他很快就会回来的，"米德医生搂住凯利的肩膀，说道，"只需要再打场小仗，北方佬就会被打得落荒而逃，滚回田纳西去。接着，福雷斯特将军就会好好'关照'他们的。诸位女士们无须担心，北方佬绝不会打过来的，因为约翰斯顿将军正率领他的部队依山据守，像铜墙铁壁一样坚不可摧，没错，就像铜墙铁壁一样。"他觉得这个比喻相当贴切，于是特意重复了一遍，以示得意："谢尔曼休想越过这关，他绝不是老乔将军的对手，动不了他分毫。"

女士们都面露微笑表示赞同。医生无论说什么，在她们看来都是不容置疑的真理。毕竟男人比女人更懂这些事，如果医生说约翰斯顿将军是铜墙铁壁，那肯定就是。只有瑞特不敢苟同。从吃过晚饭到现在，他一直没吭声，怀里抱着靠在他肩头熟睡的孩子，撇着嘴坐在暮色中，听别人滔滔不绝地谈论战争。

这时，他终于开口了，说道："听说谢尔曼将军的援军已经到了，目前他麾下已有十万大军了吧？虽是传闻，但我相信这是真的。"

米德医生对他没好气，他一进门就发现同席之中有个让他打心眼里讨厌的人,心里一直就憋着火,但碍于皮蒂帕特小姐的面子,再加上自己是她家的客人,所以一直极力克制,不让自己内心的反感表露出来。

"那又怎样?"医生大声反问道。

"我想阿什伯恩上尉刚刚说过,约翰斯顿将军手下只有四万人马,而这还是连那些开小差,后来见打了胜仗又重回部队的逃兵也算在内的。"

"先生,"米德太太气愤填膺地说,"南部邦联的军队里绝不会有逃兵的。"

"请原谅,"瑞特带着嘲讽的口气说,"我指的是那好几千名回家休假就忘了归队的人,还有那些伤愈了大半年却还留在家里,要么干自己原来的营生,要么忙着春耕的人。"

他的两眼炯炯放光,米德太太气得直咬嘴唇。见她被驳得哑口无言,窘态毕露,斯嘉丽差点儿笑出声来,显然瑞特一针见血,切中了要害。当时的确有成百上千的士兵逃走,躲在深山和沼泽地里,就算宪兵来也拖不走他们。这些人口口声声说,战争就是"富人想要打仗,穷人才上战场"的勾当,他们实在受够了。但是更多的人虽被列在逃兵名册上,但他们其实并不想一逃了之,不再归队。他们苦等了三年都没轮到休假,却接连收到家里的告急信,信里错字连篇且叫苦连天地写着:"俺门(们)饿肚子。""今年家庄家(稼)没收成——没人更(耕)田,吃不包(饱)饭。""军须(需)部把小猪仔都爪(抓)走了,家里已今(经)好几个月没收到你的钱了,就靠吃干豆子过火(活)了。"

信的最后总是一家大小苦苦哀求："家里人都在挨饿，你媳妇、孩子还有你父母都没反（饭）吃了。什么时候才是个头啊？你什么时候回家来啊？我们在挨饿呀，吃不饱饭啊。"由于部队人数日益锐减，他们的休假申请一律被上头拒绝，于是这些士兵便擅自回家，帮家里耕地、修房子、补篱笆。部队长官也了解这情况，眼看大战在即，便写信给这些士兵，要求他们归队，只要回去就既往不咎。通常这些士兵要是看到家里的口粮还够几个月的，便会返回部队。大敌当前，这种"耕地假"虽不以逃兵罪论处了，但部队的战斗力也因此而被削弱了。

此时的场面着实令人难堪，米德医生连忙开口打破这尴尬的冷场，但声音很是冰冷："巴特勒船长，我军人数上虽然比不过北方佬，可这也没什么，一个南部邦联的士兵能抵得上十几个北方佬。"

女士们连连点头，大家都很清楚这一点。

"刚开战时的确如此，"瑞特说道，"即便现在，这话兴许也不假。但前提是咱们邦联的战士们枪里得有子弹，脚上得有鞋穿，肚子得吃得饱。你说对吧，阿什伯恩上尉？"

他的语气还是那么温和，故意装得很谦卑。凯利·阿什伯恩面色不悦，显然他也十分讨厌瑞特，而且心里很愿意站在医生这边，但他也不能撒谎，昧着良心说话。他虽然一只胳膊残废了，却仍然申请调到前线去打仗，因为他意识到了形势的严峻，而老百姓都还被蒙在鼓里。有许多跟他情况差不多的军人，有的装了假腿，有的瞎了一只眼，有的手指头被炸没了，有的一只胳膊没了,本来他们都已转到了军需部、医院、邮政和铁路系统工作,如今又都被悄悄调回了原来的作战部队。他们知道,老乔将军兵力奇缺,能多一个人是一个人。

所以阿什伯恩没说话。米德医生却按捺不住大发雷霆,咆哮起来:"咱们的士兵没有鞋穿、没有饭吃,不是照样打了胜仗?他们还将继续奋战到底,并一定会再次取得胜利!我告诉你,约翰斯顿将军是谁也撼动不了的!自古以来,山峦就是最坚固的屏障和堡垒,只要据山而守,敌人就休想攻克。想想——想想温泉关战役[1]吧,那就是最好的例子!"

斯嘉丽绞尽脑汁也想不出温泉关是哪儿。

"但是最后温泉关的守军还是全军覆没了,一个人也没活下来,不是吗,医生?"瑞特问道。他嘴角一撇,强忍住笑意。

"你是存心要对我无礼是吗,年轻人?"

"哎呀,医生!别这样嘛,您误会我了!我是在诚心向您请教,以前学的古代史我都忘得差不多了。"

"我们的部队绝不会让北方佬侵入佐治亚一步,哪怕只剩下一个人也会坚守到死。"医生厉声说道,"但这种情况不会出现的。只消打场小仗,北方佬就会被我军赶出佐治亚。"

皮蒂帕特姑妈连忙站起来,叫斯嘉丽去弹个钢琴唱首歌给

---

[1] 温泉关战役发生于公元前480年,是希波战争中的一次著名战役,也是西方历史上的一次重要战役。温泉关是位于希腊中部的一处险要关隘,希腊军队在这个狭小的关隘依托优势地形,抵抗了三天,阻挡了在数量上几十倍于自己的波斯军队,但波斯军队人数众多,并且由于被奸细出卖,被波斯人从后路包抄,导致守军全军覆没。

大家听。她看得出来，再这么谈下去就要吵起来了，那可就麻烦大了。她早就料到留瑞特吃饭准没好事。只要有他在场，准得惹出麻烦来。但皮蒂姑妈始终不明白，他到底是怎么引发争端的。天啊！天啊！斯嘉丽看上这家伙哪点儿好了？还有梅丽这孩子怎么也老是护着他？

斯嘉丽乖乖地走进客厅，前廊上顿时鸦雀无声，但静默中隐含着众人对瑞特的愤恨。约翰斯顿将军和他的部队肯定会战无不胜、所向无敌，竟然有人胆敢质疑这一点？对胜利坚信不疑是每个人的神圣职责。就算你对邦联怀有二心，心存怀疑，至少也应该懂点儿礼貌，知道什么时候该把嘴闭上啊。

斯嘉丽弹奏了一段和弦，然后引吭高歌，歌声从客厅飘来，嗓音甜美，哀婉忧伤，是一首时下流行的歌曲：

病房四壁洁白无垢，多少壮士英雄在此与世别离，

枪林弹雨，伤痕累累，忽而抬进少女的心上人，

少女的心上人啊！如此风华正茂，如此英勇无畏！

脸色苍白，却依然亲切可爱——

哪怕快要黄土覆面，依旧这般英俊迷人。

"金色的鬈发又湿又乱。"斯嘉丽用自己那并不完美的女高音把这首歌演绎得悲悲切切，这时，范妮欠了欠身，声音微弱而哽咽地说道："还是唱首别的吧。"

琴声戛然而止，斯嘉丽又惊又窘，于是赶紧又换了一曲《灰

色军装》，刚唱了半句，突然又停了下来，因为她想起这首歌同样令人伤心欲绝。琴声停了许久，她实在不知该如何是好。现在所有的歌都离不开死亡、分离和悲伤。

瑞特立刻站起身来，把韦德放在范妮的腿上，走进了客厅。

"弹《我的故乡肯塔基》好了。"他彬彬有礼地建议道。斯嘉丽十分感激，立刻弹奏起来。瑞特磁性的男低音也加入进来，跟她一起合唱。唱到第二段时，前廊上的人们才舒了口气，虽然这首歌其实也并不怎么欢快吧。

沉重的担子还得再挑几天，

担子再重也要一力肩负！

再过几天，我们便要步履蹒跚，踏上征途！

到那时，我的故乡肯塔基，我就要跟你挥别，道一声再见！

米德医生的预测从表面上看并没有错——至少到目前为止是这样。约翰斯顿的确如铜墙铁壁一般，屹立在一百英里外道尔顿的山峦之间，坚如磐石，稳如泰山。经过艰苦卓绝的拼杀，他们果然抵挡住了谢尔曼大军的进攻，北军想要穿过山谷进入亚特兰大的企图未能得逞，最后只好退回去另谋计策。由于无法通过正面进攻突破南军的防线，北军便趁着黑夜包抄迂回，绕过山上的关隘，想要从约翰斯顿的背后突袭，在距离道尔顿以南十五英里处的雷萨卡将铁路切断。

眼看如命根子一样宝贵的铁路面临危险，南军立即撤下了殊死防守的工事，抄近路连夜急行，直奔雷萨卡。等到北佬军队从山里出来时，南军早已筑好工事，架起大炮，亮出闪闪军刀，严阵以待，防御之森严不亚于道尔顿。

来自道尔顿的伤员带来了一些消息，说老乔将军已撤往雷萨卡，虽然这些消息未经证实，但足以让亚特兰大人震惊不已，心里慌乱不安起来，仿佛从西北边飘来了一小片乌云，预示着夏日的一场暴风雨即将来临。将军到底是怎么想的，竟然放任北方佬长驱直入，往佐治亚腹地又挺进了十八英里？要知道那些山峦可是天然的屏障啊，就连米德医生也这么说，老乔将军为什么不在那里拦住北方佬呢？

约翰斯顿在雷萨卡殊死抵抗，再次击退了北军。但谢尔曼又使出迂回包抄的伎俩，指挥大军绕了个大弯，从另一侧渡过乌斯塔诺拉河，再次直捣南军后方的铁路。南军奉命立即撤下红土地上的工事，火速赶去保护铁路。部队官兵们又是行军又是打仗，没吃没睡，疲乏不堪。尽管如此，他们还是沿着山谷急行，火速赶到了雷萨卡以南六英里处的卡尔霍恩，抢在北军前头挖好战壕，再次严阵以待。等北军一到，两军便展开一场恶战，最终北方佬再次被击退。精疲力竭的南军将士累得抱枪躺倒在地，祈求上天能给他们点儿时间缓一缓，歇一歇。可惜连喘口气的工夫都没有，谢尔曼步步急逼，毫不留情，他指挥大军又来了个迂回包抄，迫使南军不得不继续后撤去保护铁路。

南军士兵只能拖着疲惫的身子再次行军，结果累得眼皮都睁不开，脑子也转不动了。偶尔有人心生疑惑，最后也依然对老乔将军深信不疑。他们清楚自己的队伍一直在后撤，但也知道他们并没有吃什么败仗，只是现在没有足够的兵力，无法做到既坚守阵地，又粉碎谢尔曼屡次的侧面进攻。其实只要能跟北方佬好好打一场阵地战，就一定能把他们打得落花流水。这几次阵地交锋，他们不是回回都得胜吗！但是眼下这么一个劲儿地撤退，结局如何真的不好说了。不过老乔将军肯定心中有数，这对士兵们来说就足够了。他指挥部队后撤的手段十分高明，因为他们的兵力损失甚少，而北佬的军队死伤无数，还有不少人被俘。另外他们的车马也一辆都没有受损，只是丢了四门大炮，后方的铁路也安然无恙。谢尔曼虽然诡计多端，又是正面进攻，又是骑兵突袭，又是迂回侧攻什么的，但都没有伤到铁路分毫。

铁路，现在仍牢牢握在邦联手里。细细的铁轨穿行在阳光照耀的山谷，蜿蜒通向亚特兰大。战士们即使躺下睡觉，也要找个离铁轨近的地方，以便自己能好好看着它在星光下闪烁微光。士兵们战死倒下，迷茫间也要朝着烈日骄阳下那闪闪发亮、热气蒸腾的铁轨看上最后一眼。

他们沿着山谷一路后退，结果发现有一大批难民堵在了前面。这些难民里有种植园主也有穷白佬，有富人有穷人，有黑人有白人，有妇女儿童，也有老弱病残，甚至还有孕妇，这些人汇成了一股洪流，齐齐涌向亚特兰大，有的坐火车，有的步行，有的骑马，有的赶车，马车上大大小小的行李家当堆得老高。难民在前面逃，南军在后面撤，前后相距不过五英里。难民在雷萨卡停了一下，在卡尔霍恩停了一下，在金斯顿又停了一下，每停一回都盼着能听到北方佬被打退的消息，好让他们转头返乡，回到自己的家园。然而，那条洒满阳光的大道却始终让人无法折回。南军所经之处尽是人去楼空，田地荒芜，孤零零的小屋门扉半掩。偶尔会碰到些无亲无靠的妇女，带着几个惊恐万状的黑奴留守家中，一见军队过来，便出来欢迎，打几桶井水给士兵们解渴，为伤员包扎伤口，将死难的士兵埋在自家的坟地里。然而这阳光灿烂的山谷里，多数地方都已荒无人烟，只剩没人照看的庄稼挺立在焦干的土地里，备受烈日的炙烤。

约翰斯顿在卡尔霍恩又遭到北军的迂回包抄，于是只好退回到阿代尔斯维尔，在那里与北军进行了一场激战，然后撤到卡特斯维尔，接着又撤到卡特斯维尔以南。敌军至此已从道尔顿又向前推进了五十五英里。南军且战且退，又向后撤了十五英里，来到一个叫作新希望教堂的地方。南军再次构筑工事，决心死守到底。北军毫不留情，犹如一条蓝色巨蟒猛扑过来，受了伤便往后退，但仍不善罢甘休，过一阵便又扑过来。双方在新希望教堂展开殊死对决，接连打了十一天，北军的屡次血腥进攻都被南军以血肉之躯击退。最后约翰斯顿还是吃了被敌军迂回包抄的亏，不得不将战斗力越来越弱的战线又向后撤了数英里。

新希望教堂一战，南军付出了惨重代价，死伤不计其数。火车载满伤员，一趟趟地运往亚特兰大。整座城市的人都大惊失色，亚特兰大从来没来过这么多的伤员，即使是奇卡莫加那一仗，运到后方的也没有这么多。各个医院人满为患，伤员只好躺在空店铺的地板以及货栈的棉花包上。旅馆、客栈及民宅里都塞满了伤兵。皮蒂姑妈家也不例外，虽然她极力反对并提出抗议，说梅兰妮身子重了，屋子里进来陌生男人，万一梅兰妮受了惊吓会导致早产。可梅兰妮把裙箍往上提了提，遮住她那越来越大的肚子，让伤兵住了进来。于是家里乱作一团，没完没了地做饭、搀扶、翻身、扇扇子，还有没完没了地洗绷带、卷绷带、撕绷带。夜晚本就闷热，再加上隔壁的伤兵们不住呻吟、说胡话，搅得人彻夜难眠。到最后，整座城市都被挤得透不过气来，再也容不下更多的伤兵了，而进不来的伤员只好被转移到梅肯和奥古斯塔的医院去。

伤员的洪流源源不断地涌进，同时也带来了许多互相矛盾的消息。本就人满为患的城市现在又涌入了大批惊慌失措的难民，整个亚特兰大顿时变得乌烟瘴气，乱成了一锅粥。天边的那一小片阴云，也已经迅速积聚成一大团黑压压的暴雨云，刮起阵阵阴风，令人不寒而栗。

尽管如此，谁都没有丧失对邦联军队必胜的信心。但对约翰斯顿将军，老百姓们却已经心灰意冷，不再信任了。新希望教堂离亚特兰大只有三十五英里！才短短三个星期，这位将军就被北方佬打得后退了六十五英里！他怎么不想法挡住北方佬，而是一个劲儿地往后退呢？真是个笨蛋、蠢材，比傻瓜还傻的家伙。自卫队里那些花白胡子的老头儿和州民兵团的队员们一个个身在亚特兰大，日子过得安安稳稳，没有半点儿危险，却一个劲口口声声地说这仗要是由他们来打，肯定打得漂亮，不会像现在这样糟糕，还不时在白色的桌布上画着地图，为的是证明自己的观点。将军的兵力越来越少，战力薄弱，不得不继续被迫后撤，于是他向布朗州长拼命求援，请他将这些地方武装力量派往前线。但州里的武装队伍有恃无恐，早先杰夫·戴维斯总统也要求过调用这些人马，被州长一口回绝了，这会儿约翰斯顿将军来要人，州长怎么可能答应呢？

南军打了就退，再打又退，就这么且战且退地打了二十五天，一共后退了七十英里，战士们一天也没有停歇。新希望教堂如今已经被南军远远抛在后面，只留下一片模糊而狂乱的回忆：烈日炎炎，尘土飞扬，饥饿，疲惫；红土路上车辙深深，战士们步履沉重，踩过红土路上的车辙，踏过红色的泥坑；撤退，挖战壕，打仗——再撤退，再挖战壕，再打仗。新希望教堂之战简直就是一场噩梦，回想起来恍如隔世。大棚屋之战也是如此，南军再次掉过头来跟北军拼死相搏，杀红了眼，但尽管杀得北军尸横遍野，地上全是一片蓝色，北方佬却依然不断地扑上来，生力军源源不断。北军总是使出迂回包抄的阴险伎俩，东南方向总是不断出现蓝军的队伍，犹如一条恶毒的蟒蛇，扑向南军的背后，扑向铁路——扑向亚特兰大。

于是早已筋疲力尽、困乏不堪的南军开始从大棚屋撤退，沿着大路退到肯尼索山，在附近一个名叫马里塔的小镇布下了一条十英里长的弧形战线，他们在陡峭的山坡上挖好工事，在高高的山头列好大炮。因为骡子上不了这么陡的山坡，只能用人力把沉重的大炮拖上山去，士兵们一边挥汗如雨地干着，一边大骂不停。信使和伤兵来到亚特兰大，给惶恐不安的人们带来安定人心的消息。肯尼索山的阵地固若金汤，附近的松山和孤山也都设了防线，牢不可破。北方佬休想打垮老乔的部队，这次他们很难再耍迂回包抄的伎俩了，因为山顶上的大炮控制了四方的要道，方圆数英里以内都在大炮的射程范围内。亚特兰大人总算松了口气，但是——

但是，肯尼索山离亚特兰大只有二十二英里啊！

肯尼索山阵地的第一批伤员被送到亚特兰大的那天早上，梅里韦瑟太太的马车才七点钟就破天荒地来到了皮蒂姑妈家的门外。黑奴利瓦伊大叔传话进来，请斯嘉丽立刻穿好衣服到医院去。范妮·埃尔辛和邦内尔家的姑娘们也一大早就被从熟睡中叫醒，此刻正坐在马车后座上哈欠连天。埃尔辛家的嬷嬷绷着脸坐在车夫旁边，腿上放着一篮洗干净的绷带。斯嘉丽老大不情愿地从床上起来，昨晚她在自卫队的舞会上跳了一通宵的舞，现在两腿酸软，一点儿力气也没有。她心里暗骂那个瞎积极又不知疲倦的梅里韦瑟太太，连带着伤员和整个南部邦联也捎着一块儿骂。普利茜帮她穿上那件做护理时穿的又旧又破的花布连衣裙，系好扣子。如今喝不上咖啡，只能用炒焦的玉米和红薯干煮的苦汤代替咖啡，斯嘉丽趁这工夫赶紧喝了几口，然后便出门上了马车。

她烦透了当看护，她打算今天就去告诉梅里韦瑟太太，母亲埃伦写信来要她回娘家去住几天。不过虽然她真的说了，但结果是碰了一鼻子灰。那个高高在上的护士长把袖子卷得老高，在自己结实的腰身上系了一条大围裙，目光凌厉地看了斯嘉丽一眼,说道:"别再让我听到这种蠢话了,斯嘉丽·汉密尔顿,我今天就给你妈妈写信,告诉她这里需要你。我相信她一定能理解,会让你留下来的。好了,赶紧系上围裙到米德医生那里去,他给伤员包扎正需要人手呢。"

"噢,上帝啊,"斯嘉丽叫苦不迭,"最可气的就是这个,妈妈收到信后肯定就不让我回家了。我要是再多闻几口臭味非被熏死不可!我要是个老太太就好了,这样就可以欺负年轻姑娘,不至于像现在这样受别人的气了——而且还能把梅里韦瑟那样的老妖婆大骂一顿,让她见鬼去!"

是的,她对医院厌烦透了,这里臭气熏天,到处都是虱子,还有疼得哭天喊地、浑身脏兮兮的伤员。一年前她还对护理工作有点儿新鲜感,觉得挺浪漫,可现在这种感觉早已消失殆尽。再说,撤退中受伤的士兵也不像过去的伤员那么讨人喜欢了。他们对她毫无兴趣,平时连话都不怎么说,一开口就是问:"仗打得怎么样了?老乔将军用什么招呢?老乔将军真是足智多谋啊。"可斯嘉丽一点儿都不觉得老乔足智多谋,北方佬都开进佐治亚八十八英里了,都是因为他干的好事。唉,这批伤员真是一点儿意思都没有,而且好多都奄奄一息,最后陆陆续续死了不少,而且死得很快,无声无息,不是死于败血症、坏疽,就是死于伤寒和肺炎。这些人在被送到亚特兰大医院之前就得了病,却一直没有得到医治,到了医院之后,早已病入膏肓,无力回天了。

天气炎热,苍蝇成群结队地从敞开的窗户飞进来,又肥又懒,把伤兵们折腾得够呛,比伤口上的疼痛还要人命。一股股臭味扑鼻而来，阵阵痛苦的呻吟萦绕耳边，斯嘉丽端着个盆跟着米德医生走来走去，刚浆过的衣服没一会儿工夫就被汗水浸透了。

噢，给医生当助手才叫人最难受了。看着他用明晃晃的手术刀切除伤员溃烂的腐肉时，她恶心得想吐！噢，手术室里医生正在给伤员截肢，那惨叫声简直让人汗毛直竖！可怜的伤员们一个个血肉模糊，脸色煞白，都在紧张地等着大夫给医治，看着让人既于心不忍，又无可奈何。他们耳边充斥的是无尽的呻吟和惨叫，等待伤员们的总是那两句令人胆寒的话："对不起，孩子，这只手得锯掉了。是的，是的，我知道，可你瞧那里有好几处肉色都发紫了，瞧见没？不锯掉不行啊。"

眼下氯仿奇缺，只有给最严重的截肢患者做手术时才能使用。鸦片也极为珍贵稀少，只能给弥留之际的人带来些慰藉，让他们能走得安详些，但不能拿来给活人减轻痛苦。奎宁和碘酒也一丁点儿都没有了。是的，斯嘉丽对这一切都厌烦透了。今天早上，她甚至羡慕起了梅兰妮，恨不得变得像梅兰妮一样，至少还能拿怀孕当借口。如今要想既不当看护，又能堵住悠悠众口，被公众所理解和接受，唯一的理由恐怕就是怀孕了。

到了中午，她脱下围裙，趁着梅里韦瑟太太正忙着帮一个瘦高个山里人写信的工夫，偷偷溜出了医院。斯嘉丽觉得自己实在受不了了，这简直是强人所难。她知道等中午的那趟列车一到，又会有大批伤员被送过来，到时候可就有她忙的了，估计天黑了也忙不完，甚至连饭都可能顾不上吃一口。

她步履匆匆地穿过两个小街区，朝桃树街走去，边走边大口呼吸着新鲜的空气,尽管胸衣束得很紧,她仍使出全力拼命地呼吸。她站在街角,犹豫不定,不知道下一步该怎么办。回皮蒂姑妈家吧,实在不好意思。回医院吧,那是肯定不可能的。正在这时,瑞特·巴特勒恰好驾车经过。

"你看上去就像个小叫花子。"他打量着她那条打着补丁的淡紫色花布裙说道。那条花布裙上汗渍斑斑,刚才端着盆时,又溅上了不少水。斯嘉丽又窘又气,不禁怒火中烧。他干吗老是盯着女人的衣着呢?还竟敢无礼地取笑她现在的这般狼狈相?

"你的话我是一个字也不想听。快下来扶我上车,带我到没人的地方去。打死我也不回医院了!真是的,这仗又不是我叫打的,凭什么让我天天累死累活地干,再说——"

"哈,看来有人背叛'我们伟大的事业'了!"

"真是乌鸦落在猪身上——看得见别人黑,看不见自己黑。快扶我上车,去哪儿都行,带我兜兜风。"

瑞特利落地跳下马车。斯嘉丽觉得自己眼前一亮,总算见着一个身体健全的男人了,不缺胳膊不缺腿儿,也没少只眼什么的;脸色没疼得煞白,也没病得蜡黄。眼前这个男人一看就是顿顿酒足饭饱,长得身强体壮,穿戴也精致体面。上衣和裤子面料相同,剪裁合身,既不松松垮垮,也没紧得让人动弹不了。而且衣服都是全新的,没有一处破洞,不像别的男人衣衫褴褛,露出脏兮兮的肉和毛乎乎的腿。他看起来很明显处于无忧无虑的状态,在眼下这个世道,这样的人实属罕见,真是令人吃惊呢。如今谁不是满面愁容,忧心如焚啊?但他那张黝黑的脸庞透着一股沉稳,红润的嘴唇线条分明,像女人一样性感,扶她上车时,还满不在乎地一笑。

他上了车,坐在斯嘉丽身边,剪裁合身的衣服紧贴着他健壮的肌肉,魁梧的身躯一用劲儿,肌肉便一块块地鼓起。像以往一样,斯嘉丽一看到他这副强健的体魄便蓦然心惊,紧紧贴合的上衣凸显出他那宽厚结实的肩膀,看得斯嘉丽心醉神迷,又有些不安和害怕。他不但身强力壮,头脑也灵活敏锐。他外表优雅潇洒,轻松悠然,内里却隐藏着威猛强悍之力,安静时犹如一头黑豹,慵懒地舒展身躯晒着太阳;行动起来身形矫健,机敏警觉,好似黑豹飞跃而起,扑向猎物。

"你这个小骗子,"他一边喝马,一边说道,"昨晚你和那些当兵的跳舞跳了一通宵,给他们又献花又授彩的,还跟他们说你为了邦联事业也宁愿献出自己的生命。可结果叫你去包扎几个伤口,抓几个虱子,你就受不了,赶紧脚底抹油开溜了。"

"你就不能说点儿别的吗,车赶快点儿好不好?但愿梅里韦瑟爷爷别从他铺子里出来,他要是看见我了肯定会告诉那个老妖婆——我是说,梅里韦瑟太太,那我可就倒大霉了。"

瑞特轻轻抽了一鞭,马儿快步跑了起来,马车穿过五角场,越过横贯城区的铁路线。载满伤员的列车已经进站,抬担架的人正在烈日下四处奔忙,把伤员抬到救护车和有篷的军用货车上。斯嘉丽看着那些人忙得不可开交,心里不但没有丝毫愧疚不安,反而松了一口气,庆幸自己逃过了一劫。

"该死的破医院,真是让我烦透了,"她用手抚平被风吹得鼓起的裙摆,又把下巴上的帽带系紧了些,"每天都有越来越多的伤员被送进城来。这都怪约翰斯顿将军,他要是能在道尔顿顶住北方佬的话,也不至于——"

"他可的确在道尔顿顶住了北方佬,你这个傻姑娘,他要是一直在那儿坚守不动的话,谢尔曼就会从两侧包抄夹击,那样一来铁路就保不住了。而约翰斯顿的任务就是保住铁路。"

"哦,是这样啊,"斯嘉丽寻思着,可她对军事战略一窍不通,"反正不管怎么说,都是他的错。他怎么不想想办法呀?依我看,应该撤他的职。谁叫他不坚决抵抗,老是后退呢?"

"你跟大伙儿一样,就会嚷嚷着要'砍他的头',硬要他干办不到的事。在道尔顿时,人人都把他捧得老高,简直把他当成了救世主耶稣,而现在到了肯尼索山,他在人们眼里却变成了卖主的犹大,前后才不过六个星期。要是他把北方佬打得退回了二十英里,他就又变成救世主耶稣了。傻丫头,谢尔曼的兵力比约翰斯顿多一倍呢,他拿两个士兵来拼咱们一个也拼得起。可约翰斯顿一个士兵都损失不起,死一个少一个。他急需援兵,可是能派谁去呢?'乔·布朗州长的心肝宝贝们'吗?这伙儿人顶什么用?"

"民兵团是不是真的要被派去参战啊?还有自卫队的人也得去吗?我都还没听说呢,你怎么知道的?"

"传言已经满天飞了。消息是今早从米利奇维尔来的火车上传出来的。民兵团和自卫队都要被派到前线去增援约翰斯顿将军。是的,布朗州长的宝贝儿们最终还是得去闻闻火药味了。估计他们八成都得大吃一惊,肯定没想到自己真的得上战场。州长几乎跟他们打过包票,不会派他们上前线,但这回玩笑可算是开大了。他们以为自己保险得很,因为州长曾经连杰夫·戴维斯总统的命令都敢不听,拒绝派他们去弗吉尼亚,说州里需要他们留下来保卫佐治亚本州。可谁能想到战火竟真的烧到了自家后院,这回他们真的得去保卫佐治亚本州了。"

"哎呀,你怎么还笑得出来,也太没心没肺了吧!想想自卫队里那些老爷爷和小娃娃吧!哎,这下小菲尔·米德也得去打仗了,还有梅里韦瑟爷爷和亨利·汉密尔顿伯伯也都得上前线去了。"

"我不是说那些小孩子和参加过墨西哥战争的老兵们。我是说像威利·吉南那样神气活现的小伙子们,他们平时总喜欢穿着漂亮的军服,舞刀弄剑的——"

"你不是也一样嘛!"

"亲爱的,这话可一点儿也伤不到我!我一不穿军服,二不舞刀弄剑,南部邦联的命运也与我毫不相干。再说,就算参加了自卫队或别的部队,我也不会白白送命。我在西点军校受过军事训练,足够我一辈子受用了⋯⋯嗯,我倒是的确希望老乔将军能有好运。李将军现在没法向他伸出援手,因为弗吉尼亚的那帮北方佬跟他的部队打得不可开交,他自己还自顾不暇呢。所以佐治亚州的武装力量可以说是约翰斯顿唯一的援军了。其实应该派给他更强的兵力的,他可是个了不起的战略家呢,总是能抢在北方佬前面占据有利位置。可他要想保住铁路,只能往后撤。记住我的话,等北方佬把他逼下山来,到了地势较平的地方,他就只能任人宰割了。"

"到这儿来?"斯嘉丽惊叫道,"不可能,你也知道,北方佬绝不可能跑这么远的!"

"肯尼索离这儿只有二十二英里,我敢跟你打赌——"

"瑞特,快看,街那头!那群人!他们不是当兵的。这到底是怎么……啊,是黑奴!"

只见街对面红土飞扬的,滚滚尘雾中传来了一阵隆隆的脚步声,同时还有上百个黑人正在用深沉浑厚的嗓音唱着赞美诗。瑞特把马车赶到街边停下,斯嘉丽瞧着这些黑人心里很是纳闷。只见他们一个个汗流浃背,肩上扛着铁锹和铁镐,由一位军官和一小队戴着工兵肩章的士兵在一旁押送。

"这到底是怎么……"她还是困惑不解。

这时,她忽然看到了走在前排的一个正唱着歌的彪形大汉。此人身高将近两米,身高体阔,虎背熊腰,皮肤黑亮,迈着轻快矫健的步伐,看上去活像只猛兽。他正在领着众人唱《去吧,摩西》,时不时露出洁白亮眼的牙齿。这么魁梧的个头儿,这么嘹亮的嗓门,除了塔拉庄园里的工头大个子山姆,还能有谁?可他怎么到这儿来了?离家这么远?更何况,现在种植园里没有监工,他可是爸爸的左膀右臂呢。

斯嘉丽连忙从座位上欠起身来,想看得更仔细些。这时,那个大个子也看到了她,一眼认出她来,黑黑的脸上顿时乐开了花。只见他停下脚步,放下铁锹,径直朝她跑来,边跑边冲旁边的黑人大喊道:"天啊!是斯嘉丽小姐!喂,你们几个,以利亚!

圣徒！先知！那是斯嘉丽小姐！"

队伍中掀起一阵骚乱。大队人马停了下来，大伙儿都咧着嘴傻笑，不知道出了什么事。大个子山姆身后跟着三个黑人大汉，穿过马路朝马车跑来。军官见状大吃一惊，急忙追了上来，在后面大喊大叫。

"你们几个赶紧回到队伍里！快回去，听见没有，不然我就——哦，是汉密尔顿太太。早上好，太太，您好，先生。二位这是要煽动他们造反，聚众闹事吗？你们不知道，这几个小子今天早晨尽给我惹事呢。"

"哦，兰德尔上尉，别怪他们！他们是我的家人。这是大个子山姆，我们家的工头，还有以利亚、圣徒和先知，都是我们塔拉庄园的人。他们看见我当然得跟我说上两句。你们好吗，小伙子们？"

她跟他们一一握手，雪白的小手被他们大黑手一握，顿时被裹在了里面。四个黑奴高兴坏了，既开心又得意，都想让同伴见识一下他们家的小姐有多么年轻漂亮。

"你们从塔拉这么老远跑这来干什么？准是从家里逃出来的吧？难道不怕被巡逻队抓起来吗？"

他们被这话逗笑了，乐得前仰后合。

"逃出来？"大个子山姆回答说，"您这说的是哪里话，小姐，俺们可不是逃出来的，是人家挑上咱的，因为俺们几个是塔拉里面块头最大，身体最壮的。"他得意地露出一口白牙。"他们特地挑了俺，因为俺歌唱得好。是真的，小姐，是弗兰克·肯尼迪先生来塔拉把俺们挑走的。"

"可这是为什么呀,大个子山姆?"

"我的天,斯嘉丽小姐,您没听说吗?俺们是来给白人先生们挖沟的,好让他们在北方佬来的时候躲在里头。"

听到他们把挖战壕说得这么憨直有趣,兰德尔上尉和马车上的两个人差点儿忍不住笑出来。

"杰拉尔德先生一听他们挑上了俺,当然不乐意了,差点儿发脾气,说塔拉没有俺可不成。可是埃伦小姐说:'把他带走吧,肯尼迪先生,南部邦联比我们更需要大个子山姆。'她还给了俺一块钱,吩咐俺一定要听白人老爷的话,所以俺们就上这儿来了。"

"这到底是怎么回事啊,兰德尔上尉?"

"噢,很简单。我们得加固亚特兰大的防御工事,再挖好几英里长的战壕。将军从前线抽不出人手来,所以我们就从乡下挑些精壮的黑奴来干这事。"

"可是——"

一阵隐隐的恐惧掠过斯嘉丽的心头,令她不寒而栗。再挖好几英里长的战壕!为什么还要挖?过去的一年里,距亚特兰大市中心方圆一英里的地方已经筑起了一连串巨大的土堡,里面还设了大炮炮位。这些巨大的土堡都与战壕相连,一英里接一英里,把城市团团围住。现在竟然还要挖战壕!

"可是——咱们不是已经修筑了这么多防御工事吗,为什么还要加固呢?连现在已有的这些工事都派不上用场呢。将军总不会让——"

"目前的防御工事距离市中心才一英里，"兰德尔上尉突然打断斯嘉丽的话，"太近了，让人不放心，或者说觉得不安全。新战壕会离城区更远些。要知道，再撤退的话，部队可就得退进城里了。"

最后一句话刚出口，上尉就后悔了，因为他看到斯嘉丽吓得眼睛瞪得老大。

"当然，部队是肯定不会再后撤了，"他连忙补上一句，"肯尼索山上的防线牢不可破，山头架满了大炮，各路要道都被控制住了，北方佬是不可能闯过这一关的。"

但是斯嘉丽注意到，瑞特锐利的目光不经意地瞅了上尉一眼，上尉就垂下了眼帘，不敢直视。她害怕了，想起瑞特刚才说过的话："等北方佬把他逼下山来，到了地势较平的地方，他就只能任人宰割了。"

"噢，上尉，您觉得——"

"哦，当然不会的！您一点儿都不用担心。老乔将军只是未雨绸缪，所以我们多挖些战壕无非就是为了有备无患嘛……啊，我得走了。很高兴跟您聊天……跟你们的主人告别吧，小伙子们，咱们得赶路了。"

"再见了，小伙子们。哦对了，要是你们病了伤了或是遇到麻烦了，就来找我，我就住在桃树街，从这儿一直走，差不多就是城边上最后一所房子。等等——"她在自己的包里翻找着，"噢，天啊，我一分钱也没带。瑞特，借我点儿钱。来，拿着，大个子山姆,给你和兄弟们买点儿烟抽。要乖乖的哦,听兰德尔上尉的话。"

散乱的队伍又重新排好,启程上路。滚滚的红色尘雾又扬了起来,大个子山姆继续领头唱起歌来。

去吧,摩西!到埃及地去!
去见法老,
使你可以将我的百姓领出来! [1]

"瑞特,兰德尔上尉在骗我,男人都爱骗人——他们不想让女人知道真相,怕我们会吓得晕倒。他是在骗我对吧,瑞特?要是局势不危急的话,他们干吗要挖新战壕呢?部队难道这么缺人吗,连黑奴都用上了?"

瑞特喝马起步。

"部队里缺人缺得厉害,不然调自卫队干吗?至于挖战壕嘛,嗯,万一全城被围,防御工事也许能有点儿用处。将军是准备在这儿决一死战了。"

"围城!哎呀,快掉头,我要回家去,回塔拉去,马上就走。"

"急什么啊?"

"围城了!上帝啊,这里要被包围了!我听说过围城,我爸爸就经历过一回,要不就是我爸爸的爸爸经历过,我爸爸他

---

[1] 出自《圣经·出埃及记》第3章。

说——"

"哪次围城？"

"就是围困德罗赫达[1]那次，克伦威尔[2]入侵爱尔兰[3]的时候。整个城里一点儿吃的都没有，爸爸说，街上尽是被活活饿死的人，最后实在没办法了他们就吃猫、老鼠，甚至连蟑螂都吃。他还说百姓没办法都开始人吃人了也拒不投降，不过也不知道这话是真是假。后来克伦威尔攻下了这座城，全城的妇女都被——哎呀！真要围城了的话——圣母啊！"

"像你这么胸无点墨、愚蠢无知的姑娘我还是头回见到。德罗赫达被围是一六几几年的事，那时候奥哈拉先生还没出生呢。再说，谢尔曼也不是克伦威尔。"

"可他比克伦威尔更坏！他们说——"

"至于爱尔兰人在被困时吃的那些异域野味——在我看来，我倒宁愿来一只美味多汁的老鼠，也不想吃旅馆里近来供应的那些难吃的东西。看来我只能回里士满去了，至少那边有好吃的，只要你有钱就行。"他看着斯嘉丽脸上惊恐的表情，眼神中透着嘲弄。

---

1 德罗赫达是爱尔兰东部港市。临爱尔兰海，南距首都都柏林四十公里。
2 奥利弗·克伦威尔（1599—1658），出生于英国亨廷登郡，英吉利共和国首位护国主（1649年5月—1658年9月3日在任），英国政治家、军事家、宗教领袖。17世纪英国资产阶级革命中，资产阶级新贵族集团的代表人物、独立派的首领。曾逼迫英国君主退位，解散国会，并转英国为资产阶级共和国，建立英吉利共和国，出任护国公，成为英国事实上的国家元首。
3 此处指的是德罗赫达之役。1649年克伦威尔向北包围爱尔兰沿海要塞德罗赫达，最终德罗赫达被攻克，守军悉数被处死，爱尔兰共有3500余名平民惨遭杀害，侥幸未死者被运往西印度群岛当奴隶。

斯嘉丽见自己的惶恐不安被他发现，不禁嗔怒道："是啊，那你干吗还赖在这儿不走？！说来说去，你就是贪图享乐，就知道吃喝玩乐那些事。"

"世上没有比吃喝玩乐这些事更快活的了，"他说，"至于说赖在这儿嘛——是这样，我读过很多关于兵临城下、困守孤城这类的书，但从没亲眼见过，所以就想留下来看看。我又不是打仗的士兵，所以没有危险，不会受伤。再说我也想亲自体验体验。既然有机会体验新鲜事，就不要错过，斯嘉丽，这样能增长见识。"

"我已经见识够多的了。"

"这个嘛，恐怕你心里应该最清楚，不过依我看——算了，这话说出来有失恭敬。但万一真的围城了，没准我留下来还能救你一命呢。我还从来没搭救过落难的小姑娘呢，也算是个新的体验吧。"

斯嘉丽知道他在取笑她，可又觉得他的话里似乎带着几分认真，于是把头一扬。

"用不着你救我。我能照顾好自己，多谢了。"

"话别说得这么绝对，斯嘉丽！这种话心里想想就行了，但千万别对男人说。北佬的姑娘们就有这个毛病，本来挺招人喜欢的，却偏偏总对男人说'能照顾自己，多谢了'这样的话。当然，她们说的也是实话，有上帝保佑她们。所以男人也就随她们去，不管她们了。"

"你还有完没完哪，"斯嘉丽没好气地说，拿她自己跟北方佬的姑娘比，真是奇耻大辱，"什么围不围城的，你肯定是在撒谎。你知道北方佬是绝对打不到亚特兰大来的。"

"我跟你打赌，不出一个月，北方佬就会打到这儿来。我要输了，就送你一盒夹心糖，你要是输了的话——"他那双乌黑的眼睛盯住了斯嘉丽的嘴唇，"就让我吻一下。"

斯嘉丽一直在担心北方佬会打进亚特兰大，心正揪着呢，忽然听到了"吻"这个字，所有的恐惧顿时烟消云散了。这个话题她驾轻就熟，比谈论军事行动有趣多了。她心里开心极了，但仍强忍住笑意。自从上回送她那顶绿色的帽子之后，瑞特就再也没有任何进一步示爱的举动。斯嘉丽用尽心机，试过好几回，都没能引出瑞特一句调情的话来。而现在她丝毫没撩拨和挑逗，他自己却提起"亲吻"来了。

"这种调情的话我才不要听呢，"她故意眉头一皱，冷冰冰地说，"再说，吻你还不如去吻一头猪。"

"所谓人各有所好，早就听说爱尔兰人对猪极为偏爱——甚至把猪养在自己床底下呢。不过斯嘉丽，你其实特别需要亲吻。你心里烦乱，老不顺心，原因就在这儿。追求你的那些男人，也不知道为什么，要么把你看得太高太重，要么太怕你，所以无论怎么做都不合你心意。结果越是这样，你就越是嘴噘得老高，让人觉得你傲慢，难以接近。你真应该让人家亲吻一下，而且这个人必须是精于此道的行家里手。"

话谈得又越来越不合她心意了。她和这家伙在一起的时候，从来都是话不投机，总是充满火药味，像场决斗似的，而每次败下阵来的还往往都是她。

"你觉得你自己就是那个行家吧?"她强压住怒火,极尽挖苦地问道。

"哦,没错,要是我不嫌麻烦的话,"他若无其事地说,"别人都说我吻技很好。"

"哼,"见他对于自己的美貌和魅力竟然不屑一顾,斯嘉丽终于忍不住发火了,"好啊,你……"可她突然垂下眼帘,心中迷乱。因为她看见他虽然在笑,但那双乌黑的眼睛深处闪过一丝亮光,仿佛迸发出一簇小小的火光。

"当然,我知道你可能一直在纳闷,为什么我那天送你帽子时,只是毫无冒犯地蹭了一下你的脸,就再没有下文了呢?"

"我压根没有——"

"那你就不算是大家闺秀了,斯嘉丽,你说这话可真叫人遗憾。如果是大家闺秀的话,见男人不想亲吻她们,肯定心里会嘀咕。她们知道身为体面姑娘,不该盼着男人来亲,她们也知道万一被男人亲了,就得装出一副受了欺负的样子。但不管怎样,她们还是盼着男人来亲……好了,亲爱的,别担心,总有一天,我会吻你的,而且保准你喜欢。但现在还没到时候,所以请你别太性急了。"

斯嘉丽知道他是在取笑她,但他的取笑回回都能把她惹恼。他说的话总是一针见血,不留情面。算了,这次不跟他多费口舌了。以后他要是再敢这么无礼,再对她放肆,她就会给他点儿颜色瞧瞧。

"劳烦您大驾把车掉个头好吗，巴特勒船长，我想回医院去。"

"真的吗，我救死扶伤的天使？这么说，你宁愿跟虱子和污秽打交道，也不想跟我聊天喽？那好吧，既然人家甘愿为'我们伟大的事业'而效力，我怎么好意思拖后腿呢？"说完，他便掉转马头，朝五角场驶去。

"至于我为什么没对你更亲热些，"尽管斯嘉丽已经表明这个话题到此为止，不愿再谈，可瑞特却无动于衷，死皮赖脸地继续说道，"我想等你再长大点儿。要知道，现在吻你没多大乐趣，我是个自私的人，追求的是乐趣和快活，亲吻个孩子我可没兴趣。"

他用余光瞥见斯嘉丽胸脯剧烈起伏，气得说不出话来，便忍住笑意。

"再有，"他又轻声说道，"我在等着你将那位可敬的阿什利·威尔克斯从记忆中慢慢抹去。"

一听到他提起阿什利，斯嘉丽突然心如刀割，滚烫的泪水灼烧起眼睑来。抹去？她对阿什利的记忆永远也不会抹去，哪怕他死了一千年，她也绝不会将他忘记。她顿时想起阿什利现在受了伤，正被关在远方一个北方佬的监狱里，奄奄一息，身上可能连床毯子都没有，更没有爱他的人握住他的手。一想到这里，斯嘉丽就愤愤不已，恨死了身边的这个家伙——吃得饱睡得好不说，说起话来还阴阳怪气，带着露骨的讽刺和嘲笑。

她愤恨交加，气得说不出话来，两人默默赶路，半晌没说话。

"实际上我对你和阿什利之间的事情十分了解,"瑞特继续谈起这个话题,"自从当初在十二橡树碰巧撞见你有失文雅的那一幕之后,我就一直在关注你,居然有不少发现。发现什么了呢?比如说,你对他依然保有少女怀春般的浪漫感情,而他呢,既不接受也不拒绝,言行有礼有节,既亲切又不逾矩。再比如,威尔克斯太太对此一无所知,而你呢,却一直在暗地里耍花招骗她。这些事情我全都清楚,但只有一件事我不明白,而且很好奇,那位可敬的阿什利有没有吻过你,做过给自己高尚纯净的灵魂抹上污点之事呢?"

斯嘉丽把头一扭,默不吭声。

"啊,这么说他吻过你了。我猜应该是在他休假回来的时候吧。可如今,他没准儿已经死了,所以你就把这个珍贵的吻深藏在心里吧。但我敢肯定,你会把他慢慢忘记的,等你忘了他的吻,我再——"

斯嘉丽猛地回过头来,怒不可遏。

"你——给我滚,"她绷着脸,使出浑身力气骂道,绿色的眼睛直冒火光,"让我下车,不然我就立刻跳下去。从今往后,我再也不想跟你说话了。"

瑞特把马车停下,还没来得及扶斯嘉丽下车,她就自己跳了下去,裙箍却一下子被车轮钩住了,露出下面的衬裙和衬裤,让五角场的人看了个满眼。瑞特立刻俯下身帮她解开。斯嘉丽一言不发,扭头就走。瑞特则轻声一笑,喝马而去。

第十八章

自开战以来，亚特兰大第一次听到了枪炮声。一大清早，城市的喧嚣尚未开始，肯尼索山上的炮声便飘然而至，低沉的轰隆声隐隐约约从远处而来，听起来就像夏日的闷雷。偶尔还会传来一两声轰然巨响，甚至盖过了中午车水马龙的嘈杂声。人们都尽量装作没听见，和平常一样说说笑笑，做自己的事，权当北方佬并没有在离这儿只有二十二英里的地方。但无论大家怎么想装聋作哑，他们的耳朵却不听使唤，全都不由自主地竖起来听着。不管他们手里忙活什么，耳边总是回响着隆隆炮火声，听得他们心惊胆战，一天到晚吓得心脏怦怦乱跳，心里嘀咕着：这炮火声是越来越大了吗？还是说，这只是自己的心理作用？约翰斯顿将军能顶得住北方佬吗？他到底能行吗？

有说有笑只不过是层窗户纸，一旦被捅破，心里的恐慌就会一股脑暴露出来。部队接连后撤的这些日子里，大家的神经一直处于紧绷状态，而且越绷越紧，濒临崩溃。谁都绝口不提害怕这个字眼，这话题成了禁忌，但紧绷的神经和紧张的情绪终须找到发泄的出口，于是便转化为对将军的猛烈抨击和指责。群情激愤，已几近狂热。谢尔曼已经打到了亚特兰大的门口，南军再退一步，北佬就要进城了。

给我们一个不再后撤的将军！给我们一个能站住脚跟，顶得住敌人，能打胜仗的硬汉吧！

在远处隆隆的炮火声中，"乔·布朗的心肝宝贝"——民兵团和自卫队终于开拔出城，离开亚特兰大，去保卫约翰斯顿背后的查特胡奇河[1]上的桥梁和渡口。在一个乌云压顶的阴天，队伍穿过五角场，走在通向马里塔的大道上。天上下起了蒙蒙细雨，全城的人都出来为他们送行。人们摩肩接踵，挤在桃树街两旁店铺前面的遮阳板下，强打精神为队伍欢呼鼓劲儿。

斯嘉丽和梅贝尔·梅里韦瑟·皮卡德获准离开医院去欢送队伍出征，因为亨利叔叔和梅里韦瑟爷爷都是自卫队员。她们俩和米德太太站在一起，挤在人群中，踮起脚尖，想看个清楚。斯嘉丽跟所有的南方人一样，都对战局持积极的心态，凡事都往最乐观的方面想，但看着面前走过的这支杂牌军，斯嘉丽不禁心里打了个寒战。看看这群大杂烩似的士兵，老的老小的小，按理说都是该留在后方躲避战火的，然而如今连老人和孩子都奉命开赴前线了，可见局势是有多么岌岌可危啊！

当然，队伍中也有身强力壮的年轻人。他们穿着鲜亮的民

---

[1] 查特胡奇河是一条流经美国阿拉巴马州和佐治亚州的河流，也是阿拉巴马州和佐治亚州的州界。查特胡奇河在阿巴拉契科拉和弗林特河汇流，成为阿巴拉契科拉河并注入墨西哥湾。查特胡奇河全长690公里。

兵团和自卫队军服，帽子上的羽毛轻晃，肩上的饰带飘飘。但更多的还是老人和少年。斯嘉丽看到他们，心里不觉一紧，既怜悯又担心。有些老人胡子花白，看着比她爸爸年纪都大，冒着绵绵细雨，和着军乐的节奏，尽力摆出精神抖擞的样子，跟随队伍前进。梅里韦瑟爷爷肩上披着梅里韦瑟太太最考究的一条格子披肩挡雨，走在队伍头一排。他朝两个姑娘微笑致意。她们俩挥舞着手帕，强颜欢笑，向他高喊再见。但梅贝尔紧紧抓住斯嘉丽的胳膊，低声哀叹："噢，可怜的老爷子！别说打仗了，一场暴风雨就能要了他的命！还有他腰痛的老毛病——"

亨利·汉密尔顿叔叔走在梅里韦瑟爷爷的后面一排。黑色长外衣的领子竖了起来护住耳朵，腰带上别着两把墨西哥战争时用过的手枪，手里还拎着一只小毡布包。身旁跟着的是他的黑仆，岁数跟亨利叔叔差不多，也一把年纪了，正举着一把雨伞为主人遮雨。和老人们并肩而行的还有不少半大的孩子，看上去都没过十六岁，其中有许多是从学校跑出来参军的。军校的学员也三五成群地走在队伍里，他们穿着军校的制服，灰色军帽被雨水淋湿紧贴在头上，帽子上黑色的公鸡毛在滴着水，斜挂在胸前的净白帆布带也早已湿透。菲尔·米德也在其中，自豪地佩上了为国捐躯的兄长所用过的军刀和马枪，帽子一侧插着一支气派的羽毛。米德太太强挤出微笑，朝自己的儿子不停挥着手，等儿子一走过去，就突然支撑不住，身子一软，脑袋靠在斯嘉丽的肩头，半晌抬不起头来，仿佛全身的力气都被掏空了似的。

队伍里很多人都赤手空拳，没有武器，因为南部邦联一无枪支二无弹药。这些人只能指望着有北方佬被杀或被俘，从他们手里夺取武器武装自己。许多人靴子里插着猎刀，手里握着带铁尖头的粗长木棍，美其名曰"乔·布朗长枪"。运气好的肩上扛着老掉牙的燧发枪[1]，腰带上挂着牛角制的火药筒。

约翰斯顿将军在接二连三的撤退中已损失了近一万兵力，因此需要上万人来补充。"可这——"斯嘉丽想想就心惊，"这就是给他补充的队伍！"

炮队隆隆驶过，溅起的泥浆纷纷洒向送行的人身上。这时，斯嘉丽注意到有个黑人骑着骡子走在大炮旁边。此人年纪很轻，肤色跟马鞍相近，一脸严肃。斯嘉丽看到他，立刻大叫起来："是莫斯！阿什利身边的莫斯！他怎么到这儿来了？"她连忙挤出人群，来到路边，大声喊道："莫斯！停一下！"

黑人小伙儿看到她立刻勒住马缰，脸上绽开笑容，随即便要翻身从骡背跳下。这时，骑马走在他身后一个浑身湿透的中士厉声斥道："不许下来，小子，不然就开枪崩了你！我们必须火速赶到山上。"

莫斯看了看中士，又看了看斯嘉丽，一时间不知所措。斯嘉丽踏着泥浆，走到炮车滚滚而过的街心，一把拉住了莫斯的马镫皮带。

"噢，中士，我们就说两句话！别下来了，莫斯，我问你，你怎么到这儿来了？"

1　燧发枪是1547年由法国工匠马汉发明的黑火药手枪，利用燧石摩擦引燃火药。

"俺又要去打仗了,斯嘉丽小姐,上回是跟阿什利少爷,而这次是和约翰老爷一起去。"

"威尔克斯先生!"斯嘉丽惊愕不已。威尔克斯先生都快七十了啊!"他在哪儿呢?"

"在炮队后面,斯嘉丽小姐,在后面呢。"

"对不起,小姐。快走吧,小子!"

斯嘉丽站在泥浆没过脚踝的街上,愣了好一会儿,木然地看着一辆辆炮车从眼前经过。"噢,不!"她心想,"不可能。老爷子都这么大年纪了。再说,他跟阿什利一样讨厌打仗啊!"她后退了几步,退到街边,逐一辨识列队而过的每一张面孔。终于,最后一门大炮也由弹药车拉着,嘎吱作响、泥浆四溅地驶过。斯嘉丽果然看到了威尔克斯老爷子,身形瘦削,腰板挺直,一头白发被雨水淋湿贴着脖颈,正神情自若地骑着一匹草莓色的小母马。马儿在泥浆飞溅、坑坑洼洼的街上择路而行,姿态优雅轻巧,仿若一位遍身绫罗绸缎的贵妇人。啊——那匹小马是内利!塔尔顿太太的内利!比阿特丽丝·塔尔顿的心肝宝贝!

威尔克斯先生一眼瞧见了站在泥泞中的斯嘉丽,于是立刻勒住缰绳,翻身下马,笑容满面地朝她走来。

"斯嘉丽,我一直盼着能见到你呢。你家里人托我给你捎来好多口信,可惜时间来不及了。我们今早才刚到这儿,他们就催着我们出发上前线了,你也瞧见了,这么急急忙忙的。"

"噢,威尔克斯先生,"斯嘉丽情急之下抓着他的手,忙说道,"别去!您何必也要去呢?"

477

"呵，这么说，你也嫌我太老了啊！"他笑着说。那笑容简直跟阿什利一模一样，只不过脸更老些。"我年纪是大了，行军也许不行，但骑马打枪还可以。塔尔顿太太真是太好了，把内利借给了我，所以我还有匹好马骑。但愿内利别出什么事，不然我可没脸去见塔尔顿太太了。内利是她仅剩的一匹好马了。"说完，他故意大笑起来，想打消斯嘉丽的担心和忧虑，"你父母和妹妹们都很好，他们托我问你好。你爸爸今天差点儿就跟我们一块儿来了呢！"

"啊，爸爸可千万别来！"斯嘉丽吓坏了，惊叫道，"爸爸可不行，他不会也去打仗吧？"

"不，不过他原本是要去的。当然了，他的膝关节有毛病，膝盖强直，走不了远路，但他非要骑马跟我们走。你妈妈说他要是能骑马跳过牧场的围栏，就同意让你爸爸去参战。她说骑着马打仗不是那么容易的，又得上山又要下坡，马很难骑。你爸爸觉得没什么难的，可结果呢——说了你没准也不信，你爸爸骑着马一到围栏跟前，那马就突然站住不动，死活也不跳，把你爸爸从马背上掀翻，越过马头摔出去老远！没把他脖子摔断真是万幸了。你也知道你爸爸那倔脾气，立马爬起来，又试了一次。哎呀，斯嘉丽，你知道吗，结果他当着你妈妈的面，一连摔下去三次，最后才被波克扶到床上去了。他为这事大发脾气，说肯定是你妈妈'在那畜生耳边悄悄嘀咕了什么'，硬说是你妈妈指使那畜生这么干的。其实是你爸爸的身子骨根本打不了仗，斯嘉丽。你也无须为此而觉得脸面无光，毕竟总得有人留在家里给部队种庄稼啊。"

斯嘉丽才不觉得脸面无光呢，反倒是大大地松了口气。

"我把茵迪娅和哈妮送到梅肯去了，在伯尔家住，十二橡树交给奥哈拉先生代为照看了……我得走了，亲爱的，让我亲亲你漂亮的小脸蛋吧。"

斯嘉丽扬起脸，喉咙哽咽，像被什么堵住了似的难受。她很喜欢威尔克斯先生，很久以前还盼着做他的儿媳妇呢。

"这两下是给皮蒂帕特和梅兰妮的，请代我转达吧，"说着，他又轻轻亲了她两次，"梅兰妮还好吗？"

"她很好。"

"啊！"他两眼望着她，但目光像阿什利一样，仿佛穿透了她的身子，灰色的眼睛飘忽地看向遥远的另外一个世界，"要是能亲眼见到我的第一个孙子该多好啊。再见了，亲爱的。"

他转身上马，骑上内利，缓缓离去，帽子拿在手中，满头银发任凭雨水淋湿。斯嘉丽重新回到梅贝尔和米德太太身边，这时才恍然大悟，明白了他最后那句话的意思，心中有种不祥的预感，她心里害怕极了，赶紧在胸前画十字，默默祷告，求上帝保佑。老爷子这话分明是说自己怕是活不成了，阿什利当初也这么说过，结果就——哎呀，死是万万不能提的！一提准会招来祸端，十有八九会应验。三个女人冒着雨默默地返回医院，斯嘉丽心中不停地祷告："上帝啊，千万要保佑他，保佑他平安无事，保佑他和阿什利都平安无事吧。"

约翰斯顿的部队五月初从道尔顿撤退，六月中旬退到了肯尼索山。炎热多雨的六月过去了，谢尔曼还是没能撼动据守在陡峭湿滑山坡之上的南军,人们心中又燃起了希望的火苗,情绪好转,对约翰斯顿将军的言辞也温和了许多。湿热的六月过去,转眼间进入了更加湿热的七月,南军拼死据守山头上的战壕,使谢尔曼依旧寸步难行。亚特兰大人欢欣鼓舞,希望之火烈烈燃烧,就像喝多了香槟酒被兴奋冲昏了头。万岁!万岁!我们把北方佬挡住了!各种宴会、舞会接连不断。一有士兵从前线下来进城过夜,人们就会设宴款待,宴后必会跳舞,舞会上女士的人数已十倍于男士了,所以男人成了众星捧月的对象,姑娘们都争着抢着和他们跳舞。

亚特兰大挤满了形形色色的女人:有来投亲的、有来避难的、有来照顾伤兵的家属,还有前线士兵的妻子或母亲,担心亲人受伤,想离近些方便照应。除此之外,附近乡下的漂亮姑娘也成群结队地进了城,因为如今还待在乡下的男人不是六十岁以上的老头儿,就是不到十六岁的小孩。皮蒂姑妈对这些村姑尤为反感,觉得她们来城里不为别的,就为抢个男人做丈夫,真是世风日下,这些人也不觉得害臊。斯嘉丽也讨厌她们。她们仗着自己年轻,脸蛋儿嫩,笑得甜,叫人一见便忽略了她们身上改了又改的衣裙和补了又补的鞋子。她倒不担心这些个黄毛丫头会跟她比美争宠抢风头,因为她自己的衣服比大多数人的都漂亮得多,也新得多,这还得感谢瑞特·巴特勒最后一次出海偷越封锁线给她带来了些布料。不过话说回来,她已经十九岁了,眼看年华一天天老去,而男人们总是喜欢追求那些傻乎乎的年轻小姑娘。

与那些花枝招展的小妖精相比,她只不过是个寡妇,还带着个拖油瓶,完全处于劣势。但最近以来,日子过得倒蛮快活,守寡和有孩子这两件事竟不再像以往那样是个沉重的包袱。她白天在医院里做看护,晚上才参加各种宴会、舞会,忙得几乎一整天都见不到小韦德的面。有时甚至好几天她都忘了自己还有个孩子。

炎热潮湿的夏日夜晚,亚特兰大家家户户敞开大门,欢迎那些保卫城市的战士们。从华盛顿街到桃树街,所有大宅都灯火通明,热情款待从前线下来满身污泥的勇士们。班卓琴和着小提琴,琴声悠扬,轻踏的舞步声夹杂着欢声笑语,远远飘出窗外,融入夜色之中。人们簇拥在钢琴边,欢快动情地唱着忧伤的歌曲《来信虽到却已迟》。衣衫褴褛的勇士深情地凝望着手握羽扇、掩面而笑的姑娘,央求她们不要犹豫不决,莫把良缘空错过,否则追悔莫及。姑娘们除非万不得已,谁都不会空等。于是纵情欢乐的狂潮席卷全城,一对对有情人闪电般结成眷属。在约翰斯顿坚守肯尼索山,把北方佬阻挡于山下的那一个月里,无数人喜结连理。新娘一脸幸福羞红了脸,从头到脚打扮一新,漂亮的衣装服饰都是从诸位亲朋好友那里东拼西凑借来的。新郎佩戴着的军刀则时不时磕碰膝盖处裤子上的补丁。喜事接连不断,喜宴觥筹交错,多么激动人心!多么热闹非凡!万岁!约翰斯顿将军终于把北方佬挡在了二十二英里之外!

不错,肯尼索山的防线的确坚不可摧。打了二十五天之后,就连谢尔曼将军也对此深信不疑，因为他的兵力损失极为惨重。于是他不再采取正面强攻，又故技重施，来了一次大范围的迂回包抄，企图直插南军阵地和亚特兰大之间。这一招果然又奏效了。约翰斯顿被迫放弃坚守未失的高地，以保后方。这一仗，他损失了三分之一的兵力，剩下的人马疲惫不堪，拖着沉重的脚步在雨中艰难跋涉，穿过乡间，朝查特胡奇河转移。南部邦联再无兵马可援，从田纳西以南到战场之间的这一线铁路如今都已被北方佬所控，每天都有援兵和给养源源不断地输送到谢尔曼的部队。而南军只得穿过泥泞的田野，朝亚特兰大撤退。

本以为牢不可破的阵地最终还是失守了，整个亚特兰大又开始变得人心惶惶起来。欢天喜地了二十五天，人人信誓旦旦地认为阵地绝不会失守。可如今阵地真的丢了！不过将军肯定能把北方佬阻挡在查特胡奇河对岸。哦，上帝啊，查特胡奇河离这儿太近了，只有七英里啊！

然而谢尔曼又从侧翼包抄，绕到上游去渡河。疲惫不堪的南军只能咬着牙急忙渡过浑黄的河水，堵住北军侵入亚特兰大的去路。他们在城北桃树溪河谷一带匆匆挖了段浅浅的战壕，设好防线。亚特兰大人则陷入了恐慌，忧心如焚。

打一仗就撤退，再打又退，连战连退！每撤退一次，北方佬就离亚特兰大更近一步。桃树溪离亚特兰大城只有五英里了！将军到底是怎么想的？

亚特兰大人再次群情激愤起来，纷纷高喊着："给我们派个能死守硬拼的好汉来。"呼声一直传到了里士满。里士满的当权者也知道，一旦亚特兰大失守，这仗就输定了。于是当部队渡过查特胡奇河之后，约翰斯顿将军就被撤了职。接管部队指挥权的是约翰斯顿手下的一名军长，人称胡德将军[1]。这下全城的百姓才算稍稍松了一口气。胡德绝不会后退的。那个长须飘飘、目光炯炯、身材高大的肯塔基人是不会后退的！此人是出了名的猛将，定能将北方佬赶出桃树溪，没错，他还将挥师越过查特胡奇河，将敌人步步逼退，赶回道尔顿去。可是部队官兵却呼喊着："把老乔将军还给我们！"因为他们从道尔顿一路千辛万苦跟随老乔将军转战至此，他们知道局势的艰难，而普通百姓却一无所知。

没等胡德将军作好应战准备，谢尔曼就趁其不备发起了攻势。在临阵换帅的第二天，北军以迅雷之势攻击了距亚特兰大六英里远的小镇迪凯特，并迅速将其攻克，切断了那里的铁路线，而这条铁路是亚特兰大通往奥古斯塔、查尔斯顿、威尔明顿和弗吉尼亚的交通要道。谢尔曼给了南部邦联沉重的一击。再不反击更待何时？！亚特兰大人高声呼喊着，强烈要求南军采取行动！

于是七月里一个酷热难耐的下午，亚特兰大人终于如愿以偿。胡德将军不甘心死守阵地，决意在桃树溪一带向北方佬发起猛攻，命令守在战壕里的士兵全都冲出来，向比他们兵力多出一

---

[1] 约翰·贝尔·胡德（1831—1879）是南北战争期间南方邦联的将领，被称作最好的师长和军长，却是最差的军团长，因他那时勇敢得近乎鲁莽的进攻而闻名。

倍有余的北军拼死扑去，打算杀个你死我活。

人人都胆战心惊，祈祷着上帝保佑胡德这次进攻能把北方佬彻底赶跑。他们听着隆隆的炮声和雨点一般的枪声，心里惶惶不安。虽说战场距离市中心有五英里远，但枪炮声是如此清晰响亮，就像只隔了一条街似的。耳边炮火轰鸣，眼前硝烟滚滚，有如黑云压顶般低垂在树梢。这场仗打了好几个小时，而谁也不清楚战况如何，究竟谁胜谁负。

临近傍晚第一批消息才传了过来，但并不准确，而且有些自相矛盾，甚至骇人听闻，因为消息都是战斗之初就受伤了的士兵带来的。起初，这些负伤的士兵是断断续续过来的，有的独自一人，有的三五成群，伤势轻的扶着一瘸一拐行走不便的。然而没过多久，那些从前线下来的伤兵就汇成了一股再无间断的人流，痛苦地朝医院涌去。他们的脸一个个都被炮火硝烟熏黑，还混合着尘土和汗水，因为没有绷带包扎，伤口已血污干结，成群的苍蝇围着他们转个不停。

皮蒂姑妈的家就在城边，所以从北面进城的伤兵总是先到那一带。他们一个接一个步履蹒跚地来到门口，瘫坐在草坪上，沙哑地乞求道："水！给我点儿水！"

烈阳似火，皮蒂姑妈全家出动忙了整整一下午，无论黑人白人，一个个顶着烈日，打水，拎桶，一勺勺舀水给伤兵们喝；还拿来绷带挨个给他们包扎伤口，直到绷带都用完了，甚至最后连床单和毛巾都撕光用尽为止。皮蒂姑妈本是个见血就晕的人，现在也全然不顾了，一双小脚还穿着小鞋，走得都肿了，站立不住。连挺着大肚子的梅兰妮也顾不得羞怯，跟着普利茜、厨娘和斯嘉丽一块儿忙活，神情和那些伤兵一样紧张不安。不过最终她还是晕了过去，可此时已经连个让她躺的地方都没有了，因为家里所有的床铺、椅子和沙发都被伤员给占上了，于是他们只好把梅兰妮扶到厨房的桌子上。

一家人全都忙着照顾伤员，竟把小韦德给忘了。小家伙一个人蹲在前廊的栏杆后面，就像一只被关在笼子里惊恐不安的小兔子，吓得瞪大了眼睛，偷偷地看着草坪，一边吮着大拇指一边不住地打嗝。斯嘉丽偶然间看见了他，便厉声斥道："到后院玩儿去，韦德！"但孩子被这眼前混乱而可怕的景象吓坏了，早已呆若木鸡，更别说听大人的话了。

草坪上横七竖八躺满了伤兵，一个个累得筋疲力尽，再加上受了伤，身体虚弱，根本动弹不得。彼得大叔把这些伤员一个个弄上马车，一趟趟地给送到医院，最后连老马都累得气喘吁吁，大汗淋漓。米德太太和梅里韦瑟太太也把自家的马车派来了，帮着一块儿运送伤兵。一辆辆马车满载着伤兵，压得车上的弹簧都弯了。

黄昏渐渐来临，夏日的黄昏漫长而炎热，暮色中从前线开来的救护车和盖着溅满污泥的帆布篷的军需车隆隆驶过，后面跟着一辆辆农场的大车、牛车，甚至还有私人马车，都是被军医疗队征用来的。这些车辆浩浩荡荡地从皮蒂姑妈家门前驶过，在崎岖不平的路上不停颠簸，每辆车上都载满了伤员和垂死的士兵。鲜血滴滴，沿着红土道洒落一路。看到有几个女人拎着水桶、拿着勺子，车队立刻停了下来，伤兵们有的大声呼号，有的轻声哀求，嘴里说的都是同一句话："给我点儿水！"

伤兵们耷拉着脑袋，连头都抬不起来，斯嘉丽一只手托住他们东倒西歪的脑袋，让他们能喝到水，润湿焦干的嘴唇。伤员们满身尘土，有的还发了烧，于是她便把整桶的水泼到他们烧得滚烫的身上，泼到他们开裂的伤口上，好让他们的痛苦能得到片刻的缓解。她踮着脚尖，把勺子挨个递给救护车的车夫们，焦急地逐一向他们打听消息："有什么消息吗？有消息没？"

得到的回答都是一样的："还不清楚，太太，没那么快。"

夜幕降临，天气闷热难耐，一丝凉风都没有。黑奴们举着松枝火把照亮，熊熊火焰烧得四周更热了。斯嘉丽鼻子里尽是尘土，嘴唇也早已干裂。她身上穿的那条淡紫色花布裙，早上还干净挺括，此时已满身污渍，沾满血迹、尘土和汗水。阿什利在信里说过，打仗不是什么光彩的事，只有肮脏和痛苦，原来他说得一点儿都没错。

斯嘉丽实在撑不住了，感觉眼前的一切就像是一场可怕而不真实的噩梦。这不可能是真的——如果是真的，那这世界就是疯了。可如果不是真的，那她又为何站在皮蒂姑妈家门前宁静的院子里，站在这摇曳闪烁的火光中，把一桶桶的水泼向奄奄一息的小伙子们呢？这些人当中有许多都曾经追求过她，尽管他们此刻疲惫万分，痛苦不已，但看到她，都尽力挤出一丝微笑。有那么多熟悉的人沿着这条尘土飞扬的昏暗大道被一路颠簸地送过来；有那么多熟悉的人在她眼前气息奄奄，满脸血迹，饱受蚊虫叮咬。她曾和这些小伙子们一起跳舞、一起欢笑,她曾给他们弹过琴、唱过歌,跟他们开过玩笑,也对他们有过一丝温存的抚慰和爱意。

她在一辆牛车上被压在最底下的伤员里,发现了凯利·阿什伯恩。他头部中弹,已命不久矣。她想把他弄出来,可要弄他出来就得搬开另外六个伤员,所以她没有办法,只好看着他被车拉到医院。后来她听说,还没等到医生来医治,他就已经断了气,被拉去埋了,具体埋在哪儿,谁也不知道。在那一个月里,奥克兰公墓里不知埋葬了多少人,就那样浅浅地挖个坑,然后就草草地埋了。梅兰妮心里很难过,因为没能剪下凯利的一绺头发,寄给他在阿拉巴马的母亲。

夜深了,仍是酷热难当,全家人累得腰酸背痛,连膝盖都直不起来了。斯嘉丽和皮蒂见人就打听:"有消息了吗?有什么消息没有?"

过了好几个钟头,直到后半夜,她们才终于打听到了消息,可这消息却令她们两人面面相觑,脸色惨白。

"我们在撤退。""不撤不行了。""他们人数比我们多好几千哪。""北方佬把惠勒的骑兵队给截在迪凯特了。我们得去增援。""咱们的部队马上就要退到城里来了。"

斯嘉丽和皮蒂吓得腿都软了,赶紧相互搀扶,不让自己摔倒。

"北——北方佬真要来了吗?"

"是的,太太,他们是要来了,不过就算进来了,也不会深入的。""别担心,小姐,他们攻占不了亚特兰大的。""不会的,太太,咱们在城周围有老长老长的防御工事呢。""我亲耳听老乔将军说:'誓与亚特兰大共存亡。'""可我们现在没有老乔将军了,如今是——""闭嘴,你个蠢货!别把太太小姐们吓着!""北方佬绝对不会攻下亚特兰大城的,太太。""太太,你们为什么不去梅肯或者别的更安全些的地方避避呢?那边没有亲戚吗?""北方佬不会攻占亚特兰大的,不过他们要是打来的话,太太小姐们还是躲一躲好。""毕竟炮火连天的,攻势会很猛。"

转天,天降大雨,热气蒸腾。部队吃了败仗,成千上万的士兵如潮水般涌入亚特兰大,连续七十五天的恶战,且战且退,战士们早已疲累交加,饥肠辘辘。连战马都饿得皮包骨,靠些碎绳子和断皮条拉着身后的大炮和弹药。但部队退入城里时并没有一点儿狼狈相,而是队伍整齐、井然有序。虽然他们衣衫褴褛,却意气风发,步调一致,破碎的红色战旗在雨中飘扬。在老乔将军的统领下,他们学会了撤兵之道。老乔将军不但进攻有方,撤退也同样行之有道。一排排的士兵胡子拉碴,衣服破烂,和着《马里兰!我的马里兰!》的军乐,踏着整齐的步伐从桃树街开过,全城的百姓都出来为他们欢呼致敬。无论胜败如何,他们终究都是自己的队伍。

不久前刚奔赴前线的民兵团,原先穿着崭新的军服,光彩照人,如今经过战火的洗礼,一个个变得蓬头垢面,又脏又黑,几乎跟久经战场的老兵一样了。不过,他们的眼神中多了一种从未有过的神采。三年来他们一直百口莫辩,一再为自己为何没有上战场作着解释,如今终于可以一雪前耻了。他们放弃了后方的太平日子，经历了战斗的艰辛。许多人把生之安乐换成了死之痛苦。现在他们已成老兵，虽然只打过一仗，但毕竟算是经受过了一场大战的考验，而且表现十分出色。他们在人群中搜寻着熟悉的面孔，自豪而骄傲地直视别人的目光，因为他们终于可以挺起胸膛，扬眉吐气了。

自卫队的老人和少年们列队走来。白发苍苍的老人累得迈不动脚，少年则满脸倦容，过早地挑起了大人的重担，负重难行。斯嘉丽在人群中看到了菲尔·米德，差点儿没认出他来。他的小脸黢黑，沾满了硝烟和尘土，眉头紧皱，神情疲惫。亨利叔叔一瘸一拐地走过，下着雨，他却没有戴帽子，只拿一块破油布剪了个洞套在身上，但头还是在雨中淋着。梅里韦瑟老爷子坐在一辆炮车上，脚上没有鞋穿，光脚裹着些破布条。斯嘉丽四下寻找着，却一直没看到约翰·威尔克斯的身影。

然而，约翰斯顿麾下的那些老兵依然步伐坚定，坚韧豪迈。三年来，他们始终如此，直到现在仍然没有一丝疲态，劲头十足，他们对漂亮姑娘们咧嘴笑着，不时挥手致意，嘲笑那些没有参战的男人。他们此时正大步流星赶往环城的防御工事——不是匆匆赶挖出来的浅坑，而是齐胸深的土木工事，并用沙袋加固了，顶部还排着尖尖的木桩。战壕绵延不断，环绕全城，红色的沟壑上面垒起一座座红色的土堡，等待战士们前去防守。

人群朝部队欢呼起来，就像欢迎胜利归来的勇士。人人忧心忡忡，满怀恐惧，形势已然岌岌可危，战火已经烧到了家门口，但事情既然已经这样了，人们的心态反倒起了一些变化，变得不再那么惶惶不安,也不再那么歇斯底里。大家不管心里是怎么想的,表面上都不表露出来。所有人看起来都欢欣雀跃,尽管所有的笑颜都是强装出来的。大家都想在部队官兵面前表现出坚定勇敢、信心十足的样子。人们都重复着老乔将军被解职前说过的那句豪言壮语:"誓与亚特兰大共存亡。"

现在胡德也不得不后撤了,于是不少百姓便产生了跟战士们同样的想法,希望老乔将军能官复原职,重掌指挥大权。但大伙儿都忍着不把这话说出来,只用老乔将军的豪言壮语给自己打气:"誓与亚特兰大共存亡!"

约翰斯顿将军作战向来小心谨慎,而胡德则截然相反。他一会儿从东面攻打北方佬,一会儿又从西边进攻。谢尔曼率领北军围着亚特兰大全城来回转,就像摔跤运动员,寻找对手的破绽,伺机发动攻势。胡德不肯守在防御工事里坐等北军来袭,而是主动出击,向敌人猛扑过去。短短几天工夫,两军就在亚特兰大和以斯拉教堂接连打了两场仗。这两场仗都声势浩大,战斗激烈,相比之下,桃树溪那一战根本不算什么。

但北方佬总是能源源不断地涌上来,虽然他们损失惨重,但依然承受得起。他们的炮弹不停地朝亚特兰大猛轰,炸死待在家里的平民百姓,掀翻房子的屋顶,把大街炸得尽是巨大的弹坑。城里的百姓有的躲在地窖,有的钻进地洞或者铁路道口浅浅的隧道里。亚特兰大处于被围攻的状态。

胡德将军接任短短十一天,损失的兵力几乎近于约翰斯顿将军且战且退七十四天的伤亡人数总和，而且还让亚特兰大陷入三面受敌的困境。

如今，亚特兰大到田纳西的铁路已全线落入谢尔曼手中。他的军队正穿过东向的铁路线，西南方向通往阿拉巴马的铁路也已被他切断。眼下只剩往南通向梅肯和萨凡纳的铁路还能通行。城里挤满了士兵、伤员和难民，人满为患，而这唯一的一条铁路远远满足不了这座水深火热的城市迫切的需要。但只要这条铁路还在，亚特兰大就能继续顶住。

斯嘉丽明白这条铁路真是太重要了，谢尔曼肯定会拼死争夺，而胡德一定会誓死守住，思及于此，她不禁惶恐万分，因为这条铁路经过自己家乡县里，经过琼斯博罗，而她的娘家塔拉距离琼斯博罗只有五英里！跟亚特兰大这个人间地狱相比，塔拉庄园现在真可以算是天堂一般的避风港了。

亚特兰大战役打响那天，斯嘉丽和许多其他的太太小姐们起初还打着小阳伞，坐在店铺的平屋顶上观战。但没过多久，街上第一次落下了炮弹，吓得她们连忙逃入地窖。当天晚上，城里的老弱妇幼就开始大批撤离，逃亡梅肯。当晚搭火车逃走的人当中有许多都是老难民，跟着约翰斯顿将军从道尔顿一路撤离，已经辗转五六个地方了。他们的行囊比刚到亚特兰大时又轻了很多，多数人都只拎着个小毡布包，还有用大手帕包着的简单午餐。到处可见惊恐而匆忙的奴仆，手里捧着银水壶和刀叉，还有一两张老祖宗的画像，这些都是最初从老家逃出来时抢出来的。

梅里韦瑟太太和埃尔辛太太都不肯走。因为医院需要她们，而且她们还骄傲地说自己不怕炮火，就算北方佬来了，她们也不怕，谁也别想把她们从自己的家里赶走。但梅贝尔带着她的宝宝和范妮·埃尔辛都去梅肯了。米德太太自打嫁给米德医生以来，第一次不听丈夫的话。医生叫她坐火车到外地避难，但她说什么也不去，说医生需要她。更何况菲尔还在城外的战壕里作战，她想离儿子近些，要是万一……

但怀廷太太走了，斯嘉丽社交圈子里的许多太太小姐也都走了。皮蒂姑妈当初头一个谴责老乔将军的撤退策略，如今又是头一个打点行装要出去逃难的。她说自己神经衰弱，受不了隆隆的枪炮声，担心一听到炮弹爆炸就会晕过去，连地窖也来不及进去什么的。不，她可不是害怕，她那张娃娃一样的小嘴很想做出一副勇敢的样子来，但怎么看也不像。她要去梅肯，投奔她的表姐伯尔老太太，梅兰妮和斯嘉丽两个姑娘也得跟她一起去。

斯嘉丽不想去梅肯，炮弹虽然可怕，但她宁愿待在亚特兰大也不愿去梅肯，因为她打心眼里讨厌伯尔老太太，简直恨透了她。多年前，在威尔克斯家举办的一次宴会上，斯嘉丽和伯尔老太太的儿子威利接吻时被老太太撞见了，于是她就骂斯嘉丽"放荡"。所以斯嘉丽便对皮蒂姑妈说："不，我要回塔拉去，让梅兰妮陪你去梅肯吧。"

梅兰妮一听这话，又伤心又害怕，立刻大哭起来。皮蒂姑妈连忙去请米德医生，梅兰妮一把抓住斯嘉丽的手。"亲爱的，别去塔拉，别离开我！你走了我就太孤单了。噢，斯嘉丽，我生孩子时你要是不在我身边，我还不如死了的好！是的，是的，我知道皮蒂姑妈也在，她人也很好。但毕竟她从来没生过孩子。有时她甚至弄得我精神紧张，让我恨不得朝她大叫。别扔下我，亲爱的，对我来说，你一直就像我亲妹妹一样。再说，"她虚弱地一笑，说道，"你答应过阿什利照顾我的，他说他会拜托你的。"

斯嘉丽盯着梅兰妮看，百思不解。她讨厌梅兰妮，讨厌到几乎无法掩饰，可梅丽为何反倒如此爱她呢？这女人怎么会这么蠢，竟看不出她心里暗暗爱着阿什利呢？这几个月来，她日日忧心忡忡，盼着打听到阿什利的下落，在痛苦中备受煎熬，已经不下百次流露真情，泄露心中的秘密。可梅兰妮竟什么也没看出来，只看到自己所爱之人身上的优点，看不见半分缺点……没错，她是答应过阿什利会照顾梅兰妮。噢，阿什利！阿什利！好几个月过去了，你大概已经不在人世了吧！你人虽不在了，可对你的承诺却还在，让我如今被这承诺所累，困住了手脚！

"哦，"她没好气地说，"我的确答应过他，而且绝不会食言。但我不想去梅肯，不想和伯尔那个老妖婆同住。跟她在一起，我不出五分钟就会受不了的，就恨不得把她的眼珠子抠出来。我要回塔拉，你可以跟我一起去，妈妈一定会很欢迎你。"

"噢，我同意！你母亲人很好。可是你也知道，我生孩子时，姑妈要是没在身边，她肯定会急死的，但她是不会去塔拉的。那里离战场太近，她想去个更安全的地方。"

米德医生上气不接下气地赶来了，看皮蒂姑妈这么心急火燎地去叫他，还以为梅兰妮出了什么事，要早产了呢。见了面才知道梅兰妮没事，他气得抱怨了半天，问清了慌张的缘由之后，立刻不容分说地下了公断。

"去梅肯是断然不可的，梅丽小姐。你要执意离开，出了事我可概不负责。火车上挤得要命，而且没个准点，一旦要用火车运送伤兵、部队或者给养什么的，车上的乘客随时会被赶下车，撂在荒郊树林里，进退不得。你这身子……"

"可要是我跟斯嘉丽去塔拉的话——"

"我告诉你不能去。去塔拉的火车就是去梅肯的车，没什么两样。更何况，现在北方佬打到哪儿了谁也不知道。他们到处都是，说不定你坐的那趟车半道就被他们给截住了。就算你平安无恙地到了琼斯博罗，还得坐马车再一路颠簸五公里才能到塔拉，你一个孕妇怎么能受得了？更何况自从老方丹医生随军出征了之后，县里一个医生都没有了。"

"可是还有接生婆呢——"

"我说的是医生，"他粗声粗气地说，两眼下意识地打量着梅兰妮瘦小的身子，"总之我不同意你走，那样很危险。你不会想把孩子生在火车上或者马车上吧？"

医生的话说得坦率而耿直，窘得几位女士脸色通红，一句话也说不出来。

"你只能待在这里，我也好随时照应。另外你必须卧床休息，不能上楼下楼钻地窖。就算炮弹从窗口飞进来了，你也得躺在床上别动。再说这里也没那么危险，北方佬很快就会被打退的……好啦，皮蒂小姐，您赶紧去梅肯吧，这两个姑娘就留在这儿了。"

"连个照应的长辈都没有?"皮蒂姑妈惊叫道。

"她们都已经结婚了,"医生火气也上来了,"我太太也在家,就隔着两座房子。再说梅丽小姐在家待产,也不会有男性客人登门拜访。我的天,行了皮蒂小姐!眼下正打仗呢,哪儿还顾得上这些规矩。我们必须为梅丽小姐着想。"

医生急匆匆地走出房间,走到前廊上,等着斯嘉丽。

"我实话实说吧,斯嘉丽小姐,"他捋着花白的胡子说道,"你看起来倒像是个有见识的姑娘,所以听我说这些话也用不着脸红。让梅丽小姐出去避难的事今后就不要再提了。我看她怕是经不起路上的奔波和折腾。就算给她一个舒舒服服的环境,生孩子时也会很困难的——她的骨盆太窄,分娩的时候很可能得用产钳,所以我不想让那些无知的黑人接生婆来插手。其实像她这样的女士根本不该生孩子,可是——算了,你去帮皮蒂小姐收拾行李,送她去梅肯吧。她这么战战兢兢的,只会让梅丽小姐更惊慌害怕,倒给人添乱。""还有,小姐,"他目光锐利地盯着斯嘉丽瞧,仿佛看到了她的心里,"你也不要再提回家的事,安心地陪着梅丽小姐,等她把孩子生下来再说。你不会害怕的,对吧?"

"噢,我不怕!"斯嘉丽口气坚定,但其实是在撒谎。

"真是个勇敢的姑娘。如果需要人陪的话,就去找我太太。要是皮蒂小姐想把仆人一起带走的话,我就叫我们家的老贝琪过来帮你们做饭。要不了多长时间的,不出五个星期孩子就该出生了。但她这是头胎,况且现在又在打仗,炮火连天的,孩子随时都有可能出生。"

于是皮蒂帕特姑妈泪流满面地去了梅肯，把彼得大叔和厨娘也带走了。临走前，她爱国之心忽然大发，把马车和马匹都捐给了医院，可捐完之后又马上后悔了，结果哭得更凶了。现在家里只剩下了斯嘉丽、梅丽、小韦德和普利茜，尽管炮声依然不断，屋子里却一下子清静了许多。

第十九章

围城的头几天，北方佬对亚特兰大的城防工事进行了猛烈的炮击，炮弹四处开花，到处都被炸得七零八落，斯嘉丽被吓得不轻，只能无助地捂着耳朵，浑身发抖，时刻提心吊胆，害怕不定什么时候就被炸得粉身碎骨。一听到炮弹飞来的呼啸声，她就吓得立刻冲进梅兰妮的卧室里，扑到床上，两人紧紧抱作一团，脑袋拼命往枕头里钻，"啊！啊！"尖叫个不停。普利茜和韦德则慌慌忙忙地逃进地窖，缩在布满蛛网的黑暗角落里。普利茜尖声大叫，小韦德呜呜地哭，哭得直打嗝。

死神在头顶呼啸，鼻子被羽毛枕堵得透不过气，斯嘉丽心里暗骂梅兰妮，都是她害得自己不能躲到更安全些的地窖里。但医生不许梅兰妮下床走动，斯嘉丽只能守着她，一边担心自己会被炮弹炸成灰，一边又害怕梅兰妮的孩子随时会出世。想到后者，斯嘉丽冷汗直冒。梅兰妮要生了可怎么办？眼看炮弹跟雨点似的密密麻麻砸下来，她宁愿看着梅兰妮死也不愿冲出门去找大夫。而普利茜那丫头则宁愿被打死也不肯冒险出去。如果孩子真快要出生了,她该怎么办啊?

一天晚上,斯嘉丽和普利茜正在为梅兰妮准备晚饭,两人低声商量起这些事情来。令她大为吃惊的是,普利茜竟三言两语就打消了她的忧虑和不安。

"斯嘉丽小姐,梅兰妮小姐要生孩子的时候,就算找不到大夫也不用担心。俺能应付。生孩子的事儿俺都懂。俺娘不就是个接生婆嘛。俺从小就跟她学给人接生。放心,这事就交给俺好了。"

斯嘉丽一听这话,心里的一块石头才算落了地,好在身边有个行家,这下终于能松口气了。但她还是希望这些折磨人的事和煎熬的日子快点儿结束。她急着逃离这些四处横飞的炮弹,急着回到宁静祥和的塔拉去。她每晚都虔心地祷告,希望孩子能早点儿出世,最好转天就生,这样她就可以兑现自己的诺言,摆脱束缚,赶紧离开亚特兰大。在她看来,只要回到塔拉就可以平安无事,远离所有的苦难了。

斯嘉丽这辈子从来没有这么想念过自己的家,想念自己的妈妈。只要妈妈在她身边,无论发生什么她都不会害怕。白天听了一整天的炮火轰鸣和炮弹飞啸,晚上一上床,她就下定决心转天就告诉梅兰妮,她在亚特兰大一天也待不下去了,这种痛苦煎熬的日子她一天也忍不了了,她非回家不可,梅兰妮可以去米德太太家住。可是一躺在枕头上,眼前就浮现出阿什利的面容,回想起上回他临走时的那一幕:他心事重重,一脸愁苦,嘴角挂着一丝浅笑对她说:"你会照顾梅兰妮的,对吗?你那么坚强……

答应我。"而她也答应了。如今阿什利不知长眠何处，不管他在哪儿，他都在注视着她，要她信守诺言。无论他是生是死，她都不能有负于他，哪怕付出天大的代价，她也定要坚守对他的承诺。于是就这样一天接着一天，她还是继续留了下来。

母亲埃伦接连来信要她回家去。斯嘉丽在回信中刻意对围城的危险轻描淡写，并向母亲说明了梅兰妮眼下的艰难处境，答应孩子一出生就回家去。埃伦素来看重亲情，无论是对本家还是亲家，所以无奈只得同意斯嘉丽留下，但要求普利茜和韦德必须马上回去。普利茜自然是巴不得赶紧回去，她现在一听到突如其来的声响就吓得牙齿打战，像个白痴一样，成天躲在地窖里不敢出来。要不是米德太太把沉稳老练的老女仆贝琪派了来，斯嘉丽她们几个连顿像样的饭都吃不上。

斯嘉丽跟她妈妈一样急着想把韦德送出亚特兰大。不单是为了孩子的安全着想，还因为那孩子成天吓得战战兢兢，让斯嘉丽看着心烦。炮弹轰鸣，吓得小韦德话都不敢说。而即使爆炸声都停了，他还是死死揪着妈妈的裙子不放手，吓得连哭都哭不出来了。晚上他不敢去睡觉，怕黑，也怕北方佬来了会把他抓走。夜里他那呜呜咽咽的哭声都快把斯嘉丽折磨得崩溃了。其实她跟孩子一样紧张害怕，可孩子那张吓得扭曲的小脸一直在她眼前晃来晃去，看得她心里冒火。没错，韦德还是回塔拉的好，就让普利茜送他去吧，送到那儿再让她赶紧回来，好赶上梅兰妮生孩子。

可还没来得及打发两个人启程，就传来了消息，说北军已开到了南面，在亚特兰大和琼斯博罗之间的铁路沿线骚扰，小规模的交火不断。万一北方佬截住了韦德和普利茜坐的火车可怎么办——一想到这儿，斯嘉丽和梅兰妮吓得脸都白了。众所周知，北方佬对孤苦无依的孩子比对妇女都残暴。所以斯嘉丽没敢把孩子送回家，让他继续留在了亚特兰大。小韦德成天畏畏缩缩，吓得不敢出声，像个小鬼魂似的跟在妈妈身边，妈妈走到哪儿他就跟到哪儿，紧紧抓着妈妈的裙子，一刻也不松手。

酷热的七月，围城之战还在继续。夜晚总是阴沉寂静，令人毛骨悚然。等天一亮，便硝烟又起，炮声隆隆。亚特兰大人似乎也渐渐适应了，形势已然糟糕至此，便再也没有什么可害怕的了。之前他们害怕围城，现在城已被围，倒也没觉得有多可怕，日子还算过得下去，跟原先几乎没什么两样。他们知道自己就像坐在火山口上，但火山一直没喷发，他们也只能干坐着，什么也做不了，所以既然如此，何必太过担心呢？再说没准儿这火山还爆发不了呢。你看，在胡德将军的坚守下，北方佬不是一直被挡在城外进不来吗！还有骑兵队不是也一直守着通往梅肯的铁路，寸土未失吗！谢尔曼休想把它夺走！

尽管炮火连天，口粮日益短缺，但人们表面上毫不在意；尽管北方佬离他们只有半英里远了，但他们只当没看见；尽管他们对守在战壕里衣衫褴褛的邦联将士满怀信心，但亚特兰大人强装镇定的外表下，隐藏着慌乱不安的心：今天虽过了，但不知明天是生是死，是吉是凶。焦虑、担心、痛苦、饥饿，再加上希望的忽起忽落，百般折磨，令他们故作的镇定越来越难以维持。

斯嘉丽从朋友们无所畏惧的神情中获得了勇气,再加上天赐给人类随遇而安的天性,让人们拥有既然无法改变环境,就忍受环境的能力,于是斯嘉丽也渐渐变得勇敢起来。当然,听到爆炸声时她还是会吓一跳,但不会再尖叫着往梅兰妮的枕头底下钻了。现在的她居然能倒吸一口冷气,怯怯地说一句:"有惊无险啊,是吧?"

如今她变得不再那么害怕,还有一个原因是她觉得日子过得像做梦一样,这么可怕的情形哪里像是真的呢,应该是个梦吧。她斯嘉丽·奥哈拉不可能身在这样危难的处境中,每时每刻都有生死之危。原本平静安宁的生活也不可能转眼间就变得天翻地覆,面目全非。

这太不真实了,就像一场梦,一场荒唐透顶的梦。刚破晓时还碧空如洗,刹那间就硝烟滚滚,烽火连天,整座城市犹如笼罩在雷电交加的乌云之下。原本热气微醺的正午时分,一簇簇忍冬飘香,一丛丛蔷薇芬芳,转眼间就变成了可怕的景象:炮弹呼啸着从天而降,落在街心轰然炸开,霎时间天崩地裂,仿如末日来临。弹片四散,飞出几百码开外,无论人畜都被炸成了碎片。

午后恬静慵懒的小憩已一去不返,因为炮火虽有停歇,但桃树街上的喧嚣永无止息。炮车和救护车隆隆驶过;伤兵们踉踉跄跄从火线上退下来。奉命增援的部队匆匆而过,从城这头紧急调往城那头,支援那里战况吃紧的防御工事。传令兵们在街上横冲直撞,火速奔向司令部,仿佛肩负着整个南部邦联的生死命运。

炎热的夜晚降临,总算安静了些,可是却静得令人发慌,总觉得有种不祥之感。夜深人静,但静得有些过头——感觉好像连雨蛙、蟋蟀和嘲鸟都吓得不敢吱声,不敢再像往常那样来个夏夜大合唱。时而从最后一道防线上传来几声噼啪的枪声,听起来似乎是旧式的长火枪,枪声刺耳,尖厉地划破了这深夜的宁静。

在这万籁俱寂的夜晚,家家户户灯火尽熄,梅兰妮也已熟睡,整个城市陷入了死一般的沉寂。斯嘉丽却辗转反侧,怎么也睡不着,因为时常会听到大门门闩咔嗒一响,接着传来又轻又急促的敲门声。

每次她起身去看,总会看到黑漆漆的前廊下站着士兵,黑暗中看不清他们的脸,只能听见嗓音各异的人跟她说话。有时黑影中的人声音斯文:"太太,很抱歉打扰您了,能不能给我和我的战马来口水喝?"有时说话的人带着生硬的沙哑的山地人口音,有时是最南边平原地带乡下人古怪的鼻音。偶尔还有沿海地带的人慢声细语的口音,让她心里不由得打了个激灵,因为这口音让她想起了自己的妈妈。

"小姐,俺有个同伴,本来是要到医院去的,可是看样子他怕是走不到那儿了,您能收留一下吗?"

"太太,给我点儿吃的好吗?要是还有多余的玉米饼,能给我来一块吗?"

"太太,请原谅我冒昧打扰,不过——我可不可以在您家的门廊下过一夜?我看到您家院里种着玫瑰花,还闻到了忍冬的香气,跟我的老家太像了,所以我斗胆……"

不,这样的夜晚太不真实了!就像是一场噩梦,那些士兵也是她梦里的一部分，看不见他们的面孔和身体，黑暗之中只听见他们用疲惫的声音跟她说话。打水，张罗吃的，在房子的前廊上放好枕头，包扎伤口，捧起垂死的战士脏兮兮的头。不，这些事怎么会发生在她的身上！

七月末的一天夜里，前来敲门的竟然是亨利·汉密尔顿叔叔。他的雨伞和毡布包都没了，原先的大肚子瘪了下去，原本红润且胖鼓鼓的脸如今也皮肤松弛，布满褶皱，就像斗牛犬颈部松垂的皮肉。花白的长发脏得不堪入目，脚上虽有鞋但跟光着脚也差不多，浑身爬满虱子，饥肠辘辘，但那火暴的脾气一点儿都没变。

他说："这仗打得真是荒唐，连我这把老骨头也得去扛枪上阵。"虽然他嘴上这么说，可斯嘉丽她们都看得出亨利叔叔很得意，因为他也像年轻人一样受到征召，跟年轻人一样挑起重担，而且表现得一点儿也不比年轻人差。他可比梅里韦瑟老爷子强多了，他乐呵呵地对斯嘉丽她们说。梅里韦瑟老爷子腰痛的老毛病又犯了，而且疼得厉害，上尉想让他退伍，但老爷子怎么也不肯回家，甚至直言不讳地说宁愿挨上尉的臭骂和欺负，也不愿回去受儿媳的伺候，成天听她唠叨，不让他嚼烟叶，还要他每天洗胡子。

亨利叔叔不能久留，因为他只请了四个小时的假，可是从城外的工事到城里来回路上就得两个小时。

"孩子们，只怕我得有阵子不能来看你们了。"斯嘉丽给他端来了一盆冷水,亨利叔叔坐在梅兰妮的卧室里,一边舒舒服服地泡着那双磨得满是水泡的脚,一边说道,"我们连明天一早就要出发了。"

"要去哪儿?"梅兰妮吓得抓住他的胳膊问道。

"别碰我,"亨利叔叔烦躁地说,"我身上爬满了虱子。本来打仗其实蛮有趣的,可惜会身上长虱子,还有痢疾。你问我要去哪儿?这个嘛,部队的命令还没下来呢,不过我心里已经有数了,要是没猜错的话,准是往南去,开往琼斯博罗,一早就走。"

"哦?为什么往琼斯博罗那里去?"

"因为那边要打仗了,而且是场大仗,小姐。北方佬一心想夺取那里的铁路。如果铁路落在他们手里的话,那亚特兰大可就完了!"

"噢,亨利叔叔,你觉得他们会夺走那边的铁路吗?"

"当然不会了,姑娘们!绝对不会的!有我在,怎能让他们得逞呢?"亨利叔叔见她们一脸惊恐,咧嘴一笑,然后又板起脸孔,神情严肃地说,"那将会是一场硬仗,姑娘们。我们必须得打赢。你们自然也清楚,除了去梅肯的铁路之外,其余的所有铁路都已经被北佬占领。但他们夺走的远不止这些。你们姑娘家也许还不知道,不只是铁路,他们把所有的大路和车道都控制了,眼下只剩通往麦克多诺的大路还在我们手里。亚特兰大就像是被装进了一个口袋,而勒紧袋口的绳子就在琼斯博罗。如果北方佬夺走了那里的铁路,他们就会勒紧绳子,收紧袋口,如同瓮中捉鳖,把咱们给一网打尽了。所以咱们决不能让他们把那条铁路夺走……我这一走,恐怕一时回不来了,姑娘们,所以我今天特地来跟你们道别,同时也来看看斯嘉丽是不是陪着你呢,梅丽。"

"当然,她当然陪着我呢,"梅兰妮亲热地说,"亨利叔叔,别为我们担心,您自己要多保重。"

亨利叔叔蹭了蹭破旧的地毯,擦干湿漉漉的脚,然后穿上破烂不堪的鞋,叹了口气。

"我得走了,"他说,"还有五英里的路要走呢。斯嘉丽,你帮我弄点儿吃的让我带走。随便什么都行。"

他吻别了梅兰妮,然后下楼来到厨房。斯嘉丽正用餐巾把一块玉米饼和几个苹果包起来。

"亨利叔叔——情况——情况真那么糟糕吗?"

"糟糕?老天爷,那还有假!别傻了,咱们已经山穷水尽,无路可退了。"

"您说北方佬会打到塔拉吗?"

"你怎么——"亨利叔叔颇为恼火。真是妇人之见,大事不管不问,只考虑自己那些鸡毛蒜皮的私事。可一看她那张惊恐不安、愁眉不展的小脸,他又于心不忍了。

"当然不会。塔拉离铁路有五英里远呢,北方佬要的是铁路。你这小脑袋瓜还不如只甲虫灵光呢,小姐。"他突然话锋一转,"我今晚走了这么老远的路,不单是来跟你们道别的,还要给梅丽带个不幸的消息,可是好几次话到嘴边都咽了下去,实在不忍心亲口告诉她,所以只好托你转告了。"

"不会是阿什利——莫非您听到什么消息了吗——他是不

是——死了？"

"哎哟，我成天站在战壕里，烂泥都没过了大腿根，怎么可能有阿什利的消息呢？"老先生烦躁地说，"不，是他父亲的消息。约翰·威尔克斯死了。"

斯嘉丽"咚"的一声坐了下去，手里还握着包了一半的午饭。

"我是特地来给梅丽报信儿的——可我怎么也开不了口。你一定得替我告诉她，并把这些东西交给她。"

他从口袋里掏出一块沉甸甸的金表，表链上还挂着几颗印章；还有一枚袖珍画像，画上之人是亡故多年的威尔克斯太太，另外还有一对很大的衬衫袖扣。一看到约翰·威尔克斯先生经常戴着的那块金表，斯嘉丽这才如梦方醒，明白阿什利的父亲真的死了。她惊愕不已，哭不出来，也说不出话。亨利叔叔不知该如何是好，只能干咳几声，别过头去不看她，生怕见她泪流不止的，自己心里也难受。

"他非常勇敢，斯嘉丽，把这话告诉梅丽，叫她写信给他的两个女儿，把这消息告诉她们。他虽然上了年纪，但老当益壮，是个英勇的好战士。可惜被炮弹打中，连人带马被打个正着。那马被炸得——可怜的小东西，我只好一枪让它断了气。那可真是一匹出色的小母马。你最好也给塔尔顿太太写封信，那匹马可是她的心头肉呢。快帮我把吃的包起来吧，孩子。我得走了。好了，亲爱的，别太难过。这把年纪了还能跟年轻人一样上阵杀敌，为国捐躯，还有什么比这更光荣的死法呢？"

"噢,他不该死的呀!他不该去打仗的。他本该好好地活着,看着自己的孙子长大成人,最后寿终正寝,安详死去。噢,他干吗要去打仗呢?他根本就不赞成南方分离出去,根本就反对打这场仗的啊——"

"我们当中很多人都这么想,可又有什么用呢?"亨利叔叔气呼呼地吸了吸鼻子,说道,"我都这把年纪了,你以为我乐意让北方佬拿我当靶子吗?可这年头体面人就得这么做,没有别的选择。跟我吻别吧,孩子,别为我担心。我会平安无事挺过这场仗的。"

斯嘉丽吻了吻亨利叔叔,听着他走下楼梯,步入黑暗之中,然后听到大门门闩咔嗒一声响。她望着手里的那堆遗物,呆立许久,然后才上楼去把消息告诉梅兰妮。

七月底,传来了坏消息。果然不出亨利叔叔所料,北军再次迂回包抄,挥师扑向琼斯博罗。他们曾在离城四英里处切断了铁路线,不过被南部邦联的骑兵队打退了;工兵部队顶着烈日,挥汗如雨,最终把铁路修复了。

斯嘉丽都快急疯了。她足足等了三天,越等心里越害怕。后来接到了父亲杰拉尔德的来信,看罢方才放下心来。敌人没到塔拉。他们听到了打仗的声音,但没看见北方佬的影子。

杰拉尔德在信里大谈进犯铁路的北方佬是如何被打得落花流水,落荒而逃的,牛皮吹得震天响,不知道的还以为这是他单枪匹马立下的大功。军队这些英勇退敌的故事,他写了满满三大页,末了才简短地提了几句家里的事,说卡琳生病了,奥哈拉太太说是伤寒。还说卡琳病得不重,叫斯嘉丽不用担心。但眼下无论如何也不要回塔拉去,即使铁路现在安全了也不要回去。奥哈拉太太说当初亚特兰大被围时,幸亏斯嘉丽和韦德没回家,她觉得很庆幸。她再三叮嘱,要斯嘉丽务必去教堂,为卡琳念诵《玫瑰经》,向上帝祈祷,保佑她早日康复。

最后一句话引得斯嘉丽有些良心不安,因为她已经好几个月没有去教堂了。这事要放在以前,她会觉得自己罪孽深重,不可饶恕,但现在不知怎的,她觉得这也没什么。不过她还是听从妈妈的话,回到自己房间,跪在地上匆匆念了一遍《玫瑰经》。然后她站起身,却感觉不再像以前那样,念完之后内心有所宽慰。最近一段时间以来,她甚至觉得虽然千千万万的南方人每天不停地向上帝祷告,但上帝已经不再保佑她,不再眷顾南部邦联以及整个南方了。

当晚,她怀揣父亲寄来的信,坐在门口的前廊上。她时不时抚摸着那封信,仿佛一摸到信便觉得塔拉和母亲就近在眼前。客厅里的灯光透过窗户,投在爬满藤蔓的幽暗前廊,洒下一片斑驳的金色光影。黄色的蔷薇和忍冬团团簇簇,相互缠结,花香四溢。浓浓的香气萦绕在她周围。夜色弥漫,寂静无声。自太阳落山之后,连一声枪响都没有了。整个世界仿佛离她千里之遥。斯嘉丽坐在摇椅上摇来摇去,看了家里的来信之后,她感觉寂寞而凄凉,真希望能有个人陪她,谁都可以,哪怕梅里韦瑟太太也行。可梅里韦瑟太太今晚在医院值夜班,米德太太则在家给从前线回家来的菲尔准备晚饭,梅兰妮睡着了。更别想会有不速之客上门了。最近一个星期一直门庭冷落,一个登门的都没有,因为凡是能走路的男人,不是守在战壕里,就是在琼斯博罗附近的乡下追击北方佬。

像现在这样形单影只的时候并不多。她讨厌独处。独自一人时,她的脑子就会瞎琢磨,想事情。而这年头,能想的事情没一件让人高兴的。跟别人一样,她也养成了个习惯,总是追忆往事,缅怀故去之人。

今夜亚特兰大万籁俱寂,她可以闭上眼睛,任凭思绪飘到塔拉宁静的田园,仿佛那里的生活依然如故,且恒久不变。但她心里清楚,家乡美好的生活一去不返,再难重现了。她想起了塔尔顿家的四兄弟——满头红发的孪生兄弟,还有汤姆和博伊德,不禁悲从中来,喉咙哽咽。唉,斯图或布伦特本来都有可能做她丈夫的。而如今,等打完仗她回到塔拉,却再也听不到他们两人纵马奔驰在雪松大道,朝塔拉而来时纵情大叫的声音了。还有舞艺超群的雷福德·卡尔弗特,再也不会来请她跳舞了。还有门罗家的几个小伙子和小个子乔·方丹——

"噢,阿什利!"她掩面而泣,呜咽道,"你怎么竟离我而去了,叫我怎么活下去啊!"

突然,她听到大门门闩咔嗒响了一声,她慌忙抬起头来,赶紧用手把眼泪擦干。她起身一看,原来是瑞特·巴特勒朝她径直走来,手里拿着他那顶阔边巴拿马草帽。自上次在五角场气冲冲地从他的马车上跳下来之后,她就再也没见过他。当时她还明确表示再也不想见到他。可此时此刻,她却巴不得有人陪她说说话，让她不再一个人苦苦怀念阿什利。于是她赶紧把上次的不愉快抛诸脑后。显然瑞特也忘记了上次的不快，也可能是假装忘了。总之他走了过来，坐在她脚边的台阶上，对上次的不和只字不提。

"原来你没去梅肯避难！我听说皮蒂小姐已经撤走了，以为你肯定也走了。所以刚才发现你家还亮着灯，就特地来这儿查看一下。你怎么没走呢？"

"留下来陪梅兰妮呀。你也知道，她——呃，她现在不能去逃难。"

"哎呀，"他说道，灯光下，她发现他皱紧了眉头，"这么说威尔克斯太太也还在这儿？真是太糊涂了，她怀着身孕，待在这里多危险啊。"

斯嘉丽没吭声，窘得不行。女人怀孕的事，她怎好跟一个大男人说呢？再说，瑞特怎么竟然也知道梅兰妮有危险呢，照理说他一个单身汉不该懂这些的。

"你这人也太不仗义了，就没有想过我也有危险啊。"斯嘉丽尖酸地说。

瑞特眼睛一亮，好像很开心。

"哪天要是北方佬来了，我肯定会来救你，为你就是赴汤蹈火也在所不辞。"

"你这是在恭维我吗，我看未必。"她迟疑不定地说。

"当然不是，"他回答说，"你怎么总希望男人恭维你呢？这毛病什么时候能改改呢？"

"等我死了再改吧。"她笑着回答，心想恭维她的男人多得是，有没有瑞特都无所谓。

"虚荣，真是太虚荣了，"他说，"不过至少你还挺坦率。"

他打开烟盒，抽出一支黑雪茄，凑到鼻子下闻了闻，然后划亮一根火柴，把烟点燃，随后身子向后靠在廊柱上，双手抱膝，默默抽起烟来。斯嘉丽又坐在摇椅上晃着。炎热而寂静黑暗的夜色笼罩着两人。栖息在蔷薇和忍冬丛中的嘲鸟从酣睡中醒来，发出清脆而带着怯意的叫声，接着，它似乎想了想，又改变了主意，不再作声。

前廊的阴影里突然传来瑞特的笑声，声音低沉而轻柔。

"这么说，你在陪着威尔克斯太太！这真是奇了怪了！"

"有什么可奇怪的！"她立刻警觉起来，不安地回答。

"不奇怪吗？那你看问题还不够客观。据我所知，你向来看不惯威尔克斯太太。你觉得她又蠢又笨，她的那套爱国主义也让你觉得厌烦。你一有机会就言语贬损她，而且已经习惯成自然了。所以，如今见你居然不顾自己而陪她留在这炮火纷飞的围城里，真让我感到奇怪。跟我说说，你为什么要这么做？"

"因为她是查理的妹妹——也就跟我的姐妹一样。"斯嘉丽尽力摆出一副庄重体面、不卑不亢的样子，但脸上像火烧似的，越来越烫。

"还是说因为她是阿什利·威尔克斯的遗孀？"

斯嘉丽噌的一下站起来，怒火中烧。

"我本来还想原谅你上回的粗鲁无礼，但现在不想了。要不是我今天心情不好，说什么也不会让你踏上我家的这个门廊——"

"坐下来，消消气，"他马上换了个口吻说道，然后伸出手把她拉回到摇椅上坐下，"你为什么心情不好？"

"噢，今天收到了从塔拉来的信。北方佬离我家越来越近了，我小妹妹又得了伤寒，而且——而且——就算我现在能回家，我妈也不准，怕我也染上伤寒。噢，天啊，可我真的很想回家！"

"好啦，别为这个难过了，"他虽是这么说，但语气亲切多了，"就算北方佬真的来了，你待在亚特兰大也比在塔拉安全得多。北方佬不会伤害你，但伤寒可以。"

"北方佬不会伤害我？胡扯！"

"我亲爱的姑娘，北方佬又不是妖魔鬼怪，他们头上没角，脚上没蹄，不是你想象的那样。他们跟南方人差不了多少——只不过不怎么懂礼数、讲规矩罢了，当然，口音也难听了点儿。"

"可北方佬会——"

"会强奸你？我看不会。当然，他们心里也许会想这么做。"

"你再这么胡说八道的话，我可就进屋去了。"她大叫起来，脸蛋涨得通红，好在天黑别人看不见。

"老实说，我刚才是不是说中了你的心事？"

"噢，才没有呢！"

"没有才怪！你的心思我总是一眼就能看透，犯不着生这么大的气嘛。其实咱们南方所有高贵优雅、冰清玉洁的女士都是这么想的。她们都担心得很。我敢打赌，就连梅里韦瑟那样的孤老太太也……"

斯嘉丽倒吸了一口凉气，猛然想起最近这段难挨的日子里，年长的太太们总是三三两两聚在一起，叽叽喳喳议论这种事。说是这事在弗吉尼亚、田纳西或路易斯安那等地常有发生，佐治亚这一带倒从没有过。北方佬强奸妇女，用刺刀捅破孩子的肚子，放火活活烧死老人，等等。这些都是真的，而且众所周知，只不过没人在街头巷尾嚷嚷这事罢了。瑞特要是懂点儿规矩的话，就理应相信这些都是真的，并且不该妄自谈论，毕竟这不是可以拿来取笑的事。

她听见瑞特在抿嘴轻笑。有时他这个人真是让人讨厌。实际上，他大多数时候都很让人讨厌。女人家心里在想些什么，或者说些什么，男人全都一清二楚，这也太不像话了。姑娘家要是碰上这样的男人，肯定会觉得自己被人剥光了衣服，赤身裸体似的。再说，正派女人绝不会向男人吐露这种事，把自己的秘密透露给男人。斯嘉丽很气愤，因为他能看穿她的心思，她宁愿自己在男人眼里永远是个解不开的谜。可她心里很清楚，在瑞特眼里，自己就像玻璃一样透明，一览无余。

"说到这事，"他继续说下去，"你这屋里没有个年长的女士陪伴照应吗？比如令人尊敬的梅里韦瑟太太或者米德太太？她们老是不拿正眼看我，就好像我来这儿就没安好心似的。"

"米德太太晚上经常来，"斯嘉丽见话题终于改变，感觉自在多了，"可她今晚来不了。她儿子菲尔从前线回来了。"

"那我可真走运，"他轻声说，"正碰上你一个人在。"

他的语气有些特别，斯嘉丽突然觉得自己心跳加快，脸也不自觉红了起来。男人这种异样的口吻她听得多了，知道这就是表达爱意的前兆。噢，真是太开心了！只要他说一句爱她，她就要好好整他一回，把这三年来受尽的冷嘲热讽统统还给他，跟他好好算算账。她要把他耍个够，连那天她打了阿什利一耳光被他撞见的奇耻大辱也要一并洗雪干净。然后她再柔情蜜意地告诉他，说他们俩只能做兄妹，再用冠冕堂皇的理由为借口，抽身而退。她越想越开心，竟忍不住笑了出来。

"别傻笑。"说着他拉过她的手，翻过来，吻上她的掌心。温暖的嘴唇刚一触到她的手心，她便顿时觉得像触了电似的，浑身上下一阵兴奋，仿佛通体受到了无限的爱抚。他的唇又慢慢移到了她的手腕上，她知道他一定感觉到了自己急促而奔腾的脉搏，于是想把手抽回来。真没料到会是这样——这股如潮水般奔涌而温暖的感觉是如此变幻莫测而又暗潮汹涌，让她忍不住想要抚摸他的头发，迎上那双温暖的嘴唇，与他拥吻在一起。

她内心慌乱不已，一再告诫自己：她爱的是阿什利，而不是他。但此时此刻，她激动得双手颤抖，心窝发凉，这种感觉又该作何解释呢？

瑞特轻声一笑。

"别把手抽回去！我又不会伤害你！"

"伤害我？我才不怕你呢，瑞特·巴特勒，不管什么男人我都不怕！"她大叫起来，不但气得双手发抖，声音也在发颤。

"真有志气，令人佩服，不过也没必要这么大声嚷嚷，威尔克斯太太会听到的。冷静点儿,别激动。"听起来,好像见她这样慌张,他倒觉得很开心似的。

"斯嘉丽,你喜欢我,对吗?"

这才更像是她想听的话。

"这个嘛,有时候是这样的,"她小心谨慎地回答,"比如你不耍无赖的时候。"

他又笑了,把她的手心贴在他结实的面颊上。

"我倒觉得,正因为我是个无赖,你才喜欢我。你是金枝玉叶,过惯了养尊处优的生活,根本没机会见识到真正的无赖,所以觉得我跟你见过的男人完全不同,正是这种与众不同,才让你觉得我身上有种奇特的魅力。"

斯嘉丽没想到他竟会话锋一转,这完全跟她想听的不一样了。于是她又一次想抽回手来,却没能成功。

"你胡说!我喜欢有教养的男人——永远都那么绅士,令人信任。"

"你是说永远都能任你欺负的男人吧?只是定义有所不同罢了,不过没关系。"

他又吻了一下她的手心,令她脖颈一阵酥麻,一时心神激荡。

"可你的确喜欢我。你能爱我吗,斯嘉丽?"

"哈!"她心里得意扬扬地想,"到底还是逃不出我的手掌心吧!"不过她表面上还是故意语气冷淡地回答道:"根本不可能。除非——除非你彻底改掉这副没规矩的样子。"

"可我并不想改。这么说你不能爱我了？那正合我意。因为虽然我很喜欢你，但并不爱。要是你两次陷入情网都扑了个空，那也太惨了，对吧，亲爱的？我能叫你'亲爱的'吗，汉密尔顿太太？不过不管你喜不喜欢，我都要叫你'亲爱的'，所以无所谓，只不过照社交上的规矩，还是得先问你一声。"

"你不爱我吗？"

"不爱。你一直盼着我能爱你吧？"

"少在那儿自以为是了！"

"你真的盼过啊！哎呀，真是糟糕，让你的希望落空了。按理说我应该爱上你的，你这么漂亮迷人，没什么用的本事样样精通。可是跟你一样脸蛋漂亮，一样有本事，又一样一无是处的女人多得是。不，我不爱你，可我的确喜欢你——因为你的良心能屈能伸，因为你虽自私自利却不屑于掩饰，还因为你为人精明，讲求实际，恐怕最后一点是从你那不太远的爱尔兰乡巴佬祖先那里继承下来的吧。"

乡巴佬！好啊，他竟敢如此侮辱她！她气得咬牙切齿，一时竟不知如何应对。

"别打断我，让我说下去好吗？"他捏了捏她的手，用请求的口吻说道，"我喜欢你，因为你的这些特质我身上也有，也许这就叫意气相投吧。我知道你对那个高贵得像神明却长着个榆木脑袋的威尔克斯先生还念念不忘，可他被埋在坟墓里至少有半年了。我不信你心里不能为我留个位置。斯嘉丽，别抽回你的手！我正要跟你表白呢。自从在十二橡树第一次见你，就想要你了。那时你在十二棵橡树的大厅里，正对着可怜的查理·汉密尔顿施展魅力，把他迷得神魂颠倒。我想要你，对任何别的女人都没有这么强烈的欲望——而且我一直在等你，对任何别的女人都没有等过这么久。"

最后一句话令斯嘉丽大吃一惊，连气都透不过来了。尽管瑞特一直气她，原来他心里真的爱她，只不过他脾气犟，怕被她笑话，所以才不敢直言表白。好啊，这就给他点儿颜色瞧瞧。

"你是在跟我求婚吗？"

瑞特放开她的手，朗声大笑起来，吓得斯嘉丽身子一缩，直往椅背上靠。

"老天爷，当然不是！我不是告诉过你我这个人不打算结婚吗？"

"可是——可是——那你——"

他站起身来，手捂胸口，夸张地鞠了一躬。

"亲爱的，"他语气平和地说，"我敬佩你天资聪明，所以不敢贸然勾引，只求你能赏脸做我的情人。"

情人！

斯嘉丽心里不禁大叫一声，觉得自己受到了极大的侮辱。但刚一听到这句话，震惊之余，她觉得自己心里感受到的不是侮辱，而是愤怒。那家伙竟把她当成了傻瓜！本以为他会照自己预料中的那样向她求婚，可没想到他竟然提出这种荒唐的要求，这不明摆着拿她当傻瓜了吗？！愤怒、失望、被挫伤的虚荣心，各种情绪混杂在一起，搅得她心乱如麻。还没来得及想好应该怎样从道德的制高点用大道理好好教训他一番,她就不假思索地脱口而出:"情人!除了给你生一窝小崽子,我能得到什么?"

话刚出口,她就意识到自己说错了话,吓得半天都没合上嘴。瑞特笑得都快岔了气,从暗影中偷偷打量她,见她目瞪口呆地坐在那儿,用手帕捂住了嘴巴。

"我就是喜欢你这样!你是我认识的女人当中,唯一坦率直接,讲求实际,不装腔作势,不会用什么罪恶、道德啊这些冠冕堂皇的大道理来掩盖问题实质的人。要换作别的女人,一听这话肯定会先晕过去,然后叫我赶紧滚蛋。"

斯嘉丽跳了起来,羞得满脸通红。自己怎么能说出这种话来呢?!她斯嘉丽,埃伦教育出来的女儿,从小家教良好,此刻怎会坐在这儿听他满口浑话,还作出这样不知羞耻的回答?她应该尖叫一声,当场晕过去,或者应该一个字都不说,冷然转身,拂袖而去。可惜现在已经来不及了!

"我现在就让你滚蛋。"她大喊起来,也顾不上梅兰妮和住在同一条街的米德一家会不会听到了,"给我滚出去!你好大的胆子,竟敢对我说这种话!我没有对你做过什么出格的事,可你却对我如此轻薄放肆……滚出去,以后也不许再登我家的门。这回我可是认真的,你也甭再拿什么针线丝带这些不值钱的破玩意儿来,别以为那样我就会原谅你。我要——我要告诉我父亲,看他不宰了你!"

瑞特拿起自己的帽子,鞠了个躬。灯光下,斯嘉丽看到他小胡子底下露出两排牙,竟然还在笑,真是不知廉耻,听她说了这些话，他竟然还笑得出来，一双贼溜溜的眼睛还一个劲儿地盯着她瞧。

噢，这家伙简直太可恶了！她猛然转过身，大步朝屋里走去。她握住门把，想砰的一声把门狠狠关上，谁知钩着门的门钩太紧，她怎么拉也拉不动，折腾半天，累得气喘吁吁。

"要我帮忙吗？"瑞特问道。

斯嘉丽觉得再多待一分钟她的血管就要被气炸了，于是气冲冲地奔上楼去，刚到楼上，就听见他礼貌地替她把大门关上了。

第二十章

湿暑难熬、炮火连天的八月渐入尾声，炮击之声却戛然而止。这突如其来的寂静反倒令亚特兰大人提心吊胆。街坊邻居在街上相遇，都面面相觑，惶惶不安，不知又有什么大祸要临头。经过了这么多天炮火喧嚣的日子，现在乍一安静下来，人们紧张的神经不但没有松弛，反而绷得更紧了。谁也不知道为什么北佬的炮火停息了，南军那边也没有半点消息，只知道大批人马撤出了环城的防御工事，朝南边开去保护铁路。没人知道何处仍在交战，战争又是否还在继续，或战况究竟如何如何。

现如今，所有的消息都靠口说言传。自围城以来，由于纸张、油墨和人手都严重缺乏，各家报纸已相继停刊。各种谣言不知道打哪儿冒出来的，全都毫无根据，而且很快就传遍全城。这突然而至的沉寂令人越发焦虑不安，人们纷纷涌向胡德将军的司令部，要求公布战况和消息。另外，还有不少人涌向电报局和车站，希望能打听到一些消息，一些好消息。因为人人都希望谢尔曼的大炮停息下来意味着北佬已经全线撤退，南军正把他们一路赶回道尔顿。可是什么消息都没有,电报也毫无动静,仅剩的一条通向南边的铁路上不见火车开来,邮政系统也瘫痪了。

初秋悄然而至,尘土飞扬,热得叫人透不过气来,使本就疲惫焦虑的人们心里更加烦躁而沉重,蓦然安静下来的亚特兰大城仿佛要窒息了似的。斯嘉丽收不到塔拉的来信,急得快疯了,可还得故作坚强,不露出慌张的神色。对她来说,这座城仿佛被围了千年之久,好像她这辈子都生活在隆隆的炮声中,直至眼前不祥的寂静突然降临。其实围城迄今为止才不过三十天而已,仅仅三十天!这三十天里,城周围被一圈圈红土战壕环绕,隆隆的炮声从早到晚不停息。救护车、牛车排成了长龙,尘土飞扬奔向医院,鲜血滴洒一路。掩埋队超负荷工作,疲惫不堪。他们将尚有余温的尸体拖出来,像扔木头一样把一具具尸体扔进一排排望不到尽头的浅坑里。这一切才仅仅过了三十天啊!

而且北军自道尔顿进军南下至今才不过四个月!仅仅四个月!斯嘉丽回想往事,感觉恍如隔世。噢,不!肯定不止四个月,应该是过了一辈子吧。

四个月前!不错,四个月前,道尔顿、雷萨卡、肯尼索山对她来说还只不过是铁路沿线的几个地名而已。可四个月以来,这些地方相继成了浴血的战场,让人不禁想到约翰斯顿将军朝亚特兰大撤退途中一次又一次拼死抗衡,却一次又一次徒劳无功的苦战。如今,桃树溪、迪凯特、以斯拉教堂以及乌托伊河再也不是风光旖旎的宜人之地,不再是郁郁葱葱、游人如织的宁静村庄。她曾在那里与一些年轻英俊的军官们,在流水潺潺、碧草如茵的河边一起野餐。可惜如此美好的地方却惨遭炮火的蹂躏。她曾经坐过的如茵碧草被沉重的炮车碾得粉碎，被短兵相接的两军士兵踩得稀烂，被痛得打滚的垂死者压塌压扁……潺潺的溪水被鲜血染红，佐治亚的红土都从未把河流染得这么红。人们都说，自北方佬渡过桃树溪后，溪水就变得一片猩红了。桃树溪、迪凯特、以斯拉教堂以及乌托伊河，这些地方已不再是过去的地名，而是埋着友人的墓地，乱丛中、密荫下还有许多未被掩埋的尸体在腐烂发臭。这四处地方现在成了亚特兰大城的四条侧防线，谢尔曼的军队拼命进攻，想突破这四条防线冲进城来，但胡德的部队一次次顽强地把他们击退。

最终，紧张的亚特兰大人终于盼到了南边传来的消息。可这消息却令人胆战心惊，对斯嘉丽来说更是如此。谢尔曼将军再次进攻亚特兰大的第四侧防线，企图夺取琼斯博罗的铁路。北方佬集结了大量兵力涌向第四侧防线，这次不再是小股部队或者骑兵队，而是浩浩荡荡的北方大军。于是成千上万的南军只得撤出其他城边的防线，抽调兵马准备迎敌。这就是城里突然安静下来的原因。

"为什么偏要打琼斯博罗呢？"一想到那里离塔拉有多近，斯嘉丽便忧心忡忡，"北佬怎么老是盯住琼斯博罗不放呢？就不能换个地方抢夺铁路吗？"

她已经有一个星期没收到塔拉的来信了。上次父亲杰拉尔德寄给她的那封短信更让她心里不安。卡琳病情恶化，情况非常严重。眼下邮政中断，可能还得好几天才能通邮，不知道何时她才能知道小妹妹是死是活。噢，要是她在围城之初就立刻回家就好了，才不管梅兰妮不梅兰妮的呢！

琼斯博罗开打了——亚特兰大人都知道这事，但战况如何，谁都不清楚。于是各种没边没谱的谣言又传得满天飞，搅得人心惶惶。最终，一名从琼斯博罗来的传令兵带来了令人宽慰的消息，说是北方佬的大军被击退了。但是他们曾一度攻入了琼斯博罗，临撤退前烧毁了车站，切断了电报线，还破坏了三英里长的铁轨。目前工兵部队正在疯狂抢修，但也得花好长时间，因为北方佬撬起了铁轨上的枕木用来堆火，然后把扒下来的铁轨扔到火堆上烧得通红，再把它们缠绕在电线杆上，把一根根电线杆弄得像一个个巨大的瓶塞起子似的。这年头想要重铺铁轨谈何容易，任何铁制品都难以替换。

不，北方佬还没到塔拉，给胡德将军送急件的传令兵非常肯定地告诉斯嘉丽。仗打完后，他刚要出发奔到亚特兰大，就在琼斯博罗遇到了杰拉尔德，于是杰拉尔德就请他带一封信给斯嘉丽。

可爸爸在琼斯博罗干什么？年轻的传令兵回答时似乎面有难色。杰拉尔德想请个部队的军医带回塔拉。

斯嘉丽站在洒满阳光的屋前门廊，一边向这个年轻人道谢，一边觉得双膝发软。卡琳怕是要不行了，妈妈治不好她，所以爸爸才不得不去琼斯博罗找大夫！传令兵策马疾驰而去，扬起一片红色的尘土。斯嘉丽双手颤抖地撕开父亲杰拉尔德的来信。如今南方纸张极为短缺，杰拉尔德的回信竟然就写在她上次去信的行间空隙里，读起来十分费劲。

"亲爱的女儿，你妈妈和两个妹妹都得了伤寒。她们都病得很重，但咱们必须要抱有希望，往最好的方面想。你妈妈病倒时叫我写信给你，叫你无论如何也不能回家来，以免你和韦德也染上病。她要我替她转达对你的爱意，叫你为她祈祷。"

"为她祈祷！"斯嘉丽立刻飞奔上楼，冲进自己的房间，跪在床边，以比以往任何时候都更虔诚的心苦苦祷告。此时她顾不上念诵正式的《玫瑰经》，只是一遍遍地祈求着："圣母啊，别让她死！只要让她活下去，我一定做个好人！求您了，请别让她死！"

接下来的整整一个星期，斯嘉丽都像热锅上的蚂蚁似的在房子里走来走去，等着消息，一听到马蹄声就立刻跳起来去看，夜里有士兵来敲门，她就连忙冲下黑乎乎的楼梯。可惜依然没有塔拉的消息，仿佛自己的娘家与她隔着整块大陆，而不是区区二十五英里的红土路。

邮路依旧不通，没人知道邦联的军队在哪儿，也没人知道北方佬在打什么鬼主意。什么消息也没有，只知道在亚特兰大和琼斯博罗之间的某个地方有两支浩浩荡荡的大军，集结着成千上万的士兵，一支大军穿着灰军服，另一支穿着蓝军服。塔拉已经整整一个星期音信全无了。

斯嘉丽在亚特兰大的医院里见过无数伤寒病人，她深知对于这种可怕的疾病而言，一个星期意味着什么。妈妈一个星期前得了这病，也许现在已经奄奄一息，可她却被困在亚特兰大，孤独无助地守着个孕妇，与自己的娘家之间还有两支即将开战的大军阻隔着。妈妈病了，很可能快要不行了。可妈妈怎么会病倒呢？她从来没生过病。这件事本身就令她难以置信，甚至动摇了斯嘉丽对生活的信心，让她觉得不再有安全感。人人都会生病，但妈妈从来不会。妈妈向来都是照顾别的病人，使其康复，而自己是不可能病倒的。斯嘉丽想要回家，恨不得立刻回到塔拉，就像个受了惊吓的孩子急切地要扑向她所知道的唯一的一个避难所里去。

家！那座结构凌乱的白色大宅，窗口飘动着白色的窗帘，草地上长着茂密的三叶草，蜜蜂在其上飞来飞去，忙个不停。门前台阶上，黑人小孩"嘘嘘"地驱赶着闯入花坛的鸭子和火鸡。红色的田野宁静安详，绵延数英里的棉花田在阳光下洁白耀眼！家！

要是在围城之初人人都离城逃难时，她就赶回家去，那该有多好！她可以把梅兰妮也一起带去，那样的话，到现在她应该已经在娘家平平安安地待了好几个星期了。

"噢，可恶的梅兰妮！"她暗暗骂了不下千次，"她怎么不跟皮蒂姑妈去梅肯呢？那儿才是她该去的地方，有她的亲戚可以投奔，而不该拖累我，我跟她又没有血缘关系。她干吗非死缠着我不可呢？要是她去了梅肯，我也就早早回到了自己的家，回到妈妈身边了。都怪她怀了孩子，要不然即使现在——现在我也敢回家去，管他路上有没有北方佬呢。没准胡德将军还会派人护送我呢。胡德将军他是个好人，我相信肯定能说服他派个卫兵，一边打着停战旗,一边护送我通过两军战线的。可我还得等那孩子出生!……噢,妈妈!妈妈!千万挺住!你不能死!……那孩子怎么还不出来呢?我今天就得去找米德医生,问问他有没有什么催生的办法,我也好赶快回家去——要是能找个人护送我的话。米德医生说梅兰妮很可能会难产,天啊,她要是死了该怎么办!万一梅丽死了,万一她死了,那阿什利——不,我不该这么想,太没道德了。可阿什利——不,我不该想这种事,因为他八成已经死了。可他曾经要我照顾好梅兰妮。万一我没把她照顾好,让她死了,而阿什利还活着——不,我不该这么想,这是罪过。我已经向上帝许诺,只要上帝保佑妈妈活着,我定会做个好人。唉,那孩子赶快出生吧,让我能赶快离开这儿——回家——去哪儿都行,只要能离开这儿。"

斯嘉丽恨透了这座笼罩着不祥之兆的寂静城市,想当初她多喜欢这里啊,可惜如今的亚特兰大已不再是令她心动,任凭她纵情欢乐之地。这座寂寥的城市,像被瘟疫侵袭过一样,骇人而丑陋。隆隆的炮击攻城过后,这里变得异常寂静,静得可怕。炮火的喧嚣给人刺激,密集的炮击令人感到危险,但随后而来的寂寥只会令人感到恐怖。整座城市仿佛有鬼怪出没,被恐惧、不安和回忆所纠缠。人人脸上愁云惨淡,能见到的士兵本来就没多少,斯嘉丽见到的几个也都是一脸倦容,就像是赛跑选手明知已经输定了,却还得硬撑着跑完最后一圈似的。

转眼到了八月的最后一天,出现了一个看似有模有样的传言,说是自亚特兰大战役以来最激烈的一仗打响了。战场就在南边的某个地方。亚特兰大人都在等着此战胜败的消息，所有人都没心思再打趣说笑了。士兵们两周前就知道的事情，现在城里的百姓才刚明白过来：亚特兰大已经岌岌可危，一旦通往梅肯的铁路沦陷，那亚特兰大也就落入敌手了。

九月第一天的清晨，斯嘉丽一醒来就觉得不对劲儿，感到一种令人窒息的恐惧。昨晚上床时她就是带着这种恐惧睡下的。她睡眼蒙眬地想："昨晚上床时我在担心什么事来着？哦，对了，是打仗。昨天好像什么地方打起仗来了！啊，谁打赢了来着？"她连忙坐起来，揉了揉眼睛，昨天的担忧又上心头。

即使在大清早，天气也闷热得很，预示着中午必然会晴空万里、烈日当头。外面的马路上寂静无声，没有车队嘎吱嘎吱地驶过，也没有部队拖着沉重的脚步走过，扬起一片红色的尘土。邻居家的厨房里没有传来黑人厨娘懒洋洋的说话声，也没有做早餐时愉快的声音，因为所有的邻居都逃到梅肯去了，只有米德太太和梅里韦瑟太太除外，但这两位太太家里也静悄悄的，没有动静。街上原先热闹的商业区如今冷冷清清，许多店铺和办公机构都关门上锁，钉上了门板。因为主人们都拿着枪到乡下打仗去了。

城里陷入寂静已经一个星期，但今早与以往不同，静得出奇，似乎比任何时候都更加凶险。她赶紧起床，不再像平时那样，伸好几个懒腰才下床。然后她来到窗边，盼着能看到某位邻居或者什么振奋人心的景象。可街上空荡荡的，什么也没有。树上的叶子依旧苍翠，但已干燥缺水，还蒙着一层厚厚的红色尘土。前院的花草无人照料,也都枯萎发蔫,看着怪可怜的。

她正站在窗前向外望去,突然听到远处传来隐约而模糊的声响,似乎很沉闷,犹如暴风雨来前天边的一声闷雷。

"要下雨了,"她下意识地想到,在乡间长大的她自然而然地想到,"庄稼正缺水呢。"可转念一想,突然恍然大悟:"下雨?不,不是雨!是炮声!"

她紧张得心突突直跳,身子探出窗外,竖起耳朵听着远处的隆隆声响,想分辨出声音是从哪个方向传来的。但微弱的炮声离得太远,她一时判断不出来。"上帝啊,让这炮声从马里塔传来吧!"她祈祷着,"要不迪凯特或者桃树溪也行,千万别是从南面传来!别在南面!"她紧紧抓住窗台,屏息静听,那远处的轰鸣声似乎更响了。是从南面传来的。

南面在开炮!南面也有琼斯博罗和塔拉——还有妈妈。

没准现在北佬已经在塔拉了!她又仔细听着炮声,但浑身的血液直往上涌,耳朵里只听到血管怦怦的跳动声,几乎把远处的炮声给淹没了。不,北佬不可能在琼斯博罗,那么远的话,炮声应该更微弱、更模糊才对。但他们至少已经到了距琼斯博罗不到十英里的地方,很可能是在一个叫作拉夫雷迪的小镇附近。但拉夫雷迪已经离琼斯博罗很近了,也就十英里左右。

炮声在南面,或许就意味着亚特兰大沦陷的丧钟已经敲响。可对于一心牵挂母亲安危、忧心如焚的斯嘉丽来说,南面传来炮声,就意味着战火已经烧到了塔拉附近。她急得绞着手在屋里走来走去,头一次意识到南军很有可能会战败。谢尔曼的千军万马如此逼近塔拉，她这才如梦方醒，明白战争有多么可怕，并给她带来多大的灾难。之前，虽然围城的炮声震碎了窗户玻璃，虽然缺衣少食，供给不足，虽然士兵死伤无数，尸横遍野，但这些都没能让她悟到这一点。而现在谢尔曼的军队离塔拉只有几英里了！就算北佬被打败，他们也会沿着大路朝塔拉的方向撤退。爸爸一个人拖着三个病重的女眷，一家人很难逃脱败兵之灾。

唉，要是她在塔拉就好了，管他北佬打没打到那儿。她光着脚在地上来来回回地走，身上的睡袍老是贴住她的腿，她越走就越觉得不妙，心急如焚地想要回家，想回到妈妈身边。

楼下的厨房里传来叮叮当当的瓷器声，是普利茜在做早餐，可是一直没听到米德太太的黑奴贝琪的声音。普利茜的尖嗓门正唱着一首哀怨的小调："沉重的担子还得再挑几天——"斯嘉丽听了觉得很心烦，悲伤的歌词更是让她越听越害怕。她匆匆披上一件晨衣，急急忙忙走进过道，冲后门楼梯口大喝一声："闭嘴，别唱了，普利茜！"

"是，小姐。"普利茜闷闷不乐的声音传到她耳边。她深深地吁了一口气，忽然为自己的大动肝火而惭愧。

"贝琪呢？"

"俺不知道，她没来。"

斯嘉丽走到梅兰妮的房门口，把门推开一条缝，朝洒满阳光的屋里张望。只见梅兰妮穿着睡衣躺在床上，眼睛紧闭，眼圈发黑，心形的脸蛋有些浮肿，原本纤瘦的身子完全变形走样，难看极了。斯嘉丽幸灾乐祸，真希望阿什利能看到梅兰妮现在这副样子。她见过的所有孕妇都没这么丑。她正看着,梅兰妮忽然睁开了眼睛,脸上绽放出温柔而亲切的微笑。

"进来吧,"她笨拙地侧过身子,邀请道,"天一亮我就醒了,然后一直在想事情。斯嘉丽,我有事想求你。"

斯嘉丽走进房间,坐在阳光照得炫目的床沿上。

梅兰妮伸出手,拉起斯嘉丽的一只手轻轻握住,温柔而充满信任。

"亲爱的,"她说,"我听到了炮声,心里很难过,是在琼斯博罗的方向,对吧?"

斯嘉丽"嗯"了一声,刚才的焦虑不安又袭上心头,心跳开始加速。

"我知道你很担心,要不是为了我,上星期你得知你妈妈生病,就会赶回家去了,对吗?"

"是的。"斯嘉丽不客气地回答道。

"斯嘉丽,亲爱的,你对我太好了。即便是亲姐妹也没有你这么善良、这么勇敢。我太爱你了。真对不起,是我拖累了你。"

斯嘉丽惊讶得目瞪口呆:"她竟然还爱我?真是个傻瓜!"

"斯嘉丽,我躺在这儿思来想去,想求你帮我个大忙,"她的手握得更紧了,"倘若我死了,你能不能收养我的孩子?"

梅兰妮睁大了眼睛,目光炯炯,满含热切的恳求。

"可以吗?"

斯嘉丽心里着实一惊,连忙把手抽回来,吓得声音都变粗哑了。

"哎呀,别说傻话,梅丽。你不会死的。女人生头胎的时候都以为自己会死。我生韦德时也这么想过。"

"不,你没有。你一向什么都不怕。你这么说只是让我宽心罢了。我并不怕死,只怕撇下了这孩子,万一阿什利——斯嘉丽,答应我,要是我死了,求你一定要收养我的孩子。那我就算走了也能放心了。皮蒂帕特姑妈年纪大了,看不了孩子,哈妮和茵迪娅人都不错,可是——我还是希望由你来抚养我的孩子。答应我,斯嘉丽。如果是个男孩,希望你把他培养成像阿什利那样的人;假如是女孩——亲爱的,我希望她将来能像你一样。"

"我的老天爷啊!"斯嘉丽大叫一声,从床沿跳了起来,"你还嫌事情不够糟吗,还一个劲儿说什么死啊死的!"

"对不起,亲爱的。可是,请你答应我。我想应该就在今天了,肯定就在今天。求你答应我。"

"唉,好吧,我答应你。"斯嘉丽不知所措地低头看着她。

"梅兰妮真那么傻,看不出我有多爱阿什利吗?还是她什么都清楚,所以才把她的孩子托付给我,因为她相信凭着对阿什利的爱,我会悉心照顾好他的孩子?"斯嘉丽心里一时冲动,差点儿脱口把这些疑问提出来,可话到嘴边又忍住了。这时,梅兰妮拉起斯嘉丽的手,贴上自己的面颊,眼神又恢复了平静。

"为什么你认为会在今天呢,梅丽?"

"天亮时我就感到有些阵痛了——但不是很厉害。"

"真的?哎呀,那你干吗不叫我呢?我这就叫普利茜去找米德医生。"

"不,别去,斯嘉丽,你也知道医生现在有多忙,大伙儿都忙得很。给他捎个口信就行了,说也许今天得请他来一下。再派人去跟米德太太说一声,请她过来陪陪我。她会知道什么时候得请医生来。"

"行了,别处处替别人着想了。眼下你跟医院里的那些人一样,都需要医生。我这就派人去找他。"

"不,别去。生孩子有时一整天也不见得能生下来,这么多可怜伤员需要医生治疗,我怎么好意思让他坐在这儿好几个钟头,白白浪费时间呢。"

"唉,那好吧。"斯嘉丽说道。

第二十一章

斯嘉丽命普利茜把梅兰妮的早餐送上楼,然后去找米德太太,这才坐下来和小韦德一起吃早餐。可是食欲全无,一想到梅兰妮即将临盆,她就紧张不安,另外又担心战事,总是不自觉地竖起耳朵听外面的枪炮声,所以哪儿还有心思吃东西。她的心跳也很奇怪,本来跳得挺正常,转眼间就突突狂跳起来,折腾得她差点儿要吐。黏糊糊的玉米粥像胶似的堵在她嗓子眼,用炒焦的玉米粉和红薯粉煮成的代咖啡也从没这么难以下咽过。没有糖和奶油,这玩意儿喝起来苦得像胆汁。代替糖浆的高粱也没什么作用,增添不了多少甜味,斯嘉丽才喝了一口,就把杯子推开了。就算不为别的,光是因为北方佬让她喝不上加了糖和奶油的真正的咖啡,她就恨死了他们。

小韦德倒是比平常安静多了,没有跟平时一样每天早晨一看见讨厌的玉米粥就抱怨皱眉。他一声不吭地吃着妈妈一勺勺喂给他的粥,还咕嘟嘟喝了一大口水,把黏糊糊的粥送下肚去。小家伙那双柔和的棕色眼睛又大又圆,像两枚一元硬币似的。他注视着妈妈的一举一动,流露出稚气的困惑,仿佛斯嘉丽那几乎毫无掩饰的担心和忧虑已经传给了他。小韦德吃完早餐后,斯嘉丽打发他去后院玩儿,目送着他摇摇晃晃穿过杂草丛生的草地走进了游戏室,她这才松了口气。

她站起身,走到楼梯口又犹豫了一下,停住脚步。她应该上楼去,坐在梅兰妮身边陪着,分散对方的注意力,让梅兰妮尽量别去想即将到来的痛苦。可她实在没有这个心思。这个梅兰妮,早不生、晚不生,偏选这么个日子生!还偏偏挑这么个日子说什么死不死的!

她坐在楼梯的最下面一层台阶上,尽量让自己镇定下来,谁知心思又转到了打仗上。不知道昨天那场仗打得怎么样,今天战况又如何。真奇怪,明明战场就在几英里之外,两军打得昏天黑地,却什么消息也没有。桃树溪那一战时,城里炮火轰鸣,而眼下城这头儿却静得瘆人,这也太奇怪了!皮蒂姑妈的这座房子位于亚特兰大城北的最边上,而战斗远在南边某个地方,所以既看不见增援部队从这儿疾行而过,也没有救护车和步履蹒跚的一群群伤兵从这儿经过。不知道这种场景会不会在城南边出现。谢天谢地自己不住在那边。可惜城北这边除了米德和梅里韦瑟两家,其余人都逃难去了,让她觉得十分孤单冷清。要是彼得大叔在这儿就好了,他就可以到司令部去打探消息了。要不是被梅兰妮拖着,她这会儿就要进城自己去打听情况了。但她得等米德太太来了才能走。人怎么还不来呢?普利茜死哪儿去了?

她站起身,走到前廊,焦急地张望,搜寻她们的身影。可米德家的房子在一个背阴的街拐角,所以一个人影也看不见。过了好一会儿,普利茜才出现,就她一个人,慢慢悠悠地走着,就好像一整天都闲着没事似的,边走边把裙子摇来摆去,还转过头去欣赏裙摆的晃动,那样子简直臭美极了。

"磨磨蹭蹭地比蜗牛爬得还慢,"普利茜推门进屋时,斯嘉丽劈头盖脸地呵斥道,"米德太太怎么说?她什么时候才能过来?"

"她不在家。"普利茜说。

"她在哪儿?什么时候回家?"

"哦,小姐,"普利茜回答得慢慢吞吞且煞有介事,显得她带回来的消息多有分量似的,"她家的厨娘说米德太太一早就得了信儿,说菲尔少爷受伤了,米德太太赶紧坐上马车带着老塔尔伯特和贝琪一起,去接少爷了。厨娘说菲尔少爷伤得很厉害,米德太太今天怕是不会上这儿来了。"

斯嘉丽气得够呛,两眼直直地瞪着她,恨不得揪住她使劲儿摇晃。黑鬼们带来坏消息时,总是这么神气活现的。

"别像个傻子似的愣在这儿。赶紧到梅里韦瑟太太家去,请她过来,不然让她把嬷嬷派来也行,快去!"

"她们也不在家,斯嘉丽小姐。回家的路上俺顺道去她家,想跟嬷嬷问声好,可她们都走了,房子上了锁。八成是去医院了。"

"怪不得你去了那么久!下回我叫你去哪儿你就去哪儿,不许半道停下来去跟别人打招呼、聊闲天。快去——"

她突然停下来绞尽脑汁地琢磨。在这城里还剩下谁能帮上忙呢?对了,埃尔辛太太。当然了,埃尔辛太太一直对她没好感,不过对梅兰妮倒是一向很喜欢。

"快去找埃尔辛太太,把事情好好跟她说清楚,请她到这儿来。普利茜,听好了,梅丽小姐就要生了,现在随时可能用得着你,你赶紧去,快去快回。"

"是,小姐。"普利茜应道,然后转过身,仍旧像蜗牛爬一样,慢慢悠悠地沿着前院小径向外走去。

"快点儿,别慢吞吞的!"

"是,小姐。"

普利茜做出加快步伐的样子,但其实速度跟原来也差不多。斯嘉丽回到屋里,想上楼去找梅兰妮,但又犹豫了一下。她得向梅丽解释为什么米德太太不能来,可要是让她知道菲尔·米德受了重伤,她肯定会伤心难过。唉,还是撒个谎,别告诉她实情了。

她走进梅兰妮的房间,看到早餐一口都没动。梅兰妮侧身躺着,脸色煞白。

"米德太太到医院去了,"斯嘉丽说,"不过埃尔辛太太待会儿就过来。疼得厉害吗?"

"不太疼,"梅兰妮撒谎道,"斯嘉丽,你生韦德用了多长时间?"

"时间不长,"斯嘉丽故作轻松地回答,其实心里一点儿也轻松不起来,"当时我在院子里,差点儿没来得及进屋。嬷嬷说我生得那么快,真是太不像样了,就跟黑奴生孩子一样。"

"我倒巴不得也能跟黑奴一样呢。"梅兰妮勉强挤出一丝笑容,但突然感到一阵剧痛,疼得脸都扭曲了,笑容也随即消失。

斯嘉丽低头看着梅兰妮窄小的臀部,明知情况不妙,但还是宽慰她说:"哎呀,真的没什么,没那么可怕。"

"我知道没那么可怕,是我胆子太小了。埃——埃尔辛太太就快来了吗?"

"是的,马上就来,"斯嘉丽说,"我先下楼去弄些凉水来,用海绵给你擦擦,今天热得厉害。"

她下楼去打水,尽量拖延时间,每隔两分钟就跑到门口看看普利茜有没有回来,可连个人影都没有。她只好回到楼上,用海绵擦拭着梅兰妮汗湿的身子,帮她梳理长长的黑发。

过了一个钟头,她才听到街上传来黑奴拖沓的脚步声。她连忙从窗户向外看去,见普利茜慢悠悠地回来了,还跟先前一样,摇头晃脑,扭腰晃屁股的,一副忸怩作态的臭美样,就像有多少人在欣赏她似的。

"这小贱人,我早晚得拿鞭子好好抽她一顿。"斯嘉丽气哼哼地想,然后急匆匆下楼去迎她。

"埃尔辛太太在医院。她家厨娘说,早上火车运来了一大批伤员。厨娘这会儿正熬汤呢,准备待会儿送到医院去,她说——"

"别管她说什么了,"斯嘉丽心一沉,打断了她的话,"换条干净的围裙,赶快到医院去。我给你写张条子,你拿去交给米德医生。如果他不在医院,就把字条交给琼斯医生或者别的医生也行。快去快回,这回要再磨磨蹭蹭不赶快回来的话,小心我活剥了你的皮。"

"是，小姐。"

"再随便找位先生打听一下前线的消息。如果他们不知道，你就到火车站，问问把伤兵运送过来的火车司机，问他们琼斯博罗附近是不是在打仗。"

"我的天啊，斯嘉丽小姐！"普利茜的黑脸突然露出惊恐的神色，"难道北方佬已经打到塔拉了吗？"

"我哪知道，所以才叫你去打听啊。"

"天啊，斯嘉丽小姐！他们会把俺娘咋样啊？"

普利茜突然放声大哭起来，吵得斯嘉丽心里更加烦躁不安。

"别号了！梅兰妮小姐会听到的。赶紧去换围裙，快去！"

普利茜吓得急忙跑向屋后。斯嘉丽赶紧在爸爸上次寄来的那封信的页边空白处匆匆写了几行字——整栋房子里就只有这么一张纸了。她把字条折起来，好让她写的那几行字露在最醒目的位置。这时她又看到了爸爸的字迹："你妈妈——伤寒——无论如何——不能回家。"她差点儿哭出声来。要不是为了梅兰妮，她立马就动身，哪怕一步一步走着，也要赶回家去。

普利茜手里握着字条，一路小跑着走了。斯嘉丽回到楼上，拼命想编出个谎言，以解释埃尔辛太太为什么也不来了。不过梅兰妮什么也没问。她只是仰面躺在床上，神色平静而安详。见她这样，斯嘉丽稍稍安心。

她坐下来，嘴上说些无关紧要的闲事，心里却被塔拉的安危和南军可能会被打败的念头百般折磨，如锥刺般隐隐作痛。妈妈生命垂危，快要不行了；北方佬就要攻进亚特兰大，见人杀人，见什么就烧什么。远方沉闷的炮声还在继续，一声接一声地涌进她耳朵里，在心中掀起一阵阵令人恐惧的激浪。最后她实在没有心思再继续闲扯下去了，默默地望着窗外，看着烈日下寂静的街道和树上蒙着厚厚的尘土、纹丝不动的树叶。梅兰妮也一声不吭，但时不时因为阵痛而疼得面容扭曲。

每次阵痛过后，梅兰妮都会说："疼得不是很厉害，真的。"可斯嘉丽知道对方在说谎。她宁愿看到梅兰妮大声尖叫，也不想见到梅兰妮这么默默忍受痛苦。她知道她应该同情梅兰妮，可不知为何她就是对梅兰妮生不出半点恻隐之心。她自己的忧虑已经把她的心撕扯得支离破碎。有一次，看着梅兰妮那痛苦扭曲的脸，斯嘉丽甚至狠狠瞪了她一眼，心想世上这么多人，为什么在这个节骨眼上陪伴梅兰妮的不是别人，而偏偏是她斯嘉丽。她们俩根本没有任何共同之处，而且她恨梅兰妮，巴不得梅兰妮死了才好。嗯，说不定这个愿望能实现，没准今天就能实现。想到这里，她突然打了个寒战，疑神疑鬼地害怕起来。盼人家死会遭报应的，跟诅咒别人一样，都不吉利。嬷嬷说，对别人的诅咒最终都会应验到自己头上。于是斯嘉丽赶紧默默祈祷梅兰妮不要死，嘴里念叨个不停，说的什么自己也不清楚。这时，梅兰妮伸出发烫的手，握住了斯嘉丽的手腕。

"不用费神给我解闷，亲爱的。我知道你心里有多担心。很抱歉，给你添了这么多麻烦。"

斯嘉丽闭上嘴不再作声，可她坐着心里也不安稳。要是医生和普利茜都没能及时赶来，那该怎么办呀？她走到窗边，望着下面的街道，然后走回来坐下。不一会儿又站了起来，走到房间另一头的窗边往下看。

一个小时过去了，又一个小时过去了。转眼已经到了中午，烈日当空，热气逼人，一丝风也没有，蒙着尘土的树叶一动不动。此时梅兰妮阵痛得更厉害了。长长的头发被汗水浸透，睡衣也渗出一块块的汗渍，紧贴在身上。斯嘉丽用海绵给她擦脸，虽然嘴上不说话，心里却怕得要命。上帝啊，假如医生还没到，孩子就要出生，她该怎么办啊？她对接生可是一窍不通。这几个星期以来，她最害怕的就是这种紧急的情况。万一请不来医生，她就只能指望普利茜来应付了。普利茜懂接生的事，自己也说过不止一次。可这死丫头跑哪儿去了？医生怎么还没来？她又走到窗边去看，侧耳细听外面的动静，突然感到有些纳闷，远处的炮声似乎停下来了，是真停下了还是自己的错觉？如果炮声更远了的话，那就意味着战场离琼斯博罗更近了，那也就是说——

最后，她终于看见普利茜一路小跑沿街而来，于是身子探出窗外。普利茜抬头看见斯嘉丽，嘴一张就要喊出来。看到那张小黑脸上写满惊慌，斯嘉丽怕她喊出什么坏消息吓着梅兰妮，于是连忙把手指按在嘴唇上，示意她不要出声，然后转身离开了窗边。

"我再去打点儿凉水来。"她低头看着梅兰妮凹陷的黑眼睛，勉强挤出一丝笑容，随即离开了房间，然后小心翼翼地把房门关上。

普利茜坐在楼梯的最底下一层台阶上，气喘吁吁。

"琼斯博罗正打着仗呢，斯嘉丽小姐！他们说咱们的人被打败了。噢，上帝啊，斯嘉丽小姐！俺娘和波克会不会出事啊？噢，上帝啊，斯嘉丽小姐！北方佬要是打到这儿来，那咱们可咋办啊？噢，上帝啊——"

斯嘉丽立刻用手捂住了普利茜厚厚的嘴唇。

"看在上帝的分上，别出声了！"

是啊，如果北方佬打过来了，她们该怎么办——塔拉会怎么样呢？她狠下心来强迫自己把这些念头都甩到脑后，先解决眼前火烧眉毛的事情要紧。那些念头要是再想下去，她也会跟普利茜一样尖叫大哭起来的。

"米德医生呢？他什么时候来？"

"啊，俺没看见他，斯嘉丽小姐。"

"什么？"

"俺没见着，他不在医院。梅里韦瑟太太和埃尔辛太太也不在医院。有个男的告诉俺，米德医生在车站的车棚里，刚从琼斯博罗运送来的伤兵都在那儿。可是斯嘉丽小姐，俺不敢去那儿——那里有好多快要死的人，俺害怕死人——"

"那别的大夫呢？"

"斯嘉丽小姐，老天爷在上，俺实在没办法，他们谁也不肯看您的字条，个个都忙得要死。有个大夫还骂俺，说：'快滚开！别在这儿添乱，没看见这儿有多少人都快要咽气了吗！你还在这儿扯什么生孩儿的事，找个女人去帮你吧。'俺就只好离开了医院，然后照您的吩咐到处去打听消息，人家都跟俺说仗已经打到了琼斯博罗,所以俺就——"

"你说米德医生在车站?"

"是的,小姐。他——"

"行了,你给我听好,我要去找米德医生,你去给我守着梅兰妮小姐,她叫你做什么,你就做什么。不许跟她说仗打到哪儿了,要是你敢透露半个字,我就把你卖给南边的人贩子,我可是说到做到。也不许告诉她别的大夫都来不了,听见没有?"

"听见了,小姐。"

"把眼泪擦干,打桶凉水拿楼上去,用海绵给她擦擦。告诉她我去找米德医生了。"

"她是快要生了吗,斯嘉丽小姐?"

"我也不知道,恐怕是快生了,可我也不懂。你应该比我更懂,快上去吧。"

斯嘉丽从玄关桌上拿起自己的宽边草帽戴上。她照了照镜子,下意识地拢了拢散在帽子外的几缕头发,但其实根本没注意到镜子里的自己。尽管她身上大汗淋漓,但胸口泛起阵阵恐惧的寒意,一直冷到手指尖,触碰到脸上都觉得冰凉冰凉的。她匆匆忙忙地出了门,来到烈日灼烧的街道上。太阳明晃晃似火烧,照得人睁不开眼。她沿着桃树街急匆匆地走着,热得太阳穴突突直跳。她听见街道的远端人声鼎沸,当看到莱登家的房子时,她已经气喘吁吁。胸衣束得太紧,让她喘不上气来,但她并没有放慢脚步,越往前走,喧闹声便越大。

从莱登家到五角场,一路上都闹闹哄哄,乱作一团,就像捅了蚂蚁窝似的。黑奴满大街乱跑，个个神色惊慌；门廊下白人小孩坐在那儿大哭大叫，也没有人管；街上满是军用大车、载满伤员的救护车，还有一辆辆装满行李家什的马车。骑马的人急匆匆从街边小巷冲出来，直奔胡德将军的司令部。邦内尔家的车马已经准备好，正停在大门口，老黑奴艾莫斯拉着马笼头，一见斯嘉丽，惊讶得瞪大了眼睛。

"您还没走呀，斯嘉丽小姐？俺们已经准备走了呢，我们家老小姐正在收拾行李。"

"走？上哪儿去？"

"天知道上哪儿去，反正得离开这儿，北方佬就要来了！"

她继续匆匆赶路，甚至连声"再见"也忘了说。北方佬就要来了！走到卫斯理教堂，她才停下来喘口气，让怦怦乱跳的心稍稍平复一下，要不然非晕过去不可。她正扶住一根电线杆支撑自己时，突然看见一名军官骑着马从五角场飞奔过来。她一时冲动，便跑到街心朝军官挥手。

"喂，停下！请停一下！"

那名军官突然勒住马缰，那马前蹄腾空而起，身子立了起来。军官一脸疲惫，神情严肃而紧张，但还是摘下破旧的灰色军帽，行了个礼。

"有什么事可以效劳吗，太太？"

"请告诉我，北方佬要来了，这是真的吗？"

"恐怕是这样的。"

"您收到消息了？"

"是的，太太。半小时前，司令部刚刚收到从琼斯博罗前线发来的电报。"

"琼斯博罗？你确定？"

"我敢肯定。我没必要撒谎骗您，太太。消息是哈迪将军发来的，上面说：'此战已败，正全线撤退。'"

"噢，上帝啊！"

军官黝黑而疲惫的面孔毫无表情地俯视着斯嘉丽，然后重新拉好马缰，戴上了帽子。

"哦，先生，请等一下。那我们该怎么办？"

"这我可说不好，太太。部队很快就要从亚特兰大撤离了。"

"难道要一走了之，把我们扔给北方佬吗？"

"恐怕是的。"

说完，军官用靴刺踢了一下马，马儿像离弦的箭一样奔驰而去。斯嘉丽站在街心，脚踝上蒙了一层厚厚的红色尘土。

北方佬要来了，可部队却要撤走了。北方佬要来了，她该怎么办？该往哪儿逃？不，她不能逃走，梅兰妮还躺在床上快要生了呢。真是的，女人干吗要生孩子呢？要不是为了梅兰妮，她就能带上韦德和普利茜躲进树林里，北方佬别想找到他们。可她没法把梅兰妮也带进林子里，不，现在不行。唉，她要是早几天生孩子多好，哪怕昨天也行，那样或许还能弄到一辆救护车，把她送走藏起来。可眼下——一定得找到米德医生，请他跟她回家，或许他能有办法催生。

她提起裙子立刻沿街跑去，一路上脚步都踩着这样的节奏：

"北方佬要来了！北方佬要来了！"五角场上挤满了人，一个个像没头苍蝇似的横冲直撞。载满伤员的运货大车、救护车、牛车和马车到处都是，停满了广场。车马喧嚣，人声鼎沸，宛如惊涛拍岸，声音此起彼伏。

这时，一幅与兵荒马乱极不相称的奇怪景象映入了她的眼帘。成群结队的妇女肩扛着火腿从铁轨那边走来。她们身旁跟着好多小孩，手提一桶桶糖浆，摇摇晃晃地走着，糖浆滴滴答答洒了一路。年纪稍大些的男孩拖着一袋袋土豆和玉米。一位老汉用独轮车推着一小桶面粉，艰难而行。男女老幼，黑人白人，一个个全都神色紧张，拖着大包小包、大袋小袋，还有一箱箱的食物，匆匆赶路——比斯嘉丽一年见过的食物还多。人群突然闪开，让出一条小路，一辆歪歪斜斜的马车穿过小路疾驰而来，驾车的竟是身材纤弱、向来优雅尊贵的埃尔辛太太。只见她一手抓着缰绳，一手握着马鞭，站在车前座上赶着她那辆敞篷马车。她帽子也没戴，脸色煞白，长长的灰白头发披散在后背，像复仇女神一样用鞭子狠抽拉车的马。她家的黑嬷嬷梅莉西坐在车后座，身子随着马车的颠簸而乱晃，一手紧抓着一块油腻腻的腌肉，另一只手和两只脚并用，尽力护着堆在自己周围的大小箱子和袋子。其中有一只袋子破了，里面的干豌豆撒了一路。斯嘉丽大声喊梅莉西，可人群的嘈杂喧嚣淹没了她的声音。马车摇摇晃晃地飞驰而过。

一时间，斯嘉丽闹不清这究竟是怎么回事，后来想起军需部的仓库就在铁路旁边。她这才恍然大悟，原来是军队开仓放粮了，让老百姓赶在北方佬进城之前，尽量把物资搬走，以免落入敌人之手。

斯嘉丽灵巧敏捷地从人群中挤过，穿过五角场上像疯子一样密密麻麻挤作一团的民众，以自己最快的速度抄近道直奔火车站。透过飞扬的尘土和横七竖八的救护车，她看见医生和抬担架的人，有的弯腰，有的抬人，忙得不可开交。谢天谢地，她很快就能找到米德医生了。转过亚特兰大旅馆拐角，车站和铁路的全景尽收眼底。她突然停下脚步，眼前的景象让她一下子呆住了。

烈日无情的炙烤下，成百上千的伤员肩挨着肩，头对着脚，躺在铁轨两旁和人行道上，一排排延伸到车棚下，望不到尽头。有的直挺挺地躺着，一动不动，但大多数都在毒日头下痛苦呻吟，挣扎扭动。成群的苍蝇围着这些人四处乱飞，在头顶盘旋，在脸上爬，嗡嗡叫个不停。鲜血满地，脏兮兮的绷带到处都是。当抬担架的人抬起一个个伤兵时，痛苦的呻吟声、惨叫声、怒骂声不绝于耳。汗臭味、血腥味、便溺臭气、脏污的身体散发出的体臭，全都搅在一起，在热浪中翻滚升腾，一股股扑鼻而来，熏得人直作呕。遍地都是伤员，横七竖八地躺着，救护人员在这些人中来回穿梭忙碌，经常一不留神就踩着他们，因为人挨着人，挤得实在太密了。那些被踩着的似乎都已经麻木了，只是瞪眼呆呆地看着天，等着什么时候轮到自己被抬走。

斯嘉丽倒退了几步，连忙捂住鼻子和嘴，差点儿吐出来，再也没法往前走了。她在医院里见过无数伤员，桃树溪之战后，在皮蒂姑妈家的草坪上也见过躺满地的伤兵，但从来没见过这种惨状，从来没见过这么多散发着恶臭且血流不止的躯体在烈日下被炙烤着。这简直就是个人间地狱，充满痛苦、腥臭和惨叫的地狱，仿佛在对她嘶吼着："快！快！快！北方佬要来了！北方佬要来了！"

她挺起肩膀，还是鼓起勇气从这些伤兵中走过去，瞪大眼睛在站着的人当中寻找米德医生。可她发现这么找不行，因为一不小心就会踩到可怜的伤兵。于是她提起裙子，小心择路，朝一群正在指挥抬担架的人走去。

路上不断有人用热得发烫的手拉扯她的裙角，用沙哑的声音苦苦哀求："小姐——水！求您了，小姐，给我点儿水吧！看在上帝分上，水！"

斯嘉丽只好不断从那些抓得很紧的手里把裙子硬拉扯回来，急得满头大汗。万一踩着哪个，她非得尖声大叫晕过去不可。她跨过一具具死尸，也跨过一个个活人。那些还活着的伤兵，有的目光呆滞，双手紧捂着肚子，只见肚子上伤口的血已经凝固，军服和伤口已经粘在了一起。有的伤兵胡子上沾染的鲜血已干，所以胡子变得直挺挺、硬邦邦的。有的人下巴受伤，嘴里发出声音，却含糊不清，似乎是在说："水！水！"

再不赶紧找到米德医生，她就要歇斯底里地尖叫了。她看向车棚下的一群人，然后扯开嗓门大声喊道："米德医生！米德医生在那儿吗？"

人群中闪出一个人，朝她这边看过来。是米德医生。他没穿

547

外套，衬衫的袖子一直卷到了肩膀。衬衫和裤子都被血染红了，看着就像个屠夫似的，连铁灰色的胡子末梢也沾上了血。他脸上写满疲惫，同时还带着隐忍的怒气和同情怜悯。他脸色铁青，满面灰尘，汗水顺着面颊流下，有如一道道长长的沟壑。但他的声音依旧冷静而坚定。

"谢天谢地，你来了。我这儿正缺人手呢。"

一时间，斯嘉丽直愣愣地盯着医生，惊愕无措，说不出话来，提着裙子的手也茫然地松开了。不料裙摆落下罩在了一个伤兵脏兮兮的脸上，那人不得不有气无力地挣扎着转过脑袋，以免被裙裾闷死。医生的话是什么意思？救护车扬起的尘土扑面而来，干燥的沙土能呛死人，腐烂的气味就像腥臭的液体直往鼻孔里钻。

"快点儿，孩子！快过来。"

斯嘉丽提起裙子，跨过一排排的伤兵，以尽可能快的速度向他走去。她拉住医生的胳膊，感觉到那只胳膊累得直哆嗦，可医生脸上的神色却依然坚定。

"噢，医生！"斯嘉丽大喊道，"您一定得来一趟，梅兰妮要生孩子了。"

医生看着斯嘉丽，似乎根本没听进去她说的话。倒是躺在她脚边，头枕着军用水壶的一名伤员听见了，对她咧了咧嘴，露出善意的笑容。

"这事他们能应付。"他风趣地说。

斯嘉丽顾不上低头看一眼，一个劲儿摇着医生的胳膊。

"是梅兰妮,她要生孩子了,医生,您一定得来一趟。她——她——"这节骨眼儿也顾不上什么得体不得体了,可是周围有好几百个陌生男人在听着,这话她实在说不出口。

"阵痛越来越厉害了,医生,求您了!"

"生孩子?上帝啊!"医生大吼道,顿时愤恨和恼怒交加,气得脸都扭曲了。他发火不是冲着斯嘉丽,也不是冲着任何人,而是冲着这个竟然听凭这种惨况发生的世界。"你疯了吗?我不能丢下这些伤员不管。他们快要死了,好几百人哪。我怎么能为个孩子撇下他们不管呢?去找个女人帮你吧,找我太太去。"

她刚要张口告诉他米德太太为什么去不了,可话到嘴边又连忙咽了下去。米德医生还不知道自己的儿子受伤了。假如他知道了的话,不知他是否还会待在这儿不走?心里有个声音在告诉她:即使菲尔就剩一口气了,米德医生也还是会继续坚守在这里医治众人,而不是单单救治一个人。

"不,您必须得来,医生。您说过她会难产的——"噢,天啊,这真的是她斯嘉丽吗?竟然站在这个热得令人窒息、充满痛苦呻吟的地狱里,扯着嗓门喊出如此有失体面的话来?"您要是不来,她会死的!"

医生粗暴地甩开斯嘉丽的手,仿佛没有听到她说的话,不明白她在说什么似的。

"死?是的,他们统统都会死——所有这些人都活不成。没有绷带,没有止疼药,没有奎宁,没有氯仿。噢,上帝,赐给我点儿吗啡吧,哪怕一点点也行,给那些伤得最重的人用。赐我点儿氯仿吧。该死的北方佬!天杀的北方佬!"

"叫他们下地狱去吧,大夫!"一个躺在地上的伤员说,牙齿在胡子中间闪露了一下。

斯嘉丽开始浑身颤抖,惊恐的泪水灼得两眼发痛。医生不会跟她走了,梅兰妮会死的,她曾经不是盼着梅兰妮死吗?医生不会来了。

"看在上帝分上,医生,求您了!"

米德医生咬了咬嘴唇,颧骨隆起,神色又恢复了冷静。

"孩子,我尽量争取赶过去,但不能向你保证一定会去,只能争取。等我先把这些人安排好了再说。北方佬要来了,部队要撤出城去,也不知道这些伤员该怎么安置。火车没了,梅肯的铁路线也被北佬夺走了……但我会争取去一趟的。你先回去吧,别在这儿碍事。接生不是什么难事,把婴儿的脐带结扎好就行……"

一位护工碰了碰医生的胳膊,他连忙转过身,开始发号施令,指指这个伤兵,又指指那个伤员,指导救治工作。躺在斯嘉丽脚边的伤员同情地看着斯嘉丽。她只好转身离开,因为医生忙得早把她给忘了。

她从伤兵堆里小心翼翼地退了出来,飞快地赶回桃树街。医生来不了,她得自己应付了。幸好还有普利茜,她知道怎么接生。斯嘉丽一路被太阳烤得头都疼了,紧身胸衣被汗水浸透,牢牢地贴在皮肤上。她头皮发麻,两条腿也麻木了,就像身处在噩梦中,想跑却迈不开腿,感觉回去的路好远,仿佛永远都没有尽头。

忽然,"北方佬就要来了!"这句话又开始一遍遍在她脑海中响起。她的心怦怦直跳,四肢仿佛又有了力气。她急匆匆冲进五角场的人群,现在这里人更多了,狭窄的人行道上已经水泄不通,她只好走上街心。长长的士兵队伍从旁走过,一个个满身尘垢,疲惫而萎靡。看上去这支队伍有好几千人,胡子拉碴,蓬头垢面,肩上挎着枪,正疾步行军。紧接着炮车隆隆驶过,车夫挥舞着生皮鞭狠狠抽打瘦弱的骡子,恨不得把包着骨头的骡子皮给剥下来似的。军需部的军用大车上面张着破烂的帆布篷,在满是车辙印的路上颠簸而行。骑兵队飞驰而过,扬起呛人的灰尘,队伍好长,好像永远也过不完似的。斯嘉丽从来没见过这么多士兵浩浩荡荡列队而过。撤退!撤退!部队正撤出城去。

行色匆匆的队伍又把她逼回到拥挤不堪的人行道上。她闻到一股玉米酿造的廉价威士忌酒臭味。在迪凯特街附近杂乱的人群中,混杂着些打扮得花里胡哨的女人,她们穿着艳俗的衣服,浓妆艳抹,兴高采烈跟过节似的,与周围的气氛格格不入。这些女人大多喝得醉醺醺的,搂着她们的士兵也都烂醉如泥。斯嘉丽不经意间瞥见一个留着红色鬈发的女人,仔细一瞧,原来是那个女人——贝尔·沃特琳。沃特琳正往一个独臂士兵的身上靠,还发出带着醉意的尖声浪笑。那个士兵也醉得走路趔趄,东倒西歪。

斯嘉丽连推带搡,好不容易从人群中挤过,穿过五角场,又走过了一个街区,人群这才稀疏一些。于是她提起裙子,又跑了起来。跑到卫斯理教堂时,她已经头晕眼花,上气不接下气,甚至反胃想吐。她的胸衣紧得仿佛要把肋骨勒断。她一屁股坐在教堂的台阶上,双手捂着脑袋,让自己呼吸平缓些。要是她能深吸一口气吸到肚子里就好了,要是她的心脏别再敲鼓似的怦怦乱跳就好了,要是这疯狂的鬼地方能有个人来帮帮她就好了。

唉,她这辈子还从来没为什么事操过心,从小到大都是被人伺候、照顾、保护和疼爱着。真没想到如今竟陷入这般困境,连个能帮忙的朋友或者邻居都没有。过去她身边有的是朋友和邻居,还有一大堆能干的黑奴乐意为她效劳。如今落难,正是最需要人帮忙的时候,却一个人也没有。万万没想到,她斯嘉丽竟会落到这般田地,孤苦无依,担惊受怕,更远离自己的家和亲人。

家!她真想回家,只要能回去,管他有没有北方佬。她想回家,即使妈妈正闹伤寒,她也不怕。她渴望看到妈妈慈爱的面容,渴望嬷嬷结实有力的臂膀将她紧紧搂住。

想到这儿,她强忍住头晕目眩的感觉,站起来继续走。快到家时,皮蒂姑妈的房子映入眼帘,她看到小韦德正攀着前门荡来荡去。小家伙一看到妈妈,小脸一皱就大哭起来,还竖起一根脏兮兮的擦破皮的手指头给妈妈瞧。

"疼!"他抽泣着说,"疼!"

"嘘!别哭!别哭了!不然我打你屁股了。到后院玩泥巴去,待在那儿别乱跑。"

"韦德饿了。"小家伙边抽噎着,边把受伤的手指伸进嘴里。

"我不管。到后院去——"

她一抬头看到普利茜从楼上的窗户探出身子，满脸惊恐和不安。但一看到女主人，普利茜立刻如释重负，惊惧之色一扫而空。斯嘉丽示意普利茜下楼来，然后走进屋里。过道里可真凉快啊。她摘下帽子，扔到桌上，抬起胳膊擦了擦额头上的汗。她听见楼上房门开了，一声低沉而凄惨的呻吟传来，仿佛发自痛苦的深渊，飘入她的耳畔。普利茜三步并作两步飞奔下楼。

"大夫来了吗？"

"没有，他不来了。"

"天啊，斯嘉丽小姐！梅丽小姐情况很糟！"

"医生来不了。谁都来不了。得由你来接生了，我给你帮忙。"

普利茜张口结舌，说不出话来。她斜眼瞅着斯嘉丽，脚摩擦着地板，瘦小的身子扭来扭去。

"别像个白痴似的！"斯嘉丽大吼一声，被那副呆头呆脑的样子给激怒了，"怎么回事？"

普利茜一步一步往楼上退。

"看在上帝分上，斯嘉丽小姐——"她一双眼睛滴溜溜地转，既害怕又羞愧。

"怎么啦？"

"看在上帝分上，斯嘉丽小姐！咱们得请大夫来。俺——俺——斯嘉丽小姐，接生的事俺一点儿也不懂。妈妈给人接生时，从来不让俺在跟前。"

斯嘉丽惊得倒吸一口凉气，接着便怒火中烧。普利茜想开溜，从她身边冲过去，但被斯嘉丽一把抓住。

"你这个撒谎的黑鬼——你什么意思？你不是口口声声说接生的事你全懂吗？到底怎么回事？快说！"她抓着普利茜一个劲儿地猛摇晃，摇得满头鬈发的小黑奴脑袋前摇后晃，跟喝醉了酒似的。

"是俺撒谎了，斯嘉丽小姐！俺也不知道干吗要撒这样的谎。俺只偷看过一回别人生孩子，还被妈妈骂了一顿。"

斯嘉丽怒目瞪着黑丫头，眼里直冒火。普利茜吓得直躲，想挣脱逃走。一时间，斯嘉丽实在接受不了这个事实，但最后她终于意识到，黑丫头跟她一样对接生一窍不通。她火冒三丈，整个人都快气炸了。她长这么大还从来没动手打过黑奴，可此时却抡起疲惫的胳膊，用尽浑身力气，朝那张黑色的小脸一巴掌扇了过去。普利茜厉声尖叫，出于疼痛，更因为害怕，挣扎扭动着身子，拼命想挣脱斯嘉丽的钳制。

正当普利茜大声尖叫的时候，二楼的呻吟声突然停了下来。没过一会儿，便传来梅兰妮虚弱而颤抖的声音："斯嘉丽？是你吗？请来一下，求你了！"

斯嘉丽立刻松开普利茜的胳膊，那黑丫头一屁股坐在楼梯台阶上呜呜哭了起来。斯嘉丽在原地站了片刻，抬头看着楼上，听见微弱的呻吟声又开始了。她站在那里，仿佛感觉有副沉甸甸的轭具重重地架在她的脖子上，只要迈一步，就能感觉到轭具的负重有多厉害。

她拼命回想自己生韦德时，妈妈和嬷嬷是怎么做的。但当时她生孩子疼得不行，整个人都恍恍惚惚的，什么也记不清了。不过她倒是想起来几件事，于是用威严十足的语气对普利茜发号施令。

"去把炉火烧旺，烧壶开水。把所有能找到的毛巾都拿到楼上去，还有那团线绳。再给我拿把剪刀来。别跟我说你找不到。立刻去找，赶紧拿来，快！"

她一把将黑丫头从楼梯上拉起来，使劲儿往厨房一推。然后她挺直肩膀，迈步上楼。她要告诉梅兰妮，孩子将由她和普利茜来接生，这事可真不好开口啊。

第二十二章

这天的下午比哪个下午都要漫长，也比哪个下午都闷热，慵懒的苍蝇没完没了地乱飞。虽然斯嘉丽不停地给梅兰妮扇扇子，但讨厌的苍蝇还是成群地扑向梅兰妮。斯嘉丽摇着大棕榈扇，累得胳膊酸疼酸疼的。可她扇了半天，累得要命，也是白搭，那些苍蝇刚从梅兰妮脸上被赶走，转眼又爬到她黏糊糊的脚和腿上去了。梅兰妮只好有气无力地扭动双脚，叫道："请帮帮我，在我脚上！"

房间里半明半暗，因为斯嘉丽拉下了百叶窗，好遮住阳光，挡住热气。只有针尖般的点点阳光透过百叶窗的小孔和边缘缝隙照进来。屋里热得像火炉，斯嘉丽的衣服都被汗水浸透了，一直也没干。一个钟头又一个钟头过去了，她的衣服越来越湿，越来越黏，紧紧贴在身上。普利茜蜷缩在角落里，也满身是汗，身上的汗臭味实在难闻，斯嘉丽恨不得把她赶出去，可又担心这黑丫头一离开自己的视线，就溜得没影了。梅兰妮躺在床上，身下的床单被汗水浸得发黑，上面还有斑斑水渍，是斯嘉丽用水给她擦身子时洒上的。梅兰妮不停地扭动身子，一会儿翻身朝左，一会儿又向右，来回翻动。

有几次她想坐起来，但试了试又无力地躺了回去，然后又疼得来回扭动。一开始，她拼命忍住不叫出声来，把嘴唇都咬破了。斯嘉丽紧绷的神经跟她的嘴唇一样疼，声音干哑地说："梅丽，看在上帝的分上，别强忍了，想喊就喊出来吧。除了我们，没人听见。"

到了下午，时间一分一秒地过去，梅兰妮再强忍也忍不住了，疼得直哼哼，有时甚至发出尖叫。每次尖叫，斯嘉丽都双手捂住耳朵，浑身发抖，恨不得自己死了才好。别人如此痛苦，自己却无能为力，只能眼睁睁地看着，这滋味真比死还难受。这会儿北方佬怕是已经到了五角场，而她只能待在这儿，苦苦等着这么久还生不出来的孩子，真是再没有比这更遭罪的了。

她真是悔不当初，早知如此她就应该在太太们悄悄讨论生孩子的时候多注意听听，为什么她就不好好听听呢！要是当初她对这种事多些兴趣，多些留意，此刻她就能知道梅兰妮还需要多久才能把孩子生下来了。她依稀记得皮蒂姑妈说起过自己的一位朋友，生孩子时整整生了两天，结果孩子没生下来，自己也死了。要是梅兰妮也折腾两天都生不下孩子该怎么办？梅兰妮身子那么单薄娇弱，足足疼两天，肯定熬不过去的。要是孩子再不快点儿生出来，估计很快就会没命的。若阿什利还活在人世，她有何面目去面对他，如何开口对他说梅兰妮已经死了呢？——她可是答应过要好好照顾梅兰妮的呀。

起初，疼得厉害时，梅兰妮便抓住斯嘉丽的手，随后越抓越紧，几乎把她那只手的骨头都捏碎了。一个钟头过去，斯嘉丽的手已经又青又肿，手指头都打不了弯了。于是她就用两条长毛巾打了个结，绑在床脚，然后把两头再打个结放到梅兰妮手里。梅兰妮紧紧抓着那个结，就像握着自己的生命线一样，时而用力拉紧，时而放松，时而拼命撕扯。整整一下午，她都像只落入陷阱、垂死挣扎的困兽，凄惨地嘶吼哀号。偶尔，她会松开抓着的毛巾，有气无力地搓搓手掌，然后抬起头，一双充满痛楚的大眼睛望着斯嘉丽。

"跟我说说话，求你跟我说说话好吗？"她气若游丝地低语着。斯嘉丽慌慌张张地东拉西扯，胡言乱语，直到梅兰妮再次抓住毛巾结，疼得扭来滚去。

房间里一片昏暗，热得叫人难受，耳边充斥着痛苦的呻吟，还有苍蝇的嗡嗡乱叫。时间过得好慢，就像老人拖着沉重的脚步蹒跚而行。斯嘉丽几乎已经记不清上午的事情了，她觉得自己仿佛在这个闷热而昏暗的蒸笼里待了一辈子。每次梅兰妮发出尖叫，她都忍不住想跟着尖叫起来。她死咬着嘴唇，咬得生疼，借助疼痛来让自己保持冷静，克制自己想歇斯底里发作出来的冲动。

有一次，小韦德悄悄爬上楼来，站在门外嗷嗷大哭。

"妈妈，韦德好饿！"

斯嘉丽正要朝门外走去，突然被梅兰妮低声叫住："别离开我，求你了。有你在，我才能挺住。"

于是斯嘉丽只好打发普利茜下楼去,把早上吃剩的玉米粥热一热,喂给韦德吃。至于她自己呢,经过了一下午的折腾,她觉得她这辈子也吃不下什么东西了。

壁炉台上的钟表停了,她也不知道现在几点。不过房间里已经不像之前那么热了,从百叶窗缝隙透进来的点点亮光也越来越黯淡。她拉开百叶窗,发现竟已是日暮黄昏,太阳像个暗红色的火球,低垂天边。不知怎的,她本以为这炙热的中午永远也不会变了呢。

她心急如焚,不知城里现在情况怎么样了。部队全都撤出城了吗?北方佬来了吗?邦联军队连场仗都不打就这么撤走啦?不过一想起谢尔曼那么兵强马壮,而邦联的军队却所剩无几,她的心就一沉。谢尔曼!撒旦就够可怕的了,可他比撒旦还可怕。但现在没工夫想这些了,梅兰妮又在叫她,一会儿要喝水,一会儿要凉毛巾敷额头,一会儿要她给扇扇子,一会儿又要她给赶去脸上的苍蝇。

暮色降临,普利茜像幽灵一样走进来,点燃了一盏灯,此时的梅兰妮更加虚弱了。她开始一遍遍地呼唤着阿什利,就像神志不清在说胡话一样。那单调而可怕的声音激起了斯嘉丽强烈的欲望和冲动,恨不得冲过去用枕头堵住她的嘴,把那声音压下去。也许医生最终会来的。但愿他能快点儿来!她心里重新燃起希望的火苗,于是立刻转向普利茜,命她赶快跑去米德家,看看米德医生或者米德太太回来没有。

"要是医生不在的话,就问问米德太太或者厨娘该怎么办。

求她们过来一趟!"

普利茜啪嗒啪嗒地走了。斯嘉丽看着她冲到街上,步履匆匆。斯嘉丽做梦也没想到,这个不中用的黑丫头居然能跑这么快。过了好久普利茜才回来,而且只有她一个人。

"大夫一整天都没回家,他们说他八成是跟部队一起走了。斯嘉丽小姐,菲尔少爷死了。"

"死了?"

"是的,小姐,"普利茜神气活现地说,"是他们家的车夫塔尔伯特告诉俺的,说菲尔少爷挨了一枪——"

"别管这个了,说正事。"

"俺没看见米德太太。厨娘说,米德太太正在擦洗菲尔少爷的尸体,要在北方佬进城之前把他安葬了。厨娘说,要是梅丽小姐阵痛得厉害,就在她床下放把刀子,这样就能把她的疼痛切成两半。"

斯嘉丽真想再扇她一耳光,让她去叫人,她却带来这些没用的消息。可正在这时,梅兰妮睁大了眼睛,低声说:"亲爱的——北方佬要来了吗?"

"没有,"斯嘉丽斩钉截铁地说,"普利茜就爱撒谎。"

"是的,小姐,俺在胡说呢。"普利茜赶紧附和道。

"他们要来了。"梅兰妮低声说,看来没能瞒住她。她把头埋在枕头里,隔着枕头说出的话闷声闷气。

"我可怜的孩子啊,可怜的孩子,"过了好长时间,她才又开口,"噢,斯嘉丽,你不该待在这儿。你得赶快走,把韦德带上。"

梅兰妮说的正是斯嘉丽所想的，可听到她这话，斯嘉丽却十分恼火，也很羞愧，仿佛深藏在内心的胆怯都被清清楚楚地写在了脸上。

"别说傻话。我才不怕呢。你知道我不会把你一个人扔在这儿不管的。"

"你不用管我。反正我也快要死了。"说完，她又开始呻吟起来。

斯嘉丽小心翼翼地走下黑漆漆的楼梯，动作慢得跟老太太似的。她扶着楼梯扶手，一步步摸索着下楼，以防摔倒。她两条腿像灌了铅似的沉，疲乏劳累再加上情绪紧张，双腿发软直打战。她浑身是汗，衣服也湿漉漉地紧贴着她的身子，此时汗水渐冷，令她不禁直打寒战。她跟跟跄跄走到前廊，一屁股坐在最上面一级台阶上，后背倚靠着前廊的一根柱子，用颤抖的手将紧身上衣的扣子解至半胸。夜色温润，她半卧半躺，像头呆呆的公牛，凝望着这温柔似水的夜晚。

一切都结束了。梅兰妮没死，生下的男孩哇哇啼哭，哭声跟小猫似的。此刻普利茜正给他洗出生后的第一个澡。梅兰妮睡着了。经历了刚才那场噩梦般的痛苦和煎熬之后，她怎么还能睡得着？梅兰妮疼得撕心裂肺嗷嗷直叫，斯嘉丽不懂接生，硬着头皮给她助产，反而帮了不少倒忙。可她怎么能睡得着呢？她怎么没死呢？斯嘉丽知道，要换作是自己，被这么个外行人一通折腾，估计早就没命了。可是，当一切结束之后，梅兰妮竟然还轻声说了一句:"谢谢你。"然后就睡着了。怎么睡得着呢?斯嘉丽忘了,当初生下韦德之后,她也是这样睡着了。她什么都忘了,脑子里一片空白,整个世界都一片空白。仿佛在这漫长而无尽的一天到来之前,世上根本没有生命的存在,而这一天过去之后,也不会有任何生命留存——留下的只有这样一个闷热难耐的夜晚,只有她疲惫而沙哑的喘息声,只有冰凉的汗珠一滴滴从腋窝流到腰际,从两股流到膝盖,黏糊糊,湿腻腻,凉丝丝。

她听见自己平稳而粗重的喘息声渐渐变成了断断续续的抽泣,但眼睛干涩发烫,像要冒火似的,仿佛再也流不出一滴泪来。她缓慢而吃力地挪动身子,把厚厚的裙子撩到大腿。此时的她感觉身上又热又冷又黏,同时,夜风拂过四肢,又让她觉得清爽惬意。她呆呆地想,要是皮蒂姑妈见到她撩起裙子,露出衬裤,四仰八叉地躺在屋前的门廊上,不知道会怎么说。不过不管姑妈说什么,她都不在乎。她什么也不在乎了。时间仿佛静止了一般,此时也许刚过黄昏,也可能已是午夜,她不知道,也无所谓。

她听见楼上传来脚步声,心想:"这该死的普利茜。"接着便不知不觉合上了眼睛,昏昏欲睡。黑暗中迷迷糊糊不知过了多久,她忽然发现普利茜站在她身边,兴高采烈地叽叽喳喳。

"咱们干得太棒了,斯嘉丽小姐。俺觉得就算妈妈在这儿,也不见得比咱们做得更好。"

昏暗中,斯嘉丽瞪了她一眼,累得没力气去骂她,也没精神数落她之前种种的过错——比如大吹大擂,说自己接生的事全懂，其实一窍不通；事到临头慌慌张张，笨手笨脚，帮不上忙反倒添乱：剪刀不知道放哪儿了，脸盆里的水洒到了床上，连刚出生的婴儿也从她手里摔了一下。这会儿她还有脸夸自己做得有多棒。

北方佬还想解放黑奴！哼，就让北方佬把他们都带走吧，她还巴不得呢。

她一声不吭地靠着柱子。普利茜察觉到主人心情不好，于是蹑手蹑脚地走开，消失在前廊的黑暗之中。过了许久，斯嘉丽的呼吸才终于平缓下来，思绪也恢复了平静。这时，她忽然听到大路上有隐约的人声，从北边传来许多人的脚步声。是当兵的！她慢慢坐起身来，把裙裾放下，尽管她知道在黑暗中没人看得见她。那些人走到了门口，数不清有多少人，一个个像影子一样列队经过，数不清有多少人。斯嘉丽朝他们打招呼："喂，请等一下！"

一个人影从队伍中闪了出来，来到门口。

"你们要撤走吗？撇下我们不管了吗？"

那人影似乎摘下了帽子，黑暗中传来斯文有礼的声音。

"是的，太太。部队正在撤离。我们是最后一批了，是从距此地以北一英里的防御工事撤下来的。"

"你们——部队真的在撤退吗？"

"是的，太太。您也知道，北方佬就要来了。"

北方佬就要来了！她竟把这事给忘了，喉咙像是突然被什么东西堵住了似的，再也说不出话来。那人影离开了，淹没在幻影般的队伍中，脚步声渐渐远去，消失在黑暗中。"北方佬要来了！北方佬要来了！"这就是他们的脚步声踏出的节奏所发出的呼号，这就是她每一次怦怦的心跳所迸发出的心声。北方佬要来了！

"北方佬就要来了！"普利茜哭喊着，在她身旁缩成一团，"噢，斯嘉丽小姐，他们会把咱们全杀死的！会用刺刀捅穿咱们的肚子！会——"

"哎呀，闭嘴！"光想想就够吓人的了，这该死的黑丫头还非得声音发颤地把这些话说出来。恐惧再次袭来，笼罩全身。她该怎么办？怎么才能逃跑呢？她能找谁求助？所有朋友都弃她而不顾了。

突然，她想起了瑞特·巴特勒，慌乱的心顿时平静下来，恐惧也一扫而空。一上午她都跟个没头苍蝇似的四处乱撞，怎么就没想到他呢？她虽然讨厌那家伙，但不得不承认他精明又强悍，不惧怕北方佬。而且现在他还在城里。当然，她还在生他的气，因为上次见面的时候，他对她说了些可恶至极、不可原谅的话。可眼下情况紧急，顾不上计较这些了。何况他还有马和马车。哎呀，真是的，她怎么早没想到他呢！他可以把他们全都带走，离开这个倒霉的鬼地方，离北方佬远远的，到别处去，去哪儿都行。

她连忙转向普利茜，心急火燎地问："巴特勒船长住的地方——亚特兰大旅馆——你认识吗？"

"是的，小姐，可是——"

"你赶紧去那儿找他,越快越好,告诉他我需要他。请他马上到这儿来,让他赶着马车来,救护车也行,要是他能弄到的话。跟他说梅兰妮生孩子了,让他带咱们离开这里。赶紧去,快点儿!"

她坐直身子,推了普利茜一把,催她快去。

"上帝啊,斯嘉丽小姐!这黑灯瞎火的,俺害怕一个人在外面跑。要是俺被北方佬抓了可怎么办?"

"你要是跑得快的话,就能赶上前面那群士兵,他们不会让北方佬抓住你的。快去!"

"俺害怕!要是巴特勒船长不在旅馆呢?"

"那就问他去哪儿了。你就不能动动脑子吗?他要是不在旅馆,你就到迪凯特街上的酒吧去找找,到贝尔·沃特琳家去看看。四处打听打听,一定得找到他。你个蠢货,再不快点儿把他找来,咱们都得落到北方佬手里,一个也逃不掉,你到底明不明白?"

"斯嘉丽小姐,妈妈要是知道俺去了酒吧或者妓院,一定会拿棉花杆子把俺活活打死的。"

斯嘉丽腾地站了起来。

"听着,你要再不去,我就先把你活活打死。你就站在街上,在外面大声喊他不就行了吗?或者跟别人打听打听他在不在里面。赶快去!"

普利茜还磨磨蹭蹭,脚蹭着地面,嘴里嘟嘟囔囔。斯嘉丽又狠狠推了她一把,差点儿让她倒栽葱从台阶上摔下去。

"你要是不去，我就把你卖给奴隶贩子远远送走，让你再也见不到你妈妈和所有你认识的人。把你卖去下地干农活。快去！"

"老天爷，斯嘉丽小姐——"

但是在女主人的再三威逼之下，普利茜只好走下台阶。前门咔嗒一声，斯嘉丽在她身后大喊："快点儿跑，你这个白痴！"

她听到普利茜啪嗒啪嗒跑起来，然后脚步声渐渐远去，消失在松软的泥土路上。

第二十三章

普利茜走后，斯嘉丽疲惫地走到楼下的过道，点亮了一盏灯。房子里热得像蒸笼一般，仿佛正午所有的热气都被吸进了屋里的墙壁中。此时她的头脑清醒了一些，肚子开始咕咕叫起来，她这才想起，从昨晚到现在自己什么东西也没吃，只喝了一匙玉米粥。于是她拿起灯走进厨房。炉火已经熄灭，但厨房里仍热得令人窒息。她发现平底锅里还有半块硬邦邦的玉米饼，于是拿起来就啃，一边吃着一边四处寻找别的食物。锅里还有些玉米粥，她等不及把粥盛在盘子里，直接抄起煮饭用的大汤勺舀着喝起来。粥太淡，但她饿坏了，懒得去找盐。一口气喝了四大勺之后，她热得实在受不了，便一手掌灯，一手拿着吃剩的玉米饼走出厨房，回到过道。

她知道自己应该上楼去陪着梅兰妮。不然万一有什么意外，梅兰妮虚弱得连叫的力气都没有。可她已经在那间噩梦般的屋子里煎熬了太久，一想到要回去，就忍不住恶心。就算梅兰妮要死了，她也不想再回到那里，不想再见到那间屋子了。她把灯放在窗边的烛台上,然后又回到了前廊。虽然夜晚仍有些温热,但比屋里凉快多了。她坐在台阶上,借着油灯投下的淡淡微光,继续啃着手里的那块玉米饼。

吃完之后,她才感到身上有了点儿力气。然后随着体力的恢复,恐惧感也再次席卷而来,浑身如针扎般刺痛。她听到街上远远传来嘈杂的声响,可这声音预示着什么,她完全不知道。她只听见这声响时起时落,但分辨不出是什么声音。她倾身向前,屏气静听,但很快就觉得浑身肌肉因紧张而酸疼。此时此刻,她唯一期盼的就是听到马蹄声,还有看到瑞特那自信而又漫不经心的眼神,眼神中还带着嘲讽,嘲笑她如此怯懦胆小。瑞特会带她们走的,离开这里,到别处去,她也不知道会去哪儿,无论去哪儿都行,她不在乎。

她坐在前廊,侧耳细听城里的动静,忽然看到树梢上方出现一片淡淡的红光。她大为不解,眼看着那片红光越来越亮。漆黑的夜空由一开始的粉红色,慢慢变成了深红。突然间,树顶上方蹿出一条巨大的火舌,腾空而起,直冲天际。她腾地站起来,心又像打鼓似的突突乱跳,觉得不对劲。

北方佬已经来了!她知道他们来了,正在放火烧城呢。火光似乎是在城中心以东的方向。只见火舌越蹿越高,迅速蔓延开来,扩展成一大片,火光冲天,那景象太过可怕,以致斯嘉丽完全被吓呆了。看来整个街区都被点着了。一阵热烘烘的微风吹来,她甚至能闻到烟火的气味。

斯嘉丽飞奔上楼,来到自己的房间,身子探出窗口,想看个清楚。只见天空被染成了可怕的血红色，一团团黑色的浓烟滚滚而起，化成巨浪般的云涛在火焰上方汹涌翻腾。烟味越来越浓。斯嘉丽心乱如麻，脑子里千头万绪：这大火会不会很快就蔓延到桃树街，把整幢房子烧毁？北方佬是不是快要冲进来抓她了？她该往哪儿逃？该怎么办？一时间，她仿佛听到了地狱里所有的恶魔都在她耳边凄厉地嘶吼尖叫。她心慌意乱，感觉天旋地转，不得不扶住窗台，以免摔倒。

"我得好好想想，"她一遍又一遍地对自己说，"得好好想想。"

可她什么办法也想不出来，脑子里就像有一群受惊的蜂鸟一会儿飞进来，一会儿飞出去，四处乱窜。她正扶着窗台站着，突然响起一阵震耳欲聋的爆炸声，比她听过的任何炮声都响。巨大的火焰撕裂了天空，接着又是一连串的爆炸声，震得地动山摇，头顶的窗户玻璃也咣啷啷地颤动起来，随后哗啦一声被震碎，掉落在她周围。

爆炸声接连不断，几乎把耳膜震破，整个世界成了充斥着喧嚣和烈火的地狱，连大地都在颤抖。一簇簇火花迸射向天空，然后懒懒散散地穿过血红色的烟云徐徐下落。斯嘉丽好像听到隔壁房间传来微弱的呼唤，可她没去理会，这会儿没时间管梅兰妮了。什么都顾不上了。她只感觉恐惧就像眼前这熊熊大火一样掠过全身。她就像个吓破胆的孩子一样，只想一头扑进妈妈怀里，脑袋埋在妈妈的膝间，不愿见这可怕的景象。此时此刻，她要是在家里该多好！跟妈妈在一起该有多好！

在一阵阵令浑身神经都发颤的爆炸声中，她听到了另外一个声音,是急急慌慌一步三阶飞奔上楼的脚步声,还有像失群的猎狗一样上气不接下气的喘息声。普利茜破门而入,径直冲到斯嘉丽面前,死死抓住她的胳膊,差点儿没把她的肉给抠出来。

"北方佬——"斯嘉丽惊叫起来。

"不是,小姐,是咱们的人!"普利茜气喘吁吁地说,指甲深深掐进斯嘉丽的胳膊,"他们在放火烧铸铁厂、军需仓库和货栈。天啊,斯嘉丽小姐,他们还烧了七十车皮的炮弹和火药,上帝啊,只怕咱们也都会被烧死的!"

普利茜又惊声尖叫起来,用力掐着斯嘉丽的胳膊。斯嘉丽又疼又气,大喊一声,甩掉了她的手。

北方佬还没来!要逃走还来得及!于是她忍着内心的恐惧,强打起精神来。

她心想:"要是我不冷静下来,也会像只挨烫的猫一样尖叫起来的!"看到普利茜那副战战兢兢的可怜样儿,她反倒镇定下来。她抓住普利茜的肩膀,使劲儿摇晃。

"闭嘴,别再大喊大叫的了,好好说话。北方佬还没来呢,你个白痴!见到巴特勒船长了吗?他怎么说?他会来吗?"

普利茜倒是不再叫喊了,但牙齿却止不住地打战。

"是的,小姐。俺总算找到他了。在一间酒吧里,就像您跟俺说的一样。他——"

"别管在哪儿找到的了,他到底来不来?有没有告诉他赶马车来?"

"上帝啊,斯嘉丽小姐,他说咱们的人把他的马和马车都征去当救护车拉伤兵了。"

"我的天啊!"

"不过他会来的——"

"他怎么说的?"

普利茜缓过气来,稍稍定了定神,但眼睛还在滴溜溜乱转。

"哦,跟您说的一样,俺在一间酒吧里找到了他。俺站在外面大声喊他,他就出来了。俺刚要跟他说话,咱们的部队就把迪凯特街的一间仓库给炸了,大火一下子蹿了起来,天都红了。他一把抓住俺,说:'快来!'然后拉着俺跑到了五角场。他就问俺有什么事。俺就照您的话,说:'巴特勒船长,快来一趟,把您的马车赶来,梅丽小姐生下了娃娃,斯嘉丽小姐急着逃出城去。'他就问俺:'她打算去哪儿?'俺说:'不知道,先生,不过您一定得快点儿,北方佬要来了,小姐要跟您一起走。'他听了就笑起来,说他的马车已经被带走了。"

斯嘉丽的心一沉,最后的一线希望也破灭了。她真是个傻瓜,部队撤离当然会把城里剩下的车马和牲口统统带走,她怎么就没想到呢?一时间,她慌得愣了神,根本没听见普利茜在说什么。但她很快就镇定下来,听普利茜把话说完。

"后来他说:'告诉斯嘉丽小姐别着急。我会去部队里给她偷匹马来,哪怕就剩下一匹了我也会弄到手。'还说:'我偷马可是老手了。告诉她,我就算挨枪子也保准给她弄匹马来。'接着,他又笑了,然后就催俺赶快回家。俺刚要跑,又轰隆隆地爆炸起来。俺差点儿摔在地上。他告诉俺没事,是咱们的人在炸军火,免得落到北方佬手里——"

"他会来？会带匹马来？"

"他是这么说的。"

斯嘉丽大感宽慰，终于松了一口气。瑞特一定能想办法弄到马的。他是个聪明人，有这个能耐。只要瑞特能把她们带出城，离开这鬼地方，她就什么都能原谅他。逃出去！跟瑞特在一起，她就什么也不怕了。瑞特会保护她们的。感谢上帝赐给她瑞特！眼看安全有了保障，她便立刻开始作准备。

"把韦德叫醒，给他穿好衣服，再给咱们每人收拾出几件衣服，放进小行李箱里。别告诉梅兰妮小姐咱们要走了。还不到时候。拿几条厚毛巾把婴儿包裹好，别忘了把孩子的小衣服也带上。"

普利茜还在抓着斯嘉丽的裙子直翻白眼。斯嘉丽使劲儿推了她一把，她这才松手。

"快点儿。"斯嘉丽大叫道。于是普利茜像只兔子似的颠颠儿跑了。

斯嘉丽知道她得进屋去安抚梅兰妮，那接连不断的爆炸声和冲天的火光，肯定把梅兰妮吓坏了。那声声巨响和可怕的景象简直就像世界末日一样，任谁都会害怕的。

但她还是鼓不起勇气回到那个房间。她跑到楼下，想把皮蒂小姐逃往梅肯时没带走的瓷器和小件银器打包拿走。可她进了餐厅，双手却抖得厉害，三个盘子都掉在了地上，摔得粉碎。她跑到前廊听听动静，然后又回到餐厅，把银器也叮叮当当摔在地上。她拿什么掉什么,匆忙中,她踩在地毯上脚一滑,不小心摔了一跤,但随即就一骨碌爬起来,都没感觉到疼。她听见普利茜在楼上像匹发了狂的野马一样咚咚地跑来跑去,那声音都快把她逼疯了,其实她自己在楼下也漫无目的地东奔西跑。

之前她来来回回十几次跑到前廊去听动静,这次她索性不再跑回餐厅去收拾东西,而是直接坐了下来。反正她什么都收拾不好,什么事也做不好,干脆怀着一颗忐忑不安的心坐在这儿等瑞特好了。时间似乎已经过去了好几个钟头。终于,她听到大路上远远传来没上油的车轴嘎吱嘎吱的响声,还有缓缓的蹒跚的马蹄声。他怎么不快点儿呢?干吗不让马跑起来呢?

声音越来越近了,斯嘉丽一跃而起,呼喊着瑞特的名字。随即,她看见瑞特模糊的身影从一辆小运货马车上下来,然后听见大门咔嗒一声打开,他正朝她走来。到了近处,灯光清清楚楚地照亮他的身影。他穿戴整齐,打扮得光鲜体面,像是要去参加舞会似的:一身剪裁得体、做工考究的白色亚麻布外套和裤子,灰色波纹绸绣花马甲,衬衫胸口处还打了褶边。宽大的巴拿马帽子帅气地斜戴着,腰间的皮带上还别着两把象牙柄的长筒决斗手枪。他外衣的口袋里则装满了子弹,袋兜沉甸甸地往下坠着。

他步伐轻快地沿着院中石径阔步走来,带着一种狂放的野性。他高昂着帅气的脑袋,仿若一位异教王子。今夜的种种险情,把斯嘉丽吓得惊慌失措,可对瑞特·巴特勒来说却如同酒醉后的兴奋。他黝黑的脸上带着几分小心掩藏的凶狠,倘若斯嘉丽冷静理智,能洞察出这份凶残的话,肯定会吓破胆的。

他一双乌黑的眼睛闪烁着雀跃的火花，仿佛城里发生的这一切在他看来都十分可笑，就好像那震天动地的爆炸声和骇人的火光都只不过是吓唬孩子的玩意儿。他走上台阶，斯嘉丽摇摇晃晃地迎向他，脸色苍白，绿色的眼眸异常闪亮。

"晚上好，"他慢条斯理地说，同时摘下帽子潇洒地行了个礼，"今晚这天气倒是不错。我听说你想要出门远行。"

"你要是再开玩笑，我可就再也不理你了。"斯嘉丽声音颤抖地说。

"你不会是吓破胆了吧？"他装作一副吃惊的样子，脸上却笑意盈盈。斯嘉丽气得恨不得把他从陡峭的台阶上推下去。

"是，我是吓坏了！怕得要死！哪怕你只有上帝赐给山羊的头脑，你也会吓坏的。好了，没工夫说这些废话了，咱们得赶紧离开这儿。"

"愿为您效劳，女士。不过你打算去哪儿啊？我到这儿来完全是出于好奇，想知道你打算到哪儿去。东边去不了，西边不能去，南边去不得，北边也不行。到处都有北方佬。出城的路只剩下一条还没有被北方佬占领。咱们的部队就是从这条路撤走的。不过那条路过不了多久也不通行了。史蒂夫·李将军的骑兵队正在拉夫雷迪一带打后卫战，好保证这条路畅通无阻，让部队顺利撤退。如果你跟着部队沿着去麦克多诺的那条路走，他们就会把你的马征走，虽然不是什么好马，但我可是费了好大的劲儿才把它偷到手的。好了，说吧，你到底想去哪儿？"

斯嘉丽站在那里，浑身直打哆嗦，虽然一直在听他说话，但几乎一句也没听进去。被他这么一问,她突然知道自己要去哪儿了——在这惊心动魄、备受煎熬的一天,她心里一直都想着要去那儿,那是她唯一想去的地方。

"我要回家。"她说。

"家?你是说塔拉?"

"是的,没错!回塔拉!噢,瑞特,咱们得赶快走!"

瑞特看着她,那眼神就好像觉得她疯了。

"塔拉?我的上帝啊,斯嘉丽!他们在琼斯博罗打了一整天了,你难道不知道吗?从拉夫雷迪一直到琼斯博罗,沿线十英里都在打仗,甚至琼斯博罗的大街小巷都打得热火朝天。眼下没准塔拉乃至全县都到处是北方佬了。没人知道他们具体打到什么地方了,但肯定在那附近。你不能回家!不能愣往北方佬的枪口上撞啊!"

"我要回家!"她哭喊着,"我偏要回去!偏要!"

"你真是个小傻瓜,"他说得很干脆,而且语气粗暴,"你不能往塔拉的方向去。就算你没碰上北方佬,树林里也净是掉队的士兵和逃兵,南军和北军的都有。再说,咱们的部队正大批大批地从琼斯博罗撤退。见了你的马肯定会抢走,绝对会跟北方佬一样毫不客气。你唯一的办法就是跟着部队沿着麦克多诺那条路走,还得求上帝保佑,别让他们在暗处看见你。你不能去塔拉,就算到了那里,多半也会发现房子已经被烧成废墟了。我不会让你回家的,这简直是疯了。"

"我就是要回家!"她哭喊着,嗓子都喊破了,尖声大叫,

"我要回家！你别想拦着我！我要回家！我要妈妈！你要是敢阻拦我，我就杀了你！我要回家！"

长时间的紧张终于使她崩溃，情绪失控，惊恐的泪水如决堤一般顺着脸颊滚滚流下。她用拳头捶打着瑞特的胸膛，不停地尖叫："我要回家！我就是要回去！就算一步步走，我也要走回去！"

转眼间，她已被瑞特拥在怀中，满是泪水的脸庞贴着他衬衫上浆过的褶边，双拳也不再捶打，而是乖乖地靠在他胸前。瑞特双手抚摸着斯嘉丽蓬乱的头发，轻柔抚慰。说话声音也变得十分温柔，那么柔和而温婉，没有半分嘲弄，仿佛根本就不是瑞特·巴特勒的声音，而是某个善良而强壮的陌生人。他身上散发着白兰地、烟草和马的味道，令斯嘉丽感到无比安心和温暖，让她想起了自己的父亲杰拉尔德。

"好了，好了，亲爱的，"瑞特柔声道，"别哭了，我会带你回家的，我勇敢的小姑娘，一定让你回家，别哭了。"

斯嘉丽感觉到有什么东西在轻触她的头发，惶惑中隐约觉得好像是他的嘴唇。他是那么温柔，令她感到无限的安慰。她真想永远依偎在他的怀里。有如此强壮的臂膀搂着她，什么也别想伤害她。

他在口袋里摸索着，掏出了一块手帕，为她擦去泪水。

"好了，宝贝儿，乖，擤擤鼻子，"他命令道，眼里却含着笑意，"告诉我要做什么，咱们得抓紧时间了。"

斯嘉丽听话地擤了擤鼻子，身子依然在发抖，但怎么也想不出要让他做什么。瑞特见她嘴唇抖得厉害,一双眼睛无助地望着他,只好替她作决定了。

"威尔克斯太太刚生下孩子吧?要把她一起带走太危险了——坐在那辆快散架的破车里,一路颠簸二十五英里,很危险的。最好还是把她留下,让她跟米德太太待在一起。"

"米德家没人。我不能扔下她不管。"

"好吧,那就让她上车。那个傻乎乎的小黑丫头呢?"

"在楼上收拾箱子呢。"

"箱子?那辆小破车什么箱子也放不下。光是你们几个人坐着都挤呢,而且车轮子就算不动都快散架了。叫她把屋里最小的羽绒垫子拿来,放进车里去。"

可斯嘉丽还是动弹不得。瑞特紧紧抓住她的胳膊,仿佛把身上旺盛的活力注入了她的体内。她真希望自己也能像他那样镇定自若,从容不迫!瑞特把她推进过道,可她还是站在那儿楚楚可怜地望着他。他嘴角一撇,带着讥诮的口吻说道:"难道这就是那位跟我吹嘘天不怕地不怕,既不怕上帝,也不怕男人的女中豪杰吗?"

说完,他突然放声大笑,松开了她的胳膊。斯嘉丽被他的话激怒,狠狠地瞪着他,气呼呼地说:"我就是什么都不怕。"

"不,你怕,怕得都快晕倒了,我身上可没带嗅盐。"

斯嘉丽气得直跺脚,因为她实在想不出别的办法解恨。然后她一言不发地拿起灯,转身上楼。瑞特紧紧跟在她身后。斯嘉丽听见他在轻声窃笑,气得挺直了腰杆。她走进韦德的小房间,见他坐在普利茜的怀里,衣服刚穿了一半,轻轻地打着嗝儿。普利茜则抽抽搭搭地小声啜泣。韦德床上的羽绒褥垫倒是挺小,她吩咐普利茜把褥垫拿到楼下去,铺在马车里。普利茜把韦德放下,遵命行事。韦德跟着她往楼下走,他对眼前发生的事情很好奇,嗝儿也不打了。

"来吧。"斯嘉丽边说边往梅兰妮的房间走去。瑞特跟在她身后,手里拿着帽子。

梅兰妮静静地躺在床上,被单一直盖到下巴。她的脸色白得吓人,跟死人没什么两样。眼窝深陷,眼圈发黑,但仍安详平静。见到瑞特出现在她房间里,她一点儿也没感到惊讶,反倒觉得顺理成章。她想强挤出一丝笑容,但笑容还没到嘴角就消失不见了。

"咱们要回家了,回塔拉去,"斯嘉丽语速飞快地跟她解释道,"北方佬就要来了。瑞特送咱们去。这是唯一的法子了,梅丽。"

梅兰妮虚弱地点点头,然后指了指新生的婴儿。斯嘉丽抱起婴儿,用一条厚毛巾把孩子匆匆裹好。瑞特走到床边。

"我尽量不弄疼你。"他轻声说,并用被单把她围好,"试试看能不能搂住我的脖子。"

梅兰妮试了试,但胳膊绵软无力地落了下来。瑞特弯下腰,一只胳膊伸到她的肩膀下,另一只手托起她的膝盖,轻轻把她抱了起来。梅兰妮没有叫出声,但斯嘉丽看到她紧咬着嘴唇,脸色更白了。斯嘉丽把灯举高,给瑞特照着路,正要向门口走去,这时,梅兰妮有气无力地指了指墙壁。

"您要什么?"瑞特柔声问道。

"请等一下,"梅兰妮一边低语,一边竭力指给他看,"查尔斯。"

瑞特低头看着她,以为她在说胡话。但斯嘉丽明白她的意思,而且心里很恼火。她知道梅兰妮是想要查尔斯的银版照片,那张照片就挂在墙上,在他的军刀和手枪下面。

"请等等,"梅兰妮又低声说,"还有刀。"

"哦,知道了。"斯嘉丽说。她高举着灯给瑞特照路,让他小心翼翼地下了楼,然后又转身上楼,把军刀和插着手枪的皮带取了下来。她得抱着婴儿,举着灯,还得拿着这些破玩意儿,真是够狠狈的。梅兰妮就是这样,自己都快没命了也不在乎,北方佬就要来了也不担心,反倒一心惦着查尔斯的遗物。

她把银版照片从墙上拿下来,碰巧瞥见了照片里查尔斯的脸。他那双大大的棕褐色眼睛正与她对视着。她不由得停下片刻,好奇地凝视着这张照片。这个男人曾是她的丈夫,曾与她同床共枕好几个夜晚,还跟她生了孩子,那孩子有一双跟他一样温柔的棕褐色眼睛,可她却差不多已经把这个男人给忘了。

臂弯里的婴儿挥着小拳头,像小猫叫似的哭了起来。她低头瞧着怀里的婴儿,头一次意识到这是阿什利的孩子。突然间,她身上剩余的全部力量都在希望这是她自己的孩子,她和阿什利的孩子。

普利茜颠颠儿地跑上楼,斯嘉丽把婴儿交给她,两人急匆匆走下楼，灯光在墙壁上投下她们飘忽不定的影子。在过道里斯嘉丽瞧见了一顶帽子，不管三七二十一拿起来就戴在头上，把帽带系在下巴上。这是梅兰妮服丧时戴的黑帽，斯嘉丽戴着大小并不合适，可她想不起自己的帽子放在哪儿了。

她出了屋子，走下房前的台阶，手里举着灯，尽量不让那把军刀磕碰自己的腿。梅兰妮直挺挺地躺在车厢后部，旁边是韦德和用毛巾裹着的婴儿。普利茜爬上车，把婴儿抱在怀里。

马车很小，四周的车挡板也很低。车轮都朝里歪着，仿佛一转动起来就会散架似的。斯嘉丽瞧了一眼拉车的马，心里一沉。这马又瘦又小，没精打采的，脑袋都耷拉到两条前腿之间了。马背上皮开肉绽，还有被马具擦破的伤痕。它喘得厉害，听声音也能听出这马病恹恹的，不是匹健康的好马。

"这马不怎么样，是吧？"瑞特咧嘴一笑，"看起来好像拉不了几步车，就要倒地死了似的。不过这是我能搞到的最好的马了。等得空了我再详细告诉你这马我是从哪儿偷来的，怎么偷到手的，我又是怎么冒着枪林弹雨，差点儿挨了枪子一命呜呼的。我对你可真是一片痴情，要不然绝不会放着如日中天的好日子不过，当起了盗马贼——而且盗的还是这么一匹破马。来吧，我扶你上车。"

他从斯嘉丽手里接过灯，放在地上。前座不过就是一块搭在车帮上的细长木板。瑞特双手抱起斯嘉丽，把她放到这块木板上。"做个男人多好啊，而且做个像瑞特这样强壮的男人该多好啊。"斯嘉丽一边把裙边掖好，一边心想着。有瑞特在身边，她就什么也不怕，不管是大火，还是爆炸的巨响，还是北方佬，她统统不怕。

瑞特爬上前座，坐在斯嘉丽身旁，抓起马缰。

"噢，等等！"斯嘉丽叫道，"我忘了锁大门了。"

瑞特放声大笑，然后用缰绳抽了一下马背。

"你笑什么？"

"笑你啊——笑你想把北方佬锁在门外。"说着，马起步了，慢慢吞吞，老大不情愿似的。刚才放在边道上的那盏灯还亮着，投下一个小小的黄色光圈。随着马车渐渐远去，光圈也越变越小。

瑞特赶着那匹慢慢腾腾，怎么也跑不快的马驶离桃树街，拐弯往西走。摇摇晃晃的马车驶入一条布满深深车辙的小路，颠得梅兰妮忍不住呻吟起来。头顶上黑黢黢的树枝纵横交错，道两旁黑漆漆、静悄悄的房子隐约可见。白色的木栅栏闪着微光，看上去就像一排墓碑。窄窄的街道宛如昏暗的隧道，然而浓密的树叶之间仍透映出天上可怕的红色火光。漆黑的街上，人影幢幢，犹如一群群疯狂的鬼魂在你追我赶。烟味越来越浓，灼热的微风吹来，带着从城中心传来的纷繁嘈杂声，有叫喊声，有重型军车碾过的低沉隆隆声，还有部队行军时咚咚的脚步声。瑞特勒住马缰，拐向另一条街。这时，震耳欲聋的爆炸声又一次响起，西边的天空升腾起一团巨大的烈火浓烟。

"那肯定是最后一车厢弹药给炸了，"瑞特镇定地说，"怎么今天早晨不把这车弹药运走呢？这群蠢货！本来时间足够的。

唉，这下咱们可有得受了。我原以为绕着城中心走，就能避开大火和迪凯特街上那群醉鬼，平平安安地从西南角出城呢。但不管怎样，咱们都得穿过马里塔街，而如果没猜错的话，刚才那次爆炸就在马里塔街附近。"

"非得——非得从火场那儿过吗？"斯嘉丽声音颤抖地问道。

"要是快点儿的话，也许不用。"说完，瑞特跳下车，消失在一个院子的黑暗中。他回来时，手里拿着一根细树枝，跳上车后，他便用这根树枝狠狠地抽打伤痕累累的马背。马儿趔趔趄趄地小跑起来，喘着粗气，痛苦而费力地前行。马车摇晃颠簸，车里的人像爆筒里的爆米花一样，颠来倒去。婴儿哇哇啼哭，普利茜和韦德大呼小叫，被车帮撞得生疼。但梅兰妮一声不吭。

等他们到达马里塔街附近时，树木渐渐稀疏，冲天的火焰比楼房还高，把街道和房子照得比白昼还亮，投下一片片可怕的阴影。那些阴影狂扭乱舞，犹如风暴中即将沉入海底的船上那破裂的船帆，在狂风中飘摇翻卷。

斯嘉丽牙齿打战，她吓蒙了，只是自己浑然不觉。尽管大火的热气扑面而来，但她仍然冷得浑身哆嗦。这里就是地狱，而她此时就身在其中。要不是两腿止不住地发抖，她宁愿跳下马车，一边尖叫一边沿着黑漆漆的来路往回跑，躲进皮蒂姑妈的房子里去。斯嘉丽缩了缩身子，朝瑞特又靠近了些，用颤抖的手抓住他的胳膊，抬头看看他，盼着他能说些宽慰人的话，让她安心。在邪恶的红光笼罩下，他黝黑的脸庞轮廓格外分明，就像古钱币上的头像一样，英俊、冷酷、桀骜。被斯嘉丽一碰，他随即转过头来,目光炯炯,像火焰般熊熊燃烧,令人害怕。在斯嘉丽看来,他似乎很兴奋,带着一股傲睨一切的气势,丝毫不把面前的危险看在眼里,反而好像因这可怕的景象而激动不已,仿佛由衷地盼着这地狱步步临近。

"拿着,"他说着一只手伸向自己的腰间,他腰上别着两把长筒手枪,他打算把其中的一把递给斯嘉丽,"无论是谁,不管是黑人还是白人,只要有人从你那边冲过来要抢马,你就二话不说给他一枪。但是看在上帝的分上,千万别慌了神,一枪把这马给打死。"

"我——我有枪。"斯嘉丽一边握紧放在腿上的枪,一边小声说道。其实她心里清楚,如果死神真的来到她面前,她早就吓得魂飞魄散了,哪儿还想得起来扣扳机啊?

"你有枪?哪儿来的?"

"是查尔斯的。"

"查尔斯?"

"对呀,查尔斯——我的丈夫。"

"你真有过丈夫吗,亲爱的?"他低声问道,然后轻声笑了起来。

他就不能正经点儿吗!还不快点儿赶路!

"不然你以为我儿子是怎么来的?"她气得反问他。

"这个嘛,除了和丈夫,还有别的方法——"

"你给我闭上嘴,快点儿赶路行吗?"

可瑞特却突然勒住了缰绳,此时他们已经快到马里塔街了,正在一座还没着火的仓库外，停在黑影里。

"快！"斯嘉丽脑子里只有这一个字，快！快！

"有士兵。"他说。

在那些正在熊熊燃烧着的房屋中间，一支队伍踏着行军的步伐沿着马里塔街走来。士兵们一个个疲惫不堪，胡乱地扛着枪，姿势七扭八歪，耷拉着脑袋，累得步履蹒跚，着火的木头从两边哗啦啦塌落下来，他们疲乏得顾不上躲避了。周围浓烟弥漫，将他们团团笼罩住。士兵们全都衣衫褴褛，分不清哪个是士兵，哪个是军官，只有在个别人的破帽檐上能看到绣着的一圈花体字母"C. S. A."[1]字样。许多人都光着脚，不少人头上或胳膊上缠着脏兮兮的绷带。他们只顾埋头赶路，既不左顾右盼，也不发出声音，要是没有那沉重的脚步声，还真让人以为碰上一群幽灵了呢。

"仔细瞧瞧吧，"斯嘉丽的耳畔传来瑞特不屑的嘲讽，"以后好告诉你的子孙后代，说你曾亲眼见过咱们光荣的后卫部队是如何撤退的。"

斯嘉丽突然恨起这个家伙来，恨得她一时忘记了恐惧。因为与这种强烈的痛恨相比，恐惧显得那么渺小，微不足道。她知道自己以及马车后座里的其他人能否安全，全都得倚仗瑞特，她们几个人的安危全系在他一个人身上。但尽管如此她还是恨他，恨他不该嘲笑那群衣衫褴褛的士兵。她想起了死去的查尔斯，还有

---

[1] C. S. A.是南部邦联的英文缩写。

生死不明的阿什利，以及所有那些被埋葬在荒坟野冢里化成灰的英勇小伙子们。然而她忘了，她自己也曾认为他们都是傻瓜。她气得说不出话来，只是狠狠地瞪着他，两只眼睛里燃烧着愤怒和痛恨的火光。

最后几个士兵正缓缓走过，走在队伍最后面的一个小个子士兵把枪托在地上拖着，身子一晃，停了下来，呆呆地望着别人走过去的背影。他大概实在太累了，脏兮兮的脸上毫无表情，像在梦游似的。他个头很小，跟斯嘉丽差不多，步枪都跟他差不多高了。满是尘垢的脸上还没长出胡子呢，看起来最多也就十六岁。虽然与她无关，但她还是忍不住猜测：这小个子士兵肯定是自卫队的，要不然就是从家里偷跑出来的学生。

看着看着，只见那小个子膝盖一软，缓缓倒在地上。队伍的最后一排突然闪出两个士兵，默默地走向那个少年。其中一个又高又瘦，黑色的胡须垂及腰间。他一言不发地把自己和那少年的枪交给另一个人，然后弯下腰把那孩子举起来，扛到自己肩上，动作轻松利落，就像变戏法似的。他慢慢地跟着前面撤退的队伍，肩膀由于负重而微微弓起。那个体力不支的少年却像个被大人激怒的孩子，拼命大叫："放我下来，该死的！放我下来，我自己能走！"

大胡子则不吭声，继续吃力地往前走，直到转过街角，从视线中消失了。

瑞特放松手里的缰绳，静静地坐着，一动不动。他注视着士兵们远去，黝黑的脸上有种异样的不悦之色。这时，忽听得近处有木头断裂的声音，头顶断裂的木头哗啦啦地往下掉。斯嘉丽看到一条细长的火舌燎着了仓库的屋顶，而他们的马车就停在这座仓库外的阴影里。紧接着一条条火舌如大大小小的战旗迎风招展，像是在得意扬扬地欢庆胜利。浓烟直往人鼻子里灌，呛得韦德和普利茜不停地咳嗽。新生的婴儿也轻声打起喷嚏来。

"噢，看在上帝分上，瑞特！你疯了吗？快走！快走呀！"

瑞特没有答话，用树枝残忍地狠抽马背，抽得那马儿直往前蹿，拼命狂奔，拉着车子颠颠晃晃地驶过了马里塔街。前面是一条窄小的街道，道路两旁的房屋皆在熊熊燃烧，形成一条火光冲天的隧道，而这条隧道是通向铁路的。他们毅然朝这条隧道冲了进去。火光比十二个太阳还亮，刺得他们睁不开眼。灼热的烈焰不断在炙烤他们的皮肤，差点儿把皮肉烤焦，轰鸣声、噼啪的断裂声和哗啦啦的倒塌声，汇成汹涌的声浪，冲击他们的耳膜，震得耳朵生疼。一时间他们置身于火海之中，烈焰的煎熬仿佛没有尽头。然而转眼间，他们又进入了昏暗之中。

马车沿街狂奔，颠簸摇晃着穿过铁路。瑞特机械地挥着树枝，表情呆滞，心不在焉，仿佛忘了自己身在何处。他宽阔的肩膀向前倾，下巴翘起，似乎在想着什么不愉快的事。炙热的火光烤着他，额头和脸颊汗水直流，可他连擦都不擦。

他们绕过一条又一条小巷，拐进一条又一条小街，把斯嘉丽绕得晕头转向。烈火的喧嚣声在他们身后渐渐远去。瑞特依旧沉默不语，只是用树枝有节奏地抽打马背。天上红色的火光渐退，道路变得更加漆黑吓人。斯嘉丽盼着瑞特能说说话，说什么都行,哪怕是对她冷嘲热讽,刻薄伤人的话也行。可他就是不开口。

不管他开不开口,她都感谢上帝派他来到她身边,带给她莫大的安慰。身边有个男人真好,她可以倚靠他,触摸到他强壮的臂膀,感受到他为她挡住莫名的恐惧,即使他光坐在那儿愣神,她也觉得挺好。

"噢,瑞特,"她抓住他的手臂,轻声道,"要是没有你,我们真不知该怎么办。你没去参军真是太好了,谢天谢地!"

瑞特转过头,看了她一眼,看得她不自觉地松开了他的胳膊,缩回了手。此时,他的眼神里没有半点儿嘲弄,而是赤裸裸的,充满愤怒,还有几分茫然惶惑。他抿了抿嘴唇,把头扭开。马车继续颠簸着前行,车里的人好长时间都沉默不言,只有婴儿的啼哭和普利茜的抽泣声打破沉寂。斯嘉丽再也受不了那抽抽搭搭的啜泣声,于是转过身狠狠拧了普利茜一把,疼得她嗷嗷尖叫,吓得赶紧闭上了嘴,不敢再出声。

最后,瑞特终于赶着马车向右拐弯,不一会儿便驶入了一条更宽、更平坦的路。一座座房屋影影绰绰,间隔越来越大。路两旁的树木像两道墙一样连绵不断。

"咱们现在已经出城了,"瑞特突然勒住缰绳,说道,"这条大路就是通往拉夫雷迪的。"

"快走吧,别停下!"

"让马喘口气,"说完他转过身,面对斯嘉丽,一字一顿地问道,"斯嘉丽,你还是打定主意要干这疯了似的蠢事吗?"

"什么事？"

"你还是一心要回到塔拉去吗？这可是会送命的。别忘了你和塔拉之间还隔着史蒂夫·李将军的骑兵和北方佬的军队呢。"

噢，我的上帝啊！好不容易才挺过如此可怕的一天，这会儿他不会是撂挑子，不想送我们回家了吧？

"噢，是的！是的！当然想回家，求你了瑞特，咱们还是快点儿赶路吧。这马还不太累呢。"

"请等等。你不能顺着这条路去琼斯博罗，不能沿铁路走。拉夫雷迪以南的铁路线已经交火了一整天。你知不知道还有别的什么路可走？只要是车能过得去的小路，能绕过拉夫雷迪或者琼斯博罗就行。"

"噢，我知道，"斯嘉丽松了口气，说道，"在拉夫雷迪附近有一条小路，是去琼斯博罗大路上的一条岔路，弯弯曲曲的有好几英里。爸爸和我过去经常骑马走这条小路。走到头就是麦金托什家的田庄，距离塔拉只有一英里。"

"很好。说不定你能顺利绕过拉夫雷迪，史蒂夫·李将军一下午都在那里掩护部队撤退呢。也许北方佬还没打到那儿。要是史蒂夫·李的人没把你的马抢走的话，你也许能从那儿过去。"

"我——我从那儿过去？"

"是的，你。"他的语气很生硬。

"可是瑞特——你——你不送我们了吗？"

"不，我要离开你们了。"

斯嘉丽茫然环顾四周，看了看身后铅灰色的天空，又看看道路两旁黑森森如监狱高墙一般将他们围在中间的大树，再看看车厢后面那几个一脸惊恐的同伴——最后看向瑞特。难道她精神错乱了？还是她听错了？

瑞特正咧嘴笑着，微光朦胧中，能依稀看见他一口白牙，眼睛里又闪烁着那惯有的嘲弄之色。

"离开我们？你——你要去哪儿？"

"我嘛，亲爱的小姐，我要去参军。"

她松了口气，既放下心来，又觉得恼怒。他什么时候开玩笑不好，偏挑这个时候？他去参军？真是笑话！他早就说过参军的都是傻瓜，听了几声战鼓和政客的几句豪言壮语就上了人家的当，上前线去送死——只有傻子去送命，聪明人才有钱赚！这可是他亲口说的。

"喂，别这么吓唬我，当心我掐死你！快赶路吧。"

"我不是开玩笑，亲爱的。哎，斯嘉丽，你竟然把我舍生取义、为国捐躯的壮志当玩笑，可真让我伤心。你的爱国精神哪去了？你对南方光荣事业的热忱之心呢？现在你该对我说'男子汉要么凯旋荣归，要么战死沙场，不成功便成仁'了。不过你可得快点儿说，因为我还想在赴前线打仗之前，作一番慷慨激昂的演说呢。"

他慵懒的语气令斯嘉丽极为恼火，在她听来，那分明是在嘲讽她，也是在嘲讽他自己。他在说什么呢？什么"爱国精神"，什么"不成功便成仁"，什么"慷慨激昂的演说"？那不可能是他的真心话。他不可能就这么满不在乎地甩手就走，把她撇在这黑漆漆的路上，让她带着一个刚生完孩子没准儿会死在半道的女人、一个刚出生的婴儿、一个傻了吧唧的黑丫头和一个吓呆了的孩子，穿过好几英里长的战场，而且一路上危机重重，很可能会碰上掉队的散兵、北方佬和战火，天知道还有什么别的危险。

六岁的时候，斯嘉丽有一次从树上摔了下来，重重地趴在地上动弹不得。她至今还记得，摔在地上好长时间喘不过气，差点儿要憋死的那种难受的感觉。此时，她望着瑞特，又有了跟当年一样的感觉：喘不上气，惊愕无措，恶心想吐。

"瑞特，你是在开玩笑吧？"

她抓住他的胳膊，感觉到自己惊恐的泪水正潸然而下，滴落到手腕上。瑞特握住她的手，举到唇边轻轻吻了一下。

"你也太自私了点儿吧，亲爱的？只考虑你的千金贵体，却置伟大的邦联事业而不顾。你想想，要是我在最危急的时刻去参军，会给咱们的部队带来多大的鼓舞！"他温柔的语气里透着一种刻意的不怀好意。

"噢，瑞特，"斯嘉丽伤心哽咽道，"你怎么能这样对我？为什么要丢下我？"

"为什么？"他爽朗地笑着说，"也许是因为咱们南方人身上都有的多愁善感和情感冲动，也许——也许是我为自己而感到惭愧。谁知道呢？"

"惭愧？你应该羞死才对。把我们扔在这儿，无依无靠，走投无路——"

"亲爱的斯嘉丽！你怎么会无依无靠呢，像你这种自私而果断的人，是绝不会走投无路的。要是你被北方佬抓去，该求上帝保佑的是他们才对。"

他突然跳下车，斯嘉丽目瞪口呆地看着他绕到她这边来。

"下来。"他用命令的口吻说道。

斯嘉丽呆愣愣地看着他。他伸出手不客气地一举，把她抱下车来，然后紧握住她的手，把她拉到离马车好几步远的地方。她感觉到鞋里的灰尘和沙砾硌得她的脚很疼。寂静而闷热的黑夜像梦一样紧紧包裹着她。

"我并不想求你理解或原谅，也不在乎你理不理解，原不原谅，因为连我自己都不理解也不会原谅我干的这种蠢事。我恨自己身上竟然还残留着这么多堂吉诃德式的蠢劲儿。但咱们美丽的南方需要每一个男人挺身而出。咱们了不起的布朗州长不就是这么说的吗？好了，不说了，我这就要去参战了。"他突然放声大笑起来，笑得狂放不羁，笑得格外响亮，在黑黢黢的树林里激起阵阵回响。

"'若不是荣誉对我更可贵，亲爱的，我就不配真正爱你。'[1]这句话正应景，不是吗？比我此时此刻能想到的任何话语都更贴切。因为我的确爱你，斯嘉丽，尽管上个月的那天晚上我在你家门廊对你说了那样的话。"

他慢条斯理的腔调满含柔情，两只手顺着斯嘉丽裸露的双臂向上滑，那双手那么温暖，那么有力。"我爱你，斯嘉丽，因为

---

[1] 这句话出自英国诗人理查德·洛夫莱斯（1618—1658）的诗句。

我们俩太像了,你我都是叛徒,亲爱的,都是自私的小人,只图自己平平安安、舒舒服服,哪怕整个世界都毁灭了,也毫不在乎。"

他的声音在黑夜里回荡,斯嘉丽每个字都听得清清楚楚,却没明白是什么意思,只是勉强撑着接受这个冷酷的现实:他要离开她了,撇下她独自去面对北方佬。她脑子里一遍遍回响着同一句话:"他要抛下我了,他要抛下我了。"但感情没有一丝触动。

这时,他的双臂突然环住斯嘉丽的肩膀,搂紧她的腰肢,她感觉到瑞特腿部坚硬的肌肉紧贴着她的身体,他上衣的扣子抵近了她的胸口。一股令人激荡的热流涌遍全身,令她感到迷茫而惊慌,忘了自己身在何时何地,也忘了自己正身处何种境地。她觉得自己就像个软绵绵的布娃娃,浑身暖暖的,四肢无力,身不由己,被他坚实有力的臂膀搂在怀里,这感觉真好。

"上个月我说过的事,你不想改变主意吗?没有什么比危险和死亡更能增添刺激的了。献出你的爱国热情吧,斯嘉丽。好好想想,该怎么让一名士兵带着甜蜜而美好的回忆走向死亡?"

他吻上了斯嘉丽的唇,胡子扎得她痒酥酥的,他灼热的嘴唇吻得从容不迫,缠绵悠长,仿佛有一整晚的时间尽情享受。查尔斯从来没这么吻过她,塔尔顿家的两兄弟和卡尔弗特家小伙子的吻,也从没让她这么又冷又热,浑身战栗。他使她的身子微微后仰,滚热的嘴唇沿着她的脖颈一路向下吻着,一直吻到她系着浮雕宝石扣子的紧身上衣领口。

"宝贝儿,"他轻声低喃,"宝贝儿。"

斯嘉丽看到黑暗中隐约模糊的马车，听见韦德声音颤抖地叫着："妈妈！韦德害怕！"

猛然间，她迷离恍惚的意识顿时清醒，恢复了理智和冷静。她立刻想起刚才一时忘怀的现实——她也害怕，害怕瑞特丢下她，他要把她扔下不管了，这个该死的无赖！最可恶的是，他竟然如此厚颜无耻，站在大路上用满嘴下流龌龊的话侮辱她。她愤恨交加，脊梁一挺，身子一扭，挣脱出瑞特的怀抱。

"噢，你这个无赖！"她怒斥道，脑子里拼命在搜寻，想找出更厉害的字眼骂他，就像爸爸骂林肯、骂麦金托什一家、骂不听话的倔驴时说的那些话，可是她却一句也想不起来。"你这个下流坯、胆小鬼、肮脏恶心的家伙！"她实在想不出更解气的话来，于是干脆抡起手臂，用尽全身力气朝他脸上扇去，狠狠地打了他一耳光。瑞特向后退了一步，用手摸着自己的脸。

"啊。"他轻轻喊了一声，一时间，两人在黑暗中面对面站了好一会儿。斯嘉丽听见他粗重的呼吸声，而她自己也喘着粗气，就好像刚跑完好长一段路似的。

"他们说得没错！难怪人人都这么说！你的确不是个正人君子！"

"我亲爱的姑娘，"瑞特说，"你这话还不够劲儿呢。"

她知道他又在嘲笑她，于是更加恼羞成怒。

"滚！马上给我滚！滚得远远的。我以后再也不想见到你。但愿炮弹就直接砸在你身上，把你炸得粉身碎骨。我——"

"不用再说下去了。我明白你的意思。等我为国捐躯之后，但愿你的良心会受到谴责。"

说完，他笑着转过身，朝马车走去。斯嘉丽看到他站在马车旁说话，语气变得恭谦有礼，他跟梅兰妮说话时一向如此。

"威尔克斯太太？"

马车里的普利茜惊慌胆怯地回应道："上帝啊，巴特勒船长！梅丽小姐晕过去了。"

"她没死吧？还有气吗？"

"有，先生，她还有气。"

"也许这样对她反而更好。要是她还清醒着，这一路颠簸折腾，可有她受的了。好好照顾她，普利茜。拿着这些钱，以后别那么傻乎乎的了。"

"是，先生，遵命先生。"

"再见了，斯嘉丽。"

斯嘉丽知道他已经转过身来面对着她，但她一声不吭，气得什么话也说不出来。瑞特踩着路上的碎石，脚下嚓嚓响。黑暗中，她隐约看到他肩膀宽阔的轮廓，不一会儿，瑞特的身影就消失了，只能听见沙沙的脚步声，但没过多久，脚步声也渐渐远去，消失在黑夜中。她慢慢走回马车旁，双膝不住地颤抖。

他为什么非要走呢？为什么要走进那无尽的黑暗中呢？为什么要走向战场，投入那已成败局的战争之中，卷入那个疯狂的世界里呢？瑞特，这个喜欢灯红酒绿、沉湎酒色的男人，这个享受锦衣玉食，讲究衣着时髦，贪图享乐的家伙，这个恨透了南方，嘲笑为南方而战的人都是傻瓜的无赖，他为什么要走？现在，他穿着锃亮的皮靴踏上了一条充满重重苦难的征途，这条路步步艰辛，饥饿、疲惫、伤痛、悲怆，如影随形，仿佛四处都虎狼成群，嗥叫声不绝于耳。而路的尽头便是死亡。其实他根本没必要去的啊。他日子过得既太平又富有，大可以舒舒服服地活着。可他却走了，把她一个人撇在这伸手不见五指的茫茫黑夜里，还得独自面对挡在她和自己的家中间的北方佬。

此时此刻，那些痛骂瑞特的狠毒字眼倒是突然一股脑地全想起来了，可惜想起来也晚了。她把头靠在低垂的马脖子上，忍不住大哭起来。

第二十四章

清晨,明媚的阳光从头顶上的枝叶间洒下,将斯嘉丽照醒。昨晚几个人睡得太挤,醒来后她身子麻木僵直,一时想不起自己身在何处。阳光强烈,照得她睁不开眼。身下的车厢木板硬邦邦的,硌得后背疼,腿上也有什么东西重重地压着她。她想要坐起来,却发现腿上的重物竟然是韦德,正枕着她的腿睡觉。梅兰妮一双光着的脚,差点儿就贴在了她脸上。普利茜在马车座位底下蜷成一团,像只黑猫似的。刚出生的小宝宝被夹在了她和韦德中间。

这时她想起了一切,于是猛然坐了起来,忙不迭四下张望。谢天谢地,周围没有北方佬!看来她们昨夜躲藏在马车里并没有被发现。此时,昨晚发生的一切在她脑海中重现,回想起瑞特的脚步声远去之后,那梦魇般的旅程:漫漫长夜,黑漆漆的路上布满车辙和砾石,马车一路颠簸,好几次滑进路两旁的深沟,她和普利茜吓得都快疯了,惊惧之下使出浑身力气,拼命把车轮从深沟里推出来。一路上好几次她听到有士兵走近,不知是敌是友，急忙赶着那匹不听话的倔马把车拉到田地或者树林里躲避。她一晚上提心吊胆，生怕车里有人咳嗽或者打喷嚏，或者韦德忍不住打嗝，把她们的行踪暴露了，被行军的部队发现。现在回想起来，斯嘉丽仍感觉不寒而栗。

噢，那条黑漆漆的路啊！士兵们从那儿经过，一个个像鬼魂一样默不作声，四周万籁俱寂，只有踩在松软泥土上沉闷的脚步声、马笼头微微的咔嗒声和皮带拉紧的嘎吱声。哦，那一刻别提多可怕了，现在想起来都心有余悸——马累坏了，怎么也不肯走。黑暗中，骑兵和轻炮兵就从她们身旁经过，离她们坐着的地方近在咫尺，吓得她们大气都不敢出，离得那么近，几乎伸手就能触到他们，甚至连士兵身上的汗臭味都能闻到！

最后，她们终于来到了拉夫雷迪附近。只见零星的几堆营火在夜色中闪烁，那是史蒂夫·李将军的最后一批后卫部队，正在等待撤退的命令。斯嘉丽把马车赶进犁过的田地，绕着田地走了大约一英里，直到营地的火光在身后消失。可她在黑暗中却迷了路，怎么也找不到她原先十分熟悉的那条小道，急得直哭。后来，她总算找到了那条路，可马又跪在地上起不来了，怎么赶也不动。她和普利茜死命拉拽马笼头，那马还是一动不动。

于是斯嘉丽只好把马具卸下。此时的她已经累得大汗淋漓，拖着疲惫的身子，爬进车厢后部，伸直酸痛的双腿。她迷迷糊糊刚要合上眼睛的时候，依稀听到了梅兰妮用略带歉意的微弱声音，乞求似的说道："斯嘉丽，能不能给我点儿水喝？"

她本想回答说："没有水。"但话还没出口，她就已经睡着了。

此时已是清晨,周围一片宁静安详,到处郁郁葱葱,斑驳的阳光洒下点点金光。目之所及不见士兵踪影。她又饿又渴,浑身酸疼,四肢麻木。她不禁心生感慨:她斯嘉丽·奥哈拉——向来没有亚麻布床单和柔软的羽绒褥就难以入眠的人,如今竟然跟下地干活的黑奴一样,在硬邦邦的木板上都能睡得死沉。

阳光下,她眨了眨眼睛,目光落到梅兰妮身上,立时吓得屏住了呼吸。只见梅兰妮躺在那儿一动不动,面无血色。斯嘉丽觉得她准是死了,看上去就像个死去的老太太,形容枯槁,黑发凌乱地缠结在一起,披散在脸上。这时,斯嘉丽发现她胸口微微起伏,还在浅浅地呼吸,这才松了一口气,梅兰妮这一夜总算是挺过来了。

斯嘉丽用手挡着阳光,环顾四周。显然,她们是在某户人家前院的树下过的夜,因为有条铺着沙砾的车道就在她眼前,夹在两旁栽着雪松的林荫道上,蜿蜒伸展。

"啊,这是马洛里家!"一想到这里有朋友能帮忙,她顿时心花怒放,高兴坏了。

可偌大的庄园却一片死寂。草坪上的花草灌木被马蹄、车轮和人脚来回地疯狂碾压和踩踏,已经不成样子,连土都翻了起来。她看向庄园大宅——那幢熟悉的镶着白色护墙板的房子,却发现已经不复存在,只剩下一块被熏黑的长方形花岗岩地基,还有两座布满黑灰的高烟囱耸立在被烧焦的树叶丛中。

斯嘉丽倒吸了一口凉气,浑身发抖。塔拉会不会也成了这副样子,房子被夷为平地,周围笼罩着一片死寂?

"现在不能这样想,"她连忙对自己说,"千万别想,不然又要吓破胆了。"可尽管她这样告诫自己,心跳还是不由自主地加快,怦怦地像敲鼓一样:"回家!赶快!回家!赶快!"

她们得继续上路,赶快回家。可她们得先找些吃的和水,尤其是水。她捅了捅普利茜,把她叫醒。普利茜看着她,眼睛滴溜溜乱转。

"天啊,斯嘉丽小姐。俺还以为醒来就会到天国了呢。"

"你离天国还远着呢。"斯嘉丽一边说着,一边拢了拢自己凌乱的头发。她脸上、身上都被汗水浸湿,觉得自己浑身脏兮兮的,狼狈不堪,而且还黏糊糊、臭烘烘的。因为昨夜和衣而睡,现在身上的衣服也皱巴巴的。她长这么大从来没感到如此疲惫,而且全身酸痛。由于昨晚劳累过度,她浑身肌肉疼,动一下都疼得要命。她竟不知道自己身上还有这些肌肉呢。

斯嘉丽低头看着梅兰妮,发现她那双黑眼睛已经睁开了,看上去病恹恹的,眼袋浮肿,还带着黑眼圈,眼神却亮得有些异常,一看就是发烧了。她张开干裂的嘴唇,低声哀求:"水。"

"起来,普利茜,"斯嘉丽命令道,"咱们到井边打点儿水来。"

"可是,斯嘉丽小姐!那儿可能有鬼,没准有人死在那里呢。"

"你再不下车,我就先把你变成鬼。"斯嘉丽没心思跟她争论,自己先拖着麻木僵硬的双腿爬下了马车。

忽然间,她想起了马。上帝啊!那马不会昨天夜里死了吧!她给马卸下挽具时,就看它半死不活要咽气似的。于是她绕过马车,跑到那匹马跟前,发现它正侧卧在地上。马要是死了,她就只能诅咒上帝,然后自己也死了算了。《圣经》里就有人干过这事,诅咒上帝,结果就死了。她现在能体会到那人当时的感觉了。不过那匹马还活着——正喘着粗气,病恹恹的眼睛半睁半闭,虽没什么生气,但总算还活着。给它点儿水喝也许会好点儿。

普利茜不情不愿地爬下马车,嘴里嘟嘟囔囔,畏畏缩缩地跟在斯嘉丽身后,朝那条林荫道走去。废墟后面的树荫下,有一排刷白的黑奴棚屋,寂静荒凉,一个人也没有。她们在棚屋和熏黑的基石之间找到了水井。井上的顶架还在,水桶则挂在井下深处。她们两人合力转动辘轳,把绳子摇上来,一桶清凉的井水从黑洞洞的井底被吊了上来。斯嘉丽立刻把水桶微微倾斜,凑到自己嘴边,咕咚咕咚大口喝起来,水洒了一身。

她喝个不停,普利茜看得直着急:"哦,斯嘉丽小姐,俺也渴死了。"斯嘉丽这才想到别人也同样需要水。

"把绳结解开,把桶拎到马车上去,让大伙儿都喝点儿。剩下的给马喝。你说梅丽小姐是不是该给宝宝喂奶了?那孩子都快饿死了。"

"上帝啊,斯嘉丽小姐,梅丽小姐没有奶水,而且以后也不会有。"

"你怎么知道?"

"俺见过很多像她这样的。"

"少给我充内行了。昨天接生时你还一窍不通呢。好了,快去吧。我得去找点儿吃的来。"

斯嘉丽找了半天，一无所获，只在果园里找到了几个苹果。士兵们之前早就来过了，树上的苹果被摘得一个不剩。地上的几个也大多都烂了。斯嘉丽从地上挑了几个最好的装了一裙兜，然后穿过软软的泥地往回走，便鞋里带进不少小石子。昨晚她怎么就没想到穿双更结实点儿的鞋呢？为什么没把遮阳帽戴上？为什么没带些吃的出来？她真是蠢啊。可是她原以为瑞特会一路照顾她们的。

瑞特！她朝地上啐了一口唾沫，一想起这个名字她就来气。斯嘉丽恨死他了！那家伙太可恨了！而她竟然还站在路上任由这个坏蛋吻她——甚至还有些陶醉。昨晚她真是昏了头了。那家伙太可恶了！

她回到马车旁，把苹果分给大家，剩下的扔进了车厢后面。此时，马也站起来了，可即使喝了水，也没能让它恢复多少体力。它白天时的样子看上去比昨晚还吓人，髋骨突起，像头老牛似的，肋骨根根分明，跟搓衣板一样，背上也伤痕累累。她给马上挽具时，连碰都不敢碰它。当她把马嚼子塞进它嘴里时，才发现它一颗牙也没有。真是不折不扣的老掉牙了！瑞特偷马时，怎么就不偷匹好点儿的马呢？

她坐到赶车的座位上，用山核桃树枝抽了一下马背。那马呼哧呼哧地开始拉车起步。斯嘉丽把马赶上那条熟悉的小路，可马走得慢极了，斯嘉丽觉得她自己走路都能比它快。唉，要是没有梅兰妮、韦德、婴儿和普利茜这几个累赘拖累该多好！那样她就能快步走回家！不，她会飞奔回家，一路飞一样地跑回去，因为

601

每跑一步,她就离塔拉更近一步,离妈妈更近一步。

这里离家最多只有十五英里,但照这匹老马的速度,估计得走上一整天,因为她时不时得停下来,让马喘口气。一整天啊!她沿着这条耀眼的红土路向前望去,车辙深深,那是无数炮车和救护车经过时留下的。还得再熬好几个小时,她才能知道塔拉是否还在,母亲埃伦是否还活着。还得再熬好几个小时,她才能在九月的烈日骄阳下,走完这长长的艰辛旅程。

斯嘉丽回头看了眼梅兰妮,见她躺在那儿,紧闭着病恹恹的眼睛以躲避刺眼的阳光。斯嘉丽解开帽带,把帽子递给普利茜。

"把这个遮在她脸上,这样太阳就不刺眼睛了。"可这下没有了帽子的遮挡,灼热的阳光就直接照在了她的头上,她心想,"这一天下来,我准会给晒出满脸雀斑,整张脸就像个珍珠鸡蛋[1]似的。"

她长这么大还从来没有不戴帽子或者面纱就在太阳底下暴晒过,也从来没有不戴手套就握马缰,因为她要保护自己的那双雪白娇嫩的纤纤玉手。可如今,她却坐在一辆快要散架的马车上,赶着一匹快要累散架的老马,顶着烈日暴晒,整个人灰头土脸,一身臭汗,又累又饿,只能赶着车在这片荒无人烟的土地上像蜗牛一样缓缓爬行,除此之外,她什么办法也没有。短短几个星期前,她还过着无忧无虑的太平日子。不久之前,她还跟所有人一样,认为亚特兰大绝不会沦陷,佐治亚绝不会遭到入侵。可

---

[1] 珍珠鸡蛋比普通鸡蛋颜色更暗,蛋壳上有雀斑一样的斑点。

是，四个月前在西北出现的一小块乌云，竟演变成了一场猛烈的暴风骤雨，接着又化作一团呼啸怒吼的龙卷风，席卷了她的整个世界，把她从安乐的生活中卷挟出来，再一把扔到这凄凉死寂、阴森可怕的绝境中。

塔拉依然安在吗？还是也被这场肆虐整个佐治亚的风暴席卷而去了呢？

她用树枝在疲惫不堪的马背上抽了一下，想催它快跑，然而车轮晃晃悠悠，把她们颠得跟醉汉似的摇来晃去。

空气中弥漫着死一般的沉寂。在夕阳最后的一抹余晖照耀下，每一片熟悉的田野和树丛都郁郁葱葱、寂静无声，静得不同寻常，静得令斯嘉丽觉得胆战心慌。这一天，她们经过的每一幢房子都空空荡荡的，被炮弹打得千疮百孔；她们见到的每一座孤零零的烟囱都像站岗的哨兵独守着一片焦土废墟。这一幕幕悲惨的景象更加深了她内心的恐惧。从昨夜到现在，她们还没见过一个活人或是活着的牲口。横在路边的尽是死人、死马、死骡子，尸体已经腐烂发胀，爬满了苍蝇。四周全无一丝生气，远处不闻牛叫，枝头没有鸟啼，树上也没有风拂树叶的窸窸窣窣。只有疲累的老马嗒嗒的马蹄声，还有梅兰妮的婴儿微弱的啼哭声划破这片死寂。

整个乡间仿佛被施了可怕的魔法，甚至比这更糟，就像一位母亲熟悉而亲切的面容，在经历过死亡的痛苦折磨和挣扎之后，回归到生前的美丽和平静——想到这里，斯嘉丽不禁打了个寒战，觉得这片曾经熟悉的树林，如今尽是鬼魂出没。成千上万人在琼斯博罗附近的战役中死去，也许此刻他们的魂魄就在这片树林里徘徊游荡着。夕阳斜照在这片阴森森的树林中，透过纹丝不动的树叶洒下诡异瘆人的余晖。这些鬼魂，无论是敌是友，都在盯着坐在这辆破车上的她，一双双眼睛被鲜血和红土蒙住，分外恐怖。

"妈妈！妈妈！"她低声呼唤着。但愿能尽快回到妈妈身边！但愿上帝能彰显大能，让塔拉依旧安然无恙，让她能赶着车顺着那条长长的林荫道来到家门前，走进屋子，看到妈妈温和慈爱的面容，让妈妈那双温柔而灵巧的手再次抚摸自己，为她驱散心中的恐惧，让她能再次紧紧拉住妈妈的裙裾，把脸埋在她膝间。妈妈会知道该怎么办，妈妈不会让梅丽和她的宝宝死去。妈妈只要轻嘘几声，就能把所有的鬼魂和恐惧驱走。可妈妈病倒了，也许正奄奄一息。

尽管马已经疲惫不堪，但斯嘉丽还是在马屁股上抽了一下。得快点儿赶路！她们在这条仿佛没有尽头的路上已经走了一整天，真是漫长而炎热的一天。天很快就黑了，再不到家，她们就又得孤零零地在这荒山野地里过夜，那样会没命的。她用起了泡的手抓紧了缰绳，又用力地抽打马背，这一抽，扯得她胳膊火辣辣地疼。

真希望能尽快赶到塔拉，投入到妈妈慈爱的怀抱，卸下身上的这副重担，她这娇弱的肩膀实在承受不了这么重的担子——一个生命垂危的产妇、一个哭声渐弱的婴儿、她那饿得半死的儿子,还有吓破了胆的黑丫头。他们全都指望从她身上得到安慰和鼓舞,从她那里寻求保护和依靠,全都把她挺直的脊梁视作勇气和力量的象征,但其实她根本没什么勇气,而力量也早已消耗殆尽了。

筋疲力尽的老马对鞭子和缰绳已经没什么反应,仍是拖着疲累的四条腿蹒跚地走着,时不时被地上的小石子绊到,就摇摇晃晃起来,好像随时要体力不支跪倒在地似的。不过当黄昏来临之时,漫长的旅途终于进入了最后阶段。马车拐出小道,上了大路,距离塔拉只有一英里了!

眼前隐约可见一大片黑压压的山梅花篱笆,标志着从那儿开始便是麦金托什家的地界了。再往前走,斯嘉丽在一条橡树林荫道前勒住马缰,这条林荫道通向老安古斯·麦金托什的宅子。暮色渐浓,她顺着那两排古树向前望去,只见黑乎乎的一片,无论是大宅还是黑人住的棚屋都不见半点亮光。她在黑暗中尽力搜寻,隐隐辨出这一天来早已熟悉的可怕景象——两座高烟囱像巨大的墓碑矗立在二楼的废墟上,黑洞洞的空窗框嵌在墙上,看上去就像盲人呆滞不动的眼睛。

"喂!"她使出全力大声喊着,"有人吗!"

普利茜吓得魂都快没了,连忙把她抓住,斯嘉丽一回头,看见这黑丫头吓得直翻白眼。

"别喊,斯嘉丽小姐!求您别再喊了!"她低声哀求,声音都抖了,"说不定会把什么东西给喊出来呢!"

"天啊!"斯嘉丽心里一惊,浑身直起鸡皮疙瘩,"上帝啊,她说得对,不定有什么东西会冒出来呢!"

她把缰绳一抖,催马继续向前走。麦金托什家的凄惨景象使她心中残存的最后一线希望也化为了泡影。跟这一天来她路过的所有庄园一样,这里也被烧成了废墟,人去楼空。塔拉离这儿只有半英里,在同一条路上,正是部队必经之地。没准塔拉也被夷为平地了!到了那里,她也会像到了这儿一样,只能看到焦黑的瓦砾,星光照在没有屋顶的残垣断壁上,妈妈和爸爸不知去向,妹妹们也没了踪影,嬷嬷走了,黑奴们也走了,天知道他们到哪儿去了,只有死一般的沉寂笼罩着一切。

她干吗要违背常理做这种蠢事呢?还拖着梅兰妮和她的孩子?她们还不如死在亚特兰大好了,也省得受这份罪,顶着毒太阳坐在这辆破车上颠簸了一整天,最后死在塔拉寂静无声的废墟里。

可阿什利把梅兰妮托付给她了啊,还嘱咐她说:"好好照顾她。"唉,那真是既美好又令人心碎的一天啊。就在那一天,阿什利跟她吻别,然后就一去不返了!"你会好好照顾她的,对吗?答应我!"她答应了。她为什么要用这个承诺把自己捆绑住呢?如今阿什利不在了,这个承诺便把她束缚得更紧了。即使她现在累得心力交瘁,也仍然恨着梅兰妮,恨她那刚出生的孩子猫叫似的哭声,而那划破沉寂的哭声已经变得越来越弱了。可她既然作出了承诺,现在就得对她们母子俩负责,就像她要对韦德和普利茜负责一样。只要她一息尚存,就得为他们拼命到底。她本可以把他们留在亚特兰大,把梅兰妮扔在医院里不管。但如果她那么做，就再没脸面对阿什利了，不管今生还是来世，她都没脸告诉阿什利，她把他的妻儿撇下不管，扔在陌生人中间，任由她们死去。

噢，阿什利！今晚，她千辛万苦带着他的妻儿在这条鬼影幢幢的路上逃难，而他在哪儿呢？他还活着吗？被关在罗克艾兰牢狱里的他，可曾想念过她斯嘉丽呢？还是他数月前就已经死于天花，跟成百上千的邦联士兵一起，葬身沟壑，正慢慢化为一副枯骨了呢？

这时，附近的矮灌木丛里突然发出一阵声响，把斯嘉丽紧绷的神经吓得几乎要崩溃了。普利茜则大声尖叫起来，扑倒在车厢底板，把婴儿压在了身下。梅兰妮有气无力地动了动，伸手想去摸孩子。韦德缩成一团，用手捂住了耳朵，吓得都哭不出来了。接着，身旁的灌木丛被重重的蹄子扒开，噼啪作响，同时传出一声低沉的牛叫。

"原来是头牛啊。"斯嘉丽吓得声音都沙哑了，"别犯傻了，普利茜，你快把婴儿都压扁了，还把梅丽小姐和韦德吓个半死。"

"是鬼。"普利茜一边哼哼唧唧地说，一边继续往车底板里钻。

斯嘉丽不慌不忙地转过身，扬起用作鞭子的树枝抽在普利茜背上。她自己就够害怕的了，吓得都快虚脱了，所以更是无法容忍别人胆怯软弱。

"坐起来，你这个傻瓜，"她说，"不然我就用这树枝抽你，直到树枝抽断了为止。"

普利茜哭喊着抬起头来,偷着瞧了一眼车帮外面,看到果真是头毛色红白相间的母牛,它正站在那儿,瞪着一双惊恐的大眼睛可怜巴巴地望着她们。母牛张嘴又哞哞叫了一声,好像很痛苦。

"它受伤了吗?声音听着有点儿不对劲儿。"

"俺觉得它是胀奶了,需要有人给它挤奶,"普利茜恢复了些,说道,"没准这是麦金托什家的母牛,被黑奴们赶到了树林里,所以没给北方佬抓走。"

"那咱们就把它带走好了,"斯嘉丽当机立断,"这样小宝宝就有奶吃了。"

"咱们怎么把这头牛带走啊,斯嘉丽小姐?咱们带不了,好久没挤过奶的母牛,可不好对付呢。它的奶头都快被胀破了,所以才叫个不停。"

"既然你这么懂,那你就把衬裙脱下来,撕成布条,把牛拴在马车后面牵着。"

"斯嘉丽小姐,您也知道,俺已经一个月没有穿衬裙了。即使穿着衬裙,俺也不能白白撕了用在牛身上,俺从来没跟牛打过交道,俺见了牛就害怕。"

斯嘉丽放下缰绳,撩起自己的裙子,露出镶着蕾丝花边的衬裙。这是她唯一一件漂亮的衣服了,也是最后一件没有补丁的衣服。她解开腰带,把衬裙脱下来,用手揉搓柔软的麻纱褶边。这些麻纱料子和花边是瑞特在最后一次偷越封锁线时,从拿骚给她带来的。她花了一个星期的时间用这些料子做成了这件衬裙。

这时,斯嘉丽毫不犹豫地抓起衬裙边就扯,还放到嘴里撕咬,直到把衬裙撕开了一个裂口,扯下了长长的一条。她使劲儿地咬,再用力地撕,最后衬裙终于在她手里被撕成了一把布条。然后她把布条打结接在一起。手上的泡被磨破,渗出血来,双手累得直抖。

"把这个绑在牛角上。"她吩咐普利茜,可那黑丫头磨磨唧唧地不敢去。

"俺怕牛,斯嘉丽小姐。俺从来没跟牛打过交道。俺不是种地养牛的下人,俺是主子屋里的使唤丫头。"

"你就是个蠢了吧唧的黑鬼。爸爸干过最傻的一件事就是把你买了来,"斯嘉丽语速缓慢地说,她累得连发火的力气也没了,"等我胳膊有劲儿了,非拿鞭子抽死你不可。"

这时,她突然想起她刚才骂了一句"黑鬼",要是让妈妈知道了,一定会不高兴的。

普利茜眼珠乱转,先偷瞄一眼女主人板起的面孔,又瞅了瞅哞哞地哀声叫着的母牛。她心里掂量了一下,觉得在人和牛之间,更危险的不是斯嘉丽,于是死死抓着车帮,就是不下来。

斯嘉丽只好挪动僵硬的身子,吃力地爬下马车,动一下浑身就钻心地疼。怕牛的人不只普利茜一个,她自己也怕得要死,就连最温顺的母牛,在她看来都异常凶猛。可眼下她顾不上为这种小事而害怕了,因为更可怕的事还有一大堆呢,就像一大团厚厚的乌云压顶而来。幸运的是,这头母牛很温顺,它疼得不行,正巴不得有人来帮它,所以当斯嘉丽把撕下的布条绑在牛角上时,它没有做出任何威胁性的动作。斯嘉丽把布条的另一头拴在马车后面,尽管手指不听使唤,但她仍尽力把布条绑紧。然后她转身往回走,准备回到赶车的座位上去,但因为疲累过度,一阵晕眩袭来,她头晕眼花,身子摇摇晃晃,于是连忙抓住车帮,以免让自己摔倒。

梅兰妮睁开了眼睛,看到斯嘉丽站在她身旁,于是低声问道:"亲爱的——我们到家了吗?"

家!一听到这个字,斯嘉丽忍不住热泪盈眶。家。梅兰妮哪里知道,家已经没有了,她们已被抛在这疯狂而吓人的荒郊野外,孤立无援,举目无亲。

"还没有,"斯嘉丽喉咙哽咽,尽量温柔地说,"不过很快就会到的。我刚弄到了一头奶牛,很快就能让你和宝宝喝上牛奶了。"

"可怜的孩子。"梅兰妮低声呢喃道。她的手无力地摸找着孩子,可是够不着。

斯嘉丽使出浑身力气,才好不容易再次爬回到马车上,然后抓起缰绳。那匹老马耷拉着脑袋,垂头丧气,不肯起步。斯嘉丽狠下心来重重地抽了它一下。她希望上帝能宽恕她如此虐待一头疲惫不堪的牲口,但如果上帝不宽恕她,她也只能说声抱歉了。毕竟塔拉就在前面,只要坚持四分之一英里就到了,马要是倒在车辕里,那就只能由它了。

老马终于慢吞吞地开始走起来了,马车嘎吱嘎吱直响,车后拴着的母牛几乎每走一步都哞哞地悲鸣。那痛苦的叫声不停地折磨着斯嘉丽的神经,她恨不得立刻停下车来,解开绳子,把那头牛放走。假如到了塔拉发现一个人都没有,那带头牛回去又有什么用?她不会挤牛奶,就算会挤,这畜生估计谁碰它胀痛的奶头,就会踢谁一脚。但既然弄到了这头母牛,还是留着的好。毕竟如今在这世上,她除了这头牛以外,已经一无所有了。

她们终于来到了一道缓坡的脚下,斯嘉丽泪眼模糊,因为爬过这道坡就是塔拉了!可紧接着,她的心咯噔一沉,那匹年迈的老马决计不可能把车拉上这道坡了。过去她一直是骑着她的快马飞奔上坡,所以向来觉得这道坡十分平缓,可如今再看,她简直不敢相信,怎么隔了些时日没见,这坡变得这么陡了?拉着这么重的车,老马肯定上不了坡的。

她拖着疲惫的身子下了马车,拉住马笼头。

"下来,普利茜,"她命令道,"把韦德带上,抱着他也行,让他自己走也行。把宝宝放到梅兰妮小姐身边。"

韦德抽抽搭搭地哭着,斯嘉丽只能听出几个字来:"黑——黑——韦德害怕!"

"斯嘉丽小姐,俺走不了,俺的脚上都起泡了,鞋也破了。再说俺跟韦德加一块儿也没多重——"

"下来!不然我就把你拖下来!到时我就把你扔在这儿,让你一个人在这儿摸着黑走。快给我下来!"

普利茜偷瞄了一眼道两旁黑黢黢的大树,不禁抽泣起来,仿佛觉得她一离开马车,那些树就会伸出魔爪,把她抓走似的。但她还是把婴儿放在了梅兰妮身边,然后哆哆嗦嗦地爬下马车,再伸手把韦德抱了下来。小韦德哭着紧紧依偎在保姆身边。

"哄哄他，让他别哭了，真让人受不了，"斯嘉丽抓起马笼头，硬拽着往前走，"做个男子汉，韦德，别哭了，再哭我就要过去揍你了。"

"上帝干吗要造出孩子来呢？"斯嘉丽一边忍着脚脖子上的疼痛走路，一边咬牙切齿地想，"就会哭哭啼啼惹人厌烦，一点儿用处也没有，总是要人照顾，而且碍手碍脚。"小韦德拽着普利茜的手在她身旁一路边哭边跟跟跄跄地小跑。斯嘉丽筋疲力尽，根本顾不上心疼自己的儿子，心中只有无尽的厌烦，她纳闷当初为什么要生下他，甚至后悔当初为什么要嫁给查尔斯·汉密尔顿。

"斯嘉丽小姐，"普利茜抓住女主人的胳膊，低声说，"咱们还是别去塔拉了，他们不在那儿，肯定全都走了，甚至没准都死了——妈妈死了，大伙儿都死了。"

一番话说中了斯嘉丽的心事。她听了不禁勃然大怒，用力甩掉了普利茜的手。

"那就把韦德交给我，你就坐在这儿待着吧。"

"不，小姐！不要啊，小姐！"

"那就给我闭嘴！"

马走得真慢啊！从它嘴里吐出的白沫都滴到了斯嘉丽的手上。她忽然想起了她和瑞特一起唱过的一首歌，歌词只记得一句，剩下的全都忘了：

沉重的担子还得再挑几天——

"还得再挑几步,"她在脑子里一遍又一遍地哼唱着,"沉重的担子还得再挑几步。"

最后,她们终于爬到了坡顶。塔拉的橡树林映入眼帘,黑压压一片耸入幽暗的天际。斯嘉丽忙不迭地张望,想看看是否有一丝灯光从林中透出来。可惜什么也没有。

"他们走了,"她心中暗想,心里像压了铅块似的沉重,"都走了!"

她把马头一转,拽着马走上车道,两旁的雪松在她们头顶纵横交错,将她们掩映在夜晚的黑暗中。斯嘉丽极目远望,长长的车道一片幽暗。她看见前面——咦,是真的,还是她累得眼花了?——隐隐约约之中,那不是塔拉白色的砖墙吗?家!家!可爱的白色砖墙,轻帘飘动的窗户,宽敞的门廊——这一切尽在她眼前,在茫茫夜色中若隐若现,这是真的吗?还是夜幕于心不忍,将跟麦金托什家一样的悲惨景象掩藏了起来?

林荫道仿佛长得没有尽头。不管斯嘉丽多用力地拉马笼头,那匹老马仍然越走越慢。斯嘉丽在黑暗中急切地搜寻。屋顶似乎完好无损,这可能吗——是真的吗?不,不可能。战火无情,对塔拉也不会心慈手软,哪怕这座大宅坚固结实能屹立五百年不倒,战争也绝不会放过塔拉。

渐渐地,塔拉隐约的轮廓越来越清晰。她拉着马疾步快走。白色的砖墙在黑暗中赫然呈现,依然那么洁白,没有被烟熏黑的迹象。塔拉幸免于难了!家!还剩下最后几步,她扔下马笼头,立刻飞奔起来，冲向前去，仿佛要把那砖墙紧紧拥在怀里。这时，她看见一个模糊的人影从漆黑的门廊闪了出来，站在最上面一层台阶上。塔拉并没有人去楼空，家里有人！

她高兴得想要呼喊出来，却又突然停住了。屋子里一片漆黑，寂静无声，那人影也一动不动，也不跟她打招呼。怎么回事？出什么事了？塔拉虽然完好无损，却笼罩着一片骇人的死寂，整个惨遭战火蹂躏的乡间全都笼罩在这片死寂之中。突然，那人影动了，缓慢而僵直地走下台阶。

"爸爸？"斯嘉丽喉咙沙哑地轻声唤道，几乎不敢相信自己的眼睛，"是我——凯蒂·斯嘉丽，我回家了。"

杰拉尔德向她走来，一声不吭，就像梦游一样，一条僵直的腿在地上拖着走。他走到斯嘉丽面前，眼神迷茫地看着她，仿佛觉得自己是在梦里见到了女儿。他伸出手，放在她肩头。斯嘉丽感觉到肩上的那只手在瑟瑟发抖，仿佛他刚刚从噩梦中醒来，还没有完全清醒，分不出是梦境还是现实。

"女儿，"他费力地说，"女儿。"

说完，他又陷入了沉默。

"天啊——爸爸怎么老成这个样子了！"斯嘉丽心中暗想。

杰拉尔德身形佝偻，黑暗中，他的脸庞有些看不清楚，但原先的那份精神饱满、活力充沛的劲头儿不见了，那双凝视着她的眼睛竟跟小韦德一样，透着惊恐不安，失魂落魄。站在她面前的父亲成了个老态龙钟的矮老头儿，身心都垮掉了。

此时，对于很多事情还一无所知的斯嘉丽顿时心生恐惧，黑暗中那份恐惧伸出魔爪紧紧攫住了她的心。她只能呆呆地站在那里，与父亲四目对视，无数问题如潮水般涌向嘴边，却一时间无法开口。

马车上传来微弱的啼哭声，杰拉尔德似乎强打精神，让自己清醒起来。

"是梅兰妮和她的孩子。"斯嘉丽连忙小声说道，"她身子很弱——我把她带回家来了。"

杰拉尔德把自己的手从斯嘉丽肩上放下，然后挺直肩膀，慢慢朝马车走去。昔日热情欢迎客人的塔拉主人，如今只剩下一副行尸走肉般的空架子，说的话也像是从淡忘的记忆中搜寻出来的。

"梅兰妮！"

梅兰妮的声音模模糊糊，听不清楚。

"梅兰妮，这里就是你的家。十二橡树已经被烧毁了。你们就留在这儿，跟我们住在一起吧。"

想到梅兰妮一路上吃了那么多苦，斯嘉丽立刻回到现实，行动起来，着手安排眼前的事。她必须得把梅兰妮和孩子安置在柔软的床上，另外还有好多琐碎的事情要一一去处理。

"得把她抱起来，她走不了。"

一阵窸窣的脚步声传来，一个黑人的身影出现在前面的过道里，是波克正跑下台阶。

"斯嘉丽小姐！斯嘉丽小姐！"他大喊着。

斯嘉丽紧紧握住他的双臂。波克是塔拉不可或缺的一分子，是塔拉的顶梁柱，就像庄园的砖墙和阴凉的走廊一样可爱可亲！她感觉到波克的眼泪从脸上滚落，滴在了她的手上。波克笨拙地拍着她，哭着说："您回来真是太好了，真让人高兴！真是太——"

普利茜放声大哭，激动得语无伦次，大喊着："波克！波克！亲爱的！"小韦德见大人们都哭得眼泪哗哗，胆子也大了起来，抽抽搭搭地说："韦德渴了！"

斯嘉丽让大家都冷静下来，听她吩咐。

"梅兰妮小姐在马车上，还有她的宝宝。波克，你要小心翼翼地把她抱上楼，抱到后面的客房里。普利茜，你抱着宝宝带上韦德进屋去，给韦德些水喝。嬷嬷在吗，波克？跟她说我很需要她。"

被斯嘉丽发号施令的口吻所激励，波克立即走到马车旁，在车厢后座上摸索了一阵，然后半扶半拖地把梅兰妮从躺了好几十个小时的羽绒褥垫上抱了起来。梅兰妮疼得呻吟了几声，然后就躺在波克强壮的臂弯里，头搭在他的肩头，看着像个孩子一样。普利茜一手抱着婴儿，一手牵着韦德，跟在波克身后，走上宽阔的台阶，然后消失在漆黑的过道里。

斯嘉丽伸出那双磨破了皮、渗出了血的手急切地握住了父亲的手。

"爸爸，她们都好了吗？"

"你的两个妹妹快好了，正在康复。"

接着又是一阵沉默。沉默中，一个可怕的念头在斯嘉丽脑海中闪过。她不敢、不敢强让自己说出口。她把话强咽回去、咽回去,可突然觉得口干舌燥,干得好似喉咙都粘在了一起。难道塔拉如此死寂,竟是这个原因?杰拉尔德开口了,仿佛在回答她心中的疑问。

"你妈妈——"他欲言又止。

"妈妈她——"

"你妈妈昨天去世了。"

斯嘉丽紧紧挽住爸爸的手臂,一路摸索着走进宽敞而黑暗的过道。过道里虽然很黑,但斯嘉丽对这儿太熟悉了。她绕过了高背椅、空空的枪架,还有那张爪形桌腿的餐边柜,感觉自己被一种本能牵引着,不由自主地就朝屋后那间小账房走去。妈妈经常坐在那里处理没完没了的账本。斯嘉丽相信,当她走进那间账房时,妈妈肯定还是像以前一样,坐在写字台前,见她进来便抬起头,停下手里的羽毛笔,然后站起身来,裙裾窸窣,身上带着淡淡的馨香,走过来迎接她一路劳顿的女儿。妈妈不可能死的,虽然爸爸是这么说的,而且像鹦鹉一样一遍又一遍地重复着:"她昨天死了——她昨天死了——她昨天死了。"

奇怪的是,她现在竟然什么感觉也没有,只是觉得很累,累得就好像被沉重的铁链铐住了手脚。而且她还很饿,饿得双腿无力,膝盖直打战。她得待会儿再想妈妈,必须得把妈妈先暂时抛在脑后,不然的话,她就会像爸爸一样,浑浑噩噩,只会不断叨念着一句话,或者会像韦德一样,成天哭哭啼啼。

波克在黑暗中走下宽敞的楼梯，匆匆忙忙朝斯嘉丽走来，好似一只被冻坏的动物急切地靠近火堆。

"灯呢？"她问道，"屋里怎么这么黑呀，波克？拿蜡烛来。"

"他们把蜡烛全都拿走了，斯嘉丽小姐，只剩下一根，我们夜里找东西时才用，不过也快用完了。嬷嬷伺候卡琳小姐和苏埃伦小姐时，都是把破布条浸在一盘猪油里，点上当灯使。"

"把剩下的蜡烛头拿来，"斯嘉丽命令道，"拿到妈妈的——拿到那间账房里去。"

波克嗒嗒地走入餐厅。斯嘉丽搀着父亲走进黑漆漆的小房间，在沙发上坐下。父亲的手臂仍挽着她。他是那样无助，可怜巴巴地处处依靠别人，事事相信别人，只有什么都不懂的孩子和年迈的老人才会这样。

"爸爸老了，他太累了。"斯嘉丽又一次这么想，而且隐隐感到有些纳闷，自己怎么竟对此无动于衷了呢？

波克高举着插在碟子里的半根蜡烛走了进来，烛光摇曳，黑洞似的小屋顿时有了些生气。斯嘉丽和父亲坐在那张塌陷的旧沙发上，写字台高高的顶部几乎抵到了天花板，台子上摆着分成好几个小格的文件架，里面塞满了留有妈妈娟秀字迹的文件，写字台前摆放着妈妈坐的精致雕花靠椅，地上铺着已磨损的地毯——所有的一切都依然如故，只是妈妈已经不在了，再也闻不到她随身的柠檬马鞭草香囊散发出的淡淡馨香，再也见不到她眼梢微翘的眼睛里温柔似水的眼神。斯嘉丽觉得心里隐隐作痛，仿佛因为重创而早已麻木的神经正挣扎着重新恢复知觉。可她现在不能让伤痛复苏,今后的日子还长着呢,她有的是时间抚摸自己的伤口回味痛苦。但现在不行!求您了,上帝,不要让我现在就痛!

她凝视着父亲发灰的面庞,平生第一次看到他没有刮胡子。从前那红润的脸庞,如今长满了斑白的胡茬。波克把蜡烛放到了烛台上,然后走到斯嘉丽身旁。斯嘉丽突然觉得,倘若他是一条狗的话,此刻肯定会用鼻子蹭蹭她的腿,然后呜呜地叫着,求她摸摸它的脑袋。

"波克,家里还剩下多少黑人?"

"斯嘉丽小姐,那些没良心的黑鬼都跑了,有些竟跟着北方佬走了,还有的——"

"还剩下几个?"

"只有俺,斯嘉丽小姐,还有嬷嬷。她整天都在照顾两位小姐。还有迪尔茜,她正在楼上陪着两位小姐呢。就剩下俺们三个了,斯嘉丽小姐。"

"就俺们三个",原来可是有上百个的啊。斯嘉丽费力地直起酸疼的脖子,抬起头来。她知道自己说话必须得冷静镇定。然而令她惊讶的是,她说出口的话竟然如此从容、自然,就好像仗从来没打过,只要她一挥手,就能召唤十几个仆人过来似的。

"波克,我饿了。有什么吃的吗?"

"没有,全都被他们拿走了。"

"那菜园里呢?"

"他们把马放进菜园里了。"

"那连山坡上种的红薯也没了吗?"

波克厚厚的嘴唇上掠过一丝近乎笑意的神态。

"斯嘉丽小姐,俺把红薯给忘了。俺觉得红薯应该还有。那些北方佬从来不种红薯,还以为那是一堆草根呢——"

"月亮快出来了,你去给我们挖些红薯来烤熟了。还有玉米粉吗?或者干豌豆、鸡肉什么的?"

"没有,都没了。没来得及宰了吃掉的鸡都被他们绑在马鞍上带走了。"

他们——他们——他们——"他们"干的缺德事还有完没完?难道杀人放火还不够?还要让女人、孩子和无助的黑人在被他们抢劫一空的土地上活活饿死吗?

"斯嘉丽小姐,俺还有几个苹果,是嬷嬷藏在地窖里的。今天俺们就吃的苹果。"

"先拿些苹果来,然后再去挖红薯。对了,波克,我——我头晕得厉害。酒窖里还有葡萄酒吗?黑莓酒也行。"

"哎呀,斯嘉丽小姐,他们一来就先奔酒窖去了。"

饥饿、困倦、疲乏以及种种突如其来的沉重打击交织在一起,猛然向她袭来,令她感到一阵眩晕恶心,她连忙抓住雕着玫瑰花的沙发扶手。

"酒也没了。"她黯然地说,脑子里浮现出酒窖里一排排仿佛没有尽头的瓶装酒,突然想起了什么。

"波克,爸爸埋在葡萄架下的那桶玉米威士忌呢?"

波克那张黑黑的脸上又掠过一丝不易察觉的笑意,笑容中既洋溢着喜悦,也满含钦佩。

"斯嘉丽小姐,您真是聪明绝顶!俺怎么把那桶酒给忘了呢?可是,斯嘉丽小姐,那种威士忌不好喝呀,才埋了一年呢,再说小姐们怎么能喝威士忌呢。"

黑人真是蠢啊!从来都不会自己动脑子,什么事都得别人告诉。可那些北方佬却想要解放他们。

"对本小姐和爸爸来说,这酒正合适。快去,波克,把那桶酒挖出来,给我们拿两个杯子,再拿些糖和薄荷来,我要调两杯朱莉普酒[1]。"

波克的脸上显露出责备的神情。

"斯嘉丽小姐,塔拉早就没有糖了。薄荷也全被他们的马吃光了。他们还把咱们的杯子全打碎了。"

"他要是再说一句'他们',我非忍不住大叫起来不可,真让人受不了。"斯嘉丽心想。想到这儿,她大声说道:"好了,快去把威士忌拿来吧。我们就直接喝好了。"波克刚要转身,斯嘉丽又把他叫住:"等等,波克。要做的事情太多,我都理不出头绪来了……哦,对了,我带来了一匹马,还有一头母牛,得赶紧给母牛挤奶,要赶快,然后把马的挽具卸下来,喂它点儿水喝。去叫嬷嬷照料一下母牛,叫她无论如何要想办法把母牛养好。梅兰妮小姐的孩子要是再没有东西吃会饿死的——"

"梅丽小姐她——难道不能——"波克恰到好处地停住了,

---

[1] 朱莉普酒是一种来自美国南部的甜鸡尾酒,用白兰地或威士忌加冰块、薄荷和糖调制而成。

说得委婉而隐晦。

"梅兰妮小姐没有奶水。"天啊,要是让妈妈听到她说出这种话,一定会晕过去的!

"哦,斯嘉丽小姐,俺媳妇迪尔茜可以给梅丽小姐的孩子喂奶。俺家的迪尔茜刚生了个娃,奶水足够两个孩子吃的。"

"你们又生了个孩子,波克?"

孩子,孩子,孩子,上帝为什么造出那么多孩子呢?哦,不,不是上帝造了他们,而是愚蠢的人们把他们生出来的。

"是的,小姐,是个大胖黑小子,他——"

"去告诉迪尔茜,叫她别守着我那两个妹妹了,我会去照顾她们的。让她先去给梅兰妮小姐的孩子喂奶,然后悉心照料梅兰妮小姐。叫嬷嬷去把母牛安顿好,再把那匹可怜的老马牵到马厩里。"

"马厩没了,斯嘉丽小姐。他们把马厩拆了当柴烧了。"

"别再给我提'他们'干的缺德事了。叫迪尔茜去伺候梅兰妮小姐母子吧。你,波克,去把威士忌挖出来,再去刨些红薯来。"

"可是,斯嘉丽小姐,俺没灯照亮怎么挖呀?"

"你不会弄根木柴当火把吗?"

"没有木柴了,都被他们——"

"自己想想办法……我不管,什么办法都行。总之赶快去把东西弄出来,好了,快去吧。"

波克一听她口气变硬,赶紧就出去了。屋里只剩下斯嘉丽和杰拉尔德。斯嘉丽轻轻拍了拍父亲的腿,发现他从前骑马练出的强健肌肉如今已经萎缩了许多。她必须做些什么,想办法把父亲从浑浑噩噩的状态中拉出来——可绝对不能问他关于妈妈的事,还得再等等,等到她有精神准备,承受得住的时候再说吧。

"他们为什么没放火烧了塔拉呢?"

杰拉尔德呆呆地注视着斯嘉丽,看了好半天,好像没听见她的话似的。于是斯嘉丽又问了一遍。

"为什么——"他嘴里嗫嚅着,"他们把这儿当司令部使了。"

"北方佬——在咱们家?"

她顿时觉得自己心爱的房子里里外外都被玷污了。在她心中,这座房子神圣无比,因为妈妈曾经住在这里。可是那帮北佬——那帮北佬——竟住了进来。

"他们在这儿住过,丫头。他们还没来塔拉时,我们看见河对岸的十二橡树冒起了浓烟。但哈妮小姐和茵迪娅小姐以及他们家的一些黑奴都逃到梅肯去了。所以我们也就放心了。但我们不能逃往梅肯,你的两个妹妹病得那么重——还有你妈妈——我们走不了啊。可咱家的黑奴们都跑了——不知道他们跑到哪儿去了,还把咱家的马车和骡子都偷走了。只有嬷嬷、迪尔茜和波克——他们仨没跑。你的两个妹妹——还有你妈妈——我们没法带她们走。"

"是啊,是啊。"不能让爸爸提起妈妈,除了妈妈,说什么都行,哪怕说谢尔曼将军曾经把这个房间——妈妈的账房——当作他的司令部。谈点儿别的吧,什么都行。

"北方佬当时正向琼斯博罗进军,打算切断那儿的铁路。他们从河边上了大路——成千上万的人——还有大炮和马匹——也是成千上万。我走到了前廊去见他们。"

"噢,小个子杰拉尔德,真是好样的!"斯嘉丽心中暗暗为父亲感到骄傲——杰拉尔德站在塔拉门前的台阶上勇敢地面对强敌,仿佛身后有百万雄兵摇旗助威,而不是一个人面对着成千上万敌军的威胁。

"他们叫我们离开,说要烧了这里。我告诉他们要烧就连我一起烧。我们没法离开——你妹妹——还有你妈妈——都——"

"后来呢?"爸爸怎么老提到妈妈。

"我跟他们说,屋里有病人,得了伤寒,一挪动就会死。他们要烧就连我们一块儿烧好了。反正我们决不会走——决不会离开塔拉的——"

他的声音越来越小,最后陷入了沉默,两眼茫然地环顾四周的墙壁。斯嘉丽明白,爸爸的背后站着无数的爱尔兰祖先,他们都死在自己的几亩薄田上,宁愿拼尽最后一口气,也不愿离开自己的家园,离开他们赖以居住、耕作、恋爱、生儿育女的土地。

"我说,他们要是烧房子,就把三个快要咽气的女人都一起烧了吧,但我们是不会走的。那个年轻的军官是个——是个好人。"

"北方佬里还有好人?您说什么呢,爸!"

"有好人。他骑着马走了,不一会儿就带了一个上尉军医回来。他给你的妹妹们看病——还有你妈妈。"

"您竟让一个北方佬进了她们的房间?"

"他有鸦片。我们什么也没有。他救了你的两个妹妹。苏埃伦当时都大出血了。那位医生心地善良,医术也好,他知道该怎么办。他向上面报告说她们真的病了,所以北方佬才没把咱们的房子烧了。他们搬了进来,一个什么将军带着一帮部下全住了进来,除了病人住的那间,把别的所有房间都占满了。还有那些士兵——"

他又停了下来,仿佛有些太累,说不下去了。他那长满胡茬的下巴垂在胸前,松弛的肌肉叠出好几道褶皱。费了好大劲儿他才重新开口,继续说下去。

"他们在房子周围安营扎寨,棉花地里、玉米地里,到处驻满了士兵。牧场都变成了一片蓝色。那天晚上,点起的营火足有上千堆。他们拆了栅栏当木柴烧火做饭,谷仓、马厩和熏肉房也全被拆掉用来烧火了。他们杀了牛、宰了猪、吃了鸡——连我的火鸡也被他们宰了。"杰拉尔德最心爱的火鸡,就这么没了。"他们把东西全抢走了,连那些画像也不放过——还有家具和瓷器——"

"那银器呢?"

"波克和嬷嬷把银器藏起来了——藏在了井里——但现在我也记不清了。"杰拉尔德语气变得有些烦躁,"他们就在这儿——在塔拉——指挥打仗。成天闹哄哄的,人来人往不断,又是咚咚咚的脚步声,又是嗒嗒嗒的马蹄声。后来就听到了从琼斯博罗传来的大炮声——那声音就跟打雷似的——连你那两个生着病的妹妹都听到了,她们一遍又一遍地说着:'爸爸,想想办法,叫这雷别打了。'"

"那——那妈妈呢？她知道北方佬就住在屋里吗？"

"她——一直不省人事。"

"谢天谢地。"斯嘉丽说。幸好妈妈总算没受这份罪。她一直不知道，也没听到敌人就住在她楼下的屋子里，没听见从琼斯博罗传来的炮声，甚至不知道她心爱的土地已被北方佬践踏得不成样子。

"我见到他们的时候不多，因为我一直待在楼上，跟你妹妹和你妈妈在一起。我见的次数最多的就是那个年轻的军医。他心眼儿很好，很善良，斯嘉丽。他忙了一天，给伤员诊治，忙完之后还会来看看她们，甚至留下些药给她们吃。后来他们的部队要开拔，继续行进，临走前他跟我说，你的两个妹妹会慢慢康复的，可你妈妈——她太虚弱了——怕是挺不过去。他说，她已经油尽灯枯，不行了……"

接着又是一阵沉默。斯嘉丽仿佛看到了妈妈临终前最后几天的样子。她虽然身子瘦弱，却是塔拉的精神支柱——照顾病人，操持家务，整天忙个不停，让别人吃好、睡好，自己却废寝忘食。

"后来他们就开拔了，后来他们就走了。"

他沉默了好久，然后颤巍巍地摸索到女儿的手。

"你回家了，我真高兴。"他只说了这么一句。

这时，后门廊传来了一阵摩擦声。可怜的波克，进门之前还没忘记先把鞋底蹭干净——这是四十年来训练出的习惯，甚至在这样战乱艰苦的日子里他也没有忘了规矩。他走进来,小心翼翼地抱着两个葫芦,人还没进屋,浓烈的酒味就飘了进来。

"俺给弄酒了好些,斯嘉丽小姐。从桶口把酒往葫芦里灌真是太难了。"

"没关系的,波克,谢谢你。"斯嘉丽从他手里接过湿漉漉的酒葫芦,一股怪味扑鼻,令她厌恶地皱了皱鼻子。

"喝吧,爸爸。"她把这个形状奇怪的威士忌酒葫芦放到杰拉尔德的手里,然后又从波克手里接过了另一个葫芦,里面装着水。杰拉尔德举起葫芦,像个听话的孩子一样,乖乖地喝了一大口酒。斯嘉丽把盛水的葫芦递给他,但他摇了摇头。

斯嘉丽从父亲手里接过酒葫芦送到嘴边,发现父亲在盯着她看,似乎眼神中隐约有些不赞同。

"我知道淑女不该喝烈性酒,"斯嘉丽直言道,"但今天我不当什么淑女了,因为今晚还有好多活儿要干呢。"

她把酒葫芦微微倾斜,深吸一口气,然后咕咚喝了一大口酒,火一般的液体顺着她的喉咙一直烧到胃里,呛得她直流眼泪。接着她又深吸一口气,举起酒葫芦送到嘴边。

"凯蒂·斯嘉丽,"杰拉尔德喊道,斯嘉丽回家后头一次听他语气这么严厉,"够了。你不懂烈酒的厉害,这酒上头,再喝就醉了。"

"醉了?"她咯咯直笑,笑得有些失态,"醉了?我倒巴不得自己醉了呢。我宁愿大醉一场,醉得不省人事,好把这一切统统忘掉。"

她又喝了一口酒，一股热流在她血管里缓缓流动，温暖了她的血管，慢慢传遍了全身，连手指尖都觉得火辣辣的。真舒服啊，浑身热乎乎的，感觉妙不可言。这股热流融化了她那颗被冰封的心，使她又恢复了生气和力量。看到父亲脸上惶惑又痛苦的神情，斯嘉丽拍了拍他的膝盖，尽力绽放出一向能令父亲喜悦的可爱笑容。

"我怎么会喝醉呢，爸爸？我是您的女儿，继承了您那全克莱顿县最沉着冷静的脑瓜儿，不是吗？"

杰拉尔德瞧着女儿一脸疲惫，不禁有了几分笑意。威士忌的酒劲儿也让他兴奋起来。斯嘉丽再次把酒递给他。

"您再喝一口，然后我送您上楼睡觉去。"

她突然愣了一下。咦，怎么成了对韦德说话的口吻——她怎么能跟自己的父亲用这种口吻说话呢，这么没大没小的。可杰拉尔德听着却很受用，十分乐意听她的。

"对，送您上床休息，"她又语气轻松地说道，"再给您喝一口——一葫芦酒全喝了也行，喝完好睡觉。您需要好好睡一觉，有凯蒂·斯嘉丽在这儿，所以您什么也不用操心。来，喝吧。"

杰拉尔德又乖乖地喝了一口。斯嘉丽搀着他的胳膊，扶他站了起来。

"波克……"

波克一只手拿着葫芦，另一只手搀着主人。斯嘉丽拿起摇曳的蜡烛照亮，三个人慢慢走进黑暗的过道，爬上螺旋楼梯，朝杰拉尔德的房间走去。

苏埃伦和卡琳同睡在一张床上，两个人在睡梦中喃喃自语，翻来覆去，睡不安稳。屋子里有股难闻的怪味，是从那碟腌肉肥油里散发出来的，里面浸着一条捻成灯芯的破布，点着了正在燃烧，成为房间里唯一的一点儿光亮。斯嘉丽刚推开门，一股浑浊之气扑面而来——病房的气味、药味儿和臭猪油味儿混在一起，熏得她差点儿晕过去。所有的窗户都紧关着，医生也许会说，病人吹不得风，但要是她待在这里的话，就必须得换换空气，不然会憋闷死的。于是她把三扇窗户全都打开，空气中飘来橡树叶的清香和泥土的气息，然而这令人作呕的臭味已经在紧闭的房间里沉积了好几个星期，这点儿新鲜空气哪能一下子就把臭味赶走呢。

卡琳和苏埃伦面容消瘦而憔悴，脸色苍白，几乎没有血色，睡觉时睡不安稳，醒了就直愣愣地瞪着眼睛说胡话。看着她们俩虚弱地躺在那张高高的四帷柱大床上，斯嘉丽百感交集，回想起过去幸福美好的日子，那时她们常躺在这张床上说悄悄话，而如今两人却病成了这样。房间的角落里摆着一张拿破仑帝国时期风格的单人床，床的两端刻着螺旋花纹的雕饰，是妈妈从萨凡纳娘家带来的。妈妈生病时就躺在这张床上。

斯嘉丽坐在两个妹妹身旁，呆呆地看着她们。饥饿了好久的胃里灌进好几大口威士忌，这时候酒劲儿上来了。她时而觉得两个妹妹变得很小，仿佛相隔好远，声音也断断续续的，听起来就像蚊子似的嗡嗡叫；时而又觉得她们俩变得好大，以闪电般的速度向她冲过来。她太累了,累得骨头都散架了,要是躺倒在床上能睡上好几天。

真希望她能倒头就睡,醒来后就能感觉到妈妈在轻轻摇动她的手臂,对她说:"时候不早了,斯嘉丽,可不能赖床哦。"可惜妈妈再也不能这样做了。要是妈妈还活着该多好!眼下如果有个比她年长,比她更聪明智慧,更不知疲倦的人在就好了,那样她就可以向这个人寻求帮助,把头伏在这人膝间,把自己身上的重担卸到这人的肩上!

门被轻轻推开,迪尔茜走了进来,怀里抱着梅兰妮的孩子,手里拿着个装了威士忌的酒葫芦。微光摇曳,燃烧的油灯烟雾缭绕,昏暗的光线下,她似乎比斯嘉丽上次见时瘦了好多,脸上也越来越突显出她的印第安血统。高高的颧骨更加突出,鹰钩鼻更尖,古铜色的皮肤也更有光泽了。她身上那条褪色的印花布裙前襟敞开,一直裸露到腰际,硕大的古铜色乳房袒露无遗。梅兰妮的婴儿紧贴在她胸前,苍白的小嘴像玫瑰花苞似的,贪婪地吮吸着深色的乳头,紧握的小拳头紧抵着柔软的胸脯,就像只小猫依偎在猫妈妈温暖而毛茸茸的肚皮上。

斯嘉丽摇摇晃晃地站起来,一只手搭在迪尔茜的胳膊上。

"你能留下来真是太好了,迪尔茜。"

"我怎么能跟那些没出息的黑人一起跑呢,斯嘉丽小姐。您父亲心肠那么好,把我和小普利茜一起买下来,您母亲也那么善良,待我们如此温柔和善。"

"坐吧,迪尔茜。看来小宝宝能吃奶了,是吧?梅兰妮小姐怎么样了？"

"宝宝没事儿，就是饿了，正好我的奶足够他吃的。梅兰妮小姐也没事，她不会死的，斯嘉丽小姐，您不用担心。我见过很多像她这种情况的人，黑人、白人都有。她太累了，又心里焦急，为这个孩子提心吊胆的。不过我已经让她安下心来，给她喝了点儿葫芦里剩下的酒，让她睡着了。"

看来这玉米威士忌酒全家人都喝了！斯嘉丽甚至有个疯狂的念头：也许应该给小韦德也喝点儿，看看能不能把他的打嗝给止住……另外，梅兰妮也不会死了，等阿什利回来——要是他真能回来的话……不，这件事还是以后再想吧。有太多的事情要以后再想了！眼下有太多事情亟待解决，要等她拿主意呢。她恨不得把"以后"无限期地推迟下去，变成"永远"！突然，一阵有节奏的嘎吱声和扑通声打破了外面的寂静，让她吃了一惊。

"是嬷嬷在打水准备给两位小姐擦身。她们俩得经常擦洗身子。"迪尔茜一边解释，一边把酒葫芦放在药瓶和玻璃杯之间。

斯嘉丽突然大笑起来，打小就熟悉的井辘轳声竟把自己吓得够呛，可见自己神经有多么脆弱，成惊弓之鸟了。迪尔茜定睛看她，脸上不动声色，神情庄重，但斯嘉丽能感觉到迪尔茜心里都懂。斯嘉丽又瘫坐回椅子上。她真想把身上的紧身胸衣脱掉，把令她透不过气来的衣领解开，把灌满沙砾、磨得脚都起泡的鞋子甩掉。

井辘轳嘎吱嘎吱地响，井绳慢慢卷起，每嘎吱一声，水桶就离井面更近一段。嬷嬷就快来了——妈妈的嬷嬷，她的嬷嬷。她默默地坐着，呆呆地什么也不想。宝宝已经吃饱了奶，发现含着正舒服的奶头不见了，于是哇哇地哭起来。迪尔茜也默不作声，只是重新把乳头塞进宝宝的嘴里，抱着他轻拍轻哄，让他安静下来。斯嘉丽听着嬷嬷慢吞吞的脚步声正穿过后院走来。多么宁静的夜晚啊！哪怕极轻微的声音，在她听起来都震耳欲聋。

嬷嬷笨重而庞大的身躯朝门口移近，楼上的过道都在震动。接着，嬷嬷便进了屋，提着沉沉的两大桶水，压得肩膀都塌下来了。她那慈祥的黑脸写满忧伤，就像猴子脸上那莫名的忧伤神情一样。

一看到斯嘉丽，嬷嬷的双眼一下子亮了起来，她连忙把水桶放下，咧嘴而笑，露出一口洁白的牙齿。斯嘉丽立刻朝嬷嬷奔去，扑进她怀里，把头埋进她宽厚而松软的胸口。这温暖的胸口抚慰过许多人，有黑人，也有白人。斯嘉丽心想："总算还有令自己安心的人在，还能让自己感受到不曾改变的往日时光。"可嬷嬷一开口，就把这种幻觉粉碎了。

"嬷嬷的宝贝终于回家了！噢，斯嘉丽小姐，可惜埃伦小姐已经不在人世了，我们可怎么办啊？噢，斯嘉丽小姐，俺真恨不得跟埃伦小姐一起死了才好呢！离开了埃伦小姐，俺也没法活了。如今除了悲伤难过，受苦受难，俺什么也没有了，只有沉重的担子。"

斯嘉丽紧紧依偎在嬷嬷怀里，头紧贴着嬷嬷的胸口，最后的几个字一下子勾起了她的心事——"沉重的担子"。当天下午，这几个字一直在她脑子里反复回响，都快把她折磨疯了。此时，她

终于想起了这首歌余下的歌词,不禁心里一沉:

> 沉重的担子还得再挑几天,
>
> 担子再重也要一力肩负!
>
> 再过几天,我们便要步履蹒跚,踏上征途!
>
> 到那时,我的故乡肯塔基,我就要跟你挥别,道一声再见!

"担子再重也要一力肩负"——这句话深深印刻在了她疲惫不堪的脑子里。难道她肩头的担子再也不会减轻了吗?难道回到塔拉的家中,并不意味着上帝帮她卸下了重担,而是意味着要让她肩负起更重的担子来?她从嬷嬷的怀里抬起头,举起手轻轻摸着嬷嬷布满皱纹的黑脸。

"宝贝儿,你的手怎么了!"嬷嬷拉起她的双手,看着那满是水泡、血块的掌心,惊讶得难以置信,同时有些责怪,"斯嘉丽小姐,俺一再告诉你,是不是大家闺秀,只要看看她的手就能知道——瞧瞧,你的脸也被晒黑了!"

可怜的嬷嬷,都这时候了还揪着这些鸡毛蒜皮的小事不放,还讲究这些无谓的事,竟忘了战争和死神刚刚从她头顶掠过!接下来,她肯定就会被告诫说,手上长泡,脸上长雀斑的小姐,十有八九都嫁不出去。于是斯嘉丽赶紧先发制人,转移话题:"嬷嬷,跟我说说妈妈的事。我实在受不了听爸爸谈起妈妈。"

嬷嬷弯下腰拎起水桶,潸然泪下。她默默地把水桶拎到床边,然后掀开被单,动手脱下苏埃伦和卡琳的睡衣。昏暗的灯光下，斯嘉丽看着自己的两个妹妹。卡琳的睡衣虽然干净，却破破烂烂。苏埃伦身上裹着一件旧睡袍，棕色的亚麻布料，底部满满地镶着爱尔兰花边。嬷嬷一边用一块旧围裙上撕下的破布给两位形销骨立的小姐擦身子，一边默默地流眼泪。

"斯嘉丽小姐，都是斯莱特利家造的孽，那一家人全是垃圾，没用下贱的穷白佬，埃伦小姐就是被他们害死的。俺跟她说了好几回，帮那群下贱的穷白佬没个好，可埃伦小姐就是不听，她心肠太软，无论谁求她帮忙，她都不忍心拒绝。"

"斯莱特利一家？"斯嘉丽一脸困惑地问道，"怎么跟他们扯到一块儿了？"

"他们一家就是得的这种病，"嬷嬷用破布指了指两位裸着身子的小姐，水都滴到了床单上，"先是斯莱特利太太的女儿艾米得了伤寒，斯莱特利太太急忙来找埃伦小姐，她一有事就总是来麻烦咱们。她自己的女儿干吗不自己照料？埃伦小姐要操心的事已经够多的了，还得去照顾她家的艾米。埃伦小姐自己身子也不好，斯嘉丽小姐，你妈妈身体不好已经好长时间了。家里吃的不多了，地里收的东西又全被军需部拿走充军粮了，你妈妈吃得还没只小鸟多呢。俺一再告诉她，别去管那些穷白佬，可她就是不听。谁承想艾米病刚好，卡琳小姐又得了这病，这下伤寒就顺着大路直奔咱家来了，先是卡琳小姐染上了，后来苏埃伦小姐也得了，然后埃伦小姐又得照顾她们两个。

"而大路那边一直在打仗，北方佬就在河对面。谁也不知道有什么灾祸会临头。每天都有地里干农活的黑奴趁夜逃跑，俺都快急疯了。可埃伦小姐却不当回事。只是她着急两位小姐的病，愁得不行，因为我们弄不到药，什么也弄不到。一天晚上，我们俩给两位小姐擦了十几遍身子，擦完之后，她对我说：'嬷嬷，假如灵魂能卖的话，我愿意把我的灵魂卖了，换块冰来敷在我俩囡女的额头，好给她们退烧。'

"她不让杰拉尔德先生进这屋来，也不让罗莎和蒂娜来，谁也不让，只有俺能进来，因为俺得过伤寒。后来，埃伦小姐也染上了这病，斯嘉丽小姐，俺一下子就看出来，这下真没救了。"

嬷嬷坐直身子，拉起围裙来擦干老泪纵横的双眼。

"她走得很快，斯嘉丽小姐，连那个好心的北佬大夫都没办法。她不省人事，俺叫她，跟她说话，可她连自己的嬷嬷都不认得了。"

"那她——她有没有提起我——叫过我呢？"

"没有，宝贝儿，她以为自己又回到了萨凡纳，还是当年的小姑娘。她没叫过任何人的名字。"

迪尔茜动了动身子，把熟睡的婴儿放在自己的腿上。

"不，小姐，她叫了，她叫过一个人的名字。"

"你给我闭嘴，你这个印第安女黑鬼！"嬷嬷转向迪尔茜，厉声喝道。

"别这样，嬷嬷！她叫的是谁的名字，迪尔茜？是爸爸吗？"

"不，不是你爸爸。那是在棉花被烧的那天晚上——"

"棉花被烧了？快告诉我！"

"是的，小姐，棉花被烧光了。北佬的士兵把一捆捆的棉花堆到后院，大声喊着：'快来瞧佐治亚最大的营火！'然后就一把火给点着了。"

存了三年的棉花——十五万美元哪，就这么一把火给烧没了！

"火光把周围照得跟白天一样——俺们吓得要命，害怕房子也会被烧着了。整个房子被大火照得贼亮，亮得连地上掉根针都能找到。火光照进窗户，把埃伦小姐弄醒了，她突然一下子坐起来，一遍又一遍地大声喊着：'菲利普！菲利普！'我从来没听说过这个名字，但这的确是个人名，她一直在叫他。"

嬷嬷像化石似的站立不动，怒视着迪尔茜。而斯嘉丽低下头，双手捂着脸。菲利普——他是谁，他是妈妈的什么人，竟让妈妈临死前还在呼唤着他的名字？

从亚特兰大到塔拉的漫长旅途结束了。原以为艰难路程的尽头会是妈妈温暖的怀抱，没想到迎接她的竟是一堵没门没窗的空墙。斯嘉丽再也不能像个孩子一样，舒舒服服地躺在有父亲保护的屋檐下安然入睡，再也享受不到妈妈的关爱像鸭绒被一样包裹着她，让她觉得温暖又安心了。如今，她再也没有可以寻求庇护的避风港和避难所。她走进了一条死胡同，无论怎么绕怎么躲都逃不开。没有人能帮她卸下或者替她扛起肩上的重担。她的父亲一下子变得无比苍老，他是因为受不了这沉重的打击而一蹶不振了。她的两个妹妹都卧病在床，梅兰妮身子虚弱，孩子们也都可怜无助，黑奴们则像小娃娃一样用充满信赖和天真的目光仰望着她,追随着她的脚步,认为埃伦的女儿肯定会像埃伦一样庇护他们,成为他们的避难所。

透过窗户向外望去,月亮正冉冉升起,借着微弱的月光,斯嘉丽看到塔拉庄园铺展在她眼前。黑奴们跑了,田地荒芜了,仓库被烧毁了,这座塔拉庄园就像个遍体鳞伤的躯体,在她眼前慢慢地流血,就像她自己的躯体,鲜血在缓缓地淌着。这就是路的尽头,颤巍巍的老人、病恹恹的姑娘、嗷嗷待哺的孩子、一张张饥饿的嘴巴,还有拉着她裙角的一双双无助的手。在这条路的尽头,是一无所有——什么都没有,只有她斯嘉丽·奥哈拉,一个年仅十九岁,拖着个孩子的寡妇。

面对眼前的这一切,她该怎么办?身在梅肯的皮蒂姑妈和伯尔一家可以将梅兰妮母子接走。两个妹妹如果康复了,可以送去妈妈的娘家,不管他们愿不愿意,都得收留她们。而她和杰拉尔德可以去投靠詹姆斯和安德鲁伯伯。

她看着床上两个骨瘦如柴的妹妹翻来覆去睡不安稳,被单被水淋湿,显出斑斑黑色的水渍。她并不喜欢苏埃伦,此时她突然明白自己从来就没有喜欢过苏埃伦。她也不那么爱卡琳——她不爱任何弱者。但她们是同胞姐妹,是塔拉的一部分。不,她不能让她们在姨妈家被人当作穷亲戚。奥哈拉家的人寄人篱下,靠别人的施舍,看着别人的脸色度日——不,绝对不行!

这条死胡同难道就逃不出来了吗?她太累了,脑子已经转不动了。她无力地举起双手,捧住脑袋,胳膊好沉啊,仿佛周围不是空气而是水,压得她得费好大力气才能抬起来。她拿起了放在玻璃杯和药瓶之间的酒葫芦，朝葫芦里瞧了瞧。葫芦底还剩了些威士忌，由于光线太暗，究竟还剩多少她也看不清楚。奇怪的是，现在这烈酒闻起来竟不那么冲鼻了。她慢慢地喝了起来，但这次喝起来并没有觉得那么火烧火燎的，而是隐隐觉得有些暖乎乎的。

她放下空空的酒葫芦，环顾四周，觉得这就是一场梦——这烟雾缭绕、光线昏暗的房间，两个瘦骨嶙峋的妹妹，身宽体胖、弯腰伏在床边的嬷嬷，古铜雕像似的迪尔茜，还有她胸前抱着的粉嘟嘟的小婴儿——这一切全是一场梦。她会从这梦中醒来的，醒来后便会闻到厨房里煎腌肉的味道，听到黑奴们低沉浑厚的笑声，还有驶向田里的大车嘎吱作响的声音。母亲埃伦则用温柔的手轻推她，催她快点儿起床。

后来，她发现自己竟回到了她原来的房间，躺在自己原来的那张床上。淡淡的月光穿透黑暗，嬷嬷和迪尔茜在帮她脱去衣服。折磨人的紧身胸衣不再勒痛她的纤腰，她可以深吸一口气，直吸到肺底和丹田。她感觉到自己的长袜被轻轻褪去，嬷嬷一边给她洗着起泡的脚，一边轻声安慰，嘴里嘟嘟哝哝，说的什么她也听不清楚。这水好清凉啊。她像个孩子似的，躺在软乎乎的床上，感觉真舒服啊。她舒了一口气，全身放松下来。过了一会儿，不知是过了一年还是一秒，房间里只剩她一人。皎洁的月光照进窗户，洒在床上，房间里顿时亮堂了许多。

她并不知道自己醉了，因为太过劳累，也因为喝了威士忌。她只知道自己的灵魂脱离疲乏的躯壳飘了起来，飘到了一个没有痛苦，也没有疲累倦乏的地方，在那里，她眼中看到的一切都格外清晰，脑子里看待任何事物都格外透彻。

她有了一双全新的眼睛来看问题。在回塔拉的漫长旅途中，她已经把自己的少女时代远远抛到了身后。她不再是一团可以随意揉捏的黏土，每次被捏一下都会留下相应的印记。如今这块黏土已经变硬，就是在这漫长得如同千年般的一昼夜中变硬的。今晚是她最后一次像孩子一样被人照料，从今往后，她将做回结过婚的少妇，青春将一去不返。

不，她不能，也不愿投靠父亲杰拉尔德的亲戚或者母亲埃伦的娘家。奥哈拉家的人不需要别人施舍，奥哈拉家的人能照顾自己。她的重担得由她自己来挑，而重担就是给能承受得起这重量的肩膀预备的。她低下头，看了看自己，视线移到自己的双肩，丝毫不感到惊讶，觉得这副肩膀足以挑起重担，而且什么样的重担都能挑起来，因为最糟糕的时候她也挺过来了，今后再有什么困苦她都承受得住。她不能抛弃塔拉，因为这片红土地是属于她的，而她更是属于这片红土地的。她的根像棉花一样深深扎在这片血红色的土壤里，像棉花一样汲取着泥土中的养分。她要留在塔拉，想办法把这里维持下去，想法子养活她的父亲和妹妹，养活梅兰妮母子，以及她的孩子和那些黑奴。明天——对，明天！明天她就要把这副重轭套在自己的脖子上。明天会有很多事情要做。她要去一趟十二橡树，再到麦金托什家去，看看那荒废的园子里还剩下些什么，她还要去河边沼泽地搜寻一下，看看还有没有走散的鸡啊、猪啊什么的；另外再带着妈妈的珠宝首饰跑一

639

趟琼斯博罗和洛夫乔伊,那里总该会有人愿意拿吃的东西跟她换这些首饰的。明天——明天——她脑子就像一只发条松了的钟表,嘀嗒嘀嗒,越走越慢。但思维依然清晰。

忽然间,她想起了那些从小就听过无数遍,甚至都听腻了的家族故事,小时候听着似懂非懂,而现在想起来却如水晶一般清晰透彻,豁然开朗:父亲杰拉尔德白手起家,创建了塔拉庄园;妈妈埃伦从无人知晓的悲伤中振作起来;外祖父罗比拉德从拿破仑帝国覆灭的灾难中幸存下来,在佐治亚富庶的沿海地区发家致富,重振家族;外曾祖父普鲁多姆则在海地幽暗蔽日的丛林里打下了一片小小的王国,虽然后来失去了,但在萨凡纳赢得了名门望族的声誉,备受尊敬。在斯嘉丽的家族中,还有无数志士为爱尔兰的自由而与爱尔兰义勇军并肩作战,结果被送上刑场绞死。更有无数奥哈拉家族的先烈,为捍卫自己的权利而战斗,流尽最后一滴血,战死在博因河畔。

所有这些先辈都经历过毁灭性的灾难,但都没有被摧毁。帝国的覆灭没有将他们吞噬,造反奴隶的刀斧没有伤及他们分毫,战争、叛乱、放逐、抄家,都没有把他们压垮。也许厄运会让他们头断血流,但从来都无法夺走他们坚强不屈的意志。他们没有向命运低头或抱怨哭泣,而是斗争到底。他们宁愿战斗到精疲力竭或弹尽粮绝而死,也绝不屈服。这些祖先的血液在斯嘉丽的血管中流淌,他们的幽灵在这间月光清冽的房间里悄然游荡。见到他们,斯嘉丽一点儿也不觉得惊讶。这些先祖曾遭受命运最残酷的打击,但他们用自己的力量扭转乾坤,反败为胜。塔拉就是她的命运、她的战场,她必须得胜。

她昏昏欲睡地侧过身,黑暗渐渐将她的思绪吞没,是那些先祖真的在为她默默鼓劲儿,还是自己在做梦?

"不管你们在不在,"她睡意沉沉地呢喃道,"都祝你们晚安——谢谢。"

第二十五章

第二天清晨，斯嘉丽觉得自己浑身僵直酸痛，经过一路车马颠簸和数英里的长途跋涉，她现在稍微动一动身上就疼得要命。她的脸被太阳晒得通红，手上起满了水泡，擦破了皮，针扎似的疼。她的舌头上积了厚厚的舌苔，喉咙干得像被火烤焦了一般，喝多少水都解不了那份焦渴。她的头也昏昏涨涨，转一下眼珠都疼得皱眉。胃里也翻腾得难受，就像自己刚怀孕那阵恶心反胃，一看到早餐桌上热气腾腾的红薯就想吐，闻着都受不了。父亲杰拉尔德本该告诉自己的女儿，这是因为昨晚她第一次喝醉，所以现在才这么难受，这种反应很正常，可他却一点儿也没注意到。他坐在餐桌的首席，完全成了个垂暮的老人，头发斑白，两眼无神，茫然地盯着门口瞧，头微微偏着，仿佛期待着听到埃伦衣裙的窸窣声，闻到她身上柠檬马鞭草香袋的淡淡香气。

斯嘉丽在餐桌旁落座，杰拉尔德喃喃地说："咱们等等奥哈拉太太，她有事耽搁了。"斯嘉丽抬起隐隐作痛的脑袋，难以置信地看向自己的父亲，吃惊不已。突然，她看到正站在父亲椅子后面的嬷嬷向她投来了恳求的目光。于是斯嘉丽晃晃悠悠地站起身,一手按着喉咙,低头看着晨曦照耀下的父亲。杰拉尔德茫然地抬起头看着自己的女儿,斯嘉丽看到他的手在发抖,头也在微微颤动。

直到此时,斯嘉丽才猛然意识到,过去她有多么依赖父亲,一切都指着父亲做主,告诉她该怎么做,而现在——天啊,昨晚他看上去还好好的呢,虽然不像过去那样大声嚷嚷,意气风发,但至少脑子还正常,能把事情的来龙去脉讲清楚,可现在——现在,他甚至连埃伦已经去世都不记得了。北方佬到来之后的一连串恶行再加上埃伦的去世,让爸爸受到了双重的打击,脑子糊涂了。她正要开口说话,嬷嬷却一边拼命摇头,一边拉起自己的围裙擦擦哭得红肿的眼睛。

"天啊,爸爸难道神志不清了吗?"斯嘉丽焦急不安地想着。她的头本来就阵阵抽痛,现在又添了新麻烦,真是屋漏偏逢连夜雨,她的脑袋都快要炸了。"不,不可能,他只是一时慌了神,就像病了一样,会好起来的,而且必须好起来。要是他好不起来,我可怎么办呀?——现在不能想这个,不能想爸爸、想妈妈,以及其他一切可怕的事,不能想,等到我能挺住时再说吧。眼下还有太多的事情该想——该想想我能应付的事——那些应付不了的事,想了也没用。"

她早饭什么也没吃就离开了餐厅。走到后廊,她看到了波克。波克光着脚,身上那件最好的仆人制服已经破烂不堪,此时正坐在台阶上剥花生。斯嘉丽的脑袋跟敲鼓似的,轰轰地响,突突地疼，明烈的阳光也刺得她眼睛生疼，就连站直了都得咬紧牙关，费好大的劲儿。她尽量把话说得简短明了，过去妈妈平日里教导她对黑人说话的那些礼貌和客套全被她一概抛在了脑后。

她开始语气冷硬地问问题，开始坚决果断地下命令。波克眉毛一耸，一脸困惑不解。埃伦小姐从来没对人说话这么干脆直接，就算当场抓住黑奴偷鸡、偷瓜，她也不会这么说话。斯嘉丽又详细问起塔拉庄园田地、菜园和牲口的情况，一双绿色的眼眸寒光冷冽，波克从来没见过她这样的眼神。

"是的小姐，那匹马死了，就倒在俺拴它的地方，鼻子还伸在被它打翻的水桶里。不，小姐，那头母牛还在，您还不知道吗？那头母牛昨晚下崽了，生了一头小牛犊，怪不得一直哞哞叫呢。"

"你家普利茜没准以后是个厉害的接生婆呢，"斯嘉丽故意挖苦说，"她说它叫唤是因为胀奶了，需要挤奶。"

"哎哟，普利茜哪会给牛接生呢，斯嘉丽小姐，"波克圆滑地说，"反正这是上天赐的，俺不挑，因为母牛下了牛犊就有的是奶，小姐们就有白脱牛奶喝了。那个年轻的北佬大夫说，她们正需要这个呢。"

"好了，接着往下说，还有别的牲口吗？"

"没有了，小姐。就剩一头老母猪还有一窝猪崽。北方佬来的那天，俺把猪都赶到沼泽地去了，只有老天爷才知道上哪儿找去，那头老母猪贼着呢。"

"我们会找到它们的。你和普利茜现在就去找。"

波克又惊讶又生气。

"斯嘉丽小姐，那是种地的奴隶干的活儿，俺一直都是干屋里活儿的。"

斯嘉丽眼窝里像是有个小魔鬼，拿着把烧红的钳子在拔她的眼珠子。

"你们俩去把老母猪找回来——不然就滚，跟那些下地种田的黑奴一样。"

波克心里很受伤，眼泪在眼眶里直打转。噢，要是埃伦小姐还活着该多好！她是那么体贴入微，明白种地的黑奴和屋里使唤的黑奴有一天一地的差别。

"您叫我滚，斯嘉丽小姐？叫俺滚哪去呢，斯嘉丽小姐？"

"我不知道，也不在乎。但是在塔拉，谁要是不干活，就去投奔北方佬好了。这话你也可以告诉别的黑人。"

"好的，小姐。"

"好了，那玉米和棉花还有多少，波克？"

"玉米？上帝啊，斯嘉丽小姐，他们在玉米地里放马，没被马吃掉和糟蹋的玉米也都被他们运走了。他们的炮车和马车从棉花地里碾过，棉花全给毁了，只剩下河边的几亩地没被他们发现。可那边的棉花不值得花费工夫，因为顶多也就三包棉花。"

三包。斯嘉丽想起往年塔拉收的棉花都堆成了山，可如今就只有三包。她的头疼得更厉害了。三包，恐怕好吃懒做的斯莱特利家收成都比这多。更糟糕的是，还有交税的问题。邦联政府允许以棉花代替税金，但是就三包棉花根本不够。更何况现在黑奴都跑了，没人下地干活，对她甚至对邦联来说，棉花的事还是其次,这才是最棘手的。

"哎,这事也先别想了,"她对自己说,"纳税不是女人的事,这种事应该是由爸爸管的。可是爸爸他——不行,爸爸的事也不能想。邦联想要收税,让他们做梦去吧。眼下最要紧的是填饱肚子。"

"波克,你去十二橡树或麦金托什家瞧过吗?那儿的园子里有没有剩下什么东西?"

"没去过,小姐!俺们没离开过塔拉,北方佬会把俺们抓走的。"

"那我就让迪尔茜去麦金托什家看看,也许她能找到点儿东西。至于十二橡树,我就亲自去一趟吧。"

"您跟谁一起去,孩子?"

"我自己去。嬷嬷必须留在塔拉照顾两位小姐,我爸爸他又不能——"

波克急得大叫,说十二橡树附近很可能会有北方佬或者卑鄙下流的黑奴,她一个人去怎么能行?这可把斯嘉丽惹恼了。

"够了,波克。叫迪尔茜立刻就去。你和普利茜去把老母猪和猪崽找回来。"她干脆利落地下完命令,转身就走。

嬷嬷的那顶旧遮阳帽已经褪了色,不过依然很干净,就挂在后廊上。斯嘉丽取下帽子戴在自己头上,突然不由得想起了瑞特从巴黎给她带来的那顶插着漂亮绿色羽毛的帽子,竟感觉恍如隔世。她拐了个橡树条编的大篮子,迈步走下台阶,每走一步,脑袋就震一下,感觉脊椎骨快要穿透头盖骨,要裂开似的。

那条通向河边的红土路从被毁的棉花田中间穿过，红得似火烧，晒得直烫脚，一路上没有一棵树给遮阴。炽热的阳光直射下来，穿透嬷嬷的遮阳帽烤着她的脸，仿佛那帽子不是用厚厚的绗缝花布做的，而是用薄纱做的。飞扬的尘土直往鼻子和喉咙里钻，她觉得自己只要一张嘴说话，口腔黏膜就会干得裂开。路面上刻着一道道深深的车辙，是马拉着沉重的炮车碾过而留下的。路两旁的红土沟也被车轮轧出深深的裂口。棉花田被糟蹋得一片狼藉，不堪入目。当时由于道路狭窄，只能让炮车和炮兵通过，骑兵和步兵被挤得只得在棉花地里行进，把绿油油的棉花都踩扁了。路上和田里到处散落着皮带扣环、马具上的碎皮条、被马蹄和炮车轮子压扁的水壶，另外还有纽扣、蓝色的军帽、破袜子、染血的破布等等，全是部队行军途中丢下的东西，乱七八糟的什么都有。

她经过一片雪松林和一道围着她家墓地的矮墙，尽量不去想那里有三座小土坟，那里分别葬着她三个早早夭折的小弟弟，更尽量不去想如今那三座土坟旁又添了一座新坟。噢，妈妈！——斯嘉丽拖着沉重的脚步艰难走下尘土飞扬的小土坡，经过斯莱特利家，发现那里只剩下一堆灰烬和一截粗短的烟囱，她真恨不得这一家子都化成灰烬。要不是因为他们，要不是为了那个不要脸的艾米——那个被她家的监工搞大肚子，生了个杂种的下贱货——她妈妈埃伦也不会死。

突然，一颗尖利的石子硌破了斯嘉丽脚上的水泡，疼得她直叫唤。她到这儿来干什么呢？她，斯嘉丽·奥哈拉，全县数一数二的美人，塔拉庄园的千金小姐，为何要几乎光着一双脚在这艰辛坎坷的路上艰难跋涉呢？她的一双玉足天生是用来跳舞的，而不是用来一瘸一拐走路的；那双精致小巧的鞋子是要在鲜艳的丝绸裙子下欲遮还羞，偷偷露出脚尖的，而不是容纳沙土和石子的。她生来就是要被人宠爱、被人悉心呵护的，可如今她却衣衫褴褛，一身狼狈，饿得不行，只得跑到邻居家的菜园里去找吃的。

长长的山坡下就是河流，河边的树木枝条交错垂向水面，多么凉爽而宁静！她在低矮的河岸上坐下来，脱下破烂不堪的鞋袜，把灼热似火烧的双脚浸到清凉的河水里。要是一整天都能坐在这里该多好啊，远离塔拉庄园里那一双双无助的眼睛，坐在这里静静地听着树叶沙沙、流水潺潺。但她还是硬下心来穿上了鞋袜，沿着河岸边的树荫，踏着松软的苔藓，继续艰难地朝前走。北方佬把桥烧了，但她知道河下游百码远的地方另有一座独木桥，横跨在小河的最窄处。她小心翼翼地过了独木桥，还要头顶烈日，再爬上半英里的山坡，才能到达十二橡树。

那十二橡树自印第安人栖居之时便矗立在此，如今依然巍然高耸，只不过被北方佬的大火烧得只剩枯枝焦叶了。约翰·威尔克斯家的宅院就在这十二橡树的环抱之中。那座富丽堂皇的大宅高高地耸立在山顶，一根根白色的圆柱犹如山顶上的皇冠，尽显庄严气派，可如今却只剩下一堆残垣断壁、瓦砾焦土。地面上有一个深坑，那里原先是地窖，还有烧焦的田坑石地基以及两座巨大的烟囱标示着宅子曾经坐落的位置。一根长长的圆柱一半已被烧得焦黑,倒在草坪上,把茉莉花丛压得稀烂。

斯嘉丽坐在那根圆柱上,看到眼前的景象,心中倍感凄楚,无法再往前走。这劫后的残破荒凉令她触目惊心,前所未见。威尔克斯家族的骄傲就这样被付之一炬,化成她脚下的灰烬了。这座房子里的一家人是多么温良恭谦,多么友好殷勤,对于她的到来总是热情欢迎。可最终却惨遭如此下场。她曾痴心地梦想着成为这里的女主人;她曾在这里跳舞、欢宴,和小伙子们调情。她曾在这里强忍满腔妒意,怀着一颗受伤的心,看着梅兰妮跟阿什利眉目传情,脸笑得跟朵花似的;同样是在这里,在凉爽的树荫下,她答应了查尔斯·汉密尔顿的求婚,令查尔斯欣喜若狂,紧紧地握住了她的手。

"噢,阿什利,"她心中感叹,"真希望你已经不在人世了!我真不忍心让你目睹这般惨景。"

阿什利在这儿和他的新娘结了婚,但他的儿子、孙子再也无法把他们的新娘带进这座房子了,在这座房子的屋檐下,将再也不会有男婚女嫁,再也不会有生儿育女、繁衍生息。斯嘉丽曾深爱过这里,渴望成为这里的主宰,可如今这座宅院已死,对斯嘉丽来说,威尔克斯家的所有人仿佛也葬身于此,化为了灰烬。

"眼下不能想这事,我实在受不了,以后再想好了。"她大声自言自语,随即便把视线移开。

她一瘸一拐地绕过废墟,搜寻菜园,面前出现了一片玫瑰花坛,这些昔日被威尔克斯家的姑娘们精心养护的花坛,如今已被糟蹋得面目全非。她穿过后院,经过熏肉房、谷仓和鸡舍被大火烧过之后的残迹。菜园四周的围栏已经被拆毁，菜地里曾经一片片整整齐齐、绿油油的蔬菜遭到了跟塔拉菜园相同的命运。松软的泥土被马蹄和车轮践踏碾压，蔬菜倒在土里成了烂泥。她在这里什么也没找到。

她穿过院子往回走，沿着一条小径朝着一排刷成白灰的小屋走去，那里原是黑奴居住的地方，如今已杳无人迹。她边走边喊道："有人吗？"可是没人应答，连声狗叫都没有。显然，威尔克斯家的黑奴都跑了，要么就是跟着北方佬走了。她知道每个黑奴都有自己的菜地，到这儿来就是希望这些小菜地里的东西能幸免于难。

果然没让她白费力气，总算有些收获。萝卜和卷心菜由于缺水而发蔫，不过还活着，白凤豆和四季豆虽有些发黄，但还能吃。她太累了，见到这些能吃的东西连高兴的力气都没有了，一屁股坐在菜畦上，用颤抖的双手刨挖土里的菜，渐渐装满了一篮子。今晚塔拉终于可以好好吃一顿了，尽管没有腌肉和这些蔬菜一起煮。或许迪尔茜用来点灯的咸肉肥油可以放进菜里加些味道。她一定得记着吩咐迪尔茜改用松枝照明，把猪肥油省下来做菜用。

在一座小屋后门的台阶旁，她发现了一小块萝卜地，她突然感到自己饿得不行，辛辣的萝卜正对她的胃口。她等不及用裙子把萝卜上的泥土擦去，就一口咬了半根，狼吞虎咽地吃了下去。那萝卜又老又硬，还辣得要命，辣得她眼泪都下来了。萝卜刚一下肚，她那空了许久的胃就立刻翻腾起来，于是她趴在松软的地上，难受地吐了起来。

小屋里隐约飘出一股黑人的气味，令她愈发感觉恶心。她实在无力抵挡这种恶心的感觉，只好继续翻肠倒肚地吐，吐得她天旋地转，感觉小屋和周围的树都在飞快地旋转。

过了好久，她虚弱地趴在了地上，感觉泥土又软又舒服，就像羽毛枕头似的。她的思绪也飘忽不定，她斯嘉丽·奥哈拉，正躺在黑奴小屋的后面，在一片废墟之中，浑身无力，恶心难受，一动也不能动，这世上竟没人知道，也没人在乎。即使有人知道，人家也不会搭理，因为人人都麻烦事一大堆，自身都难保，谁还顾得上她呢。而这一切竟然发生在她斯嘉丽·奥哈拉身上，过去她可是连袜子掉在地上都不会去捡的，甚至鞋带都不用自己亲手去系，从来都是别人为她系好——她斯嘉丽·奥哈拉，从小到大，只要有点儿头疼脑热，就会立刻得到别人的悉心照料，她发脾气使性子时，周围的人也都对她百般迁就。她可是金枝玉叶的大小姐啊！

她趴在地上，虚弱极了，往昔的回忆和万千的愁绪如潮水般涌来，就像一群秃鹫在她头上盘旋，等着她赶快死，好享用一顿美餐。可她太虚弱了，根本无力招架。她再没力气对自己说："爸爸、妈妈、阿什利和这片废墟的事——所有这些都以后再想吧，对，等我挺得住的时候再说吧。"她现在半点都承受不住，可不管她愿不愿意，她满脑子都在想着这些事。这些思绪在她头顶盘旋，然后突然朝她俯冲下来，用尖牙利爪啄咬撕扯她的心。她躺在地上，脸埋在土里，一动不动，任由烈日炙烤全身，不知过了多久，仿佛时间静止了一般。她想起了许多往事和故去的人，想起了一去不返的往昔生活——展望未来，只觉得一片黑暗，前路未卜。

最后她终于爬了起来，又看到十二橡树焦黑的废墟。她高昂起头，但是那股青春朝气、那份娇俏和柔美之色从她脸上永远地消失了。过去的已经过去，死去的也已经死去。昔日那安闲自在、尊贵荣华的生活已经一去不返。斯嘉丽把沉甸甸的篮子挎在胳膊上，此时的她心意已决，想好了今后的路该如何走。

毕竟没有什么回头路，她只能继续往前走下去。

今后的五十年里，整个南方将会有许许多多的女人不断地回首往事，缅怀逝去的时代，怀念逝去的男人，眼里满含凄苦；她们会一再唤醒那些痛苦的记忆，心中怆然，徒增伤感；因为拥有这些回忆，她们将满怀心酸痛楚的骄傲，忍受困苦生活的煎熬。但斯嘉丽决不回首。

她凝视着焦黑的碎石瓦砾，最后一次回忆起十二橡树昔日的风姿：那样巍然耸立，那样富丽堂皇，象征着一种阶层和一种生活方式。然后，她便沿着大路朝塔拉走去，沉沉的篮子几乎要勒进她的肉里去了。

空空的胃里又饥饿难忍起来，她大声喊道："上帝做证，上帝做证，北方佬休想把我压垮！我会挺过去的。等这一切熬过去之后，我决不让自己再挨饿，也决不让我的家人再挨饿。哪怕去偷去抢，甚至去杀人——上帝做证，我决不要再挨饿了。"

在接下来的日子里，塔拉就像是鲁滨孙漂流到的荒岛，孤寂宁静，与世隔绝。外面的世界其实距离塔拉只有几英里远，但塔拉和琼斯博罗、费耶特维尔、洛夫乔伊之间仿佛隔着万顷巨浪、滚滚洪涛，甚至连塔拉和相邻的庄园之间也是如此。那匹老马一死，他们唯一的交通工具也没了。要靠两条腿走过数英里艰难的红土路，他们既没时间，也没体力。

这些日子里，斯嘉丽干活累得脊梁骨都快断了，她为了找吃的费尽心力，还得无休无止地照顾三个生病的女人，有时候她竟会不自觉地竖起耳朵，听听外面有没有熟悉的声音——黑奴小屋里黑人小孩们的尖声欢笑；大车从田间回来，车轮嘎吱的响声；父亲杰拉尔德骑着高头大马越过牧场飞奔时的马蹄声和马儿的嘶鸣声；车道上车轮声阵阵，邻居们下午登门造访，过来闲聊，欢声笑语不断。可是斯嘉丽什么也没听到。大路上静悄悄的，连个人影也没有，从不见红土飞扬，预报有宾客到来。塔拉真的成了一座孤岛，孤寂地伫立在连绵的绿色山峦和红土田野构成的汪洋大海之中。

在别的地方另有一个世界，那里的人们能在自家的屋檐下安安稳稳地吃饭、睡觉。在别的地方，姑娘们穿着翻新了三次的衣裙，快快乐乐地跟小伙子调情，唱着《无情战火结束后》，跟几个星期之前的她一样。别的地方还在打着仗，炮声隆隆，城镇里火光冲天，男人们躺在医院，伤口溃烂散发着恶臭，奄奄一息。在别的地方，士兵们光着脚板，穿着脏兮兮的土布军服在行军、打仗、睡觉，他们饥肠辘辘，因为希望破灭而倍感疲累。在佐治亚别的地方，连绵的山冈上满眼皆是身穿蓝军服的北方佬，他们一个个吃得饱、睡得好，兵强马壮。

塔拉之外的地方还在打仗，那是另一个世界。但在塔拉这座庄园里，没有战争，也不存在另一个世界，只有在她心力交瘁之时，战争和另一个世界的记忆才会乘虚而入，她必须费好大的劲儿才能把它们从脑海中赶走。这么多肚里空空、食不果腹的人需要被喂饱，她哪里还顾得上外面的世界。当下她关心的只有两件事：吃的，以及怎么弄到吃的。

吃的！吃的！为什么肚子的记忆力比脑子强？斯嘉丽能赶走悲伤，却赶不走饥饿。每天早上，当她躺在床上半睡半醒之时，在记忆还没把战争和饥饿带回脑子里之前，她都会懒洋洋地缩在被窝里，期待着闻到煎腌肉和烤面包卷的香味。每天早上，她都用力吸着鼻子，使劲儿地闻，想要闻到那诱人的味道，闻着闻着倒把自己弄醒了。

塔拉的餐桌上只有苹果、红薯、花生和牛奶，可就连这点儿寒酸的伙食也一直不够量。一日三餐全是这些，令斯嘉丽不禁想起过去锦衣玉食的生活，餐桌上烛光明亮，美酒佳肴，香气四溢。

那时候他们对吃的多么不当回事啊，真是太奢侈浪费了！面包卷、玉米松饼、烤软饼和华夫饼，直往下流的黄油，一顿饭里这些全都有。餐桌的一头放着火腿，另一头摆着炸鸡；泛着油光的肉汁浓汤里飘着羽衣甘蓝，像彩虹一般绚丽夺目；鲜艳的花色瓷盘里盛满了四季豆，堆得跟小山似的；炸小南瓜、炖秋葵、奶油炖胡萝卜，厚厚的胡萝卜块得用刀切开来吃；光餐后甜点就有三种，可以任其选择：巧克力夹心蛋糕、香草牛奶冻和奶油蛋糕，蛋糕顶部还淋着一层甜甜的掼奶油。死亡和战争没有使她流泪，而想到那些美味佳肴却令她不禁潸然泪下，让她本就咕咕叫的肚子饿得直犯恶心。过去嬷嬷一直为她的食欲不佳而忧心，如今这个十九岁的姑娘胃口大增，饭量比以前多了四倍，因为她整日辛苦劳作，干着之前从没干过的重活，没有一刻停歇。

在塔拉，为吃犯愁的并不只她一人，无论看见谁，都是一张饥饿的面孔，黑人是，白人也是。卡琳和苏埃伦很快就要康复，到时候就又多了两张嘴，而且是喂不饱的两张嘴，因为伤寒病人在康复期间大多胃口惊人。小韦德已经开始哼哼唧唧地抱怨："韦德不喜欢红薯，韦德肚肚饿。"

其他人也怨声载道：

"斯嘉丽小姐，要是老吃不饱肚子，我都没法子给这两个娃喂奶了。"

"斯嘉丽小姐，俺老是这么饿着肚子，都没力气劈柴了。"

"我的宝贝儿，俺快要饿死了。"

"丫头啊，咱们非得顿顿都吃红薯吗？"

只有梅兰妮没有抱怨，可她的脸一天比一天消瘦，脸色也一天比一天苍白，连睡梦中都会疼得抽搐起来。

"我不饿，斯嘉丽。把我的那份牛奶给迪尔茜喝吧，她得给两个宝宝喂奶。生病的人向来没胃口，不觉得饿。"

在斯嘉丽看来，梅兰妮的这种绵里藏针比别人的满腹牢骚更叫她恼火。对别人她可以大声喊叫或者挖苦讽刺，让他们住嘴，她的确也是这么做的。但面对梅兰妮的大公无私，她一点儿办法也没有，但这种束手无策才最让人窝火。父亲杰拉尔德、黑奴们以及韦德现在都跟梅兰妮很亲近，因为即使她身子虚弱，却依然温柔善良，对人体贴入微，而这些日子以来，斯嘉丽这几样却半点儿没有。

尤其是韦德，整天赖在梅兰妮的房间里不肯走。她觉得韦德似乎有点儿不对劲儿，但到底怎么个不对劲儿，她根本没时间去弄清楚。她信了嬷嬷的话，认为那孩子是肚子里长了蛔虫，于是按照过去母亲给黑人小孩驱虫的方法，把草药和树皮熬成的药汁给韦德喝。那孩子喝完药汁之后，脸上反而更没血色了。这些日子里，斯嘉丽几乎没把韦德当人看待，在她眼里，他只不过是又一个包袱累赘，又一张要吃饭的嘴。等熬过这段艰难的日子之后，她会跟他玩儿，给他讲故事，教他看书认字，但现在她既没那时间，也没那心思。而且每当她最累最烦的时候，那孩子总会来缠她，在她身边碍手碍脚，所以她经常对他说话没好气。

她一厉声呵斥，韦德就吓得眼睛瞪圆，那副吓傻了的模样让她一看就来气。她并不明白小孩子整天生活在恐惧之中，心里有多么害怕，这种恐惧大人是无法理解的。恐惧一直伴随着韦德，这种恐惧深入他的骨髓，攫住他的心灵，令他晚上睡觉时都吓得惊声尖叫。一丁点儿突如其来的声响或者说话稍微严厉一点儿，他都会吓得浑身发抖，因为在他心里，这些声响和严厉的话语总是跟北方佬紧密相连，他怕普利茜给他讲的鬼怪，但更害怕北方佬。

围城的炮声打响以前，小韦德一直过着幸福快乐、宁静安详的日子。虽然妈妈平日不怎么理睬他，但家里有的是人疼他爱他，对他温言细语，呵护备至。直到忽然有天夜里，他从睡梦中被拉起来，睁眼一看，外面火光冲天，爆炸声震耳欲聋。就在那天夜里以及第二天白天，他头一次挨了妈妈的打，也头一次被妈妈厉声斥责。桃树街那幢砖房里愉快的生活，他唯一经历过的生活，就在那天夜里突然消失了，而且再也找不回来。从亚特兰大逃出来的路途中，他懵懵懂懂，只知道北方佬一直在后面追赶他。直到现在，他仍然战战兢兢，害怕会被北方佬抓住，把他碎尸万段。每当斯嘉丽大声呵斥他，他就会吓得心惊肉跳，幼小的心里就会模糊地回忆起自己第一次被妈妈打骂时的可怕情景。从此，在他的潜意识里，妈妈怒斥的声音便和北方佬紧紧联系在了一起，他害怕北方佬，也惧怕他的母亲。

斯嘉丽当然察觉到自己的儿子开始躲着她了。当她整天忙里忙外，稍微有点儿空暇偶尔想起这件事时，心里很不是滋味，觉得这比他整天缠在她身边更糟糕。更让她气恼的是，他竟然把梅兰妮的病床当成了避难所，他在那儿安静地玩梅兰妮教给他的游戏，或者听她讲故事。韦德可喜欢这个"姑姑"了，这个姑姑总是和颜悦色，声音温柔，从不对他说"闭嘴，韦德！你烦死人了"或者"哎呀，韦德，看在上帝分上，别在这儿碍事"。

斯嘉丽没有时间，也没有意愿去疼爱自己的儿子，可看到梅兰妮这么疼他时，又满心嫉妒。有一天，她发现韦德在梅兰妮的床上玩倒立，结果倒在了梅兰妮身上，于是一气之下打了他。

"你这孩子怎么回事,不知道姑姑病了吗,还在这儿上蹿下跳的?马上给我出去,到院子里玩儿去,不许再进这屋来。"

而梅兰妮却伸出虚弱无力的手,把哇哇直哭的孩子拉到自己身边。

"好了,别哭了,韦德,你不是故意的,对吧?他没有烦我,斯嘉丽,就让他待在这儿吧,我来照看他。在我病好之前,这是我唯一能帮上忙的事了。你手头上有那么多事情要处理,都忙不过来了呢。"

"梅丽,别傻了,"斯嘉丽不客气地说,"你身子本来就恢复得慢,再让韦德在你肚子上摔来倒去的,那还得了?听着韦德,要是再让我看见你在姑姑床上,我就打断你的腿。别哭哭啼啼的了,你怎么这么爱哭啊,男孩子该有点儿男子汉的样儿。"

韦德哭着跑到楼下躲了起来。梅兰妮咬着嘴唇,眼里含着泪。嬷嬷站在过道里看到了这一幕,眉头紧皱,唉声叹气。但是这些日子以来,谁也不敢跟斯嘉丽顶嘴。所有人都害怕斯嘉丽的那张利嘴,所有人都害怕这个跟过去判若两人的斯嘉丽。

如今,斯嘉丽在塔拉可谓是大权在握,和那些突然掌权的人一样,她天性中恃强凌弱的本能完全暴露了出来。并不是她生性不善,而是她害怕心虚,才会如此盛气凌人,她怕别人看出她的无能,不听她的吩咐和调遣。另外对人呼来喝去、大喊大叫以及让别人都怕她,能让她心里产生某种快感,而且还能松弛她那紧绷的神经。这种性情上的变化,她自己不是没发现。有时候,她颐指气使地给别人下命令,气得波克直噘嘴,弄得嬷嬷直抱怨:

"现如今有的人下巴都抬到天上去了。"这时候,她自己也会纳闷,她的教养和礼数都哪儿去了?母亲埃伦多年来苦心教导,培养她言行彬彬有礼,举止温柔端庄,可如今这些优良品质就像树上的树叶,被一阵瑟瑟秋风扫过,全都被刮走,随风而逝了。

埃伦一再叮嘱她:"对待下人,尤其是黑奴,必须要严格,但态度一定要温柔和善。"可要是她对黑奴温柔和善了,他们就会整天坐在厨房里,聊起过去的好日子,而且一聊就没个完,说什么当年屋里使唤的黑奴哪会被派去下地干农活。

妈妈还教导她:"要爱你的两个妹妹,好好照顾她们,关心她们;要善待生病的人;对处在痛苦和患难中的人要温柔体贴。"

可她现在没法去爱她的两个妹妹。她们俩纯粹就是压在她肩上的重负,而且沉得要死。至于说照顾她们,难道她没给她们俩洗澡、梳头、喂饭吗?她甚至还每天走好几英里路去给她们找蔬菜吃,不是吗?她还学会了挤牛奶,每次那头可怕的母牛朝她晃动着牛角时,她都吓得心跳到了嗓子眼,这不是照顾是什么?至于说关心她们,那简直就是浪费时间。要是对她们太过关心,她们很可能就会在床上赖得更久,可她需要她们尽快下地干活,这样就能多两双手帮她的忙了。

两姐妹康复得很慢,躺在病榻上的两人瘦弱不堪。在她们俩昏迷不醒的那段日子里,整个世界都变了样。北方佬来了,黑奴们跑了,妈妈去世了。灾祸接二连三地发生,令人难以置信,也令她们俩无法接受,有时候她们还以为自己是烧糊涂了,认为这些灾难根本没发生过。另外,她们还感觉到斯嘉丽就像变了个人似的，这肯定也不是真的。当斯嘉丽坐在她们俩床边，大致说了说希望她们俩病好了以后干什么活时，这两人竟瞠目结舌地瞪着她，把她当成妖怪似的。她们俩根本无法理解家里已经没有上百个黑奴给她们家干活了，更无法理解奥哈拉家的千金小姐竟然也得去干粗重的体力活。

"可是姐姐，"卡琳说，那张甜美而稚气未脱的脸蛋吓得面如死灰，"我不能劈柴啊！那我这双手不就毁了吗？！"

"看看我的手吧。"斯嘉丽笑着说，那笑容看上去诡异而可怕。她说着便把她那双起泡、长茧的手摊到卡琳面前。

"你太可恶了，竟然用这种口气对小妹和我说话！"苏埃伦大叫起来，"我看你分明就是在撒谎，成心吓唬我们。要是妈妈还在，她绝不会允许你这么跟我们说话！劈柴？开什么玩笑！"

苏埃伦不顾自己的虚弱，一脸憎恶地瞪着她的大姐，断定斯嘉丽说这些话是存心跟她们过不去。苏埃伦大病一场，差点儿没命，如今又没了妈妈，既孤单又害怕，她需要的是别人的安抚，是别人的疼爱和照顾。可是斯嘉丽却每天站在床那头看着她和小妹，一双眼梢微翘的绿眼睛里直冒瘆人的邪光，一边估量着她们康复的情况，一边给她们列举病好之后要她们做的事情：铺床、做饭、打水还有劈柴。而且越说越起劲儿，就好像故意跟她们说这些可怕的事，吓唬她们，以此取乐。

斯嘉丽的确以此为乐。她吓唬黑奴，伤妹妹们的感情，不单是因为她太过忧虑，神经紧张，劳累过度，除此之外，她想不出别的办法，还因为往别人头上撒气能出一出自己心里的怨气——妈妈从前教她的那套生活哲理和处世之道现在看来竟全都错了。

妈妈教给她的一切如今已全无价值。斯嘉丽心里既伤心又不解。其实，埃伦怎么可能预见到她培养女儿的那套文明制度和文明社会有一天会轰然坍塌呢；她怎么可能预测到自己苦心训练女儿去适应和占据的社会地位有一天会荡然无存呢。但斯嘉丽没有想过这些，而且也无法理解。在埃伦看来，女儿们未来的日子将会平平安安，岁月静好，和她自己的人生一样。所以她教导女儿做人要温柔和善、宽厚仁慈、谦虚且诚实。她还常说，女人们只要学会并牢记这些，生活就不会亏待她们。

斯嘉丽绝望地想："没有用，没有用，她教给我的这些什么用也没有！瞧瞧现在，善良有什么用？温柔能当饭吃吗？当初还不如让我跟黑奴学犁地或者摘棉花呢。哎，妈妈，您真的错了呀！"

她其实并没有静下心来想一想，埃伦所生活的那个秩序井然的世界已随风而逝，渐渐飘远了，取而代之的是这个残酷无情的世界。在这个新的世界里，所有的是非标准和价值观都已改变。她只确信，确切地说她自以为确信，妈妈错了。于是她只好迅速改变自己，以适应这个突然到来，令人猝不及防的新世界。

在她心里，唯有对塔拉的热爱和依恋还一如既往，没有丝毫改变。每次她下地干活拖着疲乏的身子回来，见到这座结构杂乱无序的白色房子时，心中都会涌起满腔爱意和归家的喜悦。每次她凭窗眺望远处绿色的牧场、红色的田地和高耸入云、盘根错节的沼泽地树林时，都觉得美不胜收。她热爱这片土地，爱这里连绵起伏的山冈，爱这里艳丽的红色泥土——血红、石榴红、砖红、朱砂红，红得那么耀眼，红得那么色彩纷呈。在这片红色的土地上奇迹般地长着一丛丛绿色的棉株，每棵棉株上都开着朵朵洁白松软的棉花，犹如繁星点点。世间的一切都在变化，但在斯嘉丽身上唯一不变的是她对故乡这片土地的热爱。这世界上任何别的地方都没有像这样瑰丽而神奇的土地。

看着塔拉，她终于有些明白为什么人们要打仗了。瑞特说人们打仗是为了钱，不，他错了，人们打仗是为了这被犁出一道道垄沟、松软肥沃的土地；是为了牧草粗壮整齐，如绿毡铺地的牧场；是为了那缓缓流淌的黄色河流，以及木兰花丛中傲然矗立的白色房子。这些才是值得人们拼死而战的东西。而这片红色的土地是属于他们的，未来也将属于他们的子孙。这片红土地将会为他们的子孙后代生长出无穷无尽的棉花。

这座惨遭蹂躏和践踏的塔拉庄园是她现在仅有的一切。母亲和阿什利已不在人世；父亲杰拉尔德因为一连串的打击而衰老憔悴且神志不清；一夜之间，钱财、黑奴、衣食无忧的太平日子和尊贵的地位全都没了。斯嘉丽想起她和父亲关于土地的那番谈话，觉得恍如隔世。那时的她多么幼稚、多么无知啊，竟没有听懂父亲那番话的意思。当时父亲说，土地是世上唯一值得斗争的东西。

"因为天底下唯有它是永恒不变的……不管是谁，哪怕身上只有一滴爱尔兰人的血，都会把他们赖以生活的这片土地看作是自己的母亲……唯有它值得我们流血、流汗，为之斗争——为之牺牲。"

是的，塔拉值得她为之斗争。她毫不迟疑地投入了这场战斗中。谁也休想把塔拉从她手中夺走，谁也休想把她和她的家人从塔拉赶走，离乡背井投奔亲戚，过着寄人篱下的生活。她要保住塔拉，即使逼迫家里的每个人都累断了腰，也在所不惜。

第二十六章

斯嘉丽从亚特兰大逃回塔拉已经两个星期了,她脚上最大的水泡已经开始溃烂化脓,肿得连鞋都穿不上,路也走不了,只能脚后跟着地,一瘸一拐地走。她看着脚趾上发炎的疮口心急如焚,甚至有些绝望。万一像那些受伤的士兵那样,伤口生了坏疽,又找不到医生救治,她会不会死啊?眼下日子虽然艰辛,可她不想死啊,她要是死了,塔拉由谁来照管呢?

她刚回家时,还指望父亲杰拉尔德作为一家之主操持主事,重振这个家。然而两个星期过去,她的希望落了空。现在她明白不管她愿不愿意,这座庄园都将要靠她来支撑,庄园上下所有的人都得靠她这双毫无经验的手来养活。因为父亲依旧默默地呆坐着,像是活在梦里,对塔拉的事情不闻不问,但态度温顺随和,每次斯嘉丽向他求教问题,寻求意见,他都只有一个回答:"你觉得怎么好就怎么办吧,闺女。"更糟的回答则是:"跟你妈妈商量去吧,丫头。"

他永远都会是这副样子,再也回不到当初了。斯嘉丽认清这个事实后，便冷静地接受了——父亲会永远等待母亲，时刻聆听是否有她的声音，一直到死为止。他仿佛处在一个模糊而朦胧的阴阳交界，在那里，时间静止不动，母亲埃伦永远待在隔壁房间。埃伦一死，把杰拉尔德生活的动力也带走了，随之而去的还有他那近乎狂妄的自信、大大咧咧的鲁莽性格和永不止歇的活力。杰拉尔德·奥哈拉的人生犹如跌宕起伏的戏剧，而埃伦就是他的观众，他风风火火的一生只为她而演。而如今，舞台的幕布已经落下，灯光黯淡下来，观众遽然消失，只剩下茫然若失的老演员站在空荡荡的舞台上，等着别人提示他该做些什么。

一天早上，家里静悄悄的，除了斯嘉丽、韦德和三个生病的姑娘，其余的人都去沼泽地找那头老母猪了。就连杰拉尔德也比平时更有精气神，他一手搭着波克的胳膊，另一只手拐着一捆绳子，步履蹒跚地穿过犁过的田垄。苏埃伦和卡琳哭着哭着便睡着了。她们俩一想起妈妈就哭，一天至少得哭两回，伤心而脆弱的泪水顺着凹陷的脸颊缓缓淌下来。梅兰妮头一次用枕头撑着后背坐了起来，身上盖着一条打着补丁的被单，两只手上各抱着一个小宝宝。其中一个宝宝头发浅黄，毛茸茸的，另一个是迪尔茜的黑小孩，长着一头黑鬈发。韦德坐在床脚，听姑姑给他讲童话故事。

对斯嘉丽来说，塔拉的这种寂静无声实在让她难以忍受，因为这让她想起了从亚特兰大逃回家时那段艰难而漫长的旅途，想起那一昼夜里所经过的荒野乡间死一般的寂寥。那头母牛和小牛犊好几个钟头也没叫唤一声；窗外听不见小鸟叽叽喳喳，甚至在那沙沙作响的木兰树丛中筑巢栖息了好几代的嘲鸟一家也不像从前那样聒噪吵闹，半天都没出声了；她拉过一把矮椅子坐在她卧室敞开的窗户边，把裙裾撩过膝盖，两手托着下巴，胳膊肘撑着窗台，望着门前的车道、大路对面的草坪，还有远处空空荡荡的牧场。在她身旁的地板上放着一桶井水，她时不时把那发炎肿胀的脚浸泡在水里，那感觉跟针扎似的，疼得她龇牙咧嘴直皱眉。

她烦躁地把下巴支在胳膊上。在她最需要力气的时候，偏偏脚趾溃烂发炎了。那帮蠢家伙们肯定逮不到那头母猪。光是一个一个地把几个猪崽抓回来就花了整整一个星期，而现在都两个星期过去了，那老母猪还在外面逍遥快活呢。斯嘉丽知道，要是她亲自出马，和他们一起去沼泽地，把裙子挽到膝盖，绳圈往外一抛，保准眨眼间就能把那头母猪给套住。

但是，就算老母猪被逮住又能怎么样呢？母猪和猪崽都被吃光之后，又该怎么办呢？日子还得过下去，总得填饱肚子啊。冬天就要来了，到那时什么吃的都没了，就连邻居菜园里剩下的那些可怜巴巴的蔬菜也光了。他们必须得贮备些干豌豆、高粱、玉米粉、大米，还有——还有——哎呀，还有好多东西得预备呢。来年春播的玉米种子和棉花种子还没着落呢，另外衣服也得添置一些。可这些东西上哪儿弄去啊？她拿什么买啊？

她暗中把父亲的口袋和钱箱搜了个遍，结果找到的只是几沓邦联债券和三千块邦联钞票。这些加一块儿也就只够全家人吃一顿饱饭，她心中凄楚地苦笑着，如今南部邦联的钞票几乎一文不值了。可就算她有钱，能买到吃的，又拿什么把东西运回家呢？上帝为什么要让那匹马死了呢？就算瑞特偷来的那匹马是老弱病残，但好歹也能用啊，对塔拉来说，有马和没马那差别可就大了，一匹马能管大用呢。哎，过去那路边的牧场上毛色顺滑油亮的骡子多得是，拉车的马也膘肥体壮，别提多漂亮了。还有她的那匹小母马、卡琳和苏埃伦的小马驹、杰拉尔德那匹雄赳赳的高头大马，跑起来风驰电掣，马蹄下草皮翻飞。噢，那么多骡马，给她留下一匹也好啊，哪怕是留下一头最犟的骡子也行啊。

不过没关系——等她脚好了之后，她可以走路去琼斯博罗。那将会是她这辈子走过的最远的路程，但她一定要去。就算北方佬把琼斯博罗整座城市都烧光了，她也总能在附近找到人，打听从哪儿能弄到吃的。这时，小韦德那张饿瘦的小脸浮现在她眼前，他老是嘟囔着不喜欢吃红薯，想要吃鸡腿、米饭和肉汤。

斯嘉丽泪眼蒙眬，前院明媚的阳光仿佛暗淡下来，眼前的树木也变得模糊。她埋头哭泣，强令自己不哭出声来。毕竟现在哭一点儿用也没有。只有在男人面前，想寻求人家帮助时，泪水才管用。她趴在窗边，紧闭双眼，勉强把眼泪压回去。这时她突然听到一阵马蹄声，心里一惊，但还是没抬起头来。过去的两个星期里，她似乎无论白天夜里都频频听到阵阵马蹄声，就像耳边总依稀萦绕着母亲衣裙的窸窣声一样。她的心突突直跳，每当这种时候，她总是会这样，然后她暗骂自己一声："别犯傻了。"

然而令人吃惊的是，马蹄声竟自然而然地慢了下来，由跑改为走，砾石小径上响起有节奏的嗒嗒声。真的是匹马——塔尔顿家的？！还是方丹家的？！她立刻抬起头来，却发现来者是个北佬骑兵。

她本能地躲到了窗帘后面，透过窗帘褶皱间的缝隙屏气凝神地悄悄窥视，吓得倒吸了一口凉气。

那个北佬骑兵没精打采地骑在马上，长相粗野，身材矮壮，一把蓬乱的大黑胡子垂在胸前，盖住了蓝色军服上衣没系扣子的领口。紧绷的蓝色军帽下露出一双眼距很近的小眼睛，在阳光下眯成了一条缝，冷眼打量着这幢房子。他慢吞吞地下了马，把缰绳扔到拴马桩上。斯嘉丽总算喘上一口气来，这口气喘得又突然又难受，就像肚子被人打了一拳似的。来了个北方佬，屁股后面还插着一把长柄手枪！可家里就只有她，外加三个病恹恹的姑娘和几个孩子！

那个北方佬慢悠悠地沿着院里的小径走来，一只手一直按在枪套上，一双滴溜溜的小眼睛左顾右盼。这时，斯嘉丽的脑子飞快地转了起来，眼前跟万花筒似的闪过各种乌七八糟的画面，都是皮蒂姑妈悄悄讲述的事情：北方佬会袭击没人保护的女人，割破她们的喉咙，放火把垂死的女人烧死在屋里，把哭喊的孩子用刺刀刺死，所有这些不可名状的恐怖场面都和"北方佬"这个词紧密相连。

她胆战心惊，立马想到要躲进衣柜里、爬到床底下或者飞奔着冲下后楼梯，一路尖叫朝沼泽地逃跑，反正不管怎样得立刻逃命。这时她听到那人蹑手蹑脚地走上了房前的台阶，偷偷摸摸地进了过道。她知道逃跑的路算是给切断了。她吓得浑身发冷，动弹不得，只听见那人在楼下从一个房间走到另一个房间，挨个屋子地进，最后发现一个人也没有。于是那家伙的贼胆越发大了起来，脚步声也越来越响。此刻他正在餐厅，再过一会儿就要进厨房了。

一想到厨房，斯嘉丽突然火冒三丈起来，就像心脏被人捅了一刀似的，愤怒压倒了一切，恐惧也顿时落荒而逃了。厨房！炉灶上还有两口锅正煮着东西呢，一口锅里在炖着苹果，另一口锅在煮着什锦蔬菜汤，那些蔬菜是她费了千辛万苦从十二橡树和麦金托什家的菜园里弄来的——全家九口人今天就靠这个充饥了，但其实这点儿东西还不够两个人吃的呢。斯嘉丽忍饥挨饿了好几个钟头，就是要等其他人回来一起吃。一想到连这点儿可怜巴巴的食物都要被这个北方佬抢走，她就立刻气得浑身发抖。

这帮天杀的强盗！他们就像蝗虫一样从天而降，把塔拉洗劫一空，害得塔拉全家老小只能慢慢饿死。现在这帮人又卷土重来，把塔拉仅剩的一口吃食也要偷走。她肚里空空，饿得胃疼。"我向上帝起誓，决不让这个北方佬再偷东西了！"

她脱下破烂的鞋子，光着脚跑到五斗柜旁，连脚上溃烂的疮口都不觉得疼了。她悄悄打开最上面的一层抽屉，拿出从亚特兰大带来的那把沉甸甸的手枪，那是查尔斯参军时的佩枪，却从来没开过火。挂在墙上的军刀下面有一个皮弹夹，她从里面摸出了一颗子弹，装入枪膛，还好这时手一点儿没抖。然后她悄无声息地冲进楼上的过道，一只手扶在楼梯栏杆上，一只手紧紧握着手枪，贴着大腿，把枪藏在裙褶里，飞快地跑下楼。

"谁在那儿？"一个鼻音很重的声音突然响起。斯嘉丽站在楼梯中央停住了脚步，感觉浑身气血直往上涌，血管突突地跳，声音跟敲鼓似的，连那人的说话声都听不清了。"站住，不然我要开枪了！"那人又喊道。

他就站在餐厅的门口，紧张地弓着身子，半蹲半站，一只手上握着枪，另一只手里拿着一个花梨木的针线盒，里面有金顶针、金柄剪刀和一个顶部镶金的刚玉小橡珠。斯嘉丽的双腿从脚底一直凉到膝盖，可脸却气得通红。那家伙竟然偷了母亲埃伦的针线盒。她真想大喊："放下！把它放下，你这个肮脏可恶的——"可话到嘴边，却喊不出来，只能从楼梯栏杆上瞪着那个混蛋，看着那家伙的脸从紧张凶恶慢慢变成一副半轻蔑冷笑、半谄媚奸笑的嘴脸。

"敢情这房子里有人啊，"他说着把枪塞回枪套里，然后走进过道，站在斯嘉丽的正下方，"就你一个人吗，小妞儿？"

斯嘉丽闪电一般地举起枪，对准那张满脸胡须、大吃一惊的脸。对方还没来得及摸到枪套，斯嘉丽便扣动了扳机。手枪开火的后坐力把她震得身子直摇晃，枪声震耳欲聋，刺鼻的硝烟直冲鼻孔。那人扑通一声向后倒在地上，半截身子摔进了餐厅，这重重的一摔，震得家具都摇晃了几下。他手上的针线盒啪嗒一声掉在地上，里面的东西撒了一地。斯嘉丽下意识地跑下楼，俯视着他，只见那张脸胡子以上的部分血肉模糊，原先鼻子的位置现在成了血淋淋的一个坑。眼睛已被火药烧焦，目光呆滞。她正看着，发现两股鲜血在光亮的地板上缓缓而淌，一股来自他的脸，另一股是从后脑勺涌出来的。

没错,他死了。毫无疑问,她杀了一个人。

硝烟缭绕,慢慢升向天花板,红色的血流在她脚边蔓延。她呆呆地站在那里,不知过了多久,仿佛时间静止不动了。夏日的早晨,天气炎热,周围一片寂静。在这片寂静之中,一切不相干的声响和气味似乎都被放大了许多:她的心怦怦乱跳,像打鼓似的咚咚响;木兰树丛里树叶沙沙,远处沼泽地里野鸟悲鸣;还有窗外的鲜花,也香气扑鼻。

她杀人了。从前打猎时,她都小心翼翼从不杀生,连杀猪时猪发出的惨叫声和野兔落入陷阱时惊慌的吱吱声她都不忍心听。可现在她却杀了一个人!她呆呆地想:"我杀人了。噢,这怎么可能!"她的视线突然落在地上那只指头短粗、汗毛密布的手上,那只手离针线盒那么近。猛然间,她又缓过神来,精神倍增,并且产生了一种冷酷而残忍的快感,甚至恨不得朝那家伙鼻子位置上的血窟窿里踩上几脚,碾上几下,让自己那双光着的脚沾满他热乎乎的血,那才叫痛快呢。她这一枪为塔拉报了仇——也为母亲埃伦报了仇。

楼上的过道里传来急促而又跌跌撞撞的脚步声,中间停了一下,然后又接着响了起来,不过这回脚步声听起来很虚弱,似乎有气无力,不时还夹带着金属碰撞的咣啷声。斯嘉丽醒过神来,回到了现实,也有了时间的概念。她抬起头来,看见梅兰妮正站在楼上的楼梯口,身上只穿了一件充当睡袍的破衬衫,一只手上无力地握着查尔斯的那把军刀,刀尖耷拉着。楼下发生的一切被她尽收眼底——一具穿着蓝色军服的尸体倒在血泊中,一个针线盒掉落在尸体旁边。斯嘉丽光着脚,面如死灰,手里紧握着长筒手枪。

她和斯嘉丽四目相对,沉默不语,平日里温柔似水的脸上此时竟展露出一种凛然的骄傲,笑容中还透着赞许和狂喜,这跟斯嘉丽心中汹涌澎湃的激情倒是不谋而合。

"没想到——没想到——她竟然跟我一样!她竟然能理解我的感受!"在那漫长的一瞬间里,斯嘉丽心中百感交集,"换作是她,也一定会像我这么干的!"

她抬起头看着梅兰妮,心中备感激动。眼前这个连站都站不稳的姑娘,弱不禁风,斯嘉丽对她向来都没有好感,只有厌恶和轻蔑。而此时此刻,她压住了对阿什利妻子的敌意和怨恨,一种钦佩感和惺惺相惜的友情油然而生。在那一瞬间,她似乎极为冷静客观,不带一丝偏见和杂念,她似乎在梅兰妮柔和的声音和温柔的眼神背后,看到了一种不屈不挠的意志,如钢铁利刃一般坚不可摧。她似乎感觉到在梅兰妮沉稳娴静的性格深处,蕴藏着非凡的勇气,仿佛心中有千军万马,旌旗迎风招展,军号声声嘹亮。

"斯嘉丽!斯嘉丽!"苏埃伦和卡琳虚弱而惊恐的尖叫声从紧闭的房门后传来。韦德也拼命呼喊:"姑姑!姑姑!"梅兰妮立刻竖起一根手指放到嘴边,示意斯嘉丽别出声,然后把军刀放在楼梯顶上,自己则艰难费力地沿着过道走到病房的门口,推开了门。

"别害怕,胆小鬼!"她故意开玩笑地说,"你们的大姐想擦擦查尔斯手枪上的锈,没想到枪走火了,差点儿没把她吓死!"……"好了,韦德·汉普顿,妈妈只是用你爸爸的枪开了一枪!等你长大些,她也会让你打枪的。"

"行啊,梅兰妮,撒起谎来脸不红、心不慌,可真够镇定的!"斯嘉丽暗暗佩服,"我脑子可没她这么快。可为什么要撒谎呢?这事应该让他们知道。"

她又低头看着那具尸体,此时愤怒与恐惧已然消失,取而代之的是极度的厌恶,恶心得两腿都发抖起来。梅兰妮拖着病恹恹的身子又走到了楼梯口,扶着楼梯栏杆开始一步一步往楼下走,牙齿紧咬着毫无血色的嘴唇。

"回床上去,你这个傻瓜,你不要命了?!"斯嘉丽大喊着,但衣不蔽体的梅兰妮硬是撑着病体艰难地来到了楼下的过道里。

"斯嘉丽,"她轻声说,"咱们得把他弄出去埋了。说不定他不是一个人,万一他们在这儿找到他——"说着,她扶住了斯嘉丽的胳膊好让自己站稳。

"他肯定是一个人,"斯嘉丽说,"我从楼上的窗户里没看见有别的人。他肯定是个逃兵。"

"就算他是一个人,这事也不能让别人知道。黑奴们嘴不严,万一他们把这事说出去,他们会来抓你的。斯嘉丽,趁家里人还没从沼泽地回来,咱俩得赶紧把他埋了。"

被梅兰妮心急火燎地催促着,斯嘉丽的脑子也飞快地转起来,琢磨该怎么办。

"我可以把他埋在菜园角落的凉棚下面——那里的土很松软,就是波克把威士忌酒桶挖出来的地方。可我怎么把他弄过去呢?"

"咱们俩一人拉住他一条腿,把他拖到那儿去。"梅兰妮语气坚定地说。

斯嘉丽虽不情愿,但不得不对梅兰妮的胆识更加钦佩。

"你连只猫都拖不动,还是我来吧。"她不客气地说,"你快回床上去,小心别送了自己的命。不许再帮我了,不然我亲自把你抱上楼去。"

梅兰妮惨白的脸上露出会心一笑,笑得那么温婉甜美。"你真好,斯嘉丽。"说着,便轻轻在斯嘉丽脸上轻吻了一下。斯嘉丽吃了一惊,还没等回过神来,梅兰妮又说道:"你要是能一个人把他拖出去,那我就把地上这些脏东西收拾一下,赶在大伙儿回来之前,把这里清理干净。哦,还有,斯嘉丽——"

"什么事?"

"咱们要不要翻一翻他的背包?没准儿他身上带着吃的。你觉得这么做合适吗?"

"我看没什么不合适的,"斯嘉丽说,她不禁觉得有些懊恼,自己竟没想到这一点,"你去搜他的背包,我去翻翻他的口袋。"

她强忍内心的嫌恶,弯下腰,蹲在那具尸体旁边,解开那人上衣的扣子,开始逐一翻查他的口袋。

"上帝啊,"她轻呼道,然后从那人口袋里掏出了一个用破布包着的皮夹,鼓鼓囊囊的,"梅兰妮——梅丽,我估计这里面全是钱!"

梅兰妮没说话,却突然一屁股坐了下来,把后背靠在墙上。

"你打开吧,"梅兰妮声音颤抖地说,"我有点儿累了。"

斯嘉丽撕开破布,双手颤巍巍地打开了皮夹。

"看,梅丽——你瞧!"

梅兰妮一看,眼睛都瞪大了。只见皮夹里塞满了钞票——北部联邦的绿钞[1]和南部邦联的纸币混在了一起,中间还夹着一枚十元和两枚五元的金币,闪闪发光。

"现在先别数钱,"梅兰妮看到斯嘉丽开始动手数钞票,连忙说道,"咱们没时间了——"

"梅兰妮,有了这些钱,咱们就有吃的了,你明白吗?"

"是的,是的,亲爱的,我明白,可咱们现在没时间了,你再翻翻他其他的几个口袋,我来翻他的背包。"

斯嘉丽极不情愿地放下那皮夹,眼前浮现出无限光明的前景——真正顶用的钱、北方佬的马,还有吃的!上帝真的是在保佑她,赐给她眼前的这一切,虽然赐予的方式如此特别。斯嘉丽跪坐在地,两眼盯着皮夹一个劲儿地傻笑,终于有吃的了!梅兰妮一把从她手里夺走了皮夹——

"抓紧时间!"她说。

裤子口袋里没什么东西,只有一截蜡烛头、一把大折刀、一

---

[1] 绿钞又称"林肯绿币",是林肯在美国南北战争前为筹集战争资金,又要避免向其他银行贷款带来巨额债务,而发行的一种债券,由13个殖民地的联合政权"大陆会议"批准发行,称为"大陆币"。1863年财政部被授权开始发行钞票,背面印成绿色,被称为"绿钞"。

块口嚼烟草和一根麻绳。梅兰妮从背包里翻出一小包烟咖啡,她闻了又闻,仿佛那是味道最好闻的香水似的。另外还找到了一包压缩饼干,这时,梅兰妮的脸色突然一变,原来她找出了一张小女孩的照片,照片嵌在一个镶珍珠的金边相框里。此外背包里还有一个石榴石胸针、两只上面缠着一条细金链的宽边金手镯、一个金顶针、一个孩子用的小银杯、一把绣花用的金剪刀、一枚独粒钻戒和一副梨形钻石耳环,她们俩虽不是行家,但也看得出这些钻石每颗都足有一克拉以上。

"他是个贼!"梅兰妮小声说,同时身子往后缩,想离那具尸体远点儿,"斯嘉丽,他这些东西肯定都是偷来的。"

"肯定的,"斯嘉丽说,"他到这儿来是想从咱们这儿再接着偷。"

"我真高兴你把他给打死了,"梅兰妮说,温柔的眼神也变得冷酷了,"咱们得赶快了,亲爱的,快把他弄出去。"

斯嘉丽弯下腰,抓住死人的靴子使劲儿往外拖。这家伙真沉啊,她忽然感到自己力气实在太小了。要是她拖不动该怎么办呀?于是她转过身,背对着尸体,两只胳膊各夹住一只靴子,用尽全力向前拖,终于拖动了。她继续用力往前拖,之前由于太激动,忘了自己脚疼,这会儿猛一使劲儿,脚似针扎一样疼了起来。她不得不咬紧牙关,把身体的重心移到后脚跟上。她一步一步奋力拖着,额头上汗水淋漓。尸体就这样被拖出了过道,一路留下鲜红的血迹。

"要是经过院子时血还这么洒一地的话,咱们可就没法掩藏了。"斯嘉丽气喘吁吁地说,"把你的衬衣给我,梅兰妮,我得把他的脑袋包起来。"

梅兰妮那张苍白的脸唰的一下红了。

"别傻了,我不会看你的,"斯嘉丽说,"要是我自己现在穿着衬裙或者衬裤,我就脱下来用了。"

梅兰妮靠在墙边蹲下,从头上脱下那件破烂的亚麻布衬衫,默默地扔给斯嘉丽,然后抱着胳膊,尽力挡住自己的身子。

"谢天谢地,我的脸皮可没那么薄。"斯嘉丽心想。她赶紧用那件破衬衣把那家伙被枪打烂的脸给包住,虽然看不见,但她明显能感觉到梅兰妮那尴尬难受的窘态。

她一瘸一拐,连拉带拽地往前走,总算把尸体从过道弄到了后廊门口,中间不时停下来用手背擦擦额头上的汗水,然后回头看看梅兰妮。只见梅兰妮靠墙坐着,双手抱膝遮住裸露的前胸。梅兰妮真傻,都什么时候了还害羞,斯嘉丽心里不禁有些恼火。梅兰妮向来都是那么循规蹈矩,让斯嘉丽特别看不惯。可心中又不免有些愧疚,毕竟梅兰妮刚生完孩子不久,身体这么虚弱却还硬是挣扎着下床,拖着举不动的军刀,出来帮她。这可是需要极大勇气的,就连斯嘉丽也不得不承认自己没有这份勇气。而在亚特兰大陷落的那个可怕的夜里,以及逃回塔拉的艰难漫长的旅途中,梅兰妮也表现出了这种钢铁般的意志和坚韧如丝的勇气。这种深藏若虚的勇气是威尔克斯家的人共有的品质,斯嘉丽虽不理解,但由衷佩服。

"快回床上去,"她扭过头对梅兰妮说,"再不回去你会送命的。等我把这家伙埋掉之后,再把这堆烂摊子收拾了。"

"我会找块破地毯把这儿擦干净的。"梅兰妮低声说,她看着地上的那摊血迹,脸色很难看。

"随你便吧,你要是送了命,我才不在乎呢!要是我还没弄完家里人回来了,你就拦住他们,别让他们去后院。至于那匹马,你就说不知道它是从哪儿跑来的。"

梅兰妮坐在清晨的阳光中,浑身直发抖。尸体被拖下后廊的台阶时,脑袋磕碰台阶发出"咚咚"的响声,她吓得连忙捂住耳朵,害怕听到这恶心的碰撞声。

没人问起那匹马是打哪儿来的。正好附近不久前刚打完一场仗,显然大伙儿都认为这是从战场上落跑的马,家里急缺牲口,正求之不得呢。那个北方佬被斯嘉丽埋在了葡萄架下草草挖出的浅坑里。原先支撑粗壮葡萄藤的柱子已经腐烂,当天夜里,斯嘉丽用一把菜刀一通乱砍,最后那几根柱子哗啦啦倒塌下来,连同盘根错节的藤蔓一起盖在了那块浅坑上面。斯嘉丽一直没提起重新搭盖棚架的事,就算黑奴们猜到了是怎么回事,也绝口不提。

接下来的几个漫漫长夜里,斯嘉丽疲累过度反倒睡不着觉,不过那座浅坟里的鬼魂始终也没爬出来纠缠她。每当想起这件事,她既不害怕也不后悔。自己竟会如此心安理得,倒让她觉得纳闷,不明白是为什么。她知道,这种事要放在一个月前,她绝对干不出来。如此年轻貌美的汉密尔顿太太,总是笑意盈盈的,笑起来酒窝迷人,耳环叮当,谁能想到这平日里娇滴滴的女子居然会开枪把一个男人的脸打得稀烂,然后还匆匆挖了个坑把尸首埋了!这要是让熟识她的人知道了,准会吓得目瞪口呆——一想到这里,斯嘉丽就不禁露出一抹冷酷的笑容。

"这件事我再也不去想了,"她下定了决心,"事情过去就算完了,我要是不杀他才是傻瓜呢。不过好像——好像自从我回家之后,我的身上恐怕发生了一些变化,不然我也干不出这种事来。"

她没有刻意琢磨过这件事,但是每当她碰到烦心或棘手的事情时,内心深处就会蹦出一个念头来,给她鼓劲儿:"我连人都杀过,还有什么事做不了呢?"

虽然她已经察觉到自己变了,但并没想到自己的变化比想象中更多更大。当她趴在十二橡树的黑奴菜园里时,她的心上就已经生了一层坚硬的壳,而如今这层硬壳正一天天变厚,她的心也越来越硬了。

现在斯嘉丽有了马,终于能亲自去邻居家看看情况了。自从回家以后,她上千次绝望地想:"我们不会是全县仅剩的一户人家了吧?别的人都被烧死了?还是都逃到梅肯县去了?"十二橡树的残垣断壁,还有麦金托什家和斯莱特利家的一片废墟至今仍历历在目,所以她很害怕弄清真相。但与其自己提心吊胆地瞎猜,倒不如亲自去看看,哪怕了解到的情况再糟也比一无所知强。于是她决定先骑马去方丹家,并不是因为他们是离塔拉最近的邻居,而是因为老方丹医生没准儿在家。她需要给梅兰妮找位医生瞧瞧,她恢复得太慢了,慢得不太正常,斯嘉丽一看她那惨白的脸和虚弱的模样就会一个劲儿地担心。

于是，在她脚伤痊愈能穿上鞋的第一天，她就骑上北方佬的那匹马出发了。她一只脚伸进改短了的马镫，另一条腿盘在鞍头，这样就跟坐在女士侧鞍上的姿势差不多。然后她骑马穿过田野，朝合欢庄园飞奔而去，同时也作好心理准备，估计到那儿之后也会看到一片烧焦的残垣瓦砾。

但令她惊喜的是，那幢褪色的黄色灰泥房子依然矗立在合欢树丛中，依旧是原来的老样子。方丹家的三个女人从屋里走出来迎接她，又是亲吻，又是欢呼雀跃，令她分外感动，心头涌起一股幸福的暖流，几乎让她热泪盈眶。

一阵亲热的寒暄和问候之后，大伙儿进入餐厅落座，然而这时，斯嘉丽感到心里一阵凄凉。北方佬并没有来到合欢庄园，因为这里离大路太远了。所以方丹家的牲畜和粮食都还在。但这座庄园也跟塔拉以及整个乡下一样，被一种异样的寂静笼罩着。家里的黑奴一听说北方佬要来，一个个都吓跑了，只剩下四个屋里使唤的女仆。整座庄园里一个男人也没有，只有萨莉年幼的儿子，才刚离了尿布，根本算不上男人。偌大的一幢房子里，只有三个女人——年过七旬的方丹老太太，还有老太太那位五十多岁的儿媳，都年过半百了，还一直被称呼为"少奶奶"，以及刚满二十的萨莉。她们远离邻居，无人保护，但她们就算害怕，脸上也没有表现出来，依旧一脸平静。斯嘉丽心想，多半是因为萨莉和少奶奶都害怕那位身子骨像瓷器一样脆弱，但意志如磐石一般坚定的老太太，所以即使心里不安也不敢说出来。斯嘉丽自己也怕这位老太太,因为她不但目光锐利,言辞也极为犀利。这两点斯嘉丽过去都领教过。

虽然方丹家这老少三代女人并无血缘关系,而且年龄相差很大,但是亲人间共有的精神和经历把她们紧紧联系在一起。这三个女人全都穿着自家染的丧服,都是一脸憔悴,难掩悲伤和忧虑,虽然日子艰难,但她们都没有愠怒不满,也没有怨天尤人,可是在她们的笑容和好客背后,斯嘉丽却能感受到她们内心的隐痛。黑奴们跑了,手里的钱贬得跟废纸一样,萨莉的丈夫乔在葛底斯堡战役中阵亡,少奶奶也成了寡妇,因为她的丈夫小方丹医生因患痢疾死在了维克斯堡。家里的另外两个小伙子,亚历克斯和托尼则远在弗吉尼亚,生死不明;就连老方丹医生也跟随惠勒将军的骑兵部队走了。

"老头子都七十三了,还傻乎乎地愣充好汉去参军。他有风湿病,浑身关节疼,就跟猪全身都是跳蚤一样。"老太太嘴上虽这么说,但心里为自己的丈夫感到无比骄傲,别看言辞尖刻,眼睛却神采飞扬。

"你们有没有亚特兰大最近的消息啊?"当大家都舒舒服服落座之后,斯嘉丽问道,"我们在塔拉,几乎与世隔绝。"

"哎,孩子,"老太太照例主宰了谈话的主动权,"我们这儿也跟你们一样,消息完全闭塞,只知道谢尔曼最后攻下了亚特兰大,别的什么也一无所知。"

"这么说他到底还是把亚特兰大打下来了。那他现在干什么呢?仗打到哪儿了?"

"我们三个女人孤零零地待在乡下,好几个星期都没收到一封信,没看过一张报纸,哪知道打仗的事呢?"老太太尖刻地说,"我们家有个黑奴跟别家的一个黑奴聊天,别家的那个黑奴见过另一个去过琼斯博罗的黑奴,除了他们带来的消息,我们什么也没听说过。听他们说,北方佬在亚特兰大赖着没走,部队人马正在休整。不过这消息是真是假,你我都说不准。咱们把他们打得那么狠,他们倒是真得休整休整了。"

"没想到你一直在塔拉,我们真是一点儿都不知道!"少奶奶插话道,"哎,都怪我,没骑马去看看你们!可我们这儿黑奴差不多都跑光了,我忙得实在是走不开。不过我的确该挤出时间去看你们的。身为邻居,这样太不应该了。可我们还以为塔拉被北方佬放火烧了呢,就跟十二橡树和麦金托什家一样。我们以为你们一家人全逃到梅肯去了。真是做梦也没想到你竟然回家了,斯嘉丽。"

"可不是嘛,奥哈拉先生的黑奴们打这儿经过,一个个吓得眼珠子都快瞪出来了,说北方佬要放火烧塔拉,那我们可不就信了吗?"老太太插了一句。

"而且我们还看见——"萨莉刚开口。

"我正要说到这儿呢,别打断我,"老太太不客气地说,"他们说北方佬在塔拉驻扎下来,整座庄园都成了营地,你们家的人正收拾行李要到梅肯去。后来那天晚上,我们看见塔拉火光冲天,大火烧了好几个钟头,吓得我们家的那些蠢黑奴一窝蜂全跑了。不过既然不是塔拉被烧,那他们到底把什么给烧了?"

"我们所有的棉花——价值十五万呢。"斯嘉丽痛苦地说。

"谢天谢地,幸亏烧的不是你们的房子,"老太太下巴抵着拐杖,说道,"棉花还可以再种,但房子可种不出来。对了,你们开始摘棉花了吗?"

"没有,"斯嘉丽说,"大部分棉花地都被毁了,剩下的恐怕连三包都不到,而且还都在远处的河床边上,摘了又有什么用?更何况干农活的黑奴全跑了,也没人去摘。"

"哎哟哟,你听听,'干农活的黑奴全跑了,也没人去摘'。"老太太故意拿着腔调学斯嘉丽的话,瞥了斯嘉丽一眼挖苦道,"小姐,你自己那双漂亮的小手难道折了不成?还有你那两个妹妹的小手呢?"

"我?叫我去摘棉花?"斯嘉丽失声惊叫,就好像老太太要让她去杀人放火似的,"像那些下地干活的黑奴一样?像那些穷白佬一样?像斯莱特利家的女人那样?"

"穷白佬?哎哟哟!真是的,你们这代的姑娘啊,可真够娇气的!告诉你吧,小姐,我还是姑娘的时候,父亲赔光了家里所有的钱,我就得靠自己的这双手,老老实实地干活,甚至还下地干农活,直到我爹有了足够的钱又买了几个黑奴回来。我锄过地,也摘过棉花,如果必要的话,这些活我现在还能再干。不过看来我是得再干了。穷白佬?真是的!"

"哎呀,妈妈,"她的儿媳急忙出来圆场,同时朝两个姑娘使眼色,要她们劝老太太消消气,"您那都是过去的事了,那是什么年代,如今时代已经变了。"

"什么年代都得老老实实干活,这一点永远不会变。"老太太瞪着犀利的眼睛,拒绝别人的劝慰,气愤难平,"斯嘉丽,听你刚才这话,就好像穷白佬老老实实干活就是低贱,够不上体面人似的,我真替你母亲感到羞愧。要知道'亚当耕地,夏娃纺线'——"

斯嘉丽连忙转换话题,问道:"塔尔顿家和卡尔弗特家情况怎么样?他们两家的房子被烧了吗?他们到梅肯避难去了吗?"

"北方佬没去塔尔顿家。他家跟我们家一样远离大路,不过卡尔弗特家却没躲过,北方佬把他家所有的牲口和鸡鸭都偷走了,还教唆黑奴们跟他们一起跑了——"萨莉开口说道。

话没说完,又被老太太打断了。

"哼!那帮北佬给女黑奴许诺,说会给她们绫罗绸缎和金耳环——真是信口胡说。凯思琳·卡尔弗特说,有些北佬骑兵临走时,马鞍上驮着好几个傻黑女人。瞧着吧,什么丝绸衣服、金耳环,她们到头来只会生下些不黑不白的小杂种,我敢说,就算有了北佬的血脉,也改进不了这帮黑奴的血统。"

"哎呀,妈妈!"

"别那么大惊小怪的,简,咱们都是结过婚的人了,不是吗?再说上帝做证,咱们又不是没见过黑白混血的娃娃。"

"那北方佬为什么没把卡尔弗特家的房子放火烧了呢?"

"多亏了那个二房的卡尔弗特太太和她的那个北方佬监工希尔蒂,两个人口音南腔北调的。"老太太说,她总是把卡尔弗特家原来的家庭教师称作"二房卡尔弗特太太",尽管原配的卡尔弗特太太已经去世二十多年了。

"'我们是坚决拥护北部联邦的',"老太太细长的鼻子发出浓重的鼻音，模仿他们北方人的口音，"凯思琳说，这两个人指天对地地发誓，说卡尔弗特全家人都是北方佬。可卡尔弗特先生牺牲在怀尔德尼斯战场！儿子雷福德死于葛底斯堡战役，另一个儿子凯德还在弗吉尼亚打仗呢！凯思琳为这两人感到很屈辱，说她宁可让北方佬把房子烧掉。她说凯德回家要是听说这事，肺都得气炸了不可。瞧瞧，这就是娶了个北方佬的好处——只要能保住自己的小命，不惜抛弃自尊，不要脸面，怎么都行……对了，北方佬怎么没把塔拉烧了呢，斯嘉丽？"

斯嘉丽沉默半晌才回答。她知道紧接着的问题就会是："你们家里人都好吗？你那可敬的母亲怎么样？"她知道自己实在开不了口告诉她们埃伦已经去世了。她很清楚只要把母亲去世的事情一说出口，甚至哪怕想到这事，她在这几位心地善良且富有同情心的女人面前，就会忍不住放声大哭，哭得死去活来。她不能让自己哭，自从回家之后，她还没真正彻彻底底地哭过。她知道一旦自己打开情感的闸门，好不容易筑起的勇气之坝就会瞬间决堤，一泻千里。她局促不安地看着这几张和善友好的面孔，深知如果不告诉她们埃伦去世的消息，方丹一家是绝不会原谅她的。特别是老太太，她尤其欣赏埃伦，全县里能让她挑起大拇指的人可是凤毛麟角。

"哎呀，快说啊，"老太太目光锐利地看着她，"你难道不知道吗，小姐？"

"哦,您看,我是打完仗以后才回家的,"斯嘉丽连忙回答道,"那时北方佬都已经走了。爸爸——爸爸告诉我——他劝他们别烧房子,因为苏埃伦和卡琳都得了伤寒,病得很重,动不了。"

"我这还是头一次听说北方佬干了件有人味儿的事儿,"老太太说,仿佛听到有人说侵略者的好话觉得有些失望,"那姑娘们现在怎么样了?"

"哦,她们好些了,好多了,差不多快好了,就是身子还很虚弱。"斯嘉丽回答,眼看老太太就要问起她最害怕回答的问题了,她赶紧抛出另一个话题。

"我——我不知道你们能不能借些吃的给我们?北方佬像一群蝗虫似的,把家里所有东西都吃干喝净并抢光了。不过,要是你们的粮食也不够的话,就请直说,我再——"

"叫波克赶辆马车过来,我们家的粮食分一半给你们——大米、玉米、火腿还有鸡,都拿一半走。"老太太突然敏锐地看了斯嘉丽一眼,说道。

"噢,这太多了!真的,我——"

"什么也别说!我不想听。不然要邻居干什么?"

"您真是太好了,我不能——可我得赶紧走了,家里人会担心的。"

老太太突然站起身来,拉住了斯嘉丽的胳膊。

"你们俩待在这儿,"她对儿媳和孙媳妇说,然后推着斯嘉丽往后廊走,"我有些话要私下跟这孩子说。斯嘉丽,扶我下台阶。"

少奶奶和萨莉跟斯嘉丽告别,承诺会尽快去塔拉看他们。两人很好奇老太太要跟斯嘉丽说什么，但除非老人家愿意告诉她们，不然她们是永远不会知道的。"凡是上了年纪的老太太，都不好对付。"俩人回去继续做针线活时，少奶奶对萨莉小声嘀咕道。

斯嘉丽一手牵着马笼头，心里满是愁苦。

"好了，"老太太凝视着她的脸，问道，"塔拉出了什么事？你有什么事瞒着我们？"

斯嘉丽抬起头望着老人深邃而敏锐的眼睛，知道自己现在说出真相也不会掉眼泪了。在方丹老太太面前，如果没得到她的允许，谁也不准哭。

"妈妈去世了。"斯嘉丽直言相告。

抓住斯嘉丽胳膊的那只手越捏越紧，捏得她都感觉到疼了。老太太布满皱纹的眼睑垂下，遮住了浑浊发黄的眼珠，随即又睁开了。

"是被北方佬害死的吗？"

"是得伤寒死的。就在——我回家的前一天。"

"别再想这事了，"老太太断然道，斯嘉丽看到她强咽悲痛，"你爸爸呢？"

"爸爸他——爸爸他就像变了个人。"

"什么意思？快说，他是病了吗？"

"是受了太大的打击——变得怪怪的——他完全——"

"别跟我说他完全变了，怎么个变法？你的意思是不是说他精神失常了？"

听到老太太一语中的，斯嘉丽顿时觉得如释重负。老太太真是太好了,没有表示同情和安慰,否则斯嘉丽真的会忍不住哭出来的。

"是的,"斯嘉丽黯然道,"他神志不清了,整天跟丢了魂似的,恍恍惚惚,有时甚至都不记得妈妈已经死了。唉,方丹奶奶,您不知道,看着他坐在那儿一连好几个钟头等我妈妈,我心里真的很难受。过去他可是半点儿耐性都没有,连小孩子都不如呢。可当他想起妈妈已经去世时,情况就更糟了。他时常静静地坐着,竖起耳朵听妈妈的声音,等着等着又突然跳起来,然后跌跌撞撞地跑出房子,跑到墓地去。然后拖着沉重的脚步回来,满脸泪水,一遍又一遍地说:'凯蒂·斯嘉丽,奥哈拉太太已经死了,你妈妈死了。'就好像以为我头一次听说似的,说得我都快要崩溃得尖叫起来了。有时,都深更半夜了,我还听见他在叫妈妈的名字,于是我下床去看他,告诉他妈妈在黑奴小屋里给黑人看病呢。他听了之后就立刻烦躁不安起来,说妈妈总是去护理别人,把自己累坏了。劝他回去睡觉可真难,他就跟孩子似的。唉,要是方丹医生在这儿就好了!我知道他一定会治好我爸爸的!另外,梅兰妮也需要医生。她生完孩子之后,身子怎么也恢复不好——"

"梅丽——孩子?她跟你住在一起吗?"

"是的。"

"梅丽怎么跟你在一起?怎么没跟她的姑妈投奔梅肯的亲戚去?虽然她是查尔斯的妹妹,但我一直都认为你并不喜欢她。好了,把这事跟我详细说说。"

"这可说来话长了,方丹奶奶。您要不要回屋里坐下来听?"

"我能站着听,"老太太简洁干脆地说,"要是你在那俩人面前说,她们肯定会一把鼻涕一把泪的,弄得你也心里难受。好了,快说吧。"

斯嘉丽就开始从亚特兰大被围困和梅兰妮即将临盆说起。一开始说得还有些结结巴巴,但后来看到老太太听得很专注,一双锐利的眼睛一直盯着她眨都不眨,她就渐渐讲得顺畅了,而且也能找到有分量的言语来描绘当时那种震撼而恐怖的场景。一切仿佛又浮现在她眼前:婴儿出生那天令人难耐的闷热;心惊胆战的恐怖气氛;逃亡途中的惊险,半途瑞特又弃她而去;她讲到那天夜里在漆黑瘆人的荒野中,她看到远处一大片闪亮的篝火,但不知是敌是友;清晨的缕缕阳光中,她看到残破废弃的烟囱,沿路尽是死尸和死马。她们一路上忍饥挨饿,心中孤寂凄凉,并且担心塔拉也被大火烧毁。

"我本以为只要到了家,回到妈妈身边就好了,她会把一切都料理好的,到时我就能卸下这沉重的担子。我以为回家的那段旅程是我这辈子经历过最糟糕的情况了,但是当我知道妈妈已经去世时,才明白什么是真正最糟的情况。"

她垂下眼帘,低头看地,等着老太太开口。可是老太太半晌都没有说话。她不禁怀疑老太太是不是无法理解她所处的绝望困境。最后,老太太终于开口了,声音苍老,语气十分慈祥,她从来没听过老太太跟人说话这么和蔼。

"孩子,一个女人要面对最糟糕的情况本身就不是件好事。

因为她经历过最糟糕的情况后,对任何事情都不会害怕了。女人要是什么都不怕,那可是非常糟糕的。你以为我无法理解你说的那些话,经历过的那些事,对吗?不,我再清楚不过了。我像你这年纪时,正赶上印第安人克里克部落[1]暴动——那是米姆斯堡大屠杀[2]之后紧接着发生的事,是的,没错,"老太太陷入了久远的回忆中,"那是五十多年前了,那时我跟你现在差不多大。我钻进灌木丛躲了起来,我躺在那儿,亲眼看着我家的房子被大火烧了,眼睁睁地看着我的兄弟姐妹被印第安人剥下了头皮。我只能躺在那儿,向上帝祷告,祈求别让火光照亮我藏身的地方将我暴露。他们又把我妈妈拖了出来,就在离我二十英尺的地方把她杀死,还剥了她的头皮。而且每隔一会儿就会有印第安人过来,用印第安战斧砍她的头。我——我是我妈最疼爱的心肝宝贝,可我只能躺在那里,看着这一切在我眼前发生。第二天一早,我就立刻往最近的白人居住地逃,那儿距离我家有三十英里远呢。我走了三天才到,一路上还得穿过沼泽地,经过印第安人的部落。后来人家都以为我疯了……我就是在那儿遇见方丹医生的。他对我悉心照顾……哎,说起来,那都是五十年前的事了。从那以后,我就什么事都不怕,什么人都不怕了。因为最糟的事我都经历过了。这种什么都不怕的性格给我招来了很多麻烦,也让我失

---

[1] 克里克人是北美印第安人的一支,属于操穆斯科格语的北美印第安部落,原居住在佐治亚和阿拉巴马的大片平地。

[2] 1813年,彼得·麦昆酋长率其北克里克部落展开米姆斯堡大屠杀(米姆斯堡今位于阿拉巴马州境内),男男女女约400人遇难,250人的头皮被剥下来,包含小孩在内。是克里克战争爆发的导火索。

去了很多快乐。上帝的本意就是要女人胆小、软弱,可女人要是什么也不怕,就是有悖天意、有违常理了……斯嘉丽,记住,不管什么时候都要心有所惧才好——就跟无论何时都应心有所爱一样……"

老太太的声音越来越小,最后陷入沉寂,站在那里默默回顾半个多世纪以前令自己感到害怕的那一天。斯嘉丽有些不耐烦起来,她原以为老太太会理解她,没准儿还会给她指条出路,帮她摆脱困境。可老太太跟所有上了年纪的老人一样,给她讲起了五十年前的事,那时连上一辈的人都还没出生呢,谁乐意听啊?斯嘉丽感到有些后悔,不该对老太太吐露实情。

"好了,回家吧,孩子,不然家里人会担心的,"老太太突然说道,"下午就打发波克赶马车过来吧……别想着卸下担子,因为你卸不掉的。我很清楚。"

这一年秋末的小阳春一直持续到十一月,对塔拉庄园里的人来说,这段温暖如春的时光令人一扫阴霾,转忧为喜。最难熬的日子已经过去了。现在他们有了匹马,出门可以骑马代步了。如今早餐有了煎蛋,晚餐有了煎火腿,终于可以换换口味,不用顿顿吃红薯、花生和苹果干了。有一回过节,他们甚至还享用了一顿美味的烤鸡。那头老母猪最后也被逮住了,跟它下的那群小猪崽一起被关在了地窖里。母猪带着小崽嗷嗷乱叫,用鼻子乱拱,可欢实了,有时动静闹得老大,吵得屋里人说话都听不清。可这乱拱乱叫的声音倒让人很高兴,因为这就意味着天气一转冷，宰猪的时节就到了，到那时白人有新鲜猪肉吃，黑人则有猪下水吃。这样大家就能安然过冬，不用挨饿了。

斯嘉丽的这趟方丹家之行收获不小，令她备感振奋，对她内心的鼓舞超过了她的想象。现在她知道了附近还有邻居，一些世交和老熟人都还在，刚回塔拉的头几个星期里那种令她备感压抑的失落感和孤独感一下子全都没了。方丹家和塔尔顿家的庄园都不在北方佬部队经过的路上，所以没有遭到蹂躏。他们都十分慷慨地把自己所剩不多的食物拿出来分给塔拉。邻里乡亲之间相互帮助，这是本地的传统，所以他们不肯收斯嘉丽一分钱，说如果换作是她也会这么做的。等来年塔拉有了收成，再用实物还给他们就行了。

如今斯嘉丽有了食物养活一家老小，不至于挨饿。她还有了匹马，有从北佬的逃兵身上搜出来的钱和首饰，眼下最要紧的是给家里人添置新衣服。她知道如果派波克去南边买衣服的话，风险会很大，唯一的一匹马很可能就没了，不是被北方佬就是被南部邦联的军队给抢走。但至少她手里有买衣服的钱，还有马和马车，也许波克去这一趟不会被抓住。是的，反正最难的日子已经过去了。

每天早上，斯嘉丽起床之后，都会情不自禁地感谢上帝赐给她蔚蓝的天空和温暖的阳光，因为好天气就意味着置备冬衣的时间可以往后推一推。而且好天气多一天，黑奴小屋里的棉花就会堆得多一些。如今庄园里只剩下那些空置的黑奴小屋可以当作存放东西的仓库。地里的棉花比她和波克预想的还要多，估计至少得有四包，很快那些黑奴小屋就会堆满棉花了。

虽然方丹老太太上次语气尖刻地提点过要她亲自去摘棉花，但斯嘉丽还是不打算自己去干。她，奥哈拉家的大小姐，塔拉庄园如今的女主人，竟亲自下地去干农活，这也太离谱了，那她岂不是跟蓬头垢面的斯莱特利太太和艾米一样成下等人了？她原本打算让家里的几个黑奴下地去干活，她带着正在康复的三个姑娘留在家里料理家务。可没想到黑奴的等级观念比她自己的还根深蒂固。波克、嬷嬷和普利茜一听要他们下地干农活，立刻就嚷嚷起来，再三地说他们是屋里使唤的黑奴，不是下地干活的。尤其是嬷嬷，言辞激烈，说她连院子里的活儿都没干过。她连出生的地方都是在罗比拉德家的大宅，而不是黑奴的小屋，而且从小就是在老太太的卧室里长大的，睡觉都是睡在老太太床脚边的草垫上。只有迪尔茜一声不吭，她直直地盯着自己的女儿普利茜，眼睛连眨都不眨，盯得普利茜浑身不自在。

斯嘉丽不理会他们的抗议，把他们通通赶到了棉花地里。可嬷嬷和波克干活慢慢吞吞，还一个劲儿地哭哭啼啼，于是斯嘉丽只好把嬷嬷派到厨房去煮饭，命波克去树林里设陷阱逮兔子和负鼠，去河里捕鱼。在波克看来，摘棉花有失身份，但打猎捕鱼倒还可以。

接着，斯嘉丽就把她的两个妹妹和梅兰妮派去摘棉花，但活儿干得也不怎么样。梅兰妮倒是任劳任怨，棉花摘得又利落又干净，顶着个大太阳也丝毫没有怨言，但干了不到一个钟头，就不声不响地晕倒了，又得卧床休养一个星期。苏埃伦呢，则哭丧着脸，眼泪汪汪，也假装晕了过去。斯嘉丽往她脸上泼了一葫芦凉水，她马上就醒了过来，像一只被激怒的猫吱哇乱叫。最后干脆撂挑子不干了。

"我才不要像黑奴一样下地里干活呢！你别想逼我。要是被我的哪个朋友知道了，会怎么看我？要是——要是让肯尼迪先生知道了，会怎么想？噢，要是妈妈知道这事——"

"苏埃伦·奥哈拉，你要是再提妈妈两个字，我就把你揍扁，"斯嘉丽大吼道，"妈妈在世时，干得比塔拉的哪个黑奴都辛苦，这一点你是知道的，少给我摆臭小姐的架子！"

"妈妈没有！至少她从没下过地。你甭想强迫我。我要找爸爸去告你的状，他才不会逼我去干活呢！"

"你竟敢拿咱俩争吵的事去烦爸爸！"斯嘉丽呵斥道。她心烦意乱，既气恼她的妹妹，又为爸爸担心。

"我来帮你吧，大姐，"卡琳温和地插进来一句，"苏茜的那份活儿我来替她干吧。她还没好利索，不能在太阳底下晒着。"

斯嘉丽十分感激地说："谢谢你，小甜心。"可她看着自己的小妹，心里忧心忡忡。过去的卡琳，小脸蛋白里透红，粉嫩娇美，宛如春风中飘落的樱花。可如今，她的小脸粉嫩不再，而是毫无血色的苍白。然而那甜美可人的脸上仍然透着樱花一般空灵淡雅的气韵。她大病一场从昏迷中醒来，发现妈妈已经去世，姐姐斯嘉丽变得凶悍泼辣，整个世界都变了样，每天都有干不完的活儿，从此她就一直沉默寡言，甚至有些神情恍惚。她向来性情柔弱，无法适应生活环境的变化，也无法理解发生的这些事，整天就像梦游似的，在塔拉走来走去，别人叫她干什么就干什么。她外表脆弱，内心也一样脆弱。但她很听话、温顺，而且乐于助人。斯嘉丽没吩咐她干活时，她手里必定会握着玫瑰念珠，嘴里念念有词，为妈妈和布伦特·塔尔顿祷告。斯嘉丽没有想到，布伦特的死对小妹卡琳的打击竟然那么大，令她伤心欲绝，悲痛的心再难愈合。在斯嘉丽眼里，卡琳还是个"小不点儿"，小小年纪，根本不会有什么刻骨铭心的爱情。

斯嘉丽顶着烈日，站在一排排的棉花丛里，干活累得腰都快断了，双手也被干燥的棉桃磨得十分粗糙。她真希望自己能再有个妹妹，兼具苏埃伦的精力和卡琳的温顺。卡琳摘棉花既细心又卖力。但干了一个钟头之后，她柔弱的身子骨还是吃不消。显然，身体还没好利索，干不了这种活儿的人不是苏埃伦，而是她。所以斯嘉丽只好叫卡琳也回屋歇着去了。

于是在一排排长长的棉花丛里，只剩下迪尔茜、普利茜和斯嘉丽了。普利茜干活懒懒散散，摘一会儿歇半天，还一个劲儿地叫苦不迭，一会儿说脚酸，一会儿说背疼，一会儿又肚子疼，累得浑身没劲什么的，直到她妈妈抄起一根棉花秆儿抽她，抽得她嗷嗷直叫，之后才老实了些，干得也快了，不过她时刻留意着离妈妈远些。

迪尔茜一声不吭，埋头苦干，就像台机器一样不知疲倦。斯嘉丽背着棉花包，后背被压得生疼，肩膀也被沉甸甸的棉花包勒破了皮。她心想，迪尔茜太能干了，这样的人太难得了，千金不换。

"迪尔茜,"她说,"等咱的好日子再回来后,你的功劳我不会忘记的。你真是好样的。"

黑奴们得到主人的夸奖都会咧嘴而笑,或者羞涩地忸忸怩怩,但这个古铜色皮肤、人高马大的女人不这样。她只是面无表情地转过脸来,面对斯嘉丽不卑不亢地说:"谢谢小姐。但杰拉尔德先生和埃伦小姐一直对我很好。杰拉尔德先生为了不让我伤心,买下了我的普利茜,这份恩情我永远也不会忘记的。我有一半印第安人的血统,而印第安人从不会忘记对自己有恩的人。可惜普利茜让我觉得很丢人,这丫头没出息,看来完全随了她爹,从里到外都是黑人。她爹就是个心浮气躁、没脑子的人。"

尽管斯嘉丽指望别人出力帮着摘棉花遇到不少困难,自己干又累得快散了架,但看到棉花被一点点从地里搬进小屋时,她的情绪也高涨起来。棉花似乎能让人感到安心,有安全感。塔拉过去就是靠棉花发家致富的,甚至整个南方都是如此。斯嘉丽是个土生土长的南方人,坚信塔拉和南方都将靠这片红土地再次崛起。

诚然,她收的这点儿棉花并不多,但总归也是实实在在的收成,卖了可以换点儿邦联的纸币,这样就能把那个北方佬皮夹里的金币和联邦绿钞省下来,在万不得已的时候再用。到了来年春天,她会想办法让南部邦联政府把大个子山姆和其他被强行征走的黑奴放回来。要是政府不肯放他们回来,她就用那个北方佬的钱从邻居家里雇几个干农活的黑奴来。来年春天,她要多多播种,越多越好……她挺直累得酸疼的腰板,望着秋日里变成褐色的田野,仿佛看到了来年绿油油的庄稼,棉花苗苗壮挺拔,一亩连着一亩,一望无际。

来年春天!也许到了来年春天,战争就会结束,好日子就又回来了。不管南部邦联是胜是败,日子总比现在好过些,毕竟不用时刻提心吊胆地怕两边的军队又打起来,老百姓无辜受牵连。战争结束后,庄园就能过上安生日子了。哦,但愿这仗快点儿打完吧!到时候老百姓就可以播种庄稼,然后安安心心地等待收获的日子了!

现在总算有了希望。这仗不可能永远打下去。她有了为数不多的棉花,有了吃的,有了匹马,还偷偷藏了一笔数额不多但弥足珍贵的钱。是的,最困难的日子已经过去了!

第二十七章

十一月中旬的一天中午，塔拉庄园全家人围坐在餐桌前，吃着最后一道甜点。那是嬷嬷用玉米粉和干越橘，加上高粱糖浆制作而成的。天气渐冷，今年的第一阵寒意已经袭来。波克站在斯嘉丽的椅子背后，搓着双手兴冲冲地问道："斯嘉丽小姐，差不多该到杀猪的时候了吧？"

"你是不是已经闻到猪小肠的香味了？"斯嘉丽粲然一笑，说道，"是啊，我也想吃新鲜的猪肉了呢。如果今后这几天还这么冷的话，那咱们就——"

梅兰妮吃着东西，匙勺刚到嘴边，突然开口打断了斯嘉丽的话："你听，亲爱的！好像有人来了！"

"是有人在叫。"波克不安地说。

外面秋高气爽，马蹄声清晰可辨，而且十分急促，就像人惊慌恐惧时的心跳声。一个女人惊声尖叫起来："斯嘉丽！斯嘉丽！"

餐桌旁的人们大吃一惊，面面相觑，然后突然都推开椅子，跳起身来。那叫声虽然惊恐而尖厉,但还是能听出是萨莉·方丹。一小时前,她去琼斯博罗的路上途经塔拉,还进来聊了一会儿呢。此时大伙儿一齐拥到门口,就见她骑着一匹汗沫飞溅的马像阵狂风似的朝前院的车道飞奔过来,头发迎风飘散在脑后,帽子靠帽带系着挂在身后。她像发疯了似的朝他们狂奔过来,但并没有勒住缰绳,将马停住,而是一个劲儿指着她身后来时的方向。

"北方佬来了!我看见他们了!就在大路上!北方佬——"

眼看马就要冲上前廊台阶,萨莉使劲儿拉了一下马缰,掉转马头。那马猛然转身,接连三次腾跃,便越过了道边的草坪。接着,萨莉就像在猎场似的策马越过四英尺高的树篱,只听那沉重的马蹄声穿过了后院,沿着黑奴小屋之间的小窄道奔驰而去,她是抄近路赶回合欢庄园去了。

一时间,大伙儿惊得瞠目结舌,呆立不动。紧接着,苏埃伦和卡琳抓住对方的手,吓得哭起来。小韦德也吓呆了,浑身发抖,连哭都哭不出来。自离开亚特兰大的那天晚上起,他就一直害怕北方佬来抓他,现在担心的事终于要临头了。

"北方佬?"杰拉尔德恍恍惚惚地说,"他们不是已经来过这儿了吗?"

"圣母啊!"斯嘉丽惊呼道,与梅兰妮惊恐的目光相对。那一瞬间,之前经历过的一切又一次浮现在眼前:在亚特兰大陷落前最后一晚那恐怖的景象,乡间那一处处被毁的房屋和废墟,还有各种烧杀淫掠的传闻。她仿佛又看到了那个拿着母亲的针线盒站在大厅里的北方佬士兵。她不禁悲哀地想:"我要死了。就要死在这儿了。还以为一切难关都已经熬过去了呢。这回我是死定了,再也撑不住了。"

这时,她的目光突然落到那匹已经套好鞍、拴在马桩的马身上,波克正打算骑着它去塔尔顿家办事呢。她的马!她唯一的一匹马!北方佬会把它连同母牛和牛犊一起抢走的。还有那头母猪和一窝猪崽——噢,他们费了多大劲儿才把它们都抓回来啊!方丹家给的公鸡、正坐窝的母鸡和鸭子,也都会被那帮北方佬抢走的。还有贮藏室里的苹果、红薯,以及面粉、大米和干豆也都保不住了。对了,还有北方佬士兵皮夹里的钱。北方佬会把一切都抢走的,让他们一家人活活饿死。

"不能让他们把东西抢走!"她大喊一声。所有人都一脸惊愕地看着她,怕她是不是吓得精神失常了。"我不想再挨饿了!决不能让他们把东西抢走!"

"你怎么了,斯嘉丽,你在说什么呢?"

"马!母牛!猪!不能让他们抢走!绝对不能!"

她立刻转过身,看着那四个挤在门口,吓得面如死灰的黑奴。

"沼泽地。"她突然说道。

"什么沼泽地?"

"河边的沼泽地啊,你们这几个笨蛋!把猪赶到沼泽地去。你们几个都去,快点儿。波克,你和普利茜爬进地窖去,把猪赶出来。苏埃伦,你和卡琳把吃的都装进篮子里,能拿多少就拿多少,然后躲进林子里去。嬷嬷,把银器再藏到井里去。哎呀,波克！波克，听到我说的了吗，别傻站在这儿了！把爸爸带走，别问我带到哪儿去，去哪儿都行！爸爸，跟波克走吧，好爸爸，听话。"

即使在这种狂乱不安的时候，她仍惦记着自己的父亲，怕他一看到穿蓝色军服的北方佬会再受刺激。她停了下来，焦急慌乱地绞着手。小韦德拉着梅兰妮的裙子，吓得呜呜直哭，弄得斯嘉丽更加心烦意乱。

"需要我做些什么，斯嘉丽？"在一片乱哄哄的哭喊声和匆忙的脚步声中，梅兰妮的声音却异常平静。虽然她脸色像纸一样白，浑身不住地发抖，但平静的声音让斯嘉丽冷静下来，意识到大伙儿都等着她发号施令呢。

"母牛和小牛犊，"她语速飞快地说，"在原先的牧场里，骑马把它们赶到沼泽地里去，还有——"

还没等她把话说完，梅兰妮就甩开了韦德抓着她裙子的手，奔下前廊的台阶，一边撩起宽大的裙摆，一边朝那匹马跑去。斯嘉丽只看见梅兰妮两条纤细的腿在裙边和衬裤一闪，就上了马鞍，两脚够不到马镫，就在马镫上方晃荡着。她拉紧缰绳，脚后跟一夹马肚子，刚要出发又突然把马勒住，吓得脸色都变了。

"我的孩子！"她叫道，"噢，我的孩子！北方佬会把他杀了的！快把他抱给我！"

她的手抓住马笼头，眼看就要从马背上滑下来，斯嘉丽立刻冲她大喊。

"快走！快走！把母牛带着！我会照看孩子的！快走，听见没有！你觉得我会让他们碰阿什利的孩子吗？快走！"

梅丽无奈地回头看了一眼，最后还是脚跟一夹马肚，沿着车道朝牧场奔驰而去，马蹄下砾石飞溅。

斯嘉丽心中暗想："真没想到梅丽·汉密尔顿竟然还会像男人一样跨鞍骑马！"紧接着她就跑进屋里。韦德跟在她后面，一边呜呜地哭，一边想要拉住妈妈摆动不停的裙角。斯嘉丽三步并作两步飞奔上楼，看见苏埃伦和卡琳胳膊上挎着橡木条编的篮子，正朝贮藏室跑。波克强拉硬拽着杰拉尔德的胳膊，正把他往后廊拖去。杰拉尔德嘴里像个孩子似的挣扎不休，就是不想走，嘟嘟囔囔地直抱怨。

她听到后院传来嬷嬷粗哑刺耳的声音："喂，普利茜！快爬到地窖去，把猪崽抱给我！你明明知道，俺太胖钻不进去。迪尔茜，快来，快管管你那个没脑子的丫头——"

"我本以为把猪关在地窖里是个好主意，这样就不会被别人偷走了，"斯嘉丽一边跑向自己的房间，一边心想，"哎，我怎么没想到在沼泽地里盖个猪圈呢？"

她一把拉开了五斗柜最上面的一个抽屉，在一堆衣服里翻找着，找到了北方佬的皮夹。然后匆匆忙忙地从自己的针线篮里拿出藏着的独粒钻戒和钻石耳环，把它们塞进皮夹里。可皮夹藏在哪儿好呢？床垫里？烟囱上？扔进井里？藏怀里？不行，绝对不行！皮夹会从胸衣里鼓出来，要是让北方佬发现了，一定会扒光她的衣服，搜她身的。

"要是他们那样干的话，那我就没法活了！"她心慌意乱地想。

楼下闹闹哄哄，脚步声、哭声乱作一团。在这么忙乱的时候，斯嘉丽真希望梅兰妮在自己身边。她说话总是那么镇定自若，而且斯嘉丽开枪打死北方佬那天，她多么勇敢啊。一个梅丽能顶三个人呢。梅丽——她刚才说什么来着？噢，对，她的孩子！

斯嘉丽把皮夹攥在手里，穿过过道，走进小博的房间。那孩子正躺在低矮的摇篮里睡觉呢。她一把抱起孩子，结果小家伙被弄醒了，开始挥舞着小拳头，睡眼蒙眬地流着口水。

她听到苏埃伦在大喊："走吧，卡琳，快走！咱们拿得够多的了。哎呀，快点儿，小妹！"后院传来小猪崽叽叽哇哇的尖叫声，还有母猪气呼呼的哼哼声。斯嘉丽跑到窗边，看到嬷嬷胳肢窝底下一边夹了一只胡乱挣扎的小猪，正匆匆忙忙穿过棉花地，肥胖的身子走起路来摇摇摆摆。波克走在她身后，也夹着两只小猪崽，边走边推着前面的杰拉尔德。杰拉尔德则蹒跚地走过田间的垄沟，时不时挥着手里的拐杖。

斯嘉丽身子探出窗口，大声喊道："迪尔茜，把母猪带走！叫普利茜把它赶出来。你把猪赶到地里去。"

迪尔茜抬起头，古铜色的脸上露出十分为难的表情。她的围裙里兜着一堆银餐具，用手指了指地窖。

"母猪把普利茜给咬了，她被堵在地窖里，出不来了。"

"这母猪可真行啊。"斯嘉丽心想。她赶紧跑回自己的卧室，从暗处拿出从北方佬身上搜到的手镯、胸针、小画像和银杯。可这些东西往哪儿藏呢？她一手抱着博，一手拿着皮夹和这堆小物件，这下犯了难。于是她先把宝宝放到床上。

那孩子一离开她的怀抱就哇哇大哭，她突然灵机一动，想到了一个绝妙的主意。还有比婴儿的尿布更好的藏匿之处吗？于是她立刻把宝宝翻了个身，撩起他的衣服，把皮夹塞进尿布下面，紧贴着屁股。被这么一折腾，宝宝哭得更厉害了。斯嘉丽连忙把三角形的尿布在乱踢乱蹬的腿上扎紧。

"好了，"她终于长舒了一口气，心想，"现在该去沼泽地了！"

她一只手抱着嗷嗷哭的宝宝，另一只手里攥着那些小首饰，冲进楼下的过道。突然间她停住了急匆匆的脚步，吓得双膝发软。这房子里太静了！静得吓人！难道他们都走了？就剩她一个人了？没人等等她吗？她可没让他们都跑，把她一个人丢在这儿啊！这兵荒马乱的，一个孤身女人多危险啊，况且北方佬就要来了——

这时，屋里有了微弱的动静，斯嘉丽吓得跳了起来，随即她立刻转身，看见她那被遗忘的儿子正蜷缩在楼梯栏杆旁，一双眼睛充满惊恐，瞪得老大。他想要说话，可嘴张开了，喉咙里却发不出声音。

"起来，韦德·汉普顿，"她命令道，"站起来，跟我走，妈妈现在抱不了你。"

小韦德像只受到惊吓的小动物，朝妈妈跑了过去，紧紧拉住妈妈宽大的裙边，小脸埋在裙摆里。斯嘉丽能感觉到他的一双小手在隔着裙子乱抓,想抱住她的腿。斯嘉丽迈步下楼梯,每走一步,都被韦德拽着腿。于是她厉声喝道:"放开我,韦德!放开我,自己走!"可那孩子反而拽得更紧了。

她走到一楼的楼梯口,楼下所有的东西都尽收眼底。所有亲切而心爱的家具仿佛都在对她低语:"再见了!再见!"她突然喉咙哽咽,差点儿哭出来。那间小账房的门开着,可以瞥见那张旧写字台的一角,妈妈曾在那里辛勤地工作。餐厅里椅子被推得东倒西歪,餐桌上的盘子里还有没吃完的甜点。地板上铺着碎呢小地毯,那是母亲埃伦亲手织染的。还有罗比拉德外婆的肖像画,她酥胸半露,头发高高盘起,鼻纹很深,脸上永远带着孤高自赏、睥睨一切的讥笑,以彰显自己的尊贵。这一切都是斯嘉丽从小就熟悉的,仿佛很早以前就在她心里深深扎下了根,而如今它们却要跟她分别了,全都在对她低声耳语:"再见了,斯嘉丽·奥哈拉,再见!"

北方佬会把这一切都烧毁的——统统烧毁!

这是她对这个家看的最后一眼,再次看到这个家只能是在她逃到树林或沼泽地里以后,但见到的将会是被浓烟笼罩的高高烟囱,还有在大火中坍塌的屋顶。

"我不能抛下你,"她心想,害怕得牙齿打战,"我不能抛下你。爸爸没有撇下你,他宁可让北方佬把他也一起烧掉,也绝不弃你而去。那么如今我也不会离开你,他们要烧的话,就连我一起烧好了。因为我唯一拥有的就只有你了。"

她下定决心后,内心的恐惧感也减弱了些,只觉得胸口冰冷凝结，仿佛所有的希望和恐惧都被冻住了似的。正当她站在一楼，思绪万千时，忽然听到大路上传来嗒嗒的马蹄声，马笼头叮当响，还有军刀碰撞刀鞘的铿锵声。只听一个粗哑的声音喝令道："下马！"斯嘉丽立刻弯下腰，叮嘱身边的儿子，声音虽急切，但出奇地温柔。

"放开我，韦德，宝贝儿，听话！你赶快下楼，从后院跑到沼泽地里去。嬷嬷在那儿，梅丽姑姑也在那儿，快跑，亲爱的，别害怕。"

孩子听到妈妈语气一变，惊讶地抬起了头。斯嘉丽被他的眼神吓了一跳，那孩子眼里充满惊恐，活像是落入陷阱的小白兔。

"噢，圣母啊！"她暗自祈祷着，"可千万别让他吓得抽风了。千万——千万别让他在北方佬面前抽风。不能让他们看出我们害怕。"看着孩子只是死死抓住她的裙角，于是她便清楚明白地告诉他："做个小男子汉，韦德。他们只不过是一帮该死的北方佬而已。"

说完，她走下楼梯，迎着北方佬走去。

谢尔曼指挥北军横扫佐治亚，从亚特兰大一路朝海边进军。在他身后是浓烟滚滚、片片废墟的亚特兰大城，穿着蓝军服的北方佬临走时在城里到处放火。他的前面就是绵延三百英里几乎毫无防御的邦联领土，而因为州里的民兵团人数寥寥，自卫队里也都是老头儿和半大的孩子，所以根本没什么力量能抵抗他。

然而佐治亚州土地肥沃，良田万顷，种植园星罗棋布，不少老幼妇孺和黑奴都避难于此。在这片八十英里宽的地方，北方佬烧杀抢掠，无恶不作。数百座房屋宅院被大火烧毁，数百户人家惨遭蹂躏和践踏。但在斯嘉丽眼中，这些穿蓝军服的北方佬大摇大摆冲进她家前门过道，并不是整个南方的灾难，而完全是针对她一个人，是存心跟她和她全家过不去，故意挑衅。

她站在楼梯脚下，怀里抱着婴儿，韦德紧紧依偎在她身旁，把头埋进裙摆里，看着一群北方佬气势汹汹地蜂拥而入，粗鲁地推开斯嘉丽，冲上楼去，把家具拖到前廊，用刺刀和匕首在沙发和座垫上一通乱捅，查看里面有没有藏什么值钱的东西。楼上的人把床垫和羽绒被褥撕扯得稀烂，弄得连过道里都飘满了羽毛，飞飞扬扬地飘落到斯嘉丽的头上。斯嘉丽站在那里，眼睁睁地看着那帮人恣意妄为地抢掠、偷盗和破坏，既无可奈何，又怒火中烧，满腔愤怒却无法发泄，只能强忍心中，把残存的那点儿恐惧感也给挤走了。

带头的是个中士，罗圈腿，花白头发，小个子，嘴里叼着一大块烟草，腮帮子一鼓一鼓的。他率先走到斯嘉丽面前，往地上和斯嘉丽的裙子上随意乱吐了几口唾沫，然后毫不客气地说："把你手里的东西交给我吧，太太。"

她忘了手里还拿着那些小首饰呢，本打算藏起来的。于是她冷笑着把那些小首饰扔在地上，希望自己的冷笑能像罗比拉德外婆画像上的表情一样传神。看着那帮北佬士兵们贪婪争抢的无耻丑态，她心里竟产生了一丝快意。

"麻烦你把戒指和耳环也摘下来。"

斯嘉丽把宝宝往腋下抱得更紧了些，让他脸朝下靠在自己怀里，他那小脸涨得通红，哇哇大哭。斯嘉丽摘下石榴石耳环，那是父亲送给母亲的结婚礼物，接着她又摘下了手上的大蓝宝石戒指，是查尔斯送给她的订婚戒指。

"别扔，交给我，"中士说着就把手伸了过来，"那些混蛋捞得已经够多了，你还有别的东西没有？"他目光凌厉地盯着斯嘉丽的紧身胸衣。

那一瞬间，斯嘉丽差点儿要晕过去，仿佛感觉到有双粗糙恶心的手伸向她的胸口，要解开她的衣带。

"就这些了，都在这儿，照你们的规矩，还得把人剥光衣服搜身是吗？"

"哦，那我就信你好了。"中士一副好说话的样子，然后又转过身吐了口唾沫。斯嘉丽把婴儿抱正了，哄他别哭，同时一只手按在尿布上藏皮夹的位置。感谢上帝，让梅兰妮生了个宝宝而且这宝宝还裹着尿布。

她听到楼上传来大军靴踩在地板上咚咚的声音，还有家具被拖过地板时刺耳的摩擦声，瓷器和镜子哗啦啦被砸碎的声音，同时还夹杂着北方佬们因为没有发现值钱东西而气急败坏的叫骂声。院子里有人大喊："把它们杀了！别让它们跑了！"接着鸡鸭鹅的惨叫声响成一片。还有那头母猪也没命地尖叫，突然砰的一声枪响，那尖叫声停了。斯嘉丽心痛不已，她知道那头母猪已经被打死了。该死的普利茜！她把母猪扔下不管，自己跑了。但愿那几只猪崽能保住！但愿家里人都平安地逃到沼泽地里去了！可眼下谁知道他们怎么样了呢？

斯嘉丽一声不吭地站在过道里,任由那群北方佬折腾,把整座房子都糟蹋得一片狼藉。他们一边打砸抢掠,还一边嚷嚷叫骂。韦德的小手紧紧抓着她的裙子。斯嘉丽感觉到他紧贴着自己,浑身不住地发抖。可她说不出话来,没法安慰自己的儿子。她在北方佬面前也说不出话来,不管是表达哀求、抗议还是愤怒,都说不出来。她只能感谢上帝,让她双腿能有力气站稳,让她的脖颈还够坚挺,能高高昂起头。这时,一群胡子拉碴的士兵一个个肩扛手提地带着抢来的各种东西笨重地走下楼梯。这时,她忽然看见其中一个士兵手里拿着查尔斯的军刀,于是忍不住大叫起来。

那把军刀是韦德的。他父亲和他祖父都用过这把军刀。去年小韦德过生日时,斯嘉丽将这把刀送给了他。当时的场面极其感人,梅兰妮还感动得哭了,流下了骄傲的泪水,并勾起了令人伤心的回忆。她亲吻小韦德,叮嘱他长大以后要像他的父亲和祖父一样,成为一名勇敢的军人。韦德也十分自豪,经常爬上桌子去摸一摸挂在墙上的军刀。斯嘉丽可以忍受自己的东西被可恨的敌人抢走,却绝不能容忍她儿子引以为傲的东西被夺走。韦德听到妈妈大叫,立刻从妈妈的裙边探出头来,向外张望,然后哇的一声哭了出来。这一哭倒有了勇气,也能说话了,他伸出一只小手,喊道:"那是我的!"

"你们不能把刀拿走!"斯嘉丽也伸出手,语气坚定地说。

"说什么?不能?"拿着军刀的小个子士兵厚颜无耻地冲她

咧嘴狞笑,"哼,我当然能!这是叛军的刀!"

"不——不是。这是墨西哥战争时的军刀。你不能拿走。这是留给我儿子的,是他祖父用过的!噢,上尉,"她转身对那个中士说,"请让他把刀还给我!"

中士一听自己的军阶被提升了好几级,心里乐开了花,于是走了过来。

"让我瞧瞧那把刀,鲍勃。"他说。

小个子士兵不情不愿地把刀递给他,说:"这刀柄是纯金的呢。"

中士拿着刀翻来覆去地看,见刀柄上有字,于是凑到阳光下,仔细端详。

"威廉·R.汉密尔顺上校惠存,"他嘴里念道,"您的全体部下恭赠以表对上校英勇豪壮之敬佩。一八四七年于布埃纳维斯塔。"

"呦嗬,太太,"他说,"我也参加过布埃纳维斯塔战役呢。"

"是吗?"斯嘉丽冷冷地说。

"可不是!那场仗打得可激烈呢。现在这仗哪一场都不如那次打得凶。这么说,这把刀是这孩子爷爷的?"

"是的。"

"好,那就留给他吧。"中士说。他得到了首饰和些小物件,被他包在了手帕里,对此他已经心满意足了。

"可那刀柄是纯金的呢。"小个子士兵还不死心。

"这把刀就留给这位太太吧,好让她记住咱们。"中士咧嘴一笑。

斯嘉丽接过军刀,连声"谢谢"也没说,这本来就是她的东西,只不过被这帮小偷还回来了而已,她干吗要谢?她把刀紧贴在自己身边,小个子士兵还在跟中士争执不休。

中士大怒,骂小个子士兵见鬼去,不许顶撞上级。那小个子最后大吼一声:"妈的,我非得给这些叛贼留点儿什么纪念不可,让这臭娘们儿好好记住我。"于是他气冲冲地奔向了后院,斯嘉丽这才松了一口气。他们没叫她离开,也就是说没想要烧这房子。也许——也许——

士兵们纷纷来到过道会合,有的从楼上下来,有的从门外进来。

"找到什么了吗?"中士问道。

"一头母猪、几只鸡和鸭子。"

"一些玉米、几个红薯,还有些豆子。准是那个骑马的臭娘们儿来提前给他们通风报信了。"

"哦?碰上了个保罗·列维尔[1]。"

"哎,这儿没什么东西,中士。你也捞了一笔了,趁咱们来这儿的消息还没传开,还是赶快往前走吧。"

"熏肉房下面挖过了吗?他们爱把东西藏在那儿。"

"这儿没有熏肉房。"

---

1 保罗·列维尔(1734—1818),美国籍银匠、早期实业家,也是美国独立战争时期的一名爱国者。他最著名的事迹是在列克星敦和康科德战役前夜骑马四处奔走,警告殖民地民兵英军即将来袭,因而被称为"午夜骑士"。

"那黑奴小屋搜过了吗?"

"小屋里除了些棉花,什么也没有。我放火把那儿烧了。"

斯嘉丽闻言,立刻想起了头顶烈日在棉花地里摘棉花的那段艰苦而漫长的日子,仿佛又感觉到腰酸背痛,还有肩膀上皮破肉绽的痛苦。所有的辛苦都白费了,棉花又被烧光了。

"你们这儿真没什么东西吗,太太?"

"你们的部队不久前来过这儿。"她冷冷地说。

"这话倒是不假,我们九月的时候来过这一带,"其中一个士兵一边摆弄着手里的一个小物件,一边说,"我都忘了。"

斯嘉丽看到那人手上把玩的是埃伦的金顶针。过去妈妈做针线活时,她经常看到她手上的金顶针闪闪发光。此时此刻,看着那金顶针,她不禁睹物思人,勾起无数令人伤心的往事和回忆,眼前浮现出妈妈的纤纤玉手上戴着金顶针时的画面。而如今那枚金顶针却落在一个无耻之徒长满老茧的脏手里,之后就会被带到北方,戴在某个北方佬女人的手上。那女人戴着偷来的东西,还得意扬扬。那是妈妈的金顶针啊!

斯嘉丽连忙低下头,不让敌人看到她在哭。泪水缓缓滴落到婴儿的头上。泪眼模糊中,她看见士兵们纷纷向门外走去,听到中士粗声粗气地大喊口令。他们走了,塔拉保住了,但斯嘉丽高兴不起来,因为她想起了妈妈,心中无限悲痛。她听到外面军刀的铿锵声还有马蹄的踢踏声,那群北方佬正顺着林荫道渐渐远去,每个人都满载着抢来的东西:衣服、毯子、画像、鸡鸭和母猪。斯嘉丽站在那儿,一动不动,突然觉得浑身虚弱无力。北方佬终于走了，可她却丝毫没有劫后余生的宽慰和庆幸。

接着，她闻到了一股烟味。她转过头，但紧绷的神经松弛下来之后便浑身无力，根本顾不得那些棉花。她透过餐厅敞着的窗户望去，看到浓烟从黑奴小屋那边缓缓飘出。棉花没了，税金也没了，还有一部分钱也没了，她本指望着靠这些钱撑过严冬的。而现在她什么也做不了，只能眼睁睁看着那些棉花被大火烧成灰烬。她以前见过棉花着火，知道一旦起火，来多少人都救不了，这种大火是很难扑灭的。不过谢天谢地，黑奴小屋离大宅很远，而且幸亏今天没有风，不会把火星吹到大宅的屋顶上！

突然间，她猛然转身，身子僵硬得跟指针似的，一双眼睛惊恐万分，视线穿过过道，看向通往厨房的通道——厨房在冒烟！

她把婴儿放在过道和厨房之间的地方，然后甩开了紧紧抓着她的韦德，把他推到了墙边。接着她冲进了浓烟弥漫的厨房，但立刻又被烟呛得退了出来，而且咳嗽不止，眼泪直流。她用裙角捂住鼻子，再次冲了进去。

厨房里很暗，本来窗户就不大，现在烟雾弥漫，更是什么都看不见了。但她能听见火焰燃烧的嘶嘶声，还噼啪作响。她一只手扇开眼前的浓烟，眯着眼睛在黑暗中观瞧，发现细长的火苗已经蔓延到了厨房的地板上，正往墙上爬去。有人把炉膛里燃烧着的木柴扒出来，散落一地，干燥的松木地板被明火引燃，一下子就像喷水一样蹿起火舌。

她跑回餐厅，从地上抓起一块小地毯，然后急匆匆冲回厨房，还撞倒了两把椅子。

"这大火我一个人可怎么扑灭啊——扑不灭,扑不灭啊!噢,上帝啊,要是有人来帮帮我就好了!塔拉要完了——要完了!噢,上帝啊!那个小个子混蛋说他要给我留下点儿东西作纪念,让我好记住他,原来指的就是这个!该死的,早知道当初就让他把刀拿走算了!"

她冲过过道时,从她儿子身边经过,那孩子抱着刀躺在角落里,两眼紧闭,脸上面无表情,出奇地平静。

"噢,我的天啊!他死了!他们把他吓死了!"她悲痛欲绝,但还是没有停下来,而是从他身边跑过去,奔向通常放在厨房门边的一桶饮用水。

她把地毯的一头浸在水桶里,然后深吸一口气,再次冲进烟雾弥漫的厨房,砰的一声把门关上。时间仿佛漫长得没有尽头,她呛得咳嗽不停,身子摇摇晃晃,用浸湿的地毯扑打着一道道不断蔓延的火焰。她的长裙两次着了火,都被她用手给拍灭了。她的头发从发夹中散落下来,披散在肩上,也被火烧着了,发出一股令人作呕的焦味。火焰不停地往前蹿,直朝过道两边的墙脚逼近,犹如一条条火蛇蜿蜒扭动、飞转腾跃。她已经筋疲力尽,知道单凭一己之力扑灭大火是没有希望了。

正在这时,门吱呀一声打开,外面的气流灌进来,火苗蹿得更高,大火燃得更旺了。紧接着,门砰的一声又关上了。滚滚浓烟中,斯嘉丽模模糊糊地看到梅兰妮正用脚踩灭火焰,手里还拿着个黑乎乎、沉甸甸的东西在扑打火苗。她看到梅兰妮脚步踉跄,不住地咳嗽,火光猛然一亮的瞬间,还瞥见梅兰妮那苍白的脸上坚毅的神色，眼睛被烟熏得眯成了一条缝。她看到梅兰妮上下挥舞着手里的地毯，娇小的身子也随之前后摇晃。又过了一段漫长得仿佛没有尽头的时间，她们两人合力，并肩而战，拼命扑打着火焰，斯嘉丽发现一条条火蛇正在渐渐缩短。这时，梅兰妮突然回头面向她，惊叫了一声，紧接着使出浑身力气抽打她的肩膀。斯嘉丽随即倒了下去，跌入卷席着浓烟和黑暗的旋涡之中。

当她睁开眼睛时，发现自己躺在后门廊上，头舒服地枕在梅兰妮的腿上，午后的阳光照着她的脸。她的手、脸和肩膀都烫伤了，火烧火燎地疼。黑奴小屋那边烟雾缭绕，几乎被浓烟笼罩，棉花燃烧的气味刺鼻难闻。斯嘉丽看到仍有一缕缕的烟从厨房飘出来，于是拼命挣扎着要起来。

但梅兰妮把她按住了，镇定而平静地说："好好躺着吧，亲爱的，火已经被扑灭了。"

于是她又静静地躺了一会儿，闭着眼睛，如释重负地长舒了一口气。听到身旁有婴儿咕咕咽口水的声音，还有韦德的打嗝声，这下就更安心了。这么说，她儿子没死，真是感谢上帝！她睁开眼睛，抬头凝视着梅兰妮的脸。梅兰妮的鬈发被火烤焦了，脸也被烟熏黑了，但那双眼睛闪烁着兴奋的光芒，脸上带着灿烂的笑容。

"你看上去就像个黑鬼。"斯嘉丽喃喃地说，然后慵懒地换了换姿势，让头在柔软的"枕头"上枕得更舒服些。

"那你呢，看上去就像草台戏班里的滑稽演员[1]。"梅兰妮依旧平静地回敬了一句。

"刚才你干吗打我？"

"因为啊，亲爱的，刚才你后背着火了。可我做梦都没想到竟然把你给打晕了。上帝啊，今天发生的这些事可真够你受的，差点儿要了你的小命呢……我把牲口赶进林子里藏好之后，就立刻回来了。一想到家里只剩下你和宝宝，我都快急死了。对了——那帮北方佬有没有伤你？"

"如果你指的是他们有没有强奸我，那倒没有。"斯嘉丽说着便想坐起来，但一动就浑身疼，忍不住呻吟了一声。虽然梅兰妮的腿很柔软，可门廊上地太硬，躺着很不舒服。"可他们把所有的东西都抢走了，全抢光了，咱们什么都没有了——哎呀，你怎么还笑得出来？"

"咱们还有彼此，咱们的孩子也平安无事，另外房子还在，有地方可住，"梅兰妮说话时语气很轻松，"眼下人们最希望的不就是这些吗……哦，天啊，宝宝尿了！北方佬连他的尿布也抢走了吧？他——斯嘉丽，他尿布里是什么东西？"

梅兰妮吓得连忙伸手去摸宝宝的后背，把皮夹拿了出来。一时间，她愣愣地盯着那皮夹，好像从来没见过似的，然后便突然放声大笑，笑得乐不可支，不过没有半点儿歇斯底里。

---

[1] 19世纪美国黑脸滑稽剧十分流行，在表演中，演员为白人，但往往装扮成黑人，以滑稽的方式模仿黑人苦力，在城市街头流动演出。在白人化装为黑人的滑稽歌唱表演中，滑稽演员通常站在第一排的两端，负责插科打诨。

"只有你才想得出这样的点子,"她兴奋地说,同时伸出双臂搂住了斯嘉丽的脖子,激动地亲吻她,"你真是我最最独一无二的好嫂子,总是这么出人意料!"

斯嘉丽任由梅兰妮抱着,一来是因为她太累了,无力挣扎,二来是因为梅兰妮的称赞就像甘泉滋润着她的心田,让她心里很舒服,另外在这烟雾弥漫的厨房里,她心里对她这位小姑子也产生了更深的敬意和更亲密的友情。

"平心而论,"虽不情愿,但她心里现在也不得不承认,"当你最需要她的时候,她总是会在你身边。"

第二十八章

随着一场寒霜的降临,天气骤然转冷。刺骨的寒风从门槛下呼呼往屋里灌,松动的窗框被吹得咣啷咣啷直响。本来就几乎光秃秃的树枝上最后几片树叶也落光了,唯独松树还披着一身衣裳,在灰白色的天空下,黑黢黢、寒森森地矗立着。布满道道车辙的红土地被冻得硬邦邦的,横扫佐治亚的除了凛冽的寒风,还有难挨的饥饿。

满心愁苦之中,斯嘉丽回想起了和方丹老太太的谈话。那是在两个多月前的一个下午,但如今想起来恍如隔世。她跟老太太说她已经经历过了最糟的情况,当时她说的确实是肺腑之言。可现在看来这话就像是黄毛丫头说大话。谢尔曼的人第二次闯进塔拉之前,她还有些钱和吃的,还有比她运气好的邻居向她伸出援手,另外还有些棉花,足以让她撑过严冬,熬到来年春天。可现在棉花被烧没了,吃的被抢走了,钱对她来说也没用了,因为就算有钱也没处去买吃的。邻居们的处境比她还糟。她至少还有母牛和牛犊,还有几头猪崽和一匹马。而邻居们什么也没有,只有之前藏在树林里以及埋在地里的一点儿东西。

塔尔顿家的丽山庄园被大火烧毁，只剩下地基。塔尔顿太太和四个女儿只得住在监工的小屋里；住在洛夫乔伊附近的门罗家，房子也同样被大火夷为平地。合欢庄园木质结构的厢房也被烧了，大宅的外墙幸亏涂有厚实的灰泥，耐火性强，再加上方丹家的几个女人和她们的黑奴用湿毯子和被子拼命扑救，才总算把大宅保住。卡尔弗特家靠着北方佬监工希尔顿从中说情，房子再次幸免于难，但是家里的牲口、鸡鸭和玉米全被抢走了，半点儿没剩下。

对塔拉乃至全县来说，最大的难题就是怎么弄到吃的。大多数人家里只剩下些红薯和花生，另外在树林里能打到些野味，除此之外什么吃的也没有。家家户户都把自己所剩不多的食物匀给那些比自己境遇更惨的朋友，就像当年日子好的时候一样。但没过多久，家家都没有食物可匀给别人了。

在塔拉，如果波克运气好，全家人能吃到兔子、负鼠和鲶鱼。而其他的时候就只能靠一点儿牛奶、山核桃、烤橡实和红薯勉强充饥，但总是吃不饱，天天挨饿。斯嘉丽无论朝哪儿看，见到的都是一双双乞怜的手和祈求的目光，都快把她逼疯了，因为她跟他们一样饿。

她吩咐把小牛犊宰了，因为它喝掉了太多宝贵的牛奶。于是当晚，全家美美地饱餐了一顿鲜嫩的牛肉，结果因为吃得太多，都闹了肚子。她知道猪崽也应该杀掉一头，但她尽可能一天一天地往后拖，想把它们养大些再说。现在那些猪崽还太小，要是现在就杀掉,出的肉太少,要是再养一段时间,能多出不少肉呢。她跟梅兰妮商量了好几晚,想打发波克带着联邦的绿钞骑马出去买些吃的,但又害怕马会被抢走,波克身上带的钱也被劫了。商量来商量去也没下定决心。因为谁也不知道北方佬在哪儿,也许在千里之外,也许就在河对岸。有一次,斯嘉丽实在撑不下去了,决定亲自骑马去找吃的,但全家人怕她碰上北方佬,哭着嚷着死活不让她去,于是她只好作罢。

为了找吃的,波克越走越远,甚至有好几次整夜都没回来。斯嘉丽也不问他到哪儿去了。有时他会带些野味回来,有时会带回几根玉米或者一袋干豌豆。有一次他还弄回了一只公鸡,说是在树林里发现的。全家人吃得津津有味,但心里都有些愧疚,因为他们知道鸡是波克偷来的,干豌豆和玉米也是偷。不久之后的一天夜里,全家人都睡了,波克轻轻敲开斯嘉丽的房门,窘迫不安地给她看自己被铅砂弹打烂的一条腿。斯嘉丽给他包扎伤口时,他十分难为情地解释说,他在费耶特维尔想偷偷溜进一户人家的鸡棚,结果被发现了。斯嘉丽没问是谁家的鸡棚,只是眼含泪水轻轻拍了拍波克的肩膀。黑奴们又懒又蠢,有时惹人发火,但对主人极为忠诚,这份忠心千金难买。只要他们认定了自己是白人主子家的一分子,就会不惜一切代价让主子全家有东西吃,哪怕拿自己的命去冒险。

换作以前,主人对波克这种小偷小摸的行为绝对不会容忍,很可能会把他狠狠鞭打一顿。换作以前,斯嘉丽虽不会鞭打他,但至少会严厉训斥他一番。母亲埃伦经常教导她:"你要时刻谨记，亲爱的，上帝把黑人托付给你，你不仅要对他们的健康负责，也要对他们的品行负责。你必须要知道，他们就像是孩子，必须像保护孩子一样保护他们，并且你自己也要以身作则，为他们树立个好榜样。"

可如今，斯嘉丽把母亲的教诲都抛到了脑后。她在纵容偷窃，而且心知被偷的人家可能比她的境遇更惨，但她已不再对此而感到良心不安。实际上，这件事是否道德在她心里根本不重要，甚至不在乎。她并没有惩罚或谴责波克，反而为他中了枪而感到遗憾和惋惜。

"你以后一定得多加小心啊，波克，我们可不能失去你。要是没有你，我们可怎么办呀？你真是个好人，而且忠心耿耿，等将来咱们有了钱，我一定要给你买块大金表，上面还要刻上《圣经》里的话，比如：'做得好，你这良善又忠心的仆人。'"

听到这番夸奖，波克咧嘴一笑，心里乐开了花，并且小心翼翼地揉着他那条缠好绷带的腿。

"您这么说真让人高兴，斯嘉丽小姐，那您什么时候能有钱啊？"

"我也不知道，波克。但总有一天会有钱的，总会有办法的。"斯嘉丽直直地注视着他，但眼神很迷离，满含悲苦，看得波克十分不安，"总有一天，等仗打完之后，我要拥有好多好多钱，等我有了钱，就再也不会挨饿受冻了，咱们大伙儿谁也不会挨饿受冻了。咱们人人都有漂亮衣服穿，天天都有炸鸡吃，而且——"

这时,她忽然停住不说了。在塔拉有条最严厉的规定,是她自己定的,那就是谁也不许提起他们过去吃得有多好,或者如果有机会的话,他们想吃什么。她不但亲自定下这规矩,而且自己以身作则,严格执行。

波克悄悄溜出了房间,而此时斯嘉丽仍在忧郁地凝视着远处。过去的日子已然飘远,再也不会回来。那时的生活多么丰富多彩,充满了各种纷繁复杂的问题,比如她既要施展魅力得到阿什利的心,又要设法让一群多情小伙儿围着她转,即使求而不得,饱尝相思之苦,也甘之如饴。再比如,对长辈她要小心谨慎,不让自己一些小小的越矩行为被他们发现;对心怀妒忌的姑娘,要么报以讥笑和嘲讽,要么略施安抚;另外,她还得挑选衣服的各种款式和面料,尝试各种各样的发型。噢,要考虑和拿主意的事情真是太多了!可如今她的生活简单得出奇,要考虑的只有三件事:如何弄到足够的吃的,不致饿死;如何搞到厚实衣服,不至冻死;还有如何让头上的屋顶漏雨漏得别太厉害。

这些日子以来,斯嘉丽噩梦连连,这噩梦如影随形,在之后的好几年里一直纠缠着她,而且每次都是同一个梦,连细节都从来没变过,但带给她的恐惧感越来越强烈,即使醒着的时候,也不得安宁,担心闭上眼睛又会噩梦重现。她至今还清楚地记得第一次做这噩梦当天所发生的事情。

那几天一直阴雨连绵。屋里阴冷潮湿,处处透风。壁炉里的木柴都受了潮,光冒烟不着火,一点儿热度都没有。早餐大家都只喝了些牛奶,之后就再也没吃东西,因为红薯已经被吃光了,而波克钓鱼打猎都一无所获。如果再弄不到吃的,明天他们就得杀一头猪崽了。全家人,无论黑人白人都愁容满面,饥肠辘辘,一个个都默默地注视着斯嘉丽,无声地向她要吃的。看来她不得不冒着失去马的危险,派波克出去买东西了。可偏偏在这个时候韦德又生病了,喉咙肿痛还发高烧,但眼下既找不到医生给他看病,也没有药给他吃。

斯嘉丽照顾孩子,又饿又累,于是便把他交给梅兰妮照看一下,自己回房打个盹儿。她双脚冰冷,恐惧和绝望像两块巨石压在她心头,她躺在床上辗转反侧睡不着觉,心中一遍又一遍地问自己:"我该怎么办?能找谁求助?这世上难道就没一个人能帮我吗?"她在这世上坚实稳固的依靠都哪儿去了?为什么就没个人,没个坚强又聪明的人来替她接过这担子呢?她生来就不是能挑重担的人啊。她真不知道这担子该怎么肩负下去。想着想着,她就昏昏沉沉又焦虑不安地进入了睡梦之中。

她置身于一片陌生的荒僻乡野,四周被缭绕的浓雾笼罩,伸手不见五指。脚下的地面摇摇晃晃。这里是一片有鬼怪出没的荒野,死一般的寂静令人不寒而栗。她迷失在其中,就像个在夜里迷路的孩子般惊恐无措。她又饿又冷,而且害怕得要命,担心这浓雾之中潜藏着什么危险,想叫却叫不出声来。突然,迷雾之中伸出了无数只手在拉拽她的裙子,想把她拽入摇摇晃晃的地面之下,定睛一瞧,那些全是无声又无情的恶魔之手。她突然意识到,在这片浓雾笼罩的幽暗中有个藏身之处,能给她庇护,能对她施以援助,并且给她温暖。但这个避难之处究竟在哪儿?在她被那些恶魔之手拖入流沙般的地下之前,她能找到那里吗?

突然间,她狂奔起来,哭喊着、尖叫着,像疯子似的在浓雾中乱跑,伸出双臂在空中乱抓,可抓到的只有空气和湿雾。避难所在哪儿?那地方的确存在,可是却躲着她,深藏不露。要是能找到它就好了!找到它就安全了!但恐惧使她两腿发软,饥饿令她虚弱无力。她深陷绝望之中,大叫了一声,随即从噩梦中惊醒过来,睁开眼发现梅兰妮正一脸忧虑不安地看着她,使劲儿把她摇醒。

在此之后,每当她饿着肚子睡觉时,这噩梦就会再次来袭,可饿肚子睡觉又是常事,所以噩梦就一直纠缠着她。她一个劲儿地安慰自己,说这只不过是个梦,没什么好怕的,一团迷雾而已,何必怕成这样?可她就是吓得不敢睡觉。虽说只是梦而已,没什么大不了——可是一想到一闭上眼就会坠入那浓雾弥漫的荒野,她就心惊胆战。于是她只好跟梅兰妮一起睡,这样,每当她睡着睡着呻吟不止,浑身扭动,就说明她又在做噩梦了,这时梅兰妮就会把她叫醒。

在噩梦接连不断的折磨之下,她变得脸色苍白,形容消瘦而憔悴。原先那张漂亮的小圆脸蛋不见了,现在的她颧骨高耸,那双眼梢微翘的绿眼睛显得更大了,看上去就像一只四处觅食的饿猫。

"晚上做噩梦不说,白天竟也跟噩梦一样。"她万般无奈,只好把每天自己的那份饭省下来一些,留到睡觉前吃。

圣诞节前夕，弗兰克·肯尼迪带领军需部的一小队人马来到塔拉。他们在为南军搜寻粮食和牲口，可惜毫无收获。他们一个个衣衫褴褛，跟一群流浪汉似的，骑的马也气喘吁吁，步履蹒跚，显然是因为不能用作战马而淘汰下来的。军需部的这几个人也跟他们的马一样，都是从前线退下来的伤兵，除了弗兰克，其他人不是缺胳膊就是少一只眼，还有的关节僵硬动不了。大多数人都穿着从被俘的北方佬那里抢来的蓝色军服，塔拉的人见了大惊失色，还以为谢尔曼的北佬士兵又回来了呢。

这些人留在塔拉过夜，睡在客厅的地板上。几个星期以来，他们一直露宿野外，不是躺在落满松针的林地里，就是睡在硬邦邦的土地上。现在他们可以四肢舒展地躺在柔软的丝绒地毯上，真是奢侈的享受。尽管他们胡子又长又脏，衣服也破破烂烂，但都很有教养，一个个谈吐文雅，擅于打趣恭维，令人十分愉快。他们很高兴能在这座大宅子里跟一群漂亮的女士共度圣诞平安夜，仿佛又回到了许久以前的美好时光一样。他们不愿谈论严肃的战争，而是胡诌一些无稽之谈，逗姑娘们开心，给这座被洗劫一空的房子带来久违的轻松和愉悦，也让这个家里有了些许久未曾有过的节日气氛。

"这就像过去咱们举行宴会时一样，你说是吧？"苏埃伦兴奋地对斯嘉丽说。见心上人来家里了，苏埃伦高兴得都快飘上天了，一双眼睛目不转睛地看着弗兰克·肯尼迪，目光恨不得钉在他身上似的。斯嘉丽惊讶地发现苏埃伦竟几乎称得上是漂亮了，尽管她大病初愈，依然瘦得可怜，但此时的她脸蛋绯红，明眸善睐，眼中满含柔情。

"看来这丫头的确爱他，"斯嘉丽十分不屑地心想，"我想，她要是真嫁了人，有了丈夫，也许会有点儿人味儿的，哪怕嫁给那个婆婆妈妈的老头子弗兰克也行。"

卡琳也比平时快活了许多，眼里那恍恍惚惚梦游似的神情也没了。她发现军需队的这群人中有一个人认识布伦特·塔尔顿，而且在布伦特阵亡当天，这个人还跟他在一起呢。于是她决定晚饭后跟这个人私下里好好谈谈。

吃晚饭的时候，梅兰妮也令大伙儿吃了一惊，她努力克服自己内心的羞怯，变得十分活泼，生气勃勃。她跟一个独眼士兵有说有笑，就差调情了。那名士兵也倍加殷勤，竭力迎合以作回报。斯嘉丽知道，梅兰妮这么做，无论身体还是心理上都付出了巨大的努力。因为只要有男人在场，她都会羞涩不安，很不舒服。而且她的身体还远远没有恢复好。可她硬说自己身体已经好了，干的活比迪尔茜还多，可斯嘉丽很清楚，她的病还没好。每回一提起稍微重点儿的东西，她就脸色发白。干了阵力气活之后，就突然坐下，好像两条腿再也支撑不住了似的。但是今晚，她跟苏埃伦和卡琳一样，尽自己所能让这些士兵过一个开心的平安夜。唯独斯嘉丽没有因为客人的到来而感到欢欣雀跃。

嬷嬷把晚饭端上来，一一摆在士兵们面前，有干豌豆、炖苹果干和花生。士兵们把部队分给他们的配给食物——烤玉米和腌肉——拿了出来，跟大家一起分享，还说这是他们几个月以来吃过的最丰盛美味的饭菜。斯嘉丽看着他们吃，心里很不自在。

她不仅舍不得他们吃下肚的每一口饭菜，而且忐忑不安，生怕波克头天刚杀的小猪崽被他们发现。那只被宰杀完的猪崽现在就挂在贮藏室里。她事先严厉地警告过全家人，谁也不许跟这些人提起这只被宰的小猪崽，或者同窝还有几头猪崽正被圈养在沼泽地的猪圈里。如果有谁胆敢把这事泄露出去，她就把那人的眼珠子给活活抠出来。这些饿鬼们一顿就能把那只猪崽吃光，要是他们知道猪圈里还有活猪崽的话，他们肯定就会把所有的猪崽都征走，充作军粮。她还担心家里的那头母牛和那匹马，后悔把它们拴在了牧场的树林里，应该把它们藏到沼泽地里才对。如果军需部把这些牲口都征走了，塔拉全家老小这个冬天肯定熬不过去了。牲口一没，塔拉庄园就什么也没有了，一点儿补救的办法也没有。至于部队吃什么，她才不在乎呢，就让部队自己养活部队吧，要是他们能办到的话。对她来说，养活这一家子人就已经够难的了。

军需部的士兵们从背包里拿出了些硬得跟通条似的"硬面包卷"，作为餐后甜点。这是斯嘉丽第一次看到这种邦联军队的食品。她经常听到人们拿这种食物开玩笑，就像大伙儿总讲关于虱子的笑话一样。这是一种烤焦的面包卷，看上去就跟烧焦的螺旋形木条一样。士兵们劝她尝尝，她咬了一口，发现它外面一层像黑炭似的，其实里面是没有咸味的玉米面包。士兵们把分给他们的玉米面加上水和成面团，能弄到盐的话，就往里面撒点儿盐,然后把面团裹在枪支的推弹杆[1]上,再放到营火上烤熟。这东西硬得像冰糖,吃起来像嚼锯末,一点儿味道没有。斯嘉丽刚咬了一口,就赶紧把那东西还给士兵了,逗得众人大笑。她和梅兰妮对视了一眼,两人的表情如出一辙,显然心里都有同样的想法:"就让士兵吃这个,叫他们怎么打仗?"

晚饭吃得欢欢喜喜,热热闹闹,就连坐在餐桌主位、恍恍惚惚的杰拉尔德也稍稍清醒了些,似乎依稀想起了一点儿主人应有的待客之道,露出了令人难以捉摸的笑容。男人们高谈阔论,女人们喜笑颜开,听得入迷——但当斯嘉丽突然转身面向弗兰克·肯尼迪,想要跟他打听皮蒂帕特姑妈的消息时,看到他脸上异样的表情,竟一下子忘了自己想要说的话。

他的目光离开了苏埃伦,四下打量着这座房子,看了看杰拉尔德像孩子一般困惑发愣的眼神,又看了看没铺地毯的地板、缺了各种摆件的壁炉台、弹簧塌陷的沙发和被北方佬用刺刀捅烂的沙发垫和椅垫、餐边柜上碎裂的镜子,北方佬洗劫这里之前墙上原先挂画的地方,如今只留下一块块没褪色的方形痕迹。他又看了看桌上少得可怜的餐具,还有姑娘们身上的衣裙,虽然补丁打得很细致,但衣服已经旧得不能再旧了,最后,他看到了韦德身上用面粉口袋做的苏格兰男士短褶裙。

弗兰克想起了战前的塔拉,脸上露出痛苦的表情,这痛苦中包含着深恶痛绝却又无可奈何的愤怒。他爱苏埃伦,喜欢她的姐

---

1 推弹杆是旧时用来将火药推进枪支弹膛的工具。

妹，尊敬她的父亲杰拉尔德，对塔拉是发自内心的喜爱。自从谢尔曼率军横扫佐治亚以来，弗兰克骑着马在本州四处征募粮草，一路上看到无数人家被北方佬洗劫之后的凄惨景象，早已司空见惯，但眼前的塔拉比任何惨境都更令他痛心不已。他想要为奥哈拉家做些什么，特别是为苏埃伦，可是他虽有这份心，却无能为力。想到这里，他不自觉遗憾地摇了摇头，一脸的络腮胡子也随之抖动，一边摇头一边发出无奈的啧啧声，恰好这时与斯嘉丽的目光不期而遇。他看到斯嘉丽眼里燃起怒火，显然是因为自尊心受到伤害而愤怒不已，于是他连忙低下头盯着自己的盘子，一脸窘迫。

姑娘们急切地想知道外面的消息。自从亚特兰大陷落之后，邮路便中断了，到现在已经整整四个月。她们什么消息也收不到，北方佬现在在哪儿，南军战况如何，亚特兰大以及她们的那些老朋友现在境况怎样，这些她们都一概不知。弗兰克因工作的关系，经常在这一地区四处奔走，所以消息很灵通，跟报纸一样，甚至比报纸知道得还多。因为从梅肯以北一直到亚特兰大，他几乎跟所有人都认识或者沾亲带故，因此他肚子里装满了各种私人趣闻，这些东西报纸上是不会刊登的。于是为了掩饰自己的窘态被斯嘉丽看到的尴尬，他赶紧讲了一大堆新闻。他告诉姑娘们，谢尔曼的部队离开亚特兰大后，南军收复了亚特兰大，虽然是把失去的城市又抢回来了，但并没有多大意义，因为北方佬已经把整座城市烧成了一片残垣焦土。

"可是我以为亚特兰大是在我逃出城的那天夜里着的火，"

斯嘉丽不解地说，"我以为是咱们的人放的火。"

"噢，不是的，斯嘉丽小姐！"弗兰克吃了一惊，连忙解释道，"只要城里还有咱们的百姓，邦联的部队是绝不会放火烧城的，我们从来没烧过自己的城市，一座都没烧过！您看到的着火的地方是军用物资仓库，我们不想让咱们的物资补给落在北方佬手里而已。再有就是铸铁厂和弹药库，就烧了这么几处。谢尔曼率军攻进城时，民房和店铺都好好的。他还让他的人马驻扎在里面呢。"

"那城里的百姓怎么样了？他——有没有把他们都杀了？"

"有一些被杀了——但不是开枪打死的，"一个独眼的士兵阴沉着脸说，"他一进城就命令市长叫全城的人都离开，凡是活着的人都得走。许多老人走不了远路，有些病人是不能移动的。可他却把这些人都赶出了城，而且那天狂风暴雨，你绝对想象不到那铺天盖地的暴雨有多猛烈。成千上万的人被赶到了拉夫雷迪附近的树林里。他还派人带话给胡德将军，要他来把这些老百姓领走。许多人因此而得肺炎死了，还有些人受不了这般虐待，被活活折磨死了。"

"噢，他怎么这么狠心呢？那些老百姓又不会害他。"梅兰妮说。

"他说他要把城腾出来，让他的人马在城里休整，"弗兰克说，"他让他的人马驻扎在城里，一直休整到十一月中旬才走，临走时还放了一把大火，把亚特兰大付之一炬。"

"天啊，不会全烧光了吧？！"姑娘们大惊失色地叫起来。

实在难以置信，她们熟悉的那座城市，曾经多么喧嚣热闹，那么多百姓还有士兵，竟全都没了。树荫下那一座座可爱的民宅、那些宽敞的店铺和豪华的旅馆——难道全都没了吗？梅兰妮似乎马上就要失声痛哭，因为她就出生在那座城市，那里是她的家。斯嘉丽的心也沉到了谷底，因为除了塔拉，那里是她最心爱的地方。

"哎呀，也不是全都烧了。"弗兰克看着她们忧伤的表情心有不忍，于是连忙说道。他最看不得太太小姐们难过，所以想极力装得高兴些。看到太太小姐们难过，他自己也跟着心烦意乱，不知该如何是好。他不忍心把最坏的消息告诉她们，还是让她们从别人那里听到那些事吧。

他也不忍心告诉她们南军开回亚特兰大的时候看到的是何等凄惨的景象：一根根黑乎乎的烟囱矗立在一片片废墟之上；一堆堆残砖断瓦和烧了半截的残破家什堵满街头；参天古树被火烧得奄奄一息，焦枯的枝叶在寒风中七零八落。他还记得，当时那满目疮痍的景象令他毛骨悚然，战友们看到整个城市都成了废墟，无不咬牙切齿愤怒地咒骂。他真希望太太小姐们永远别知道连教堂公墓也惨遭洗劫，因为她们要是知道了，恐怕往后余生都会悲伤痛苦，并且永远也摆脱不了噩梦的纠缠。查理·汉密尔顿和梅兰妮的父母都葬在那里。墓地的凄惨景象到现在都让弗兰克心有余悸，吓得他经常做噩梦。北方佬士兵们挖坟掘墓，为的是抢劫死者身上陪葬的金银珠宝。他们洗劫死人，撬走棺材上的金银铭牌、银饰件和银把手。他们把棺材劈裂，把尸骨遗骸胡乱扔在碎裂的棺木之间，暴露在青天之下，真是惨不忍睹。

弗兰克也不忍心告诉她们城里那些猫狗的命运。太太小姐们一向疼爱宠物。但当这些宠物的主人被粗暴地赶出城之后，它们就成了无家可归的小可怜，成千上万的小猫小狗无人照料，快要饿死了。那惨景几乎跟教堂公墓没什么两样，同样令弗兰克惊愕万分，因为他自己也喜欢猫狗。那些小动物个个惊恐不安，冻得直打哆嗦，饿得眼露凶光，于是渐渐变得像林子里的野兽一样野性十足。强的攻击弱的，而弱的则等更弱的死去，好把它们吃掉。在成为一片废墟的城市上空，许多只秃鹫在来回盘旋。它们身形矫健，姿态优雅，但让冬日的天空笼罩上了一层不祥的阴影。

弗兰克绞尽脑汁，在脑海中搜索让女士听了能稍觉宽慰的消息。

"有些房子还在，"他说，"那些周围比较开阔，与别的房子相距较远的，都没有着火。另外教堂和共济会堂都幸存下来了。还有几家店铺也安然无恙。但是商业区、铁路沿线和五角场——哎，女士们，那一带全被夷为平地了。"

"那，"斯嘉丽凄楚地说，"查理留给我的仓库，就在铁路边上，也没了？"

"要是靠近铁路的话，恐怕就完了，不过——"他突然笑了，他怎么早没想到呢？"打起精神来，女士们！你们皮蒂姑妈的房子还在，虽然有些许损坏，但是还在。"

"噢，它怎么逃过大火的？"

"哦，那房子是砖砌的，而且屋顶是石板瓦的，这在亚特兰大可是独一无二的呢，即使溅上了火星也不会燃起火来，我想应该是这个缘故。另外，那是城北最尽头的一幢房子，那边火势不算太猛。不过北方佬曾驻扎在那儿，在屋里随意破坏是肯定的。他们甚至把踢脚板和红木的楼梯扶手拆下来当柴烧，哎！但不管怎样，好在房子大体上还算完好。我上星期在梅肯见到皮蒂小姐时——"

"你见到她了？她还好吗？"

"很好，很好。我跟她说她的房子还在，她立刻下定决心要马上回家，不过——这还要看那个老黑奴彼得同不同意。许多亚特兰大人都回去了，因为他们待在梅肯也是提心吊胆的。谢尔曼虽没有攻占梅肯，但人人都担心威尔逊的突击队很快就会攻进来。他可比谢尔曼还可怕。"

"可房子都没了，他们还回来干吗，这不是犯傻吗？他们住哪儿啊？"

"斯嘉丽小姐，他们住在帐篷、棚屋或者木屋里。少数幸存下来的几座房子里，通常都是六七户人家挤在一起。他们在想尽办法重建家园。斯嘉丽小姐，不要说他们是犯傻，您跟我一样了解亚特兰大人，他们的心跟这座城市紧紧连在一起，就像查尔斯顿人永远心系着查尔斯顿一样。北方佬也好，放火也罢，都休想把他们赶走。亚特兰大人——请恕我直言，梅丽小姐——他们就像骡子一样倔，认准了亚特兰大，哪也不去。我也不知道这是为什么，因为我一直认为那座城市总是横冲直撞，而且鲁莽冒失。

不过我生来就是个乡下人,哪座城市也不喜欢。我跟你们说,最先回城的人才是最精明的呢,而最后回去的人会发现他们的房子里连一根木头、一块石头或者一块砖头都不剩,因为人人都在全城各处搜罗材料重新盖自己的房子。前天我还看见梅里韦瑟太太和梅贝尔小姐了,她们俩跟她家的老黑奴女仆推着个独轮车在街上捡砖头。米德太太跟我说,她打算盖座木屋,就等米德医生回来帮她了。她说她当年刚来亚特兰大时,就住在木屋里,那时亚特兰大还叫马萨斯维尔呢。如今再住回木屋也无所谓。当然,她只是在开玩笑,但从中你也能看出亚特兰大人心里是怎么想的。"

"我觉得他们真有骨气,"梅兰妮倍感自豪地说,"你说呢,斯嘉丽?"

斯嘉丽点点头,心里对这个第二故乡更加充满喜悦和骄傲。正如弗兰克所说,这是个横冲直撞而且鲁莽冒失的城市,但这正是她喜欢这座城市的原因。它不像那些古老的城市墨守成规、固执死板,相反它朝气蓬勃、冲动率直,正跟她脾气相投。"我就像亚特兰大一样,"她心想,"北方佬也好,放火也罢,都休想把我压垮。"

"如果皮蒂姑妈要回亚特兰大,那咱们最好也回去,跟她住在一起吧,斯嘉丽,"梅兰妮打断了她的思绪,"她一个人住会吓死的。"

"哎呀,我怎么能撇下这儿不管呢,梅丽,"斯嘉丽不客气地说,"你要是急着要去,那你就去吧,我不会拦你的。"

"噢,我不是这个意思,亲爱的,"梅丽急得涨红了脸,连忙说,"我真是没脑子!你当然不能离开塔拉,再说——再说我想彼得大叔和厨娘可以把姑妈照顾好的。"

"想走的话这儿没人拦你。"斯嘉丽直白地说。

"你知道我不会离开你的,"梅兰妮回答说,"而且我——我,没有你的话,我会吓死的。"

"随你便吧,反正我是决不会回亚特兰大的。没准儿刚盖好几座房子,谢尔曼的人就又杀回来,再放火把房子都烧了呢。"

"他不会再回来了。"弗兰克说,尽管他强作镇定,但头还是耷拉下来,"他已经横扫整个佐治亚一直攻到了沿海。这个星期萨凡纳被他们给占领了,他们说,北方佬要继续北上攻入南卡罗来纳。"

"萨凡纳被占领了!"

"是的,哎,姑娘们,萨凡纳没法不失守。但凡拖着两条腿能走路的男人全都被动员上了前线去守城,但就这样兵力还是不够。你们知道吗,当北方佬的军队浩浩荡荡开向米利奇维尔时,咱们南军把南方所有军校的学员都召进了部队,不管年龄有多小,都得上前线打仗。他们甚至还打开了州监狱的大门,招募犯人入伍,补充兵力。是的,没错,凡是愿意上战场的罪犯都被放了出来,还承诺只要打完仗,那些犯人还活着的话,他们的罪就可以得到赦免。一想到那些幼小的军校学员跟盗贼和杀人犯编进同一支队伍里,我就浑身发冷,汗毛直竖。"

"竟然把罪犯放出来,让他们又来害咱们!"

"哦,斯嘉丽小姐,您不必紧张,他们离这儿远着呢,再说,他们正在慢慢变成好士兵,我觉着偷东西的人,也不见得当不了好士兵,对吧?"

"我觉得这办法挺好的。"梅兰妮轻声说。

"哦?我看不见得,"斯嘉丽冷冷地说,"当下四处偷盗的贼已经够多的了,再加上北方佬和——"她猛然发现自己说漏了嘴,赶紧打住不说了,但军需部的士兵们都笑了起来。

"再加上北方佬和我们这些军需部的人。"他们替斯嘉丽把话说完,羞得她涨红了脸。

"可胡德将军的部队去哪儿了?"梅兰妮连忙插了一句,"他本该守住萨凡纳的啊。"

"哎呀,梅兰妮小姐,"弗兰克先是一惊,然后带着责备的口吻说,"胡德将军根本没在那一带。他一直在田纳西率军作战,想把北方佬从佐治亚给引出来。"

"那他可真是神机妙算啊!"斯嘉丽讽刺地说,"让那些该死的北方佬在佐治亚横行霸道、无恶不作,而老百姓却只是由一群军校小学员、罪犯和自卫队来保护。"

"丫头,"杰拉尔德坐直了身子,说道,"不许说粗话,你妈妈听到了会伤心的。"

"北方佬就是该死!"斯嘉丽激动地大喊道,"对那帮混蛋我永远都是粗口,没好话。"

一提到埃伦,大家都觉得不自在,一时间都不说话了。梅兰妮又连忙插话打破冷场。

"你在梅肯的时候,见没见过茵迪娅和哈妮·威尔克斯?她们——她们有没有阿什利的消息?"

"哦,梅丽小姐,您知道如果我有阿什利的消息,我肯定立刻就从梅肯骑马赶来给您报信了。"弗兰克有些委屈和责怪地说,"没有,她们什么消息也没听说——不过,梅丽小姐,您不必为阿什利担心了。我知道您已经很长时间没有他的消息了,可他被关在北方佬的战俘营里,您能指望收到什么消息呢?总不会盼着他写信来吧?再说,北方佬的战俘营比咱们的战俘营条件要好些。毕竟北方佬那边食物充足,药和毯子也有的是。他们不像咱们——连自己的肚子都填不饱,哪儿还顾得上那些战俘呢。"

"哎,北方佬是食物充足,"梅兰妮激动而悲愤地说,"可他们有吃的也不会给战俘啊。这您肯定知道,对吧,肯尼迪先生。您刚才那番话只是为了让我心里好受些罢了。您知道咱们的人在那儿挨饿受冻,就算快要冻死、饿死也不会有医生来瞧,不会给他们药吃,就因为北方佬恨咱们!对咱们恨之入骨!噢,我真恨不得把世上所有的北方佬统统杀光!哎,我知道阿什利他——"

"别说了!"斯嘉丽大叫道,心都快提到了嗓子眼。只要谁也没说阿什利已经死了,她心里就还有一线希望,相信他还活着。但要是有人说出这句话,她就会觉得当那句话说出口的一瞬间,阿什利就死了。

"好了,威尔克斯太太,别为您丈夫担心了,"那个独眼的士兵安慰她说，"第一次马纳萨斯战役时，我也被俘过，后来双方交换战俘时被换回来了。我在战俘营的时候，吃得不错呢，顿顿有鱼有肉，还有炸鸡、热松饼——"

"我看你是个骗子，"梅兰妮淡淡一笑，这是斯嘉丽第一次见梅兰妮跟男人说笑打趣，"你说对吗？"

"我觉得也是。"独眼士兵拍着大腿直笑。

"诸位如果愿意到客厅里来的话，我给大家唱几首圣诞颂歌吧。"梅兰妮很高兴能换个话题，"钢琴是北方佬唯一没法搬走的东西，可是跑调跑得厉害，是不是苏埃伦？"

"的确跑得厉害。"苏埃伦一边说着，一边对弗兰克嫣然一笑，示意跟她到客厅去。

可是当众人起身纷纷离开餐厅时，弗兰克却故意落在后面，轻轻拉了一下斯嘉丽的衣袖，说："我能单独跟您谈几句吗？"

斯嘉丽心里立刻打起鼓来，担心他要问起她家牲口的事，于是赶紧琢磨怎么编一套不露痕迹的谎话。

别人都已经走了，只剩下他们两个人。站在壁炉前，弗兰克刚才在别人面前强装的笑颜顿然消失。此时斯嘉丽才恍然发现他看上去真是个老头儿了。他的脸瘦削干瘪，面色棕黄，就像塔拉草坪上迎风滚落的落叶。他那姜黄色的胡子稀疏又杂乱，已经缕缕灰白。他看起来心事重重，开口前不自觉地捋捋胡子，又清清嗓子，让斯嘉丽觉得特别心烦。

"斯嘉丽小姐，我对您母亲的去世深表哀悼。"

"请别谈这件事。"

"还有您的父亲——他变成这样,是不是从——"

"是的——他——他已经神志不清了,正如您看到的那样。"

"您母亲对他来说实在太重要了。"

"噢,肯尼迪先生,咱们还是别谈——"

"很抱歉,斯嘉丽小姐,"他不安地用脚蹭着地,说道,"其实,我原本是想跟你爸爸商量件事,可现在看来,是商量不了了。"

"也许我能帮您,肯尼迪先生。您瞧——如今我是塔拉的一家之主了。"

"哦,我——"弗兰克欲言又止,然后又不安地捋了捋胡子,"其实——呃,斯嘉丽小姐,我是想请求他同意我跟苏埃伦小姐的婚事。"

"您的意思是说,"斯嘉丽既惊讶又觉得好笑,"您至今还没有跟我爸谈过您想娶苏埃伦的事?可您追求她已经好几年了啊!"

弗兰克脸唰的一下红了,尴尬地咧嘴一笑,简直就像个害羞腼腆的小男孩。

"呃,我——我不知道她愿不愿意嫁给我。我比她年纪大了这么多,而且——有那么多年轻英俊的小伙子围着塔拉转——"

"哼!"斯嘉丽心想,"他们那是围着我转,才不是围着她呢!"

"到现在我也拿不准她愿不愿意嫁给我。我从来没问过她,但她应该明白我对她的感情。我——我原本是想先征得奥哈拉先生的同意,把我心里想的都告诉他。斯嘉丽小姐,如今我身无分文，可过去我有不少钱呢，不怕您笑话，眼下我全部的财产就是我骑的那匹老马和我身上这套破衣服。参军时，我把我自己的大半土地都卖了，然后把我所有的钱都换成了邦联债券，可您也知道，如今邦联债券跟白纸一样，甚至比印它们的纸张还不值钱。更惨的是，我现在连这些债券都没了，因为北方佬放火烧了我妹妹的房子，把我的那些债券也给烧成灰了。我知道我现在这样一穷二白，还有脸来向跟苏埃伦小姐求婚，真是太不自量力了。可是——可是我就是这样做了。我总是寻思着这仗打来打去，也不知道最后是个什么结果。在我看来，会像世界末日一样。未来会怎样谁也说不准，所以——所以我觉得，要是我能跟她订婚的话，对我是个莫大的安慰，双方都有了着落，心里也就踏实了。我想可能对她来说也是如此。斯嘉丽小姐，我一定会等到有能力养活她之后，再跟她结婚的。不过我也不知道那要等到什么时候。但是倘若您相信真爱的话，那么就请放心，我虽不敢保证让苏埃伦小姐在别的方面能够富有，但在感情上我绝对不会亏了她。"

他的最后一句话说得极为朴实而坦诚，连暗暗觉得好笑的斯嘉丽都被感动了。她真是不解，这世上居然还有人会爱上苏埃伦。在她眼里，她的妹妹就是个自私透顶的怪物，成天牢骚满腹，对什么事都不满，完全就是个别别扭扭的人。

"哦，肯尼迪先生，"她十分和善地说，"别担心，我可以全权代表我的父亲。他向来都很器重您，而且也一直希望苏埃伦能跟您结婚。"

"那现在他也这么想吗?"弗兰克一脸兴奋,欣喜若狂。

"当然了。"斯嘉丽忍住笑意回答说,因为她想起晚饭的时候父亲杰拉尔德经常在餐桌上冲对面的苏埃伦大声嚷嚷:"喂,小姐!那个痴心追你的小子还没提那事啊?要不要我去问问他到底怎么个意思啊?"

"那我今晚就向她求婚。"弗兰克激动得嘴唇发颤,抓着斯嘉丽的手直摇晃,"您真是太好了,斯嘉丽小姐。"

"我去把她叫来。"斯嘉丽微微一笑,朝客厅走去。梅兰妮已经开始弹奏了,可惜钢琴跑调跑得厉害,不过有些和弦还挺悦耳动听的。梅兰妮正高声领着众人合唱《听,报信的天使在歌唱!》。

斯嘉丽停下脚步,陶醉在古老而美妙动听的圣诞颂歌之中,简直无法相信战争已经让他们遭受了两次劫难,无法相信他们住在这惨遭蹂躏的乡间,已经被逼到了快要饿死的绝境。她突然转过身,面向弗兰克。

"您刚才说,在您看来,会像世界末日一样,是什么意思?"

"我实话跟您说吧,"他慢吞吞地说,"不过我跟您说的话,您可别对另外几位姑娘说,免得吓坏她们。其实这仗打不了多久了,邦联部队没有新的兵力补充,逃兵越来越多,军方虽然也承认有逃兵,但实际情况比他们承认的要严重得多。原因很简单,士兵们知道家里人都快饿死了,自己又离家那么远,心里当然受不了了,哪儿还有心思在外打仗,所以大伙儿就都逃回家,设法养家糊口了。虽然不能指责他们,但逃兵越来越多,部队的战斗

741

力就会被大大削弱。而且没有吃的，饿着肚子也没法打仗。这些情况我很清楚，因为您也知道，我的差事就是负责征集军粮。自从邦联部队收复了亚特兰大之后，我就在这一带到处搜集粮食，几乎整个地区都跑遍了，可找到的那点儿粮食连喂鸟都不够。由此往南三百英里直到萨凡纳，情况都是如此。人们在挨饿，铁路被拆毁，没有新的枪支，弹药也快用光了，连做鞋的皮革也没有……所以，您瞧，战争要结束了，末日也快要来了。"

邦联大势已去，不过斯嘉丽对此并没有太在乎，但是当听到弗兰克说粮食稀缺时，她立刻紧张起来。她本打算派波克带上金币和联邦绿钞，赶着马车到乡间各处去买粮食以及做衣服的布料，可如果弗兰克所言属实的话——

不过梅肯还没有沦陷，那儿肯定还有粮食。只要军需部的这帮人老老实实走人，她就打发波克去趟梅肯，哪怕她的宝贝马儿有可能被部队抓去，她也要铤而走险。

"好了，咱们今晚还是别谈这些不愉快的事了，肯尼迪先生，"斯嘉丽说，"您先去我妈妈的小账房坐一会儿，我叫苏埃伦去那儿找您，好让你们俩——呃，让你们俩单独谈谈。"

弗兰克红着脸、笑呵呵地悄悄走出了餐厅，斯嘉丽目送他离开。

"真可惜，他不能现在就把苏埃伦娶走，"她心想，"那样塔拉就能少张嘴吃饭了。"

第二十九章

转年的四月,重新掌管了帅印的约翰斯顿将军率领邦联的一众旧部残兵,在北卡罗来纳州向北军投降,至此战争宣告结束。但这个消息传到塔拉时已是两周之后。因为在塔拉,人人都忙得不可开交,根本没工夫四处闲逛,打听消息。邻居们也跟他们一样忙碌,没人互相串门聊天,消息传得就慢了。

现在正值春耕最忙时,大伙儿正忙着播种波克从梅肯买来的棉花籽和瓜菜种子。波克这趟出行不仅平安归来,而且带回了一车的东西,有衣料、种子、家禽、火腿、腌肉和玉米粉。为此他得意极了,尾巴都翘上了天。他一遍又一遍地讲述他这一路多么危机重重,如何冒险穿过羊肠小道和乡间小路,经过人迹罕至的荒僻角落和古老的马道,几经曲折才死里逃生返回了塔拉。他这一去就是五个星期,这五个星期里,斯嘉丽时时刻刻都揪着心。但是当波克回来时,斯嘉丽并没有责怪他,反而高兴极了,因为他不但事情办得圆满漂亮,还剩了不少钱回来。向来精明的斯嘉丽甚至有些怀疑车上的那些家禽和大半粮食是不是他花钱买来的。因为一路上如果有没人看管的鸡棚或者熏肉房,他大可以溜进去偷些出来,要是他再花掉主人的钱去买这些东西,他肯定会良心不安的。

如今他们有了些吃的,塔拉上上下下都忙活起来,努力使生活多少恢复些以往的样子。人人都有活干,每一双手都忙个不停,活儿太多了,仿佛永远都干不完。去年的棉花枯秆必须拔掉,好腾出地方来播撒今年的种子;家里唯一的那匹马没下过地,不习惯犁地,而且性子还倔,不情不愿、慢吞吞地在田里拉犁;菜园里的杂草得拔除干净,然后播上菜种;另外还得劈柴,重修猪圈,重建被北方佬肆意拆毁烧掉并且长达数英里的围栏;波克设下的捕兔子的陷阱,一天需要查看两次,河里的钓竿也得常换鱼饵;除此之外,每天还得铺床,扫地,煮饭,洗碗碟,喂猪,喂鸡,捡鸡蛋;还有那头母牛,每天得给它挤奶,还得牵到沼泽地附近去吃草,并且得派个人整天看着它,免得被北方佬或者弗兰克·肯尼迪的人回来给抢走。就连小韦德也有任务。每天早晨他都神气十足地挎着个篮子,去捡枯树枝和小木片,拿回家用来点火生炉子。

县里最先从战场归来的人是方丹家的两兄弟,邦联军队投降的消息就是他们带回来的。亚历克斯有靴子穿,就走路回来,而托尼因为没鞋穿光着脚,所以骑着一头没鞍的骡子。托尼以前在家时也总是占尽了便宜。四年来,兄弟俩在外面日晒雨淋,脸晒得黝黑,身子也更精壮结实了。俩人刚刚从战场上回来,胡子还没来得及刮,一脸蓬乱的黑胡子,叫人都认不出来了。

在回合欢庄园的路上，他们顺道去了塔拉，跟姑娘们见面亲吻致意，并把邦联投降的消息告诉了她们，但由于归心似箭，只停留了片刻便起身告辞。都结束了，他们这样说道，一切终于过去了，但他们似乎对此并不在乎，也不想多谈。他们只想知道合欢庄园有没有被北方佬烧毁。从亚特兰大一路向南回家的途中，他们经过了好多朋友的宅院，但见到的只有一根根孤零零的烟囱，所以他们不敢奢望自己的家能幸免。而现在当他们听到家里的房子还在时，大大地松了一口气。斯嘉丽告诉他们，去年萨莉骑着马发疯似的赶过来给塔拉送信儿，告诉他们北方佬来了，然后纵马一跃，利落地跳过了塔拉的篱笆，朝合欢庄园疾驰而去。兄弟俩听了笑得前仰后合，直拍大腿。

"这姑娘真有些胆量，"托尼说，"只可惜命太苦，她的乔牺牲了。你们这儿有嚼烟吗，斯嘉丽？"

"没有，只有兔子烟草[1]。爸爸把它装在玉米芯里抽。"

"我还没惨成这样，"托尼说，"不过没准儿也快了。"

"迪米蒂·门罗还好吗？"亚历克斯急不可待又有点儿难为情地问道。斯嘉丽这才隐约想起他一直对萨莉的妹妹很有好感。

"噢，她很好。她现在跟她姑妈住在费耶特维尔。他们在洛夫乔伊的房子被烧了，家里其他的人如今都在梅肯。"

"其实他是想问——迪米蒂是不是嫁给了自卫队里某个英俊

---

[1] 兔子烟草是生长于美国密西西比河流域的一种植物，印第安土著常用它作为草药，有时也作为烟叶使用。

威武的上校？"托尼打趣道。

亚历克斯转过身狠狠地瞪了他一眼。

"她当然还没嫁人呢。"斯嘉丽也被逗乐了。

"她要是嫁人了，也许倒更好，"亚历克斯愁眉不展地说，"真他妈的见鬼——请原谅，斯嘉丽。可是我堂堂一个大男人如今却一无所有，黑奴们都被解放了，牲口都被抢走了，口袋里一分钱也没有，叫我怎么向姑娘求婚啊？"

"你知道迪米蒂不会介意的。"斯嘉丽说道。对迪米蒂，斯嘉丽倒是乐意为她说几句好话，因为亚历克斯·方丹从来没追求过自己。

"天杀的——哦，我再次请求你原谅。我得把这骂骂咧咧的毛病改掉，不然老太太非得狠狠揍我一顿不可。我不会求哪个姑娘嫁给我这个穷光蛋的，她不介意，可我介意。"

斯嘉丽在前廊跟小伙子们说话，梅兰妮、苏埃伦和卡琳一听到南军投降的消息，都悄悄溜进了屋里。方丹家的两兄弟起身告辞，穿过塔拉宅后的田野抄近路回家了。斯嘉丽回到屋里，听见姑娘们在埃伦的小账房里坐在沙发上哭成一团。一切都完了，她们灿烂而美好的梦想，她们热爱并满怀期待的南方大业，她们的朋友、情人和丈夫为这光荣的大业献出了生命，而她们的家也变得一贫如洗。她们原本以为这伟大的事业绝不会失败，但没想到最后竟一败涂地。

然而斯嘉丽一滴眼泪也没掉。刚听到这个消息时，她的第一反应就是："谢天谢地！这下母牛不会被偷，马也安全了；藏在井里的银器可以拿出来,人人吃饭都能用上刀叉了。而我可以独自赶着车出门四处去找吃的,再也不用担惊受怕了。"

这下心里的石头可算落了地!她再也不会一听到马蹄声就心惊胆战,再也不会老是半夜惊醒,屏气凝神听外面的动静,不知道院子里的马嚼咔嗒声和马蹄嗒嗒声,还有北方佬发号施令粗哑的叫喊声,到底是做梦还是真的了。最重要的是,塔拉安全了!从今往后,她心中最可怕的梦魇绝不会变成现实了。从今往后,她再也不会站在草坪上,看着心爱的房子冒起滚滚浓烟,听到烈焰噼啪,屋顶轰隆一声坍塌掉了。

是的,南方大业已彻底失败,但她一向认为打仗很愚蠢,还是和平好。看到南部邦联旗从旗杆上缓缓升起时,她从不会激动得两眼发亮,听到《迪克西》的歌声响起时,也从来不会感动得浑身起鸡皮疙瘩。她经历过困苦且贫乏的生活,也做过令人作呕的看护工作,身处围城时倍感忧虑和恐惧,最近几个月里更是饿得饥肠辘辘。别人撑过这些苦难,靠的是心中的狂热,认为只要南方大业能成功,一切都能忍受。但斯嘉丽这一路撑过来,可完全不是凭着对邦联事业的狂热和执着。现在一切都过去了,永远结束了,她才不会为此而掉一滴眼泪呢。

一切都结束了!这场仿佛没有尽头的战争,这场不请自来、完全没有必要的战争,把她的生活一劈两断,劈出了一条跨不过去的鸿沟,让她很难再回忆起那些无忧无虑的美好往昔。回想起当年的自己,多么娇美动人,脚上穿着纤巧的绿色摩洛哥山羊皮舞鞋,身上穿着带荷叶边的长裙,散发着薰衣草的香味。可如今回首过去,她竟没有一点儿感觉,甚至怀疑那个少女究竟是不是她自己。那时的斯嘉丽·奥哈拉,能让全县的小伙儿都拜倒在她裙下,有上百个黑奴听她使唤,背后有塔拉的财富做后盾,身边有宠爱她的父母愿意满足她的任何心愿。那个娇生惯养的千金大小姐,那个除了阿什利的事以外事事称心如意的女孩,真的就是她斯嘉丽吗?

这四年来,生活的道路漫长而曲折,那个身戴香囊、脚穿舞鞋的女孩不知从哪儿悄悄溜走了,取而代之的是一个绿色眼眸、目光锐利的女人,对每一分钱都精打细算,主人干的活儿,她干,下人干的活儿,她也干。一场浩劫之后,这个女人只剩下脚下这片无法摧毁的红土地,除此之外一无所有。

她站在过道里,听着姑娘们哭哭啼啼,脑子里却忙着盘算庄园的事。

"还得再多种些棉花,比现在要多得多。明天我就派波克去梅肯再买些种子。北方佬不会再来放火烧棉花了,南军部队也用不着棉花了。上帝啊!到了秋天,我们收获的棉花都能堆上天了吧!"

她走进小账房,没理会坐在沙发上哭泣的姑娘们,径自坐在了写字台前,拿起一支鹅毛笔,计算着手头剩下的钱还能买多少棉花籽。

"仗已经打完了。"一想到此,她猛地扔下了手中的鹅毛笔,心中突然涌起一股狂喜。仗打完了,阿什利——要是他还活着的话,也快回来了!她不知道正在为南方大业失败而痛哭流涕的梅兰妮有没有想到这一点。

"很快我们就能收到他的信了——不,不是信,邮政还没恢复,收不到信。不过快了,不管怎样,他一定会有办法让我们收到信儿的!"

但是转眼几天过去了,又转眼几个星期过去了,仍然没有阿什利的消息。南方的邮政仍旧混乱不堪,乡下根本不通邮。偶尔会有从亚特兰大来路过这里的人给斯嘉丽她们捎来皮蒂姑妈的短笺,她眼泪汪汪地恳求斯嘉丽和梅兰妮回去。但阿什利就是音讯全无。

南方投降后,斯嘉丽和苏埃伦就为家里那匹马的事而一直争吵不休。现在不用再担心会遇到北方佬了,苏埃伦就想去邻居家串串门。她孤单寂寞,如今又没有了过去那些快乐的社交活动,所以十分渴望能出去见见朋友,不为别的,至少得让她弄清楚县里别的人家境况是不是跟塔拉一样糟。但斯嘉丽死活不同意,她说那匹马是用来干活的,得用它把林子里的木头运回家,还得用它来犁地,另外得让波克骑着它出去找吃的。每个礼拜天,马都得休息,到牧场吃吃草,歇歇脚什么的。要是苏埃伦想出去串门,大可以走着去。

直到去年以前,苏埃伦长这么大还从没步行超过一百码远,所以叫她走路去串门,她当然不乐意。于是她就待在家里没完没了地抱怨,还又哭又闹,嘴里老是念叨着:"哎,要是妈妈还活着就好了!"一听这话,早就想给苏埃伦一巴掌的斯嘉丽终于忍无可忍出了手,这一巴掌打得很重,打得她一边尖叫一边扑倒在床，把全家人都吓坏了。从那儿以后，苏埃伦抱怨哭闹的次数就少多了，至少在斯嘉丽面前不敢闹腾了。

斯嘉丽说要让马歇歇，这是实话，但还有一半实话她没说。其实在南方投降后的头一个月里，她骑着马在县里转了一圈，到各家拜访过。看到老朋友和老庄园的惨状，她的心凉了半截，尽管嘴上不愿承认，但心里很沮丧。

方丹家的情况算是最好的，这还多亏了上次北方佬来时萨莉快马狂奔给各家报信。但说他们家情况好，也只是跟别人家凄惨的境况相比较而言。方丹老太太上次带领全家奋力扑火，虽然房子是救下来了，但老太太犯了心脏病，到现在身体也没彻底复原。老方丹医生被截去了一只胳膊，目前正在缓慢地康复中。亚历克斯和托尼解甲归来后干起了农活，犁地、锄地，干得笨手笨脚。斯嘉丽去他家拜访时，他们俩隔着栅栏探过身来跟她握手，还取笑她那辆快要散架的破马车，但漆黑的眼睛里满含苦涩和凄凉，因为他们在取笑斯嘉丽的同时，也在嘲笑自己。斯嘉丽提出想找他们买些玉米种子，他们欣然答应，接着便跟她聊起了农家人的事。他们家有十二只鸡、两头牛、五头猪，还有从战场上带回的一头骡子。有一头猪刚死了，他们担心其余的几头猪也快保不住了。斯嘉丽心想，这两位昔日的公子哥什么时候为生计操过心啊，他们关心的无非就是哪款领结最时髦之类的事。可如今他们却正儿八经地谈起猪的事，斯嘉丽听着不禁呵呵笑起来，这次她的笑里同样满含心酸和苦涩。

方丹一家十分欢迎她来合欢庄园做客，并坚持把玉米种子送给她，而不是卖给她。当看到斯嘉丽把一张绿钞放到桌上时，方丹一家人的急脾气上来了，断然拒绝收她的钱。斯嘉丽只好收下玉米种子，但悄悄地把一块钱钞票塞进了萨莉的手里。如今的萨莉与八个月前斯嘉丽刚回塔拉造访合欢庄园时见到的她简直判若两人。那时的萨莉虽然面色苍白，一脸忧伤，但身上还有股活力。可如今，那股活力已经荡然无存，仿佛南军的投降夺走了她所有的希望。

"斯嘉丽，"萨莉手里攥着钞票，低声说道，"这仗打个什么劲儿？到底为什么要打仗啊？噢，我可怜的乔！噢，我苦命的孩子！"

"我也不明白咱们为什么要打仗，我也不想弄明白，"斯嘉丽说，"我对打仗没兴趣，也从来不感兴趣。打仗是男人的事，跟女人无关。我现在唯一关心的是棉花能不能有好收成。你把这钱收下，给小乔买件衣服。上帝啊，他真是需要件衣服了。虽然亚历克斯和托尼很客气，但我不能白拿你家的玉米。"

方丹家的兄弟俩送斯嘉丽来到马车旁，扶她上了车。他们虽然衣衫破烂，但优雅的风度和礼貌的举止没有变，两人骨子里那种方丹家特有的豪放、热情、快乐和洒脱依然还在。但是当她赶着马车离开合欢庄园时，看着他们穷困潦倒的样子，她突然觉得不寒而栗。这种有上顿没下顿、勒紧裤腰带的穷日子她真是受够了。要是大伙儿都能富裕起来，不再为下一顿饭从哪儿来而发愁那该多好啊！

凯德·卡尔弗特也回到了自己的家——松树花庄园。过去斯嘉丽经常到这座古老的宅院来跳舞,而如今当她踏上庭前的台阶,却只看到凯德憔悴的面容,显然他将不久于人世。他身形消瘦,正坐在安乐椅上晒太阳,膝上盖着一条披肩,不停地咳嗽。他一看到斯嘉丽,顿时笑逐颜开。他说自己只是胸部受了点儿寒,并强打精神想站起来欢迎她。他说这都是由于在野外睡觉经常淋雨才落下的毛病,不过很快就会好的,到时候就能帮家里干活了。

凯思琳·卡尔弗特闻声从屋里出来,视线越过她哥哥的头顶和斯嘉丽目光相对。斯嘉丽从那双眼睛里看出了深深的痛苦和绝望。凯德也许不知情,但他妹妹凯思琳心里很清楚。如今的松树花庄园满目凋敝,杂草丛生,田地里已经冒出了松树苗。庄园的宅院也一片狼藉,破败得很。凯思琳消瘦了不少,神情紧张,就像一根绷紧的弦。

这兄妹俩和他们的北方佬继母,连同四个同父异母的妹妹,以及他们的监工希尔顿,还住在这座孤寂冷清、时不时响着奇怪回声的房子里。斯嘉丽向来讨厌这个希尔顿,就像讨厌塔拉原来的监工乔纳斯·威尔克森一样,此时看见希尔顿大摇大摆地朝她走过来,以一副跟她平起平坐的姿态迎接她,对他就更加讨厌了。过去他跟威尔克森一样既有卑躬屈膝的嘴脸,又有傲慢无礼的姿态。而如今卡尔弗特先生和雷福德战死沙场,凯德又病成这样,于是希尔顿那卑贱的奴才相就立刻没了。第二任卡尔弗特太太从来就不知道如何摆出主人的架势和姿态好让黑奴尊敬她,现在就别指望让一个白人监工对她俯首帖耳了。

"希尔顿先生真是个大好人,始终跟我们一起度过这艰难的苦日子。"卡尔弗特太太十分不安,边说还边偷偷瞄了她的继女凯思琳几眼,"心肠真好,我想你应该也听说了,谢尔曼的人来过两次,两次都是靠他才保住了我们的房子。真不知道要是没有他,我们的日子该怎么过下去,我们手里没有钱,凯德又——"

凯德苍白的脸涨得通红,凯思琳则紧抿嘴唇,垂下眼帘,用长长的睫毛遮住眼睛。斯嘉丽明白,兄妹俩欠了北方佬监工的人情,憋了一肚子的火却又无可奈何。卡尔弗特太太好像快要哭出来了,不知怎的又说错了话。她老是说错话,虽然在佐治亚生活了二十年,可她还是摸不透这些南方人。她永远不知道对她的继子和继女什么该说,什么不该说,不管她说什么做什么,他们总是对她敬而远之。她在心中默默发誓,一定要回到北方去,回到自己人当中,把她亲生的孩子也一起带走,永远地离开这些让人捉摸不透又倔脾气的南方人。

拜访了这几家人之后,斯嘉丽实在不想去造访塔尔顿家。塔尔顿家的四兄弟全都牺牲在战场,家里的房子也被烧毁,如今全家人只能挤在监工住的小屋里。斯嘉丽真是做不到强迫自己前去。但苏埃伦和卡琳一再央求,梅兰妮也说塔尔顿先生从战场归来,如果不去拜访的话,邻里乡亲的太不合适,于是她们就挑了一个周日,几个人一同前往。

这是最糟的一次拜访了。

马车在房子的废墟前停下,她们看到了比阿特丽丝·塔尔顿。她穿着一身破旧的骑马装,腋下夹着一根马鞭,正坐在围场的围栏上,茫然地望着前方发呆。她身边坐着一个罗圈腿的小个子黑奴,以前是专门替塔尔顿太太驯马的。此时他的神情跟女主人一样忧郁。想当年这个围场里满是活蹦乱跳的健壮马驹和性情温顺的良种母马。而如今,这里空空荡荡,只有一头骡子,那是塔尔顿先生在南方投降后骑回家的。

"哎,我的宝贝儿们都不在了,我真不知道该怎么办。"塔尔顿太太说着从栅栏上爬了下来。不知道的人还以为她说的是她那四个阵亡的儿子,但塔拉的姑娘们都知道,她指的是她那些心爱的马。"我那些漂亮的马啊,全都死了。噢,还有我可怜的内利!哪怕就只给我留下内利也行啊!什么都没了,就剩下一头该死的骡子,哼,该死的破骡子,"她气呼呼地瞪着那头骨瘦如柴的牲口,说道,"这围场本来是养我那些宝贝纯种马的,可如今竟养着一头破骡子,都对不起我那些死去的纯种马,真是气死人了。骡子全是乱配的杂种,违反自然规律,养这种东西应该被判为非法才对。"

吉姆·塔尔顿一脸乱蓬蓬的大胡子,简直叫人认不出来了。他从监工的小屋里走出来迎接客人,并一一亲吻了姑娘们。四个红头发的女儿穿着打补丁的衣服,也跟在他身后鱼贯而出。十几条猎狗,有黑有黄,一听到有生人来,立刻冲到门口汪汪狂叫,塔尔顿家的四个女儿差点儿被这些狗给绊倒。一家人脸上强颜欢笑,让斯嘉丽感到一股寒意,一股比合欢庄园的凄惨和松树花庄园的死寂更加彻骨的悲凉。

塔尔顿一家坚持要留姑娘们吃晚饭,说这些日子以来,他们家一直都没怎么来过客人，所以很想听听外面的消息。斯嘉丽不想久留，觉得这儿的气氛让人感到很压抑，可梅兰妮和她的两个妹妹却想多待会儿，结果四个人还是留下来吃了晚饭，十分节制地吃了点儿主人款待的腌肉和干豌豆。

主人自嘲地打趣家里寒酸的伙食，塔尔顿家的姑娘们一边介绍她们如何缝缝补补、拼拼凑凑改制旧衣服，一边咯咯直乐，就好像在讲最好笑的笑话似的。梅兰妮也加入进来，讲起塔拉的艰苦生活，但令斯嘉丽出乎意料的是，梅丽竟然讲得那么轻松快活，丝毫没有沉重感。而斯嘉丽自己什么话也说不出来。少了塔尔顿家高大魁梧的四兄弟，屋子里显得空荡荡的，要是他们还在的话，这会儿肯定会慵懒地坐在椅子上，一边抽烟一边说笑逗趣。如今他们不在了，连斯嘉丽都感觉到心里空落落的，那么正在邻居面前强颜欢笑的塔尔顿一家人心里又是什么滋味呢？

吃饭时卡琳几乎没怎么说话，但吃完饭后，她却走到塔尔顿太太身旁，跟她悄悄耳语了几句。塔尔顿太太脸色突变，挂在嘴角强装出来的笑容也消失了。她伸出一只手搂住卡琳纤细的腰肢，两人一齐离开了房间。斯嘉丽觉得自己在这屋里实在压抑得受不了，一秒钟也待不下去了，于是跟在她们身后也出去了。斯嘉丽看见她俩沿着小径穿过菜园，发现她们是要到墓地去。哎，这会儿她也不能回屋里去了，因为会显得太没礼数。可比阿特丽丝·塔尔顿好不容易才装出一副坚强的样子，卡琳还硬拉着她去她儿子的墓地干什么呢？

在砖墙围起来的一块地上，几棵雪松下竖着两块崭新的大理石墓碑——真的是崭新的墓碑，雨水还没来得及把红土溅上去。

"这墓碑是我们上星期才弄到的，"塔尔顿太太自豪地说，"是塔尔顿先生到梅肯去用马车运回来的。"

两块大理石墓碑！这得花多少钱啊！突然间斯嘉丽不再像之前那样觉得塔尔顿一家可怜了。眼下粮食那么贵，还那么难买，他们却把这么多钱花在墓碑上，这样的人实在不值得可怜和同情。再看看那墓碑，每一块碑上都刻了好几行字，要知道，刻的字越多，价格也就越贵。这一家人真是疯了！而且把三兄弟的尸体运回来也得花不少钱呢，只有博伊德的尸体一直没有找到，而且一点儿线索也没有，无迹可寻。

布伦特和斯图尔特的坟墓之间竖着一块墓碑，上面刻着一行字："两兄弟生前同欢乐，死后也永不分离。"

另一块墓碑上刻着博伊德和汤姆的名字，还有些拉丁文，开头是"Dulce et-"[1]，可斯嘉丽一个字也看不懂，因为她在费耶特维尔女校念书时，一碰到拉丁文课就想方设法逃课。

为两块墓碑花那么多钱！哎哟，他们可真够蠢的！她心里气愤难平，就好像浪费的是她的钱一样。

卡琳的眼睛里闪烁着异样的光芒。

"我觉得这碑文很可爱。"她指着第一块墓碑轻声说。

---

[1] 此处的拉丁文应为Dulce et decorum est Pro patria mori。摘自英国战争诗人威尔弗雷德·欧文所写的诗歌*Dulce et Decorum Est*，意思是为国捐躯，愉快而光荣。

卡琳自然觉得它可爱，但凡伤感的东西都能让她心有触动。

"是的，"塔尔顿太太温柔而慈爱地说，"我们也觉得这句话用在他们身上很合适——他俩几乎是同时牺牲的，斯图尔特先倒下，然后布伦特立刻举起了从斯图尔特手中掉落的军旗。"

四个姑娘赶车返回塔拉，途中斯嘉丽一直沉默不语，她回想着在各家看到的境况，不由得追忆起县里昔日的盛世繁华。那时候大户人家高朋满座，大宅主人财源滚滚，下房里挤满了黑奴，细心耕作的田野里棉花繁盛，绵延不绝。

"再过一年，这些田地里恐怕就会长满小松树苗了，"斯嘉丽心想，她看了看环绕着田地的树林，不禁打了个寒战，"没有了黑奴，只能勉强糊口。没有了黑奴，谁能管得了这么大的种植园呢。大片的田地没人耕种，过不了多久就会重新变成树林。谁也种不了那么多棉花，到时我们该怎么办？务农的乡下人命运会怎样？城里人还好说，不管怎样都能有办法活下去。可我们乡下人就不同，我们会退回到一百年前，跟当年的拓荒者一样，住在小木屋里，只靠几亩薄田勉强苟活。"

"不，"她决心已定，"塔拉不会变成那样的。哪怕我亲自拉犁耕地，也决不能让塔拉败落。哪怕这整片地区，甚至整个佐治亚州都退变成荒林，我也决不会让塔拉荒掉。我不能把钱浪费在没用的墓碑上，也不能把时间荒废在为战败而掉眼泪上。不管多难，我们都会有办法挺过去的。我相信只要男人还没死光，我们就能想办法活下去，黑奴没了并不算最糟糕的，男人没了，尤其是年轻的小伙子没了，才是最可怕的。"她又想起了塔尔顿家的四兄弟，还有乔·方丹、雷福德·卡尔弗特、门罗家的兄弟，以及她在阵亡名单上看到的所有来自费耶特维尔和琼斯博罗的小伙子们。"只要有足够多的小伙子活下来，我们就能有办法，可是——"

突然，她脑子里又蹦出一个念头来——万一她想改嫁了呢？当然，她不想再嫁了，结这一次婚就已经够了。再说，她唯一想嫁的人就是阿什利，即使他还活着，也已然是有妇之夫了。不过万一自己还想嫁人的话，谁会愿意娶她呢？想到这里，她心里不由一惊。

"梅丽，"她说，"南方的姑娘会怎样呢？"

"什么意思？"

"就这意思。她们会怎么样？没人会娶她们了。哦，梅丽，小伙子们都死了，整个南方成千上万的女孩就只能一辈子当老姑娘了。"

"而且永远不会有孩子了。"梅兰妮加上一句，对她来说，这是最重要的事。

显然，对于坐在马车后座上的苏埃伦来说，这想法在她脑子里已经不是一天两天了，于是听了这话之后，她突然大哭起来。自从圣诞节之后，她就再也没听到过弗兰克·肯尼迪的消息，不知道是因为邮路不通，还是肯尼迪把她的感情当儿戏，玩弄过后转眼就忘了。要不然就是他在停战前不幸牺牲了！不过在战场上被打死也比忘了她强，虽然心上人不在了，但至少对她的爱还在，听起来还算体面，让她脸上有光，就像卡琳和茵迪娅·威尔克斯一样，可一旦成了被抛弃的未婚妻，那她可就没脸见人了。

"哎呀，看在上帝分上，别哭啦！"斯嘉丽说道。

"哼，你倒是说得轻巧，"苏埃伦抽抽搭搭地说，"因为你已经结过婚，又有了个孩子，谁都知道曾经有男人想要你。可我呢？你也太缺德了，嘴里一直叨叨着老姑娘老姑娘的，摆明了是说给我听的，可我能有什么办法？你真是太可恶了。"

"行了，闭嘴吧！你知道我最讨厌整天哭哭啼啼、吵吵闹闹的人。你心里很清楚，那个姜黄胡子的老头子没死，他会回来娶你的，谁叫他就是这么蠢呢。不过要换作是我，我宁愿当老姑娘也不嫁给他。"

马车后座上安静下来了，卡琳心不在焉地拍着苏埃伦以示安慰，然而她的思绪飘到了远方，回到了三年前跟布伦特·塔尔顿一起骑马的时候，脑海中也浮现出他们两人骑着马并肩走在林中小路时的景象，眼里闪烁着兴奋雀跃的光芒。

"唉，"梅兰妮凄然叹息，"没了那些棒小伙儿，咱们南方会变成什么样儿？假如他们还活着，南方又会是什么样？咱们应该继承他们的勇气、力量和智慧，斯嘉丽，咱们这些有儿子的人要把孩子抚养长大，成为像他们一样勇敢的男子汉，接替那些死去的男人们。"

"再也不会有像他们那样的男人了，"卡琳轻声说道，"没有人能接替他们。"

余下的路程里，几个姑娘谁也没有再说话，一路默默无语。

不久后的一天,凯思琳·卡尔弗特在黄昏时分骑着一头骡子来到塔拉。斯嘉丽从来没见过这么凄惨又可怜的牲口,背上驮着一个女式侧鞍,耳朵耷拉着,走起路来一瘸一拐。而凯思琳看上去就跟她骑的这头骡子一样,也凄惨又可怜。她穿着褪色的花格布裙,这种式样以前只有仆人才穿,头上的太阳帽就用一根细绳系在颔下。她骑到前廊边,但并没有下来。正在看日头落山的斯嘉丽和梅兰妮,立刻走下台阶来迎接她。凯思琳的脸色十分苍白,跟斯嘉丽造访她家那天凯德的脸色一样,并且她的脸色不只苍白,还紧张而脆弱,仿佛一说话,这张脸就会立刻裂成碎片似的。不过她的腰背依然挺直,点头跟她们打招呼时,头也高昂着。

一时间,斯嘉丽突然想起威尔克斯家举办野餐会那天,她和凯思琳曾一起悄声谈论过瑞特·巴特勒那个家伙。那天的她多漂亮、多水灵啊,穿着一件飘逸的蓝色薄纱裙,腰带上点缀着芬芳的玫瑰,脚上一双黑色天鹅绒便鞋,纤细的脚踝处还镶着蕾丝花边。可现在这个直挺挺骑在骡背上的姑娘,哪还有半点当年的风姿绰约。

"我不下来了,谢谢,"她说,"我只是来告诉你们,我要结婚了。"

"什么!"

"跟谁结婚呀?"

"凯茜[1],这真是太好了!"

"婚礼定在什么时候?"

"明天,"凯思琳依然十分平淡地说,听起来语气怪怪的,令本来激动不已的斯嘉丽和梅兰妮脸上热情的笑容顿时消失,"我就是来告诉你们,我明天要结婚了,婚礼在琼斯博罗举行——我就不邀请你们大伙儿来参加了。"

两人愣了半天,暗暗琢磨着她话里的意思,但怎么也不明白,于是抬起头来,一脸困惑地看着凯思琳。最后还是梅兰妮先开口了。

"新郎是我们认识的人吗,亲爱的?"

"是的,"凯思琳极为简短地回答,"是希尔顿先生。"

"希尔顿先生?"

"没错,希尔顿先生,我们家的监工。"

斯嘉丽惊讶得连一声"噢"都说不出来了。可凯思琳突然瞥了梅兰妮一眼,声音低沉而粗哑地说:"梅丽,你要是哭出来的话,我会受不了的。我连死的心都有了!"

梅兰妮什么也不说了,只是拍了拍凯思琳踩在马镫上的脚,那只脚上穿着难看的自制皮鞋。她一直低头看着地面。

"别拍我了!我也受不了。"

于是梅兰妮放开了手,但仍旧没抬起头来。

"好了,我得走了。我只是来告诉你们一声。"转眼间她又戴

---

[1] 凯茜是凯思琳的昵称。

上了那副苍白而脆弱的面具,然后拉起了缰绳。

"凯德怎么样了?"斯嘉丽问道。她完全不知所措了,所以只好随便找个话题,打破这令人尴尬而难堪的沉默。

"他快不行了。"凯思琳语气依然平淡,声音里不带任何感情,"我会尽量让他走得平静、安详,不用让他担心他死后没人照顾我。你们还不知道吧,我继母明天就要带着她的孩子们去北方了,而且再也不会回来。好了,我得走了。"

梅兰妮抬起头,迎上凯思琳那双冷冽的眼睛。梅兰妮睫毛上还闪着泪珠,目光中充满理解。凯思琳望着这双眼睛,嘴角一撇,露出一抹苦笑,就像个坚强的孩子尽力忍住不哭那样。斯嘉丽还茫然不解,不明白凯思琳·卡尔弗特怎么会下嫁给一个监工——凯思琳,一个大庄园主的女儿,富家千金,除斯嘉丽以外,县里的姑娘中就数她的追求者最多。

凯思琳弯下身子,梅兰妮踮起脚尖,两人互相亲吻告别。接着,凯思琳猛然拉起缰绳,骑着老骡子转身离去。

梅兰妮目送她远去,眼泪像断了线的珠子顺着脸颊流下来。斯嘉丽呆呆地望着凯思琳离去的背影,还是一脸迷茫。

"梅丽,她是不是疯了?你也知道,她绝不可能爱上那个家伙。"

"爱?噢,斯嘉丽,这种伤心事还是别提了。唉,可怜的凯思琳!可怜的凯德!"

"真是乱弹琴!"斯嘉丽气得大叫起来。真讨厌,好像所有的事情梅兰妮都比她看得更明白。在她看来,凯思琳的事虽然很令人震惊，但也不算是多大的灾难。当然，一个千金小姐嫁给了一个北方佬，还是个穷白佬，这并不是什么好事，但一个姑娘家总不能独自一人住在偌大的庄园里，得有个丈夫来帮她管理。

"梅丽，前几天我不是说过嘛，姑娘们没人可嫁了，但她们总得找个人嫁了才行。"

"噢，她们也不是非得嫁人不可啊！当个老姑娘也没什么丢人的。看看咱皮蒂姑妈。哎，我宁可看凯思琳死！我知道凯德也一样，宁愿看她死也比这样好受。卡尔弗特家算是完了。你想想，想想她的——他们的孩子会是什么样。哎呀，斯嘉丽，赶快让波克备马，你骑上马去追她，叫她搬来跟咱们一块儿住好了！"

"上帝啊！"斯嘉丽惊叫起来，没想到梅兰妮这么实心眼，真打算把人家接到塔拉来。斯嘉丽当然不答应，她可不想家里又添一张吃饭的嘴。她正想把这话说出来，但是看到梅兰妮一脸懊丧的样子，想说的话又咽了回去。

"她不会来的，梅丽，"她改口说道，"你也知道，她不肯来的。她那么骄傲的人，会觉得这是对她的施舍。"

"这倒也是，这倒也是！"梅兰妮心烦意乱，眼看着那一小团红色烟尘渐渐远去，消失在路的尽头。

"你在我家也待了好几个月了，"斯嘉丽看着自己的小姑子，愤愤地想着，"你怎么就从来没想过你是靠别人的施舍度日呢？我看，你永远也不会想到这是施舍。有些人即使经历过战争，也不会有任何改变，你就是这样的人，想的和做的都跟过去没什么两样，就好像这世道始终没变，我们家还像过去那样富得流油，钱多得花不尽，食物多得吃不完，来多少客人都招待得起。看来，我这辈子恐怕都得背上你这个包袱了，可我不想再把凯思琳也加上。"

第三十章

停战后的那个炎热的夏天，塔拉突然变得不再孤寂冷清了。接连好几个月，总有一群骨瘦如柴、满脸蓬乱胡子、衣衫褴褛的士兵，费力地爬上红土坡，来到塔拉。他们长途跋涉，走得双脚疼痛，肚子也饿得难受。他们坐在塔拉门前阴凉的前廊下休息，乞求主人给些吃的，并恳求借宿一晚。这些人都是徒步回家的邦联士兵。火车把约翰斯顿的残兵从北卡罗来纳运到亚特兰大，把他们像倾倒垃圾似的卸在那儿就不管了。剩下的路程，他们就得靠两条腿走回去。约翰斯顿的人刚走，弗吉尼亚的疲惫老兵又来了，紧接着是西线部队的士兵。一批又一批的士兵，一路向南走去，前往也许已经不复存在的家园，奔向也许已经离散或死去的亲人。大多数人都徒步回家，只有少数几个幸运者按照投降条款允许他们保留坐骑，所以可以骑着自己的骡马。但这些骡马瘦弱不堪，连外行人都能一眼看出，这些可怜的畜生绝对撑不到佛罗里达或者佐治亚南部。

回家！回家！士兵们心中只有这一个念头。有的人郁郁寡欢，沉默不言；有的人则欢欣雀跃，对所受的苦难丝毫不当回事，支撑他们的只有一个信念：仗总算打完了，他们要回家。他们当中很少有人为战败而悲苦。因为痛苦都留给了家中的女眷和老人。他们拼死拼活地为南方而战，所以即使败了也问心无愧，如今他们愿意安顿下来，在敌人的旗帜下安心耕作，平静地生活。

回家！回家！他们无心谈别的事，也不想谈什么战役、负伤、被俘或者未来，一心只想着回家。将来他们有的是时间给儿子甚至孙子们讲自己作战的经历，讲那些炮击、突袭、冲锋、急行军的事，讲他们忍饥挨饿、流血受伤的情景，但这些要以后再说，不是现在。他们当中有的人缺胳膊少腿或者仅剩一只眼睛，许多人都伤痕累累，要是能活到七十岁的话，一到阴雨天，这些伤疤就会隐隐作痛，但眼下还不算什么，隐患将来才会逐渐显现出来。

无论年老年少，无论健谈还是寡言，无论是富有的种植园主还是贫苦的穷白佬，都逃不开两个共同点——长虱子和拉肚子。邦联的士兵们对身上长虱子已经习以为常了，丝毫不当回事，即使在女士面前，也能毫无顾忌地又抓又挠。至于拉肚子——女士们将其委婉地称为"血痢"——从小兵到将军几乎无人能幸免。四年半饥半饱的日子，四年粗劣的伙食，有时吃得半生不熟，有时甚至吃腐烂变质的东西，肠胃哪有不被折腾坏的。每个在塔拉短暂停留的士兵都受过痢疾的侵害，要么刚得完，正在康复中，要么正备受折磨，闹得正凶。

"邦联军队里没一个肠胃没毛病的。"嬷嬷阴沉着脸，正挥汗如雨地在炉火上熬苦涩的黑莓根药汤，以前埃伦就用这种药汤来治这种病，百治百灵，"依俺看啊，不是北方佬打败了咱们，而是咱们士兵自己的肚子在作怪。一肚子水净拉稀，哪还能打仗啊！"

嬷嬷让这些士兵们挨个灌药汤，压根不问他们身体如何这类蠢问题。而这些士兵们也一个个乖乖地喝下嬷嬷给的药汤，苦得脸都皱成了一团，没准儿还想起了远在家乡的另一些一脸严肃的黑面孔和另一些举着药汤勺坚决要喂药的黑色大手。

在实行隔离的问题上，嬷嬷同样态度坚决。凡是身上有虱子的士兵都别想踏入塔拉一步。她把士兵们一律赶到浓密的灌木丛后面，让他们脱下军装，全身脱光，给他们一盆水和一块碱性很强的肥皂，叫他们把身子洗干净。然后再给他们一块被单或者毯子裹住一丝不挂的身子。与此同时，她把他们的衣服放进一口大锅里煮。尽管姑娘们强烈反对，说这样对待士兵太让他们丢面子，可嬷嬷丝毫不让步，结果争论半天也没用。嬷嬷说一旦她们自己身上也染上了虱子，那才更丢面子呢。

到后来，几乎天天都有士兵上门，嬷嬷提出抗议，坚决反对他们进卧室。她总是担心有虱子漏网，从她的严密防卫下溜掉。斯嘉丽也不跟她争辩，索性把铺着厚天鹅绒地毯的客厅腾了出来，当作士兵们的宿舍。嬷嬷大声嚷嚷，还是不同意，说让士兵们睡在埃伦小姐的地毯上简直是亵渎。但斯嘉丽主意已定，态度同样坚决。那些士兵总得有地方睡觉啊。结果停战之后几个月下来，地毯上厚实而柔软的绒毛开始磨损变旧，到最后，经过粗心的士兵鞋跟的踩踏和靴刺的碾压,地毯上许多地方的绒毛都被磨光,露出了一块一块的织线。

斯嘉丽和梅兰妮急切地挨个跟士兵打听阿什利的下落。苏埃伦虽然总是一副傲慢的样子,但也总跟人打听肯尼迪先生的消息。不过,没有一个士兵听说过他们,而且也没人愿意谈论失踪的人。他们自己能侥幸活着,这就足够了,所以根本不愿去想无名坟墓里千千万万长眠异乡、永远回不了故土的人。

每当梅兰妮经历了一次失望之后,全家人都竭力劝慰她。当然,阿什利并没有死在战俘营里。要是死了的话,北方佬的牧师怎么也得写信来通报一声。他肯定在回家的路上,但关押他的战俘营离这儿太远了。天啊,可不是嘛,坐火车都得好几天,要是阿什利跟这些士兵一样走回家的话……可他怎么不写封信来呢?哎呀,亲爱的,你也知道眼下邮路不通——即使在邮路已经恢复的地方,也不一定能收到信,全靠碰运气。可是——可是他会不会死在回家的路上啊?好了,梅兰妮,即便如此,也会有北佬女人写信通知咱们的!……北佬女人!呸!……梅丽,北佬女人里也有好心人。哦,是啊,的确有!上帝不可能创造出一个没有好心女人的国家来!斯嘉丽,你还记得吗,咱们在萨拉托加就遇到过一个好心的北佬女人——斯嘉丽,你把这事跟梅丽说说!

"好心个鬼!"斯嘉丽回答说,"她竟然问我们养了多少只猎狗用来追捕黑奴!我同意梅丽的看法。我可从没见过一个好北方佬,无论男女都没有。你别哭啊,梅丽!阿什利会回来的。可是路途那么远，没准——没准他连双靴子都没有。"

一想到阿什利光着脚走路，斯嘉丽都快要哭出声来了。别的士兵可以用麻袋片或者地毯破布包上脚，走路一瘸一拐，可阿什利不能这样，他应该骑着匹高头大马、穿着帅气的军装、蹬着闪亮的军靴、戴着插羽毛的军帽潇洒归来。要是阿什利跟那些士兵一样凄惨落魄，斯嘉丽可是绝对受不了的。

六月的一天下午，塔拉全家人都聚在后廊，望眼欲穿地看着波克切今年头茬的一个还没熟透的西瓜。这时，他们听到房前的砾石车道上传来一阵马蹄声。普利茜慢慢吞吞走到前门，而屋后剩下的人则激烈地争论起来——来的人要是个士兵的话，他们是把西瓜藏起来呢，还是晚饭时拿出来招待人家？

梅丽和卡琳小声地说，士兵也是客，应该给他们一份，而斯嘉丽、苏埃伦和嬷嬷则看法一致，一个劲儿地催促波克赶快把西瓜藏起来。

"别傻了，姑娘们！这么个小西瓜连咱们几个人都不够分的，要是门口再来两三个饿鬼似的士兵，咱们可就连一口都吃不上了。"斯嘉丽说。

波克抱着那个小西瓜站在那儿，不知该如何是好，这时突然听到普利茜嗷嗷地叫了起来。

"我的天啊！斯嘉丽小姐！梅丽小姐！快来呀！"

"谁来了啊？"斯嘉丽大声叫着，腾地从台阶上跳起来，冲过过道往外奔，梅丽跟她并肩跑，其余的人也紧跟其后。

"是阿什利！"斯嘉丽心想，"噢，没准儿——"

"是彼得大叔!皮蒂帕特小姐家的彼得大叔!"

众人一齐拥到前廊,就见皮蒂姑妈家那位个子高高、头发花白的老霸王正从一匹劣马上下来,那匹马长着条耗子尾巴,马背上盖着一条破被子充当鞍座。他那张圆阔的黑脸向来神情严肃,但见到老朋友们,心中既欣喜又唯恐喜形于色失了尊严,于是就形成了这样一个表情:眉头紧皱,可那张没牙的嘴却咧得老大,活像只开心的老猎狗。

无论黑人、白人,所有人都跑下台阶去迎接他,和他握手寒暄,问长问短,但梅丽的嗓门比谁都高。

"姑妈还好吗,没生病吧?"

"没有,小姐。谢天谢地,她身体还好。"彼得大叔一边回答,一边狠狠地瞪了梅丽一眼,紧接着又瞪了斯嘉丽一眼,让她俩突然觉得心里有愧,却又想不明白自己犯了什么错,"她还好,就是被你们两位小姐气得够呛,说实话,俺也很生气!"

"怎么了,彼得大叔!到底怎么——"

"你们别给自己找借口。皮蒂小姐不是一直给你们写信,叫你们回家吗?俺亲眼看见她给你们写信了。可你们却总是回信说老农庄上事情太多,回不去。她一边看着回信,一边掉眼泪,俺亲眼看见的。"

"可是,彼得大叔——"

"她那么胆小害怕,你们怎么能忍心让皮蒂小姐孤零零地一个人住呢?你们跟俺一样清楚,皮蒂小姐从来没一个人住过。自打她从梅肯回来以后,她那双穿着小鞋的小脚就一直在发抖。她叫俺来跟你们把话挑明，她实在不明白，在她有困难最需要你们的时候，你们为什么撇下她不管？"

"行了，别叨叨个没完了！"嬷嬷不客气地说。她一听彼得把塔拉称为"老农庄"，心里就不舒服。这种城里长大的蠢黑奴，连农庄和种植园都分不清楚。"难道俺们就没难处，就不需要斯嘉丽和梅丽两位小姐吗？皮蒂小姐有困难的话，干吗不去找她哥哥帮忙呢？"

彼得大叔气得狠狠瞪了嬷嬷一眼。

"我们不跟亨利先生来往已经好多年了，现在人都老了，再重新开始已经太晚了。"说完，他转过身面对斯嘉丽和梅兰妮，她俩正极力忍住笑意，"你们两位小姐真应该感到害臊，竟然把皮蒂小姐扔下不管，让她孤孤单单一个人。她的朋友一半都死了，另一半则在梅肯，而亚特兰大到处是北方佬士兵，还有被解放的臭黑鬼。"

斯嘉丽和梅兰妮尽量绷着脸，恭听彼得大叔的训诫，但一想到皮蒂姑妈居然派彼得大叔来训斥她们，还想把她们俩带回亚特兰大，就忍不住想笑，最后终于控制不住失声大笑，笑得前仰后合，不得不互相搂着肩膀，以免摔倒。波克、迪尔茜和嬷嬷看到这一个劲儿贬低他们心爱的塔拉的老家伙根本没被当回事，自然也乐起来，狂笑不止。苏埃伦和卡琳也咯咯直笑，就连杰拉尔德的脸上也显露出淡淡的笑意。人人都乐不可支，只有彼得大叔除外，他越想火气越大，一双八字大脚左跐右晃。

"你怎么啦，黑鬼？"嬷嬷咧嘴一笑，"是不是太老了，没本事保护你的女主人了？"

彼得大叔怒不可遏。

"太老了！俺太老了？不，才没有呢！俺当然能保护皮蒂小姐，跟过去一样。围城的时候，俺不是一路护着她逃到梅肯去了吗？北方佬来梅肯时，她吓得要死，好几次吓晕过去，不也是俺在一直保护她吗？后来不也是俺，弄来了这匹马，把她护送回亚特兰大的吗？她爸爸留给她的那些银器不也是俺一路保护的吗？"彼得大叔一边为自己辩护，一边挺直腰杆，"俺不是在说能不能保护的事，俺是想说别人会怎么看。"

"什么怎么看？谁看？"

"俺是说看到皮蒂小姐孤零零一个人住，别人会怎么想。没出嫁的小姐独自一人生活，会被人说闲话的。"彼得接着说道。显然，听的人都明白，在他眼里，皮蒂小姐还是个胖胖乎乎、招人喜爱的十六岁小姑娘，需要被人呵护，并保护她的名声，以防被流言蜚语中伤。"俺，俺不能让别人在背后说她的闲话……不，不能，俺不能让她只因为没人做伴就招房客进来住。俺也跟她说了：'只要您还有亲人在，我就决不能让您这么做。'可如今，她的亲人都扔下她不管了。皮蒂小姐还是个孩子啊——"

听到这里，斯嘉丽和梅丽乐得都不行了，笑得一屁股坐到了台阶上。最终，梅丽擦了擦笑出来的眼泪，说道："可怜的彼得大叔！很抱歉我笑成这样。真的真的很抱歉。好啦，原谅我吧。斯嘉丽小姐和我眼下真回不去。也许等九月收完棉花我会回去的。姑妈派你大老远过来，就是想让我们俩骑着这匹瘦得皮包骨的马回去吗?"

听她这么一问,彼得突然一愣,惊得张大嘴,下巴都快掉了,布满皱纹的黑脸上闪过愧疚和惊恐的神情。紧接着,他连忙缩回下巴,动作快得就像乌龟把脑袋缩回龟壳里。

"梅丽小姐,俺可真是老糊涂了,竟然把她派俺来办的事给忘了,而且还是很重要的事。俺这儿有给您的一封信。皮蒂小姐信不过现在的邮政系统,也不放心让别人来送信,所以特意打发俺亲自把信带来——"

"信?给我的?谁寄来的?"

"哦,是——皮蒂小姐,她嘱咐俺说:'彼得,你要好好跟梅丽小姐说。'所以俺要说的是——"

梅丽突然从台阶上站起来,一只手捂住自己的胸口。

"阿什利!阿什利!他死了!"

"不!没有!没有!"彼得连连喊道,嗓门提得老高,像尖叫似的。他一边喊一边摸索着破外套胸前的口袋:"他还活着!这信就是他写的。他正在回家的路上。他——上帝啊!快扶住她,嬷嬷!让俺——"

"你别碰她,你这个老蠢货!"嬷嬷一边拼命扶住梅兰妮瘫软的身子,不让她倒在地上,一边大吼道,"你这假惺惺的黑猴子!还'好好说'呢,说你个鬼!去,波克,抬起她的脚。卡琳小姐,托住她的头。咱们把她抬到客厅的沙发上去。"

众人乱作一团,一齐拥到昏倒的梅兰妮身边,惊慌地大呼小叫,有的连忙跑到屋里去取水,有的进屋去拿枕头,只有斯嘉丽一动不动。一时间，院里只剩下斯嘉丽和彼得大叔愣愣地站着。斯嘉丽脚上就像生了根似的，她一听彼得的话忽的一下从台阶上跳了起来，之后姿势就一直没变，眼睛直愣愣地盯着彼得大叔。老彼得呆立原地，手里无力地挥着那封信，苍老的黑脸庞看上去可怜兮兮，就像挨了妈妈严厉训斥的孩子，之前的一身骄傲和尊严全然坍塌。

斯嘉丽半天说不出话来，身子也动弹不得，脑子里反复回响着一句话："他没死！他要回来了！"这消息带给她的既不是欢喜，也不是激动，而是一种震惊之余的麻木。彼得大叔的声音仿佛从遥远的地方传来，既令人哀伤，又给人安慰。

"住在梅肯的威利·伯尔先生是我们家的亲戚，是他把信带给皮蒂小姐的。威利先生和阿什利先生被关在同一所战俘营里。威利先生有马，所以很快就回来了。阿什利先生没有马，只能步行回家，而且——"

斯嘉丽从彼得手里一把夺过那封信。上面是皮蒂小姐的笔迹，写着收信人是梅丽。可她还是二话不说就撕开了信封，皮蒂小姐随信附上的字条掉落在地上。信封里有一张折叠起来的信纸，由于放在捎信人的脏口袋里而被弄得脏兮兮的，皱皱巴巴，边缘也破损了。上面是阿什利的笔迹：佐治亚州亚特兰大或琼斯博罗十二橡树庄园的乔治·阿什利·威尔克斯太太收，劳烦萨拉·简·汉密尔顿转交。

斯嘉丽用颤巍巍的手展开信纸念道："亲爱的，我就要回到你身边了——"

眼泪顺着脸颊流下，泪水模糊了双眼，她再也读不下去，只觉得心潮翻涌，几乎无法承受这如潮水一般的喜悦和激动。她紧紧抓着信纸，跑上前廊的台阶，冲过过道，穿过客厅，直奔埃伦的小账房。此时，塔拉所有人都在手忙脚乱地照顾昏迷不醒的梅兰妮，而她则把自己关在小账房里，锁上门，扑倒在塌陷的旧沙发上，又哭又笑，连连亲吻着那封信。

"亲爱的，"她轻声低喃，"我就要回到你身边了。"

按常理推算，她们知道阿什利从伊利诺伊走到佐治亚，至少得花上几个星期，甚至好几个月，除非他长出一对翅膀来。但每当看到有士兵的身影转到塔拉前面的林荫道上时，大家的心还是紧张得怦怦直跳。每个胡子拉碴、破衣烂衫的人都有可能是阿什利。就算不是阿什利，没准也会带来他的消息，或者从皮蒂姑妈那儿捎来有关阿什利的信。一听到脚步声，塔拉的所有人，无论黑人、白人都急匆匆冲向前廊。一看见穿军装的人，大家就纷纷从柴堆旁、牧场或者棉花田里飞奔过来。收到阿什利信的一个月以来，庄园里的活儿几乎都没人干了，因为谁也不想在阿什利回来的时候不在家，错过他踏进家门时的感人场面，尤其是斯嘉丽，她自己更是无心干活，所以也就没理由强求别人做各自分内的活儿。

然而，好几个星期过去了，阿什利还是没有回来，也没有他的半点儿消息。于是塔拉又重回了正轨。再怎么殷切盼望也只能如此了。斯嘉丽心里渐渐感到不安，担心阿什利路上出了意外。

毕竟罗克艾兰距离这里路途遥远，而且他出狱时很可能身体虚弱或者病魔缠身。更何况他身无分文，还得徒步穿过那个视邦联为仇敌的地区。要是她知道他在哪儿的话，她就会立刻寄钱给他，把她所有的钱都给他，哪怕让全家人挨饿也在所不惜。这样一来，他就可以坐上火车快点儿回家了。

"亲爱的，我就要回到你身边了。"

最初看到这行字的时候，她还欣喜若狂，以为阿什利就要回到她身边了。可现在，冷静下来之后，她才缓过神来，原来他是要回到梅兰妮身边了。这些日子以来，梅兰妮在屋子里走到哪儿都高兴地哼着歌。斯嘉丽有时也暗自心怀恨意：梅兰妮在亚特兰大生孩子的时候，怎么就没死呢？要是她死了的话，那一切就完美了。只要再过一段时间之后，她就能跟阿什利名正言顺地结婚，成为小博的好继母。每当有这种恶念的时候，她并不急于祷告，祈求上帝的宽恕，表明这些念头并非她的本意。因为如今她再也不敬畏上帝了。

来到塔拉的士兵络绎不绝，有的独自一人，有的三五成群，甚至有时一来就是好几十人。这些人里没有一个不是饥肠辘辘。斯嘉丽满心绝望，哪怕飞来一群铺天盖地的蝗虫都比这强。她再次诅咒这种来者皆客，须盛情款待的老传统。过去生活富裕，所以按照惯例，凡是登门的客人，无论身份贵贱都得留人住宿一晚，款待客人吃饭，给客人的马喂饱草料，以尽地主之谊。但斯嘉丽知道，那个时代已经一去不返，但家里其余的人不明白，士兵们也不明白，所以每个士兵都被当作盼望已久的客人，受到热情招待。

士兵们来了一拨又一拨,没完没了的。斯嘉丽的心也渐渐硬了起来。那些士兵吃掉的是塔拉全家人赖以生存的食物。他们吃掉的蔬菜是她从长长的菜畦里累弯了腰种出来的;他们吃掉的粮食是她赶着车跑了无数里地辛辛苦苦买来的。如今吃的东西非常难买,那个被打死的北方佬钱包里的钱也不是取之不尽的。现在只剩下几张绿钞和两块金币了。她凭什么非得喂饱这一群又一群的饿鬼不可呢?仗都已经打完了,也不用这些士兵冲上前线去保护她们的安全了。于是她给波克下令,再有士兵来的时候,少给他们些吃的。这个命令倒是执行了,但没过多久,她发现梅兰妮吩咐波克在她的盘子里只放一口吃的,自从生下小博以来,一直身子虚弱的她,竟把她的那一份食物让给了士兵吃。

"你不能这么做,梅兰妮,"她责怪道,"你自己本来就病恹恹的,再不多吃点儿,可就真得病倒了,到时候我还得伺候你。让那些人饿着好了,他们挺得住,毕竟四年都挺过来了,再多饿些时日也没什么大不了的。"

梅兰妮转过脸看着她,表情十分激动。斯嘉丽头一回看到她那双平静安详的眼睛里显露出如此强烈且毫不掩饰的情绪。

"噢,斯嘉丽,别怪我!就让我这么做吧。你不知道这对我是多大的宽慰。每次我把我的那份食物匀给可怜的士兵时,我都会想,也许北边路上的某个地方,有个女人也把她的那份食物匀给了我的阿什利,好让他有力气走路,尽快回到我的身边!"

"我的阿什利。"

"亲爱的,我就要回到你身边了。"

斯嘉丽无言以对,转身离开。自那之后,梅兰妮发现招待客人时,桌子上的食物变得多了些,尽管如此,客人每吃下一口饭,斯嘉丽都心疼得不得了。

士兵如果病得太重,无法继续赶路（这样的人还不少呢）,斯嘉丽就只好硬着头皮留他们住下。每收留一个得病的士兵,就意味着多了一张吃饭的嘴。另外还得派人照顾病人,这就意味着又少了个人手干修篱笆、锄地、拔草、犁地这些活儿。有一回,有个骑马去费耶特维尔的士兵发现有人昏倒在路边人事不省,于是他把那人放在马背上,带到了离那儿最近的塔拉,然后往前廊上一放,转身就走了。昏迷的是个半大不小的少年,脸上刚长出金色的胡须。姑娘们估计这少年八成是谢尔曼兵临米利奇维尔时从军校招募的娃娃兵。但她们永远也无法知道真相了,因为他再也没有醒来,翻遍了他的口袋也没找到任何线索。

这少年相貌很是英俊,显然出身于上等人家。而此时此刻,南边的某个地方,肯定有位母亲正望着大路,翘首以盼,不知自己的孩子如今在哪儿,何时才能回家,就像她和梅兰妮一样,满怀热切的希望和期盼,注视着出现在塔拉前面林荫道上每个满脸胡子的人。她们把这个娃娃兵埋在了家族的墓地,挨着奥哈拉家早夭的三个男孩。看着波克往墓穴里填土,梅兰妮忍不住失声痛哭,不知他乡是否也有同样心怀慈悲的人在掩埋阿什利高大的躯体。

威尔·本廷与这个无名少年一样,也是昏迷之中被战友驮在马背上送到塔拉来的。威尔得的是肺炎，而且病得很重。姑娘们把他放在床上，担心他过不了多久也要跟那个娃娃兵一样被埋入墓地。

他面色蜡黄，看上去与佐治亚南部患疟疾的穷白佬一样。淡红色的头发，微微有些发粉色；一双浅蓝色的眼睛，即使在昏迷中也透着平静、温和；他的一条腿从膝盖以下被截去，残肢上安了一条草草削制的木头假腿。看样子显然他是个穷苦白人，就像不久前刚刚被埋葬的那个少年一看就是个庄园主的儿子一样。姑娘们是怎么看出来的，她们自己也说不清楚。当然，威尔并不比那些来过塔拉的上等人身上更脏、头发更乱、虱子更多，昏迷中说的胡话也不比塔尔顿家的双胞胎兄弟更不合语法。但她们凭本能就能判断出，他跟她们不是同一个阶层的人，就像她们一眼就能分辨出纯种马和杂种马一样。但这并不影响她们尽力挽救他的生命。

威尔在北方佬的战俘营里被关了一年，身体本就瘦弱憔悴，再加上拄着粗制滥造的木头假腿长途跋涉，体力早已耗尽，无力跟肺炎搏斗。他一连躺了好几天，在床上不住地痛苦呻吟，即使在昏迷中也时不时挣扎着要爬起来，再上前线打仗。但他从来没有呼喊过母亲、妻子、姐妹或是心上人的名字，这一点令卡琳深感不安。

"一个人总该有亲人啊，"她说，"可听起来，他在这世上好像一个亲人也没有。"

他虽身子瘦弱，但意志很顽强，在众人的精心照顾和护理下,他竟然挺过来了。终于有一天,他醒了过来,睁开那双淡蓝色的眼睛,完全看清了周围的一切。他看到卡琳正坐在他身边念《玫瑰经》,清晨的阳光映照着她的一头金发,显得熠熠生辉。

"这么说我不是在做梦啊。"他说,声音平缓,没有一丝起伏,"但愿我没有给您添太多麻烦,小姐。"

他康复得很慢,整天静静地躺在床上,望着窗外的木兰花,很少麻烦别人。卡琳很喜欢他,因为他性情温和,沉静寡言却不令人感到尴尬。她总是坐在他的床边,一坐就是整整一下午,安静地给他扇扇子,一句话也不说。

这些日子以来,卡琳几乎不怎么说话。她纤弱单薄的身子像幽灵一般在屋子里飘来飘去,做些力所能及的事情。她经常祷告,每当斯嘉丽不敲门便走进她房间时,总会看到她正跪在床边祷告。每次看到这幅情景,斯嘉丽都会感到很恼火,因为她认为祷告的时代早已过去了。既然上帝忍心如此严厉地惩罚他们,那么即使祷告,上帝也不会听的。对斯嘉丽来说,宗教信仰向来是一种可以讨价还价的交易。她向上帝承诺行为端正,以此来换取上帝对她的眷顾和恩惠。可在她看来,是上帝一而再、再而三地违反了约定,所以她觉得自己根本没什么欠上帝的。每当她看到卡琳屈膝跪地虔心地祈祷,她就来气,因为她觉得应该把祷告的时间用来睡午觉或者缝补衣服、做针线活,她认为卡琳这是在逃避自己应尽的责任。

威尔·本廷已经能坐在椅子上了。一天下午,斯嘉丽跟他说起了卡琳的事。他说话的声音虽然平淡,说的话却令斯嘉丽十分吃惊:"随她去吧,斯嘉丽小姐,这能给她安慰。"

"安慰?"

"是的,她在为你的母亲和他祷告。"

"'他'是谁?"

沙褐色的睫毛下那双淡蓝色的眼睛平静地注视着她,没有一丝惊讶,仿佛世间的一切都再也无法在他心中引起任何波澜。也许是因为他经历过太多的意外之事,所以对任何事都不会再感到吃惊。斯嘉丽对自己妹妹的心事完全不了解,但他好像一点儿也不觉得奇怪。同样,卡琳喜欢跟他这个陌生人吐露心声,并从中得到安慰,他觉得这也很自然。

"是她的男朋友,那个叫布伦特什么的,在葛底斯堡战役中牺牲了的小伙子。"

"她的男朋友?"斯嘉丽没好气地说,"怎么会是她的男朋友?他和他的兄弟喜欢的人是我。"

"是的,她也是这么跟我说的。看起来县里大多数小伙子都追过你啊。不过,你拒绝了他之后,人家就改追你小妹妹了。他最后一次回来休假时,还跟她订了婚。她说布伦特是她唯一心爱的人,所以为他祈祷可以让她心里得到安慰。"

"哼,简直是胡说!"斯嘉丽心里掠过一丝小小的妒意。

她好奇地看着眼前这个身材瘦长的男人——瘦骨嶙峋的双肩、淡红色的头发,还有那双平静而沉着的眼睛。看来他对她家里的事知道得一清二楚,而她自己却懒得去探究。怪不得卡琳总是发呆,成天祈祷。不过没关系,卡琳会渐渐淡忘的。多少姑娘都死了心上人，多少女人死了丈夫，不都是渐渐淡忘了吗？这是很显然的，她自己不也把查尔斯淡忘了吗。她还知道在亚特兰大有个姑娘，在战争中接连三次做了寡妇，可依然对男人感兴趣。她把这话告诉了威尔，可威尔却摇了摇头。

"卡琳小姐不是这样的人。"他十分坚定地说。

跟威尔谈话很愉快，因为他话不多却善解人意。斯嘉丽跟他说起了庄园里的很多问题，比如除草、锄地、播种、喂猪、养牛等等，他给她提出了不少好建议，因为他在佐治亚南部也有个小农场，还有两个黑奴。不过他知道如今他的黑奴已经被解放，农场也杂草丛生，还长满了松树苗。他的姐姐，也是他唯一的亲人，几年前跟她的丈夫搬到了得克萨斯，如今他在这世上已是孤家寡人。然而，这一切对他来说似乎都无所谓，唯一苦恼的是他在弗吉尼亚失去了一条腿。

是啊，对斯嘉丽来说，辛苦劳累了一天，跟威尔聊聊天也算是一种安慰。因为这一天里她听够了黑奴的嘟囔和抱怨，受够了苏埃伦没完没了的挑剔牢骚和哭哭啼啼，还有杰拉尔德不停地问埃伦在哪儿。她跟威尔无话不谈，甚至把她亲手杀死一个北方佬的事也告诉了他。他只说了一句："干得漂亮！"就让斯嘉丽备感得意，脸上神采飞扬。

最后，全家人都跑到威尔的房间去吐露心事、倾诉烦恼——连嬷嬷也不例外。起先她还对这个年轻人淡漠疏远，因为觉得他地位低，没身份，只有两个黑奴。

等他能在屋里蹒跚地走路时，他就动手帮着干起活来，用橡木条编篮子,修补被北方佬毁坏的家具。他削木头削得很好,韦德总是跟在他屁股后头,因为他会给孩子削木头做玩具,而这孩子从来没有过什么玩具。家里有威尔在,大伙儿就把韦德和两个宝宝交给他照看,他们出去干活也就放心多了。因为他照看孩子很有一手,跟嬷嬷一样熟练,特别是哄一白一黑两个嗷嗷哭的娃娃,除了梅丽以外,没人比他更在行。

"你们对我真是太好了,斯嘉丽小姐,"他说,"我只是个陌生人,跟你们非亲非故,给你们添了这么多麻烦,还让你们为我操了这么多心。要是你们不嫌弃的话,我想待在这儿,帮你们干活,多少报答一下你们的恩情。当然,这份恩情是永远也还不清的,因为救命之恩,无以为报。"

于是威尔就留了下来。不知不觉地,塔拉大部分的担子渐渐从斯嘉丽肩头转到了威尔·本廷皮包骨的双肩。

时值九月,到了该摘棉花的时节。初秋的一个下午,阳光和煦宜人,威尔·本廷坐在前廊的台阶上斯嘉丽的脚边,慢条斯理地说着轧棉花的事,声音依旧平直,没有起伏。他说在费耶特维尔附近有一台新的轧棉机,但是费用昂贵。然而,那天在费耶特维尔,他听说了一个消息,只要把马和大车借给轧棉机的主人用两个星期,费用就可以减去四分之一。他没敢拍板敲定这桩买卖,因为得先跟斯嘉丽商量之后再作决定。

斯嘉丽看着眼前这个靠在前廊柱子上正嚼着根稻草的瘦长小伙儿。嬷嬷常说,威尔是上帝恩赐给她们的,这话真是一点儿没错。斯嘉丽常想，这几个月以来，要是没有他，塔拉的日子可真不知道该怎么过。他从不多说话，也从不争强逞能，对周围的事也从来不怎么好奇，但他对塔拉的所有人和所有事都一清二楚。他总是在干活，从来不闲着，而且干起活来不声不响，既有耐心，干得又好。虽然他只有一条腿，但干活比波克还快。他还能把波克调动起来，让他干活更勤快，真让斯嘉丽赞叹不已。有一次，母牛得了腹绞痛，马也不知怎的害了病，像是要死了，威尔一连好几个晚上守着它们，硬是把它们给救活了。他做生意也很精明，令斯嘉丽特别佩服。他早上赶着车，带着一两筐苹果、红薯或别的蔬菜瓜果出去，回来时能带回好多东西：种子、布料、面粉和其他必需品。她自己虽然也会做生意，但她知道这么多东西她是绝对换不到的。

不知不觉，威尔成了塔拉的一员，晚上睡在杰拉尔德卧室隔壁一间小梳妆室里的帆布床上。他从来不提离开塔拉的事，斯嘉丽也小心翼翼，不开口问他，怕他真的会离开。有时，斯嘉丽心想，如果他有志气和魄力，想出人头地的话，就应该回家去，哪怕他的家已经不复存在了。她虽然有这念头，但心里仍然热切祷告，希望他能永远留下来，毕竟家里有个男人实在方便多了。

她也想过，卡琳要是哪怕有耗子那么丁点儿大的脑子，也应该能看出来威尔对她很上心。要是威尔跟斯嘉丽提出要向卡琳求婚的话，她会对威尔感激不尽的。当然，若是在战前，威尔绝对不是合适的人选，他虽不是穷白佬，但也不是庄园主，跟他们家门不当户不对。他只是个普通的小农场主，念的书不多，说话常犯语法错误，对奥哈拉家的那套上等人的礼仪规矩也完全不懂。实际上，斯嘉丽也拿不准他到底算不算上等人，纠结了半天，最后还是判定为算不上。梅兰妮热切地为他辩护，说像威尔这样心肠好，又处处为他人着想的人，必是出身于上等人家。斯嘉丽心想，埃伦要是知道她的小女儿嫁给了这样的人，肯定会气晕过去的。但如今受现实所逼，她不得不背离母亲当初的教诲，并且越走越远，所以她并不会为自己的想法感到不安。现在男人所剩不多了，可姑娘总得嫁人，而塔拉也需要有个男人。可卡琳却天天埋头念经祷告，陷得越来越深，离现实世界越来越远。她对威尔很温柔体贴，但只把他当成哥哥，对待他就像对待波克一样，亲如家人。

"我为卡琳付出了那么多，她要是有半点儿感恩的话，就应该跟威尔结婚，把他留下来，别让他走，"斯嘉丽愤愤不平地想，"可她偏不，一天里的大部分时间都在那个十有八九从未对她动过真心的傻小子身上。"

就这样，威尔就在塔拉住了下来，至于为什么留下，斯嘉丽也不知道，她发现，他们俩之间这种有一说一、有二说二的坦诚相待，令她既感到愉快，又受益匪浅。他对精神恍惚的杰拉尔德毕恭毕敬，但视斯嘉丽为真正的一家之主。

她同意威尔把马租给轧棉机的主人，尽管这意味着全家暂时失去了唯一的交通工具。最不高兴的要数苏埃伦了，因为她最大的乐趣就是趁威尔赶马车出去办事的时候，跟他一块儿去琼斯博罗或者费耶特维尔。她把家里仅剩的最好的衣服和饰品都穿戴上,然后到处去拜访老朋友,打听县里的各种小道消息,东拉西扯聊闲天,觉得自己又是塔拉庄园的奥哈拉小姐了。苏埃伦只要有机会就从塔拉溜出去,虽然她在家必须得铺床叠被,在菜园里除草,但在不知情的人们中间,她可以装装样子,摆摆小姐的架子。

"摆派头的小姐这回足足两个星期不能出门闲逛,"斯嘉丽心想,"又得忍受她没完没了的牢骚和哭闹了。"

梅兰妮见他们两人在前廊,也抱着宝宝走了过来。她在地上铺开了一块旧毯子,把小博放在上面爬。自从收到阿什利的来信后,梅兰妮就一直很兴奋,不是满心欢喜地哼着歌,就是殷切焦急地盼望。但高兴也好,忧伤也罢,她的身子还是一如既往的消瘦,脸色也十分苍白。她每天都埋头干分内的活儿,而且毫无怨言,但身体一直不好。老方丹医生诊断她得的是妇科病,米德医生当初也说过她根本不该怀孕生下小博。老方丹医生直言不讳地说,如果她再次怀孕的话会没命的。

"我今天去了费耶特维尔,"威尔说,"发现一个很有意思的东西,我想你们女士肯定会感兴趣,所以我就带回来了。"他从裤子的后口袋里掏出了一个钱包,那是卡琳用花布贴在树皮上给他做的。他从钱包里拿出了一张邦联的纸币。

"威尔,你认为邦联的纸币有意思,我却一点儿都不觉得,"斯嘉丽没好气地说,她一看见邦联的纸币就来气,"爸爸的钱箱里就有三千块这破纸币。嬷嬷跟我说了好几次,要拿这些纸币去糊阁楼墙上的裂缝,免得被透进来的冷风吹得她头疼。我想,这样也好,好歹也算派上了用场。"

"昔日不可一世的恺撒,死了也就化为一抔泥土。"[1]梅兰妮苦笑着说,"别这样,斯嘉丽,留着给韦德吧,有朝一日,他会为此而感到骄傲的。"

"哦,我不知道什么'不可一世的恺撒',"威尔耐心地说,"不过,梅丽小姐,我想给你们看的正好跟你刚才说留给韦德的话意思相同。是一首诗歌,就贴在这张纸币的背面。我知道斯嘉丽小姐不太喜欢诗歌,但我想也许这首诗能让她感兴趣。"

他把纸币翻过来,背面粘着一张粗糙的褐色包装纸,字迹颜色很淡,是用自制的墨水写的。威尔清了清喉咙,缓慢而吃力地念了起来:"题目就叫《邦联纸币背面的诗》。"

如今这东西在地上一文不值;
在海上也是废纸一张;
留着给后人看吧,朋友,
它是一个已逝去的国家的象征。
这玩意儿的背后有许多悲怆的故事,
可以讲给愿意聆听的子孙们,
告诉他们这张纸代表了爱国者梦寐以求的自由,
也记载了一个多难的邦国走向灭亡的命运和过程。

"噢,多美的诗句啊!太感人了!"梅兰妮惊叹道,"斯嘉

---

[1] 此句出自莎士比亚戏剧《哈姆雷特》。

丽，可别把那些纸币拿给嬷嬷去糊墙。那可不是一般的纸币，而是——就像这首诗里说的一样，是'一个已逝去的国家的象征'！"

"行了，梅丽，别这么多愁善感的！纸就是纸，咱们正缺纸用呢，嬷嬷老跟我叨叨阁楼墙上的裂缝，我听得耳朵都起茧了。只盼着韦德长大时，我能留给他的是好多好多的绿钞，而不是邦联的一大堆废纸。"

在她们两人争论的时候，威尔一直在用那张纸币引逗小博从毯子上爬过来。他抬起头，手抵额头遮住阳光，朝车道望去。

"有人来了，"阳光中他眯着眼睛说，"又来了个士兵。"

斯嘉丽顺着他的视线看去，又见到了熟悉的景象：一个满脸胡子的士兵沿着雪松林荫道缓缓走来，那人身上穿着灰蓝两色的破军服，疲惫地低着头，拖着沉重的脚步，步履艰难地走着。

"我还以为咱们不用再招待士兵了呢，"她说，"但愿这位不是个饿鬼。"

"他肯定饿得要死。"威尔说。

梅兰妮站了起来。

"我还是吩咐迪尔茜多添副餐具吧，"她说，"提醒嬷嬷给这可怜的人脱衣服时下手别太重，另外——"

话说到一半她突然停住了，斯嘉丽回头看她，发现梅兰妮干瘦的小手按住了自己的喉咙，紧紧抓着，好像痛得要命。斯嘉丽看到她的白皮肤下血管突突直跳。梅兰妮脸色变得更加惨白，棕褐色的眼睛瞪得老大。

"她要晕倒了。"斯嘉丽想到这里，连忙跳起身来，扶住她的胳膊。

但梅兰妮甩开了斯嘉丽的手，冲下了台阶。她伸出双手，沿着砾石小路飞奔，如小鸟一样轻盈，褪色的裙裾在身后飞扬。这时，斯嘉丽才恍然大悟，仿佛挨了一记重拳一样，身子向后一仰，靠在前廊柱子上。远处的士兵抬起长满金色胡须的脏兮兮的脸，停下脚步，站住不动，凝望着眼前的宅院，仿佛累得寸步难移。斯嘉丽的心一会儿怦怦狂跳，一会儿又突然停止，紧接着又狂跳起来，直到梅丽语无伦次地喊着，一头扑进那个脏兮兮的士兵怀里。他低下头贴着梅丽的脸。斯嘉丽心中涌起一阵狂喜，不由自主地要冲下台阶，刚跑两步就被威尔拉住了裙角。

"别去打扰人家。"他平静地说。

"放开我，蠢货！快放开！是阿什利！"

但威尔并没有松手。

"他毕竟是她的丈夫，不是吗？"威尔心平气和地问道。

斯嘉丽既欣喜若狂，又无可奈何，窝了一肚子火。她低头看着威尔，从他那双深邃而平静的眼睛里，看到了理解和同情。